夜幕之下

神陨乐章

UNDER THE NIGHT

下

⑦

三九音域

著

北京联合出版公司
Beijing United Publishing Co.,Ltd.

随着像素之球的下潜，昏暗的海水底端突然浮现出点点微光，

像是从无垠深空中俯瞰地球，灯火在黑暗中勾连成片。

这些灯光连接在海底，延伸出五角，

酷似一只匍匐在深海底端的庞大海星。

林七夜等人站在高塔边缘，彻底被眼前这座城市震撼。

谁又能想到，在迷雾笼罩的深海之地，

竟然还能有这样一座神奇瑰丽的像素城市？

目
CONTENTS
录

|第二篇|

昆仑剪影

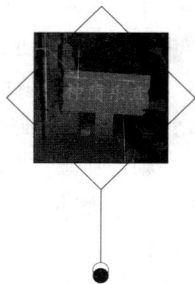

1015

风雪中，两道身影戴着兜帽，从迷雾边境缓缓走出。其中一人站在皑皑白雪之上，轻轻摘下了兜帽，露出一张青春少女的脸庞。她环顾四周的冰天雪地，长叹一口气，眸中满是复杂之色。"我们又回来了……"

"嗯。"她的身旁，男人平静地点头。

"离开沧南，已经是三四年前的事情了。"少女缓缓闭上眼睛，轻声开口，"那段时光……"

"小南。"男人突然开口，打断了少女的话语，他伸出左手，指了指自己掩藏在宽大袖口之中的右手。那只手……不，那已经不能算是一只手。只见红芯喷吐，一条状似手臂的黑色蟒蛇从他的袖口爬出，头部分裂出五根手指，而在其手背之上，则长着一只小小的耳朵。男人蹲下身，用左手的手指，迅速地勾勒出几个中文字符。

洛基之耳，窃听对话，慎言。

司小南看到那行字，沉默片刻，然后面无表情地继续说道："那段时光，每当回想起便令我作呕。"一边说，她一边蹲下身，紧跟着在雪地中写道：

他什么时候给你植入的？

男人回道：

就在出发前……这两年，我们做的事情太多了，他已经开始起疑了。

司小南写道：

真是恶心的老狐狸。

司小南沉默片刻，在雪地中，写下了两个大字。

"真""假"。

她伸出手，刻意地摸了下鼻子，然后指了指"假"字。"沧南，毁灭了也无所谓。"她看着冷轩的眼睛说道。然后，她又伸出手，指向了"真"字，继续说道："幸好，有你陪伴在我身边。"冷轩愣了愣，很快便明白了司小南的意思。为了骗过冷轩手上的洛基之耳，他们有些对话，必须是虚假的。而司小南，提前拟定了一个辨别真话与反话的动作，防止两人的理解出现偏差，这个动作就是摸鼻子。摸鼻子说的话，是反话。其他的，都是真话。就像刚刚司小南摸完鼻子后说的那句"沧南，毁灭了也无所谓"，反过来就是："希望沧南一切平安。"而没有摸鼻子说的"幸好，有你陪伴在我身边"，则是真话。冷轩冰山般的脸上，浮现出一抹淡淡的笑容，他摸了下鼻子："我这辈子，都不想再回沧南了。"司小南知道冷轩明白了她的意思，站起身，目光落在远方。"洛基大人的任务，是要我们寻找传说中的昆仑山，并进入其中探察大夏神的虚实……"

"帕米尔高原这么大，昆仑山究竟藏在哪儿？"

"不知道，要找。"

"洛基大人的任务，我们可不能懈怠，一定要尽快完成。"冷轩摸了下鼻子。

"嗯，即刻动身吧。"司小南同样摸了下鼻子。

于是，两人开始以龟速在雪原中行走……

帕米尔高原。另一边。呼啸的军用运输机，掠过皑皑雪峰的上空，飞机的舱门缓缓打开，寒风混杂着雪花，卷进了机舱之中。新兵们裹着防寒服，背着降落伞，望着下方耸立的山脉，深吸一口气，一个接一个地跳了下去。等到新兵全部落下，林七夜等人走到了机舱前，拿着手中的地图，对比着远处的路线。

"七夜，帕米尔高原这么大，这么多人分散开来，我们能看住吗？"百里胖胖有些担忧地问道。

"能。"林七夜指了指地图上绘制的路线，"帕米尔高原虽然很大，但我们所设计的这条路线，其实只占据非常小的部分，再加上这条路线太过坎坷，极少会有其他人经过，我们管理起来也比较容易。除此之外，我还在他们每个人的防寒服中安装了定位装置，如果有人偏离路线，我们第一时间就能知晓。"

"那我们接下来要做些什么？"曹渊问道。

"我已经将他们这六天的路程，划分为六个区域，为了防止意外发生，接下来我们六个人分别坐镇一个区域。"林七夜用笔在地图的路线上画了六个连在一起的圆圈，正好覆盖了新兵们的训练路径，"我们分散到六个区域后，一旦哪个区域发生了意外，坐镇那个区域的人立刻用无线电汇报情况，离得最近的两个区域的人前往支援，剩下的三个人负责维持新兵的秩序，并保护他们的安全。"

"需要这么谨慎吗？"曹渊诧异地开口，"这里是大夏境内，而且位置这么偏僻，应该不会出什么事吧？"

"虽然发生意外的可能性很低，但并不是没有，更何况现在是战时，不排除外敌偷偷入侵的可能，我们还是小心一点好。"林七夜认真地说道，"第一段路程相对比较平坦，距离高原边缘较远，由江洱来坐镇。第二段卿鱼坐镇。我的精神力感知范围很广，我坐镇中央的第三段，能最大范围地监控他们的行动。老曹，你坐镇第四段。胖胖坐镇第五段。拽哥坐镇最后一段。"林七夜分好每个人负责的区域，见其他人都没有意见，便点了点头，将无线电耳麦戴了起来。

"我有个问题。"安卿鱼突然举手。

"嗯？"

"坐镇区域无聊的时候，可以解剖'神秘'吗？"安卿鱼认真地指了指一旁的黑箱，"我从上京市，把那几只'克莱因'境'神秘'的尸体要过来了。"

"只要不吓到新兵，就可以。"

"没问题。"安卿鱼眼前一亮。

"那就这样，出发！"

机舱门再度打开，安卿鱼背着江洱，提着黑箱，最先跳了下去，江洱自身是幽灵状态，无法搬动自己的棺材，所以需要安卿鱼先去帮她把棺材放好，她才能自由行动。飞机飞了一会儿，林七夜便从飞机上一跃而下，区别在于，他连降落伞都没带。风雪呼啸之中，林七夜平静地张开嘴，念道："大鹏一日同风起，扶摇直上九万里。"一阵狂风自虚无中席卷而出，托着他的身体，缓缓降落在一片高耸的雪山绝壁之上。

1016

荒芜的雪原上空，一道道黑影降落在大地之上，穿着防寒服的新兵们迅速地整理好装备，便急匆匆地沿着地图的路线出发。在山脉的一角下，降落在附近的苏哲、苏元兄妹，与丁崇峰和方沫会合到了一起。"这鬼地方可真冷啊。"苏哲一边搓着双臂，一边呼出了一口热气，紧跟在苏元等人身后。

"这里还算好的，等海拔再高一点，气温就会低得令人发指。"丁崇峰回答，"再加上逐渐稀薄的空气浓度，以及长途跋涉之后的疲劳，很快就会将人的身体逼向极限。现在趁着我们的体能还保存得较为完整，应该尽可能地加速往前走，毕竟我们现在不知道其他人的位置，一旦不知不觉中落在大部队的后方，就有被淘汰的风险。"

"丁崇峰说得对。"方沫微微点头，"我们才刚降落，所有人的士气都是最高昂的时候，大家必然都会尽力往前冲，如果我们还保存实力，反而可能在第一阶段就被淘汰掉。"

"真真和卢宝柚呢？"

"真真是跳伞的时候，跟着大部队降落到别的地方了，卢宝柚……他肯定自己一个人冲到最前面去了。"方沫叹了口气。

"我们也赶紧出发吧，这第一段的雪原路程，应该是整段路程中最简单轻松的，只要徒步翻越就好，我们争取在一天之内，穿过雪原和冻湖，这样肯定不会被淘汰了。"丁崇峰迈开脚步，便向前方走去。方沫和苏元紧跟其后。刚走了两步，方沫像是察觉到了什么，停下身，转头望去，只见苏哲还独自站在原地，没有移动。"苏哲？"

"我仔细想了想，我们还是不能一起走。"苏哲郑重地开口，"我对我的身体素质认知还是十分清晰的，你们三个中的每一个人，都具备最终走完全程的能力……但我不行。就凭我这垃圾体质，最多撑个一两天，然后就该累得跟只死狗一样在雪地里爬，如果我们一起走，你们一定会放慢脚步来等我，这样一来，我就成了你们的累赘。"

方沫等人对视一眼，摇了摇头。"你不是累赘。"方沫平静地开口，"上京市动乱的时候，你选择留下来救我，现在我绝不可能抛弃你。你信不信，就算我们三个轮流背你，也能把你背上公格尔山。"

听到这句话，苏哲的嘴角浮现出一抹笑意，但还是摆了摆手："你们的好意，我心领了，但我苏哲还是要点脸面的……你们走吧。"见方沫三人还站在原地，苏哲的眉头微微皱了起来。他索性一屁股坐在了雪原上："你们不走，我就坐在这儿不动了，反正我都是要被淘汰的，第一个晚上被淘汰，和以后再被淘汰，也没什么区别。"

见苏哲一副铁了心要执拗到底的模样，方沫和丁崇峰的脸色都为难起来。

"不用管他。"妹妹苏元瞥了他一眼，面无表情地转过身，拖着方沫与丁崇峰向着远处走去，淡淡开口，"他自己扶不上墙，别拖累别人……我们走。"方沫与丁崇峰被苏元拽着离开，两人对视了一眼，眼眸之中满是复杂之色。

随着三人离开，冰天雪地中，只剩下苏哲独自坐在地上。不知过了多久，等到再也看不到他们的身影，苏哲无奈地笑了笑，摇摇晃晃地从原地站起，迈开大步向着前方走去。

高山绝壁之上，林七夜望着四周一望无际的雪原，似乎有些无聊。他所坐镇的第三段路程，距离新兵降落的地方还有不少的距离，无论是用视力还是用精神力，都无法探知到最前端的情况，不过既然负责第一段路程的江洱没有发出消息，就说明一切如常。他缓缓闭上眼睛，将意识沉入了诸神精神病院中。

正午的阳光洒落在宽敞整洁的病院，楼下的护工们忙碌着准备午餐，雷兽来福趴在病院楼栋的楼顶，懒洋洋地打了个哈欠。它将头搭在毛茸茸的爪子上，惬意地闭上了眼睛，准备开始它美妙的午睡时光。突然，一个人影闪到了它的身后。

来福浑身的猫毛，猛地乍起，还没等它开始放电，一只手已经揪住了它的脖子，把它整个拎在了半空中。惊恐的来福回过头，看到的是一张冷漠的猴脸。孙悟空裹着那件残破的袈裟，单手拎着来福的脖子，这只伪神境的八思镜器灵，此刻就像个毫无反抗之力的小猫咪，被他随意地抓在空中。"喵——"来福剧烈地挣扎起来。"别喊。"孙悟空眼睛一眯，淡淡开口。来福迅速闭上了嘴巴，无辜地看着孙悟空，脸上写满了惊恐。"我问你，你在上面趴了这么久，有没有看到布拉基躲到哪儿去了？"孙悟空冷声道。来福一愣，回忆了一会儿，飞快地摇头。孙悟空"啧"了一声，随手将来福丢到一边，灵活的猫咪在病院楼栋顶层轻轻一点，便急速逃离现场，仿佛是在躲避某种瘟神。孙悟空皱起眉头，目光扫过偌大的病院，低头沉思起来。片刻之后，一个身影踏着楼梯，缓缓走到了他身边。吉尔伽美什披着那件酷似王袍的灰布，站在病院楼栋的楼顶，睥睨众生的目光扫过脚下的一切，神情似乎有些不悦。"厨房那边，也没有。"

"病院就这么大，他跑不到哪儿去的。"孙悟空平静地开口，"他不在，战斗都少了些激情。"

"同意。"吉尔伽美什微微点头，"史诗级的战争，总是需要一些激昂的配乐衬托氛围。"

两人就这么静静地站在病院的最高处，一点点搜寻着病院的每一个角落，就像是两只正在寻找猎物的饿狼，散发着危险恐怖的气息。

1017

林七夜穿着白大褂，推开了院长室的大门。刚一走进门，他就愣在了原地。"布拉……"

"嘘！！"藏在院长室窗帘后面的布拉基，用力地对着林七夜做了个噤声手势。他鬼鬼祟祟地走到门边，警惕地往外看了一眼，确认没有别人跟过来，立刻关上了门，长舒一口气。

"布拉基，你怎么在我的办公室？"林七夜见到这一幕，不解地问道。

"我实在没地方躲了。"布拉基苦涩地笑了笑，"这段时间，猴子和国王每天早上都会冲进我房间，像是土匪一样把我拖到院子里，强迫我给他们的战斗奏乐。这几天，我每晚做梦都在担惊受怕，生怕下一秒他们就冲过来把我扛走，我、我已经连续好几个晚上没睡好觉了！他们简直是不讲理的蛮汉、魔鬼！"

看着布拉基悲愤的表情，以及那一对熊猫般的黑眼圈，林七夜的嘴角微微抽搐。"所以，你昨晚就睡在我办公室了？"

"没错。"

林七夜沉思片刻："你有没有想过，他们为什么一定要揪着你不放？"

"因为我琴弹得太好了。"布拉基没有丝毫犹豫。

林七夜抚额："……除了这个呢？"

"还能有什么？"

"或许，他们是希望你能以这种形式，融入他们？"

布拉基一愣："融入他们？为什么？"随后，他回想起了之前林七夜去找他们两个谈话的情景，像是想到了某种可能。"你是说……他们是故意的？为了让我参与他们的……嗯……'日常活动'？"

"你应该庆幸自己是个不会打架的乐师，否则他们的做法，应该是强行把你拖进去一起打一架。"林七夜拍了拍他的肩膀，继续说道，"你自己的事情，还是要自己解决，究竟要怎么跟他们两个相处，你说了算。我还有事要忙，先走了。"林七夜摆了摆手，便打开了院长室地下的通道，径直向着关押"神秘"的牢房走去。布拉基独自站在院长室中，陷入了沉思。

　　林七夜沿着昏暗的走廊，来到了两间崭新的牢房面前。他左手边的牢房，关着一支独自在地上画圈的朱红色铅笔；右手边的牢房，关着一个诡异摇晃的不倒翁。上京市的动乱中，他靠着"齐天法相"，亲手杀死了这两只"克莱因"境的"神秘"，对于这个等级的"神秘"护工，林七夜还是比较重视的。虽然现在他还处在"无量"境，无法召唤出"克莱因"境的护工，但是他能感觉到，离突破"克莱因"已经没有太远的距离。只要他突破到"克莱因"，那些同等级的护工，就会成为他的左膀右臂。一个"克莱因"级别的护工的影响力，可远不是"无量"境能比的。哪怕放眼大夏守夜人，"克莱因"级别的强者都不超过二十个，而这座病院中目前的"克莱因"境护工，就已经有五位，如果将眼下的这两只"克莱因"境"神秘"收入护工队伍，那就是七位。七位"克莱因"境级别的护工，就意味着，林七夜一个人就拥有对抗一支特殊小队的战力。当然，这只是"对抗"，而非战胜。特殊小队的战斗力，不能完全按队员的境界来评定，凭借着相互间极为默契的配合，他们所发挥出的，是一加一大于二的效果。至少林七夜可以肯定，如果自己带着七个"克莱因"级别的护工跟曾经的"假面"或者"灵媒"、"凤凰"打，输的一定是自己。不过目前的"夜幕"，正面战力还没有达到这个层次。

　　林七夜的目光，看向两间牢房后的面板。

　　罪人：笔仙怨魂

　　抉择：作为被你亲手杀死的神话生物，你拥有决定它灵魂命运的权力。

　　选择1：直接磨灭它的灵魂，令其彻底泯灭于世间。

　　选择2：让它对你的"恐惧值"达到60，可将其聘用为病院护工，照顾病人的同时，能够在一定程度上为你提供保护。

当前恐惧值：95

另一边牢房中的不倒翁，同样是以恐惧值为评判标准，不过它的恐惧值只有13点。这并没有出乎林七夜的意料。从之前的战斗他就看出，笔仙的胆子要小得多，被他化身的魔猿亲手掰断，恐怕确实对它的心灵造成了不小打击。但不倒翁……它到死都是一个愤怒的状态，毕竟林七夜偷袭它的手段，实在不怎么光彩。林七夜率先走到笔仙的牢房前，淡淡开口："当我的护工，或者死。"

正在地上画圈的铅笔，突然一顿。片刻之后，一个令人头皮发麻的女声幽幽响起："笔仙……笔仙……你是我的前世，我是你的今生……如果你愿意当他的护工，请画圈……如果你不愿意当他的护工……也请画圈。"在林七夜的注视下，那支朱红色的铅笔，在原地愣了半晌，才歪歪扭扭地画了一个圈。"她愿意。"那女声幽幽开口。

林七夜："……"

与笔仙怨魂签订契约之后，林七夜便站在了不倒翁的牢房门口。"当我的护工，或者死。"

不倒翁表面那个彩绘出的男人，愤怒地瞪了他一眼，纹丝不动。

"不愿意？"林七夜眉梢一挑。不倒翁依然一动不动。

"你不要后悔。"林七夜大有深意地看了他一眼，转身离开了地下牢房。见林七夜就这么离开，不倒翁男人的脸上浮现出轻蔑之色，有些不屑地"哼"了一声。过了一会儿，林七夜又回来了。这次，他的怀里多了一只狗……一只披着燕尾服的哈巴狗。林七夜随手将旺财丢进了牢房，拍了拍手，看都不看不倒翁一眼，便转身离开。"祝你好运。"他淡淡说了一句。

等到林七夜走远，不倒翁男人的眉头微皱，似乎有些不解林七夜的举动。他低下头，只见那只披着燕尾服的哈巴狗悠闲地在自己的脚下撒了一泡尿，然后双足站起，对着他缓缓露出一个邪魅的笑容。

1018

帕米尔高原。

夜色渐深。端坐在绝壁之上的林七夜，缓缓睁开了双眼，低头看下时间——23:57。距离第一天的淘汰，只剩下三分钟了吗……也不知道，那些新兵都走到哪里了？他将精神力扩散出去，数公里，乃至数十公里之内，都没有看到任何人影。不过这也正常，这才第一天，新兵们就算精力再充沛，也很难接连通过雪原与冻湖两大区域，来到这第三段的雪山绝壁。就在林七夜准备闭上眼睛继续休息时，他的精神力感知边界中，突然闯入了一个人影。"嗯？"他诧异地转头望去。只见冰冷的天地之间，一个穿着防寒服的独眼少年，正一步一个脚印，从冻湖的方向缓缓走来。此刻已是深夜，帕米尔高原上的气温，掉到了零下三十摄氏度左右，即便整套的防寒服包裹住新兵的身体，依旧无法抵御住如此低温，此刻那少年的眉眼之上，已然凝结出雪白的冰霜。卢宝柚的怀中，分配好的压缩饼干分毫未动，他只是这么坚毅地望着前方，像一个不知疲倦的机器，缓慢前行。林七夜看到那身影，微微动容。在这么黑暗、寒冷的环境下，不动用禁墟，没有吃任何东西，仅靠极强的身体素质与毅力，走到了这里……要知道，这才第一天。按照林七夜等人的预估，一般的新兵想要走到这里，至少需要一天半的时间，有些速度慢的，可能需要两天多……但卢宝柚的速度，实在超出了他的预料。

林七夜感知到，卢宝柚正一步步地向这座绝壁走来，他身形坐在雪中，却纹丝不动。虽然卢宝柚已经出现在他的精神感知范围中，但从卢宝柚的位置到这座绝壁，还需要至少大半天的时间，再加上中途休息睡觉的时间，他能在明天傍晚之前攀上这座绝壁，就已经不错了。过了一段时间，林七夜的精神感知边缘，又出现了三道身影。

"呼……我们穿过冻湖了。"丁崇峰拿着地图，长舒了一口气，双腿一软便瘫在了荒原之上，"这下……我们应该走在大部队的最前面了吧？"离开苏哲之后，他们三人就一直以高速向前行进，一路上除了啃了一块压缩饼干，喝了点水，片刻都不曾休息。即便是丁崇峰的身体素质，连续走了这么长时间，都已经吃不消了。他必须在这里休息一会儿。一旁的苏元咬着苍白的双唇，也缓缓坐在了一边，从怀中掏出一块压缩饼干，开始进食。

"不，卢宝柚已经来过这里了。"方沫站在荒原上，嗅了嗅空气中残余的气味，说道。

"他？他是个怪物，我才不跟他比。"丁崇峰耸了耸肩，"能一口气走到这里，已经是我们这些凡人的极限了……不过苏元，真看不出来，你的身体素质竟然这么好！"

"还行。"苏元平静地回答，"这段路程，比我当年徒步穿越塔克拉玛干沙漠的时候，要短一点……就是中途没有休息的时间，有些累人。"

"忘了你是个极限运动爱好者。"

丁崇峰转头，只见方沫依然没有坐下，而是独自站在前方，凝望着卢宝柚离开的方向。"方沫，你别管我们了，去追卢宝柚吧。"丁崇峰沉默片刻，突然开口。方沫一怔，转头望去。"你跟他，不是宿敌吗？你不甘心就这么落在他后面吧？"丁崇峰笑道，"我和苏元，是真的走不动了，但你应该还没到极限……你走吧，反正凭我和苏元的身体素质，应该不难坚持过这段魔鬼训练，我们不需要你照顾。去追卢宝柚，去超过他。这届新兵集训第一名的位置，你可不能就这么拱手相让啊！"

方沫表情复杂地看了两人一会儿，又转头望向卢宝柚离开的方向，纠结了片刻之后，还是点了点头。"好，我在公格尔山的山巅，等你们。"话音落下，他便迈开脚步，轻盈地在荒原上飞驰，很快便消失在了丁崇峰的视野之中。

"唉……"丁崇峰叹了口气，"这两个怪物……也不知道最后，他们谁能拿到第一名。"

"五五分吧。"苏元一边啃着饼干，一边心不在焉地说道。

"嗡——"话音落下，数十架无人机掠过了荒原的上空，顿时吸引了这条路线上所有新兵的注意力。

"这是……"

"到点了。"丁崇峰看了眼时间，表情有些复杂，"今天要被淘汰的八十人，应该出现了……"

"现在公布淘汰人员名单。"机械的电子音，从无人机的音响中传出，回荡在这条路线的每一个角落，让所有人都能清晰地听到。"第六百一十二名，夏龙，淘汰。第六百一十一名，陈璇雅，淘汰。第六百一十名，李轩逸，淘汰……"所有新兵都停下了脚步，揪着心仔细倾听这份名单，担心下一个听到的就是自己的名字。由于路线过长，区域覆盖范围又大，所以除了少数几个走在最前端的，其他新兵无法判断自己前后究竟有多少人，处在什么样的位置。

"你说，你哥应该不会在第一天就被淘汰吧？"丁崇峰忍不住问道。

"不会，他现在在第五百一十六位。"苏元淡定地开口。

"你怎么知道？"

"你忘了我能感知到万物的生命波动吗？"

"所以，你这一路上都偷偷监控你哥的位置？难怪总是心不在焉的。"丁崇峰耸了耸肩。苏元低头默默啃着饼干，没有说话。

等到名单报完，没有听到自己名字的新兵们，终于松了一口气，有的停下来短暂休息，有的继续向前行进。而在路线的末端，一望无际的荒原上，一辆辆越野车飞驰而出，迅速地找到了每一个被淘汰的新兵位置，将其直接带上车，离开原本的路线，不知去往何处。

1019

帕米尔高原。另一边。

荒凉的雪地中，两个身影低着头，漫无目的地游荡着。司小南一边走路，一边无聊地用鞋尖蹭着地上的积雪，忍不住捂嘴打了个哈欠。"冷轩，我们都全速前进这么久了，是不是该坐下来歇歇了？"司小南眨了眨眼睛。

"嗯，我也有点累了。"冷轩面不改色地回答。

"你身上带干粮了吗？"

"……没有。"

"那就在附近找找，看有什么吃的吧。"司小南的目光环视四周，落在了远处山脚下一座灰白色的毡房上，外表看来和蒙古包很像，不过更带着一些特色的民族气息。在毡房外面，还拴着几只牛羊，正在悠闲地摇晃着脑袋。司小南与冷轩对视一眼，默契地点了点头。两人迅速且无声地向毡房靠近。

就在此时，毡房中，恰好有一位牧民从门后走出来，看到突然出现在家门口的两人，微微一愣。"你们是谁？在这儿做什么？"他下意识地后退一步，伸手护住了身后的三个孩子。三个孩子都很可爱，穿着一身亮眼的少数民族服装，一双双乌黑且纯净的大眼睛，正好奇地打量着这两个不速之客。司小南的眉头一皱。她伸手摸了下鼻子："全部杀光。"冷轩的身形拖出一道残影，以令人无法反应的速度，打晕了毡房内的所有人，随后一脚踢翻了毡房中央的大锅，将里面煮着的羊奶全部洒了出来，模拟出鲜血喷溅的声音。几声重物落地声响起，司小南这才松了一口气。她无奈地弯下腰，对着晕倒的牧民及三个孩子抱歉地鞠躬，随后飞快地拿了几块桌上摆着的烤饼与一壶烧酒，又从怀里掏出一张百元大钞，放在了桌面上。做完了这一切，司小南给了冷轩一个眼神，两人同时从毡房中退了出来。"不要留下痕迹，把房子一起烧了吧。"司小南又摸了下鼻子。"好。"冷轩装模作样地将长有洛基之耳的手，往火堆旁靠了靠，假装这栋毡房已经被烧毁，随后便转身离开。

不是他们愿意把事情弄得这么麻烦，而是不得已而为之。洛基之耳就长在冷轩的手上，这就意味着，远在阿斯加德的洛基可以随时监听这边的动静，一旦他觉得事情有些不对，瞬间就能将被他种下了灵魂契约的司小南抹杀。而面对一位多疑的诡计之神，两人不得不用最谨慎的态度，来面对每一件事情……就比如，看到了他们真容的人，是绝不能留下活口的。

获得食物之后，他们二人便开始了摆烂之旅。司小南一边啃着烧饼，一边用力地用脚摩擦着地面，发出努力奔跑的声音。冷轩面无表情地疯狂摆动着右手，让呼呼的风声从手背的那只洛基之耳上吹过，他才不管洛基听到这声音会不会厌烦，反正这是他自己留下的。能扰乱一下洛基的好心情，似乎也不错。突然间，司小南像是感知到了什么，用手捅了一下冷轩，后者立刻会意，停下了摇摆的右手，往身后的腰带上一抹，下一刻，两把古朴的火铳便出现在他的双手之中。司小南的目光扫过四周，最终定格在了一片虚无之中，微微眯起。"藏头露尾？"

"咦？你能发现我？"一个黑衣男人的身形从虚无中勾勒而出，一口流利的英语夹杂着诧异，"不愧是洛基的代理人……警惕性不是盖亚那种代理人能比的。"

司小南的眉头皱得更紧了。她已经在阿斯加德生活了那么久，当然听得懂英文，但眼前这个男人的口音似乎有些奇怪。

"不用紧张，我叫辛格，来自印度天神庙，是魔神阿修罗的代理人。"男人主动伸出手掌，微笑着开口，"你们也是阿斯加德派过来找昆仑山，探寻大夏神虚实的吧？"

"和你有关系吗？"司小南冷声回答。

"我们可以联手。"辛格诚挚地开口，"早年间，洛基大人来天神庙替阿斯加德传信的时候，与我代理的那位有过几面之缘，算是朋友，再加上如今四大神国已经联手，我们已经算是盟友。盟友，就该互相帮助，不是吗？"

看着辛格那张微笑的面庞，司小南不仅没觉得舒服，反而有种被毒蛇盯上的感觉。这个男人不对劲。司小南本欲拒绝，但仔细思索片刻，还是陷入了沉默。现在看来，不仅是阿斯加德，其他神国也纷纷派出了代理人潜入帕米尔高原，试图通过进入昆仑山，来探寻大夏神的虚实，现在她和冷轩虽然在摆烂，但那也只能遮住阿斯加德的眼，其他几大神国的探子，依然会对大夏造成威胁。可如果……她在暗中给别的代理人下绊子呢？一个个诡计，闪过司小南的心头。"好啊。"司小南一改原本的冷漠之色，笑了起来，"那我们就联手好了。"她握住了辛格的右手。辛格的眼中微不可察地闪过一丝诧异，他笑了笑："既然是盟友，是不是该互报一下姓名？"

"洛基代理人，司小南。"辛格的目光看向了她身后的冷轩。"他不是代理人，只是我的仆人，是个哑巴。"司小南面不改色地说道。冷轩低头看着自己脚尖，沉默不语。

黎明的微光撕破黑暗，自地平线的尽头，缓缓升起。雪原的绝壁之上，林七夜再度睁开双眼，看向身下的大地，眸中浮现出复杂之色。绝壁底端，一个穿着防寒服的独眼少年，啃完了一口压缩饼干，平静地抬起头，仰望着眼前这座近乎垂直的通天绝壁。他伸出手，正欲触碰绝壁的表面，一个声音便从高不见顶的绝壁上方幽幽传来。"我劝你最好休息一下，再来攀这座山。"听到林七夜的声音，卢宝柚的身形一顿，他的眼眸微眯，摇了摇头。"不需要。"

1020

林七夜听到这句话，眉头紧紧皱起。他摇了摇头，没有再说些什么。绝壁之下，卢宝柚毅然决然地徒手抓住底端凸起的岩石，强行拖动疲惫的身体，一点点地沿着近乎垂直的壁面移动。呜咽的狂风在他的耳边呼啸，他紧咬着牙关，像一个不知疲倦的机器，缓慢而坚定地前行。没多久，第二个身影从风雪中走来，停在了绝壁的底端。方沫穿着防寒服，将吃完的压缩饼干包装袋塞回口袋，目光凝视着眼前这座高耸入云的绝壁，陷入沉思。他能看到，在绝壁大约十分之一路程的位置，一个黑影正在向上挪动。他已经到了那里吗……方沫眼中闪过一抹纠结。

沉思片刻，他没有直接攀登绝壁，而是原地坐下，开始闭目养神。时间一分一秒地过去，等到天空中的太阳移动到了正上方，方沫才缓缓睁开眼眸，眼中闪过坚定之色。他伸出手，抓住绝壁的凸起，敏捷且迅速地向上攀爬。此时，卢宝柚已经攀到了绝壁总高度的一半，将他远远甩在后面。

方沫刚开始攀爬没多久，苏元与丁崇峰，以及其他实力较强的新兵也陆续穿过冻湖，来到了这座绝壁的脚下。

"这么高？"丁崇峰抬头仰望着那座近乎垂直的高耸绝壁，忍不住开口，"这真的能爬上去吗？"

"……我也不知道。"苏元的表情复杂无比，"在极限运动中，徒手攀岩本就是最危险的运动之一，我之前也做过几次徒手攀岩，不过无论是高度还是险峻程度，都不可能与这座绝壁相比。这里本就是高原，空气稀薄，再加上周围的风雪干扰，就算戴着护具登山都极度危险，更何况是徒手攀登。"

"林教官应该会保护我们的安全。"

"如果是这样，那失败的概率反而更高。"苏元平静地说道，"徒手攀岩考验的不仅是攀登者的力量与耐力，还有意志力。对于这种高度的徒手攀岩来说，一旦开始，就没有办法回头，中途就算再累、再无法坚持，也只能闷着头往上爬，因为就算想停在空中休息，肌肉组织都是时刻紧绷的，还要对抗风雪的吹袭。在攀登的时候，随着攀登者的体力逐渐到达极限，在恐惧与疲惫的双重折磨下，人会控制不住地萌生退意。如果是真正的徒手攀岩，那在濒临死亡的时候，人总是会爆发出潜力，强迫自己去完成最后一段路程，可如果这时候给了他一个退路，那很多人或许连极限都无法触碰，就会中途举手投降。"

"考验意志力的关卡吗……"丁崇峰仰望着那座高耸的绝壁，叹了口气，"算了，上吧，早晚都是要面对的。"

"不行。"

"嗯？"

"我们需要休息。"苏元郑重地开口，"我说了，徒手攀岩一旦开始就不能后退，也没有中途休息的时间，所以我们在开始之前，一定要把自身的状态调节到最好。这一关，考验的不仅是体力、耐力与意志力，还有在面临极端情况时的冷静。徒手攀岩，最忌讳的就是浮躁与自大，那会让人丢掉性命。"

丁崇峰若有所思地点了点头："我明白了，磨刀不误砍柴工，我们休息到下午再开始攀爬。"话音落下，丁崇峰又抬起头，看了眼那两个已经在绝壁上缓慢攀登的身影，眸中浮现出担忧之色。

豆大的汗珠从卢宝柚的脸颊滑落，很快便结为寒霜。他紧咬着牙关，眼眸死死地盯着已经若隐若现的绝壁顶端，吃力地挪动着自己的手与脚。他的身体在控制不住地颤抖，对于手脚的感知已经近乎麻木，他没有停歇地接连穿越雪原与冻湖，又一口气爬了近五分之四的绝壁，身体被榨干到了极限。他知道，自己已经快不行了。但是他不甘心。明明他都快要爬完这座绝壁，就差那么一点点，让他就这么认输，绝不可能！到了极限又怎么样？意识开始模糊又怎么样？他不服！爬！忘记一切，向上爬！他绝不能输在这里。卢宝柚凭借着恐怖的意志力，挪动着几乎失去知觉的四肢，像一只打不死的小强，在风雪中一点点地向上爬行。但就算他的意志力再强，人类的身体，也总是有极限的。"刺啦——"卢宝柚的右脚刚踩上一块凸起，却彻底软了下来，整个人猛地从绝壁之上滑落，无力地穿过云层，向着下方坠去。

那些刚开始攀登，或者准备开始攀登的新兵，看到即将爬上顶端的卢宝柚从天空坠落，同时惊呼起来。绝壁的中央，方沫见到这一幕，眼眸微微收缩。他没有丝毫的犹豫，身体轻盈地在绝壁上一晃，平行挪动到卢宝柚下落的轨迹中央，右手成爪，猛地扎进了坚硬的绝壁表面，死死抠住。然后伸出左手，一把拽住了下落的卢宝柚手腕。恐怖的动能撕扯着方沫的身体，他痛苦地闷哼一声，却没有就此放手，抠进绝壁的右手指尖渗出鲜血，已然受伤。

"你干什么？"卢宝柚被他拽在空中，随着狂风的吹袭摆动，冷声开口，"放开我。"

"你好不容易才爬这么高，掉下去就要从头开始了。"方沫皱眉。

"那就从头开始。"卢宝柚看了眼绝壁的顶端，眸中闪过复杂之色，"这次是我自大了，我该付出代价。"

"但是……"

"你不会觉得，我掉下去之后，就没办法再爬上来了吧？"卢宝柚冷笑一声，"方沫，你真的觉得我卢宝柚是个废物？你觉得我输不起吗？错了就是错了，我不需要你的施舍来减轻我该付出的代价。就算掉下去，重新回到起跑线，我也还会回来，并且超过所有人……包括你。"话音落下，卢宝柚猛地挣开了手臂，身形迅速地坠入绝壁下的云层之中。

1021

方沫怔怔地看着坠落的身影，陷入了沉默，他的脑海中，只剩下卢宝柚挣开他手臂那一瞬间的决然与骄傲。他在原地沉默了片刻，深吸一口气，继续缓慢地向着山顶爬去。

卢宝柚的身形急速地落下绝壁。就在他即将摔入谷底，粉身碎骨的时候，绝壁之上的林七夜张开嘴，轻声呢喃了一句什么，一股旋风便从虚无中卷出，托住卢宝柚的身形，将其缓缓放在地上。卢宝柚浑身体力都已经透支，他无力地躺在雪地之上，仰望着不见顶端的绝壁，闭上眼睛。"……同样的错误，我不会再犯第二次。"他喃喃自语。风雪呼啸，周围的新兵们纷纷走上前，想要拉卢宝柚一把，但他就这么安静地躺在雪中，一动不动，像是死了一般。

绝壁之上，正在闭目养神的林七夜，嘴角微微上扬。绝壁底端，准备攀登绝壁的苏元与丁崇峰经过卢宝柚，后者看着那逐渐被雪掩埋的身影，正欲上前把他拉起来，一旁的苏元便拦住了他。"不用管他，他在专注地恢复体力。"丁崇峰沉默片刻，还是叹了口气，走过卢宝柚的身边，开始攀登绝壁。

时间流逝，到目前为止，已经有近半的新兵来到了绝壁之下，陆续向上攀登起来。苏哲弯着腰，双手扶着膝盖，气喘吁吁地望着头顶高耸入云的绝壁，苍白的脸上浮现出苦涩。"真是要命……"他简单地在原地休息了一会儿，便随着大部队开始登山。在集训营的时候，教官们早就教过极端环境下的生存技巧，其中也包含了徒手攀登这一项，不过碍于地形限制，他们从来没有真正实践过。一口气爬了近五分之一的路程，苏哲才真正意识到，这件事有多难。他僵硬地卡在两块凸起的岩石之间，手臂的肌肉开始因酸痛而颤抖，逐渐稀薄的空气让他不得不加快呼吸的频率，但即便如此，他的意识还是逐渐模糊。他深吸一口气，强行打起精神，继续一步一步地向着绝壁顶端爬去。

此时，已经不断有新兵无法坚持，从苏哲的身边掉落下去，然而他们中只有极少部分人能像卢宝柚一样，透支了全部体力，才从绝壁上摔落，大部分人都是感觉自己到了极限，主动跳了下去。每当他们落地之时，都会有一股旋风稳稳接住他们的身体，避免受伤。他们无力地躺在地上，不停地喘着粗气，眸中浮现出绝望之色。不可能的……对他们来说，这根本是不可能完成的任务。

苏哲努力地让自己分散注意力，不去想自身的疲惫，咬着牙，一点一点地挪动着自己僵硬的身体。就在这时，一个声音突然从绝壁之上清晰传来，回荡在每一个正在攀岩的新兵耳边："坚持不下去的话，不如放弃。"林教官？苏哲一愣，他错愕地抬起头，看向若隐若现的绝壁顶端。其他新兵，无论是正在登山，还是准备登山，抑或是登山失败的，都疑惑地抬头看去，林教官的声音，他们没有不认识的。"翻不过这座山，说明你们的实力与毅力并不拔尖。既然如此，为什么还要执着于加入守夜人呢？"林七夜的声音再度传出，悠悠地在死寂的山谷中回荡，"大夏守夜人每年的死亡率，你们了解过吗？一年内，平均每七个守夜人中，就会有一人战死，这个牺牲速度甚至超过往年新兵补充的人数，这些牺牲的守夜人中，有95%都是在清剿'神秘'的过程中战死的。等到战争开始，你们这些新兵就要扛起守护城市的职责，你们真的准备好赌上自己的性命，去保护危难中的民众了吗？如果没有准备好的话，现在反悔还来得及。不需要再坚持，只要在这次的训练中被淘汰，你们就可以中途退出，回到平凡的世界，远离厮杀、牺牲与无尽的痛苦，你们不需要再去当站在万万人前的守夜人，而是安心地去成为那被保护的万万人。这是在你们踏上守夜人这条无法回头又荆棘丛生的道路之前，最后一次选择的机会。"

林七夜的话音落下，下方的新兵们陷入了沉默。绝壁之上，那些攀登到筋疲力尽的新兵中，有人眼中开始浮现挣扎之色，有人则依然坚定不移地向上爬去，还有人痛苦地低吼一声，闭上眼睛，屈从于内心的软弱，从绝壁上一跃而下。

苏哲的手指死死地抠住绝壁的凸起，脸色苍白无比，他的脑海中回荡着林七夜的话语，神情挣扎起来。他……真的准备好去当守夜人了吗？这几个月的训练，确实让他改变了很多，跟之前那个宅男苏哲相比，简直天差地别。但正如林七夜刚刚所说，他真的做好牺牲自我的准备，去保护危难中的民众了吗？他真的准备好走上这条无法回头的荆棘道路了吗？——未必。说到底，他来参加新兵集训，只是因为他妹妹苏元。他清楚地记得在那场车祸中，他与妹妹苏元同时觉醒了禁墟，在那之后，守夜人就主动找上了他们，被招揽的那一瞬间，他本能反应就是拒绝，毕竟他苏哲只是个无形的妹控宅男，没有那么伟大的志向去守护世界。如果不是他半夜起来上厕所的时候，恰好看到苏元偷偷地收拾行李，准备自己去上京加入守夜人，他或许这辈子都不会离开那座小小的县城。他必须承认，苏元一个人去当守夜人，他不放心。此刻，在风雪呼啸的绝壁之上，苏哲重新审视起了自己的初衷，一遍又一遍地叩问自己的心灵，是否已经做好了成为守夜人的准备，答案是……他没有。这个答案在苏哲脑海中涌现的瞬间，不知是有意或是身体已经濒临极限，他的双手松开了绝壁的凸起，整个人像是一只断了翅膀的飞鸟，无力地从云端坠落而下。

1022

方沫的双手攥住绝壁顶端的凸起，用力一抬，整个人从边缘爬出，坐在了山峰的顶端。他大口大口地喘着粗气。他是所有新兵中，第一个翻越绝壁抵达山峰的人，也是最先完成第三段路程考验的人。方沫一边活动着紧绷的肌肉，一边看向顶峰的不远处，只见一个披着深红色斗篷的身影，正静静地盘坐在雪中，平静地俯视着下方的一切。每一个新兵的身体状态、精神状态、神情的挣扎，或是眸中的坚定，都在他的精神力感知之下一览无余。

似乎察觉到了方沫的目光，林七夜微微转头，对他笑了笑。"表现得不错，继续努力。"

"谢谢七夜大人。"方沫对着林七夜深深鞠躬，简单地休息了一下，便继续迈步向第四段路程走去。林七夜转头，继续他对新兵们的监视与保护。

又过了许久，两道身影一前一后地攀上了绝壁的顶端，虚弱地倒在雪地上，眼眸中是无尽的疲惫。他们是这一阶段的第二与第三名——苏元和丁崇峰。两人向林七夜行礼之后，也缓慢地向着远处走去。

但刚走了没两步，苏元就停下了身形，犹豫片刻之后，还是回头郑重地对林七夜说道："林教官，我觉得这种淘汰模式有些不妥。"

一旁的丁崇峰脚步突然停下，表情有些僵硬。

"嗯？"林七夜转过头，诧异地看着眼前这个少女，"为什么？"

"我理解您想要用这种每日淘汰的方式，最大限度地激发我们的潜能，去完成这段看似不可能完成的路程，但这对于很多人来说，并不公平。"苏元坚定地开口，"身体素质，不该是评判一个守夜人是否合格的唯一标准。据我所知，有很多新兵拥有强大的禁墟，但自身的身体素质却并不强悍。在压制禁墟的情况下，单凭体能来判断他们是否有成为守夜人的资格，有些片面了。"林七夜的眉梢一挑。风雪中，苏元就这么默默地与林七夜对视，眸中没有丝毫惧色。过了许久，林七夜的嘴角浮现出一抹淡淡的笑容。"你说的这些我都明白，这七天，从来就不是一个单纯考核体能的过程。正如我说的，这不是一场考核，而是一次授课。而授课的内容……才刚刚开始。"

"授课？"听到这两个字，苏元一愣。她想起来，早在飞机上的时候，林教官确实说过这是最后一次授课……但他想教的，究竟是什么？苏元想不明白，但是她相信林教官，既然林教官这么说了，那一定有他的深意。"我知道了。"苏元点了点头，与丁崇峰一起离开了这座绝壁。

"苏元，你这是怎么了？"等到彻底离开绝壁，丁崇峰这才忍不住问道，"林教官设计这么一场试炼，肯定有他的用意，我觉得你好像有点浮躁了。"

"或许吧……"苏元心不在焉地开口。

"不管怎么说，我们已经跨过了绝壁这道最难的坎，剩下的三段路程，三天的时间应该足够走完。"丁崇峰看了眼逐渐暗淡的天色，"距离彻底天黑还有一段时间，我们抓紧点，争取走到裂谷附近过夜。"

苏元没有回答，她默默地停下了脚步。

"怎么了？"丁崇峰见苏元停了下来，疑惑地问道。

"丁崇峰，接下来的路，你自己走吧。"苏元缓缓开口。

"那你呢？"

"我有些累了。"

"我可以等你在这里休息一会儿再出发。"

"不需要。"苏元摇了摇头，"你走吧，不用管我。"

丁崇峰正欲说些什么，紧接着，脑海中闪过了某个想法，他沉默片刻，神情复杂地看着苏元开口："你不会是想……"

"我想走我自己选的路。"苏元的表情平静无比。

"我知道了。"丁崇峰叹了口气，没有再坚持，而是独自迈开脚步，向着远处走去，"我在公格尔山的山顶，等你们。"

目送丁崇峰消失在风雪之中后，苏元缓缓闭上了眼睛，像是在感知着什么，随后转过身，毅然决然地向着绝壁的方向原路返回。

夜色已深。此时，已经有过半的新兵都翻过了绝壁，向着远处的裂谷行进。逐渐冷清的绝壁底端，一只手掌突然从积雪中伸出，紧接着，一个独眼少年的身形缓缓站起，那只仅剩的眼眸凝视着绝壁的顶端，闪烁着前所未有的昂扬斗志。他在雪中休养了大半天的时间，终于将自身的体力恢复至巅峰。但同样地，一次攀登失败，再加上大半天的休养，已经让他的进度远远落于大部队的后面，甚至接近了淘汰线。即便如此，他的脸上也没有丝毫慌张，只是微眯起眼眸，喃喃自语："我回来了……"话音落下，他没有丝毫犹豫，直接攀上陡峭的绝壁，以惊人的速度开始向上方移动。虽然现在他的位置，已经在新兵大部队的末端，但这并不影响他凭借自身过硬的身体条件，开始逐个反超。

几架无人机呼啸着飞过绝壁的上空。"现在公布淘汰人员名单。第五百三十二名，骆港，淘汰。第五百三十一名，胡世英，淘汰。第五百三十名……"听到这不带丝毫感情的机械音，那些躺在绝壁下攀登失败或者放弃攀登的新兵，沉默不语。苏哲四仰八叉地躺在雪地上，只觉得一根手指都动不了，他看着风雪呼啸的绝壁顶端，眸中浮现出苦涩。"苏元，哥哥只能陪你到这儿了……"

"第四百八十一名，苏哲，淘汰。"绝壁之上，卢宝柚紧咬着牙关，排名飞速地向上攀升，无人机念到的名字与他的距离所剩无几，他必须尽可能多地超越攀登在他之上的新兵，才能免于这一次的淘汰。他是所有人中，唯一攀登失败跌落谷底，还能卷土重来的新兵！随着无人机念到的人影越发靠前，就在这时，绝壁的顶端突然飞跃出一道人影！她逆着人群，从绝壁顶端急速坠下，如同一道流星划过天空。"第四百五十二名……苏元，淘汰。"

1023

林七夜坐在绝壁顶端，目睹了苏元从山峰一跃而下的过程，却没有出手阻止，而是无奈地笑了笑。"这对兄妹……倒是难得。"他轻念一声，一股旋风便托着苏元的身体，缓缓落在地面。

听到最后一个名字，躺在雪地上的苏哲猛地睁开眼睛，眸中满是难以置信。"苏元？怎么可能？"作为苏元的亲哥，没有人比他更了解自己这个妹妹有多强悍，从一开始，他就坚信这七天的训练对苏元来说不算什么难事……就算她拿不到第一名，也绝不可能在第三天就被淘汰。但偏偏，她的名字就这么出现在了淘汰名单之中。

星辰点缀的夜空之下，一位少女裹着防寒服，在风雪中缓缓走来。靴子踏着积雪，在苏哲身边站定，苏元低头看了他一眼，面无表情地向他伸出一只手。

　　"喂，能起来吗？"

　　"我不叫'喂'，我是你哥……"苏哲忍不住吐槽了一句，不解地开口，"你不是已经翻过去了吗？怎么又回来了？"

　　"我迷路了。"苏元淡淡回答。

　　苏哲："……"

　　苏元单手抓住了苏哲的手腕，轻松地将其从地上拽起。

　　"我说老妹，你不会是特地回来陪你哥我的吧？"苏哲眨了眨眼睛。

　　"谁要特地回来陪你，死变态。"苏元白了他一眼，"我说了，我是迷路了。"

　　"……那守夜人怎么办？你不是一直想当守夜人，想去保护其他人吗？"

　　"不过是一个身份而已，没有那么重要。"苏元看了苏哲一眼，很快便转过头去，"反正该学的东西，这几个月我都学到了，没有斗篷与勋章，我也能保护我想保护的人。而且……"苏元顿了顿，看了眼绝壁顶端那静静盘坐的身影，"我总觉得……事情或许还有转机。"

　　苏哲的眼中浮现出茫然。

　　远处的雪地上，轰鸣的车辆疾驰而来，明亮的灯光照射在苏哲、苏元兄妹身上，让他们同时眯起了眼睛。车辆停在他们的身边，一个教官走下车，手中拿着一份名单，平静地开口："苏哲、苏元，你们被淘汰了，跟我走吧。"苏家兄妹对视一眼，无奈地跟着教官上了车。车门关闭，苏哲坐在窗边，整个人无法言说地疲惫。他转头正欲说些什么，只见苏元正透过车窗，望着绝壁上那些迈着蹒跚步伐向前移动的新兵，怔怔出神。苏哲的双唇微微抿起。"教官，我们要去哪儿？今晚就要遣返吗？"苏哲忍不住开口，"我们能不能等这七天集训结束了再走？没有吃住的地方也无所谓，至少……让我们亲眼看一下守夜人的宣誓典礼行吗？"

　　"遣返？"教官眉梢一挑，含笑说道，"谁说要把你们遣返？"苏哲与苏元同时一愣。"末尾的被淘汰，只能说明你们要退出这段徒步极限翻越之旅，不代表这七天的训练结束了。"教官悠悠开口，"接下来的四天，你们要去一个新的地方，继续完成你们的训练。"

　　听到这句话，苏元的眸中绽放出神采。"新的地方？在哪里？"

　　"大夏西侧边境，喀玉什019边防连。"

　　绝壁。卢宝柚支撑着身体，攀上绝壁的最高处，白色热气从他的嘴中呼出，迅速地在夜晚的高原上凝结成霜。他回头向下看了一眼，此刻的绝壁上已经没有其他身影，那些还落在他后面的新兵都被淘汰，下方漆黑且死寂，如一片深不见底的绝望深渊。他的身旁，一个披着深红色斗篷的身影缓缓站起。林七夜拍了拍身上的积雪，走到他的面前，平静地开口："你本不该在这个名次的，卢宝柚。"卢宝柚低着头，沉默不语。"如果在第一次攀登之前，你听我的建议，停下来休息一会儿，那你现在已经走在所有人的前面了。"林七夜顿了顿，"可惜，你的骄傲与自大，让你错失了这个机会，甚至差一点让你万劫不复。"

"我……"

"我知道你很强，你体内蕴藏的力量，还有你惊人的意志力，让你拥有自信与骄傲的资本……但过度的自大与自负，是会害死人的。这次你可以凭借自身的实力与运气，从谷底爬出来，但下次呢？如果你不能控制住自己的骄傲气焰，早晚有一天，你和你的同伴，都会因此丧命。"卢宝柚原本张开的嘴，缓缓闭起，没有反驳林七夜的话，而是在原地低头沉默许久，独自迈步向远处走去。

黎明。数十辆车驶过荒凉的大地，天边的鱼肚白撕开黑暗，在地平线的尽头，几栋楼宇的轮廓若隐若现。那是几栋刷着白漆、盖着红顶的小楼，看起来并不崭新，但非常整洁，小楼外的围墙高高耸立，门前的石碑上，镌刻着几个鲜红的大字——"喀玉什019边防连"。

车辆在门前停了片刻，查验完身份之后，便载着被淘汰的新兵们缓缓驶入其中。苏元与苏哲从车上下来，在教官们的指引下，站成队列，一个样貌粗犷的男人穿着迷彩服，从小楼中走出，与教官交谈片刻后，便将目光落在了这八十名新兵身上。

"这就是上面说的，临时戍边志愿者？"男人诧异地开口，"都这么年轻？而且看起来有从军的气质啊……欸，你们究竟是从哪个军区过来的？怎么想到跑到我们这么偏远的地方，来当志愿者？"

"保密。"教官神秘地笑了笑，"接下来的几天，他们就交给您了，不用对他们客气，怎么使唤他们都行。"

"行，我知道了。"

很快，教官们便坐上车，在新兵们疑惑的注视下，驶离了这里。

男人走到他们的面前，目光扫过众人：

"稍息。

"立正！"

看着队列整齐的新兵们，男人满意地点了点头，开口说道："接下来的四天，你们将作为志愿者，参与大夏西侧边境的戍边生活，我代表喀玉什019边防连，欢迎你们的到来。"

1024

帕米尔高原。

另一边。雪山脚下，辛格、司小南、冷轩三人围在一块裸露的岩壁前，陷入沉思。时间一分一秒地过去，辛格看了看满脸专注的司小南，又看了看庄严肃穆的冷轩，忍不住开口："你们确定，之前在这里听到了奇怪的声音？"

"嗯。"司小南平静地点头，伸手指着那块看似平平无奇的岩石，郑重其事地说道，"之前我们经过这里的时候，就听到里面传来类似于潮汐般的声响，隐约间，还有龙吟混杂……我们两个之前在这里研究了半天，但是没有发现异样。"

辛格狐疑地将耳朵贴到石头表面，半晌之后，眉头便皱了起来。"我什么都没听到。"

"你仔细听，是不是有呼呼声？"

"……那不是风穿过石缝的声音吗？"

"不一样，你再仔细听听？"

辛格的眉头皱得更紧了，他又将耳朵贴了上去，过了一会儿，声音有些不确定起来。"好像……确实有点不一样？"

"是吧！我就说这儿有问题！"司小南笃定地说道。

辛格后退了两步，指尖在虚无中一弹，那块黑石便轰然爆碎，除了漫天的飞尘与碎石块，什么都没有留下。"看来不是这里。"辛格摇了摇头，"昆仑山这么大，想要找到进入昆仑虚的入口，这么一个个试太浪费时间了……我们要用别的办法。"

"什么办法？"司小南警惕了起来。

"我听闻，大夏的天庭本源催生出的神力，与世间其他的神力不同，是一种被称为'灵气'的特殊神力，昆仑虚与天庭本源应当同属一脉，所以真正的昆仑虚内，应该也充盈着所谓的'灵气'神力。"辛格一边思索，一边从怀中掏出了一个样子古怪的罗盘，"既然如此，那我带的这件东西，就有作用了。"

"这是……"

"能够与神力波动产生共鸣的罗盘，通过它的能力，我们或许可以感应到昆仑虚入口处溢散出的神力，由此来锁定入口的位置。"

司小南的眼中微不可察地闪过一抹光芒。"是吗？给我看看。"她好奇地伸出手，想要接过辛格手中的罗盘，后者却退了半步，丝毫没有递出这个罗盘的意思。"抱歉，这件东西是我从天神庙里带出来的，外人不能随意触碰。"辛格淡淡开口。说完，他抬起手中的罗盘，将精神力灌入其中，一缕缕乌光在罗盘之上涌动，开始搜寻四周。

冷轩眼眸微眯，看了司小南一眼，给出一个眼神：要不要做了他？

司小南摇了摇头：洛基在听，一旦我们这时出手，就彻底暴露了。

冷轩默默地收敛了眸中的杀意。

片刻之后，罗盘锁定了某个方向，辛格眼前一亮。"那个方向有神力波动溢散出……就是不知道，是不是昆仑虚的入口，我们先去看看吧。"

司小南看了那个方向一眼，微微点头。"好。"司小南一边走，大脑一边急速转动。洛基之耳的存在，虽然不能完全监控她与冷轩的所作所为，却在一定程度上限制了他们的行动，如果没有这只耳朵，他们或许早就偷偷做掉了这个来自印度的阿修罗代理人，但现在情况就不一样了。没有名正言顺的理由，他们不能对打着盟友旗号的辛格动手，而且悄无声息地暗杀一位同为"克莱因"境的神明代理人，也不现实。就算杀他，也得找个合适的理由才行，司小南的眼中闪烁着微光。

风雪之中，方沫裹着防寒服，迈着沉重的步伐，一点点地向着远处的裂谷走去。突然间，他的脚步一顿，像是发现了什么，抬头在空气中嗅了嗅。"这个味道……好熟悉。"他茫然地环顾四周，最终锁定了一个方向，犹豫片刻之后，还是改变了原本的路径，加快脚步走过去。过了二十多分钟，他近乎走到了试炼路线区域的边缘，才缓缓停下脚步。他四下张望了一圈，入目之处，除了皑皑白雪再无其他。他又在空中嗅了嗅，蹲下身，用手掌按入身下的雪地之中，将脚下的积雪推开。神秘而复杂的青铜纹路，在积雪下裸露的黑色岩体上勾勒而出，像是一个古老的传送法阵，沉寂在荒凉的积雪之间。"是天庭灵气的味道。"方沫看着身下这个巨大的青铜纹路，眼中浮现出疑惑之色，"可它怎么会在这里……"方沫的本体，本就是大夏神兽之一的白虎，对灵气有绝对灵敏的嗅觉，再加上之前他又在天庭旁拜师学艺，苦修数载，对这种气息再熟悉不过了。但他无法理解，天庭的味道，为什么会出现在帕米尔高原？要不要通知一下教官？方沫没怎么犹豫，转身便要回头走向绝壁。散发着天庭灵气的神秘建筑与一场训练的输赢相比，后者根本不值一提。他刚迈出两步，一股异味涌入他的鼻腔，他的身体猛地一僵。他转过头，只见远处的山脚之下，一个穿着暗黄色西式礼服的男人正缓缓走来。

"昆仑虚的入口，应该就在这附近……"男人感知着地脉间的能量波动，嘴角勾起一抹冷笑。作为大地之神盖亚的代理人，他对于大地的能量波动本就有着极其敏锐的感知，只要昆仑虚的入口藏在这条山脉之间，就能通过地脉的变动，轻松地找到它的位置，这种天赋也是奥林匹斯派他潜入大夏的原因之一。他之前拒绝与辛格联手，也是想独吞这份情报，毕竟他可没有蠢到给那群印度神当狗的地步。就在他仔细地寻找着昆仑虚入口之时，余光落在了远处的方沫身上，他诧异地轻"咦"一声。"居然还有人？不对，他的气息……是个大夏神的代理人？不过……"他猛地一步踏出，身形瞬间遁入大地之中，等到再度出现之时，庞大的身体已经站在了方沫的面前。"这个代理人……真是弱小得可怜。"他的眼眸眯起一个危险的弧度。

1025

方沫的身体微微颤抖起来。如此近距离下，眼前这个男人所带来的压迫感，让方沫浑身的汗毛乍起，一股前所未有的生死危机感，涌上他的心头。他从来没有感受过这么强大的气息。到目前为止，除了师尊等人，他所见过的最强大存在，就是上京市的那只"克莱因"境的笔仙，但与眼前这个男人比起来，笔仙的气息实在弱小得可怜。同为"克莱因"境，差距竟然如此之大？野兽的本能让方沫在第一时间想要后退，可就在这时，一股强横的境界威压压在他的肩头，将其死死地禁锢在原地，不得移动分毫。豆大的汗珠从他的额头渗出，很快便被冻成寒霜，他死死盯着眼前这个男人，双腿肌肉紧绷，用尽全身的力气，也只能让自己不轻易地跪倒在地。他虽然是一位神明代理人，但终究还是一只羽翼尚未丰满的雏鸟，"池"境的他在"克莱因"级别的神明代理人面前，毫无还手之力。

"说起来，我还从来没杀过大夏的神明代理人呢。"男人双眸微眯，抬起右手，随意地点向方沫的眉心，冷笑道，"杀了你，大夏神应该会很生气吧？"

方沫的眼眸骤然收缩。一抹剑光呼啸着掠过风雪，精准地斩向男人的手腕，后者的眼眸一凝，身形急速后退半步。但他的速度，还是慢了一步。锋锐的剑尖擦过男人的手掌，划出一道血淋淋的剑痕，那抹剑芒的尾端浸染着漆黑的夜色，在空中飞旋半圈，悬停在了半空之中。一滴滴鲜血自剑锋滴落，血色的花朵在正下方的白雪中盛开。剑柄上方的天空中，黎明的曙光在急速暗淡。夜色降临。生死危机解除，方沫失去惯性向后倒去，踉跄地走了半步，跌倒在地。"这是……"他抬头看向天空，喃喃自语。纯粹的夜色在空中蔓延，如一只狰狞巨兽，无情地吞噬着初生的朝阳，顷刻间将所有光明尽数掩盖。夜色降临的一瞬间，方沫的心便安定下来，紧绷的肌肉微微放松，苍白的嘴角浮现出劫后余生的笑容。那位来了……今天，他就死不了。

"嗯？"男人先是看了眼自己无法愈合的手掌，又抬起头，凝望着这突然出现的夜幕，脸上浮现出诧异之色，"传闻中高天原的第一杀伐神器，以及黑夜女神的力量……又是一位代理人？"他像是察觉到了什么，转头看向前方的虚无。漆黑的夜幕之下，一道深红色的身影诡异地闪烁而出，在风雪中静静地伫立在倒地的方沫身前。"方沫，你先退回去。我在这儿，没人能伤得了你。"他抬起右手，搭在腰间雪白的刀柄之上，昏暗的天地间，一双暴怒的金色眼眸如熔炉般燃起跳动，凛冽的杀意席卷而出！方沫一咬牙，没有丝毫的犹豫，从地上爬起，迅速地向远处跑去。他自己心里很清楚，凭他的境界，留在场上只会给林七夜增加负担，随便一点战斗的余波，都可能让他万劫不复。

"身上散发着黑夜女神的气息，但那双眼睛……"男人看都没看离开的方沫一眼，而是望着林七夜那双跳动的金色眼眸，脸上满是不解之色，"是米迦勒？你究竟是黑夜女神的代理人，还是炽天使的代理人？"两种截然不同的神明气息，同时出现在了一个人身上，他安德烈虽然以大地之神盖亚代理人的身份常年行走于迷雾，但也从未遇见过这种情况。

在梅林留下的翻译魔法的能力下，林七夜能够清楚地听懂安德烈的意思。但他并没有回答的意思。"锵——"一抹清脆的刀鸣响起，"斩白"的刀锋瞬间撕开寒冷的空气，一抹刀芒无视空间，直接斩向了安德烈的咽喉。他不需要知道对方的身份，也不需要知道对方的动机，只知道如果他赶来的速度再慢一些，现在的方沫已经是一具尸体了。谁敢杀他的兵，他就杀谁。虽然新兵都已经通过了绝壁，但并没有走出林七夜的精神感知范围，自方沫主动偏离路线走向这里的那一刻起，林七夜就已经在重点留意他的动向。而当安德烈出现在他精神感知内的瞬间，林七夜便通过无线电给其他人发出信号，随后以最快的速度赶了过来。

凌厉的刀芒突兀地出现在安德烈的面前，后者似乎并没有想到这柄刀居然有穿透空间的能力，千钧一发之际，强行扭动了身体，让这一刀惊险地避开咽喉要害，转而结实地斩在他的胸膛。狰狞的刀痕从他的肩头，一直划到另一侧的小腹，虽然看似严重，却并没能给他造成致命的伤害。"无物不可斩的剑，与无视空间的刀？"安德烈很快便猜到了那柄雪白长刀的能力，脸色阴沉下来。林七夜猝不及防的攻击确实让他吃了亏，但这并不代表他会畏惧林七夜，不过是个"无量"境的神明代理人，就算拿着两件棘手的兵器，对他而言也算不上致命威胁。安德烈抬起右手，随意地向着天空一招，方圆两公里内的地面突然剧烈地震颤起来，数条覆盖着白雪的岩土之蛇高昂起头颅，接连撞向站在中心的林七夜。

林七夜手握"斩白"，催动"夜色闪烁"，身形迅速消失在原地。"可笑。"安德烈感知到轻微的空间波动，冷笑一声，缓缓闭上双眼，右脚在地面重重一踏！下一刻，一只硕大无比的眼，从他脚下残缺的大地缝隙之间猛地睁开，黑色的眼眸之中，一只猩红的瞳孔急速转动，很快便锁定了某片虚无。那只巨眼的瞳孔微微收缩。"砰——"沉闷的撞击声响起，林七夜的身影被强行从空间中震出，从高空坠落下来。他忍住胸膛的剧痛，调整身形，如同一只轻盈的鸿雁在一条岩土之蛇的头顶一踏，退到了一块残缺的巨石碎片之上。他的脸色凝重无比。

1026

单从境界气息上来看，安德烈的境界已经是"克莱因"境中的巅峰，而且林七夜还能从他的身上感觉到一股外神的气息，如果没猜错的话，这应该是一位外神的代理人。从刚刚对方轻易操控大地的能力上来看，所代理的那位神明，应该与大地有关……是埃及的大地之神盖布，还是奥林匹斯的大地之神盖亚？凭借着"斩白"与天丛云剑，以及身上的众多神墟，林七夜即便是面对一般的"克莱因"境强者都不会落下下风，但在这样一位"克莱因"境巅峰的外神代理人面前，就显得有些吃力了。安德烈似乎也发现了林七夜的境界短板，直接动用神墟，发起暴风骤雨般的进攻。数十条岩土之蛇在风雪中狂舞，擦过林七夜的身形，接连轰击在附近的山体之上，将其鞭打出一道道狰狞的裂纹。霎时间，地动山摇。

林七夜凭借着恐怖的动态视觉与敏捷的速度，堪堪在岩土之蛇的围攻下保全自身，但他的目光凝视着安德烈脚下那只诡异的大地之眼，一颗心已经沉了下去。他不知道那只眼睛究竟是什么能力，但其似乎有禁锢空间的效果，在那只眼瞳的注视下，无论是"夜色闪烁"还是"斩白"的遁入虚空，都无法动用。再这么拖延下去，他迟早会被周围的岩土之蛇拍落到地面，而在一位大地之神的代理人面前双脚踏地，是一件极其危险的事情。林七夜深吸一口气，抬手轻招，那柄被夜色侵蚀的天丛云剑急速飞驰而来。剑芒闪烁，包围在林七夜周围的几条岩土之蛇躯体被瞬间切开，漫天石雨之中，他一手握剑，一手握刀，竟然直接向着正下方的安德烈杀去。既然失去了机动性极高的空间类能力，那就必须摆脱远程战斗，否则他早晚会被那无穷无尽的岩土之蛇耗尽体力。

安德烈的眼睛一眯，没有操控岩土之蛇去阻拦拥有天丛云剑的林七夜，而是后退一步，仰面向着身下的大地之眼倒去。"砰——"他的身体落在大地之眼的眼白中，就像是冰雪般融化其中，紧接着那只巨大的眼球猛地闭起，化作一抹微光遁入大地，消失无踪。既然知道了林七夜手中的那柄剑，是传闻中无物不可斩的天丛云剑，安德烈自然不会蠢到近身与之搏杀，毕竟要是被那柄剑砍一下，就连伤口都无法愈合，这可不是闹着玩的。凌厉的剑芒贯穿大地，瞬间将地面破开一道光滑的缺口，但除了无尽的碎石与烟尘，林七夜的精神感知范围内再无安德烈的身影。他的眉头微微皱起。

与此同时，距离这里大约两公里外的雪山之上，一只诡异的眼眸突然从岩层中睁开！漆黑的眼眸中，猩红的瞳孔瞬间锁定了远处的林七夜，安德烈的身影缓缓从中走出，冷笑着对林七夜遥遥一指。一股强烈的危机感涌上林七夜的心头！他没有丝毫犹豫，拔出了刺入大地的天丛云剑，然后整个人化作一抹夜色急速地向天空冲去。就在他身形移动的一刹那，身下的大地突然像是液体一样，诡异地翻腾起来，一道道呼啸的液体大地巨浪呼吸间便掀起数百米高，比向上逃离的林七夜速度更快，像是一片升起的大地铁幕，在林七夜的头顶严丝合缝地连接在一起。液体大地继续如海浪般翻滚，这座数百米高的大地囚笼，封锁着林七夜的身体，在液体大地的挤压之下，他迅速地向着地心深处沉去。地下一百米、地下三百米、地下五百米、地下一千米……

感受着大地囚笼逐渐靠近地核，安德烈的嘴角扬起一抹笑意，他伸手再度一挥，那翻腾的液体地面便停滞下来，重新化作一片荒凉的大地。没有战斗的痕迹，没有瞬间封锁天空的大地囚笼，也没有翻腾的大地之海……这片死寂的大地就像是一只吃人的野兽，吞没了林七夜的身体之后，抹去嘴角的鲜血，又悄然蛰伏了回去。他迈开脚步，正欲走向昆仑虚的入口，余光扫过地面，脚步突然一顿。"安……安……安……安……"诡异的呢喃声从虚无中传出，萦绕在他的耳边。积雪之上，一根断裂的树枝，突然自己直立起来，像是一支被人握住的铅笔，急速地在白雪之上绘制起一个巨大的圆圈。当断裂的树枝在雪地中，将线条的头与尾连接重合的瞬间，一个披着深红色斗篷的身影凭空出现在了圆圈的中央，数柄细窄的手术刀弹射而出，以惊人的速度刺向安德烈的咽喉！安德烈的眼眸微微收缩！眼前的这一幕，实在太过诡异，虚空中的呢喃、如铅笔般自动画圆的树枝，以及凭空出现的敌人……这种突然袭击的方式，让他有些措手不及。好在安德烈自身的战斗经验极为丰富，即便那些手术刀已经弹到了他的面前，也依然迅速地做出反应，险之又险地挪动身躯，避开了手术刀的锋芒。与此同时，静静站在圆圈中的安卿鱼，推了推鼻梁上的黑框眼镜。连接在手术刀末端的无形丝线瞬间收紧，所有手术刀的攻击轨迹随之改变，凌厉的刀芒如雪花般切开安德烈的身体，在他双臂与胸膛的肌肤表面，斩开数道细窄的血痕。安德烈吃痛后退，避开了那些手术刀的攻击范围，正欲有所动作，远处的雪山之上，一道浑身缭绕着煞气的黑色身影急速奔袭而来！"嘿嘿嘿嘿……"那身影双脚猛踏地面，直接自雪山上悍不畏死地飞跃而下，如同炮弹般砸落在远处的地面上，大量的碎石混杂着雪花崩上天空，一抹森然刀光混杂着狞笑，呼吸间便闪到了安德烈的面门！

1027

　　又来了两个敌人？安德烈的脑海中闪过这个想法，脚下的大地之眼再度睁开，他的身形瞬间消失在原地。"轰——"黑色的煞气刀芒切开空气，直接将远处的一座山峰斩成碎片，爆鸣声在风雪中回响。疯魔曹渊提着刀，浑身的煞气如火焰般跳动，猩红的眼眸扫过四周，似乎在寻找着什么。

　　远处的山峰残片之中，大地之眼再度睁开，安德烈的身形浮现出来，他凝视着安卿鱼与疯魔曹渊二人，眉头微微皱起。"诡异的能力，超标的战斗力……大夏的'无量'境，都这么强吗？"他自身是"克莱因"级别的强者，再加上大地之神的神墟，即便是在迷雾之中，也是能够横着走的存在……但偏偏他刚进入大夏，遇到的三个"无量"境大夏人，竟然都有着能够伤到他的手段。这让他对大夏的战力有了一个全新的认知。安德烈扫了一眼身上淋漓的血口，浑然不在意地抬起头，正欲出手再战这两位大夏"无量"境对手，一道轰鸣声从离他不远处传来。一抹剑芒自地底飞射而出，轻松地破开厚重的大地，碎石飞溅之间，一道巨大的红色龙影从大地深处振翼而起！那道庞大龙影在空中飞旋了半圈，悬停在空中，一个深红色的身影，单手握着天丛云剑，正冷冷地看着站在大地之眼上的安德烈。是他？他竟然从那么深的地底，硬生生地杀上来了？！安德烈看到林七夜那张熟悉的面庞，心中满是震惊。要知道，他刚刚通过封锁的大地囚笼，可是直接将林七夜沉到了地底数十公里的位置，有那么厚重的岩层阻挡，即便是手握天丛云剑一点点砍上来，也至少需要一整天的时间。这么长的时间，已经足以让林七夜窒息而死了。

可惜，他万万没有想到，林七夜还能召唤出一条炎脉地龙。自由穿梭于大地之中，本就是炎脉地龙的种族天赋之一，再加上天丛云剑一路破开岩层，林七夜即便被埋葬到了大地深处，依然能在极短的时间内回归地表。林七夜从红颜的背脊上一跃而下，落在了安卿鱼与疯魔曹渊的中间，那双金色的眼眸微微眯起。早在发现安德烈的第一时间，林七夜便通过无线电向其他人传递了信息，而根据一开始林七夜布置下的应急策略，与第三段路程相邻的第二、第四段路程的坐镇者，也在收到信息的瞬间就向这里赶了过来。而坐镇第二段与第四段路程的，便是安卿鱼和曹渊。虽然在路上花了点时间，但两人也算是及时赶到。

"新兵们怎么样了？"林七夜看了眼安卿鱼，问道。

"没什么问题。绝大部分新兵都在第四段路程，在收到你信息的时候，我就提前让原本坐镇第五段的胖胖去第四段坐镇，代替曹渊的位置，然后让拽哥去第五段。"安卿鱼平静地说道。林七夜点了点头："很好。"

"这个男人是谁？"安卿鱼皱眉看着伫立于大地之眼上的安德烈，疑惑地问道。

"嘿嘿嘿嘿……"

"……老曹，我没问你。"

"不知道。"林七夜摇了摇头，"他说英语，还是一位外神代理人，应该是从迷雾中混进大夏边境打探情报的漏网之鱼。"

"他很强。"安卿鱼的眸中闪过一抹灰意，开始解析安德烈的身体，"但是……也并不是完全没有弱点。"

"你来当战斗指挥，我和老曹配合你。"林七夜握着天丛云剑，凝望着安德烈的身形，淡淡开口，"无论如何，都要把他拦在边境，不能让他进入大夏。"

"好。"

话音落下，三道深红色的身影同时自风雪中掠出，从不同的方向冲向安德烈！

"轰——"低沉的爆鸣自山脉之后的远方传来。司小南与冷轩眉头微皱，同时看向了声音传来的方向。

"是罗盘指引的方向。"辛格诧异地开口，"难道有人先我们一步，找到了昆仑虚的入口？"

"除了你和我们，还有别的神国派人来了？"司小南状似不经意地问道。

"还有一个来自奥林匹斯的神明代理人，我之前试着和他联手，可惜被拒绝了，现在想来，他应该也有某种寻找昆仑虚入口的手段。"

还有一个混进来的代理人吗……司小南的心微微一沉。她心里很清楚，能够被神国派遣出来潜入大夏境内探察情报的神明代理人，实力都不可能太弱，那位来自奥林匹斯的神明代理人多半也是和她与辛格一样，都是"克莱因"境巅峰的强者。再给她一些时间，说不定她能找机会干掉辛格，但如果有两位外神代理人出现，那事情就完全不一样了。想瞒过洛基的耳朵，杀死两位同境界的外神代理人，这几乎是一件不可能完成的任务。冷轩悄然与她对视一眼，两人的眼神都有些凝重。

"我们该抓紧时间了。"辛格的眼中闪过一抹微光，"要是真的让那家伙抢先，事情就有些不妙了。"

司小南眉梢一挑，敏锐地从这句话中解读出了不一样的信息："不妙？为什么？天神庙那边给你的任务，应该只是潜入昆仑虚，探察大夏神的虚实吧？既然这样，那有别人提前一步进入昆仑虚，替我们扫清障碍，既不用我们自己去冒险，又能跟在后面知道大夏神的动向，这不是一件好事吗？还是说……你进入昆仑虚，其实还有别的目的？"

辛格的眼眸一凝。他沉默了片刻，冷笑了起来："不愧是诡计之神的代理人……不过，告诉你们也没什么。"

"我在天神庙的时候，从一位古神的口中听过一则秘闻，传说在大夏昆仑虚的深处，藏着一件秘宝……"

"秘宝？"司小南眉头微皱，"有什么用？"

辛格顿了顿，缓缓开口说道："突破生命枷锁，逆转命运……可让神明触碰至高境，亦可让凡人立地成神。"

1028

北欧。阿斯加德。高耸的宫殿群矗立于云端，在宫殿的边缘，瑰丽的虹光交织成一座桥梁，如瀑般自天国垂落人间。在这道彩虹桥梁的尽头，一个身穿灿金盔甲的巨人，手握圣剑，正如石雕般静静伫立。他是彩虹桥的守望者，也是镇守在阿斯加德与人间世界入口的守护神——海姆达尔。突然间，他紧闭的眼眸微微睁开，注视着彩虹之桥的另一边，眉头紧皱。彩虹之桥的尽头，一个穿着华丽黑色礼服的男人正缓缓走来，微卷的黑发随风飘动，一双狭长的眼眸如鹰般锐利。"洛基。"穿着灿金盔甲的海姆达尔嗓音低沉，丝毫不掩饰眸中的厌恶，"你来这儿，想做什么？"

"不用这么紧张，海姆达尔。"洛基微微一笑，"我只是替奥丁来传递一条指令。"

"指令？"

听到这两个字，海姆达尔的神情才缓和些许。"什么指令？"

"接下来的四天内，关闭彩虹桥，切断所有通往人间的道路，任何人不得进出阿斯加德。"

"关闭彩虹桥？"海姆达尔的眉头皱了起来，"这座桥，已经百余年不曾关闭过了，为什么要关掉它？"

"你没听说吗？海姆达尔，有人要来我们阿斯加德闹事了。"

"有我在，没人能进入阿斯加德。"海姆达尔手握圣剑，挺起脊梁，灿金盔甲在阳光下熠熠生辉，他淡淡开口。

"呵呵。"洛基嗤笑一声，"就凭你，恐怕不行。"

海姆达尔的眼中闪过一抹寒芒。

"切断彩虹桥是奥丁的命令，我只是来告诉你一声，做不做由你。"洛基懒洋洋地开口，"你好自为之吧，海姆达尔。"话音落下，洛基不管海姆达尔的表情如何，转身便向彩虹桥的另一端走去。

海姆达尔盯着洛基的背影，握着圣剑的双手紧紧攥起，一抹杀机在他的眸中涌动，但犹豫片刻之后，还是深吸一口气，将手从剑柄上挪了下来。他回过头，看向那自云端垂落人间的彩虹桥梁，眸中浮现出挣扎之色。他轻抬手掌，握住身前的虚空，像是握住了某种神秘的权柄，徐徐旋转，紧接着，那座垂落的神圣彩虹之桥，便像是被拦腰截断的瀑布，悬停在了半空之中。沟通阿斯加德与外界的唯一桥梁，就此切断，与曾经的高天原一样，进入了与世隔绝的状态。

彩虹之桥的尽头，洛基看到这一幕，眉梢微微上扬。他正欲转身离开，右耳轻轻一动，像是倾听到了什么，诧异地轻"咦"一声。"……可让神明触碰至高境，亦可让凡人立地成神？"他那双狭长的眼眸，眯起一个危险的弧度。

大夏。帕米尔高原。接连的爆鸣声在群山间响起，安德烈脚踏一条巨大的岩土之蛇，站在风雪之间，望着那接连冲上前的三道深红身影，脸色阴沉无比。这三个大夏人，实在太难缠了！为首那个年轻人，兼具了炽天使与黑夜女神的力量，还手握天丛云剑，战力已经完全超出了"无量"境的层次，即便是在单对单的情况下，都能与自己战上几个回合。那个戴着黑框眼镜的文雅少年，身上似乎有着层出不穷的诡异能力，雪地上的神秘圆圈，将周身物质压成二维的神秘力量，还有冰霜与各种毒雾，一旦出手，防不胜防。还有那个只知道傻笑的黑疯子，周身环绕的煞气恐怖无比，明明只有"无量"境，却硬是打出了超越"克莱因"的气势，就像是一只悍不畏死的疯狗！这三个人就像是游走在他周身的恶狼，虽然每个人都不是他的对手，但联手之下，每次发起进攻都能狠狠地从他身上咬下一块肉。安德烈身上的伤口越来越多，他感知着自身的状态，心知绝不能再与这三个大夏人纠缠下去。他好不容易潜入大夏，就是为了进入昆仑虚，探察大夏神的虚实，再这么打下去，能否有机会活着走出这片高原都不知道，而且万一这附近还有其他大夏人潜藏，给大夏的人类战力天花板通风报信，那他的处境就更加危险了。安德烈目光扫过急速向他冲来的三人，心中很快便有了决断。"死亡地海。"安德烈呢喃一声，双手向脚下的大地用力一拍，一道波纹瞬间扫过附近的所有山脉。下一刻，原本结实厚重的大地，突然融化成漆黑的液体，像是海水般迅速地翻滚起来。

林七夜的眼眸一凝。这一招，他之前就见识过了，也正是因为这一手他才被封入大地深处，此刻见安德烈故技重施，立刻召唤出炎脉地龙，拉起一旁的疯魔曹渊与安卿鱼冲天而起。一道道漆黑的液体紧随着席卷上天空，试图封印林七夜三人。安德烈见此，眸中闪过一抹微芒，整个人向后倒入地海，消失无踪。等到他再度出现的时候，已经来到了昆仑虚的入口之前。他双脚踏着翻滚的地海，如履平地，伸出右手用力地按在那错综复杂的青铜纹路之上，全力催动神墟，这片烙印在大地之上的青铜纹路随着地面，一起剧烈地震动起来。一场席卷大半个帕米尔高原的地震，骤然引发！高山之上的积雪寸寸崩碎，像是决堤的巨浪翻滚而下，细密的裂纹在古老青铜纹路表面浮现出来，很快便破开了一道足以令一人通过的缺口。迷离的幻光游走在青铜纹路之后，一缕缕灵气从内游走出来，安德烈感知到其中的神力波动，眼中浮现出一抹喜色。果然是这里！安德烈没有丝毫的犹豫，直接踏入了这道幻光之中，身形一晃便消失在原地。随着他的离开，周围翻腾的死亡地海逐渐平息下来，恢复成结实厚重的大地，林七夜三人骑着炎脉地龙从空中飞落，跳到了那扇满是裂纹的青铜纹路之旁。

"他进去了。"安卿鱼皱眉看着那道闪烁着幻光的缺口，"这……到底是什么地方？"

1029

"好浓郁的灵气。"林七夜感知到幻光内涌动而出的灵气波动，眼中浮现出不解之色。这种程度的灵气浓度，他只在天庭见过，难道除了天庭，大夏境内还有一个与大夏神有关的特殊地点？"这地方应该和大夏神有关。"林七夜沉思着开口，"虽然不知道这后面具体是什么，但绝不能让这个外神代理人就这么闯进去……我追进去看看。"

疯魔曹渊周身的煞气火焰逐渐收敛，他深吸一口气，恢复了正常的样貌，郑重地道："我们跟你一起下去。"

"不。"林七夜摇了摇头,"这下面究竟有什么还不好说,下去的人越多,遇到危险时的风险也就越大,反正那个代理人已经受了重伤,就算我独自遇上他也不会有太大的危险。当务之急,是要先把这里的情况汇报给左司令,老曹,你去给守夜人总部传递信息;卿鱼,你就守在这里,如果还有其他敌人出现,尽可能拦住他们,不过如果力量相差太悬殊,不要跟他们硬碰硬,随机应变。"

"好。"安卿鱼点了点头。

布置完一切之后,林七夜的目光便落在了青铜纹路的缺口之上,他犹豫片刻,伸手在虚空中一握,一柄直刀便凭空出现在他手中。他手腕一甩,这柄直刀便深深地刺入了一旁的山体之中。直刀的刀柄上刻画着反向召唤法阵,虽然不知道在进入青铜纹路缺口之后,还能不能反向召唤回来,但多留一个心眼总不会错。"我走了。"林七夜握着天丛云剑,轻轻一跃,便消失在了青铜纹路的幻光之中。曹渊见此,也即刻动身,急速地向着运输机所在的方向奔袭而去。运输机中架设着与守夜人总部连接的加密线路,只要用这个线路给总部发送信号,左司令便会在第一时间知道这里的情况。等到曹渊与林七夜两人离开后,安卿鱼默默地推了推眼镜,就在青铜纹路旁席地坐下,闭目养神起来。

上京市。守夜人总部。

"好,我知道了。"左青挂断电话后眉头顿时皱了起来。

"怎么了?"

一旁的沙发上,姜子牙端着杯盏,见左青的脸色凝重无比,开口问道。"帕米尔高原那边传来消息,有外神代理人穿过迷雾边境,混入大夏境内,还进入了一处散发着灵气的神秘之地……"左青顿了顿,神情郑重地开口,"他们的目标,应该是昆仑虚。"

"昆仑虚……他们果然还是盯上这儿了吗?"姜子牙对此似乎并不意外,轻轻摇晃着杯中茶水,目光凝视着水面,平静无比。

"可是,那些外神是怎么知道的?昆仑虚与天庭、酆都一样,都是我大夏至关重要的底蕴之地,而昆仑虚的藏匿位置,更是最高隐秘……那些从未踏足过大夏西侧边境的外神,是怎么知道昆仑虚就藏在帕米尔高原的?虽然就凭几个代理人还翻不出什么浪花,但现在这个关键的时间点,我大夏众神近乎倾巢而出,一旦让他们发现昆仑虚变成空巢,必然会将这个消息传递给其他四大神国……"左青的指节轻叩着桌面,神情越发阴沉下来,"这么一来,原先的计划就要被打乱了。"

姜子牙不紧不慢地喝了口茶,轻笑起来:"放心吧,事情没有你想的那么糟糕。"

"嗯?"左青一愣。

"我们既然敢采取这种极端危险的行动,就必然提前留足了后手。"姜子牙淡淡开口,"真真假假,虚虚实实。想凭一个昆仑虚探清我大夏的底细……可不是那么容易的。"

迷离的幻光在林七夜的周身流转，他只觉得一阵天旋地转，双脚再度踏足地面时，已经来到了一扇恢宏的古老大门前。林七夜站定身形，看清眼前的景象，整个人愣在了原地。荒凉的雪原已然消失不见，取而代之的是一片仙气氤氲的群山，无数耸立的仙宫矗立于悬空山峰之上，蔚蓝的天空下，能看到一排排仙鹤飞过云霄。清新的空气涌入林七夜的鼻腔，他能感受到，天地之间浓郁的灵气翻滚涌动，整个大地都散发着前所未有的生机！"这是……"林七夜呆呆地看着眼前的景象，心神狂震。帕米尔高原的内部，竟然还有这么一片仙家净土？不……这里已经不再是帕米尔高原了，温度与高原的低温截然不同，氧气浓度也恢复正常水平，如果从地形上来看，这绝不是高原环境该有的模样。这里，是隐藏在帕米尔高原内的，一处独立空间？晴空之下，几片流云划过天空，在那些洁白的云朵之上，林七夜还能隐约看到几道伟岸的身影，聚集在一起谈笑风生，身上都散发着神境的威压。神？是大夏神？林七夜的眼眸微微收缩。看来他猜得果然没错，那青铜纹路之后，便是一座属于大夏神的独立空间，他在日本的时候便知道大夏众神不在天庭，现在看来，应该都聚集在这个地方？那安德烈呢？他比自己先一步进入这里，他又在哪里？

就在林七夜思索的时候，远处的天空中，一声虎啸遥遥传来。他转头望去，只见一个身背长剑的道人正骑着异瞳白虎，踏空而行，迅速地向远处那座最高的仙山飞去。林七夜认得那道人的面孔。他当即开口，对着天空大喊："玉鼎真人！"天空中那位背剑骑虎的道人，便是当时在高天原中清场救下林七夜的三位金仙之一——玉鼎真人。天空中，骑虎踏空的玉鼎真人眉梢一挑，转头看向大地，看到站在古老门户之前的林七夜，眸中浮现出疑惑之色。犹豫片刻之后，他还是掉转身形，飞到了林七夜的面前。"这位小友，为何呼唤贫道？"玉鼎真人从异瞳白虎身上下来，仔细打量了林七夜一遍，眼中的疑惑之色更浓了。林七夜愣在了原地。

1030

他不认识自己？

"真人，您不记得我了？"林七夜皱眉开口，"我是林七夜，我们在高天原见过的。"

"高天原？"玉鼎真人一怔，随后连连摇头，"我从未去过高天原，也不曾见过你。"林七夜看着玉鼎真人那茫然的目光，不知为何，身上的汗毛一根根立了起来。他清楚地记得，当时在高天原的时候，玉鼎真人还主动拦下了他，向他道谢……他怎么可能不认识自己？"这位小友，你也是受邀来参加蟠桃盛会的吗？不知师承何处？"玉鼎真人见林七夜愣住，主动开口问道。

蟠桃盛会？林七夜的脑海中，迅速地闪过有关蟠桃盛会的神话传说。传说中，蟠桃盛会是西王母为了庆祝寿辰，以蟠桃宴请各路神仙的盛会，而盛会举行的地点，便是西王母的住所——昆仑瑶池。昆仑虚，帕米尔高原，昆仑山……难道雪原的青铜纹路，连接的便是传闻中的昆仑圣地？"我……"林七夜一时语塞，不知该如何回答。就在这时，清脆悦耳的仙乐自远处的仙山之上悠悠传出，如清泉流响，在群山之间回荡。那些在天空中腾云驾雾的大夏众神，纷纷转头望向最高的那座悬空山峰，相互交谈几句之后，便尽数向着山峰落去，嘴角噙着笑容，一个个如沐春风。

"蟠桃盛会要开始了。"玉鼎真人收回了目光，对着林七夜笑了笑，"小友，咱们边走边说。"话音落下，他便重新骑上了那只异瞳白虎，白虎扫了眼林七夜，低吼一声，从大地之上一跃而起，化作一抹流光飞向悬空山峰。林七夜的眼中闪过一抹纠结，片刻之后，还是挥手一招，无尽的云气聚集在他的脚下，托着他的身体飞上天空，紧随着玉鼎真人飞去。

"筋斗云？"玉鼎真人看到林七夜身下那片云朵，眼中浮现出诧异之色，"你是那只猴子的徒弟？他竟然还会收徒？"林七夜见玉鼎真人的表情，就知道他误会了。传说中，筋斗云是当年菩提老祖亲自为孙悟空改良的，整个大夏神话中，只有孙悟空拥有这番本事，而现在他脚下踩着筋斗云，会被玉鼎真人误以为是孙悟空的徒弟，也并不奇怪。林七夜索性点了点头，就此应道："是。"从某种程度上来说，他也确实是孙悟空的传人……兼职主治医师。

"那只猴子修成正果之后，脾性确实收敛了不少，不过收徒这种事发生在他身上，还是令人难以置信。"玉鼎真人忍不住感慨，"我听说那猴子前两天已经从西天世界赶回来了，他怎么不亲自来参加这次的蟠桃盛会？"

林七夜短暂地沉思片刻："师尊有些事情要处理，来不了了。"林七夜已经完全代入了孙悟空徒弟的角色，不仅是因为应付玉鼎真人的问题，更重要的是，他已经发现了事情有些不对。不，不是"有些"……这里的一切，都不对劲。首先，玉鼎真人必然见过他，而且亲自去过高天原，这是无可争辩的事实，但偏偏他现在似乎忘记了一切。如果说这只是玉鼎真人出于某些原因遗失了记忆，或许能说得通，但玉鼎真人身下的那只异瞳白虎，却与方沫变身后的白虎一模一样，林七夜并不认为这是巧合。他刚从安德烈的手中救下方沫，方沫就变成了异瞳白虎，跑回了玉鼎真人的身下，还对着他低吼？这根本说不通！还有，孙悟空已经在他脑海中的诸神精神病院被关了一百余年，怎么可能在前两天从西方世界赶回来，参加蟠桃盛会？这三大疑点萦绕在林七夜的心头，他左思右想，也只想到了一种可能。这里确实是传说中的昆仑虚……但时间线，绝对不是他所存在的那一条，是他在通过青铜纹路之时，穿越了时间，还是说……他所见到的一切，本就是被截取出来的，曾经存在于时光长河的某个片段？

"既然这样，你便随我一起落座吧。"玉鼎真人笑了笑，"蟠桃盛会虽是西王母的寿宴，但其中规矩极多，你们这些新人第一次参加蟠桃盛会，很容易犯错误，要是惹得西王母不高兴就不好了。正好，我徒儿已经到场，他与你师尊有些交情，到时候我们坐一起，也好慢慢教你。"话音落下，他便带着林七夜呼啸着飞向远处。

帕米尔高原。静坐在青铜纹路之前的安卿鱼，像是感知到了什么，紧闭的眼眸猛地睁开，看向某处。他的脸色肉眼可见地凝重起来。

"确定是这个方向吗？我怎么记得刚刚战斗的声音不在这里？"司小南环顾四周，眨了眨眼睛。

"是这个方向，罗盘就指向这里。"辛格看了眼手中的罗盘，笃定地说道。

"会不会是罗盘出错了？要不我来带路？"

"……不用，之前你带了两次路，全部都是错的，你没有认路这方面的天赋。"辛格摇了摇头，"还是跟着我走吧。"

见忽悠不了辛格，司小南的神情微不可察地闪过一抹沮丧，她正欲开口再说些什么，脚步突然一顿。辛格的目光落在远处，眼眸一凝，也停下了脚步。风雪之中，一个披着深红色斗篷的身影，从雪地中缓缓站起。"有人？"辛格诧异地开口，"还是个大夏人？不过实力似乎只有'无量'境……"他转头环顾四周，茫茫雪地之中，再没看见别的身影，最终落在了安卿鱼身后的青铜纹路之上，眼眸微微亮起。"看来，我们找对地方了……"辛格双眼微眯，"一个'无量'境的老鼠而已，捏死他，我们就能进入昆仑虚了。"他舔了舔嘴唇，脸上浮现出凛冽杀机。他并没有注意到，一旁的司小南与冷轩在看到安卿鱼的瞬间，身体同时一震！他们当然认识安卿鱼。他是数年前沧南市的"盗秘者"，沧南大劫来临之时，安卿鱼还曾出手与136小队在高速收费站前，联手阻挡冰霜巨人的进攻。而安卿鱼在看到他们两人的同时，也愣在了原地。

1031

这不是沧南市的那两个守夜人吗？他们怎么出现在了这里？安卿鱼清楚地记得，当年司小南还只是个看起来人畜无害的"池"境少女，可如今身上散发的威压，已然是"克莱因"境的巅峰。是她这几年境界突飞猛进，还是原本就隐藏了实力？他的眸中闪过一抹灰意，瞬间解析了司小南与冷轩的身体，前者的身上残余着些许外神的神力，而后者的身上，则有一股令安卿鱼厌恶的蛇类气息。这两个人，无论是从气质还是从实力上看，都已经不是当年沧南市的那两位守夜人了。

安卿鱼的目光偏转，又落在了一旁的辛格身上，看到对方脸上明显的西方人体征，以及眸中闪烁的森然杀机，他的眉头顿时皱了起来。刚刚辛格的那句英语，一字不落地传到了安卿鱼的耳中。结合对方的样貌与境界威压，安卿鱼几乎可以肯定，眼前的这个男人与安德烈一样，都是从迷雾边境混入大夏境内的外神代理人。这三个人站在一起，安卿鱼仅用了不到半秒的时间，就下了定论——是敌，非友。他的眼眸一眯，右手迅速地伸向口袋，几道无形丝线在他的周身收缩，已然进入了战斗状态。

辛格的嘴角勾起一抹冷笑，他抬起右手，正欲凌空抓向安卿鱼。就在这时，一道倩影拦在了他的面前。辛格的眉头一皱。只见司小南背对着辛格，面朝安卿鱼，随意地摆了摆手，说道："把手放下吧小安，不用紧张，这位不是敌人，而是我在路上碰到的同伴……介绍一下，他是来自印度的神明代理人，辛格，他的目标跟我们一样。"听到这句话，安卿鱼和辛格同时愣住了。安卿鱼的目光与司小南对视，后者对着他眨了眨眼，给了一个眼神。

"你认识他？"辛格从司小南的背后走出，指了指披着深红色斗篷的安卿鱼，疑惑地问道。

"这是我在大夏留下的暗子，小安。"司小南平静地开口，"他和这个哑巴一样，都是我的仆人。"

刹那间，无数个念头闪过安卿鱼的心头。他沉默片刻，默默地将抬起的右手放至胸口，单膝跪地，虔诚地对着司小南说道："如您所愿，我的主人。"

见到这一幕，辛格眼中的警惕才算彻底放下，他扫了司小南一眼，冷声道："难怪你一路上都在刻意地把我引向错误的方向，原来是早就派出了暗子，一边拖住我，一边偷偷在这附近寻找昆仑虚的入口，想要独占情报……不愧是诡计之神的代理人，城府够深。"

"大家都不是什么善茬，你也不必在这里装清高。"司小南将计就计，冷冷地看了他一眼。她的心中，终于松了一口气。一个是心怀鬼胎的辛格，一个是暗自监听的洛基，还有一个是认识她与冷轩身份的沧南故人……在三方的夹缝之中，司小南的每一句话，都有可能将自身与安卿鱼置于万劫不复之地。既要在洛基的监听下，保住安卿鱼的性命，同时消除辛格的戒备，不暴露自己与冷轩的意图，这是她在这么短时间内想到的最佳办法！好在，经过她这么一番操作，原本一触即发的矛盾，就这么被轻飘飘地化解了。但她心里很清楚，能做到这一点，并不是因为她聪明……而是安卿鱼很聪明。

在听到这句话的瞬间，安卿鱼就察觉到司小南立场的异样。毕竟，如果司小南与他完全是对立面的话，只要与辛格联手，击杀自己这个小小"无量"也只是呼吸之间的事情，根本没有必要耍什么花招。安卿鱼很清楚，司小南这么做，是想保住自己的性命。也就是说，司小南的立场其实并非纯粹的"恶"，或者她本身就在某种被胁迫的处境之中。想通这一切之后，安卿鱼就知道自己该做什么了。他与司小南对视一眼，默契地同时挪开了目光，随后快步走到了司小南的身边，像个真正的仆人一样站在她的身后。

辛格从来没进过大夏，自然也不会认识守夜人的斗篷，他无视了安卿鱼，径直走到青铜纹路的缺口面前，蹲下身仔细查看起来。"入口被打开了，已经有人先我们一步进去。"他回过头，看了安卿鱼一眼："刚刚这里发生了什么？"

"有个穿着黄色衣服的男人打开缺口，走进去了。"安卿鱼顿了顿，看了司小南一眼，"他还带着七片黑色的叶子。"

司小南听到后半句话，眼眸一凝。

"带着七片黑色叶子？"辛格似乎并没有理解这句话，摇了摇头，迈步便要向缺口中走去，"我们也要加快了，不然真的要被他捷足先登。"

司小南应了一声，带着安卿鱼与冷轩，紧跟着向缺口走去。走到一半，她像是想起了什么，对安卿鱼说道："你找到了昆仑虚的入口，这很不错。"司小南着重强调了一下"昆仑虚"三个字，"你在这附近留下几只老鼠，如果察觉到有别人靠近，提前向我预警。"

安卿鱼一愣，很快便理解了司小南的意思："我知道了。"他的袖摆轻轻一晃，几只灰皮老鼠便掉落下来，迅速地爬入雪地中。辛格并没有察觉什么，此刻他的心神，全部都在青铜纹路的缺口上，他一步踏出，身形便消失在了幻光之中。司小南、安卿鱼、冷轩紧随其后。等到四人的身形消失，那些爬入雪地中的灰皮老鼠，接二连三地钻了出来，即便身体已经快被低温与风雪冻僵，依然飞快地在雪地中爬行，勾勒出一行显眼的文字。完成最后一笔后，几只灰皮老鼠便倒在了雪地中，极端的寒冷无情地剥夺了它们的心跳，彻底僵直，失去生机。

1032

悦耳的仙乐在云间游荡，漫天的星辰隐退于天穹，一轮耀眼而神圣的东升飞日，高悬于瑶池上空。层峦的群峰之间，无数仙禽灵兽自在穿行，一只只仙家坐骑跨过蔚蓝色的天空，缓缓降落在瑶池的边缘。仙音袅袅，灵气氤氲。两道身影降落在瑶池之上，云雾散去，跟随着众多仙家，向着不远处热闹非凡的蟠桃盛会走去。

"玉鼎真人，别来无恙啊。"一个穿着星辰长袍的身影走到两人面前，含笑对着玉鼎真人拱了拱手。

"原来是紫薇星君。"玉鼎真人笑了笑，"最近修为又有所精进了？"

"哈哈，只是略有所得。"

"恭喜恭喜啊。"

林七夜跟在玉鼎真人身旁，好奇地打量着周围的一切，心中有种不真实感。玉鼎真人、紫薇星君、远处驾云而来的四大天王，还有空中飞舞的各种奇珍异兽……只存在于传说中的蟠桃盛会，以及大夏神话中的各路神仙，竟然就这么出现在他的眼前？他林七夜，居然有一天能跟在玉鼎真人的身边，与大夏众神一起赴蟠桃盛会？简直就像是做梦一般。

　　紫薇星君的目光落在了一旁呆滞的林七夜身上，有些诧异地开口："这位小友是……"

　　"这位小友，是西天斗战胜佛之徒，这次是代师赴会，我看他第一次参加蟠桃盛会，就将他带在了身边，防止犯了错误。"

　　"那只猴子的徒弟？"紫薇星君一愣，看向林七夜的目光古怪起来，"如此甚好。"紫薇星君可记得，当年的蟠桃盛会，那只猴子可是将整个瑶池搅得天翻地覆……虽然他现在修成了正果，脾性收敛许多，已经不再是当年那个无法无天的齐天大圣，但谁又能保证，他的徒弟不会到处惹事呢？这好好的蟠桃会，可不能又被这么毁了。他走在玉鼎真人身边，一同前往蟠桃盛会。许久之后，紫薇星君像是想起了什么，转头问道："对了真人，我听说最近三位天尊联袂去了趟极南苦寒之地，不知所为何事啊？"

　　"天尊的意图，岂是我等后辈所能揣度的？"玉鼎真人无奈地摇了摇头，"不过……我前些日子倒是听天尊念叨过，好像有某种大劫即将来临。"

　　"大劫？"紫薇星君听到这两个字，眉头一皱。

　　"怎么了？"

　　"说来也有些奇怪。"紫薇星君沉思片刻，"最近几日，我夜观天象，发现星斗运转有些扰动，月染红意，好似大凶之兆啊。"

　　听到这句话，林七夜的心头一跳。月染红意？他的脑海中，顿时浮现出了高天原中的那轮红月。如果他没记错的话，当年笼罩世界的迷雾，就是从南极洲涌现而出的……三位天尊联袂前往极南苦寒之地，难道与这件事有关？也就是说，这里的时间线很可能是在迷雾降临之前？是了，毕竟大夏众神是两年前才从轮回中回归，回归之后又直接离开了大夏，怎么可能有时间在昆仑举行蟠桃盛会？想到这儿，林七夜的脑海中不可遏制地生出某种想法。他不知道自己为什么会在这里，也不知道这里的存在究竟是什么原因，但如果他真的穿越了时间，回到百年前的蟠桃盛会之上，那是不是意味着他可以提前向大夏众神预警，告诉他们迷雾即将来临？林七夜的眼睛瞬间亮起，他激动地抬起手，抓向身旁玉鼎真人的衣摆，急切地开口："真人！我……"他的指尖，宛若无物般穿过了玉鼎真人的手臂。就像是用手去摸一个不存在的全息投影，除了轻微的光线扰动，林七夜的指尖没有任何触碰到实物的感觉。他愣在了原地。

　　一旁正在跟紫薇星君交谈的玉鼎真人，疑惑地转头看向林七夜："怎么了？"

林七夜怔怔地看着自己的指尖，反应了半晌，眸中流露出前所未有的沮丧与苦涩，他闭上眼睛，无奈地摇了摇头："没什么……我只是有些饿了。"

"饿了？"紫薇星君哈哈一笑，"一会儿入座之后，会有蟠桃给你吃的，吃完之后，你这几年都不会感觉到饿意了。"

林七夜的嘴角挤出笑容。他的目光环顾四周，神情复杂起来。他若无其事地踢飞了脚下的一颗石子，落在了一旁的仙鹤身上，石子轻轻穿过了它的身体，就像是穿过了一团虚影。那只仙鹤好像完全没有意识到发生了什么，轻轻扑棱了两下翅膀，便衔着一根灵气飘散的仙草，飞上了晴空。果然……没有时间穿梭，也没有时光回溯，这里的一切，都只是一段曾经存在于时间长河中的剪影。仙禽灵兽、各路神仙、蟠桃盛会……全都是虚假的，这就像是一座巨大无比的全息投影，覆盖了昆仑虚的每一个角落。令林七夜惊讶的是，这些东西的存在都太逼真了，无论是外貌、气息，抑或是每一位大夏神身上散发的威压，都是绝对真实的感官体验，即便是林七夜的精神力感知都没发现丝毫异常，如果不亲自触碰他们，根本不可能发现端倪。但从某种意义上来说，这些又不全是虚假的。比如，林七夜刚刚踢飞的那颗石子，就是真实存在的，真实存在的物体无法对时光剪影造成影响，时光剪影也不能对林七夜造成伤害。同样地……想要靠提前向大夏众神预警来改变历史，也是不可能的，毕竟这里的一切都不是真实发生的，无论林七夜如何努力地去改变，都不可能对既定的现实造成影响。林七夜转头看向身旁的玉鼎真人，眼眸中闪烁起疑惑之色。可是，如果只是单纯的时间剪影的话，为什么玉鼎真人和紫薇星君这两个存在于时间长河中的虚影，能够看到他，还能与他交流，甚至正常思考并作出应对？这些剪影保留了自己原本的思想？这是怎么做到的？

就在林七夜疑惑的时候，三人已经走到了蟠桃盛会的场地之前。

1033

恢宏大气的白玉殿堂之上，错落着栩栩如生的浮雕石桌，一盘盘精美的仙果、一盏盏香醇的佳酿摆在桌上，鲜美诱人。此刻已经有大半的宾客落座，相互之间推杯换盏，谈笑风生，而在这盛会的最高处，一个披着缂丝紫纹神袍、头戴凤翅金冠的美妇人正静坐在主座之上，含笑注视着下方的会场。在林七夜三人的前方，进入会场的道口，几位衣着华丽的侍女正站在那儿，清点着每一位来宾的寿礼。一个手托宝塔、身穿红袄的男人，带着一个手握混天绫的少年，走到了盛会门前。

"托塔天王李靖到！"侍女躬身对着男人行礼，清脆的嗓音回荡在盛会殿堂之中，她笑吟吟地接过一只包装华丽的匣子，打开看了一眼，再度行礼，将匣子递到了身后另一个侍女手中。

"托塔天王李靖，为王母娘娘送上寿礼，万年人参一棵。"

"陈塘关哪吒三太子到！"

"哪吒为王母娘娘送上寿礼，赤炼火丹一枚。"

哪吒随手将火丹丢到了侍女手中，懒洋洋地打了个哈欠，跟在李靖的身后走入会场。

后方的林七夜见到这一幕，嘴角微微抽搐起来。"真人，要进蟠桃会场，还需要送上寿礼的吗？"他表情茫然地看向玉鼎真人。

玉鼎真人看了他一眼，眼中浮现出诧异之色："西王母的寿宴，当然要送上寿礼才行……来之前，你师尊没有给你准备吗？"

"那只猴子的脾性你还不清楚吗？"紫薇星君对此倒是并不意外，悠悠开口，"他不把这里闹得天翻地覆就不错了，怎么可能还准备寿礼？"

玉鼎真人眉头微皱，低头沉思起来。"这就有些难办了……我身上只带了一块温阳琼玉作为寿礼，没有别的东西可以给你。"话音落下，他又看向了一旁的紫薇星君。

"别看我，我也只带了我自己的。"紫薇星君耸了耸肩。

就在几人交谈的时候，又有两道身影走到了侍女身前。

"太公姜子牙到，姜子牙为王母娘娘送上寿礼，驻颜神丹一枚。"

"北阴酆都大帝到，酆都大帝为王母娘娘送上寿礼，极阴黄泉草一株。"

听到后面这句话，林七夜下意识地转过头，看向那穿着黑色帝袍的熟悉身影，酆都大帝似乎也察觉到了林七夜的目光，回头淡淡地扫了他一眼。从样貌上来看，酆都大帝与李德阳几乎一模一样，如此看来，堕入轮回之后，大夏诸神的容颜似乎并没有随之改变。酆都大帝见林七夜是个生面孔，便收回了目光，平静地向会场走去。他这么一走，林七夜的身前再也没有其他人遮挡，几位侍女见到林七夜，微微一愣，随后还是礼貌地开口："请问您是……"

"他是孙悟空在凡间收的徒弟，林七夜，这次代师赴宴。"玉鼎真人开口介绍道。

"原来是斗战胜佛的弟子，失敬失敬。"侍女眼中闪过一抹惊讶，但还是清了清嗓子，高声喊道："西天斗战胜佛弟子林七夜到。"

这句话回荡在宴会现场的瞬间，热烈交谈的大夏众神突然安静了下来，同时转过头，表情古怪地打量起林七夜。在场众神纷纷窃窃私语起来。就连坐在主座上的西王母，都诧异地挑了一下眉梢，看向入口处的林七夜，眼眸微凝，不知在想些什么。众目睽睽之下，那侍女眨了眨眼，见林七夜没有动作，主动伸出手，问道："请问，您的寿礼是……"

林七夜的大脑飞速运转。他先是摸了摸背上的天丛云剑……不行，这可是他的一大杀器，也是越阶战斗的依仗，就这么当礼物送出去也太亏了！然后，他又看向了腰间的"斩白"。绝不可能，这柄刀陪伴了他这么久，打死也不能送出去。他双手在身上摸了半天，最终在胸口处摸到了一块硬物，像是想到了什么，表情突然古怪了起来。犹豫片刻之后，他一咬牙，从怀里掏出一部黑色的智能触屏手机。他将这部手机塞到了侍女的身上。

"这、这是……"侍女看着掌间的手机，愣在了原地。

"这个东西，叫手机。"林七夜正色说道，"是我特地从凡间寻来的至宝，赠予王母娘娘。"

"哦……好。"侍女将手机递到身后，高声喊道："斗战胜佛弟子林七夜为王母娘娘送上寿礼，手机一部！"

在大夏众神惊讶疑惑的目光中，林七夜面无表情地走进了会场，心中终于松了一口气。紧接着，玉鼎真人和紫薇星君也送上寿礼，走了进来。"小友，那手机究竟是何物啊？"紫薇星君走到林七夜身边，忍不住问道，"我也下凡行走过一段时间，却从来不曾听闻此物……"

"既是凡间至宝，自然珍稀神秘，你没听闻过也正常。"玉鼎真人拍了拍他的肩膀。"走吧，我们该入座了，一会儿该上蟠桃了……"

听到后半句话，林七夜的眼中闪过无奈之色。蟠桃，他应该是吃不上了。既然这里的一切都是时间剪影，并无实体，那就算将一个蟠桃端到他的面前，对他来说也只是一段虚无的光影罢了，根本无福享……等等！林七夜的脚步突然顿在原地。他像是想到了什么，猛地回过头，看向门口那几个含笑收着寿礼的侍女，眼中浮现出难以置信之色。刚刚……她们接过了自己的手机？她们是有实体的？这怎么可能？之前踢飞的那颗石子，本就存在于昆仑虚内，这可以理解……但这些侍女，是怎么做到拥有实体？她们不也是存在于时光剪影中的虚影吗？还是说，她们本身就存在于真正的昆仑虚中？她们是真实存在的？看着那几个穿着华丽的侍女，不知为何，林七夜的背后突然渗出冷汗，有种毛骨悚然之感。他缓缓转过头，看向眼前这座热闹繁华的蟠桃盛会会场。既然那些侍女，并不全是虚假的……那眼前这纷纷落座的大夏众神的时光剪影之中，是否也有真正的大夏神混杂其中？

1034

林七夜三人步入会场，沿着阶梯一步步向上走去。

"在众多仙家集会之中，蟠桃盛会的规矩是最多的。"一边走，玉鼎真人一边对林七夜说道，"所有参与盛会的宾客，都要按辈分与地位入座，整个会场分为上仙、中仙、下仙三区，对应的蟠桃种类也有所不同。瑶池的蟠桃，分为三种级别，分别是三千年一熟、六千年一熟与九千年一熟。下仙区吃的是三千年一熟的小蟠桃，吃了之后强身健体，延年益寿；中仙区吃六千年一熟的普通蟠桃，可让人修为大进，悟道通明；上仙区吃的大蟠桃，九千年一熟，吃了之后可让人长生不老，与日月同寿……不过这也只有王母娘娘、玉帝、三清等寥寥几人可以吃到。"

林七夜听到这儿，不由得问道："那我们该坐哪个区？"

"我为天尊座下弟子，论辈分与道行，该坐在中仙区，紫薇星君也是如此，至于你……"玉鼎真人顿了顿，还是如实说道，"从辈分上来说，你是孙悟空的弟子，而且修为尚且低弱，只能坐在下仙区……而且是下仙区末尾的位置，就算吃到蟠桃，也是年份最低的小蟠桃。"林七夜的脸上浮现出"果然如此"的表情。就连玉鼎真人这些十二金仙，都只能坐在中仙区，他作为孙悟空的徒弟，从辈分上来说也确实该坐在下仙区……要不是孙悟空修成正果，成了斗战胜佛，估计自己连坐在蟠桃盛会上的资格都没有。"不过你也别担心，我徒儿也在下仙区，我已经传音跟他说过，他与你师尊有些交情，会照顾你的。"玉鼎真人说完，便与紫薇星君一起，向着中仙区走去。

林七夜叹了口气，目光扫过会场，很快就找到了下仙区所在的位置，径直向着那里走去。从整体上来看，下仙区的面积才是最大的，大概占了蟠桃盛会近三分之二的座席，里面坐着的，也大部分都是林七夜叫不上名的陌生神仙。蟠桃盛会很快便要开始，此刻的下仙区，只剩下为数不多的座位。林七夜很自觉地锁定了尾端的几个席位，径直向那儿走去，就在这时，他身旁经过的下仙区第一席上，一个声音悠悠传来："你便是师尊说的林七夜？"

林七夜的脚步一顿。这个声音……似乎有些熟悉？他回过头，只见在那张浮雕石桌前，一个穿着银色战袍的年轻人，正手握一只杯盏，面无表情地坐在那儿。他的眉心处，一只竖眼紧闭，下方便是一对凌厉如剑的细眉，那双眼眸冷冷瞥了林七夜一眼，放下手中的杯盏，拍了拍自己身旁空缺的下仙区第二席。他淡淡开口："不用去别的地方，坐我旁边来……有我在，没人敢找你麻烦。"

看清他容貌的那一瞬间，林七夜就像是被天雷击中般，大脑一片空白！

无人看守的古老门户前，四道身影接连走出。辛格站在大地之上，环顾四周，看到周围连绵的悬空群山，以及遍布的灵草仙禽，眼中浮现出一抹喜色。"好浓郁的神力气息……这里就是大夏的昆仑虚，不会错的。"

"这里跟外面的环境，确实差了很多，应该也是一个独立的小世界。"司小南微微点头。

"大夏神话是世界上唯一同时拥有两座神国的神系。大夏众神除了拥有天庭这座能够自由穿梭于世间的神国之外，还有一座藏在大夏腹地的隐世神国……也就是昆仑虚。"辛格幽幽开口，"昆仑虚的存在，世间知晓的人本就不多，其位置更是绝密。若非我天神庙的那位大人与你们阿斯加德的天后，以及奥林匹斯的预言之神联手，强行突破天尊封锁，撕开大夏天机的一角，恐怕我们永远都发现不了昆仑虚的位置。不过，既然我们已经进入昆仑虚，那探清大夏众神的底细，已然易如反掌。"辛格的眼眸闪烁着微光，随后他像是想到了什么，疑惑地四下寻找起来，"不过……那个盖亚的代理人不应该比我们更早进来吗？为什么没有看到他？"

"也许是他先走一步了。"司小南回答，"而且这里似乎并没有大夏神的身影……他们会不会不在这里？"

辛格摇了摇头："大夏众神斩灭高天原，如果元气大伤，必然会选择隐匿于昆仑虚休养生息；如果伤亡不重，也会在昆仑虚内暗中蓄力，准备迎战我四大神国。如果是后者，那我们这些神国便只能采用保守策略，稳扎稳打地进攻大夏，但如果是前者……我们便能传信回神国，趁机发动闪电战，将重伤未愈的大夏神一网打尽。那些大夏神一定藏在昆仑虚的某处，只要我们能找到他们，就能左右这场战局！"辛格张开双臂，嘴角浮现出一抹笑意，"现在，这场神战最关键的转折点，就在我们的身上。"

安卿鱼听到这儿，眸中微不可察地闪过一抹杀机。他看了司小南一眼，后者对着他微微摇头，悄悄伸出手指，指向了冷轩的右手。冷轩默契地拉起了自己的袖摆，露出那只生长在手背上的诡异耳朵。安卿鱼的眸中闪过一抹灰意，解析片刻之后，神情凝重起来。

"那座最高的山峰之上，好像有声音。"辛格抬起头，看向上方的瑶池，"我们过去看看。"他身形一晃，便化作一抹黑芒，带着三人急速地向着上方冲去。狂风呼啸之间，司小南撩起耳边的鬓发，转头看向身侧的安卿鱼。"小安。"她给了安卿鱼一个眼神，示意他关注自己的手掌，然后用手摸了摸鼻子，"你看，这里的天是红色的。"

安卿鱼一愣，抬头看了眼头顶湛蓝的天空，眉头微微皱起。紧接着，司小南放下了手掌，郑重开口："但是，天空本该是蓝色的。"

安卿鱼怔了半秒，很快便明白了司小南的暗号，他笑了笑，伸出手，摸了一下自己的鼻子："是啊，这里的天是红色的……真是奇怪。"

1035

"阿晋？！"林七夜呆呆地看着那张熟悉而又陌生的面孔，整个人如雕塑般站在原地。

太像了，实在太像了……不，这已经不是像的问题，这完全就是长大之后的阿晋啊！这一刻，林七夜的思绪仿佛又回到了沧南，那间狭小逼仄却陪伴了他数十年岁月的矮房。初晨的阳光洒落在地板上，在饭菜的香气中，他推开门，便能看到姨妈端着热气腾腾的菜肴站在厨房门口，阿晋坐在餐桌旁，弯腰抚摸着懒洋洋打哈欠的小黑癞……弟弟阿晋的面孔，与眼前这个银袍男人的面孔，在林七夜的眼中缓缓重叠。唯一的区别在于，这个银袍男人的气质更加深邃，眼眸也比阿晋更加凌厉，仿佛是一位久经沙场的将领，随便一眼，都能给人带来巨大的压迫感。

"阿晋？"银袍男人听到这两个字，眉头微皱，"你认错人了……我乃清源妙道真君，杨戬。"

杨戬？杨晋？林七夜微微一愣，下一刻，他仿佛意识到了什么，瞳孔骤然收缩。当年沧南上空，自凡间踏空而来的银袍身影；虐杀北欧巨兽克拉肯的那只神似小黑癞的哮天犬；玉鼎真人口中的，劳烦他照顾的徒儿……该死，他早该想到的！杨戬与哮天犬，阿晋与小黑癞。"戬"字止戈，便是晋。自始至终，陪伴了他数十年的表弟阿晋，与那只从马路边上捡来的黑色癞皮狗，就是自轮回中逐渐复苏的大夏二郎神与哮天犬。事实上，只要林七夜冷静下来，好好地思考一下细节，或许有可能猜出这个真相……但他根本就没有往这方面去想，毕竟谁能想到，传说中的二郎真君杨戬，竟然转世成了自己的表弟？林七夜怔怔地望着眼前的杨戬，眸中控制不住地流露出思念之色。他张了张嘴，似乎想说些什么，但又什么都没能说出口，只是摇了摇头，苦涩地说道："……抱歉，是我认错人了。"

杨戬看着林七夜那双泛着微光的眼眸，一双似剑长眉微微皱了起来。林七夜在杨戬身旁的席位上坐下，陷入沉默。热闹喧哗的宴会场上，两人就这么默默地坐在一起，一言不发，与周围的环境格格不入。不知过了多久，杨戬主动打破了沉默。"你是那只猴子的徒弟？"

"不是。"林七夜没有丝毫犹豫，平静地说道。

听到这两个字，杨戬伸向杯盏的手，突然停顿在了空中。"但师尊说你是。"

"我骗他的。"

"那你现在为什么不骗我？"

"我觉得，我没必要对你撒谎。"林七夜注视着身前的桌子，伸出手指，试探性地触碰放在身前的杯盏，指尖却像是碰到了一片虚无，直接穿透了过去，他顿了顿，平静说道："如果连自己的弟弟都信不过，那世界上，就没有值得我信任的人了。"

杨戬的眉头皱得更紧了："我不是你弟弟，我甚至根本不认识你。"

"以后会是的。"林七夜的脑海中，接连闪过一幅幅令人怀念的画面，嘴角泛起温和的笑容。

"莫名其妙。"杨戬凝视了林七夜许久，挪开了目光。不知为何，看着林七夜的眼眸，他那平静似水的心境，竟然泛起了一道涟漪。奇怪……自己分明不认识他。杨戬沉默片刻，继续问道："你既然不是那只猴子的徒弟，为什么要假扮这个身份，混入蟠桃盛会？你为什么要出现在这里？"

"为什么出现在这里，我也不知道。"林七夜顿了顿，看了眼自己的双手，神情复杂无比，"我明明在这里，却又不在这里……我就像是一个误入此地的旁观者，什么也改变不了，或许我存在的唯一意义，就是见证这段曾经存在过的历史。"

　　杨戬听完这句话，双眸微眯，正欲开口说些什么，却突然愣在原地。"见证者……"他喃喃自语。他像是想到了什么，突然抬起自己的右手，抓向身旁的林七夜。他的指尖恍若无物般穿过了林七夜的身体，点点微光在两者交界处破碎开来，就像是触碰到禁忌的虚影，消失无踪。杨戬的眼眸微微收缩。

　　"昆仑镜？"他诧异地开口，迅速地转过头，那双眼眸紧紧盯着瑶池的中央，那面悬挂在西王母头顶的青铜古镜，"原来如此……"

　　"怎么了？"

　　杨戬转过头，复杂地看了林七夜一眼："看来，你确实不属于这个时间……"

　　林七夜听到这句话，心头微微一跳："你发现了？"

　　"我虽然坐在你的身边，却碰不到你，这便说明，我们并非真正意义上的面对面。"杨戬伸出手，指了指林七夜与他之间，"我们之间，已经隔着无尽的岁月与时间。"

　　见杨戬一语道破了真相，林七夜便更加好奇起来。"可是，这究竟是怎么做到的？"

　　"是昆仑镜。"杨戬指了指远处那面高悬的青铜古镜，说道，"昆仑镜本身就是一件拥有时光之力的法宝，是它将我们的样貌、法力，甚至是思维方式全部复刻下来，它主动截取了这段历史剪影，穿过无尽的时间，呈现在了你的眼前……"

　　"昆仑镜？"林七夜抬起头，看向昆仑镜，眼中浮现出震惊之色。所以，这一切的时光剪影，都是来自那件神器？可是为什么？它为什么要特意记录下这段时光，在昆仑虚中将其重演？"它连你们的思维方式都能记录下来？"林七夜环顾四周，"难怪你们虽然只是剪影，却能对我的出现做出不同的反应……"

　　"这便是昆仑镜的强大之处。"杨戬缓缓开口，"在它的照射下，世间万物都无所遁形，哪怕内心的思想藏得再隐秘，都会被它洞悉，再逐渐推演模拟，就能将绝大部分存在完全复刻下来……当然，也有例外。"杨戬抬起头，看了眼西王母的座位上方，那三座高耸于瑶池顶端的空缺座位。"有些至高存在，是连昆仑镜都无法记录的……"

1036

　　三位天尊的身形，没有被记录下来吗……林七夜若有所思。杨戬看着杯盏中摇晃的水面，沉默了片刻，还是开口问道："所以，你说你是我哥哥……是在未来真实发生的事情？"

　　"嗯。"

　　"我死了吗？"林七夜怔在了原地。"除了死后灵魂堕入轮回、转世重生之外，我想不到别的可能，成为一介凡人的弟弟。"杨戬平静开口。

林七夜注视他片刻，点了点头："你确实转世重生了，这一世，你叫杨晋，是我的表弟。"

"杨晋吗……"听到这个名字，杨戬的眼中闪过一抹异样，他无奈地闭上眼睛，端起杯盏，将盏中仙酿一饮而尽。他深吸一口气，继续问道："下一世，我家庭是否美满？"

"是。"

"下一世，我为人可算正直？"

"是。"

"下一世，我可有保护好我所珍视之人？"

林七夜沉默片刻："……是。"

杨戬冰山般的脸庞，浮现出一抹淡淡笑容："如此，甚好。"

"你不问问，自己为什么会进入轮回吗？"

"既然未来已成定局，我知晓与否，又有何意义？"杨戬放下杯盏，淡淡开口，"徒扰心境罢了。"

林七夜望着杨戬的眼眸，许久之后，无奈地笑了笑。以这种形式重新认识自己的表弟……很奇妙，又很梦幻。谁又能想到，眼前这位孤傲强大的清源妙道真君，会转世成那个一直跟在自己身边，一口一声哥哥，懂事又温顺的弟弟呢？

就在林七夜感慨的时候，会场上的众仙家基本落座。主座上的西王母站起身，美眸缓缓扫过众人，气质端庄高贵，一颦一笑皆蕴藏着无尽风雅，真正诠释了什么叫作母仪天下。她简单地谢过众人应邀前来蟠桃盛会，便伸出手，轻轻一挥。"为众仙家，献上蟠桃。"话音落下，轻快的仙乐再度响起，一位位穿着飘逸宫廷服饰的侍女，端着大小各异的蟠桃，从会场的后方无声地走了出来。一股浓郁的清香翻滚而出，涌入所有人的鼻腔。"咕噜。"清脆的吞咽口水声从林七夜的身旁传来，他转头望去，只见在距离自己两个席位之外，哪吒正直勾勾地盯着那些蟠桃，脸上写满了馋意。似乎察觉到林七夜的目光，哪吒瞥了他一眼，不爽地开口："喂，你看什么看？没见过人吞口水吗？"

林七夜一怔，正欲开口说些什么，一个声音便从他身后传来。"够了，哪吒。"杨戬眯起眼睛，凝视着哪吒，淡淡开口，"吃你的蟠桃，不要多管闲事。"哪吒似乎没想到杨戬会主动帮林七夜出头，"哼"了一声，耸了耸肩膀，将目光重新落在了那些接连送来的蟠桃上。

那些宫女分为三批，一批端着寥寥几盘装有大蟠桃的盘子，恭敬地走到了西王母等人面前，一批装着略小一些的蟠桃，进入了中仙区。当她们走到下仙区时，蟠桃的大小已经缩水了一圈。不过即便如此，这些蟠桃差别还是很大，比如端到下仙区第一席杨戬面前的蟠桃，足足有三个拳头那么大，而在下仙区末尾的位置，蟠桃就只有鸡蛋大小，看起来十分寒酸。原本，以林七夜的辈分，他只能吃到末尾那几个鸡蛋大小的蟠桃，但杨戬将他强行安排在自己身边的第二席，于是林七夜的身前，也摆上了一个仅比杨戬的略小一些的蟠桃。就连哪吒的蟠桃都要比他的小一大圈。这么一个大蟠桃，落在了林七夜这个后辈的手里，下仙区中很快有人不满起来。还不等他们发作，杨戬便面无表情地将手中的杯盏，重重落在了石桌之上，沉闷的声响裹挟着霸道无双的气息，瞬间扫过整个下仙区。那些准备为难林七夜的人，顿时蔫了下去，低头老老实实地啃起自己身前的蟠桃。

"吃吧。"杨戬平静开口，"它是你的。"

林七夜苦涩地笑了笑，伸出手抓向身前的蟠桃，指尖却只能轻飘飘地穿过其表面，根本无法触碰："这些蟠桃，我吃不了。"

杨戬眉梢一挑，若有所思："差点忘了，这些蟠桃也是时光剪影的一部分……可惜了，虽然这些只是三千年一熟的小蟠桃，但对你这种凡人来说，依然是不可多得的至宝。"

林七夜盯着自己身前这个蟠桃，静静地坐在那儿，长叹了一口气。传说中的蟠桃，此刻就摆在他的面前，他甚至能看清其表面的绒毛，嗅到令人心醉的味道……可偏偏，却吃不到！这未免有些太折磨人了。

"喂，你怎么不吃？"哪吒正欲吃掉自己身前的蟠桃，见林七夜没有动作，诧异地看向他身前那个完整的蟠桃，"你要是不吃，可以让给我。"

"好，给你吧。"

见林七夜如此干脆地答应，哪吒反而愣在了原地。"真的……给我了？"

"嗯。"

哪吒狐疑地打量了林七夜一番，试探性地抓住了他身前的蟠桃，见林七夜真的没有阻止的意思，飞快地将其塞入了嘴中，很快便吃得一干二净，而自己身前的小蟠桃则剩了下来，毕竟这东西一次只能吃一个，再吃也是浪费。他满意地摸了摸肚子："谢谢，我为我刚刚的冒犯向你道歉，你是个好人。对了，以后你要是遇到什么难事，可以报我哪吒的名字，我师父是太乙真人，我爹是托塔天王李靖，在天庭，我还是有几分面子的。"哪吒抬起手，想要拍林七夜的肩膀，可他的手刚触碰到林七夜的身体，便直接穿透过去。哪吒突然愣在了原地。

"哪吒，你就不能安分一点吗？"杨戬看到这一幕，神情有些无奈。

"杨杨杨杨戬！"哪吒瞪大了眼睛，难以置信地看着林七夜，"这是怎么回事？"

杨戬正欲说些什么，神情突然一凝，他猛地转过头，眉心那只紧闭的竖眼，瞬间睁开，看向离他们不远的会场的某个角落。那里，一只黑底红瞳的大地之眼，不知何时出现，正静静地凝视着这里的一切。"何方宵小，鬼鬼祟祟？"杨戬眉头皱起，手腕一抖，那只杯盏便化作一抹虹光，径直砸向大地之眼。然而，杯盏在触碰到那只眼睛的瞬间，就像是碰到了一片虚无的空气，无声地穿越了过去。

瑶池之外。四道身影缓缓降落。浓郁的灵气自会场之中翻涌而出，仙音阵阵，众神会聚，辛格的目光落在远处的蟠桃盛会之中，瞳孔骤然收缩。"是大夏神！他们果然在这里！"辛格眯起眼睛，仔细地感知着会场内那溢散而出的上百种神力波动，脸色肉眼可见地阴沉下来。"怎么可能……他们的气息怎么这么强？根本没有受伤的迹象。而且在面临我四大神国即将联手进攻的情况下，还有闲心举办宴会？难道斩灭高天原对他们来说，真的没有丝毫损耗？大夏众神的底蕴，竟然恐怖如斯？！"

一旁的司小南、冷轩、安卿鱼对视一眼，都看到了对方眼中的惊讶。司小南与冷轩，本就常年不在大夏境内，对大夏神的动向自然也不知晓，安卿鱼也只是个守夜人，大夏神的底蕴究竟如何，也没有了解。此刻见大夏众神实力如此强劲，他们心中在松了口气的同时，又有些担忧。大夏神的底细被辛格试探出来了，这对大夏来说，终究是个祸害！如今洛基已经通过那只耳朵，听到了这里的情况，这一点无法挽回，但至少他们能想办法，不让辛格活着回到印度。阿斯加德正笼罩在天尊战帖带来的紧张氛围之中，就算知道了大夏神的情况，也没时间去做多余的事情，但如果一旁观望的印度天神庙知道了这件事情，他们会采取什么样的措施，就不好说了。

"既然我们已经探清了大夏神的底细，还是早点回去传信吧，继续留在这里，反而会生出变数。"司小南看了安卿鱼一眼，摸了摸鼻子，说道。

辛格沉思片刻，点了点头："你说得不错，我们还是尽早撤……"

"我觉得不妥。"安卿鱼突然打断了辛格的话。

辛格和司小南同时转头看向他，司小南皱起眉头，冷声开口："小安，轮到你说话了吗？"

"可以先听听，他想说些什么。"辛格见安卿鱼眼神无比坚定，倒是来了兴趣。

"我们的目标，既然是探清大夏神的底细，那就这么在外面远远地瞥一眼，未免有些太敷衍了。"安卿鱼正色道，"如果我们就这么回去，除了能带回一条'大夏神'实力保存完全的消息，其他什么有效信息都没有。"

"你这么说，倒也有些道理。"辛格微微点头，皱眉沉思起来。

"依我之见，如今神战在即，这些大夏神选择在这个时间点举办宴会，所讨论的内容必然与大夏对四大神国的战略部署有关，如果我们凑近一些，说不定能听到他们的战略安排。要是能打探到这些信息带回去，那未来的战场上，大夏的所有部署计划都将暴露无遗，这可是一件大功。"安卿鱼推了推眼镜。

辛格的眼睛逐渐亮了起来。"不愧是诡计之神的仆人。"辛格的嘴角勾起一抹笑意，"要是就这么回去，确实太可惜了。"他停顿了片刻，话锋一转，"可是，这里坐镇这么多的大夏神，如果我们距离太近，必然会被他们察觉……"

"这一点，我倒是有办法。"司小南突然开口，指尖一抬，她与冷轩、安卿鱼的身上同时浮现出一件薄薄的轻纱。这些轻纱出现的瞬间，他们的气息就像是从世界上消失了一般，彻底被隔绝无踪。看到这一幕，辛格微微一怔："这是？"

"'无缘纱'。"司小南平静开口，"这层轻纱，可以隔绝万物的气息波动，我们只要不深入会场内部，就不会暴露。"

辛格仔细感知着三人身上的这层薄纱，眼中浮现出心动之色。就在这时，司小南冷冷地看了眼辛格，平静开口："你可以走了。"

听到这句话，辛格的眉头皱了起来："你这是什么意思？"

"你还不明白吗？"司小南冷笑起来，"我与你合作，只是想利用你找到昆仑虚，现在我已经站在了这里，你没有利用价值了……接下来的事情，我和我的两个仆人也可以完成。"

"你想独占情报？我们四国可是同盟。"

"同盟怎么了？同盟的时候，有说所有情报都必须共享吗？"司小南拍了拍他的肩膀，眼中流露出讥讽，"我现在没有动手杀了你，而是放你离开，将大夏神实力保存完全的消息传递回天神庙，已经是看在同盟的面子上了。一个小小的印度代理人，不要太把自己当回事了。"

辛格的眼中，控制不住地燃起怒火："你这是卸磨杀驴！"

"杀的就是你，怎么了？"

"呵呵。"辛格深吸一口气，冷笑起来，"你不会以为，这样就能威胁到我？把我踢出局，你们也别想得到情报。你信不信，你们要是抛下我独自披着'无缘纱'走进会场，我立刻就会出手，引来大夏神的注视，大不了我们一起暴露，玉石俱焚！"辛格的眼中，闪烁着前所未有的疯狂。

司小南的眉头皱了起来。一旁安卿鱼的嘴角，则微不可察地闪过一抹笑意。司小南紧盯着辛格，思索许久，还是深吸一口气："好……带上你一个，又怎么样？不过我先说好，进去之后，一切都要听我指挥。"

"可以。"辛格见司小南松口，心中突然升起一种成就感。这就是诡计之神代理人的手段？呵呵，也不过如此。

司小南指尖一抬，辛格的身上也披上了一层薄薄的"无缘纱"，四人对视一眼，便悄然向着会场入口的方向摸去。事实证明，司小南的"无缘纱"确实十分有效，守在会场门口的众多天兵天将，没有一个察觉到他们的存在，四人就这么顺利地走到了他们的面前，即将穿过大门，步入会场之中。就在这时，司小南、安卿鱼、冷轩，悄悄对视了一眼。安卿鱼默默地掏出一柄手术刀，手腕一甩，直接飞射向众多天兵面前的大地。"嚓——"手术刀刺入地面，发出轻微的声响。所有的天兵，同时转过头，警惕地看向了手术刀所在的方向。辛格一愣，尚未反应过来发生了什么，他身后的冷轩突然一脚踹出，结结实实地踹在他的背后，将其整个人踢飞数米，踉跄地站在了众多天兵视野的中央。与此同时，司小南指尖一抬。笼罩在辛格身上的"无缘纱"，瞬间消失。

1038

司小南、冷轩、安卿鱼三人二话不说，披着"无缘纱"急速地向后退去！而此时，失去了"无缘纱"庇护的辛格，就像是一只被人剥得精光的小绵羊，彻底暴露在了众多天兵天将的注视之下。"你是何人？！"为首的一位天将迈步走出，猛地拔出了腰间的长剑，指向辛格的鼻尖！"锵——"数百天兵天将同时拔剑，恐怖的气势交织在一起，如山岳般镇压在辛格的心头！辛格的眼眸骤缩。太强了。这些天兵天将联手的气势，实在太强了。凭借自身的实力，辛格自认为单挑数十位天兵不是问题，但如此多的天兵天将同时出手，他绝不可能是他们的对手。更何况，在这些天兵天将之后，还有数道大夏神的目光投射过来，前所未有的压力笼罩在辛格的心头，让他根本升不起半分反抗的念头。直到此刻，辛格才意识到，自己中了司小南的诡计！从一开始，司小南就想借这些天兵天将之手，解决掉他！她先是与那个叫小安的仆人演了一出双簧，勾起自己的兴趣，然后玩了一手欲擒故纵，打消了自己对她的戒心，主动请求披上"无缘纱"加入他们的队伍……然后在众多天兵天将的注视下，陷入万劫不复之地。从自己披上这层纱的那一刻起，他就已经成了司小南手中肆意摆弄的玩具。这件事从一开始，就是一个圈套！该死！去他的诡计之神！"还有别人！还有几只老鼠藏在这附近！是他们带我过来的！他们就在那个方向！！"辛格的眼中浮现出前所未有的不甘，他对着眼前的天将，歇斯底里地大吼，伸手指着某片虚无，就算自己认栽，也要将司小南三人拖下水。可惜，他忽视了至关重要的一点。大夏的天将，听不懂他满满咖喱味的英语。

看着眼前这叽里咕噜乱说一通的怪人，众天兵天将对视一眼，眼中满是茫然。

"是外神派来的奸细？"

"看起来像。"

"直接带走吗？"

"等等，我去请示一下上面，万一是我哪位大夏神的坐骑或者宠物呢？"

"有道理……那就先让他这么跪着吧。"

一位天兵急匆匆地离开，向着会场内跑去，其余天兵天将依然握着长剑，包围着辛格。

辛格的眼中流露出绝望之色。

会场。杨戬的杯盏穿透那只大地之眼，落在了一旁的玉石地面上，发出叮咚的声响。杨戬的眉头皱了起来。

"原来如此，差点就被骗过去了。"安德烈的身形从那只眼中走出，冷笑地环顾四周，即便面对几位大夏神的威压，脸上也没有丝毫惧色，"我说怎么感觉不对劲……原来只是一群虚假的幻影，想用这种手段蒙骗我们的眼睛，传递错误的情报回迷雾？大夏神竟然已经心虚到这种地步，说明他们确实不在大夏，而是倾巢而出了。现在的大夏，应当只是一座无神镇守的空虚之国！好险的棋，好妙的棋，可惜……还是被我看破了！"

对杨戬、哪吒等神明而言，即便不懂英语，也能通过灵魂波动理解安德烈的意思，但只限于过去的他们，对目前大夏的局势并不了解，也不太明白安德烈在说些什么。他们两人同时转头看向林七夜。林七夜的神情凝重无比。看到安德烈的一瞬间，他就理解了昆仑镜制造出这片时光剪影的目的，如果事实真如安德烈所说，大夏神已经倾巢而出，那现在的大夏必然是最为空虚薄弱的时候。一旦让外神知道这一点，必然会趁机发动进攻，一举攻破大夏边境，入侵大夏。而大夏神或许早就料到，会有人试着潜入昆仑虚，打探大夏神的虚实，所以提前利用昆仑镜在这里留下一座过去的时光剪影，来混淆他们的视听，造成一种大夏神依然实力完整，且驻守着大夏的假象。但现在，这种假象被安德烈看破了。

"让我猜猜，产生这些虚影的神器，究竟藏在哪里……"安德烈哈哈一笑，眼眸之中满是兴奋，他一步踏出，身形遁入大地，下一刻便来到了蟠桃盛会会场的中央。一时之间，在场所有人的目光，都落在了他的身上，大夏众神诧异地打量着这个长着西方面孔的陌生人，疑惑地交流起来。灵动飞舞的仙姬停下舞步，悦耳的仙乐也随之停止，安德烈站在会场中央，眼中浮现出不屑之色，在众神注视之下，肆意地走动翻找起来。在安德烈的眼中，目之所及的一切皆是虚妄，是用来唬人的假把式，只要找到产生这些虚影的神器，这一切便会自动破开……虽然他不知道那件神器在哪里，但只要慢慢找，迟早能够找到，说不定还能占为己有。他对此也并不着急，反正无论他如何闹腾，这些大夏神的虚影都无法触碰到他。

"你是何人？胆敢闯入蟠桃盛会，真是好大的胆子！"广目天王怒睁双眸，从座位上站起身，开口斥责道。

安德烈淡淡地瞥了他一眼，冷笑一声。他虽然听不懂对方在说什么，但无非就是那些威胁的话，若是在外面，遇到了真正的大夏神，只怕他确实会畏惧战栗，但在这里，可就不一样了。曾经他惹不起的大夏众神，此刻却是可以随意无视的存在……这种强烈的反差，给安德烈带来了一种莫名的快感。他索性停下身，微笑着张开双臂，三分不屑、七分鄙夷地开口："一群虚影罢了……真是可笑。今日我安德烈就站在这儿，任你大夏众神齐聚于此，又能奈我何？"

1039

听到这句话的瞬间，在场的大夏众神，脸色同时一变。汹涌的神力波动自他们身上奔涌而出，恐怖的神威降临，一双双眼眸怒视着会场中央的安德烈，似有火焰在眸中熊熊燃烧。在座的四方天帝、十二金仙、诸多强者眉头一皱，就连坐在主座之上的西王母，眼眸都冰冷了下来。"一介凡人，怎么如此嚣张？"

"可笑的西方宵小，也敢在此地大放厥词？"

"荒唐！荒唐！"

"无知鼠辈，当受五雷轰顶之刑！"

"王母娘娘，贫道太乙，愿替娘娘斩杀此獠！"

"天猷元帅，愿替娘娘斩杀此獠！"

几位脾气暴躁的大夏神，一拍桌子便站了起来，正欲说些什么，但想到这里是西王母的蟠桃寿宴，犹豫片刻之后，还是缓缓坐了下去，纷纷看向中央的西王母，似乎在征求她的意见。在蟠桃盛会之中，无论是何等地位的神仙，在未征得西王母同意前，都不得随意出手，这是规矩。"砰——"一道爆碎声自林七夜的身边响起，杨戬右手紧握着破碎的玉盘残片，双眸紧盯着会场中的安德烈，冰冷的眼中闪烁着森然杀机。

"哪里来的狗东西，敢这么嚣张？"哪吒猛地从座位上站了起来，伸手在虚无中一招，一柄火红色的长枪便出现在他的手中，"真当我大夏无人？！"

"站住。"杨戬出声喝住了哪吒。

"杨戬，这你能忍？"

"这里是蟠桃盛会，不是你想出手就能出手的，一切听王母娘娘指示。"杨戬双眸微眯，看了林七夜一眼，"而且……他和林七夜一样，都不是这个时空的存在，我们如今只是剪影，就算出手，也无法对他造成伤害。"

林七夜望着嚣张至极的安德烈，眼眸越发冰冷。他知道安德烈之所以敢这么做，就是咬定了昆仑虚的这座时空剪影之中，大夏神无法对他出手。而到目前为止疑似拥有实体的，也只有进门的那几个侍女，可她们毕竟不是神明，修为境界跟林七夜差不了多少。在林七夜眼中，安德烈如今的作为，就像是对着一只受困于笼的猛虎搔首弄姿的贱人，无非是凭借着铁笼之威，才敢嘲讽挑衅……看着那张嚣张的嘴脸，林七夜心中杀意滔天。林七夜心中清楚，在这座蟠桃会场之中，大夏众神绝对不能出手，一旦他们出手，不仅伤不到安德烈，还会平白挫伤己方士气。他已经可以想象到，当大夏众神震怒出手，却拿安德烈无可奈何之时，对方该是怎样一张恶臭嘴脸。就算他知道，存在于这里的只是一群虚幻的大夏神剪影，也绝对不能接受。大夏众神百年之前，已经为大夏众生自废修为，堕入轮回，他怎么可能眼睁睁地看着他们受辱？林七夜深吸一口气，眼中浮现出一抹凛冽杀机，缓缓从席位之上站了起来。

"你想做什么？"杨戬见他站了起来，眉头皱起。

"你们不能出手。"林七夜淡淡开口，"我去杀了他。"

"你境界不够。"

"不够，也得杀。"林七夜迈步跨过石桌，平静地说道，"有些事情……不能退让。"

听到这句话，杨戬的瞳孔微缩，沉默片刻："有几成把握赢他？"

"若是只有我一人，不到两成，但……"林七夜的眸中微不可察地闪过一抹光芒。他走到会场侧边，双手抱拳，对着会场主座之上的西王母恭敬行礼，朗声开口："凡人林七夜，愿替娘娘斩杀此獠。"

在大夏众神的请战声中，西王母的目光径直落在了林七夜的身上，那双美眸之中，闪过一抹笑意。"如此甚好。"她缓缓开口，"林七夜，你若替本宫击杀此獠，本宫自有奖赏。"听到这句话，在场的众多大夏神纷纷转头看向最后方的林七夜，神情都有些诧异。刚刚林七夜进场的时候，由于师承特殊，大夏众神早就注意到他，不过他的境界实在太低，甚至还不如会场那嚣张的西方宵小，众神心中难免有些不解，娘娘为何要选他出战？不过既然西王母亲自下旨，他们也没有异议，纷纷回到自己的位子上坐好，安静下来。见西王母应允，林七夜松了口气，在大夏众神的注视下，他迈步走到会场的中央，与安德烈相对而立。

"是你？你也进入这里了？"安德烈见到林七夜，先是一怔，随后嗤笑开口，"别告诉我，你要替这群虚影出头，在这里和我单挑？你疯了吗？和这群已经死了不知道多少年的老古董虚影玩过家家，还赌上自己的性命，这未免也太愚蠢了。"

"你算个什么东西？"林七夜冷笑道，"只敢在虚影面前蹦跶的跳梁小丑而已……要是真站在我大夏众神的任何一位面前，你敢多说一个字吗？"

安德烈的眼眸冰冷下来。"你自己找死，我就成全你。"安德烈的脚下，一只硕大的大地之眼瞬间睁开，黑、红二色映照着他的脸庞，眼眸中闪烁着森然杀机，"在这里……可没有人能帮你了。"他伸出手，对着远处的林七夜，遥遥一握！林七夜平静地闭上了眼睛。

诸神精神病院。激昂的战斗音乐在院落中回响。布拉基站在院落外，穿着一身热情似火的暗红色西式礼服，手中抱着一把竖琴，飞速地拨动着，他的双眸紧闭，仿佛完全陶醉在了战斗音乐之中。与此同时，两道身影在空中急速地碰撞，汹涌的神力波动席卷而出。就在这时，一只手掌轻轻搭在了布拉基的肩头，后者微微一愣，回头望去。一个穿着白大褂的身影，正静静地站在他的身后。"停下吧，布拉基。"林七夜双眸凝视着院中的战场，面无表情地开口。布拉基眨了眨眼，很快便停下了手中的音乐。战斗音乐戛然而止，正在院落中激战的孙悟空与吉尔伽美什，眉头同时皱起，相互打向对方的拳头刚飞到半空，一道白影突然晃出，站在了两人之间。一双手掌同时接住了孙悟空与吉尔伽美什的拳头。拳风呼啸，将那袭白大褂吹得猎猎作响，林七夜站在两者之间，有些抱歉地对他们笑了笑。"很抱歉打扰你们的战斗，但现在情况实在有些紧急……"他转过头，看向站在一侧的孙悟空，眼中浮现出复杂之色，他伸出双手抱拳，用一种无比郑重的语气开口："大夏子民林七夜，请齐天大圣出关。"

1040

蟠桃盛会。安德烈伸手虚握，一只诡异的大地之眼自林七夜的脚下张开，白玉砖块之上迅速裂开道道狰狞裂纹。紧接着，一双数十层楼高的大地之手，从白玉砖块下爆出，猛地抓向手掌中央的林七夜。而此时，林七夜依然双眸紧闭，站在原地一动不动。"轰——"一道轰鸣巨响传出，庞大的大地之手在漫天尘埃间拍在一起，似乎已经将中间的林七夜拍成粉末，消失无踪。下仙区的大夏众神见到这一幕，脸色同时一变！正在席位上坐立难安的哪吒，先是眼眸一凝，随后察觉到了什么，轻"咦"一声。一旁的下仙区第一席，杨戬眉心的那只竖瞳微微收缩，嘴角勾起了一抹笑意。"这股气息……"

中仙区，玉鼎真人、紫薇星君的脸上浮现出震惊之色。

"轰——"一道惊天动地的爆鸣声响起，闭合的那双大地之手，化作漫天碎块迸溅而出。随着窸窸窣窣的沙石落地声，滚滚尘埃席卷，一道披着破碎袈裟的古猿身影自虚无中走来，融入了林七夜的身体之中。在两者合一的瞬间，滔天的妖魔之气自林七夜的身上狂涌，他的境界气息节节攀升，短暂打破了"无量"境的瓶颈，踏入"克莱因"级别。妖魔之气笼罩在他的肌肤表面，如同一根根黑棕色的古猿毛发，随着气浪席卷无声地跳动着。半件金红袈裟自虚无中凝聚而出，披在林七夜的身后，在飞扬的尘土间狂舞。他的眼眸缓缓睁开，两团似火的灿金熊熊跳动，恐怖而狂躁的威压骤然降临。飞沙翻卷，妖魔开目，半件袈裟披在林七夜的身上，其气质时而神圣似佛，时而暴戾如妖。

"大圣？是大圣的气息！"

蟠桃盛会上的大夏众神，感知到林七夜身上的气息，脸上浮现出震惊之色。

"可大圣不是成佛了吗？身上怎么还有这么重的妖气？"

"大圣成佛，并不代表他的徒弟也成佛了。"

"没错，这凡人既是大圣的弟子，学了大圣一身的妖魔本事也正常，再加上些许佛法，变成了现在这番模样。"

"可你们不觉得，这气息与大圣太像了吗？就算他是大圣传人，气息也不可能如此相近吧？"

"我也觉得，他给我的感觉，简直就像是大圣亲临……"

…………

就在大夏众神纷纷议论之际，已经承载了大圣灵魂的林七夜，微微眯起了那双灿金色的眼眸。一个声音回响在他的耳边。"这便是你说的，辱我大夏神威之人？"孙悟空的灵魂附着在林七夜身上，冷冷地盯着不远处的安德烈，周身的妖魔之气剧烈翻滚。

"嗯。"

孙悟空眉头一皱，火眼金睛扫过会场，最终落在了空中那面昆仑镜之上，眼中浮现出了然。"昆仑镜……原来如此。"他顿了顿，平静地开口，"不过是一个西方神的传人罢了……你承载了我的灵魂，便要扬我大夏神威，这一战，你不仅要赢，还要赢得彻底，赢得痛快。林七夜，我问你，现在……杀他需要几息？"

"……二十息。"林七夜眼中闪过一抹决然，"二十息之内，我必杀他！"话音落下，林七夜双脚猛踏地面，白玉石砖地面瞬间崩出一个巨大的圆形龟裂深坑，只见他的身形一闪，便消失在原地。

"又是空间类能力？"安德烈冷哼一声，脚下的大地之眼再度绽放出光芒，红色的瞳孔迅速流转，锁住了周围的空间。然而，林七夜的身形却并未像之前一样被逼出来。安德烈的心顿时沉了下去。没有涉及空间？安德烈尚未回过神，一道妖魔之气席卷的身影，已然站在了他的身后。半件袈裟在他的余光中晃过，下一刻，一道拳影已经结结实实地轰到了他的后背之上！在拳头接触到他身体的瞬间，安德烈只觉得整个天空都压在了自己的身上，浑身的肌肉与骨骼都开始控制不住地崩溃。直到这一刻，安德烈才明白林七夜刚刚堪比空间闪烁的速度是怎么来的。这并非涉及时间或者空间的能力，而是纯粹的肉身力量与巅峰斗战技法完美结合的体现。在安德烈身体即将崩溃的瞬间，他的身躯以肉眼可见的速度化作土石，一只大地之眼在他的胸膛睁开，包裹着他遁入大地。呼吸之间，一具土石糅合而成的身体，在距离林七夜数百米远的地方凝聚出来。安德烈的面庞被勾勒而出，他眉头紧锁地看着林七夜，双手手掌在地面用力一拍！林七夜脚下的大地瞬间融化成液体，紧接着一条条粗壮狰狞的岩土之蛇盘踞而起，从不同方向撕咬向他的肉身。林七夜那双灿金色的眼眸微眯，右脚在地面用力一踏。下一刻，他的身形极速地膨胀起来，顷刻间化作一个顶天立地的黑色巨人，九条粗壮的手臂从体内延伸出，分别抓向扑向自身的岩土之蛇，浑身的妖魔之气翻腾似海。这并非林七夜的"齐天法相"，而是孙悟空的另一个神通——"七十二变"。游走于妖魔之气间的庞大岩土之蛇，如同泥鳅般被九臂巨人攥在手中，巨人手臂青筋暴起，硬生生将它们捏成了碎片。岩土飞散，妖魔怒吼，黑色巨人转头看向站在一旁的安德烈，九只手掌同时抬起。只见他指尖微曲，交错连接，九种截然不同的佛门法印，被它同时捏在了手中。刹那间，佛音缭绕，金光流转。

"这是什么怪物……"感知到暴戾与神圣两种截然不同的气息在林七夜的身上达成微妙的平衡，安德烈瞪大了眼睛，忍不住喃喃自语。只听一声巨响，黑色巨人脚下的大地崩碎开来，它的身形瞬间化作一道残影，飞掠向安德烈。一股前所未有的生死危机感，涌现在安德烈的心头。他一咬牙，双手飞快地抬起，按在了自己的双目之上。

1041

当安德烈放下手掌之时，他原本正常的眼球已经消失不见，取而代之的，是一对红瞳的大地之眼。将自身的器官转变为大地之眼的过程，是不可逆的，而这便意味着大地之眼的力量一旦耗尽，安德烈的眼睛就将彻底失去光明，再也无法回到之前的状态。但他别无选择。眼前佛魔一体的林七夜，给他带来的危机感实在太强，若是现在还想着保留后手，只怕以后就再也没有出手的机会了。一道佛光笼罩的巨影站在了他的面前。一道佛门手印呼啸着从空中砸落，手掌尚未触碰到大地，便有一寸寸暗金色的纹路附着在地面，顷刻间，一片焚天灭地的火炉自虚无中燃起。九臂黑色巨人漠然俯视着脚下的安德烈，无悲无喜，好似魔中佛陀。安德烈那双诡异红瞳骤然收缩。他的身形化作一抹光芒，无视火焰直接遁入地面，紧接着一道体形不亚于九臂巨人的岩土巨人自大地中缓缓站起。这个巨人的头顶，安德烈双手按在其额头一块凸起岩石之上，红色眼瞳已经催动到了极限。九臂黑色巨人眼眸微眯，极速拧身，其余几道佛门手印接连轰击在岩土巨人的表面！岩土巨人双手演化成两柄山岳大小的巨锤，紧随着砸落。"咚咚咚——"轰鸣的爆炸声响起，沙石与尘土在会场中央飞舞，两道巨影就这么在尘埃间搏杀，地动山摇。十六息之后，林七夜的第八道手印，轰碎了岩土巨人的半边身体。坐在岩土巨人头顶的安德烈，双眸已经黯淡无光，他嘴角溢出一丝鲜血，脸上写满了不甘。不行……根本不行。即便此刻他手段齐出，同时动用两只大地之眼，也不是这个九臂巨人的对手。他面对林七夜，就像是在面对一佛一魔两位顶尖"克莱因"强者联手进攻，说不出地难受。随着第九道佛门手印彻底轰碎岩土巨人的身体，安德烈猛地喷出一口鲜血，双眸彻底失去光明，自高空坠落下来。

与此同时，那个九臂的黑色巨人也随之消散。一道席卷着妖魔之气的身影，披着半件袈裟，雷霆般划过天空，精准地闪到了半空中的安德烈上方。林七夜紧攥右拳，森然杀机涌现在他的双眸中。"十九……"他对准安德烈的胸膛，一拳轰出。"咚——"一道沉闷巨响传出，安德烈的胸膛瞬间塌陷下去，整个人像是沙包般被一拳从天空轰落，重重地砸入大地之中。林七夜轻轻落在地面，那双灿金色的眼眸扫了眼已经彻底失去生机的安德烈，淡淡开口："二十。"一道灵魂离开他的身体，他周身的妖魔之气尽数收敛，身上的半件袈裟也逐渐归于虚无。林七夜披着那件深红色的斗篷，静静地站在会场的中央。

"好！"

"打得漂亮！"

"不愧是那只猴子的传人，战斗方式就是凶狠。"

"那西方宵小当真是不知死活，落得如此下场，已经算是便宜他了。"

…………

在座大夏众神，见林七夜痛快地击杀了安德烈，当即拍案叫好，容颜大悦。主座之上，西王母望着会场中的林七夜，面含笑意，赞许地点了点头："很好，林七夜，你先入座吧，本宫答应你的赏赐，会后自然会送到你的手中。"

"谢娘娘。"林七夜缓缓抬起手，对西王母行礼，随后迈开有些僵硬的双腿，向自己的席位挪动。在林七夜的痛快击杀下，突然蹦出的安德烈已经成了蟠桃盛会上的小插曲，在大夏众神的眼中，无非就是一个西方宵小无知挑事，然后被一位同为凡人的后辈教训了一顿。他缓缓挪动到下仙区的第二席，一旁的杨戬正欲开口说些什么，林七夜双腿一软，直接栽倒在地。

杨戬反应极快，瞬间便要搀扶住他，双手却穿过他的身体，恍若无物。

"你没事吧？"哪吒见此，眉头微皱。

"没事，就是灵魂有点透支了……"林七夜摆了摆手说道，脸色些许苍白。他也没想到，只是承载了孙悟空灵魂二十息，自己的灵魂竟然已经有了崩溃的迹象。倒不是说孙悟空的灵魂强度要远大于倪克斯和梅林，而是那截然不同的妖魔之气与神圣佛意相互碰撞，将林七夜折磨得痛苦不堪。这短短的二十息，他的灵魂仿佛先被放进火里烤了半晌，然后猛地一激灵扎进冰水里，随后就在冰火两重天之中反复横跳。再这么折腾一段时间，林七夜恐怕离魂飞魄散也不远了。看来一开始孙悟空让他迅速解决战斗，也不仅是为了大夏神的颜面这么简单……孙悟空心里很清楚，凭借林七夜的灵魂强度，根本无法承载他的灵魂太久。

"作为凡人来说，你刚刚的表现已经非常精彩了。"哪吒忍不住赞许道，"等你踏入神境，必然是一个不错的对手。"

"踏入神境……哪有那么容易。"林七夜苦涩地摇了摇头。他话音落下，便剧烈咳嗽起来。

"灵魂伤势牵扯甚大，不可小觑，你便在此地打坐休养吧。"杨戬说道。

林七夜"嗯"了一声，坐在席位之后，闭目养神起来。

仙乐再起，一道道窈窕身影披着轻纱，重新回到会场中央，随着仙音的奏鸣，施展出动人的舞姿。会场之中，觥筹交错，谈笑风生。与此同时，会场的门外，一个穿着红裙的侍女缓缓走出，站在了众天兵天将之前，一双美眸淡然看着身前的辛格，冷哼了一声。"娘娘有旨，此人乃意图祸乱蟠桃盛会的贼子同伴，即刻押入天牢，五日之后，处以天雷轰顶之刑。"红裙侍女话音落下，从身后掏出一把厚重的木锁，直接铐在了辛格的双手之上。木锁铐上的瞬间，辛格只觉得自身的精神力突然停滞，任凭他如何努力，也无法催动分毫，更别提使用神墟。"走吧，我亲自将你押入天牢。"红裙侍女淡淡说道。

1042

"你在想什么？"蟠桃盛会已经结束，众多仙家纷纷告别退去，整个会场逐渐冷清了下来。杨戬见林七夜坐在自己席位上发呆，开口问道。

林七夜凝视着眼前空荡的会场，犹豫片刻，不解地说道："蟠桃盛会已经结束了……为什么这段时光剪影还没有消失？"如果这段时光剪影存在的目的，仅是为了震慑住闯入此地的外敌，那最佳的方式，应该是不断重复大夏众神齐聚的蟠桃盛会这一天才是。现在蟠桃盛会结束，大夏众神近乎全部回归天庭，或者驻守各自的岗位，昆仑虚内的大夏神数量寥寥无几。这时候如果再有外敌渗透，岂不是就被人撞个正着？杨戬抬头看了眼悬挂在空中的昆仑镜："昆仑镜既然截取了蟠桃盛会之后的这段时光，就一定有它的意图，毕竟那位的心思，可不是我们能随意揣测的……"有它的意图？难道昆仑镜放出这段时光剪影的目的，不仅是为了震慑外敌，还有更深的用意？林七夜沉思许久，依然没有想到答案，此刻蟠桃盛会上的大夏众神几乎全部走完，只剩下他与杨戬、哪吒三人留在原地。

很快，便有一位绿裙侍女走上前来，行礼后问道："三位，蟠桃盛会已经结束，我们要打扫会场了……蟠桃盛会虽然结束，但娘娘已经下旨，仙酿仙果的宴请会持续数日，如果三位有兴趣的话，我可以为你们准备几间空房，在我瑶池暂住下来。你们意下如何？"

林七夜只是犹豫片刻，便点了点头。"好，我住下来。"时光剪影的覆盖范围，只有昆仑虚，他一旦离开这片范围，剪影便不复存在。能够通过昆仑镜，窥探百年前大夏众神的历史，这可是难得的机会，他想留下来看看，这里究竟会发生什么。至于尚在高原上训练的新兵，他所负责的第三段路程已经结束，本就没有什么需要他费心的地方，剩下的那些部分，他相信安卿鱼、沈青竹几人能处理好。昆仑虚入口的事情，曹渊已经去给上京总部通报情况，也不会出现太大的问题。距离登上公格尔峰的最后一天还剩下三天的时间，只要他能在三天内赶回去，一切就都来得及。

"我也留下。"杨戬突然开口。林七夜一愣，疑惑地转头看向他。"既然我的存在只是一段时光剪影，无论去做什么都没有意义，不如留在这里，成为一位见证者。"杨戬淡淡开口。

"那我也不回去了，反正我也没事做。"哪吒耸了耸肩。

绿裙侍女见此，微微点头："那三位请随我来。"侍女带着林七夜三人，离开了蟠桃盛会的会场，径直向着瑶池内部的仙宫走去。随着他们的离开，会场彻底陷入一片死寂。

　　会场角落。一道模糊的灵魂残影，自安德烈的尸体上，缓缓爬起。

　　"呼……"安德烈的残魂左右环顾一圈，确认周围已经没有大夏神之后，终于松了一口气，冷笑起来，"幸好盖亚大人在我离开奥林匹斯前，替我单独割出了一道分魂，只要我能靠这缕分魂回归奥林匹斯，就依然有重塑身躯的可能。等我传回了大夏守卫空虚的情报，这些大夏神的末日，就该到了。"他冷哼一声，残魂化作一抹白芒，极速地向着瑶池之外飞去！然而，他的残魂刚飞到蟠桃盛会会场的大门口，一只宝瓶便自虚无中凝聚而出，刹那间扩大到山岳大小，迎面罩住了安德烈的残魂！一股恐怖的吸引力自瓶口释放，安德烈的残魂就如同一颗落在吸尘器面前的尘埃，控制不住地飞向宝瓶的瓶口。他的瞳孔骤然收缩，奋力地试图挣开这引力，却毫无作用。怎么可能？！这东西是什么时候出现的？眼看着黑洞洞的瓶口在他眼中极速放大，安德烈的心中升起前所未有的恐惧。那是生死间绝望的恐惧，是对未知的恐惧。他不理解，自己留下分魂这件事是怎么暴露的，盖亚大人留下的手段，就算是大夏神应该也没那么容易看破才对！而且直到现在，他连对自己出手的人究竟是谁都不知道。无尽的恐慌与绝望中，安德烈的残魂被彻底吸入了瓶中，那只飞旋的宝瓶迅速缩小，化作一抹青光，飞向了瑶池中央的一座华丽仙宫。

　　仙宫内，西王母穿着凤袍，随意地摊开了手掌，那只宝瓶便自动飞入了她的掌间。她抓着宝瓶的瓶口，轻轻晃了晃，那双美眸中看不出喜怒："两只老鼠，都已经落网，还剩下三只……能逃到哪里去？"

　　昆仑虚中，瑶池之外。安卿鱼、司小南与冷轩披着"无缘纱"，自悬空山峰上降落下来。司小南回头扫了眼会场大门的方向，又将目光落在了冷轩手掌的黑耳之上，沉思片刻之后，还是说道："既然我们已经探清了大夏神的虚实，辛格就没有利用价值了，此人在掌握进入昆仑虚方法的前提下，还主动寻伴，身上疑点太多……趁此机会除掉他，也是消除隐患。"

　　冷轩配合地点了点头："嗯，我理解。"

　　司小南这句话，看似在和冷轩交流，其实是在找一个正当的理由，向洛基解释刚刚的一切。虽然她设下诡计，坑死了同盟的代理人辛格，但她相信洛基并不会因此责怪她。洛基从来就不在乎什么同盟，更不会想着替奥林匹斯的神明出头，他身为诡计之神，身上也没少背负其他神国的神明血债。

　　"走吧，该离开这里，回阿斯加德了。"司小南环顾四周，很快便找到了他们来时的古老大门所在的方向，带着二人快速走去。几分钟后，他们站在一片空旷的大地上，眼中浮现出深深的茫然。"门呢？"冷轩诧异地环顾四周，"我记得，我们就是从这里来的。"

安卿鱼眉头微皱，他的眼眸中闪过一抹灰意："离开的门……消失了。"

1043

北欧。阿斯加德。洛基穿过昏暗的西式长廊，迈入属于自己的神殿之中，黑色的衣摆在交错的光影间晃动。突然，他的余光瞥到了什么，身形停顿在原地。黑色神殿的中央，一个金发红衣的身影正背对着他，静静地站在那儿。"索尔。"洛基眉梢一挑，"你会主动来我的神殿，这可真是少见……"

索尔缓缓转过身，一双深蓝色的眼睛紧盯着洛基，神情严肃无比。"距离大夏天尊问道阿斯加德，只剩下三天了。"索尔低沉的声音在神殿内回荡，"事情不该发展到这个地步的，阿斯加德根本就没有与大夏为敌的理由。我们不该把阿斯加德置于如此危险的处境。"

"哦，我亲爱的索尔。"洛基迈步走上前，冷笑着摇了摇头，"看来，你还是没有弄清楚形势，与大夏为敌，可不是我一个人做出的决定，我洛基还没有那么大的能量，这是四大神国的共同决定。"

"但四大神国联手进攻大夏，是由阿斯加德带头组织的！前往其他神国，游说他们加入同盟的人，也是你！"索尔伸出手，猛地抓住洛基的衣领，低吼道，"阿斯加德存在了这么多年，极少主动招惹其他神国，这次父王不惜赌上整个阿斯加德，也要与大夏为敌，究竟是为什么？你……究竟向父王灌输了什么？"

洛基的上半身，被索尔一只手提起，他那双狭长的眼睛逐渐冰冷下来，淡淡开口："索尔，你以为自己是谁？你凭什么代表阿斯加德来质问我？你怎么知道，我做这一切……不是为了阿斯加德好？"

"你？我不相信你。"索尔笃定地开口，"你就是一个唯恐天下不乱的邪神！一个彻彻底底的小人！"

"邪神？邪神又怎么了？你以为自己是个什么好东西？"洛基冷笑起来，"你……忘了伊登是怎么死的了吗？"听到"伊登"这两个字，索尔的眼眸一凝。洛基继续开口："百年之前，要不是你拒绝献祭凡人，去替阿斯加德那些所谓的'善神'，向青春女神伊登讨要生命果实，她又怎么会因生命果实不足，不得不靠牺牲自己，去换布拉基那个废物活命？善神？呵呵呵……整个阿斯加德，只有牺牲自己，奉献生命果实救活了半个阿斯加德的青春女神伊登，才能真正称之为'善'。而一手促成这位善神殒身的……不就是你们吗？牺牲一位青春女神，换阿斯加德其他神明活命，你们这种行为，和献祭凡人换取生机的我，又有什么不同？"

索尔的右拳紧攥，臂膀上一根根青筋暴起，死死瞪着洛基，眼眶微微泛红。

他的眼眸中，满是愤怒与痛苦。过了许久，他猛地松开了洛基的衣领，深吸一口气，缓缓开口："我会一直盯着你的，洛基……不管你想打什么鬼主意，我都不会让你继续伤害阿斯加德。"

"随便你。"洛基随意地走上了自己的神座，仰面躺在了上面，跷起二郎腿，整个人说不出地惬意。索尔就这么静静地站在神座之下，冷眼看着他。洛基狭长的眼眸，扫了他一眼，眸中微不可察地闪过一抹讥讽。就凭你……看得住我吗？他缓缓闭上眼睛，一缕分魂缠绕在那只黑色的右耳之上，洞穿虚空，眨眼间消失不见。

昆仑虚。司小南三人披着"无缘纱"，又走了一圈，依然没有找到那扇门户的踪迹。

"它真的不见了。"司小南眉头紧皱，"这么一来，我们还怎么出去？"

"应该是有人不想让我们就这么出去，特地挪走了这扇门。"安卿鱼若有所思。

"大夏神，察觉到我们进来了？"司小南的脸色凝重起来。虽然她与冷轩是身在曹营心在汉，但这种事情，只有他们两个自己心里清楚，从身份上来说，她依然是混入大夏的外神奸细，如果真被大夏神抓走，恐怕不会有什么好下场。最重要的是，如果他们在大夏被抓住，那后续的一些计划，就很难实施了。安卿鱼听到这句话，正欲开口问些什么，犹豫片刻后，还是摇了摇头。直到现在，他对司小南两人的身份以及目的，依然一无所知，即便心中已经猜到了他们两人可能是受到了胁迫，但只靠这点信息，是完全不够的。他想问更多的信息，但又因为洛基之耳的存在，不敢随意试探。

似乎看出了安卿鱼的纠结，冷轩沉默片刻后，主动站起身来："有些饿了，我去找些吃的。"

之前由于辛格的存在，司小南就是想找时间与安卿鱼独处，也很困难，现在辛格不在，三人都是自己人，有些事情做起来自然会方便些。只要冷轩暂时离开，就能给司小南与安卿鱼一个不被监听的自由环境。司小南很快便领会了冷轩的意图，点点头。等冷轩彻底走远，安卿鱼正欲开口，司小南便对他做了个噤声的手势，然后伸手在虚无中一挥，一件巨大的"无缘纱"便自空中凝聚而出，覆盖在两人的周围，隔绝了声音的传播。

"好了。"司小南点了点头，"洛基的手段太过诡异，凡事还是谨慎些好。"

安卿鱼长舒了一口气："现在，可以说说这是怎么回事了？"

"嗯。"司小南顿了顿，"事情，要从我们离开沧南说起……"

另一边。冷轩双手插兜，沿着大地的边缘，随意地走动着。他要给司小南与安卿鱼的独处留出足够的时间，同时还不能引起洛基的疑心，所以只能作势在寻找仙禽或者走兽。就在他刚盯上一只白白胖胖的仙鹤之时，像是察觉到了什么，身体猛地一震。他低头看向自己的手背，只见那只黑色的耳朵正在急速融入他的肉身之中，一抹漆黑如潮水般在他的身上漫延！他正在失去对自己身体的控制权！不过两三秒的时间，这抹漆黑就覆盖了他全身，最终尽数收敛到那双挣扎的眼眸。当他再度睁开眼的时候，嘴角已经勾起了一抹冰冷的笑意。"留在那只耳朵里的后手，终于还是用上了……"

1044

"嘎吱——"青灰色的房门被推开，林七夜踏过门槛，站在了房间的门口。瑶池的客房风格，正如那位绿裙侍女所说的那样，陈设非常简单，但仔细品味起来，每一处物品摆放的位置，却又暗藏玄机，返璞归真。林七夜不懂风水，更不懂八卦命理，但望着眼前的这间客房，却有种说不出来的玄妙之感。这就是仙家住所吗……林七夜感慨一声，迈步走入了屋中，指尖掠过屋内的桌椅陈设，都有种摸到实体的触感。这里的一切，都是真实的，而非时光剪影。也就是说，现在他所站的这处位置，也是真实世界昆仑虚的客房？客房是真的，房内的陈设也是真的，只不过它们是否像林七夜的肉眼看上去那样崭新与整洁，就未可知了。在屋里转了一圈后，林七夜又退到了门外，站在门口的宽敞院落中，俯瞰周围仙气飘飘的群山美景。林七夜一边欣赏着美景，心中同时五味杂陈。景很美，住处也很舒服，但究竟哪些是真实存在的，却不好说。这个地方，实中带虚，虚中藏实，弄得林七夜都快搞不清楚，究竟什么是真的，什么是假的……

相邻的山峰上，一道长虹飞掠而来，化作一个披着银袍的身影，落在林七夜的身后。杨戬看了眼林七夜身后的房屋，说道："你的屋子，能住吗？"

"能。"林七夜点头，"屋子里的东西，都是真实存在的。"

听到这句话，杨戬的神情放松下来。

"怎么了？"

"没什么，我之前有些担心，既然蟠桃盛会的一切都是虚假的，那瑶池内部的这些山峰，会不会也只是存在于时光中的虚影，而实体都已经被毁灭了……现在看来，是我想多了。瑶池，完好无损。"林七夜若有所思地点了点头。如果只是时光剪影，没有实物，那林七夜是触碰不到的，能够让他与杨戬都能感受到的，就一定是在真实世界与时光剪影同时存在的。"不过这也不能完全确定，毕竟瑶池的其他地方，我们都没有去过……"杨戬很快便补充了一句。

"比起这个，我更疑惑另一件事情。"林七夜沉思道，"为什么会场内的大夏众神都是时光剪影，但门口的那几位侍女，却拥有实体？"

杨戬眉梢一挑，看了他一眼："这不是很明显吗？"

"什么？"

杨戬张开口，正欲说些什么，又是一道虹光自天空降落，化作一位红裙侍女，站在了林七夜的面前。那侍女手中端着一只木匣，对林七夜恭敬行礼："这是娘娘为您准备的赏赐。"林七夜一怔，迈步走上前接过木匣，木匣入手沉甸甸的，并非虚影。侍女递过木匣后，再度行礼，转身便化作一抹虹光消失在天际。林七夜打开木匣，一股浓郁的异香扑鼻而来，一个晶莹剔透的蟠桃正静静地躺在木匣中央，散发着令人无法抵抗的诱惑。蟠桃？！林七夜心神一震。他伸出手，轻轻碰了一下蟠桃的表面。有触感！这是个真正的蟠桃！某种可能瞬间闪过林七夜的脑海，他猛地抬起头，看向杨戬，震惊地开口："王母娘娘是真的？！"

"我早就说过了，一些超出昆仑镜能力范围的存在，是无法被记录的。"杨戬悠悠开口，"娘娘便是其中这几位存在之一……"

"娘娘竟然这么强？"林七夜的脑海中回忆起那个坐在主座之上，母仪天下的美妇人，惊讶地开口。

"王母娘娘与玉帝，都是无限接近至高神的存在，仅次于三清。"杨戬淡淡说道，"否则，你以为是哪位存在，在维持着这么大范围的时光剪影？"

林七夜眼中的惊讶之色，越发浓重。他一直以为，是昆仑镜本体在维持这座时光剪影，现在想来，能够一口气模拟凝聚出参与蟠桃盛会的上百位大夏神的虚影……这怎么可能是一件神器能独立做到的？也只有仅次于三清的西王母，能有此般实力。

"那些侍女……"

"王母娘娘的贴身侍女，自然也是真的。这偌大的瑶池，总不可能由王母娘娘一人打理。"

林七夜这才恍然大悟。"所以之前就算我不出手，那个外神代理人也不可能扰乱得了蟠桃盛会？"

"有些事情，你来做，和王母娘娘亲自做，是不一样的。"杨戬大有深意地看了他一眼。

入侵蟠桃盛会会场的，只是一个来自西方神国的凡人而已，若是由西王母这位仅次于三清的存在亲自出手，未免有些太失体面。而其他向西王母请战的，全部都是她亲自凝聚出的时光剪影，当然不可能处理得了安德烈，这时候同为凡人，且拥有实体的林七夜出现，就非常及时。这也是为什么，当时杨戬并没有阻拦林七夜去迎战安德烈，而是有些期待。林七夜能在西王母面前表现，这对他而言可是一桩大机缘。想通了这一点，林七夜再低头看向自己手中的蟠桃，心中已经了然。

"我不知道你所在的时间，与这次蟠桃盛会相隔了多久，不过我想应该不超过千年……这时间太短，蟠桃都尚未长成，娘娘能赐予你一个三千年一熟的蟠桃，已经很不错了。"杨戬打量了一番林七夜手中的蟠桃，点头说道。林七夜手中的这个蟠桃，与他在下仙区时面前放的那个蟠桃虚影，几乎差不多大，放在三千年一熟的蟠桃里，已经是顶尖了。林七夜的眼中闪过一抹喜色。在蟠桃盛会上没吃的蟠桃，却以这种形式重新回到他的手中，这是他万万没想到的。"这个蟠桃刚自封印中取出，灵气尚未外泄，现在食用，效果最佳。"杨戬开口提醒。林七夜"嗯"了一声，直接将这个蟠桃从木匣中取出，放在嘴边，用力咬下一口。

1045

咬下蟠桃的瞬间，林七夜只觉得一股香甜清流涌入口腔，顺着他的食道，一点点滋润着身体。没有想象中的能量大爆发，也没有在吞入的瞬间顿悟大道，林七夜只觉得自己像是吃了一个火炉，在体内缓慢而坚定地燃烧着。源源不断的精纯能量一股一股地自胃中冲刷出，在提升林七夜精神力的同时，一点点地撼动着体内那沉重的境界瓶颈。与此同时，杨戬的声音自他耳边传来："蟠桃乃是天地自然所诞生的奇物，拥有夺天地造化的伟力，可以在不造成任何副作用的情况下，提升你的实力，不过你尚未成神，每五年只能吃一个。以你现在的境界，无法一口气消化掉整个蟠桃的能量，所以它会在你的体内，一点点滋养你的身体，直至完全消融。以你现在的境界，想要消化掉整个蟠桃，大概需要一整天的时间。这一天，你就安心在此吸收蟠桃，我为你护法。"杨戬取出了一个蒲团，摆在距离林七夜不远的院落之中，盘膝坐下，缓缓闭上了眼眸。两道身影就这么静坐在瑶池山巅，如两尊石雕，一动不动。

昆仑虚。

"我明白了。""无缘纱"下，安卿鱼听完司小南的话音，眸中浮现出复杂之色。"你的身上，有洛基的灵魂契约，冷轩的身上则被迫移植了中庭之蛇耶梦加得的身体组织，时刻处于洛基的监控之下。我还是第一次见到，神明与自己的代理人之间的关系，可以恶化到这个地步的。这么一来，你们两个和牵线木偶又有什么区别？"

"他可不是一般的神明，他是诡计之神洛基。"司小南缓缓开口，"他的多疑与警惕，不会允许他放任任何超出自身掌控的事物，留在他的身边。如果不是当年他需要有人替他混入大夏，夺回'湿婆怨'，他根本就不可能留下代理人这种东西。从一开始，我就只是他的工具。"

"那你打算怎么办？就这么一直被洛基攥在手里吗？"安卿鱼犹豫片刻，"或许，我可以替你们向大夏神求援？"

"没用的。"司小南摇头，"他在我灵魂中种下的，是最恶毒的主仆生死契约，如果有人试图触碰这道灵魂契约，洛基便会心生感应，心念一动便能夺走我的生命。除此之外，我的生命也完全与他的生命捆绑在一起，一旦洛基身亡，我会立刻暴毙。可如果我死了，对他却一点影响都不会有。向大夏神求援，不仅无法解除这道灵魂契约，而且一旦大夏神有所动作，凭洛基多疑的性格，很可能直接将我抹杀。"

安卿鱼望着司小南那双平静的眼眸，无奈地叹了口气。"那你现在的处境，岂不是完全无解？"

司小南的眼眸微眯："世界上不存在完全无解的谜题，只看我们是否有足够的细心与胆量，去寻找那渺茫的一线可能……"听到这句话，安卿鱼的眉梢一挑。"怎么了？"司小南问。

"没什么，我很喜欢这句话。"安卿鱼腼腆地笑了笑，"如果没有洛基从中干预，或许我们能成为挚友。"

司小南凝视了安卿鱼许久，同样笑了起来，片刻之后，她的笑容逐渐收敛，眼眸也幽深了起来。"或许……会有那么一天吧。"

就在两人聊天的时候，冷轩从远处缓缓走了过来。司小南挥手散去周围的"无缘纱"，看了眼冷轩空荡荡的双手，叹了口气道："看来，我们短时间内只能饿着肚子了。"冷轩的目光扫过司小南的面孔，落在安卿鱼的身上，眉头微微皱了一下，很快便恢复了正常。他眼眸中的那抹幽深被掩藏起来，神情与平时的冷轩并无差异。"抱歉，周围没有找到可以吃的东西。"他平静地开口，"你们找到离开这里的方法了吗？"

"没有，那扇门已经彻底消失了。"司小南摇了摇头。

"或许我们可以到别的地方找找，看有没有其他的出口。"冷轩再度开口。

"嗯，我也是这么想的。"冷轩的神情、口音、语气都与之前一模一样，即便是司小南，也没有察觉出什么异样。她环顾四周，很快便选择了一个远离瑶池的偏僻路线，迈步走去。瑶池上有大夏众神坐镇，刚刚他们又坑了辛格一把，现在大夏神肯定在寻找有没有其他入侵者，即便他们披着"无缘纱"，行事还是谨慎一些的好。或许连司小南自己都没注意到，当了这么多年的诡计之神代理人，她已经在潜移默化之中，沾上了一些洛基的习惯。

三人向着与瑶池相反的方向在昆仑虚中行走许久，最终来到了一片青葱的山脉之前。天色已晚，夜幕之上星辰璀璨，山间景象尽数归于黑暗，模糊不清。司小南正欲迈步进入山脉，一道紫色流光划过天际，落在这附近，她的眉头一皱，立刻闪身进入一旁的岩壁之后，冷轩与安卿鱼紧随其后。只见那紫色流光在山脉前停下，化作一位穿着紫裙的侍女。侍女四下张望了一圈，并没有察觉到岩壁之后三人的气息，片刻之后再度冲天而起，向着另一个方向飞去。"她们果然在追踪我们。"司小南见此，低沉开口。

"或许，我们不用这么急着出去。"安卿鱼说道，"与其在这里冒险像无头苍蝇一样四处游走，不如安静地躲在一个地方。既然有'无缘纱'在，只要我们小心些，她们应该发现不了我们，等到时机成熟，或许那扇门便自己回来了。"

"这个方法确实比较稳妥。"司小南嘴角浮现出一抹笑意，伸出手，在鼻子上一摸，"只不过这么一来，我们回阿斯加德的时间也会推迟，会耽误不少事情……实在有些遗憾。"司小南含笑看了冷轩一眼。

"确实。"冷轩平静地点点头。

司小南转过头，正欲开口，随后想到了什么，身形突然一顿。一股冷汗瞬间浸湿了她的后背。她僵硬地将头转回去，只见那个熟悉的身影静静地站在黑暗里，那半张笼罩在阴影中的面孔，有种前所未有的陌生感。

1046

他没有摸鼻子。安卿鱼也注意到了这一点，眼眸微微收缩。对于这种情况，安卿鱼只想到了三种可能。第一种，冷轩认可司小南的"谎言"，觉得不能及时回到阿斯加德是一件很遗憾的事情。第二种，他忘记了。第三种……他不是冷轩。安卿鱼大脑极速运转，他抬起手，若无其事地摸了下自己的鼻子："既然这样，那我们还是快点搜索一下这附近，说不定还能有其他线索。"摸鼻子说的是反话，所以安卿鱼这句话的本意是，不用急着行动，就在原地待命就好。司小南明白了安卿鱼的意图，悄然看向一旁的冷轩。冷轩微微点头，目光环顾四周，很快便选定了一个方向，快步走了出去。见到这一幕，安卿鱼和司小南的心，彻底沉了下去。连续两次的反话，冷轩都没有反应，这已经不可能是忘记的问题了……摆在眼前的，只剩下一种可能——他不是冷轩。司小南的脸色煞白无比，她的双眸紧紧盯着冷轩离开的方向，嘴唇都在控制不住地颤抖。他不是冷轩……还能是谁？

冷轩走了两步，发现两人并未追上来，回头望去，缓缓开口："小南，你怎么了？"

微风拂过他的袖摆，那只黑蛇手臂的手背之上，洛基的耳朵已然消失不见。司小南只觉得自己的心脏漏了一拍，但理智瞬间占据了她的身体，她尽力地平复自己的心境，若无其事地开口："没什么，这就来了。"她迈步跟着冷轩走去。安卿鱼紧跟在她身后，双眸与司小南对视一眼，趁着冷轩回头继续前行，他嘴唇无声地张开，做了一个口型——洛基？

司小南抿起双唇，微微点头。安卿鱼的脸色顿时凝重无比。洛基竟然能依靠那只黑耳，从大洋彼岸直接降临到冷轩的身上？这手段未免太诡异了一些。这么一来，洛基就从一个幕后倾听者，直接入局，成为藏在暗处的一枚活子。昆仑虚中混入了一位阿斯加德的诡计之神，这对大夏而言，绝不是一件好事。如果不是摸鼻子这个暗号提前暴露了洛基的身份，恐怕就连他与司小南都不会察觉到任何异样。安卿鱼的大脑飞速转动起来，寻找着破局之法。

"小南。"沉默的气氛中，冷轩突然开口。

司小南的瞳孔微缩，很快便恢复了平静："怎么了？"

冷轩张了张嘴，似乎想说些什么，却又沉默地摇了摇头："没什么……"嘴上说着这三个字，他又从身旁的地上捡起一根树枝，用汉语在地上书写起来。

我们这样做，真的能骗过洛基吗？

看到这行字的刹那间，司小南先是一怔，随后只觉得头皮发麻，毛骨悚然。他在试探我？！眼前的这个男人，绝对不是冷轩，而是洛基附体，这一点司小南可以肯定。但她没想到的是，洛基隐藏自己降临在冷轩身上的事实之后，做的第一件事，就是利用冷轩与她的关系，试探自己！而且他还非常"体贴"地用树枝书写的形式发问，而非口头交流。这是因为洛基心里很清楚，如果司小南与冷轩真的有反意，仅凭一只耳朵的监听，根本不可能探听到什么，能够钻的漏洞实在太多了。用在地上书写的方式，取代口头交流，是最简单也是最直观的方式……他早就咬定了两人一定会这么做。先是设置了一个聊胜于无的耳朵监听，然后用书写的方式，最大限度地降低司小南的戒心，再开始试探。从一开始，那只耳朵就是一个幌子，洛基降临之后的试探，才是真正的绝杀！若不是司小南太过谨慎，提前安排了一个摸鼻子暗号，此刻肯定已经被洛基套了进去，而一旦被他发现自己在做的事情，她必死无疑。司小南的后背再度渗出一片冷汗。在这没有硝烟的诡计战场，她所迈出的任何一步，都是在走钢丝，一旦有丝毫纰漏，都会万劫不复。司小南稳住心神，抬手在地上紧接着写。

骗他什么？

她抬起头，看向冷轩的眸中满是疑惑。冷轩静静地望着她的眼睛，两人就这么对视着陷入沉默。一股寒风掠过昏暗的山脉，将周围的树叶吹得沙沙作响。树影斑驳之间，冷轩笑了。他笑得很诡异，像是一条黑暗中的毒蛇，冷冷地吐着红芯。"聪明的小南……你早就察觉到我来了，对吗？"冷轩的声音森然地在林间回荡。司小南心脏微微一抽，努力地稳住心神，眉头自然地皱起，假装怔了片刻，随后想到了什么，脸色难看起来："洛基？！你把冷轩怎么了？"

见司小南的神情变化得如此自然，冷轩……不，洛基的眼睛微眯，片刻之后，他呵呵一笑："你猜？"司小南的脸色阴沉无比。"让我猜，你是怎么察觉到我出现的。"洛基幽幽开口，伸出手，在鼻子上轻轻一摸，"是这个，对吗？"司小南与安卿鱼的眼眸一凝。洛基淡淡说道："这个动作太明显了，而且你们两个做完之后，见我没有反应，眼瞳都收缩了一下，虽然很细微，但还是逃不过我的眼睛……"

司小南摇了摇头，沉声开口："我听不懂你在说什么，我们只是在遵循你的命令，替你打探大夏神的底细，现在任务已经如你所愿地完成，你为什么还要对冷轩出手？"

看着司小南那愤怒的眼眸，洛基忍不住感慨："小南，这几年，你确实成长了很多。不愧是我的代理人，现在，竟然连我都有些看不透你了。不过，你最好记住，你的一切都被我捏在手里，你……是斗不过我的。"他目光扫了眼一旁的安卿鱼，指尖轻轻一抬，一抹凌厉的黑芒瞬间闪过空气，划向安卿鱼的脖颈。这道黑芒的速度太快，快到两人根本来不及反应。只听一声轻响，安卿鱼的头颅便轻飘飘地飞起，在喷溅的血液中，坠落在地面。他的头颅骨碌碌地滚到了司小南的脚下。

1047

目睹了安卿鱼的死亡，司小南的脸色瞬间惨白。她的双手控制不住地紧紧攥起。安卿鱼，是当年与她在收费站前并肩作战，守护沧南的战友……就在不久前，他还说或许能与自己成为挚友。现在，他就这么死了，死在了自己面前，死在了洛基的手中。一股前所未有的愤怒与不甘，涌上司小南的心头。

"怎么，死一个仆人而已，有这么不舍吗？"洛基观察着司小南的神情，双眸微眯，"或者说……他其实不是你的仆人？他还有别的身份？"

司小南心神微晃，一丝清明涌上脑海。他还在试探自己！他发现了安卿鱼体内没有与她的灵魂契约，所以心中有了猜疑，亲自出手抹去隐患的同时，还在用他的死亡来试探自己！该死！该死！！她紧咬着牙关，由于太过用力，一缕缕鲜血自她的牙齿间流出，她紧抿着双唇，不让任何一丝鲜血渗出。她凝视着安卿鱼那颗未曾瞑目的头颅，深吸一口气，缓缓闭上了眼睛，彻底遮住自己的情绪波动。"就算是养的狗死了，主人都会有些感情的……更何况是一个活生生的人？"她淡淡开口。

"呵呵，我们家小南，还真是重情呢。"洛基冷笑两声。司小南低着头，没有说话。"杀这条狗，只是一个警告……不要做一些愚蠢的尝试，你一个凡人，是玩不过我的。要是放在两三年前，我一定会杀了你，以绝后患，但现在我不得不承认，我有些舍不得了，毕竟……能得到我欣赏的孩子，可是不多的。"洛基顿了顿，继续说道，"不过你放心，那条狗死了，但冷轩还活着。"听到这句话，司小南的眸中亮起一抹微光。"我在他的体内藏下这个分身，只是为了不时之需，等我离开之后，他还是会恢复意识……当然，这是在我不主动抹杀他的意识的前提下。"洛基不紧不慢地开口。

"你想要我怎么做，才能留住他的性命？"司小南听出了洛基的弦外之音，主动开口。

"我要昆仑虚的那件秘宝……可让神明触碰至高境，可让凡人立地成神的秘宝。"洛基的眸中闪烁着微光，"帮我拿到它，带回来，我便留冷轩一命。"

司小南心中一凛。原来，这才是洛基真正的目标。先打一棒子，再给一些希望，然后以此作为要挟……真是好手段。够狠，够阴险。"我知道了。"司小南缓缓开口，"我会尽全力配合你的。"

大夏。沧南市。地下空洞中，一声巨响传出，野人般的安卿鱼猛地从寒气四溢的箱中坐起，大口大口地喘着粗气。"洛基……"他喃喃念叨一声，快速地从箱中爬起，一边披上科研服，一边拿起手机，拨通了一个号码："喂？我是'夜幕'小队副队长安卿鱼，我有重要的事情要上报总司令办公室！"

"你是说，诡计之神洛基混进昆仑虚里了？"守夜人总部，姜子牙看着眼前脸色凝重的左青，诧异地开口。

"没错。"左青郑重开口。

"事情有些麻烦了。"姜子牙一边一手抚着白须，一边沉思道，"不过，有那位在，应该出不了什么意外。"

左青披着暗红色斗篷，凝重地在办公室中转了几圈，还是摇了摇头。"不行，我还是不放心，这件事牵扯太大，还是小心为上好……之前收到消息的时候，我就已经派了路无为去帕米尔高原，现在看来，可能不够。我亲自去一趟吧。"他伸出手，对着姜子牙抱拳，"太公，我不在的这段时间，就靠您坐镇守夜人了。"

"去吧。"姜子牙微微一笑。

左青抓起桌上的直刀，挎在腰间，身形化作一抹青芒，消失在了天际。

瑶池。黎明的微光自远处的山腰升起，洒落在宽敞的院落之中。盘膝坐在蒲团上的杨戬似乎察觉到了什么，缓缓睁开眼眸，看向不远处那道石雕般的身影。与此同时，一道红芒自天空飞来，化作一个脚踏风火轮的少年，落在了杨戬身边。哪吒看了眼林七夜，诧异地开口："他已经要突破了？这么快？这不是才过了九个时辰吗？"

"他的身体像是经受过信仰之力的洗涤，本就没有什么杂质，吸收起蟠桃来自然也快些。"杨戬回答。

"信仰之力？他还是个凡人，哪来的这么多信仰之力？"

"不知道……他身上的谜团，似乎比我们想象的要多。"

就在两人交流的时候，林七夜身上散发出的精神力波动越来越强，像是层层递进的巨浪，发出低沉的潮鸣。浪潮的冲击频率逐渐加快，潮鸣声也越发洪亮悠扬，最终数十道潮鸣汇聚在一起，如喷涌迸发的火山，顷刻间席卷天地。"轰——"只听一声巨响，林七夜脚下的院落瞬间爆出细密的裂纹，一股强横雄浑的精神力波动，自他的体内涌出。他的双眼缓缓睁开，眸中闪烁着明亮的光辉。"克莱因"境。感受着体内近乎无穷无尽的精神力，林七夜觉得自身前所未有的强大，之前他虽然也靠灵魂承载踏入过"克莱因"境，但那种依靠外力获得的境界体验，与亲自迈入其中还是有所差别的。他长舒一口气，整个人神清气爽。

"进展不错。"杨戬平静地开口。

林七夜笑了笑："劳烦你为我护法这么久……"

"举手之劳罢了，说是护法，但以我这虚幻之身，能做的事情也只有提前预警。"杨戬摇了摇头。他看了眼天色，继续说道："现在你的境界已经足够，趁着这时光剪影还在，我再多教你一些东西……你到我面前来。"

林七夜听到这话，微微一愣，迈步走到了杨戬的面前。"教我些东西？是什么？"林七夜好奇地问道，"神明的神通，我也能学吗？"

"有些不行，但有些可以。"杨戬缓缓开口，"你可曾听闻过……'法天象地'？"

1048

"法天象地"？听到这四个字，林七夜先是愣了一下，随后表情古怪了起来。如果他没猜错的话，他从孙悟空身上学来的"齐天法相"，应该就是"法天象地"的一种形式。"听说过……我也学过一点。"

杨戬很快便反应了过来："那只猴子教过你？这样最好，你用给我看看。"

林七夜点了点头，缓缓闭上眼眸，片刻后一道灵魂虚影便从体内走出，周围的灵气疯狂搅动，向着这道灵魂虚影体内灌入。几道雷霆划过天空，悬空山峰之上，妖魔之气翻滚，一只魔猿巨影很快便凝聚而出，落在了山腰之上。妖风呼啸，杨戬和哪吒站在院落中，望着那自山腰缓缓站直身子的巨大妖魔，眉梢微微上扬。

"气息和那只猴子一模一样……看来是得到真传了？"哪吒诧异开口，"还说不是那只猴子的徒弟，这种神通要不是猴子亲自教，能学到这个地步？"

杨戬一袭银袍在翻滚的妖魔之气中猎猎作响，他眯眼仔细打量妖魔林七夜许久，点头说道："很好，你的妖魔法相已经得到那只猴子的真传，哪怕是放眼整个天庭，也没几个人能做到这个地步。不过，妖魔法相的戾气太重，长期使用会影响灵魂性格，让你的情绪不受自己控制。而且妖魔法相的攻击手段单一，仅有肉身蛮力攻击，虽然霸道无双，但在有些情况下，却太过笨拙。"

魔猿凝视着杨戬，微微点头。杨戬说的这两个弊端，第一个影响性格他还没感受到，可能是因为到现在为止他只使用过"齐天法相"一次，所以影响并不明显。但攻击手段单一这个问题，他在上京市面对"克莱因"境"神秘"的时候，就感受到了。在"齐天法相"的状态下，他虽然肉身强悍无双，能徒手掰断笔仙，一口咬碎不倒翁，但又像个徒有蛮力的莽汉，要是出现几个机动性较高的"神秘"，恐怕他只能像个无头苍蝇一样乱飞。

"今天我教你的这项神通，与妖魔法相同源，截然不同的是，能够洗去妖魔法相给你带来的戾气影响，也能与其互补。你既然已经学会了妖魔法相，那学这门神通，应该会很快。"杨戬站在翻滚的妖魔之气前，双手轻轻抬起，在身前掐出一个复杂的手印，与此同时，他眉心的那只竖眼，猛地睁开！一道汹涌庞大的神力波动，骤然降临。周围的灵气瞬间被撕扯出一道旋涡，在杨戬的头顶极速旋转，他的身形也迅速拔高，很快便化作一道与妖魔七夜同样大小的身影！那是一道宏伟庄严的神影，身披银甲，浑身散发着耀眼的神力光辉，眉心处一只竖眼微睁，目光仿佛能洞穿天地。一尊暴戾妖魔，一尊庄严神影，踏着仙气氤氲的悬空山峰，遥遥对立。神影张开双唇，缓缓开口："这道神通，乃是我独创的神明法相，其名为……'清源法相'。"

瑶池。最宏伟高耸的那座仙宫之内，一个披着缂丝紫纹神袍的美妇人，缓缓穿过白玉大殿，在宫门前停下了脚步。她的目光穿过青葱群峰与洁白流云，落在了瑶池的某座山峰之上，那里，一尊妖魔法相与一尊神明法相正相对而立。西王母美眸流转，嘴角浮现出一抹笑意。"缘……妙不可言。"

一位黄裙侍女走到她的身后，躬身行礼，温婉开口道："娘娘，我们在青鸾峰的脚下，发现了一具尸体，应该是逃走的那三个入侵者中的一个。"

西王母眼眸微眯，将目光从那两道法相上挪开，指尖在虚无中凌空一点。那面悬挂在仙宫顶端的昆仑镜，突然一震，极速缩小成一块巴掌大小的镜子，化作一道流光落在了西王母的手中。西王母手握昆仑镜，对着身前的昆仑虚轻轻一照。她的眉头微微皱起。"没有另外两只老鼠的影子……能逃过昆仑镜的映照，倒是有些手段。"

"娘娘，接下来该怎么做？"黄裙侍女担忧地开口，"昆仑镜找不到他们，离天尊给的期限，也只剩下一天，剑墟那边……"

"没时间在这两只老鼠身上耗下去了。"西王母淡淡开口。西王母抬手将昆仑镜悬至半空，身形一晃，一道模糊残影自她的体内走出，迈入昆仑镜镜面，消失无踪。她指尖轻点，昆仑镜自动落在了侍女的手中。"时限将至，本宫今日便要唤醒昆仑剑墟，无暇分心外事，接下来由你手持昆仑镜，代掌瑶池事务。本宫已经在昆仑镜内留下一缕分魂，若遇危机，自会出手。"

侍女郑重地接好昆仑镜，对西王母行礼："是。"

西王母挥了挥神袍袖摆，最后看了那座伫立着两尊法相的山峰一眼，身形化作漫天灵光，消失在仙宫之中。

瑶池外。两道披着"无缘纱"的身影，在瑶池脚下的阴影中，一晃而过。下一刻，他们便跃过数百米高空，如幽魂般悄无声息地穿过无人的蟠桃盛会会场，在瑶池内圈之前，停下身形。洛基狭长的眼眸微眯，凝望着眼前的虚无，似乎在观察着什么。他伸出指尖，轻轻点了一下身前，一道无形的涟漪自虚无中荡开，抵挡住了他的进入。"大夏神的灵气法阵，还是那么难缠……"他冷声开口。

"那我们怎么办？"司小南的身形笼罩在阴影中，问道。

"这阵法拦得住别人，可拦不住我。"洛基淡淡说道，"这普天之下，还没有我潜入不了的地方……"他的眼眸中，瞬间闪过一抹黑芒。抵挡在他身前的那道无形涟漪，突然一滞，他拉住司小南的手臂，迅速地穿过了涟漪，站在了大阵内部。等他们穿过后，那道涟漪才继续荡漾开来，仿佛浑然没有注意到有什么东西穿了过去，一切如常。司小南见到这一幕，眼中闪过凝重之色。她是洛基的代理人，洛基的手段，她当然清楚……他用一个诡计，骗过了这座瑶池大阵。

1049

这个世界上，除了洛基自己，司小南绝对是最了解他的人。洛基的神墟，是被守夜人编号 009 的"诡诈戏法"，其序列即便是在神墟之中都十分靠前，这个神墟能够编织出足以骗过世间万物的"诡计"，无论是人、神、物，甚至是已经发生过的现实，都可以通过"诡计"将其改写。而这个能力的缺陷，只有两个。第一，"诡计"本身必须具备逻辑合理性。"诡诈戏法"可以通过"诡计"，将一段不曾发生过的事情覆盖既定的事实，但这必须保证编织出的"诡计"在逻辑上可行。他可以让刚从鸡蛋里孵出的母鸡变成公鸡，但不可以让鸡蛋孵出一只猪崽。第二，"诡计"的编织需要时间。编织"诡计"所需要的时间，与欺骗的对象有关。如果只是骗凡人的"诡计"，对洛基来说跟瞬发没什么区别。但如果欺骗的对象是既定的事实，那就要看这段事实发生在多久之前，以司小南这几年的观察，洛基似乎最多只能改变十五秒内发生过的事情，而这样的"诡计"也需要数秒的时间进行编织。司小南站在大阵内，回头看了眼虚空中的涟漪，眼眸中闪烁着微芒。她在计算时间。从洛基伸手触碰到大阵，到穿过大阵，中间间隔了三点四六秒的时间……而这，就是洛基编织一个骗过神级法阵的"诡计"所需要的时间。不管以后能不能用上，司小南先将这个数据牢牢地记在心头。而像这样的数据，她已经记下了数十道。

洛基的目光扫过眼前耸立的诸多仙宫，沉声开口："昆仑虚的神殿太多，一个个找下去太浪费时间……"话音未落，他便带着司小南化作一抹黑芒，急速地飞向最近的一座仙宫，而在那座仙宫的门口，数十位天兵天将正列成长排，仔细地巡逻四周。他们并没有注意到，两道黑影已经悄然来到了他们的身后。既然洛基不愿意一个一个仙宫去找，那直接抓一只杂鱼问路，自然是最便捷的方式。位列最后的那位天兵手持长戟，正表情肃穆地前行，一只手掌突然自他身后的虚无中伸出，无声地抓向他的脖颈。但下一刻，那只手掌便轻飘飘地穿过了天兵身体，宛若无物。"嗯？"一声轻"咦"自虚无中传出。洛基看着自己空荡的手掌，眼中浮现出诧异之色，他犹豫片刻后，再度伸出手掌，抓向另一位天兵。他依然没有触碰到天兵的身体。洛基眉头微皱，低头沉思起来。一旁的司小南见到这一幕，眼中也满是不解之色。这些天兵天将明明就站在他们的眼前，为什么触碰不到？洛基双眸微眯，弯腰从地上捡起一块石子，捏在指尖仔细地观察起来。几秒之后，他想到了什么，冷笑不已。"我说这里的神力怎么这么浓郁，原来是这样……靠一段时光剪影，差点骗过了所有神国，这应该就是大夏计谋中的瞒天过海？"

"时光剪影？"司小南环顾四周。

"你们在蟠桃盛会上看到的一切，以及现在呈现在我们面前的所有东西，全都是过去昆仑虚某段时间的剪影，是他们故意展露给你们这些代理人的假象。之前我就觉得不对，大夏的昆仑虚一直神秘至极，怎么偏偏在这个关键时候，让人窥探到了一角天机，暴露了自身位置？大夏这么做，就是为了引来你们这些试图探寻大夏神底细的代理人，然后用这段时光剪影，给所有其他神国传递一个假象……一个大夏神依然驻守在大夏，而且处于全盛时期的假象。从一开始，昆仑虚就是给四大神国准备的陷阱。"洛基顿了顿，继续说道，"可他们既然不在大夏，究竟去了哪里？如果是我的话……"洛基心中似乎有了某种猜测，眼中光芒闪烁。

司小南听到这段话，一颗心顿时沉了下去。如果事情真如洛基所说，大夏这么做就是为了借他们这些代理人之手，向其他神国传递虚假信息，那洛基这个混入的诡计之神，则成了一切的变数。他看破了大夏神的布置，那大夏的处境，可就危险了。

就在司小南忧心忡忡的时候，洛基抬起头，整个人似乎十分愉悦，嘴角微微上扬："有意思……"紧接着，他像是察觉到了什么，转头看向远处。一道绿影掠过二人头顶的天空，径直向着中央的那道仙宫飞去，司小南定睛看去，才发现那是一位穿着绿裙的侍女。洛基盯着那绿裙侍女片刻，鬓角的一缕发丝被风吹拂得轻轻飘起，他眉梢一挑："不是虚影？"他没有丝毫的犹豫，伸手对着那侍女凌空一抓，绿裙侍女瞳孔骤缩，下一刻便自空中坠落下来。一只手掌瞬间扼住了她的脖颈，天旋地转之下，她整个人都被这只手卡在了仙宫角落的一处墙壁之上。绿裙侍女闷哼一声，缕缕鲜血自嘴角溢出，脸色苍白无比。司小南见此，眼中闪过一抹纠结之色，但还是伸手一挥，一张无形的轻纱将仙宫角落彻底覆盖，轻纱之上黑芒乍闪，一个"诡计"紧接着附着其上。"无缘纱"本就是遮掩气息最强的禁墟，几年前司小南就能用其阻挡"湿婆怨"的气息泄漏，现在再加上一个欺骗众生的"诡计"，哪怕是神明，不到至高，也根本察觉不到他们的存在。绿裙侍女忍痛睁开眼，面前便是一双冰冷如蛇的狭长眼眸。

"听说，你们昆仑虚有一件秘宝？"洛基单手卡着侍女的脖子，抵着墙壁将其举到半空，淡淡开口，"它在哪里？"

绿裙侍女紧咬着双唇，死死瞪着洛基，一句话也不说。

"算了。"洛基耸了耸肩，"我还是换个方式问吧。"话音落下，冷轩身体上那遍布蛇鳞的右臂，诡异地扭动起来，一颗细小的黑蛇头颅自掌心破开，猛地钻入侍女的右耳，直接搅入大脑之中。惨叫声在空旷的仙宫内响起。

1050

"不好！"

最高处的仙宫内，黄裙侍女察觉到了什么，心头一跳。她猛地看向瑶池某处，一双美眸中涌现出前所未有的怒意，整个人化作一道黄芒，冲天而起！与此同时，瑶池各处，四道不同颜色的虹光随之升起，向着某座仙宫飞去。

仙宫角落。"扑通——"沉闷声响在空旷的大殿内回荡，一条浑身布满血迹的黑蛇，从七窍流血的侍女头部爬出，钻回了洛基的右臂之中。洛基闭着双眸，静静地站在那儿，像是在聆听着什么。片刻后，他睁开眼眸，看向瑶池某处，脸上浮现出渴望之色。"瑶池秘宝，永生不朽丹……"司小南沉默地看着脚下奄奄一息的绿裙侍女，无奈地闭上了眼睛。"我找到瑶池秘宝的位置了。"洛基舔了舔嘴唇，"可惜，她的灵魂太弱小了，在耶梦加得的折磨下只能坚持这么短的时间，否则说不定还能问出大夏神的动向。虽然这对我而言，也没那么重要。"洛基随意地摆了摆手，"小南，杀了她，我们去取秘宝。"司小南眼眸中闪过一抹微光，她"嗯"了一声，走到绿裙侍女的身前，指尖在她的胸膛一点，后者的心跳便骤然停止。绿裙侍女身体一震，彻底失去了生机。下一刻，两人便披着"无缘纱"，飞速地冲出仙宫，消失无踪。

他们离开后不过数秒，五道流光便接连冲进仙宫之中，为首的黄裙侍女捧着一面铜镜，看到倒在血泊中失去呼吸的绿裙侍女，瞳孔骤然收缩。她们落在绿裙侍女身边，脸色难看至极。"那两个入侵者竟然还敢回瑶池？"红裙侍女怒目扫过四周，"他们在哪儿？！"

"不知道，昆仑镜照不出他们……"黄裙侍女话音未落，倒在血泊中已然失去生机的绿裙侍女，突然睁开了眼睛，胸膛剧烈起伏起来，心跳再度回归。见绿裙侍女死而复生，一旁的五位侍女全都愣在了原地，随后脸上浮现出狂喜。绿裙侍女虽然恢复了心跳，但灵魂依然遭受重创，她痛苦地躺在那儿，用尽最后的力气，喃喃低语："丹殿……他们的目标是丹殿……"说完最后一个字，绿裙侍女便头一沉，彻底昏厥过去。听到"丹殿"两个字，五位侍女的瞳孔微缩，她们对视一眼，脸上都浮现出凝重之色。确认绿裙侍女短时间内没有生命危险之后，五人即刻化作流光飞出仙宫，裹挟着恐怖的杀意，径直向着丹殿的方向飞驰！

瑶池，客房山峰之上。汹涌的灵气逐渐平息，一道模糊的灵魂缓缓落在大地，身形一晃便撞入了双眸紧闭的林七夜身体之中。灵魂归位，坐在地上的林七夜睁开眼眸，长舒了一口气。

"掌握得不错。"站在不远处的杨戬微微点头，"再多练习几次，你就可以在我的法相的基础上，加以变通，从而演化出属于你自己的法相。"

林七夜笑了笑："谢谢。"林七夜的话音刚落，远处的仙宫中，五道饱含杀机的流光便冲天而起，掠过他们所在的这处山峰，向远处飞去。见到这一幕，林七夜和杨戬的眉头同时一皱。

"这是什么情况？"一旁的哪吒疑惑地开口，"这几个侍女，怎么在瑶池内还散发这么强的杀意？娘娘不管的吗？"

林七夜皱眉看着那五道流光离去的方向，沉思了片刻："事情有些不对……"如果他没看错的话，飞过去的那几道流光，应该是跟在西王母身边的贴身侍女才对，她们是拥有实体的。现在的瑶池，不过是一道时光剪影，在这虚幻的世界之中，有什么东西能够让她们散发出如此强悍的杀意？林七夜回想到在瑶池上出手的安德烈，心中微沉。难道，又有别的外神代理人混进来了？"我跟过去看看。"林七夜没有丝毫犹豫，开口说道。

杨戬注视着五位侍女离去的方向，低头看了眼自己虚幻的手掌，双眸无奈地闭起："小心。"

"嗯。"

浓郁的丹香，自朱红色的殿门后悠悠飘出。两道身影站在仙宫前的台阶上，抬头看向上方的牌匾。"丹殿……就是这儿了。"洛基轻轻一挥手，那扇紧闭的殿门便在沉闷的嘎吱声中缓缓打开，尘封已久的古木香气混杂着药香，如同潮水般灌入两人的鼻腔，时而苦涩，时而甘甜，时而腥咸……飞扬的尘土间，司小南站在洛基的身后，微微转头看了眼远处，脸色有些苍白。她在绿裙侍女身上留下的"诡计"，耗费了她大量的精神力。这个"诡计"短暂地骗过了绿裙侍女的身体，使其以为自己已经死亡，从而彻底失去了生机，也正是靠着这个"诡计"，她才能在洛基的眼皮底下，把绿裙侍女从死亡的边缘拉了回来。司小南不担心洛基再去检查侍女的尸体，因为他已经没有这个心思，现在他全部的注意力，都在瑶池秘宝上。也不知道，她留下的这道后手，能不能给洛基造成一些阻碍？

就在司小南暗自担忧之际，洛基已经迈步走入了丹殿之中，随着他一个响指打响，昏暗的大殿内，凭空亮起了数十道幽绿色的火焰。在这些火焰的映照下，一个个飘浮在空中的银色丹壶浮现出来，空气中那浓郁的丹香，都是自这些丹壶内飘散而出。丹壶的壶身上，挂着一块块木牌，镌刻着各自的名字——"回天丹""腐心丸""天尘丹"……司小南的目光在这些丹壶上一一扫过，等她回过神来的时候，洛基已经穿过了大半个丹殿。洛基披着一身黑袍，目光没有在这些丹壶上有丝毫的停留，那双眼眸正炽热地注视着丹殿的尽头，仿佛周围的那些丹壶都不存在一般。司小南迈步紧跟在他的身后。

就在这时，一道爆鸣声自丹殿的门口传来，五道流光裹挟着森然杀机，直冲走在最前方的洛基。

<h1 style="text-align:center">1051</h1>

在她们冲入殿门的瞬间，洛基的身形一顿。他回过头，那双狭长的眼眸冷冷瞥了五位侍女一眼，眸中闪过一抹讥讽。"一位大夏神都不来，就想拦我？"尚未等五位侍女冲到面前，洛基的右脚便用力在地上一踏，汹涌的神明威压狂卷而出，硬生生将半空中的五位侍女身形震得后退数米，踉跄地落在了地面。

"外神？！"黄裙侍女感知到洛基身上的神明威压，瞳孔骤然收缩。她们本以为，混入昆仑虚的只是未曾踏入神境的外神代理人，没想到在这里竟然出现了一位真正的神明。他是怎么进来的？！"布阵！"黄裙侍女反应极快，五位侍女手掌同时一翻，五柄形态各异的长剑凭空出现在她们手中。她们右手握剑，左手掐诀，五柄长剑脱手而出，沿着某种玄妙的轨迹在空中飞舞，点点星辰在丹殿顶端亮起，交织成一座剑阵，笼罩住洛基的身体。

司小南心中长叹一口气。这剑阵散发出的气息很强，已经足以击杀"克莱因"境巅峰，但想要伤到洛基，远远不够……哪怕站在这里的只是他的一个分身。洛基平静地扫了眼头顶的星辰剑阵，根本没有要躲避的意思，任凭那抹星光彻底将他的身形掩盖。就在五位侍女正欲松口气时，异变突生。洛基抬起双手，随意地在胸前拍了一下，随着一道清脆的掌声响起，他的身形就闪烁到了五位侍女的位置，而五位侍女只觉得眼前一晃，便来到了星光剑阵的中央。五位侍女的瞳孔骤然收缩。剑阵外的洛基，用指关节在星光剑阵的表面轻轻一敲。无尽星光轰然爆碎，化作一道道锋利的剑影残片，倒卷入剑阵之中，将五位侍女的身体割出一道道狰狞的血痕。刹那间，剑阵崩碎，五女重伤。黄裙侍女半跪在血泊中，咬牙注视着微笑走来的洛基，眼眸中的杀意丝毫没有退去。

"你不怕我？"洛基走到她身前，平静开口。

"为什么要怕你？"黄裙侍女冷笑一声，"你杀不了我。"

"……是吗？"洛基眼眸一眯，抬手便直接拍向她的头顶，可手掌刚落到半空，一道璀璨的神光自侍女的体内爆出！洛基眉头微皱，瞬间后退了近百米。只见一面铜镜飞出黄裙侍女的体内，高高地悬挂在空中，橙黄色的镜面清晰地倒映着殿中一切，恐怖的神力波动自镜面之内呼啸而出！铜镜倒影中，一道模糊光影迈步走出，径直穿过了镜面，化作一位身着绛丝紫纹长袍、头戴凤翅金冠的美妇人。她脚踏虚空，低头俯视着大殿之上的洛基，一双美眸看不出喜怒，只有无尽的威压散发而出。见到这美妇人的瞬间，洛基原本风轻云淡的表情，顿时凝重了起来。

"西方宵小，也敢来我瑶池放肆？"西王母淡淡开口，无尽的神威浩荡，一只白皙玉手自缂丝神袍的袖摆间探出，轻飘飘地压向洛基的头顶。大殿上空，一道巨大的灵气旋涡飞速卷起，整个瑶池的灵气都像是沸腾了般，疯狂地搅动，一只遮天蔽日的手掌自虚空中凝聚而出。

洛基的脸色越发难看起来。他看了眼殿门口的司小南，目光重新落在了西王母的身上，冷笑道："你我都是分身，我会怕你？你信不信，今天要是让我离开这里，明天，四大神国便会联手攻破大夏边境，灭你大夏神满门！"话音落下，洛基哈哈一笑，身形化作一道黑色闪电，瞬间冲出丹殿大门，向着昆仑虚的上空冲去。

西王母的脸色微沉，她握着昆仑镜，一步踏碎虚空，紧随洛基追出。下一刻，轰鸣的爆响便自空中传来，两位神明分身在瑶池上空激烈交手，将整个瑶池都震得微微颤抖。窸窣的尘埃自丹殿顶端落下，幽绿色的火焰在半空中燃烧，司小南的影子像是恶魔般晃动。她站在原地，回忆起刚刚洛基给她的那个眼神，双拳控制不住地紧攥。

"帮我找到它，带回来，我便留冷轩一命……"洛基说过的话语，萦绕在她的耳边。那个眼神，是提醒，也是威胁。从一开始，洛基心里就很清楚，昆仑虚作为大夏重地，即便大夏神倾巢而出，也必然留着某种后手，否则大夏神根本不可能这么大胆地将这里的位置暴露出去。他带着司小南，就是为了应对眼下这种情况。他早就算到了这一步？司小南的脑海中，闪过无数的想法，片刻之后，她的眸中浮现出坚定之色，迈步穿行在空旷的丹殿之间，径直向着深处走去。没走几步，几道身影便提着断剑，跟跄地站在她的身前。浑身染血的黄裙侍女，冷冷看着眼前的司小南，提起断剑，指向她的鼻尖。"你也是大夏人，为什么要站在西方神那边，与大夏作对？"

司小南看着她的眼睛，没有回答她的问题，只是平静地摇了摇头："放下吧，现在的你们，拦不住我的。"黄裙侍女的眼中闪过一抹杀意，她提剑便砍向司小南的脖颈，但剑锋尚未碰到对方的肌肤，手中的剑便诡异地消失，落在了司小南的手中。司小南反握断剑，身形如鬼魅般在侍女间穿梭，只听几声闷响，她们便尽数被司小南打晕在地。司小南平静地看了她们一眼，头也不回地向着丹殿深处走去。幽绿色的火光下，丹殿最深处的半空中，一只黑色丹壶与一只白色丹壶的轮廓，被隐约勾勒而出。就在司小南准备伸手抓向那两只丹壶的瞬间，一个身影迈步踏入了丹殿之中。"嗒——"脚步声自殿门传来，司小南眉头一皱，转头望去。只见一个披着深红色斗篷的身影，正背着剑匣静静地站在殿门口。他的目光扫过大殿中倒在血泊中的几位侍女，最终落在了手握断剑的司小南身上，眼眸一凝。

1052

　　"咚——"一道轰鸣声自瑶池上空传来，洛基的身影如陨石般砸落，瞬间洞穿几座悬空山峰，落在了下方的大地之上。洛基的身形自滚滚浓烟中站起，剧烈地咳嗽起来，大片的鲜血洒落在地面。"就算有耶梦加得寄生，这个凡体的身体素质也太差了些。"洛基伸手抹去鲜血，森然黑芒自他体内涌出，似乎在编织着什么。五秒之后，他的身体在深坑中凭空消失，紧接着重新站在了瑶池上空，身上的伤口与血迹全都消失不见，仿佛从未受过重伤。他编织了一个"诡计"，骗过既定的事实，让世界认为几秒钟前的自己躲过了西王母恐怖的攻击，使得现在也随之改变，身上自然不会留下伤痕。洛基的身形鬼魅般出现在西王母的身侧，身形一晃，六个一模一样的洛基从他的体内走出。这些洛基的蛇鳞手掌掌心破开，黑色的诡蛇从中钻出，如电光般咬向西王母的身体，彻底封死了她所有的退路。

　　见洛基毫发无伤地回到自己面前，还一分为七，手持昆仑镜的西王母双眸微眯，周身的灵气再度翻滚起来。她抬起掌间的昆仑镜，镜面瞬间扫过四周。在昆仑镜的倒影下，西王母的周围空空荡荡，这七个诡计之神，竟然无一是本体。"雕虫小技。"西王母淡淡开口，手中的镜面一翻，直接对准了自己。铜镜倒影中，一个人影如吐芯的黑蛇，正紧紧贴在西王母的身后，一条小蛇已经攀附在西王母的脖颈，下一刻便要一口咬下。见自己的身影被昆仑镜发觉，洛基的眼眸一凝。时光之力自镜面翻腾而出，恐怖的威压自四面八方席卷，洛基的动作突然滞缓了下来，就像是生存在水泥海洋中的鱼儿，身形即将随着周围的空间凝固。西王母右手持昆仑镜，伸出左手，面无表情地在被昆仑镜定格的洛基胸膛上轻轻一按。洛基的胸口瞬间塌陷下去，整个人再度被一掌轰落天空，重重地砸在了瑶池外的昆仑虚山脉之上，随着山体崩裂的沉闷巨响，还有一道道清脆的金铁交鸣声响起。洛基仰面躺在崩裂的山体中央，他周围的时光剪影被轰碎了一角，数道森然剑锋自大地贯穿他的身体，将其死死地钉在了山脉之中。洛基猛地喷出一口鲜血。他僵硬地转过头，看向贯穿自己身体的几道剑锋，眼中浮现出不解之色。"剑？这座山上哪来的剑？"他环顾四周，昆仑虚的时光剪影因他与西王母的战斗破碎了一角，原本鸟语花香的山脉虚影，此刻已经展露出它最真实的模样。灰白色的山体表面，再也不见青葱的绿树与红花，大量的石块裸露地表，一柄柄散发着森然寒芒的古剑倒刺入山体之中，仿佛无穷无尽般覆盖了整座山峰，一直蔓延到被笼罩在时光剪影中的另一座青山。一只仙鹤虚影自另一座山峰振翅而落，优雅地飞翔在灰白色的山体表面，身形幻影般穿过一柄又一柄古剑，宛若无物。仙鹤是假的，这座剑山……是真的。

　　洛基来不及多想，周身再度爆出一团团黑芒，顷刻间编织出另一个"诡计"，摆脱所有伤势之后，身形再度回归天空。他站在青空下，遥遥望着那座剑山，虽然那座剑山在偌大的昆仑虚山脉间渺小如沙砾，但不知为何，洛基的心有些不安起来。那座山峰的时光剪影下，藏着一座剑山……那其他的山脉虚影中呢？昆仑虚中藏这么多剑，大夏神这是想做什么？洛基眉头紧锁，看向远处的瑶池丹殿，那目光似乎洞穿了空间，直接落在了丹殿内的司小南身上。经过短暂的交手，洛基已经清楚地认知到，自己绝不是手握昆仑镜的西王母分身的对手，再这么拖下去，他这个分身的神力耗尽，西王母迟早会杀死他这个分身，然后一巴掌拍死司小南的。虽然牺牲冷轩和司小南，对洛基来说算不了什么，但这是他获得昆仑秘宝的唯一机会，若是错过，那他成为至高神的可能性就越发渺茫。趁着他拖住西王母分身，司小南必须得到昆仑秘宝，离开这里。

可就在这时，突然闯入丹殿的另一个身影，吸引了他的注意力。他的瞳孔骤然收缩，脑海中再度回忆起数年前的沧南市中，那承载着奇迹之力，亲手斩杀他一个分身的少年。"是他？"洛基的眸中闪烁起危险的光芒。

瑶池。丹殿。林七夜怔怔地看着幽绿色火光下，那熟悉而又陌生的少女面孔，许久之后，才回过神来："小南？！"司小南看见门口的林七夜，同样愣在了原地。她知道林七夜在昆仑虚中，但万万没想到，居然会在这里碰上。"小南。"林七夜似乎想到了什么，表情凝重了起来，"你……"沧南大劫结束后，林七夜便疯了，等他恢复理智的时候，已经在斋戒所的精神病院中，对于司小南是诡计之神的代理人，在沧南大劫中背叛守夜人，还带着冷轩离开大夏这件事，他也是后来才听说的。不过在"人圈"的时候，吴湘南告诉他，司小南带走的"湿婆怨"其实是假的。136小队幸存的所有人始终相信，司小南并不是背叛了他们……她只是暂时离开。林七夜也是这么相信的。但当他看到司小南手握断剑闯入丹殿，以及一旁倒在血泊中的五位瑶池侍女时，心微微一紧，某个想法涌现在他的心头，又被他立刻否定。

不可能，他认识的司小南，不会做这种事情。他表情复杂地看着眼前衣袍染血的司小南，深吸一口气，缓缓开口："小南……这里究竟发生了什么？"

1053

听到这句话，司小南的身体微微一震。她看着林七夜那双诚挚的眼睛，心中升起一股暖意。林七夜见到她的第一句话，是"这里究竟发生了什么"，而不是"你都做了些什么"，这就说明他从内心深处，并不认为这些事情是她做的……他相信自己。司小南双唇微抿，正欲开口说些什么，一道声音飘荡在她的耳边。"先抢昆仑秘宝，有机会的话，再杀了那个少年。"司小南的心顿时沉了下去。洛基能看到这里。电光石火之间，无数个想法闪过司小南的心头，她迅速厘清了现在的局势。她没有回答，只是双眸复杂地看了林七夜一眼，随后提着剑，反身便向着丹殿深处的那两只丹壶疾驰而去！洛基就在这附近，现在可不是跟林七夜叙旧的时候，有些话，也绝不能在这时候说出来。洛基想让她杀林七夜，那她就必须与林七夜战斗，一旦林七夜知道了一切真相，选择不出手阻拦她，甚至是主动出手帮助她，那在洛基这个多疑的诡计之神眼中，她叛徒的身份就是板上钉钉了。这么一来，不管她能不能带回昆仑秘宝，她和冷轩都是死路一条，洛基不可能放任两个叛徒活在这个世界上。更何况，以洛基的力量，根本无法阻拦西王母分身太久，一旦洛基败退，她就更不可能从西王母的眼皮底下带走昆仑秘宝，她带不回昆仑秘宝，对洛基而言就失去了利用价值，与其放任司小南和冷轩落在大夏神手中，他一定会先一步动用灵魂契约直接抹杀二人。她必须在洛基彻底失败前，带着昆仑秘宝离开这里，只有这样，她和冷轩才能活下去。当然……所谓的"昆仑秘宝"究竟是什么东西，那就是她说了算了。司小南的眼眸中闪过一缕缕光芒。

见司小南没有回答，而是反身冲向了丹殿深处的那两只丹壶，林七夜的心中"咯噔"了一下。他必须承认，在这一刻，他对司小南的信任产生了动摇。就在林七夜犹豫要不要对司小南出手的时候，一旁昏厥的黄裙侍女艰难地睁开了眼睛，看到站在殿门口的林七夜，像是抓住了救命稻草，大喊道："林上仙！不能让她拿走永生不朽丹！那是我大夏重宝，绝不可落入外神之手！"听到这句话，林七夜的心神一震，他一咬牙，身形还是化作一抹夜色，直接消失在原地。"夜色闪烁"。无论他相不相信司小南，这东西既然是大夏重宝，就绝不能坐视司小南带走它。

丹殿深处，司小南的身形宛若一道流光，直接飞向了悬在空中的一黑一白两只丹壶，她伸出手，眼中闪过一抹犹豫。面前这两只丹壶，哪一个才是装有永生不朽丹的丹壶？算了，全带走便是！司小南的指尖刚触碰到那只黑壶，一抹凌厉的刀光便自虚无中斩出，精准地斩向她伸出的手掌，她瞳孔微缩，手掌瞬间撤回，后退了半步。那抹刀光归入鞘中，一个披着深红色斗篷的身影自夜色中走出。"小南，这东西你不能带走。"林七夜右手握着"斩白"刀柄，皱眉说道。

司小南看着林七夜的眼眸，一咬牙，一道黑芒自她的掌间闪过，下一刻她的身形便化作一只乌鸦，扑棱着翅膀飞向丹殿大门。一根黑羽飘到林七夜的身前，就在他皱眉看着那飞出丹殿的乌鸦之时，突然意识到了什么，猛地回头看向身后。不知何时，司小南的身形已经出现在黑色丹壶旁，一把抓住壶身，紧接着急速向着一旁的白色丹壶飞去！

视觉"诡计"？林七夜想到了刚刚那飞出丹殿的黑鸦，心中一沉，他差点忘了，司小南可是诡计之神的代理人。没有丝毫的犹豫，林七夜再度拔出腰间的"斩白"，不过这一次他没有斩向司小南的手掌，而是直接用刀芒无视空间，点在了白色丹壶的底端。"叮——"只听一声脆响，白色丹壶被刀芒一挑，急速飞上天空。司小南的手掌抓了个空。她微微一怔，随后抬头仰视天空中那飞旋的丹壶，身形冲天而起！但尚未等她飞出多高，一只巨大的白熊便自虚无中撞出，雄壮的身体直接扑到司小南身上，双臂抱弯，死死地将其禁锢。司小南没有想到虚空中能跳出一只白熊来，猝不及防之下，被虚空白熊抱住，直接坠向大地。她凝视着天空中飞旋的白色丹壶，一缕缕黑芒从她的体内涌出，急速地编织起"诡计"。就在这时，一抹深红色身影紧接着飞上天空，稳稳地接住了掉落的白色丹壶。这便是昆仑秘宝？

林七夜握着白色丹壶，轻轻一晃，整个人突然愣在了原地。他错愕地低头看着手中的丹壶，将壶盖打开，这才发现丹壶之内空空荡荡，连一颗丹药都没有。这个丹壶是空的？林七夜的目光顺着丹壶壶身看去，最终停留在壶底，眼眸微微一凝，只见在白色丹壶的壶底，用朱砂镌刻着三个古老的文字——"不朽丹"。

与此同时，被虚空白熊抱住，即将坠落大地的司小南身上，涌现的黑芒终于编织完毕。"轰——"只听一声巨响，虚空白熊的身形砸落大地，将丹殿的地面震出细密的裂纹，滚滚烟尘四起，却并未见到司小南的身形。下一刻，司小南披着黑衣，凌空而立。她的左手握着一只黑色丹壶，右手握着白色丹壶。林七夜眼眸一凝，再度低头看向自己的掌间，不知何时，他接到的白色丹壶已经转移到了司小南的手中。改变现实的"诡计"？林七夜的眉头紧紧皱起。司小南刚刚编织出的"诡计"，直接改变了既定的事实，在崭新的历史中，她没有被虚空白熊扑倒，也没有坠落，于是顺理成章地先林七夜一步，拿到了白色丹壶。司小南握住白色丹壶的瞬间，也是一愣。"空的？"她察觉到了一黑一白两只丹壶的重量差别，黑色丹壶明显比白色丹壶重一些，晃动之时，也能听到一枚丹药在其中骨碌碌地翻滚。她抬起黑色丹壶的壶底，下方同样用朱砂镌刻着三个大字——"永生丹"。

1054

永生不朽丹，是两枚丹药？司小南回忆起洛基对于昆仑秘宝的描述，似乎确实没有说过，这枚丹药究竟是什么东西，也没说过它有几枚，只说要将永生不朽丹带回阿斯加德。可如果昆仑秘宝中的永生不朽丹，是由永生丹与不朽丹组成的话，永生丹尚在壶中……那不朽丹去哪儿了？司小南抬头看向林七夜。"别看我，我拿到它的时候，它就是空的。"林七夜摇了摇头说道。司小南一怔，一个大胆的想法，急速地闪过她的脑海！不朽丹的丹壶是空的，那或许……司小南的眼中闪过一抹微芒，她手握两只丹壶，身形瞬间向着丹殿之外飞出，林七夜化作一抹夜色紧随其后。两道流光在丹殿悬浮的上千丹壶之间急速穿梭。"小南，把永生丹留下。"林七夜低声开口。

"抱歉。"司小南丝毫没有停下的意思，速度越来越快，转身间穿过了大半个丹殿，那扇宽大的殿门出现在她的眼前。

林七夜眉头一皱："那就别怪我下手太重了。"林七夜一步踏出，绚烂的魔法光辉在他的脚下绽开，黑瞳化作的诡异液体瞬间攀附上林七夜的肉身，开始操控他的身体。与此同时，一道灵魂虚影自林七夜的体内飞出，周围的灵气顿时倒卷过来！魂体林七夜双手掐诀，玄妙道法施展，魂体的眉心之处，一道裂纹隐隐浮现。随着这道裂纹的出现，周围翻腾的灵气急速地自裂纹灌入林七夜的灵魂，他的身形像是充了气的气球般，急速膨胀起来！一只淡蓝色的眼眸，自魂体的眉心缓缓睁开。

已然逼近丹殿大门的司小南，感受到身后传来的恐怖气息，脸色顿时凝重起来。她回头望去，只见一道蓝色巨影已经将丹殿的顶端撑碎，而且还在急速地拔高，漫天的烟尘与碎屑飞舞而下，遮蔽了她的视野。"那是什么东西……"她喃喃自语。"轰——"一柄锋利的蓝色三尖两刃刀，猛地刺在了司小南身前的大殿地面上。司小南的身形猛地停滞，她的身前，一道遮天蔽日的神影，披着银袍与盔甲，双手握住这柄三尖两刃刀，正如山岳般镇守在丹殿的门口。狂风自这山岳神影的脚下涌出，那神影模糊的面容上，一只竖眼已然睁开，目光中蕴藏着无尽的威严，冷冷地盯着身下的司小南。这便是杨戬教予林七夜的另一尊法天象地——"清源法相"。刺在司小南身前的三尖两刃刀，划破丹殿的地面，碎石飞溅之下，急速地斩向司小南的身形。司小南面色一凝，伸出右手，食指与中指并拢，一抹黑芒交织在她的指尖，迅速地凝结成一枚诡异的符印。她抬起双指，向天一点。"天象诡计"。"咔嚓——"一道黑色的雷霆如蜿蜒的巨蛇，自晴空中劈落，精准地落在三尖两刃刀的刀身上，将灵气凝结而成的刀身震碎些许。她抓着两只丹壶，迅速地掠过刀身缺口，闪向丹殿之外。可尚未等她的步履踏出殿门，一道目光便落在了她的身上，无形的目力束缚住她的身体，就像是有一只大手死死握住她，将其直接从地面抬起，悬浮在半空中。司小南猛地抬起头，只见在那神影的眉心处，一只竖眼正在散发着淡淡的蓝光。随着那竖眼目光一凝，司小南只觉得有一只无形大手，重重拍在她的胸膛，整个人如陨石般倒砸入丹殿之中，将数十只丹壶从空中震落，烟尘弥漫而出。司小南闷哼一声，踉跄地从深坑中站起，掌间刚浮现出一缕黑芒，一道深红色的身影便诡异地出现在她的身后。

"看来，你想编织'诡计'改变现实，也是需要时间的……"被黑瞳操控的林七夜，淡淡开口，"只要我不给你时间，你就抹消不了身上的伤势，也不能改变历史。"

听到这句话的瞬间，司小南瞳孔微缩，一柄短刀自袖摆落在她的掌间，拧身便斩向林七夜的身体！林七夜眉心那只赤目，似乎洞察了司小南的动作轨迹，提前抬手隔挡住司小南握刀的手腕，另一只手握拳，重重轰击在司小南的胸膛。经过信仰之力淬体，再加上吃过一个蟠桃的林七夜，肉身强度远不是司小南所能比拟的，这一拳直接将其打飞了数百米，叮叮当当地撞倒无数丹壶之后，将一面墙壁砸出蛛网般的裂纹。司小南倒在弥漫的烟尘间，大口大口喘着粗气，脸色苍白无比。虽然身受重伤，但她的神情没有丝毫的慌乱，她的目光迅速扫过周围，似乎在寻找着什么。最终，她的目光落在了脚边一只墨绿色的丹壶之上，那双眼眸中微不可察地闪过一抹微芒。终于找到了……她左手抓着空荡的白色丹壶，踉跄地从地上站起，借着飞舞的烟尘，手中的丹壶状似无意地碰了下那只墨绿色的丹壶，一抹黑芒在掌间闪过。"咕噜。"在一道细微的轻响中，一枚丹药从墨绿色丹壶诡异地穿梭进了空荡的白色丹壶之中。那只墨绿色丹壶的底端，用朱砂镌刻着另外一种丹药的名字——毒魂噬魄丹。司小南握着一黑一白两只丹壶，缓缓站直了身体，用手腕擦去了嘴角的血迹。

丹殿之外，那顶天立地的"清源法相"逐渐消散，一道灵魂虚影回归肉身，林七夜睁开眼眸，手握"斩白"，平静地向重伤的司小南走来。"小南，放下永生丹。"

"林七夜，你是拦不住我的。"司小南看着他的眼睛，眸中闪过一抹深意，"绿色的彼岸花终将绽放，即便是凛冬，也无法将其掩埋。"

"绿色彼岸花"？听到这五个字，林七夜愣在了原地。他的脑海中，再度浮现出沧南大劫来临之前，136小队在团建时嬉笑交谈时的情景。

"咦，这是什么花？我怎么从来没见过？"

"这是曼珠沙华，也就是彼岸花。"

"彼岸花不是红色的吗？可这个是绿色啊？"

"谁说彼岸花不能有绿色了？彼岸花的颜色有很多，比如红色的彼岸花，花语是'思念'，蓝色的是……"

"那绿色呢？"

"绿色……"吴湘南想了想，"它的花语应该是，'生生不息的希望'。"

1055

她为什么要说这个？林七夜望着司小南的眼睛，像是想到了什么："小南……"他话音未落，司小南身形便一闪而出，掠过林七夜身旁的一刹那，一声呢喃飘进了他的耳朵。"放我走。"林七夜身体一震。他还没来得及做些什么，司小南的手掌便按在了他的肩头，一抹黑芒在她的掌间乍闪。林七夜只觉得一阵天旋地转，整个人倒飞而出，直接撞碎了一面丹殿墙壁，深深嵌在大地之中。司小南趁机飞掠而出，身形一晃，便化出三道分身虚影，分别朝着不同的方向疾驰。林七夜咳嗽着自深坑中站起，眼眸扫过四道飞往不同方向的司小南，眉头一皱，伸手将天丛云剑取出剑匣，握在掌间。他不需要知道哪一个是司小南的真身，只要催动"凡尘神域"，奇迹自然会让天丛云剑斩向司小南的真身，在无物不可斩的天丛云剑下，司小南绝对不可能逃离这里。但他刚将手中的天丛云剑举起，脑海中便闪过了司小南说过的话语，手掌停在了半空中。他沉默片刻后，还是叹了口气，放下手中的天丛云剑。他还是选择相信司小南。虽然他不知道究竟发生了什么，但司小南既然提到了绿色彼岸花，就是想向他传递一个信号……司小南，依然是当年沧南市136小队的那个司小南。林七夜驻足站在破碎的丹殿门口，抬头看向天空。

瑶池上空。西王母的缂丝紫纹神袍在风中微微摆动，她手握昆仑镜，漠然地俯视着山脉间满身伤痕的洛基。随后，她察觉到了什么，转头看向司小南离去的方向。眉头顿时皱了起来。洛基见司小南得手，嘴角勾起一抹笑意，咳出几口殷红的鲜血，周身再度闪烁诡异的黑芒。下一刻，洛基与西王母同时出手，目标都是不远处的司小南。西王母伸出白玉般的手掌，对着司小南凌空一握，浩荡神威席卷而出。司小南只觉得周身的灵气顿时翻滚起来，一道道掌纹自虚空中凝聚，如青色天穹般遮住了日光。司小南抬头望去，只见一只仿佛没有尽头的手掌，正缓缓蜷曲，而她的身形在这巨掌之下，宛若蝼蚁般渺小，似乎下一刻便要像只蝼蚁般被捏死。就在此时，她只觉得一阵天旋地转，等到回过神来的时候，已经从那只手掌下逃脱，被洛基单手拎着衣领，挂在半空中。

洛基的目光扫了眼司小南手中的两只丹壶，苍白的嘴角微微上扬，眸中浮现出赞许之色。"不错，把它们带回阿斯加德吧。"洛基的声音虚弱无比，他掌间编织出一道"诡计"，直接将司小南包裹，下一刻她的身形便消失在昆仑虚中。

西王母见此，冰山般的面孔没有丝毫动容，她俯视着洛基，淡淡说道："你真的以为，你们能离开大夏境内吗？"

洛基单手背在身后，一缕缕黑芒在指尖凝聚，冷笑道："你只是一个神器投影出的分身，应该离不开这里吧？我承认，我确实不是你的对手，但如果我要走，这世上能留住我的人可不多。若是你真身在此，或许我还真跑不了，但现在……你凭什么拦我？"话音落下，洛基狭长的眼眸眯起，一缕黑芒闪过，他的身形便凭空消失在昆仑虚中。

西王母平静地站在空中，似乎根本没有出手阻止的意思，见洛基彻底离开昆仑虚，也只是轻飘飘地瞥了一眼他原先站立的地方，转身一步踏出，下一刻便来到了丹殿上空。

林七夜站在丹殿门前，见西王母踏空而来，双手抬起，恭敬行礼："凡人林七夜，见过王母娘娘。"西王母微微颔首，她的目光落在殿中那倒地不起的几位侍女身上，轻叹了一口气。"罢了，也是难为你们了。"她指尖轻抬，倒地的五位侍女身上便绽放出各异的神光，化作一颗颗圆润的玉珠，飞到西王母的掌间，滴溜溜地旋转起来。与此同时，远处的仙宫中，一颗绿色的玉珠也急速飞来，与其余五颗一同飞旋片刻，便交织成一串六色珠环，轻轻落在了西王母的手腕之上。林七夜见到这一幕，惊讶地开口："她们不是人？"

"法宝孕育出的珠魂罢了。"西王母轻轻摩擦着那几颗光泽暗淡的玉珠，缓缓开口，"瑶池已经废弃百年，连大夏众神都入轮回了，哪里来的仙宫侍女？这百年来，一直是这六位珠魂，与本宫做伴。"

听到这句话，林七夜微微一愣："百年？娘娘您百年前，莫非并未入轮回？"

西王母伸出手，向着瑶池中心的那座仙宫一指："本宫的本体自然是入了轮回，只有这个分身，借着昆仑镜的时光剪影之力，一直隐居在此。"

"那这百年，娘娘只与珠魂做伴，不觉得无聊吗？"

西王母微微摇头，含笑开口："本宫平日里都在锻刀铸剑，无聊之时，便唤出蟠桃盛会剪影，与众仙共饮论道，如此独居百年，倒也不算无趣。"

原来昆仑镜的时光剪影，还有打发时间的妙用……林七夜忍不住感慨了一句："娘娘还会锻刀铸剑？"

"那是自然。"西王母伸出手，指了指林七夜身后的那件斗篷，微微一笑，"你们守夜人的刀，便是本宫亲手锻造的。"

听到这句话，林七夜愣在了原地。片刻后，他才回过神来，嘴巴控制不住地张大，眼眸中满是震惊："星辰刀是娘娘炼制的？您早就知道守夜人？"在林七夜的认知中，独居昆仑虚中的西王母与守夜人应当是两个世界的存在，他万万没有想到，守夜人中的制式直刀，竟然是神话故事中的西王母亲手炼制的。这就好比在现代社会，有个人突然告诉你，你身上穿的品牌服饰，其实是嫦娥从月亮上飞下来亲手创立的一样离谱。

1056

"数十年前，有个男人找到了昆仑虚的入口，面见本宫之后，请求本宫为他锻造一种不会断裂的制式直刀。"西王母回忆着说道，"我昆仑擅铸剑，却并不锻刀，本宫原先是拒绝的，但那男人跪在我瑶池门口七天七夜，本宫念其心诚，且心怀卫国之志，便答应在铸剑闲暇之余，替他锻刀。自那之后每隔十年，本宫便会锻一批星辰刀，让珠魂送至昆仑虚外，截至如今，应当有数千柄了。"

听到这儿，林七夜忍不住问道："那男人是谁？"

"他的名字，叫聂锦山。"

聂锦山……林七夜喃喃念叨着这个名字，总觉得有些耳熟。聂锦山？！是那位大夏守夜人第一任总司令，聂锦山？在守夜人总部的时候，他读过守夜人历代总司令的生平，这位聂锦山原本是大夏139特别生物应对小组的组长，后来迷雾降临没多久，他便在139特别生物应对小组的基础上，创立了守夜人。早在守夜人刚创立的时候，聂司令就寻到了昆仑虚，并且亲自面见了西王母的分身，还求来了星辰刀？难怪守夜人一直在强调，无论遇到什么情况，手中的星辰刀都是可以信赖的武器，就连当年的叶司令和现在的左司令，都一直在用这柄刀，甚至在与神明对战的过程中，都不曾断裂过……西王母亲手锻造的刀，除非至高神亲自出手，否则怎么可能轻易断裂？林七夜的心中，充满了对聂总司令的敬佩与感激。直到这一刻，他才真正意识到，挂在守夜人总部的那些历代司令的相片，所代表的不仅是一个职位那么简单，在各自的时代，他们都用自己的肩膀，撑起了整个大夏的天空。林七夜的目光扫过凌乱的丹殿，有些无奈地开口："娘娘，永生丹……被他们抢走了。"

西王母平静说道："他们带不走的。"她指尖轻抬，凌乱倒在丹殿地面的众多丹壶，同时悬空而起，飞速地在空中穿梭，回归了自己原本所在的位置。仅是片刻的工夫，丹殿便恢复了原样。就在这时，西王母像是发现了什么，眉头一皱，目光落在了丹殿角落的幽绿色丹壶之上。她伸手一招，那丹壶便落在她掌间，壶盖轻启，丹壶内空空荡荡，原本存放其中的毒魂噬魄丹，已然消失无踪。西王母美眸微眯，凝视着空荡的丹壶，不知在想些什么。

"娘娘，为什么不朽丹的丹壶是空的？"林七夜在心中纠结许久，还是问出了这个问题。

西王母随手将空荡的幽绿色丹壶放回空中，淡淡说道："不朽丹，早在两千年前，便不在瑶池了。"

听到这儿，林七夜的心中"咯噔"一下，脑海中的某个猜测越发清晰起来。不朽丹，"不朽"，两千年前……这个丹药的名字，和迦蓝的王墟一样，而且丹药被取走的时间，与迦蓝获得"不朽"的时间完美重合。是巧合吗？"当年，发生了什么？"林七夜试探性地问道。

西王母眉头微皱，没有回答他的问题，只是用手轻轻摩擦着那串玉珠，若是仔细观察，可以发现这六颗玉珠的间距有些奇怪，有两颗中间空了一截，似乎缺了一颗。

林七夜知道自己问了不该问的，没有再继续深究，而是主动说道："我有一事，想请娘娘解惑。"

"说。"

"我有一个朋友，她叫迦蓝，现在……"

听到"迦蓝"二字，西王母的眼眸微微一颤，神情却没有丝毫变化，继续平静地聆听着林七夜的话语。林七夜将迦蓝的能力，以及现在遇到的困境全部说了一遍，恳切地问道："……所以，我想知道提前唤醒她的方法，您的昆仑镜涉及时空之力，或许……"

林七夜话音未落，西王母便摇了摇头："昆仑镜只能截取时光，使其重映，无法动用如此巨量的时间去加速她的苏醒。"

林七夜陷入沉默。昆仑镜也不行吗……

"那敢问娘娘，我该去哪里，才能找到唤醒她的方法？"

西王母长叹了一口气，那双美眸凝视了林七夜片刻，微微摇头，转身便向着丹殿外走去，缂丝紫纹神袍的衣摆拂过古老的门槛，下一刻她的身形就消失无踪。偌大的丹殿之中，只剩下林七夜独自伫立，他怔了半晌，眼眸中浮现出不解之色。西王母的反应，让他觉得有些奇怪。知道就说知道，不知道就说不知道……一言不发地看了他一眼，然后就走了，这算怎么回事？林七夜沉思许久，也没想出答案，索性摇了摇头，径直向着自己客房所在的山峰飞去。

帕米尔高原。无尽的风雪中，一道黑芒自虚空中绽放，洛基的身形踉跄地从中走出，一袭黑衣已然满是鲜血。他抹去了嘴角的血迹，回头看了眼虚无的身后，嘴角浮现出一抹冷笑。"呵呵……我说了，就凭你一个分身，还杀不了我……如今你大夏众神倾巢而出，大夏境内，又有几人能阻拦我？"他深吸一口气，迈开步子，径直向着大夏边境走去。他刚走两步，远处的风雪中，一束明亮的灯光破开飘零的雪花，车子正缓缓驶来。"嘀嘀嘀——"熟悉的喇叭声出现的瞬间，洛基的脑海中突然浮现出某段不太好的回忆，身体一僵。他的脸上浮现出错愕之色。只见风雪中，一辆黄色的电瓶车呼啸着驶出！一个戴着头盔、穿着制服的年轻人，正认真地驾驶着电瓶车，他身后的车座上，还坐着一个披着暗红色斗篷、腰间挎着直刀的身影。

"嗯？"坐在后座的左青，见到满身是伤的洛基，眉梢一挑。"是他吗？"

"是他。"路无为笃定地说道。他从怀中掏出一张票据，票据底端收货人的名字那一栏，工整地写着两个字——"洛基"。

左青平静地跳下车，右手搭在腰间的直刀上，眼眸微微眯起。路无为一个急刹，将电瓶车横拦在洛基的身前，默默地打开了自己的头盔。"诡计之神洛基。"路无为淡淡开口，"又见面了。"

1057

帕米尔高原。公格尔峰。

"洛基来了？！"山峰顶端的临时据点中，百里胖胖听完安卿鱼的描述，震惊地瞪大了眼睛，"我去！"

一旁的曹渊脸色也凝重无比："七夜呢？他没事吧？"

安卿鱼盘膝坐在地上，一边剪着野人般的指甲，一边回答："我在昆仑虚中没见到他，不过现在左司令和路先生联手追杀洛基，应该不会出什么事。"

听到这句话，在场的其余三人都松了口气。距离新兵们穿越帕米尔高原的最后一天，只剩下短短几小时，还没有被淘汰的新兵们，已经全部进入了最后一段路程，只要跋涉过最后的几公里，他们就该开始攀登公格尔峰了。负责前面几段路程的江洱等人，也纷纷回到了公格尔峰的临时据点中，只有沈青竹依然在山顶，坐镇最后一道关卡。

"可是，已经过去几天了，七夜怎么还没回来？"百里胖胖脸上依然写满了担忧。

"昆仑虚里的情况，远比我们想象的复杂，也许他是在里面有什么机遇也说不定。"安卿鱼的脑海中回忆起那群仙会集的蟠桃盛会，淡定地开口。

"马上新兵们就要结束考核了，七夜如果不回来坐镇，事情会有些难办。"

"对了，淘汰的那些新兵呢？"

"还在边防连当志愿者。"百里胖胖剥了一瓣橘子，塞进嘴里，叹了口气，"也不知道这么多天过去，能有多少人开窍……"

大夏西侧边境。喀玉什边防连。刺骨的寒风自荒凉的大地尽头呼啸而来，卷起细小的沙尘，无情地拍打在苏哲通红的脸颊上。他戴着一顶厚厚的军帽，扛着枪，双唇在寒风的侵袭下微微颤抖，不过几天的工夫，那张原本还算白净的细腻面庞，已经粗糙沧桑起来。他喉结滚动，咽下了一口唾沫，饥饿感不停地涌上心头，想低头看时间，脖子却僵硬得生疼。就在这时，一只手掌拍了拍他的肩膀。"换班了小菜鸟，去吃饭吧。"

苏哲听到这声音，如蒙大赦，他一边活动着筋骨，一边回头对身后那位同样穿着军装的戍边将士笑了笑："辛苦了。"那将士对着他摆了摆手，有些高原红的脸颊微微一笑。

饥肠辘辘的苏哲迅速地冲进食堂，从金属架上取下餐盘，打了几个有些发凉的饭菜，便独自找了个餐桌坐下，狼吞虎咽起来。

"慢点吃，怎么跟饿死鬼投胎一样。"苏元抱着餐盘，走到他对面坐下，默默地翻了个白眼，"在集训营的时候，也没见你饿成这样。"

"那不一样，在集训营的时候吃安教官的不妙鱼饼，练上一整天都不带饿的。"苏哲指了指自己盘里的饭菜，"这里的饭菜……油水太少了。"

苏元没有说话，只是拿起筷子，开始无声地吃饭。

"对了，明天应该就是考核的最后一天。"苏哲像是想到了什么，抹了下嘴角说道。

"嗯。"

"过完明天，有什么打算？"

苏元拿筷子的手，微微一顿："不知道。"

"你说，我们真的会被遣返回家吗？"苏哲环顾四周，有些不解地开口，"如果我们真的没有留下的希望，为什么林教官还要把我们送到这里来？他想做什么？"

"林教官说，淘汰之后，真正的授课才刚刚开始。"苏元平静地说道，"他一定是想通过这里，向我们表达些什么……"

两人话音未落，一个声音便从他们身后传来。

"你们兄妹俩，感情真好啊。"一个颧骨偏高、浑圆敦厚的中年男人笑了笑，在两人身边坐下。

苏哲认识这个男人，他叫柯长临，就睡在他的上铺，是这座边防连的戍边将士，苏哲到这里之后，还是他亲手带着苏哲认识这里的一切的。柯长临从怀中取出一张油纸，放在桌上打开，几块烤饼静静地摊在了桌面上。"我阿娜刚刚过来看我，送了些自家烤的羊奶饼，给你们尝尝。"

"阿娜？"苏元听到这两个字，有些不解。

"就是母亲的意思。"苏哲解释道，"长临叔母亲是少数民族，父亲是汉族，自小在高原上长大。"

苏元点了点头，礼貌地道谢之后，拿起烤饼尝了起来。

"我说，你们两个细皮嫩肉的年轻人，怎么跑到我们这儿来当志愿者了？"柯长临看着苏元文雅的吃相，忍不住笑道，"边境苦寒，条件又差，一般人躲都来不及，像你们这样主动凑上来的年轻人，我倒是第一次见。"

苏元和苏哲对视一眼，默契地没有回答这个敏感的问题，而是反问道："我们都只是志愿者，倒是长临叔，你知道这儿条件这么差，怎么还过来守边？"

柯长临笑了笑："我？我家就在这片高原上，翻过后面那个山头就是，我在这儿离他们近，阿娜过来看我也比较方便。而且你们也知道，这团迷雾在边境上罩了这么久，谁知道会有什么怪东西从里面冲出来？我在这儿守着，我阿娜跟两个弟弟，也能过得更安心些。"

"迷雾里会有什么东西冲出来？"苏元装作懵懂地问道。边防连可不是守夜人这种专门应对"神秘"的特殊机构，这里只是军方的戍边关卡，早在百余年前，迷雾尚未降临的时候，这座边防连便承担着守卫国境的职责。驻守在这里的将士，也不是拥有禁墟的超能者，只是经过军队训练的普通人，甚至都不知道"神秘"与神明的存在。

"那谁知道呢。"柯长临耸了耸肩，"新闻上说，迷雾里的生物都死光了，但是吧，每天看着这么大一片迷雾，心里总是觉得瘆得慌……就是那种，对未知的恐惧，总感觉会有什么怪物突然跳出来一样。"

苏哲点了点头，忍不住开口："不过，能从迷雾里冲出来的怪物，应该很恐怖吧？凭咱这儿的火力，能干死吗？"

"干不死也得干。"柯长临一拍桌子，另一只手指向身后，"边境要是破了，我家怎么办？"

1058

苏哲怔在了原地。似乎意识到自己拍桌的举动有些太大了，柯长临轻咳两声，下意识地用手摸了摸桌面，继续说道："不好意思，我有点激动了……主要是我这两天老是做噩梦，梦到有东西从迷雾里跑出来，所以对这方面有些敏感。那什么，我先去换岗了，这饼你们趁热吃，一会儿该凉了。"柯长临从座位上站起，对着苏哲、苏元兄妹摆了摆手，裹紧了身上的军大衣，便向着寒风刺骨的门外走去。

片片雪花从软玻璃门帘的缝隙中飘落，苏哲看着桌上的烤饼，陷入沉默。

"你怎么了？"苏元见苏哲呆住，开口问道。

"哦，没什么。"苏哲回过神，摇了摇头，伸手将桌上的那块烧饼拿起，狠狠地往嘴里塞了一口。

"味道怎么样？"

"很香。"苏哲咀嚼着嘴中的烤饼，像是想到了什么，陷入沉默，"就比当年老妈做的饼……差了一点点。"

林七夜的身形缓缓降落在山峰的顶端。见林七夜回来，百无聊赖的哪吒双眼顿时亮了起来，他冲到林七夜面前，急切地问道："我刚刚看到娘娘亲自出手，发生什么事了？"

一旁的杨戬也睁开眼眸，看向林七夜。

林七夜无奈地笑了笑，将他的见闻都说了一遍。

"永生不朽丹被盗？"哪吒的眉头微微皱起。

"这个永生不朽丹，究竟是什么东西？"林七夜开口问道。

"永生不朽丹，是数千年前灵宝天尊炼制的一枚仙丹。"杨戬的声音自一旁传来，"据说，灵宝天尊炼制此丹，是为了度一场天地大劫，只不过仙丹炼成之后，天雷轰落，将仙丹劈成两半。"

"对，我也听师父说过。"哪吒连连点头，紧接着说道，"传闻中，灵宝天尊见这仙丹被天雷劈裂，当即脸色大变，因为炼制此丹的本意就是为了度天地大劫，天雷灭丹，便意味着此劫险恶至极，无法靠外力度过。自那之后，灵宝天尊便闭关千年，寻求度劫之法。"

听到这儿，林七夜的眉头便皱了起来。连大夏的三位天尊都无法应对的天地大劫，那究竟是什么东西？

"后来呢？他找到了吗？"

"……不知道。"杨戬微微摇头，"灵宝天尊闭关后，便销声匿迹，就连我等都从未见过……只知后来是元始天尊收走了被劈成两半的永生不朽丹，存放在了昆仑虚的瑶池之中。"

林七夜若有所思地点点头:"那你们知不知道,不朽丹是被谁取走了?"

听到这句话,杨戬和哪吒同时一愣。

"不朽丹被取走了?"哪吒诧异地开口,"什么时候的事情?"

看到两人的反应,林七夜的眉头皱得更紧了。不朽丹早在两千年前就被取走,这是西王母亲口告诉他的,杨戬和哪吒都不知道?也就是说,不朽丹的遗失对于昆仑虚来说,是一件隐秘?是了,当时在丹殿之中,那黄裙侍女让他去抢丹的时候,说的也是"不能让她拿走永生不朽丹",而不是"不能让她拿走永生丹"。如果黄裙侍女知道不朽丹壶是空的,肯定会直接让林七夜去抢永生丹壶,这么一来就不会出现让司小南抢先一步拿到永生丹的情况,抢一个空壶对瑶池而言没有任何意义。就连陪伴在西王母身边的珠魂,都不知道不朽丹遗失的真相?"在两千多年前,"林七夜沉思片刻,紧接着问道,"那段时间,瑶池出现过什么变故吗?"

"两千多年前……那时候,我还没成神呢。"哪吒挠了挠头,转头看向杨戬:"杨戬,你知道吗?"

杨戬双眸微眯,思索片刻后开口道:"两千年前,王母娘娘不知为何,亲自出手血洗瑶池,当年瑶池上下所有的天兵天将甚至是侍女、仙禽,没有留下一个活口,鲜血浸染了蟠桃园的土壤,将整个瑶池染成血色。这件事,甚至惊动了两位天尊,他们用道法封锁了瑶池三天三夜,之后才风波平息。不过,当年娘娘血洗瑶池的原因,就不得而知了,或许只有她与两位天尊知晓。"

西王母亲自出手,血洗瑶池?这件事,跟不朽丹的遗失有什么关系?跟迦蓝的出现……又有什么关系?林七夜只觉得眼前的一切再度扑朔迷离起来。

"对了,为什么过了这么多天,我们还没有消失?"哪吒像是想起了什么,疑惑地看着自己的双手,"这时光剪影维持的时间,是不是太长了点?"

林七夜回过神,摇了摇头说道:"或许只是娘娘闲着无聊……"话说到一半,林七夜就怔在了原地。不对啊。如今蟠桃盛会已经结束,整个瑶池除了眼前的杨戬和哪吒,应该也没有别的大夏神才对,西王母就算是找乐子,也不该选在这个时间吧?再说,洛基刚刚偷袭了瑶池,她现在怎么会闲着无聊?"我也不清楚。"林七夜叹了口气,现在他的脑子很乱,各种信息交织在一起,没有丝毫的头绪,"时间差不多了,我该离开昆仑虚,回到真实世界了……"距离七日考核的最后一天,只剩下几个小时,他必须赶在新兵们考核结束前回去。林七夜转过头,双眸复杂地看着眼前的杨戬。

"嗯。"杨戬微微点头,"你去吧……未来再见。"

林七夜似乎还想再说些什么,但最终还是简单地说出了四个字:"未来再见。"

"还有我。"哪吒也冲他摆了摆手,笑道,"未来再见,等你成神之后,我们好好打一架!"

林七夜笑了笑，转身便向着昆仑虚的出口飞去。他的右脚刚踏出一步，脚下的昆仑虚，便剧烈地震颤起来！

<h1 style="text-align:center">1059</h1>

林七夜、杨戬和哪吒同时一怔。"地震了？瑶池也会地震？"林七夜转头看向四周，发现不光是这座悬空山峰，其他飘在空中的山峰也开始剧烈地颤抖，低沉的轰鸣声自下方传来，仿佛有什么恐怖的存在即将出世。杨戬眉头一皱，眉心的竖眼睁开，目光洞穿了瑶池，直接落在了下方连绵的昆仑虚山脉之中。只见原本鸟语花香的青葱山林，都如潮水般退去，灰白色的光秃山体暴露在空气中，一柄柄散发着森然寒光的古剑，如荆棘丛般生于山脉之间。美轮美奂的时光剪影被掀起一角，锋芒毕露的剑光直冲云霄。

"剑？昆仑虚中，哪里来的这么多剑？这至少有上千万柄了吧？！"哪吒震惊地看着瑶池下方那连绵的藏剑山脉，难以置信地开口。杨戬皱眉看着这一幕，摇了摇头，伸手指向林七夜："这些剑，不是我们这些剪影所在的时空出现的……而是他所在的时空中，昆仑虚的真容。之前我们看到的青葱山脉，只是时光剪影造成的假象。"

林七夜飞上天空，看着瑶池下方还在急速延伸向地平线尽头的藏剑山脉，像是想到了什么，猛地转头看向西王母仙宫所在的方向。从杨戬他们的反应可以看出，百年之前的昆仑虚，并不是这样的……也就是说，这上千万柄古剑，都是在这百年之内，被铸造出来的？而在这百年内，昆仑虚中仅有西王母一人。林七夜一直以为，西王母口中的"锻刀铸剑"，只是闲来无事打发时间的爱好，但从现在的规模来看，并非如此。百年光阴，一人铸剑千万柄，娘娘究竟想做什么？

"轰——"就在此时，一道炸雷声自天空中响起，一抹流光自昆仑虚外飞来，急速地射向西王母所在的仙宫。林七夜定睛看去，发现这流光的本体，便是在蟠桃盛会有过一面之缘的紫薇星君。不过此时的紫薇星君脸上，丝毫不见蟠桃盛会时的悠闲散漫，他的神情焦急，周身的神力已经调动到极致，速度奇快无比。他没等落在仙宫之前，便深吸一口气，大声喊道："禀报娘娘！大夏境外，涌现出大量怪异迷雾！迷雾所至之地，生机泯灭，万物凋零！四大天王，六丁六甲，十二星宿，联手阻挡迷雾未果，自身神力被吞噬过半，跌落神境，被迷雾中的未知存在袭击，现已生命垂危！几位金仙与西方净坛使者、金身罗汉，正在商讨御敌之策，还有众多仙家正在赶来，请娘娘出手，主持大局！"

听到这段话，杨戬和哪吒的脸色顿时一变。林七夜的眉头紧紧皱了起来，他想到了什么。迷雾降临？大夏众神出手御敌？时光剪影记录的这个时间点，莫非……

"今天是什么日子？！"林七夜猛地转头问道。

哪吒一愣，掐指算了算："用人间的说法，今天应当是正月三十。"

"哪一年？"

"辛酉年。"

林七夜的大脑飞速运转，用农历的说法，辛酉年应当是六十年一个轮回，正好是正月三十，换算成阳历，再结合迷雾降临的事实……那这处时间剪影所在的时间点，就只有一个——1921年3月9日。迷雾降临世间，大夏众神舍去修为，化作九座镇国神碑驻守边疆，抵挡迷雾入侵大夏那一天，也就是教科书上说的……生还日。在蟠桃盛会结束之后，西王母依然一直维持昆仑镜的时光剪影，为的就是重现生还日这一天，昆仑虚内的景象？！她究竟想做什么？

瑶池，仙宫。听到宫外紫薇星君急切的喊声，独坐在死寂宫殿中的西王母分身，缓缓睁开眼眸。那双清冷的眼睛倒映着空旷无人的大殿，如湖水般平静的眸中，终于荡起了一道道涟漪，她白皙的双手微微蜷曲，紧攥成拳。追忆，无奈，苦涩，痛苦，愤怒。她明知道，昆仑虚内发生的一切，都是昆仑镜截取的时光剪影，但在听到这句话的瞬间，还是控制不住自己的情绪。哪怕已经过了百年，根植心中的痛与恨，依然没有丝毫衰减，反而随着时光的流逝，越发强烈。但是，眼前的这一切，毕竟只是剪影。而她与林七夜一样，作为时光外的旁观者，无论做出什么，都无法改变既定的历史。她所能做的，只有改变未来。西王母分身缓缓闭上了眼睛，仙宫上方的虚无中，一面昆仑镜徐徐旋转，一个同样披着缂丝紫纹神袍的美妇人凌空而立，单手掐着剑指，俯视着下方无穷无尽的藏剑山脉，轻声呢喃："灵气为引，神魄作刃，血战死意，铸剑开锋……"随着她的呢喃声响起，昆仑虚的山脉中，那上千万柄古剑，剧烈地震颤起来。

宫外。紫薇星君见西王母并未应答，先是一愣，随后深吸一口气，用尽全力再度大喊："请娘娘出手！主持大局！！"仙宫之内，依然寂静一片。紫薇星君牙关紧咬，正欲再喊，仙宫之门突然自动打开，西王母的分身迈步走出，长叹一口气："罢了，纵是虚影……本宫也陪众仙家再走一遭便是。"话音落下，她的眼眸向仙宫上空的昆仑镜瞥了一眼，镜面之中，西王母本体手捏剑指，微微点头。见西王母从宫中走出，紫薇星君如找到了救命稻草，喜出望外，与西王母一起化作流光，穿过了昆仑虚上空的古老门户，直接消失在了昆仑虚中。

林七夜三人见此，相互对视一眼，紧跟着飞了出去。穿过那扇古老的大门，等到视野再度恢复时，只见漫天的风雪在连绵山脉间飞舞。林七夜双脚踏在皑皑积雪上，环顾四周，这才确认他们已经离开了昆仑虚，回到了帕米尔高原……但仔细观察之下，又发现眼前的景象与自己之前来的时候相比，有所不同。这里的积雪更厚，人烟更稀少，周围的地面上，也没有了之前战斗的脚印。这里并非真实世界所在的帕米尔高原，而是百年之前，迷雾尚未完全降临时的大夏西侧边境。随着西王母分身的降临，昆仑镜的时光剪影，同样覆盖了昆仑虚外的世界。

1060

"我们还在……看来娘娘将昆仑镜的时光剪影，也一起带了出来。"杨戬低头看着自己的双手，若有所思地说道。

"什么意思？"哪吒不解地挠头。

"这么说吧。"林七夜沉思片刻，解释道，"你们，以及之前的蟠桃盛会，是王母娘娘用昆仑镜，在真正的昆仑虚上投射出的时光剪影，就像是一个真实的幻境。本来，时光剪影的覆盖范围只在昆仑虚内，但随着王母娘娘离开昆仑虚这方小世界，回到帕米尔高原，时光剪影也随着她一起蔓延了过来。这里还是真正的帕米尔高原，但是我们又能看到百年前发生在这里的一切，就像是有人用 3D 投影将过去的历史映照在这里……算了，说了你也听不懂。你只要知道，现在的帕米尔高原，是真实世界与过去剪影的重叠之处就好。"

"你是说，我们能在这里，见到未来的人，而未来的人也能看到存在于过去的我们？"哪吒终于反应了过来。

"没错，就是这样。"

"真是神奇……"

"现在不是感慨的时候。"杨戬眯眼望着西王母与紫薇星君离去的方向，眼眸中浮现出担忧之色，"我们还是跟过去看看，边境究竟发生什么事了……"

杨戬正欲跟上去，林七夜提前一步站在了他的面前。林七夜表情复杂地看着他，犹豫了片刻，还是开口："阿晋……不，杨戬，或许，你们没有必要再参与进去。"杨戬的眉头不解地皱起。"这里发生的一切，不过是历史的剪影，无论你们做什么，都不会改变历史的进程……有些事情，不用再发生第二次了。"

杨戬和哪吒并不知道一会儿会发生什么，但林七夜心里很清楚。生还日这一天，大夏之所以能平安地从迷雾中幸存，便是因为大夏众神自崩修为，舍弃肉身，化作九座镇国神碑，坐镇边疆……不管眼前的这个男人，是他的弟弟阿晋，还是大夏二郎真君杨戬，他都不愿意看到惨剧发生。

似乎察觉到了什么，杨戬皱眉问道："接下来发生的这件事……与我堕入轮回有关？"

"……嗯。"

得到肯定的答复，杨戬沉默半响，微微转头，看向了西王母等人离去的方向。风雪飘零之中，大夏西侧边境之外的天空，逐渐被诡异的阴影吞噬，无穷无尽的迷雾如巨兽般缓缓靠近大夏，露出了狰狞的獠牙……隐约之间，可以看到几道金色神影，正在迷雾之前急速飞驰。杨戬缓缓闭上眼眸，平静地说道："大夏遭劫，众仙遇难，无论真实虚妄，若在此刻畏惧退缩，与鼠辈何异？若此乃吾命，堕入轮回也好，身死道消也罢……纵使重复千万次，吾亦当往。"话音落下，杨戬周身爆发出刺目的银色神光，整个人化作一道流光，向着西侧边境外不断逼近的迷雾飞去。哪吒叹了口气，紧跟着飞了过去。林七夜在原地怔了半晌，嘴角浮现出一抹苦涩的笑容，他本想跟过去，但仔细一想，还是掉转了方向，朝着公格尔峰的方向接近。虽然不知道这片时光剪影的覆盖范围有多广，但以目前的情况来看，距离这里不远的公格尔峰应该也在剪影的投射范围之内，要知道那里可还有大量的新兵。即便剪影本身不会对现实造成影响，他还是要先过去稳定一下局面，否则一会儿局势乱起来，谁也不知道会发生什么。

公格尔峰。时光剪影的边缘急速地掠过山峰，将整个山体连同周围的高原全部覆盖其中。刚剪完指甲的安卿鱼，突然像是感知到了什么，眉头一皱，看向帐篷外的苍茫雪山，眼眸中浮现出一抹灰意。

"怎么了，卿鱼？"江洱察觉到了安卿鱼神情的异样，疑惑地问道。

"不对劲……"安卿鱼的眉头越皱越紧，他站起身，掀开帐篷的帘子走了出去。刚一出来，两道呼啸的神光便自他的眼前飞过，急速地向着西侧边境的方向疾驰，隐约之间，他能看到那是两个披着金甲的神影。见到这一幕，安卿鱼突然愣在了原地。那是……大夏神？刚刚有两个大夏神，"嗖"的一下飞过去了？

百里胖胖和曹渊紧接着从帐篷中钻出，与此同时，东方的天空中，接连数道各色长虹飞驰而过。那些长虹之中，都散发着恐怖的灵气波动，有的是骑着仙鹤的白须老人，有的是脚踏祥云的背剑道人，他们如流星雨般接连划过天空，看得三人全部呆在了原地。

"大，大夏神？这么多大夏神？"百里胖胖惊呼道，"这是全面神战彻底打响了？战场在哪儿？"

"你们看！"曹渊伸出手，指向西方。其余几人转头望去，瞳孔骤然收缩。原本被抵挡在无形壁垒之外的迷雾，已然消失不见，在数十公里之外，一片比他们之前见到的迷雾浓郁数十倍的大雾，正在缓缓向着大夏边境靠近，一股前所未有的压迫感笼罩在所有人心头。

"迷雾什么时候变得这么浓了？无形壁垒呢？"安卿鱼眉头紧锁，他凝视着脚下厚重的积雪，弯腰捏起一缕雪花，认真思索起来。"不对……这里的一切都是假的。"

"假的？"百里胖胖一愣，正欲说些什么，一抹夜色便降落在了临时据点之中。

"七夜！"百里胖胖见林七夜来了，双眼一亮，"你没事吧？"

"我没事。"

"你看到那些大夏神了吗？还有迷雾……"

"不用担心。"林七夜拍了拍他的肩膀，"我们看到的一切，都是时光剪影……"

林七夜将事情的经过跟三人说了一番，众人对视一眼，都看到了对方眼中的难以置信之色。

"居然还有这种神奇的东西。"曹渊感慨了一句。

"总之，现在最重要的是保护好新兵，还有……"林七夜话音未落，余光似乎瞥到了什么，声音戛然而止。他转头看向远处的天空，只见在风雪中，一个披着袈裟的金色身影，正脚踏筋斗云，急速地朝着迷雾的方向飞去。

1061

猴哥？林七夜瞬间辨认出了那驾云离去的身影，瞳孔微缩，转身便对其他人说道："你们稳住新兵，我去去就来。"话音落下，林七夜脚下翻滚出一团云气，承载着他的身形，急速地追去。

见林七夜离开，百里胖胖等人对视一眼，表情有些严肃。"新兵们到哪儿了？"

"快的已经到公格尔峰下了，慢一点的大概还有小半天的路程。"

"非常时期，我们还是小心些为好。"安卿鱼思索片刻，迅速下令，"现在所有新兵都分散在公格尔峰和喀玉什边防连两个地方，边防连那边的新兵人数较多，就由我、江洱和曹渊过去镇场，胖胖，你留下跟拽哥一起守着公格尔峰的新兵。有什么事情，无线电联络。"

"好。"对于安卿鱼的安排，众人没有丝毫的异议，立刻分两批散开，向着不同方向飞去。

公格尔峰下。方沫将靴子踩入厚重的积雪，再缓缓拔出，艰难地向前挪动着，苍白的脸庞上浮现出不自然的红晕。连续几天的跋涉，就算是他也快支撑不住了，寒冷、低压、极限运动，再加上食物中所含热量不足，他的身体已经逼近极限。他脚下一个踉跄，倒在雪中，冰冷的积雪覆盖在脸上，不断地摄取着他的热量，一股窒息感涌上心头。他挣扎着撑着双臂，刚欲站起身子，一只有力的手掌便抓住了他的后衣领，将其整个人从雪中拉了出来。"呼……"方沫坐在雪中，转头望去，微微一愣，只见一个独眼的少年，正穿着满是灰土的防寒服站在他身后，冷冷地俯视着他。

"卢宝柚？"方沫诧异地开口，"你真的追上来了？"

"我说了，我一定会回来的。"卢宝柚淡淡开口，那只独眼微微眯起，"倒是你……按你的速度，过了这么久的时间不应该只走到这里，你在故意拖慢速度？"

感受到卢宝柚眼中的森然杀意，方沫立刻摇头。"没有，我只是中途发现了一些东西，去了趟别的地方，所以回来的时候绕了点路。"方沫说的是实话，如果不是中途嗅到了昆仑虚入口的气息，改变路线绕了一大圈，他现在至少已经爬了半座公格尔峰。卢宝柚"哼"了一声，没有说话。他将目光从方沫的身上收回，迈步继续向着不远处的公格尔峰走去，头也不回地冷声说道："既然又回到了同一起跑线，那我们便重新比一次……这一次，我绝不会输。"

听到这句话，方沫一怔，嘴角浮现出一抹笑容。那双疲惫的眼眸中，再度燃起昂扬的战意，他摇摇晃晃地从地上站起，深吸一口气："好，那就再比一次！"他倔强地迈开步伐，紧跟着卢宝柚追去。

就在这时，天空中一道虹光掠过了两人头顶，随后那虹光像是察觉到了什么，轻"咦"一声，在空中一个转折，径直向着公格尔峰下的方沫冲去。感受到那虹光中传来的神力波动，方沫的脸色顿时一变！"神？！"但很快，他就从中察觉到了一丝熟悉的气息。"噔噔噔——"方沫尚未反应过来，走在他前面几步的卢宝柚，眼眸已经一眯，反身便踏着积雪急速地冲到方沫身边，"锵"的一声将腰间的直刀拔出。卢宝柚的刀锋直指那落在雪地上的神影，如同一只凶恶的野兽，展露獠牙。方沫怔在了原地。

"奇怪……"那道虹光中，一个骑着异瞳白虎的道人缓缓走出，他翻身落在雪地上，目光诧异地打量着眼前的方沫，又看了眼身旁的白虎，"你的身上，怎么会有白虎的气息……"异瞳白虎与方沫四目相对，两者的眼中都浮现出茫然之色。我是谁？我在哪儿？他又是谁？

似乎察觉到卢宝柚的杀意，玉鼎真人转头看向他，眉头微微皱起。"外神代理人……是混入我大夏的探子？"在玉鼎真人的威压下，卢宝柚握刀的手掌满是汗水，他紧攥着刀柄，身体都在控制不住地颤抖。

当方沫的目光从白虎身上移开，看清那道人面貌的瞬间，脸上浮现出惊喜之色，恭敬行礼，正欲开口说些什么，一个身影便从两人身后的风雪中走出。"呵呵呵，原来是玉鼎真人。"一个披着深红色斗篷的胖子，笑呵呵地走到了方沫与卢宝柚的身前，搓了搓手，有些激动地开口，"'夜幕'小队百里胖胖，见过玉鼎真人。"

听到"玉鼎真人"四个字，他身后的卢宝柚一愣。他仔细地打量了眼前这个道士一番，心中惊骇无比，这个其貌不扬的男人，便是大夏神话中位列十二金仙之一的玉鼎真人？正在他暗自吃惊的时候，身前的百里胖胖已经伸出手，按下了他手中的直刀，同时转头对玉鼎真人嬉笑道："真人，这孩子不是坏人，只是一个性子急躁的后辈……还请真人不要介意啊。"

当百里胖胖出现的瞬间，玉鼎真人的目光已经完全从卢宝柚的身上，挪到了他的身上，就像是被钉住了般，再也挪不开分毫。玉鼎真人先是愣了片刻，随后眼眸中浮现出震惊之色："你是……"

"真人。"他话音未落，百里胖胖便再度开口，"您听，西边的雷声响了。"

"轰隆隆——"低沉的雷鸣自西方迷雾边境的方向传来，玉鼎真人转头望去，只见雷公电母正伫立云端，用雷霆奋力地轰击着迷雾本体，却无法阻挡其蔓延分毫。玉鼎真人收回目光，又凝视了百里胖胖许久，像是明白了什么，点了点头："原来如此……那，便告辞了。"话音落下，他抬手作了个道揖，再度骑上白虎，化作虹光向着远方迷雾飞去。

待玉鼎真人的身形彻底消失在视野中，百里胖胖拍了拍深红斗篷上的雪花，转头看向方沫与卢宝柚二人，微微一笑："好了，你们继续，我在公格尔峰的峰顶等你们。"

1062

喀玉什边防连。苏哲独自坐在宿舍楼的顶上，裹着厚重的军大衣，望着远处连绵的山脉怔怔出神。

"我说呢，在宿舍找了半天，都没找到你，原来是一个人跑到这儿来了。"柯长临的声音从身后传来，他走到苏哲的身旁，拍了拍他的肩膀，原地坐了下来，"平时这个点，你应该躺在床上呼呼大睡了吧？今天这是有心事？"

苏哲无奈一笑："算是吧……我就是，有点想我妈了。"柯长临静静地看着他，等待着他继续说下去，在这个时候，当一个倾听者远比一个开导者更加合适。"当年啊，我妈可厉害了，她是我们市里最好的警察，人长得漂亮，打架又厉害，两三个男警联手都打不赢她，最重要的是，她还烧得一手好菜。我跟你说，我妈做的烙饼，不比你阿娜做得差，真的。"苏哲像是想起了什么，嘴角浮现出一抹笑容，"当年我们市还有隔壁几个市的警局里都在传，说她是厨神警花，我跟我妹当时最高兴的事情，就是开家长会，你是不知道，我妈穿着一身警服英姿飒爽地走进班里的时候，有多风光。哪怕每次我成绩都倒数，回家都免不了一顿狠揍，那也值了，毕竟家长会这种事情对我来说，就是用来炫妈的。"苏哲脸上的笑容越发灿烂起来，他坐在那儿傻笑了许久，陷入了沉默。

"后来呢？"柯长临忍不住问道。

"后来，她死了，一次交火中被毒贩子一枪打中了心脏，连抢救室都没来得及进。"柯长临愣在了原地。苏哲望着远方，深吸一口气，眸中浮现出苦涩之色："我妈出事之后，我跟我妹便相依为命，靠着国家的补贴和一系列优待政策，生活得还算不错。那段时间，我日渐消沉，学也上不了，就天天宅在家里混吃混喝，像个废人。但我妹就像是变了个人一样。我妹小时候最喜欢的就是画画和拉丁舞，她很乖，很听话，说话也温温柔柔的，可那件事之后，她就开始接触极限运动，她去徒手攀登高山，翻越沙漠，高空跳伞……为此，我还跟她大吵了几架，你知不知道，她以前从来不会跟我吵架。现在她身上那股倔劲、她的眼神，都越来越像当年的我妈，这次收到守夜……喀，收到军方调令的时候也是，毫不犹豫地就背上了行囊，准备跟当年的老妈一样，去肩负更重的职责，守护更多的人。"苏哲顿了顿，长叹了一口气，"可我不想她这样。我妈已经为了守护的职责牺牲了，我不想我妹重蹈她的覆辙，我知道这么想很软弱，很自私，但现在，我妹就是我的全世界，我没有她们那么无私奉献地想去保护其他人，我只想保护好我妹，这就够了。长临叔，像我这样的人，就算当上了镇守一方的人，也只是个自私自利的异类，我没有那么伟大无私的保家卫国的信念……或许，我根本就不适合这里。"

苏哲一口气说了这么多话，柯长临一句都不曾打断，他只是静静地等他说完，神色复杂地看了苏哲一眼。他伸出手，敲了一下苏哲的脑门。"傻小子，你知不知道，'保家卫国'四个字，为什么是'保家'在前？"柯长临大有深意地看了他一眼，"你啊，就是把事情想得太复杂了……说实话啊，我受教育程度确实不高，思想觉悟也没你想得那么高尚，我只知道，如果这个边境线破了，那我的阿娜和两个弟弟，都会遭遇危险，我之所以站在这里，就是为了守护他们的平安，但这千千万万个小家在一起，不就是我们的国吗？没有家，哪来的国？没有国，又哪里来的家？你想保护你妹妹，那就去，不管未来会遭遇些什么，你都陪伴在她身边，对你而言，她就是你要守护的家，不是吗？再说了，谁规定来驻守前线的人，初心必须是伟大无私的？隔壁宿舍那老李，他参军的时候啊，本意就是想要个铁饭碗，回老家以后呢好讨老婆；对面二号床那个老杨哥，他参军就是单纯地觉得当兵帅啊，他们那个年代，是个男娃都想着当兵，高大威武的，多好！他们的目的高尚吗？也没有吧？但你看要是真到了上战场牺牲的时候，他们的眉头会皱半下吗？"苏哲愣住了。柯长临用手拍了一下他的后背，伸手指向边防连后方，广袤的大夏领土："人啊，是会成长的，或许大家聚集在这里的原因各有不同，但每天看着边防后面的万家灯火，你就会明白，既然我们站在这儿，那有些责任和担当是我们必须扛起来的。"

苏哲像是尊雕塑般在原地伫立许久，眼眸中的迷茫之色逐渐退去，一直困扰着他的郁结解开，豁然开朗。他确实想得太多了。他想加入守夜人，只是为了保护自己的妹妹，那又怎么样呢？谁规定不能为了妹妹加入守夜人了？至于加入守夜人之后，那些职责，那些担当，他扛下就是了，既然选择了这条路，无论最后的结果如何，他都绝不后悔。为了妹妹加入守夜人，与当好一位守夜人，并不冲突。他深吸一口气，从楼顶站起，郑重地对柯长临说道："谢谢长临叔，我明白了。"

"轰——"话音未落，一道轰鸣声自远方传来，时光剪影的边缘瞬间覆盖这座边防连，向着西侧的迷雾边境蔓延而去。在时光剪影的覆盖下，那片迷雾再度回归了百年前的模样，自大夏边境向外退了数十里，浓度则是原先的数十倍，漆黑如墨的雾体好似野兽般向着边防接近，散发着令人窒息的恐怖气息。

"迷雾后退了？！这是怎么回事？"柯长临见到这一幕，猛地从地上站起，眼眸中满是震惊之色。他正欲冲下楼，一道流光便自南方顺着迷雾边境呼啸而过，一个肥头大耳的僧人踏着祥云，脸色凝重地盯着不断逼近的迷雾。"迷雾对神有极强的克制作用……那是不是意味着，自废神力、重新堕落回妖魔，就能避开它的绞杀？"那僧人喃喃自语了片刻，转头看向东方，"也不知道，猴哥什么时候才能到……"

1063

林七夜驾着筋斗云，紧跟在那披着袈裟的金色身影之后。袈裟、筋斗云……同时符合这两项的，除了修成斗战胜佛的孙悟空，林七夜想不到别人。对于孙悟空的病情，林七夜一直不是很了解，现在有机会直接接触到百年前的孙悟空本人，自然是一个了解病情的好机会，他想看看当年的孙悟空身上，究竟发生了些什么。似乎察觉到了林七夜的气息，那驾着筋斗云远远飞在前方的身影，突然悬停在了空中。他回过头，双灿金色的眼眸中，闪过疑惑之色。果然是孙悟空。林七夜看到他的真容，更是笃定了心中的想法。与病院内的孙悟空相比，眼前的孙悟空看起来更加神圣一些，没有那若隐若现的妖魔之气，更没有凌厉森然的眼神，金色的猴毛散发着淡淡的光晕，那双眼眸就好似秋日的湖水，古波不惊。他站在那儿，像是一尊真正的斗战胜佛……而非齐天大圣。

"你是何人？为何也会筋斗云？"斗战胜佛皱眉打量着林七夜，开口问道。林七夜沉默片刻，正欲开口说些什么，斗战胜佛紧接着说道："你也是老祖的弟子？"

林七夜一愣，很快便反应了过来，点头应道："正是。"

孙悟空的师父，乃是斜月三星洞的菩提老祖，他的一身神通，基本都是老祖教授的，而筋斗云也同样在此列。在孙悟空看来，他会筋斗云，除了是菩提老祖的弟子，似乎没有别的可能。林七夜正愁不知如何解释自己的身份，孙悟空主动抛出了这个答案，他自然要应下来。斗战胜佛微微点头，没有再多问什么，那双眼眸重新看向远处席卷而来的迷雾，眉头紧皱了起来，再度驾云飞驰而去。林七夜紧跟在他的身后。越是接近边境，林七夜的心中，就越升起一种难以言喻的恐怖感，就好像有什么东西，正从迷雾中盯着他。林七夜望着远处漆黑如墨的迷雾，陷入沉思。他原本以为，百年前入侵大夏的迷雾，与他所见到的迷雾并无区别，现在看来并非如此。之前他还奇怪，传说中百年前降临的迷雾，能够使得众神凋零，万物泯灭，但通过他自身几次进入迷雾的亲身经历来看，迷雾的杀伤力似乎并没有传说中的那么恐怖。不说别的，两年前埃及众神带着大夏的鄼都，在迷雾中飞行了那么久，也没见他们神力凋零多少，而像周平这样的人类战力天花板，也可以在没有任何防护措施的情况下，在迷雾中短暂行走。现在看来，百年前降临的灭世迷雾，与林七夜曾见到的迷雾，根本不是一个层级的存在。林七夜见过的迷雾，是灰白色的，而眼前通过时光剪影重现的灭世迷雾，则是如墨的漆黑，即便自身没有进入迷雾之中，也能感受到其中散发出的死寂之意。他有预感，如果自己进入了眼前这团黑色迷雾，只怕连一分钟都活不过。

随着他和斗战胜佛不断接近迷雾，周围的大夏众神越来越多。雷公与电母用雷霆轰击迷雾许久，也没能拦住其分毫，脸色难看无比，他们飞到高空中伫立的西王母分身前，苦涩行礼："回禀娘娘，属下无能……"

"这不怪你们。"西王母温和地轻声开口，"去一旁休息吧。"

看着二人垂头丧气地退至一边，西王母的眸中闪过一抹无奈，她的余光扫过四周，见林七夜驾云而来，向其传音道："林七夜，来本宫的身边。"林七夜听到西王母的传音，先是一怔，随后快速驾着筋斗云，飞到了高空中西王母的身边。林七夜抬手行礼，目光环顾四周，见其他大夏神都在专注地寻找迷雾的弱点，没有注意这里，这才压低了声音不解地问道："娘娘，您这是……"

"本宫知道你想问什么。"西王母缓缓闭上眼眸，"本宫用昆仑镜重映此景，自有用意。"

林七夜思索片刻，试探性地问道："与昆仑虚内，那连绵的剑山有关？"

西王母眉梢一挑，似乎没想到林七夜能猜到这一点，索性点头应道："不错，本宫铸剑百年，打造昆仑剑墟，如今只差这最后一步……这一步，至关重要。"

"铸剑，与重映历史，有什么关系？"林七夜不解。

"天下万物，皆有灵性，剑乃万兵之首，灵性更甚。"西王母淡淡说道，"凡间铸剑，只铸其身，不锻其魂，唯有以意锻魂，令其观情，情与剑鸣，铸剑开锋，方能灵性通神。"

听完西王母这句话，林七夜似懂非懂。大概意思是，只锻了剑体还不够，要给剑灌入"意"，让剑生"情"，才能真正做到灵性通神？可是……要如何灌入"意"，让剑生"情"？

就在林七夜沉思的时候，迷雾前的大夏众神，已经焦头烂额。几道神影自漆黑的迷雾中冲出，周身的神力光芒暗淡无比，他们如断了翅的飞鸟，踉跄地落在地面，俯身剧烈地咳嗽起来，每咳一下，都有大量的黑雾自体内涌出，面色憔悴无比。

"黄龙真人，赤精子，惧留孙！"一个肥头大耳的僧人披着僧袍，飞速地冲到他们身边，一团佛光从他掌间涌入三人体内，试图替他们逼出体内的黑雾，却根本无法撼动它们分毫。

"不用白费力气了，天蓬……不，净坛使者。"黄龙真人咳嗽了两声，面色苍白地笑了笑，"你修成正果后，这么称呼你倒是有些不习惯。"

"三位金仙，迷雾中情况如何？"

"……不妙。"黄龙真人摇了摇头，"我等只是在雾中飞了数里，便遭遇了七八拨怪异妖物的袭击，它们的数量远比我们想象的要恐怖，若非我们回来得快，只怕神力彻底凋零之后，便要被它们围剿致死了。"

1064

净坛使者的脸色难看无比。"真人，我有一个想法……"他想到了什么，话刚说到一半，另一个声音激动地从身旁传来。"二师兄，大师兄到了！"说话的是一个披着白色僧衣的金身罗汉，只见他望着远处天空那急速降落的筋斗云，眸中浮现出喜色。净坛使者眼前一亮，顿时站了起来。"猴哥！！猴哥，我们在这儿！"他似乎忘了自己佛门使者的身份，激动地挥着双手，那张肃穆的僧面之上浮现出憨态可掬之色。披着袈裟的斗战胜佛落在他们的身前，嘴角也勾起了一抹笑意："呆子、老沙，你们没受伤吧？"

"没，我们好得很呢，猴哥，师父呢？"净坛使者好奇地往后看了一眼。

"师父往南面去了，那里的迷雾来得更快。"斗战胜佛回了一句，那双灿金色的眼眸望向了不远处漆黑的迷雾，眉头皱了皱，浑身的毛发微微立起。"好邪的雾气……"他喃喃自语。

"大圣，快想想办法拦住迷雾吧。"一旁的雷公电母急匆匆地飞了过来，"我们各种办法都用了，但还是奈何不了这雾啊……再这么下去，周遭的百姓都要遭殃了。"

斗战胜佛站在荒芜的大地上，抬头仰望，那充满天空与大地的黑色迷雾，正翻滚着涌向他的身前，所有的光线都被迷雾吞噬殆尽，就像一只遮天蔽日的巨兽，对着众生露出狰狞獠牙。在它的面前，所有神明的身形都如沙砾般渺小。狂风席卷着飞沙，将斗战胜佛的袈裟吹得猎猎作响，他冷哼一声，眸中爆发出昂扬的战意。"我倒要看看……这究竟是什么邪祟！"他猛地向前一步踏出，澎湃的神力糅杂着佛光，从体内翻卷而出，顷刻间凝聚出一尊佛光涌动的巨猿法相，自荒芜的大地缓缓站起身，像是顶天立地的巨人，撑起了昏沉暗淡的天空。那尊佛猿法相身上的毛发纤毫毕现，随着狂风飞舞，它对着身前漆黑的迷雾咆哮一声，将周围几座矮小的山峰震得爆碎！林七夜站在西王母的身边，目睹了佛猿法相出世，心中微震。这便是当年斗战胜佛全盛时期的力量吗……仅是站在远处遥遥观望一眼，都令人心神失守。不过眼前的这尊佛猿法相，与病院中孙悟空的"齐天法相"相比，虽然强大，但林七夜总觉得缺了点什么。佛猿法相伸出手掌，在耳边一捏，下一刻一根长棍便出现在他的掌间，急速地延伸，顷刻间放大如山岳。它抬起金箍棒，周身的佛光轰然爆发，雄浑的气浪裹挟着令人无法直视的灿光，猛地砸向了身前翻滚的黑色迷雾，只听一声轰鸣巨响，脚下的大地便以惊人的速度裂开。那迷雾在金箍棒的砸落之下，宛若有实体般，竟然突然一滞。斗战胜佛的这一棍，直接拦住了一角迷雾，但远处两侧的迷雾依然在不断地向前涌动，它就像是一条滚滚流淌的江河，就算斗战胜佛能抵住一个浪花，其余部分依然会片刻不息地向前流动。但眼前的这一幕，意味着，迷雾并非不可阻挡。

"猴子，我来助你！"一道熟悉的声音从远处传来，下一刻一尊蓝色的神明法相拔地而起，一直拔高到与斗战胜佛的佛猿法相同等高度，杨戬单手握着三尖两刃刀，周身的银芒如潮水般涌动，法相眉心的一只竖眼骤然睁开。"清源法相"。在那道竖眼的凝视之下，他身前的迷雾就像被一只无形的大手摁住，勉强禁锢在原地，许久之后，才缓慢无比地向前挪动。

与此同时，另一处的边境，一个穿着黑色帝袍的男人自幽冥中走出，右手拖着六道相互旋转的银色圆环，神情肃穆无比。"本帝来迟了……"他右手一托，那飞旋的六道银色圆环接连闪出，无限扩大，像是六面圆形壁垒，横在了迷雾之前。

酆都大帝一出手，顿时稳住了数十公里的迷雾入侵，斗战胜佛与杨戬压力一轻，紧接着，其他大夏神也纷纷出手，各色神光接连涌上迷雾边缘，拖延着它的前进。但拖延，并不意味着完全阻隔，这片迷雾覆盖的范围太大了，大到包围了大夏边境每一寸土地，即便众神联手挡住了西侧边境，其余地方依然不断地有迷雾涌入。

见到这一幕，林七夜心中焦急无比，虽然他知道眼前的一切都是虚假的，但那种前所未有的代入感，让他仿佛真的置身于百年之前。"娘娘，这迷雾，真的没有拦住的办法吗？"

"当然有。"西王母缓缓开口，"百年之前，本宫与众仙出手之后，基本稳住周围数百里的迷雾蔓延，再加上东方的元始天尊、北方的道德天尊、南方的玉皇大帝，其实大夏的迷雾入侵，已经被挡住了大半……但这些迷雾太过刁钻，只要有一丝缝隙，它们便会蒸腾而入，呼吸间便能夺走方圆数十里内所有凡人的生命，仅凭神力阻挡，太难了。"

"那别的方法呢？一些上古阵法，也没有用吗？"

"天庭记载的上古阵法，确实可以抵挡迷雾入侵，但大夏的领土太大了，能够抵挡住迷雾的阵法中，最大的那个，大概只能护住大夏五分之一的领土。"

"五分之一……"听到这个数字，林七夜的心中泛起一阵苦涩。只能护住五分之一，那就意味着有上亿条生命，会葬身在迷雾之中，这个大阵的覆盖范围对西方的一些国家来说，或许足够庇护全部国境，但对土地广袤的大夏来说，远远不够。"这就是说，唯一的办法只有……"林七夜的话音未落，天空中，一道洪亮的声音便自虚无中传来："天尊有令！大劫已至，众生涂炭！我大夏诸神承凡间香火数千载，当有所为！十息之后，天庭将自碎本源，化九座神碑碑基，镇守边关。凡我大夏诸神，自愿舍身者，以己神躯与神力，浇铸镇国神碑，建万万载护国大阵，御邪祟于关外，方可保万众无恙，天下太平！从今往后，吾等魂魄再入轮回，重历劫难。待有朝一日，天庭重建，吾等终将回归。届时，我大夏神威，必将再震寰宇，重临世间！诸位仙友，吾等……来世再会。"

1065

这声音出现的瞬间，全力阻拦黑色迷雾前进的大夏众神，身体同时一震。

"事情已经严重到了这个地步？就连三位天尊，都拿这迷雾束手无策？"雷公震惊开口。

"不，抵御迷雾的办法有很多……"玉鼎真人单手掐着剑诀，回头望了眼身后的大夏领土，有些苦涩地笑了笑，"但在这个过程中，凡人的死伤必将抵达极其恐怖的地步，就算我等拦住了迷雾，大夏国本也将凋零殆尽。大夏可以没有我等大夏诸神，但不能没有亿万百姓。"玉鼎真人这句话一出，附近众神都陷入了沉默。

"可若是我等堕入轮回，那大夏怎么办？那些外神不会趁机对大夏出手，灭国夺本吗？"

"不会，这迷雾的覆盖范围，不仅是我大夏一国，海外诸国此刻也遭受了迷雾袭击，那些外神若是也选择牺牲自我保全国土，那这方世界便将彻底进入无神时代。退一步说，就算他们有部分神明残存，也必将元气大伤，无暇对大夏出手，而且有这片迷雾在，他们短时间内也无法随意地行走，不会对大夏造成太大的威胁。"玉鼎真人话音落下，一道巨响自远方的天空传出。

林七夜转头望去，只见在远处云巅的虚无之中，一座宏伟圣洁的天上神国浮现出来，仙气缭绕，鹤影纷飞，氤氲的仙气自天门涌动而出，如同一道道瀑布，自灰蒙的天空垂入人间。那便是大夏神国——天庭。就在此时，一只巨大的手掌穿越空间，猛地轰击在天庭表面！"咔嚓——"一道道裂纹在天庭表面急速蔓延，轰鸣爆响如雷霆般回响在天空之上，氤氲的仙气崩溃散开，那笼罩在周身的金芒也以肉眼可见的速度淡去。"咚咚咚——"那手掌连续轰击着天庭，硬生生将其从中央震碎裂开，庞大的神国自云巅一点点解体，那象征着曾经的辉煌的大夏神国，就这么一点点在天尊的掌下，破碎崩裂。迷雾前的大夏众神，沉默地望着眼前这一幕，双拳控制不住地攥起，眸中满是痛苦与不舍。对他们而言，那不仅是一个神国这么简单……那是他们生活了数千载的家，是整个大夏神话的根基！如今，他们却要将其亲手毁掉。

随着天尊最后一掌落下，整个天庭崩溃成漫天碎片，自云巅坠落人间，无数金色的丝线凝聚成球，在空中徐徐旋转，散发着无上玄妙之意。林七夜认识那团金色小球。在高天原的时候，天尊仅用了一根金色丝线，便将日本神国高天原斩落大海。那是天庭本源！在天尊手掌的分割下，那团本源一分为九，化作流光分别飞向大夏各处边境，其中一缕瞬间洞穿空间，飞掠至林七夜等人的上空。那缕本源坠落大地，刹那间滚滚烟尘爆起，整个帕米尔高原的地面猛地一震，待到烟尘散去，一座存在于现实与虚幻间的黑色碑基，已然矗立在边境之上！

　　大夏众神立于迷雾之前，望着那块黑色碑基，神情复杂无比。他们的眼中，有不舍，有无奈，有果决，有释然……他们中的部分人眼中没有丝毫的犹豫，正欲踏出脚步，一道青芒便自空中呼啸而落。那是一个披着缂丝紫纹神袍、头戴凤翅金冠的美妇人，她的美眸凝视着脚下这块黑色碑基，缓缓开口："大劫已至，本宫身为天地王母，应天尊诏令，愿自崩修为，佑我大夏众民，万世平安。"

　　见到这一幕，天空中的林七夜愣在了原地。按理说，眼前的画面都是时光剪影，他和西王母都是剪影外的见证者……就算西王母此刻挺身而出，也不会对剪影造成任何干预才对，她为什么还要这么做？似乎察觉到了林七夜的疑惑，西王母的目光扫了他一眼，紧接着一道声音自林七夜脑海响起："无须惊讶，本宫……只是重复了当年的选择，这个分身镇守昆仑虚百年，使命已经完成，让她随着众仙虚影再入神碑，也算是了却一段轮回。"话音落下，无尽的神光自西王母的身上涌动而出，她仿佛一轮燃烧的青色太阳，毫不犹豫地舍身撞向那黑色碑基。"轰——"刺目的神芒在天地间绽放，西王母的身形在空中溃散无踪，半息之后，一道道神力自碑基交织而出，迅速地勾勒起神碑的轮廓，苍茫宏大的威压，自石碑之上翻卷而出。林七夜怔怔地在原地站了半响，双拳紧紧攥起。

　　西王母自崩分身，不会对时光剪影中的黑色碑基造成任何影响，但在剪影中，那块石碑还是被勾勒了出来，这并不是现在的西王母分身导致的，而是百年前的那段历史中，西王母本体自崩修为，融入石碑，才导致了这一幕的出现。只不过，昆仑镜无法重映当年西王母的身形，只能记录下石碑的变化，但与这具分身的崩散相结合，便完整地重映了当年的情形。林七夜深吸一口气，身形自空中落下，一道黑色身影自他的身旁飞掠而过。

　　无尽的幽冥之气席卷，酆都大帝脚踏虚空，帝袍随风飘舞，那双古波不惊的眼眸凝视着眼前逐渐勾勒的石碑，缓缓闭起。他长叹一口气，喃喃自语："转世之后，本帝须得早些恢复才是……否则偌大的酆都无人掌管，幽冥将乱。"他掌间飞旋的六道银色圆环突然一滞，一缕玄妙的缘丝自酆都大帝体内飘出，缠绕在其中一道圆环之上，他掌心一翻，这六道圆环便遁入虚无，回到了酆都之中。做完这一切，他深吸一口气，周身爆发出浓郁的幽冥死气，径直向着那虚幻的石碑冲去！"大夏北阴酆都大帝，应天尊诏令，愿自崩修为，佑我大夏众民，万世平安！"话音落下，他的身形撞入黑色石碑之中，身体崩散化作漫天神力，急速地勾勒起神碑虚影。

1066

公格尔峰。风雪呼啸之中，一只手掌猛地攥住近乎垂直的山壁边缘，一个身影艰难地爬上峰顶，像是烂泥般在雪中翻滚了两圈，仰面躺在地上。紧接着，又是一个身影攀爬上来，剧烈地咳嗽了几声，踉跄了两步，一头栽到了雪地内。两个少年躺在峰顶，大口大口地喘着粗气。卢宝柚瞥了方沫一眼，冰冷的嘴角控制不住地勾起一个弧度：“你……喀喀喀……你比我慢了半秒。”

“要不是我错抓住了一块虚幻的石头，向下滑了几米，比我慢的就是你了。”方沫嗤笑了一声，停顿片刻之后，还是无奈地摇了摇头，“不过愿赌服输……我承认，这次是你赢了，卢宝柚。”

“轰——”汹涌的神光与低沉的嗡鸣，自远处的边境传来，卢宝柚和方沫同时一愣，艰难地从地上爬起，转头望去。只见无尽的黑色迷雾在边境不远处翻滚，苍茫雪地之间，一座宏伟壮丽的黑色石碑，如通天巨柱般耸立在大地之上，漫天诸神伫立于神碑之侧，一个接一个地向其冲去。

“大夏北阴酆都大帝，应天尊诏令，愿自崩修为，佑我大夏众民，万世平安！”

“大夏金仙赤精子，应天尊诏令，愿自崩修为，佑我大夏众民，万世平安！”

“大夏金仙黄龙，应天尊诏令，愿自崩修为，佑我大夏众民，万世平安！”

“大夏水德星君，应天尊诏令，愿自崩修为，佑我大夏众民，万世平安！”

…………

一位又一位大夏神明，如扑火的飞蛾，燃烧着毕生的神力修为，撞向那座通天石碑。每当一位神明融入其中，那石碑的身形便凝实些许，当那翻滚的黑色迷雾已经逼近大夏边境之时，这座石碑已有数百米之高！

“那、那是……”方沫望着眼前这一幕，彻底呆在了原地。卢宝柚站在峰顶，像是忘记了身上的疲惫与伤痛，石雕般注视着远处，眸中是深深的震撼。“那是百年前，大夏众神舍身化碑，镇守边疆的虚影。”一个声音从两人的身后传出。两人转头望去，只见两个披着深红斗篷的男人，正坐在一块凸起的岩石上，其中一人便是刚刚见过他们的百里胖胖，另一人则是叼着烟沉默不语的沈青竹。

“百年前的大夏神虚影？”方沫喃喃自语，“这些，都是真实发生过的？”

“当然，否则大夏天庭为何崩碎破裂，大夏众神为何百年未出？”百里胖胖叹了口气，“这百年，其实他们一直都在。”

方沫和卢宝柚望着远处的神碑，陷入了沉默。在此之前，他们也知道大夏从迷雾侵袭中幸存，与大夏众神有关，但对其中细节并不了解，直到此刻，他们成为这段历史的见证者，才真正了解到这背后的真相。他们之所以能平安地出生、成长，都是因为百年之前，无数大夏神用自身的修为与躯体，替他们筑起了一道神迹之墙。生还日，亦是大夏众神的终末之日。

"嘎吱——"靴子踩在厚厚的积雪之上，沈青竹丢下了嘴里的烟头，平静地走到了两人的身后，那双眼睛望着远方，缓缓开口："菜鸟们。"

"到！"

"敬礼。"

沈青竹笔挺地站在那儿，无声地抬起右臂，对着漫天的大夏众神，敬起一个标准的军礼。呼啸的风雪吹过两位少年的脸颊，他们看着沈青竹眼眸里闪烁的光芒，愣了片刻，随后便反应过来，转身对着大夏众神的方向，庄严肃穆地敬礼。一个又一个新兵，踉跄地从山峰边沿爬上来，见到眼前的一幕，都愣在了原地。从同伴的口中知晓了一切后，他们怔怔地遥望着那段时光剪影许久，紧咬着双唇，拖着疲惫无力的身躯，强行站直身子，侧身向着远方，抬手行礼。那悲壮而宏大的画面，那些义无反顾冲向石碑的神影，通过他们的眼眸，深深镌刻在他们的心灵深处。本该充满着通过考核后的欢呼与雀跃声的山峰，此刻却死寂一片。

喀玉什边防连。

"这究竟是怎么回事……"柯长临站在宿舍楼的顶端，看着距离边防连不到两公里的通天神碑，整个人瞪大了眼睛站在原地。

"神……都是大夏神。"苏哲低声自语，"可是，怎么会有这么多大夏神在这里？迷雾又是怎么一回事？"

听到这句话，柯长临突然一愣。"神？难道传说是真的？"

"什么传说？"

柯长临望着远处那座高耸的黑色神碑，缓缓开口："我在刚来这个边防连的时候，就听那些老兵说过一些传闻，当年迷雾刚刚降临的时候，距离边防连不远的地方，也莫名出现了一座黑色神碑，还有好多神明站在云上，跟做梦似的。"

"后来呢？"苏哲来了兴趣。

"天亮之后，那些神明和神碑，都消失了……不过在那之后，边境的迷雾就再也没有前进过半分。"柯长临眉头微微皱起，"以前，我们都把这当故事听，说这是他们看到海市蜃楼了，现在看来……好像没那么简单？"

就在两人说话的时候，遍布边防连各处的喇叭突然响起了滋滋的电流声，很快安卿鱼的声音便回荡在整个边防连上空："请边防连内的诸位不要惊慌，接下来听我统一指挥……"

一个又一个神影冲向黑色神碑，抵挡在迷雾边境的大夏神明，越来越少。

"林小友。"一个声音从林七夜身后传来，只见一个道人正站在他的身后，表情复杂地看着他。"玉鼎真人！"林七夜一眼便认出了在昆仑虚中，带他进入蟠桃盛会的玉鼎真人。"林小友，这件事，你就不要掺和了。"玉鼎真人认真地说道，"你尚未踏入神境，就算舍身入碑，也不会有太大的作用，这种事情让我们这些老一辈来做就好……我们即将进入轮回，未来很长的一段时光里，大夏就交给你们这些年轻人了。"

1067

林七夜张开嘴，正欲说些什么，玉鼎真人便化作一道流光，急速地冲向那座通天神碑。"大夏金仙玉鼎，应天尊诏令，愿自崩修为，佑我大夏众民，万世平安！"话音落下，玉鼎真人的身形便撞入碑中，无数神力翻腾席卷，顷刻间便消失不见。此刻，那道通天石碑，已然高耸至天际，隐约之间，可以看到些许碑峰的轮廓虚影。只差些许神力，这座通天石碑便臻至圆满。林七夜的双唇微张，怔怔地看着这一幕，一句话也说不出来。就在这时，他敏锐地感觉到，一道目光落在了自己身上。林七夜转头望去。杨戬站在法相之后，一袭银袍随风拂动，他凝视了林七夜许久，又缓缓转过头，看向了那块黑色的石碑虚影。他那冰山般的脸庞上，浮现出一抹淡淡的笑容。"原来，这便是我入轮回的真相吗……"他的眸中没有丝毫遗憾，反而闪烁着释然的光芒喃喃自语，"倒是一个不错的结局。"

"阿晋……杨戬！"林七夜看着那张熟悉的面庞，心中一紧，他闪身至杨戬身侧，下意识地伸出手想要拉住杨戬的手腕。他的手掌宛若无物般穿透而过，只握住了一片虚无。林七夜身体一震。呼啸的风声在他的耳边掠过，杨戬身披银袍，就这么站在他的身前，静静地望着他眼中的挣扎，温和地笑了笑："看来，你真的很在乎你弟弟，来能有你这样的兄长，当真是件幸事。既然如此，即便再入轮回之劫……又有何惧？"他转过身，凝视着那仅缺一角的镇国神碑，手握三尖两刃刀，伟岸的背影似乎要撑起整片昏暗的天空，"兄长，你我……来世再见。"话音落下，他的周身爆发出一团刺目的银芒，整个人化作一道流光，急速地冲向那座通天神碑。"大夏二郎真君杨戬，应天尊诏令，愿自崩修为，佑我大夏众民，万世平安！"杨戬的声音如滚滚炸雷，在天空中轰鸣作响，随着他身形填入神碑之中，那最后欠缺的一角，被弥补完全。"轰——"只听一声闷响传出，恐怖的神力光柱自神碑冲上云霄。

林七夜伸出的手掌，悬停在半空中，他呆呆地看着那冲天的神力光柱，像是尊雕塑般一动不动。他的心中，就好像缺了些什么，突然变得空落落的……那双迷茫的眼眸中，浮现出痛苦与挣扎之色。"该死……"他双手颤抖地垂下，用只有自己能听见的声音低语。

"轰轰——"接连六道神力光柱自大夏各个方位的边境冲天而起，无形的神迹之墙在诸多神碑间连接，逐渐覆盖大夏边境，阻挡住迷雾的前进。唯有东南与西南方向，还有两座神力光柱尚未出现。缺失的西南侧神力光柱，使得帕米尔高原上这座镇国神碑的神迹之墙，出现一道数百里长的豁口，无尽的迷雾依然自豁口中翻滚而入，即将彻底侵入大夏边境。

"那两座神碑的神力不够，我们速速前往支援！"

在场仅剩的几位大夏神见此，脸色骤变，二话不说化作流光冲向最近的西南方向。

"老沙、猴哥，我们也过去吧！"净坛使者见此，顿时焦急地开口。

金身罗汉沙悟净"嗯"了一声，正欲驾云离开，却见一旁的斗战胜佛依然驻足在迷雾之前，一双灿金色的眼眸正死死地盯着翻滚的黑色迷雾，浑身的毛发倒立而起。"猴哥，怎么了？"

"不对。"斗战胜佛伸手握住金箍棒，神情凝重无比，"这片雾里……有东西要冲出来了。"话音落下，那两人同时一震，猛地转头看向迷雾。隐约间，低沉的巨兽嘶吼声，自迷雾中传来，那声音越来越清晰，距离大夏边境也越来越近，就在其即将穿过迷雾，踏入大夏的瞬间，突然安静了下来。空气陷入一片死寂。净坛使者咽了口唾沫，正欲说些什么，下一刻五道身形庞大无比的"神秘"咆哮着自迷雾冲出！它们的身上，都散发着"克莱因"境巅峰的恐怖波动！迷雾中，果然有生命存在？金身罗汉沙悟净的脑海中，猛地闪过这个念头，还未来得及出手迎战，一根粗壮无比的金箍棒，已经轰击在了那几只"神秘"身上，璀璨的金色佛光瞬间照亮天空。痛苦的嘶吼声自无尽金芒中传出，它们的身形急速地泯灭在佛光之中，待到斗战胜佛收手，它们已然消失不见。这一棍，直接将五只"神秘"，打得灰飞烟灭！金箍棒在斗战胜佛的掌间恢复成了原本的大小，一棍灭掉这些"神秘"之后，他的神情没有丝毫的松懈，依然紧紧盯着周围的迷雾。他能感觉到，还有更多的"神秘"，盘踞在边境外的迷雾之中，时刻准备伺机闯入大夏境内。

"西南那边，好像也有不少妖邪闯进来了。"净坛使者一双眼眸染着佛光，凝视着远处，眉头紧紧皱起，"猴哥，这里就交给你了，老沙，我们去那边救人！"

"好。"斗战胜佛眯眼望着眼前的迷雾，"你们小心。"

净坛使者与金身罗汉化作两道流光，冲天而起，沿着翻滚的西侧迷雾边境，一路向着西南方杀去。他们距离神迹之墙的豁口越来越近，大量的迷雾如潮水般涌出，已经彻底突破了大夏边境，向腹地翻滚而去。但自从迷雾被神迹之墙拦住部分之后，涌入大夏境内的迷雾蔓延的速度，就如同冲破决堤的江流，暴增数倍。

"二师兄！那边的迷雾已经快蔓延到有人居住的地方了！"金身罗汉沙悟净余光看到远处，当即喊道。

1068

净坛使者转头望去，只见最远处的那些迷雾，只差不到三公里的距离，便要将远处聚集的毡房群落吞噬其中。"走！先救人！"净坛使者二话不说，拉着一旁的金身罗汉，便急速向着毡房群落的方向冲去。当两人来到毡房群落之时，那翻滚的迷雾已经将过半的毡房吞没其中，沙悟净化作虹光急速地穿梭于剩下的毡房中营救百姓，净坛使者站在翻滚的迷雾之前，眼中浮现出挣扎之色。未曾修炼过的凡人堕入迷雾中，最多还能存活二十息……这片迷雾中，应该还有不少百姓存活，留给他的时间不多了。净坛使者紧咬着牙关，心一横，直接一头撞入了翻滚的迷雾之中。充满死寂气息的雾气急速蚕食着他周身淡淡的佛光，不过三息的工夫，他的神力根基便松动起来，他的脸色难看无比。果然如三位金仙所说，这片迷雾对神力有着天然的克制作用，再这么下去他跌落神境，也只是极短时间的事情。他强忍着剧痛，探鼻在空中嗅了嗅，急速地冲进一座毡房中，将两个奄奄一息的牧民救起，动用妙法，将其直接送出了迷雾之外，随后再度向下一座毡房冲去。就在这时，他像是察觉到了什么，身体猛地一震。周围翻滚的迷雾中，几只身形庞大的诡异巨兽，正在向这里急速靠近。他周身的佛光已经微弱至极，神力的运转也时断时续，就连催动妙法都有些困难，他屡次试图将百姓送出雾外，却都以失败告终。"去你的净坛使者！在这片迷雾里，一点用处都派不上！"他低吼一声，先前的设想涌上心头，眼中闪过一抹决然，猛地抬起右手，向着自己的天灵盖拍去！"砰——"他喉间发出一声闷响，周围若隐若现的佛光自动崩溃开来，他的境界自神境崩碎而下，直接滑落到了"克莱因"境巅峰。

与此同时，一股妖风自他体内呼啸而出，他的身形急速膨胀起来，化作一只山岳大小的黑色野猪，发出一声洪亮的嘶吼，一双眼眸通红似血。刹那间，浓郁的妖魔之力如井喷般狂泻而出。生死危机的关头，他选择自废神境，化凡为妖！从这一刻起，他不再是西天净坛使者，而是千载之前，叱咤人间的恐怖大妖。猪八戒大嘴一张，一股邪风自虚无涌出，直接将地上数十座毡房连同房内昏迷的牧民，全部卷入那张巨大的猪嘴之间，随后猛地转身，急速向着迷雾之外奔袭而去！自他化作妖魔那一刻开始，周遭翻滚的迷雾对他的威胁锐减，虽然依然在不断腐蚀着他的躯体，但与之前相比，已经好了很多。这片迷雾，在针对神明？就在猪八戒一边狂奔，一边思索之际，数十道黑色巨影自身后迷雾中浮现出来，联手向它杀来！这里乃是迷雾之内，是"神秘"肆虐的天地，这样一道醒目的妖魔气息的出现，顿时吸引了周围大量"神秘"的注意。跌落境界的猪八戒，此刻嘴中含着大量牧民，根本没有在迷雾中与其战斗的心思，仅是用妖魔之躯硬扛它们的攻击，不过片刻的工夫，身上就已经千疮百孔！

就在此时，一抹光明在他的眼前急速地放大。那是一尊怒目的佛门金刚！"二师兄！你快走！我替你拦住它们！"金身罗汉沙悟净低吼一声，顶着周围的迷雾，硬生生与那数十只"克莱因"境巅峰"神秘"战在一起。佛光在沙悟净的掌间涌动，他徒手撕开了数只"神秘"的身躯，但漆黑的迷雾如一只弑神诡兽，不断地蚕食着他体内的神力根基，他周身的佛光越来越弱，神格也摇摇欲坠起来。眼看着金身罗汉逐渐淹没于迷雾之中，巨大的猪妖双眸通红无比，它庞大的身躯冲出迷雾，跟跄地在雪原上奔袭数百米，随后一头栽倒在地，沉重的身躯将整个大地都震得微微颤鸣。巨嘴一张，大量幸存的牧民随着妖风落在地面，猪妖的身躯急速缩小，化回了本身的模样。猪八戒披着千疮百孔的佛衣，原本白白胖胖的肚皮，此刻已经满是血痕，腰腹一处狰狞的裂口血流成河，隐约之间，还能看到胃肠搅动。他瞪着通红的眼眸，艰难地站起身，单手握住一把银色的九齿钉耙，再度化作一道流光冲入迷雾之中。"老沙！顶住！"

"咚——"斗战胜佛又是一棍落下，将数只冲出迷雾的"神秘"碾成碎渣，就在这时，他的心头一跳，整个人愣在了原地。西南方的边境处，那两道迟迟不曾出现的神力光柱，终于冲天而起，最后两座镇国神碑，已经完成。神迹之墙相互交织连接，化作一个没有死角的巨型壁垒，彻底将翻滚的迷雾抵挡在了边境线外，几只"神秘"在迷雾间浮现，似乎还想冲入大夏境内，却被臻至圆满的神迹之墙，死死地拦截在外。整个西侧边境，已然陷入一片死寂，无尽的风雪中，只剩下手握金箍棒的斗战胜佛，与一旁的林七夜静静站在原地。

"呆子，老沙……"斗战胜佛呢喃一声，雄浑的神力自体内翻卷而出，他化作一抹流光，急速地向着西南侧的雪原飞驰而去。林七夜见此，心中闪过一抹不妙的预感，驾着筋斗云紧跟其后。很快，一角被隔绝在神迹之墙内部的迷雾，出现在两人的眼前。中途完成的神迹之墙，将这片原本已经冲入大夏境内的迷雾分割开来，失去了后续迷雾的涌入，这一角迷雾如今就像是一团浑浊的雾气，在空中逐渐消散开来。满地的"神秘"尸体，堆积在荒凉的雪原之上，粗略望去，有三四十只之多。在那些尸体之前，一个满身血污的身影，正虚弱地跪倒在一具尸体之前，潺潺鲜血自他的腹部流淌而出，晕染出大片血红。

1069

"咚——"斗战胜佛的身形重重砸落在地面，身形一晃便来到了那两道身影身边。他看到猪八戒身前，那具死不瞑目的冰冷尸体，整个人愣在了原地。那是一尊罗汉，淡金色的皮肤此刻已没有丝毫光泽，暗沉的血污覆盖在身体表面，体内的神格破碎不堪，跌落凡境，无数巨兽撕咬的痕迹遍布身躯，看起来触目惊心。

唯有那双死不瞑目的眼眸，依然瞪得浑圆，怒视着眼前的虚无，宛若一尊坐化的佛门金刚。斗战胜佛见此，身躯猛地一震，像是雕塑般呆在原地。"猴哥……"跪倒在地的猪八戒抬头看了他一眼，苍白的面孔上，浮现出一抹惨笑，"老沙他……圆寂了。"

斗战胜佛的身体微微颤抖起来，他双拳猛地攥紧，低吼着开口："发生了什么？"

"我闯进迷雾里救人，老沙来支援我，然后被一大批妖邪……喀喀喀……"猪八戒话音未落，便剧烈地咳嗽起来，每当他咳嗽一声，大量的鲜血便从腰腹之间涌动而出，一缕缕黑色雾气自血口内飘散，掠夺着他的生机。斗战胜佛的瞳孔骤缩，他伸手将猪八戒的身体抱入怀中，那张满是佛门神圣之意的古猿面庞，因焦急而剧烈地扭曲起来。

"呆子！！"他伸出手，按住猪八戒血流成河的腰腹，却依然无法阻止他生机的流逝。

"猴哥……我，可能要下去陪老沙了。"猪八戒憨厚的脸上，挤出一个惨惨的笑容。

"给我闭嘴！！"斗战胜佛怒吼一声，周身的佛光轰然爆发，疯狂地涌入猪八戒的体内，替他吊着性命。然而，他本就不会治疗修复的法门，而且猪八戒腰腹间混杂的那些黑雾，也能在很大程度上抑制神力的流淌，他除了强行用修为给猪八戒续命，什么也做不了。"该死，该死，该死！"斗战胜佛见猪八戒的脸色肉眼可见地苍白，不断地咒骂，他想起了什么，猛地回头看向身后。他看着站在不远处，那道披着深红色斗篷的身影，像是抓住了最后一根救命稻草，大声喊道："你！你是老祖弟子！会不会一些治疗的手段？！什么手段都行！只要能勉强稳住他的性命，我马上就带他去找……"他话说到一半，戛然而止。他呆呆地看着远处那九座镇国神碑，眼眸中的希望之火，正在急速地熄灭。如今，众神都已经舍身化碑，整个大夏境内，都没有能替猪八戒治疗伤势的大能存在……他们全都死了！可即便如此，斗战胜佛的眼眸，还是残余着最后一丝丝希望，他看着远处站着的林七夜，眸中闪烁着一抹微光。林七夜站在呼啸的风雪中，看着斗战胜佛那看救命稻草般的目光，一颗心莫名地绞痛起来，一股前所未有的愧疚感涌上他的心头。自己……救不了他。他虽然站在斗战胜佛眼前，但他们之间，相隔了百年的时空，他们只是一群由昆仑镜制作出的虚影，根本就不存在。更何况就算林七夜真的站在这儿，他也没有任何能够治愈猪八戒的办法，最多也只能依靠"奇迹"，勉强吊住猪八戒的性命，在大夏众神凋零的现在，根本没人救得了他。他张了张嘴，声音沙哑而苦涩地，缓缓吐出了三个字："对不起……"

听到这儿，斗战胜佛眼眸中最后一缕希望之火，彻底泯灭无踪，他怔怔地转头看向怀中的猪八戒，两行清泪从他的眼角滑落。猪八戒见此，嘴角挤出一抹笑容，他颤抖着伸出手，摸向斗战胜佛的脸庞："猴哥……你别哭啊……俺老猪这次救了好多人，没给咱西游小队伍丢脸……喀喀……俺要下去找老沙了，你和师父要好好地当佛……自废神格沦落为妖，确实可以避开迷雾的绞杀，留在凡间守着百姓，可实力却会极大地削弱，而且再也回不去了……这个世道，终究还是要神来改变的。猴哥，你和师父比我们强，好不容易修成了正果，一定要活到最后，替俺老猪看一看……未来，这个世界是什么样的。或许……这就是俺老猪的命吧。"最后一个字吐出，猪八戒的眼眸中，最后一缕生机火焰泯灭无踪，他虚弱地垂下手，彻底丧失了呼吸。

斗战胜佛呆呆地抱着他的尸体，无声地张开嘴，似乎想再说些什么，却什么都说不出，满面泪痕的面庞，此刻扭曲得狰狞无比，他猛地抬起头，张嘴对着昏沉的天空，发出一道撕心裂肺的怒吼！"去你的天命！！"呜咽的风雪在血红色的大地上，发出悲痛的嗡鸣，这位大夏最后的神明，无助地跪倒在地，用拳头一下又一下地捶击着地面，发泄自己内心的癫狂。漆黑的迷雾在神迹之墙外，无声地翻滚，一只只"神秘"的身影在迷雾间游走，轮廓若隐若现。斗战胜佛捶击地面的右拳，猛地一顿，他瞪大了眼眸，死死地盯着眼前的迷雾，神情狰狞无比。在这片迷雾之中，神佛都被极大地压制，他身上的佛门修为大打折扣之后，甚至还远不如原本的妖魔之力，远不如……齐天大圣。他猛地伸出手，抓住了身上金色袈裟的一角，眼眸中喷涌着无尽的怒火与不甘。"佛……佛！去你的佛！！保不了人间，保不了你们……老子要这佛衣佛位，有什用！！"他眼眸中，爆发出决然的光芒，手掌用力拉扯着袈裟的边缘，将其一点点地撕裂开来！金色的佛光剧烈地涌动起来，痛苦的嘶吼声自喉间传出，随着那袈裟的一角逐渐破碎，一缕缕恐怖的妖魔之气，自他的体内溢散而出，与佛光糅杂在一起。他撕的，不仅是一件袈裟，更是他历尽千难万险，才修成的佛门正果！"刺啦——"随着一声轻响，袈裟被他硬生生撕下一角，他猛地喷出一大口鲜血，右眼中闪烁着的灿金佛光，突然变成深色血红，暴戾而恐怖的妖魔之气，自他的半边身体内，冲天而起。

1070

妖魔，佛光，这两种截然不同的东西，在他的身上相互摩擦碰撞，彼此水火不容。孙悟空半跪在地，一张面孔在两种力量的折磨下，剧烈地扭曲起来。身后的林七夜见到这一幕，眸中浮现出震惊之色。经历过大圣附体的他，十分清楚这两种截然不同的力量对灵魂来说，是一种怎样的折磨，孙悟空现在虽然修成正果，神魂强横无比，不会在两种力量的互斥下魂飞魄散，但那种痛苦是无法抹消的。那种仿佛要将灵魂撕成两半的感觉，足以将任何人逼疯。魔气与佛光在孙悟空的体内交织，他紧咬着牙关，缓缓从地上站起。天庭毁了，大夏众神尽数凋亡，这茫茫天地之间，只剩下他一尊神明，仇恨与愤怒充满着他胸膛，即便天地偌大，在他的眼中，自己也只剩下了一个归宿。那双暴怒的眼眸死死盯着眼前翻滚的迷雾，闪烁着前所未有的杀意与疯狂。"迷雾……老子就是要看看，你究竟是个什么东西！"他将金箍棒握在掌间，半魔半佛的恐怖气息在天地间肆虐，他猛地一步踏出，无尽的云气在他的脚下翻腾，承载着他的身体，义无反顾地向着迷雾冲去。他穿过无形的神迹之墙，身形彻底消失在了迷雾之中。随着他的消失，九座镇国神碑，逐渐淡化在凡间的视野之中，无形的神迹之墙，永恒地庇护着大夏全境，将使人致死的迷雾抵挡在外。死寂的天地间，只剩下无尽的风声呜呜作响。一道深红色的身影，站在猪八戒与沙悟净的尸体旁，站在那宏伟的迷雾边境之前，像是尊雕塑，静静地伫立在原地。一分钟、两分钟……不知过了多久，他再也按捺不住内心的痛苦，愤怒地低吼一声，一拳砸入身下的雪地之中，漫天的雪花飞扬而起，那张因痛苦扭曲而显得狰狞无比的面庞，浮现出深深的无力感。

　　林七夜跪倒在雪原之上，他的脑海中，满是大夏众神飞蛾扑火般撞入神碑的画面，西王母、玉鼎真人、酆都大帝、杨戬……他的脑海中，始终回响着那响彻天空的、充满死志的誓言。最终，他仿佛又看到了孙悟空那双带有一丝希冀的眼眸，逐渐转向绝望崩溃的一幕。"去你的！！"他双手埋在厚厚的积雪之中，张开嘴，猛地发出了一声咆哮。该死！！该死！！明明他什么都改变不了！为什么还要亲眼见证这一切？！时光剪影如潮水般退去，边境外漆黑的迷雾，逐渐恢复成灰白色，横七竖八躺在地上的"神秘"尸体，随着猪八戒与沙悟净的尸体，以及身下那晕染而出的血泊，一点点地消失无踪。昆仑镜的时光重映之力，到此便彻底中断。

　　昏沉的天空消失无踪，取而代之的，是一片漆黑如墨的夜色。不知已是何时，天地之间，没有一丝的光亮，无穷无尽的黑暗覆盖了帕米尔高原的每一个角落，如一片绝望而死寂的深渊。林七夜跪倒在雪地之中，对周围的一切浑然未觉。就在这时，无数清脆的剑鸣，自某处的虚无中炸响，它们混杂在呼啸的寒风中，就如同悲伤而痛苦的哀鸣。林七夜怔住了，他茫然地抬起头，环顾四周，右手手掌轻轻贴在了自己的胸膛。他不知道，这些剑鸣来自哪里，却能清楚地感知到，在这无尽的剑鸣之中，蕴藏着与他一样的情绪……悲痛、不甘、愤怒！剑……也会有感情？这一刻，林七夜意识到了什么，低头喃喃自语起来："天下万物，皆有灵性，剑乃万兵之首，灵性更甚……唯有以意锻魂，令其观情，情与剑鸣，铸剑开锋，方能灵性通神。"那是西王母告诉他的话语，也是她重现之前一切画面的原因。她在让剑观情，以无数大夏神舍身化碑的死志，去感染灵性之剑，为其铸剑开锋！成千上万的剑鸣，在林七夜的耳边回响，他能清晰地感知到，每一柄剑与自己情感产生的共鸣，它们不仅是剑，更是这一场宏伟史诗的观众与参与者。林七夜甚至能感觉到，它们的剑鸣中，也饱含着与大夏众神一模一样的死志！"……佑我大夏众民，万世平安！"

剑虽不语，情深似海。

就在林七夜与众多古剑情感共鸣之时，一道身影自雪花飞扬的虚无中，凌空踏出，站在了他的身前。缂丝紫纹神袍在风中轻轻摆动，头戴金冠的西王母伸出手，将跪倒在地的林七夜扶起，轻轻拍去了他斗篷上的雪花，那双流光转动的美眸中，浮现出一抹温柔。"王母娘娘……"林七夜张开嘴，声音沙哑地开口。

"你不用自责，这是我大夏百年前的历史，无法改变……你只是再度见证了一切。"西王母的声音轻柔无比。林七夜的脸上，浮现出一抹苦涩。即便知道刚刚发生的一切只是虚影，但对身处其中的林七夜而言，那就是一段真实的经历，他的悲伤、他的愧疚、他的不甘、他的愤怒……都是真实存在的。只有亲自经历过这一切，他才真正地明白，"自崩修为，化碑镇国"这八个字的背后，究竟藏着怎样的重量。他的双拳控制不住地紧攥起来。

就在这时，西王母像是察觉到了什么，转过头，看向了东方。"林七夜，你看。"西王母轻声开口。林七夜抬头望去，只见一抹微光自东方的雪山群峰之间，隐隐荡漾而出，一抹鱼肚白攀上漆黑的夜空，驱散了无尽的黑暗与深渊。"娘娘，怎么了？"他不解地问道。

"天亮了。"西王母凝视着那抹朝阳，平静地开口，"属于我们的时代……也该回来了。"

林七夜一愣，随后想到了什么，再度看向太阳升起的方向。今天，是魔鬼训练结束的那天，也是最后的……第十天。

|第三篇|
守碑神战

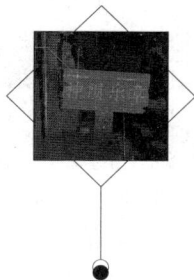

1071

　　北欧。阿斯加德。恢宏大气的神殿，如层峦般在神国之上汇聚，在神殿群落的核心处，一座散发着银芒的神山，巍峨耸立。在这神山之巅，一座圣洁恢宏的巨大神殿，静静矗立在整个阿斯加德的最高处，无数神光自神殿之内涌动而出，如同整座神国基石，令人看一眼便心生膜拜之意。神山之下，几位白肤金发的西方神明，正聚集在一起，仰望着那座高耸神圣的至高神殿，脸色复杂无比。

　　"今天是不是……"其中一位西方神试探性地开口。

　　"嗯。"另一位神明微微点头，"大夏天尊战帖上，写的就是今天。"

　　"不会吧？大夏的天尊，真的敢一个人闯阿斯加德？他疯了吗？"

　　"不知道。总之，现在整个阿斯加德戒备森严，就连彩虹桥都彻底关闭，我听说前两天，还有几位印度神明从天神庙赶来，应该是在戒备那位天尊。"

　　听到"印度神明"四个字，在场的西方神脸上都毫不掩饰地浮现出厌恶之色。

　　"我们阿斯加德，需要那群家伙帮忙？真是恶心。"

　　"神王什么时候变得这么胆小了？就算他大夏众神直接冲到阿斯加德，与我们正面交锋，都未必是我们的对手……更何况只来了一位天尊？"

　　就在众神窃窃私语的时候，一个骑白马的身影，从彩虹桥畔，急速自玉砌的落日大道飞驰而来。那是个金发雄壮的男子，身背宝剑，威风凛凛，他骑马一路疾驰到了神山脚下，没有踏上那登山的千级阶梯，只见一对圣洁的双翼自白马背脊延伸而出，托着他的身形，直接向着山巅的至高神殿飞去。白马双翼连振，很快便到了千级阶梯之上，男子翻身从马上跃下，推开了沉重宏伟的神殿大门，平静地走入其中。神殿内，已经站了不少人。雷神索尔、诡计之神洛基、众神之母弗丽嘉，在神殿的角落，还有两个身形笼罩在阴影中的男人，根本看不清身形。

金发男子径直走到神殿中央，向着那端坐于洁白神座之上的独眼老人，恭敬地半跪在地："父王，阿斯加德周围，我已经全部巡逻一遍，并没有发现异样。"

"嗯。"神座之上，那独眼老人缓缓睁开眼眸，"起来吧，提尔。"

提尔从地上站起，余光瞥了眼角落那两个阴影中的陌生男人，眉头微不可察地皱了皱，退后站在了洛基与索尔那一侧。

"今天，就是战帖上写的……第十天。"索尔身穿红色长袍，站在神座之下，眉头紧锁地开口，"大夏天尊……真的会来吗？"

"呵呵，谁知道呢。"一旁的洛基，随意地把玩着一柄木剑，在木剑剑柄的尾端，拴着一张薄薄的云笺。那便是十日之前，刺入神座之前的天尊战帖。

"彩虹桥已经断了，就算他想来，也进入不了阿斯加德。"战神提尔淡淡说道，"不过即便他来了，我们也不怕他，海姆达尔就镇守在彩虹桥前，我阿斯加德众神也从不畏战……我们不需要别的不三不四的势力支持。"话音落下，他又瞥了眼角落的两个阴影。神座之上，那独眼老人的目光穿过神殿敞开的大门，直接落在了阿斯加德最边缘的彩虹桥上，昏沉的夜色浸染着桥外的天空，漫天的星辰似乎越发暗淡起来。他的眼眸微眯。

"哧——"突然间，洛基握在手中把玩的木剑末端，薄薄的云笺表面自动蹿出一缕火苗，迅速地燃烧起来。洛基的脸色一变，当即将木剑丢了出去，轻盈的木剑落在空旷神殿的中央，发出咔嚓的声响，轻轻晃了两下，便一动不动。一束黎明的微光撕破漆黑的夜空，穿过敞开的神殿大门，洒落在了那张燃烧的云笺上。此刻的云笺几乎被燃烧殆尽，只剩下右下方的"太清道德天尊"六个大字，逐渐随着火焰的燃烧化作余烬，飞扬在神殿之中。

神座之上，独眼老人的脸色微变。

"洛基，你在搞什么？"索尔见此，眉头一皱。

"不是我！"洛基瞪了他一眼。

"不是你还能……"索尔的话刚说到一半，便戛然而止，在场的众多神明像是察觉到了什么，同时转头看向神殿之外。阿斯加德的最边缘，一只草鞋，轻轻踏在了断裂的桥面之上。鲜红的朝霞自东方升起，好似燎原之火，瞬间将漆黑的夜空烫出一个大洞！一个穿着黑白道袍的道人，不疾不徐，踱步而来，宽大的袖摆在风中轻轻摆动，似凡似仙。没有人知道他是从哪里来的，也没有人知道他是如何进入彩虹桥的，但当这个道人出现的瞬间，一个名字出现在了阿斯加德所有神明的脑海之中，如通红的烙铁，印在了内心最深处——太清道德天尊。那是大夏的天尊。

那道人穿着一双草鞋，每一步踏出，看似落在了彩虹桥上，但若是仔细观察，便会发现他的脚步与地面都有一截悬空，而这段细窄的悬空，不多不少，正好九毫。这个看似平平无奇的道人，举手投足之间，却充满了玄妙的道韵。道德天尊踏空走来，道簪斜插，凌乱的黑色发丝拂过脸颊，他微微抬起头，那双通明澄澈的眼眸似乎洞穿了虚空，直接与千里外神座之上的独眼老人，遥遥对视。道德天尊双唇轻启，下一刻，他的声音便回荡在阿斯加德上空！"奥丁，出来见我！"

听到这个声音的一刹那，阿斯加德众神脸色同时骤变，他们猛地转头看向彩虹桥，眼眸中浮现出难以置信之色。他竟然真的来了？至高神殿之中，端坐于神座上的奥丁，脸色越发阴沉下来。他双手搭在神座扶手上，丝毫没有要动的意思，那只独眼平静地注视着远方的道德天尊，如磐石般岿然不动。

彩虹桥上。道德天尊无奈叹了口气，原本停下的脚步，再度向前迈出。"既然如此，就莫怪贫道无礼……登门拜访了。"

1072

道德天尊踱步向前，轻飘飘地掠过断裂的半截彩虹桥，他轻"咦"一声，诧异地看向前方。只见在彩虹桥的尽头，一道身穿灿金盔甲的巨人手握圣剑，正如山岳般站在那儿，雄浑的神力波动自他体内狂卷而出，那双怒目之中，满是昂扬的战意。

"传闻中，阿斯加德彩虹桥的守望者？"道德天尊眉梢一挑，目光平静地扫过他，"倒是有几分实力。"

"大夏的天尊……"海姆达尔伫立在彩虹桥头，冷冷地盯着踱步而来的道人，"抱歉，此路不通。"

"是吗？"道德天尊淡淡说了一句，向前迈出的右脚，轻轻一踏。整座彩虹桥，连带着半座阿斯加德，都在这一脚下猛地一颤！刹那间，天地间所有的颜色都被抹去，只剩下黑、白二色，在这如老旧电影的画面之下，只有身穿道袍的道德天尊本身，依然保持着原有的色彩。海姆达尔的眼睛一眨，那道人的身形便消失在他的视野中。他正欲有所动作，一个醇厚的嗓音便自他的身后悠悠响起："这里去神殿的路，太远了，贫道还缺一个坐骑……你，很不错。"海姆达尔的瞳孔骤然收缩！一只手掌轻轻落在他的肩头，汹涌的黑、白二气疯狂灌入海姆达尔的身体之中，玄妙道法在他体内交织，那穿着金甲的庞大身躯，开始以肉眼可见的速度缩小起来！他握着圣剑的双手，逐渐化作一双牛蹄，那双怒睁的眼眸逐渐失去光泽，庞大的身躯蜷缩在地，青色的毛皮交织在皮肤表面，像是一个巨大的袋子，将其整个人装入其中。不过十息的工夫，那镇守在彩虹桥尽头的巨人，竟然被道法化作一头青牛，温顺地站在道人身畔。道德天尊伸出手，拍了拍高大的牛背，翻身骑在它身上，淡淡一笑："放心，这道法只能维持一日，时效过后，你便会恢复原样……今日，便委屈你驮着贫道，走上一遭吧。"

那青牛在道德天尊的掌下，没有丝毫反抗之力，浑浊呆滞的目光转向至高神殿的方向，就这么驮着道人，向神山一步又一步地走去。

神山之上。除了神座上的众神之王奥丁，两侧的其余北欧神，眼眸中都充满了震惊之色。

"他将海姆达尔变成了一头牛？！"索尔难以置信地开口，"他究竟是怎么做到的？！"洛基死死盯着远处的骑牛道士，眉头紧紧皱起，一双狭长的眼眸中微光闪烁，不知在思索些什么。战神提尔眼中燃起一抹怒火，他紧咬牙关，一步向前走出，对着神座之上的奥丁行礼，郑重开口道："父王，请让我带领北欧战部，前往迎敌！无论如何，都不能让他闯入神殿，这是对我阿斯加德的侮辱！"

神座之上的奥丁将目光从道德天尊的身上移开，扫了他一眼，微微点头。"去吧。"
"是！"

提尔的眼中闪过昂扬战意，他二话不说，背剑便冲出神殿，化作一道流光消失无踪。

阿斯加德，落日大道。这条自彩虹桥一路笔直通往神山的玉砌主路上，一个道人身骑青牛，正踏空缓缓走来。大量的北欧神明以及神侍神女，聚集在大道两侧，凝视着这骑牛道人，眸中各异的光芒闪烁，有恐惧，有好奇，有担忧，有愤怒……这些围观的北欧神，并非都是擅长战斗的神明，甚至有一大部分都是像布拉基一样，是只会种植、乐器、纺织、吟诗的温和之神，对于眼前这位来自大夏的恐怖存在，能够鼓起勇气上前拦截的，几乎没有。道德天尊骑着青牛，不紧不慢地在落日大道上走了快一炷香的时间，竟然没有一尊神出手拦他，这让他觉得有些好笑。"怪不得你们能从百年前的迷雾侵蚀之下，生存下来……呵呵。"

道德天尊淡淡嘲讽了一句。他骑牛穿过落日大道，来到了至高神殿所在的神山之下，正欲登山，无数道流光自天边飞来，化作一尊尊披着甲胄的北欧神明，错落站在登山的千级台阶之上。最后的那级台阶上，战神提尔一手握着宝剑，一手握着神盾，正冷冷地看着山脚下的天尊，眸中闪烁着森然杀意。"看来，北欧神也不全是孬种。"道德天尊轻轻从牛背上跃下，抚了抚牛角，抬手一招，一柄木剑瞬间自山顶的至高神殿中呼啸而出，落在了他的掌间。他身着黑白道袍，手握木剑，平静地抬级而上。

"杀了他！"战神提尔低吼一声，站在台阶上俯视道人的众多神明，一拥而下！无数璀璨的神光自山上爆发，道德天尊单手握剑，神情没有丝毫变化，他轻轻抬起那柄脆弱的木剑，刹那间，周围的天地再度被晕染成黑、白二色。苍白与漆黑的神力攻击轰然砸落，却无法触碰到他分毫，都诡异地绕体而过，那几缕凌乱的发丝随风飘舞，乱中有序。他抬起木剑，向着身前随意一斩，黑色的神血喷涌而出，溅洒在登山石阶之上。纵然面对诸神围攻，他的脚步也丝毫没有停滞，而是以一种奇妙的韵律节奏，一步步地踏阶而上，每一剑扫出，都有大片神明殒身。他的背后，那轮白色的太阳缓缓升起。"叮当——"随着一声轻响，战神提尔的右臂被剑光斩落，砸在地面，他猛地喷出一口黑色鲜血，自山顶坠落而下。道德天尊一步迈出，踏上了最后一级台阶，笼罩着天地的黑、白二色终于消散，一轮红日挂在他的身后，将血流成河的登山石阶，映得通红无比。

草鞋、道袍、道簪、木剑。天尊的身上，连一缕血色都不曾浸染，他就像是一位刚刚焚香沐浴的道人，身上还散发着淡淡的清香。他提着剑，轻轻踏入神殿之中，抬头看向那坐在洁白神座上的独眼老人，微微一笑："奥丁，贫道……来杀你了。"

1073

"道德天尊……"索尔看着一路杀穿北欧战部，却丝血不染地站在神殿之前的道德天尊，心中升起一股无力感。他知道至高神与神明之间，存在着无法逾越的天堑，但直到亲自站在一位天尊前，才真正意识到，至高神所带来的压迫感究竟有多恐怖。但即便如此，他身为北欧神系的诸位主神之一，在此时也绝不能后退。他虽然不了解北欧与大夏之间的恩怨，也不知道为什么大夏天尊要带着如此恐怖的杀意，杀上阿斯加德，这些事情固然重要，但真正左右索尔行动的，只有他的立场。他是阿斯加德的神，这里是他的家，无论出于什么样的原因，大夏神想要毁掉这里，他绝不能坐视不管。红色的长袍下，索尔的掌间已经涌动出刺目的雷光，他警惕地望着门前的道德天尊，神殿的上空，黑压压的雷云已经汇聚成一道旋涡，徐徐旋转起来。毁天灭地的雷光，在云间密集地跃动。

道德天尊站在神殿门口，就像根本没看到这一切般，平静地望着神座之上的独眼老人，缓缓开口："贫道都已经杀到了这里，你还是不准备出手吗？你真以为靠这几个后辈主神，可以拦住贫道？还是说……你已经不敢出手了？"道德天尊的眼眸微眯，目光似乎要洞悉那独眼老人的一切。

就在这时，他背后神殿大门的暗角，一个双眸紧闭的西方神，诡异地从黑暗中勾勒而出。他轻轻抬起双手，就像幽灵般，手掌穿过虚无，悄然无声地从后脑向着道德天尊的双眸遮去。看到那身影的瞬间，索尔的心头一跳——北欧主神之一，黑暗与盲目之神，霍德尔。霍德尔与那些拦在石阶上的无名小神不一样，他与索尔、洛基、提尔等神，都是构建了北欧神系的重要主神，就像是大夏神话中金仙与土地、山神之间的区别，实力根本不在一个层面上。他是什么时候藏在那里的？就在那双手掌即将触碰到道德天尊身体的瞬间，天尊的眼眸微凝，黑白道袍之下，一股强横的灵气轰然爆出，潜藏在黑暗中的盲神霍德尔直接被震退了数十步，那双紧闭的眼眸边缘，流淌下丝丝缕缕的血珠。"轰——"霍德尔的出手，就像一个信号，索尔猛地从原地呼啸飞出，手掌向着天空一招，狰狞的雷霆瞬间洞穿神殿屋顶，带着一把银色的锤子，精准地砸向天尊的头顶！道德天尊一只手凌空抓向后退的盲神霍德尔，另一只手握着木剑，剑尖点向那裹挟着雷霆轰然砸落的银锤。只听一声轰鸣巨响，无尽的雷光在道袍上空狂舞，整座神殿都剧烈地震颤起来，就在天尊两手分别应对两位主神之时，一道诡异的黑影突然掠至他的身前。洛基的右手径直掏向道德天尊的心脏，与此同时一缕缕黑色的丝线，在他的周身急速交织。道德天尊站在雷光与黑暗之间，平静地俯视着洛基，目光没有丝毫波动，他张开嘴，轻轻吐出一口清气。这披着黑白道袍的道人体内，竟然踏出了第二个道人的身形，他伸出手，随意地捏住了洛基探出的手腕，黑、白二气瞬间席卷，将洛基的身形死死定格在原地。

"贫道想起来了。"第二位道人凝视着他的面庞，"贫道听闻，数十年前，北欧有一位诡计之神侵入大夏，毁掉一城，灭绝了百万性命……这位诡计之神，可是你？"

洛基的心头突然一跳。他眸中猛地闪过一抹精芒，周身的黑色丝线已然交织完毕，"诡计"触发，他的身形竟然自天尊的手中凭空消失，下一刻又出现在了天尊的后方！一抹杀意自洛基眼中迸发而出。可就在这时，第三位道人身形从天尊后背走出，两指并拢做剑状，轻飘飘地凌空划过了洛基的脖颈。"噗——"只听一声轻响，洛基的头颅便重重落在地面，鲜血喷溅而出。凝视着那颗死不瞑目的头颅，道德天尊像是发现了什么，轻"咦"一声，眉头微微皱起。他双手一震，盲神霍德尔猛地喷出一口鲜血，倒飞而出。木剑剑锋之上的银锤，剧烈地震颤起来，连接着天空的那道粗壮雷霆寸寸崩裂，一股灵气顺着冲上天空，将漫天乌云直接撞散。

索尔的身形重重落在地面，嘴角溢出缕缕鲜血，握着银锤的右手也在控制不住地颤抖。"道德天尊……"索尔站在神座之下，声音沙哑地开口，"我知道阿斯加德主动挑起战火，针对大夏，确实有罪在先，但这并非阿斯加德众神本意，你我两国向来没有什么宿怨，我看……"

"闭嘴。"一个低沉的声音自神座之上传来，打断了索尔的话语。他错愕地抬起头，只见独眼老人不知何时，已经站了起来，奥丁冷冷地瞥了他一眼，一股寒意瞬间笼罩了索尔的身体。道德天尊听到这句话，轻轻一笑："看来，阿斯加德众神并不了解情况……你隐瞒得很好，奥丁。"索尔愣在了原地，眼眸之中满是茫然。"阿斯加德与大夏，确实没有太多恩怨，但你奥丁……"道德天尊淡淡开口，双眸之间，浮现出一抹微芒。"砰——"道德天尊的话音未落，那高耸的洁白神座便轰然爆碎开来。汹涌的神威自奥丁的体内席卷，瞬间镇压在道德天尊肩头，只听一声嗡鸣，整座神山猛地被压得深深陷入大地数米，一道尘土气浪以神山为中心急速地向四周蔓延而出。那独眼老人缓缓站起，漠然地俯视着阶梯下的道德天尊，周围的空间都扭曲了起来，仿佛一层又一层的枷锁，死死扣在道德天尊上空。道德天尊脚下的草鞋，被撕扯成条，黑白道袍在狂风中舞动，他的目光却没有丝毫动摇，轻启双唇，说出了下一句话："但你奥丁……亲手从南极洲释放出无名之雾，涂炭生灵，使得我大夏众神自毁天庭，自崩修为，以此来换取亿万百姓的一线生机……此血海深仇，又该如何清算？"被禁锢的道德天尊缓缓抬起手，木剑挣脱了空间枷锁，直刺奥丁面门！

奥丁眉头一皱，那柄木剑便猛地被定格在他身前，像是有一道无形墙壁阻挡，剧烈震颤嗡鸣，却始终无法再入半分。就在这时，那木剑竟然自动爆裂开来，无数剑气呼啸飞出，其中一缕撞破无形之墙，划破奥丁的眼角，同时将他遮挡右眼的那个黑色眼罩瞬间割落。道德天尊双眸微眯，缓缓说道："阿斯加德众神，你们睁开眼睛仔细看看。坐在那神座之上的……还是你们熟悉的北欧神王吗？"

1074

听到这句话，在场的所有神明，全部愣在了原地。索尔转过头，看向身后那道伟岸的身影，瞳孔骤然收缩。只见破碎的神座之间，身披白色神袍的奥丁正静静地站在那儿，眉头紧锁，那只常年被眼罩遮蔽的漆黑眼眶之中，无数猩红诡异的虫子，正抱成一团，在彼此的身上无声蠕动着，远远望去，像是一颗红色的眼球。索尔心神狂震，他下意识地后退了两步，眼眸中满是难以置信之色。不仅是他，被天尊震倒在地的盲神霍德尔，以及被打落山下，刚刚才爬上神殿的战神提尔，也同时愣在了原地。他们呆呆地看着那道熟悉的身影，只觉得前所未有的陌生。

"父王……"索尔怔怔开口，"您的眼睛，是怎么回事？还有刚刚天尊说的……"

"谎言罢了。"奥丁淡淡开口，闭上眼皮遮住不断蠕动的猩红右眼，凌空向前一步踏出，宛若无穷无尽的神力瞬间撞出，而道德天尊双唇轻启，晦涩的道经自口中传出，周围的灵气剧烈地翻腾起来。两道至高神的神力在神殿之中，毫无花哨地碰撞在一起，逸散而出的余波直接将神殿四壁震出道道狰狞裂纹，仅是片刻的工夫，整座神殿便轰然爆碎！几位北欧主神急速退至神山附近的空域，那一直默默站在角落的两位来自天神庙的神秘人，相互对视一眼后，也急速退开，避免被卷入其中，遥遥观望起来。山顶的烟尘逐渐散开，原本恢宏大气的殿堂已经一片狼藉，破碎的台阶之上，奥丁的身形微微向后退了半步，而殿门处的道德天尊，则赤足向后退了两步。束在发间的道簪，不知何时已经散落，凌乱的黑发披散在黑白道袍之上，反而增添了一丝不羁之意。道德天尊双眸平静无比，他望着那身着白色神袍的伟岸身躯，长叹了一口气："不愧是独自撑起一座神国的存在，传闻中的西方至强神，果然名不虚传……"他顿了顿，继续说道，"看来，想撕碎你这层虚假外衣，贫道还需要费些功夫。"

听到这句话，奥丁的眉头微微皱了起来。道德天尊身着一袭黑白道袍，乱发赤足，双眸却纤尘不染，他缓缓抬起右手，并拢做剑状，对着东方遥遥一指。"西王母，贫道今日向你昆仑……借剑一用。"他淡淡开口。

昆仑虚。朝霞之下，一个声音穿透了无尽空间，洪亮地回荡在群山之间。"西王母，贫道今日向你昆仑……借剑一用。"

正在与林七夜交谈的西王母，抬头望向天空，那双美眸微微眯起。"终于来了……"

"娘娘，这声音是？"林七夜环顾四周，眸中浮现出不解之色。西王母没有回答，只是转过身，注视着远处那连绵的藏剑山脉，朗声说道："大夏道德天尊，今日于昆仑剑墟借剑杀敌……愿随天尊一战者，请起身！"

"嗡——"西王母话音落下的瞬间，无数剑鸣自连绵山脉中响起，紧接着一道又一道剑光长虹冲向天空，急速地向着西方飞驰而去。从这接连的剑鸣之间，林七夜可以清晰地感知到，蕴藏在这些古剑内部的战意与不屈，这一刻，它们不再是剑，而是一位位追随着将领出征讨敌的无畏士兵，一声令下，万剑齐鸣！百柄、千柄、万柄、十万柄、百万柄……千万柄。呼吸之间，密密麻麻的剑芒冲天而起，像是源源不绝的剑芒海啸，狂卷向西方神国，瑰丽而又气势磅礴！林七夜站在剑芒海啸之下，只觉得自身渺小至极，他在原地怔神了许久，才倒吸一口凉气！要知道，这里的每一柄剑，都出自西王母之手，百年的积累与锻造，才有了这一整座昆仑剑脉。动用数量如此之多的昆仑剑……道德天尊，究竟要杀谁？

一片死寂的神山之上。

"大夏的天尊在做什么？"索尔不解地问道。

"不知道……"盲神霍德尔顿了顿，"不过，你们有没有听到什么声音？"

"声音？哪里？"

"东方，在向这里接近，好像是……剑？"

破碎的神殿废墟中，奥丁眉头微皱，他正欲做些什么，突然转头看向东方。无穷无尽的剑光，混杂着令人心悸的尖锐鸣声，自彩虹桥的断崖之下冲天而起，如同一道毁天灭地的剑芒海啸，扑向阿斯加德的每一寸土地。见到这恐怖的剑芒海啸的瞬间，居住在阿斯加德内的众神，脸色顿时大变，不等他们惊恐逃窜，那剑芒海啸便直接掠过他们的头顶，向着神山之上涌去。这些剑的目标，根本不是他们。神山之上，奥丁望着那无尽剑芒径直向他飞来，神情越发凝重起来。

"三千万剑……应当够了。"道德天尊平静地站在滔天的剑芒海啸之下，右手的剑指，朝着奥丁凌空一点，"去吧。"三千万昆仑剑芒交织成的海啸，顿时将奥丁的身形吞没其中！大地轰鸣响起，整个阿斯加德都剧烈地震颤起来，剑气混杂着烟尘将神山周围数十公里的神殿与道路淹没，无数北欧神明疯狂地向剑芒外逃去。

天空之上，那两位来自天神庙的神秘人，正低头俯视着剑芒海啸，黑色兜帽之下，两人以同样的语气、同样的节奏，像是机械般同时开口："要去帮他吗？"

两人停顿了片刻，自言自语般，又同时回答："再等等。"

"可我们来这里的目的，就是帮阿斯加德抵挡大夏天尊的，如果奥丁死了，没有了奥丁的阿斯加德就是任人宰割的废物……这对我们不利。"

"奥丁没有这么容易死，而且如果大夏天尊说的是真的，那天神庙对阿斯加德的态度，或许就要改一改了。"

"……你说得对，那就再等一等。"

两人交谈之际，剑芒海啸已然接近尾声。待到烟尘散去，原本高耸在阿斯加德腹地的神山，竟然已经被硬生生地切碎，甚至斩至地底，成了一座近百米深的巨坑。身着黑白道袍的道德天尊，踏空踱步到了巨坑的上空，低头望去，嘴角浮现出一抹淡淡的笑意。只见在巨坑的中央，一个血肉模糊的高大身形正在缓缓站起……那是奥丁。诡异血虫在他破碎的肌肉与内脏间游走，断裂的肩膀血洞之中，恶心的触手相互交织，有数十米长，在地上扭曲爬行着捡起掉落的半截手臂，又糅合进了零碎的身体之中。

1075

这恶心的一幕，暴露在了大部分北欧神明的眼中。就连天空那两位来自天神庙的神秘人，都不由得皱起了眉头，同时开口自语："真是恶心……那究竟是什么东西？"

"奥丁果然有问题。"

"难道大夏天尊说的是真的？奥丁就是百年前释放迷雾的罪魁祸首？"

阿斯加德的几位主神，原本见奥丁遇险，正欲出手着救下他，可看到眼前这一幕，脸色突然间煞白无比。尤其是站在索尔身边的弗丽嘉，作为奥丁妻子的她，清楚地知道眼前这团诡异扭曲的怪物，绝对不是百年前她所熟悉的奥丁……那根本就是个怪物。

深坑之中，奥丁身体表面的血虫与触手逐渐收敛，身上所有的伤口都恢复了原样。他抬头看向天空中的道德天尊，脸色难看至极。"这就是你的目的？"

"你骗了阿斯加德和其他神国百年，现在，当然要让他们看清你的真面目。"道德天尊冷冷说道，"若非百年前我大夏三位天尊去了一趟极南之地，恐怕现在也被你蒙在鼓里。当年，你就已经猜到了我们三位天尊可能知晓真相。所以迷雾入侵之时，你隐藏在雾中暗中窥探我等……直到见我大夏众神尽数牺牲，才放松警惕，回归阿斯加德。直到几年前，杨戬自轮回中苏醒，宣告大夏众神即将回归，你才再度升起了警惕之心，主动联合其他神国，想要在我大夏神彻底复苏之前，灭掉大夏，以此来抹去一切可能出现的威胁。可惜，无论是你们几大神国，还是你阿斯加德内部，都不是铁板一块。包括贫道进入阿斯加德之时，你一直迟迟不出手，也是怕与贫道交手，导致自身情况暴露，所以特地从印度请了援兵，想要靠他们拦住贫道。可惜，他们的心计似乎更深，他们想等你与贫道交手两败俱伤之后，再出手解决贫道，将自身损耗降到最低。至于现在……他们应该不会再出手了。"道德天尊抬起头，对着天边那两位神秘人微微一笑。两位神秘人沉默不语。

巨坑中的奥丁，缓缓闭上眼眸，叹了一口气："所以，你在十日前便向阿斯加德下达战帖，便是为了防止我找借口离开阿斯加德，或者避战不出？"

"只听我三位天尊的一面之词，其他神国是不会相信的，只有我当众揭开你的真面目，才能一锤定音，在瓦解你们四国同盟的同时，将枪口对准你奥丁。"道德天尊顿了顿，继续说道，"当然，也不能调动我大夏众神，直接对阿斯加德发起进攻，这么一来不但会激起其他三大神国的联手反抗，而且会在极大程度上损伤我大夏的实力。只有提前下达战帖，并以贫道独自上门挑战的方式，才能最大限度利用其他神国的私心，让他们将注意力转移到这里的同时，又不至于主动出手相助，因为他们认为贫道一人不可能灭掉整个阿斯加德，毕竟这只是一场试探，这么一来，他们还能借此试探出大夏天尊的真实实力，百利而无一害。"

"真是好深的算计。"奥丁眯眼看着他，"你们早在百年前迷雾降临的时候，就已经布好了这个局？一切都在你们的计算之中？"道德天尊笑而不语。"不过我不明白，为什么是十天？"奥丁有些不解，"这十天，你们在做什么？其他大夏神在哪里？"

道德天尊微微摇头："对大夏而言，敌人不仅你一个奥丁……所有趁我大夏众神轮回之际，对大夏出手的，都在我等的清算名单上。敢犯我大夏，就必须付出代价。"奥丁眼眸微眯，没有说话，那只空洞的右眼中，无数条血虫无声地蠕动，一股诡异的气息悄然散发而出。"身为北欧至高神，却与那群月亮上的脏东西联手，你为了踏入那个境界，已经丧心病狂了……奥丁。"道德天尊脸上的笑容逐渐收敛，他抬手握住一柄嗡鸣的昆仑剑，淡淡开口，"你现在的模样，跟高天原里的月读命，有什么不同？"

"不要拿我跟那个废物比。"奥丁听到这句话，眉头一皱，"月读命只是崇拜它们的力量，自甘堕落化作它们的一条狗……而我，与它们是对等的存在。我帮它们脱困，它们助我踏入那个境界，这很公平。"

"那阿斯加德呢？"道德天尊看了眼天空中的索尔等人，"为了踏入那个境界，你可以主动放出无名之雾，也可以坐视万千民众的死亡……现在，就算拖着整个阿斯加德和你的孩子们下水，你也无所谓了吗？"奥丁眼眸微不可察地一凝。他沉默片刻后，还是开口："不踏入那个境界，终究只是命运的玩物，你、我、阿斯加德，都是如此……只有彻底打破那层壁垒，我才能书写自己的命运，到那时，重建一个真正存在的阿斯加德，也不是什么难事。我这么做，是在拯救它。"

"好一个拯救它。"道德天尊摇了摇头，提着剑，缓缓走向奥丁。他抬起头，看向天空中站立的两位神秘人，突然开口："你还在等什么？奥丁一旦逃脱，对所有神国而言，都将是祸害！"

听到这句话，天空中的两位神秘人目光一凝，短暂地犹豫了片刻，便向着奥丁疾驰而去！狂风呼啸中，遮掩两人容貌的兜帽被吹开，其他北欧神这才看清他们的真容，眼眸顿时收缩。只见在黑袍之下，是两张一分为二的金色佛面，像是被人一刀从中央劈开，左边的佛面微笑不语，右边的佛面怒目凶悍。这两半佛面勾勒在一起，形成了一张似笑似怒的金色佛面，庞大的身躯与四肢自佛面之下延伸而出，呼吸之间便化成了一尊庄严伟岸的佛像，在云间若隐若现——印度至高神之一，毗湿奴。

奥丁见此，双眸涌现出怒意，自己叫来的帮手现在居然成了追杀自己的敌人之一，这让他有种被人戏耍的感觉。他冷哼一声，周围的空间自动撕扯出一道裂纹，将其身形吞没，消失在了阿斯加德之中，而就在那裂纹即将闭合的刹那间，道德天尊一剑刺出，死死地卡住空间的裂纹，身形一闪，自己也紧追而入。

1076

阿斯加德。"人圈"。昏沉的天空下，飞扬的风沙在贫瘠的戈壁狂卷，在这方小世界的角落，一片残破的贫民窟，此刻已经死寂无声。浓郁的血腥气在贫民窟中央的空地中弥漫，几只正在啄食着模糊尸体的黑鸦察觉到了什么，扑棱着翅膀，迅速地飞上天空。从高空望去，这片庞大的贫民窟空地上，黑压压地堆满了尸体。老人、小孩、流浪狗，甚至是腹部高高隆起、死不瞑目的待产女人，像是垃圾一样堆叠在一起，粗略望去，便有近万人。从尸体的腐蚀程度来看，这些尸体死亡时间不超过一天。而在这上万具尸体的中央，用黑色的诡异丝线，刻画着一道神秘符号，像是一只眼睛，又像是一张蛇嘴。突然间，那神秘符号迅速地明亮起来，一道道黑色丝线疯狂地掠夺着周围尸体上的血肉，空地上的上万具尸体，都在以肉眼可见的速度干瘪下来，与此同时，一个男人的身形在虚无中急速地勾勒而出。

"呼——"随着所有尸体风干成灰，洛基猛地从地上坐起，那张苍白的脸上满是汗水，眸中还残余着惊恐。他在原地平静了一会儿，伸出手，捂住了自己的额头，无奈地抬头看向昏沉的天空："这就是天尊的实力吗……幸好我昨晚来'人圈'留了一手，要不然可就真死了。"他从地上缓缓站起，随意地瞥了一眼周围散落的万件粗糙布衣，伸手在距离自己最近的一件布衣内掏了一会儿，掏出了一只黑色的虫卵。这是他杀了贫民窟里的人之后，强行塞到对方胃袋里的，这样一来，就算自己的复活仪式出了什么意外，这枚虫卵也不会轻易被人发现。他掏出一柄小刀，割开了虫卵的表面，一只只血虫从卵内爬出，迅速地汇聚成一只红色眼球。"义兄，你那里情况怎么样？"洛基看着这只眼睛，开口问道。

"刺啦！"红色眼球的顶部，突然裂开了一道小口，像是一排细密的獠牙，轻轻开合："道德天尊和毗湿奴还在追杀我，我脱不开身。"奥丁的声音从中传出。洛基微微点头："现在其他神国应该也察觉到了至高神战，义兄你的秘密藏不了多久了……短时间内，你不能再回阿斯加德，换个地方栖身吧。"

"我知道。"奥丁顿了顿，"接下来，你有什么计划？"

"这次用分身潜入大夏，倒是发现了不少东西。"洛基想到了什么，眼眸中浮现出玩味之色，"大夏神如此高调地斩灭高天原，再加上众目睽睽之下，与义兄你定下十日之约，应该就是为了将所有人的注意力全部转移到阿斯加德这边，掩盖自己全员离开的真相，用大夏的兵法来说，这应该叫……空城计。他们的目标，其实根本不是阿斯加德，而是另一个地方……具体是哪里，我基本上猜到了。"

"另一个地方？"

洛基双眸微眯，缓缓报出了一个名字。

奥丁沉默了片刻："那你打算怎么做？"

"呵呵，他们闹得越乱，对我们就越有利。"洛基冷笑起来，狭长的眼眸中散发着狡黠的光芒，"我……当然要给他们的计划，烧上一把火。"

希腊。奥林匹斯。

"至高神战？"雷云之下，浑身爆炸性肌肉的宙斯察觉到了什么，抬起头，看向了某个方向，片刻之后，眉头微微皱起，"奥丁的神力有些奇怪……毗湿奴怎么跟大夏的天尊联手了？"他在原地沉思许久，脸色越发凝重起来。"阿格莱亚。"

"父神。"一个浑身散发着光辉的女人，静静地站在宙斯的身后。

"事情似乎有些不对劲……传令下去，近几天奥林匹斯全面封锁，不允许任何人外出，你亲自去一趟阿斯加德，看看究竟出什么事了。"

"是。"女人后退一步，身形逐渐消失在荡漾的光辉之中。

印度。天神庙。古老的庙宇中，中央那座顶天立地的金色佛像，微微一震。分别朝向四面的佛首，同时睁开了眼眸，些许尘埃从佛像上抖落，缓缓转向神庙大门的方向。"毗湿奴……奥丁……克苏鲁……"低沉的声音自佛像口中传出。片刻之后，空荡的佛殿内，庙宇的大门逐渐闭合。"砰——"随着一声闷响，庙门死死封锁，整座古老庙宇彻底与世界隔绝，无声地悬浮在虚空之中。

埃及。太阳城。城中央的那九根通天神柱之上，五道身影盘膝闭目，正在缓慢地恢复着埃及的国运。就在此时，最高的那根太阳神柱上，一道虚影睁开眼眸，看向某个方向，轻"咦"了一声："大夏的天尊和奥丁打起来了……怎么还混进来一个毗湿奴？天神庙的那帮佛像，难道叛向大夏一方了？"

"有些奇怪。"一旁的风神休突然开口，"印度的天神庙，是除了日本高天原，最为神秘的神国……传闻那群印度神的实力都深不可测，即便是大夏，正面战斗也未必是他们的对手，之前他们已经加入同盟，没道理突然倒戈大夏，反过来对我们动手。"

"或许，还有一件更奇怪的事情。"生命之神突然开口，指了指一旁空缺的两根神柱，"奈芙蒂斯和奴特去探察大夏情况，已经过了十天，怎么还没有回来？"

在场的众多柱神同时陷入沉默。

"十天而已，不算太久，或许遇到了一些麻烦。"许久之后，风神休才缓缓开口。

"现在迷雾中的局势，有些奇怪。"太阳神柱之上，那道虚影思索片刻，还是说道，"我们还是暂且封锁太阳城，静观其变，等到阿斯加德、大夏和天神庙这三者之间的关系明朗，再有所动作。"

"好。"

其余几位柱神都没有意见，同时催动神力，引入身下的神柱之中，将太阳城周围的空间彻底封锁起来，使自身完全独立于世界之外。做完这一切后，太阳神柱上的那道虚影，才微微叹了口气。就在这时，一个声音从他的背后，悠悠响起："现在才想着关门……会不会太迟了些？"虚影的身形猛地一顿，他迅速地转过头，只见太阳城上空的虚无之中，一个道人手托金花，正含笑静静地站在那里。

1077

见到那道人的瞬间，在场的五位九柱神心中同时一震。太阳城已经彻底关闭，这道人究竟是怎么进来的？为什么没有感知到他的半分气息？

"元始天尊……"太阳神柱上的虚影，眉头紧紧皱起，"怎么，你也想与道德天尊一样，来我太阳城问道？"

元始天尊站在太阳城上空，摇了摇头："非也，贫道今日来，并非要问道……贫道，是来问罪的。"

"问罪？"听到这两个字，那虚影的眼眸眯起。

"二十多年前，你埃及冥王奥西里斯，与其他三大神国的冥神一起，将我大夏幽冥重地鄷都打成碎片，各自掠走一块，其中最大的那一块，便在你太阳城中。两年前，你埃及四位柱神联手攻打东方边境，同时暗中再度窃取我大夏鄷都，割一城入迷雾，并意图以此为媒介，进行国运诅咒，坏我大夏根基。你太阳城众神……可认罪？"

太阳神柱上的虚影注视着元始天尊，心中突然升起一种不祥的预感，他沉默片刻，还是摇了摇头："如果不认呢？"

"认与不认，并不重要。"元始天尊淡淡开口，"重要的是，贫道已经站在这里。"

"你站在这里又怎样？"虚影冷哼一声，身下的神柱绽放出刺目的阳光，其余四柱之上，接连有神光冲天而起，与此同时，一道道神力纹路在九柱之下交织，似乎在酝酿着什么。太阳城各处，一位又一位埃及神明飞上天空，警惕地看着站在云端的元始天尊。

"这里是我埃及神国，而非你大夏的天庭。"虚影缓缓开口，"至高神，也不可能硬撼一座神国之力，即便是西方至强神奥丁亲至，也奈何不了我太阳城……就凭你一人，又能怎样？"

元始天尊笑了笑："谁说，这里只有我一人？"听到这句话，虚影的眼眸一凝，他似乎察觉到了什么，抬头看向元始天尊头顶的虚无。只见元始天尊身着道袍，站在云端，轻轻抬起手，对着上方遥遥一指："天庭。"这简单的两个字，却让整座太阳城剧烈地震颤起来，正上方的虚无中，发出一道刺耳的爆鸣，澎湃的灵气翻卷而出，一道遮天蔽日的金色巨影，缓缓浮现。在那金色巨影之上，可以看到无数宏伟仙宫巍然屹立，数道灵气瀑布自天门涌动而出，自天穹垂入人间。那是大夏的神国，也是世界上唯一一座，可以自由移动的天上神国……天庭。看到那金色仙宫的瞬间，五位柱神瞳孔骤然收缩，大夏的天庭竟然一直隐藏在太阳城正上方？为什么他们一点都不曾感知到？随着天庭出世，一道又一道神影自仙宫之中呼啸而出，各色虹光在云间流淌，化作漫天大夏神影，伫立于云端，低头俯视着脚下这座庞大的太阳之城。十二金仙、四大天王、五方五老、六丁六甲、北斗七星君……待到众神归位之后，一个身着白底金纹帝袍、头戴帝冠的伟岸身影，自天庭中一步踏出，他凌空而立，漠然俯视着脚下的太阳城众神，无尽的帝威轰然压落。他身上的气息波动，已经无限逼近于至高神。他，便是大夏众神帝王——玉皇大帝。他双唇轻启，低沉却充满威严的声音在云霄间回荡："结阵。"漫天神影落在云端，周身的神力同时催动，灰色的天穹之上，点点星辰光辉闪烁而出，漫天星光如燎原之火蔓延开来，迅速地覆盖了整片天空。迷幻的星光逐渐洒落，像是一个巨大的碗，扣在太阳城周围，将其与外界彻底隔绝开来，恐怖的气息自那漫天星辰中洒落，让其余四位柱神心神狂震。

中央那座太阳神柱上的虚影，脸色也是凝重无比。从那座大夏阵法的强度上来看，绝不是临时结成的，大夏神必然在数日之前就隐藏在了太阳城附近，暗中组建阵法……这么算来，出去探察大夏情况却至今未归的奈芙蒂斯和奴特，多半已经殒身了。从一开始，大夏神的目标就不是阿斯加德，而是太阳城？该死，他早该有所察觉的，当今联盟的四大神国之中，太阳城是唯一遭受重创、实力最为薄弱的神国，九柱神殒身四位，国运也大大受损，而且得罪大夏最深。大夏神出世之后，要破解四大神国围攻的被动局面，当然要率先以雷霆手段，灭掉最弱的太阳城！十天前道德天尊对阿斯加德的战帖，只是为了吸引其他神国的注意力，并让太阳城放松警惕，暗中布置阵法。现在天神庙与大夏联手对付奥丁，让迷雾中局势扑朔迷离，其余神国都会选择明哲保身，这时候便是对太阳城动手的最佳时机！可惜……现在他才察觉一切，已经晚了。随着那座星辰大阵彻底锁死太阳城周围，埃及众神便失去了退路，他们无法将太阳城遇袭的消息传递出去，就算传出去了，现在这个时间点，其他几个神国也未必会出手相救。在这座巨大的牢笼中，天庭与太阳城，注定只能有一位赢家。

无数大夏神站在漫天星辰之下，俯视着脚下的太阳城，神力与内心都澎湃翻滚，他们的心中感慨无比。上一次并肩作战，早已不知是多少岁月以前的事情，自舍身化碑之后，历经百年轮回，他们终究还是站在了一起……这是寂灭后的新生，亦是一个崭新时代的开端。空中，玉皇大帝朗声开口："百年轮回已过，天庭重临世间，请诸位仙友，随本帝……再振大夏神威！"

"杀——！"话音落下，漫天大夏神影自天穹飞落，积压百年的郁结与怒气，在这一刻化作无尽的战意，轰然爆发！

1078

帕米尔高原。

"大夏神在埃及？"听完了西王母的话语，林七夜震惊地开口，"从一开始，大夏的目标就是太阳城？"

"若是几日前，此事还是隐秘，现在天庭多半已经出手，告诉你也无妨。"西王母平静地开口，"只有揭开了奥丁的真面目，让阿斯加德彻底陷入内乱，再正面重创埃及神系，才能让大夏摆脱现在的困境。如此一来，四大神国的联盟，便只剩下三大神国，而失去了奥丁的阿斯加德，与内乱中的奥林匹斯一样，战力都会大打折扣。"

"原来如此……"林七夜听完了大夏神的所有布置，忍不住感慨一句，"看来，一切都在天庭的计算之中，我们的担忧确实有些多余了。"

"但即便做到这一步，也只是将大夏的胜算提高了一些。"西王母开口提醒道，"阿斯加德与奥林匹斯，只是暂时陷入困境，并非彻底丧失战斗力，我们大夏要面对的，依然是三大神国。而且太阳城遇袭，反而可能会加速这三大神国联手的进程，那才是这场战争真正艰难的时候。"

林七夜点了点头，随后像是想到了什么，开口问道："娘娘，我还有一个疑问。"

"说。"

"百年前的时光剪影中，我记得大夏众神所化的镇国神碑之一，就在这附近，可为什么现在却看不到？"林七夜环顾四周，疑惑地问道。

"镇国神碑一直在这里，只是隐匿了外形罢了。"西王母抬起手指，一缕神光射出，轻轻落在了迷雾边境的某处，随着那道神光掠过，黑色镇国神碑的一角，显露在了风雪之中。"这是为了防止凡人发现，设置的障眼法，但对于神明来说，却能轻易地感知到它的存在，它在这片雪原中散发出的神力波动，像是太阳般耀眼。"西王母话音落下，像是感知到了什么，向着某个方向看了一眼，"本宫还有事，你自行离开吧。"不等林七夜再说些什么，西王母便一步踏出，身形化作一抹青芒，消失在了天际。

林七夜独自站在原地，转头又看了眼迷雾边境那逐渐隐匿在风雪中的黑色石碑，长叹了一口气，迈步向着边防连的方向走去。他所在的地方，与喀玉什边防连离得并不远，林七夜这次罕见地没有动用能力赶路，而是选择用双腿，一步一个脚印地走回去。他的脑子很乱。或许是因为刚刚亲身经历过那段悲壮的历史，他的脑海中，依然不停地闪烁着大夏众神飞蛾扑火般撞向石碑的一幕。他们的身上，似乎都散发着某种光辉，这种光辉并非来自神力，而是来自灵魂……这种光辉与人或神，甚至是人或物都无关，即便是那随着道德天尊一声令下，便冲天而起的三千万剑的身上，他也同样看到了这种光辉。那种光辉，来源奉献，来源牺牲，来源他们为众生而战时，眼中的决然与坚定。随着思维的发散，林七夜的脑海中，又浮现出许许多多的身影——濒临死境，依然挺身而出，执剑斩神的周平；回溯时光，赌上所有寿元，改变历史的王面；透支潜力，动用纹章拼死传信，救下整座沉龙关的卢秋；死后重生，以奇迹之躯，独守沧南的陈牧野……以及那场雨夜中，挥刀斩杀鬼面人，救下了自己全家的赵将军。他们，都是守夜人，他们的身上，散发着与大夏神同样耀眼的光辉。林七夜也是守夜人。但他总觉得……自己跟他们，有些不一样。哪里不一样？如果有一天，危机来临，轮到自己牺牲去拯救身后万万人的时候，自己会这么做吗？没有丝毫的犹豫，林七夜便肯定了这个答案。他会。他做出的选择，与这些守夜人，与大夏神一样。那他们之间……究竟是哪里不一样？

林七夜低着头，沉默地走在风雪之间，怔怔地注视着脚下踩出的印记，像是傀儡般僵硬地向前移动着。他在思索，他在迷惘。他的思绪随着记忆，一点点向前回溯……上京之变、"人圈"之行、镇守沉龙关、"夜幕"成立、加入守夜人……他回忆着过去的一点一滴，突然间，一抹电光闪过他的脑海！他的思绪，再度回到了那个雨夜。他的怀中，是重伤濒死的赵空城；他的身后，是一座低矮破旧的小屋；他的身侧，是一具逐渐复活的鬼面人躯体。那一天，他与赵空城的尸体，立下了十年之约；那一天，他与曾经的过去磕头告别；那一天，他拔出了赵空城插在地上的直刀，亲手杀死了鬼面人，踏上守夜人之路。那是一切的起点。这一刻，林七夜知道自己有哪里不一样了。他立下十年之约，他拔刀杀鬼面人，他加入守夜人……他做这一切，从来就不是为了拯救天下苍生，他真正想守护的，只有身后那座矮房里的姨妈和阿晋，以及那具冰冷男人尸体生前的梦想。从一开始，他的初衷就是自私的。即便他走到了今天这一步，即便他成为特殊小队的队长，他的内心深处，依然是那个自私的林七夜，他会抬起手，指着雨夜中霓虹璀璨的都市中心，问濒死的赵空城："为了他们，值得吗？"死去的赵空城没有回答，而如今的林七夜，依然无法回答。他可以为了守护万万人，献出自己的生命，献出自己的一切……但那只是因为，这是他的职责，这是他身为守夜人应该做的事情。他的内心深处，并非无私地愿意去守护天下苍生，或许，这便是自己与他们不一样的原因？

思索出神的林七夜，脚下一个踉跄，一枚闪亮的纹章从他的怀中掉出，落在了厚厚的积雪之中。林七夜愣住了。深红色的斗篷在风雪中飘舞，他犹豫了片刻，弯腰将这枚纹章捡了起来，用拇指擦去表面的雪花，翻过身，看了眼那四行刻在纹章背面的语句。他在原地沉默了许久，苦涩地笑了笑："我……真是自私呢……"

1079

帕米尔高原。南侧。一柄直刀划过空气，瞬间斩过一个黑衣男人的大腿，割出一道狰狞的刀痕。黑衣男人闷哼一声，遍体鳞伤的他艰难地在雪地中走了两步，虚弱地倒在地上，身上各处溢出的鲜血，在积雪中逐渐晕染出一片红色。洛基分身紧咬牙关，抬起右手，几道黑色的丝线试图勾勒"诡计"，但只编织到一半，便自动崩溃开来，他身上的神力已经完全干涸，再也无法用"诡计"从这里脱身。"分身的神力已经到极限了吗……"洛基分身冷哼一声，转头看向远处。电瓶车的灯光撞破风雪，两个身影坐在车上，如勾魂索命的使者向着他缓缓接近。披着暗红色斗篷的左青翻下车，伸手将那柄插在雪中的直刀招回手中，平静地望着身前倒地不起的洛基，淡淡开口："你怎么不跑了？"

"大夏的守夜人是吧？"洛基冷笑开口，"连续两次追杀我，这个仇，我记下了，不要以为你们已经赢了……我给你们准备的礼物，很快就要到了。"话音落下，洛基整个人剧烈地扭曲起来，大量的黑色液体自那副躯体内翻滚涌出，流淌在雪地之中，凝聚成了一只碎裂的黑色耳朵。浑身是伤的冷轩，已经彻底失去了意识，一头栽倒在雪地中，不省人事。

"果然是分身。"左青见到这一幕，眉头皱了皱。

"他这是依附了别的身体上？"路无为坐在车上，看了眼昏迷不醒的冷轩，"这个人怎么办？杀了？"

"先等等。"左青走到冷轩身旁，伸出手，在他的身上摸索了一番，轻"咦"一声后，从他的怀中掏出了一枚闪亮的纹章。

"守夜人？冷轩？"左青仔细打量了一番纹章，确认是真的，诧异地开口，"是洛基安插在守夜人内的卧底，还是……"

左青迅速地伸出手，探了一下冷轩的鼻息，沉思片刻后，还是开口："先把他带回去治疗，然后控制起来，看能不能从他的嘴里问出些什么。"

"好。"

另一边。满身伤痕的司小南，缓缓地向前走去，冷风如刀割般划过她的脸庞，将其脸颊冻得通红。她死死抱紧怀中的两只丹壶，像是比生命更加珍贵。距离她前方不远处，便是大夏西侧边境，无尽的雾气在神迹之墙外翻滚，只要她穿过了这里，便能彻底离开大夏境内，前往阿斯加德。就在这时，一道呢喃声传入她的耳中。司小南脚步一顿，猛地转头看向洛基分身消散的方向，眼眸中浮现出怒意。洛基分身在消散前，给她留下了一句低语，大致便是告诉她自己分身已经消散，让她继续带着永生不朽丹前往阿斯加德，十天之内如果见不到她，那他依然可以夺走冷轩的生命。洛基只说带回永生不朽丹，能够保住冷轩性命，却没保证能让他也回阿斯加德团聚，现在的冷轩，已经落在了守夜人的手里。那个浑蛋……司小南双拳紧攥，通红的脸蛋上浮现出森然的杀意，她摸了摸怀中那只写着"不朽丹"的丹壶，心神逐渐平息。她迈开脚步，继续向着迷雾边境走去。就在她距离边境只剩下不到百米的时候，一道恐怖的神明威压骤然降临，疲惫不堪的司小南只觉得双腿一软，整个人被直接压得跪倒在地，膝盖深深没入积雪。一个披着缥丝紫纹神袍的美妇人，自虚无中走出，平静地站在她的身前。"本宫说了，你逃不出去的。"

"西王母……"司小南认出了眼前这位美妇人，心中涌起一抹绝望。眼前的西王母，可不是那与洛基分身交战的西王母虚影，而是真正的西王母本体，仅次于至高神的强大神明，别说只是一个司小南，就算现在洛基亲自来了，也未必能在西王母本体手中将她救走。西王母指尖轻勾，两只丹壶便从司小南怀中自动飘出，落在了她的掌间。西王母目光在"不朽丹"的丹壶上停顿了片刻，一双美眸微微眯起。"盗取瑶池永生丹，乃是重罪。"西王母将目光从丹壶上挪开，俯视着跪倒在自己身前的司小南，淡淡开口，"你……可认罪？"

司小南怔怔地看着西王母手中那两只丹壶，眼眸之中满是挣扎，她紧咬牙关，像是下定了某种决心，将自己的额头，埋到雪地之上。她整个人，跪伏在雪地之中。"大夏守夜人司小南……请娘娘放行。"

听到"大夏守夜人"五个字，西王母的目光一凝，她眉头微皱，注视着身下的司小南。"你盗取永生丹，犯下重罪，本宫为何要放行？"

"我盗丹，是因为有不得不救之人，不得不做之事。"司小南深吸一口气，从雪地中抬起头，坚定地与西王母对视，"我虽盗丹，但敢对苍天起誓，我的所作所为，绝不会愧对大夏半分！请娘娘明鉴！"司小南话音落下，再度磕头拜入雪地之中。

西王母见此，陷入沉默。许久之后，她手掌一翻，昆仑镜自动出现在她手中，镜面掉转，对准了跪倒在地的司小南。"本宫不信誓言，只相信自己看到的……你若问心无愧，昆仑镜自会还你清白。"西王母平静说道。昆仑镜，能够将世间任何存在的样貌、法力，甚至是思维方式全部复刻，司小南只是一个凡人，她脑海中的想法，自然也逃不出昆仑镜的映照。西王母凝视着昆仑镜中的倒影，镜面之中，清晰地呈现出司小南的过去、现在，以及未来的所有想法，包括她的一切谋划与计策。半炷香后，西王母收起昆仑镜，看向司小南的目光逐渐温和下来。"起来吧。"司小南身体一震，缓缓从地上爬起，看向西王母的目光充满了希冀。西王母将两只丹壶轻飘飘地丢到了司小南的怀中："你走吧……"

1080

听到这三个字，司小南心中一喜，她抱着丹壶，深深地对西王母鞠了一躬，转身便向迷雾外跑去。"等等。"听到这两个字，司小南的脚步猛地一顿。她僵硬地转过身，只见西王母缓缓走到了她的身后，从她怀中取走了"不朽丹"的丹壶。"你拿走的毒魂噬魄丹，对神明而言，毒性有些不足……"西王母将那枚墨绿色的丹药从丹壶中取出，转而将一枚通体洁白且散发着淡淡香气的丹药放了进去，"换成这个，效果或许会好一些。"司小南接过西王母塞回的丹壶，整个人愣在了原地。西王母犹豫片刻，再度开口道："除此之外，本宫再给你留下一件东西……"她伸出手，在司小南的掌间，轻轻画了几笔。

"这是？"

西王母轻声说了些什么，司小南的目光逐渐明亮起来。"谢娘娘。"她恭敬地再度行礼，随后便抱着两只丹壶，迅速地向迷雾外赶去。

凝视着司小南的身形消失在迷雾之中，西王母独自伫立在原地，许久之后，长叹了一口气。"不朽丹已入凡尘，这枚永生丹，看来也逃不了相同的宿命，只是如此一来……"她沉默了片刻，抬起头，看了眼头顶无尽的虚无。"天尊，这便是您想要的吗……"

林七夜一边出神，一边无意识地向前移动着，不知不觉中，已经看到了喀玉什边防连的门口。出乎他意料的是，此刻的边防连内，一片安静，从门外望去，空旷的场地中一个人都没有。从范围上看，这里也应该被卷入了时光剪影的范围才是……怎么这么安静？林七夜没有直接闪烁穿过紧闭的大门，毕竟这里有很多的普通将士，在他们面前使用禁墟，恐怕会引来一些无端的猜疑，他径直走到门口，与守在外面的边防连将士交流了一番，很快安卿鱼便从边防连内走了出来。"七夜，你回来了？"

"嗯。"林七夜环顾四周，"这里怎么这么安静？"

"哦，时光剪影刚开始的时候，我就来接管这里了，我下令让他们全都待在宿舍里，不经允许不得出门。"

"不愧是你。"林七夜感慨了一句，"新兵们的情况怎么样？"

"还不错，我仔细观察了一下，他们之中似乎已经有不少人开窍了，还有一些人虽然看起来有些迷茫，但目睹了那场时光剪影之后，似乎也有所悟。"安卿鱼顿了顿，继续说道，"公格尔峰那边的新兵，胖胖和拽哥正在带队过来，算算时间应该也要到了。"安卿鱼看了眼时间，不等他再说些什么，林七夜便转头看向远方，微微一笑。"他们已经到了……"

边防连外，一个披着深红色斗篷的胖子，正带着一百多位一瘸一拐、疲惫无比的新兵，往这里走来，在队伍的末端，沈青竹叼着烟，静静守在最后。这一百多位新兵，都是从连续六天的淘汰中幸存下来，登上公格尔峰的新兵，此刻的他们走路摇摇晃晃，身上也满是泥污，看起来像一群叫花子，但他们的眼神，却像是一柄柄被百般磨砺的宝剑，明亮无比。林七夜放眼望去，卢宝柚、方沫、丁崇峰、李真真，这些熟悉的身影都在其中。

"七夜！"百里胖胖看到林七夜，笑着对他挥了挥手。

林七夜微微点头，目光在新兵们身上扫过，问道："新兵们没出事吧？"

"没有，有小爷我在，能有什么事？"百里胖胖拍了拍胸脯，"除了中途玉鼎真人虚影来了一趟，盯上了小方沫和卢宝柚之外，没出什么事。"

玉鼎真人？林七夜思索片刻，心中便明白了事情的经过，方沫体内藏着的那只白虎，本就是玉鼎真人座下的那一只，他察觉到方沫的存在，过来看看也不奇怪。"后来呢？"

"后来，小爷我跟他解释清楚了，他就走了啊。"

林七夜点头，转身正欲离开，突然想到了什么："对了胖胖，你怎么知道，那位是玉鼎真人的？你应该不曾见过他才对。"

"他自己说的啊。"百里胖胖理所当然地开口。

"……哦。"

就在两人聊天之际，曹渊走了过来。"七夜，新兵们都已经集合完毕，我们是不是该让他们收拾一下，准备回上京了？"七日的魔鬼训练，已经结束，不管结果如何，接下来的宣誓以及守夜人三件套的分发，都需要在上京市进行。

"我觉得在这之前，七夜你要先跟新兵们开个会。"一旁沉默不语的沈青竹突然开口，"他们中的大部分人，都已经从这次的训练中领会到了一些东西，但还需要一个人来点醒他们，将他们的思想引领向正确的道路。还有为什么要设置淘汰制，把他们分流进入两个不同的环境，这一点也需要向他们解释清楚。"

"我也赞同。"安卿鱼点头，"训练刚刚结束，现在进行总结是趁热打铁，效果最好，七夜你……七夜？"安卿鱼话说到一半，发现林七夜已经怔在了原地。

林七夜的目光扫过那些双眸明亮澄澈的新兵，他们的脸上写满了朝气，似乎每一个人都对未来充满期待。看着他们的眼神，林七夜的心微微一颤。正确的道路吗……林七夜心中闪过些许迷惘，他沉默片刻之后，拍了拍沈青竹的肩膀："拽哥，你替我去跟他们开会总结吧……我有些累了。"话音落下，林七夜不等其他人说些什么，转过身，径直向着边防连外的一座山峰走去。在场的众人同时愣在了原地。他们还是第一次见到这样的林七夜。曹渊看着林七夜离去的背影，眉头微微皱起，有些不解地开口："七夜这是怎么了？"

江洱思索片刻："也许，是真的累了？"

"我觉得不像。"

"卿鱼，你觉得呢？"百里胖胖转头看向安卿鱼，所有人的目光，都落在了这位团队智囊的身上。

安卿鱼思索片刻，长叹一口气："我……也不知道。"

见安卿鱼都看不出林七夜心中在想些什么，众人的神情都凝重起来。

不知过了多久，沈青竹站了出来，他看了眼林七夜离去的方向，缓缓开口："我去看看。"

1081

阳光穿过云霞，洒落在远处连绵的雪白山峰上，染上了一层淡金色的光边。林七夜望着在边境线外不断翻腾的灰白雾气，像是尊雕塑般坐在山顶，深红色的斗篷铺在积雪上，像是洁白世界中的一点红墨。一只粗糙的手掌从他身后伸出，掌间放着一包烟，其中一根烟卷突出烟盒，等待着被人抽取出来。"来一根吗？"沈青竹的声音从林七夜身后响起。林七夜看到身前的烟盒，微微一怔，犹豫片刻之后，有些心不在焉地直接将整包烟接了过来。看着空空荡荡的手掌，沈青竹愣在了原地。"抽多了对身体不好。"沈青竹在他身边坐下，又将那包烟夺了回来，从中抽出一根递到了林七夜手里，将剩下的塞回了自己的口袋中，"先给你一根，下次你要的时候，再来我这儿拿。"

"嗯。"林七夜有些生涩地学着沈青竹，将烟叼在嘴里。沈青竹将手指凑到烟头旁，轻轻搓出一缕火花，橙黄色的火光燃烧着白色的烟纸，缕缕烟气飘散而出。"喀喀喀……"林七夜剧烈地咳嗽起来。沈青竹一边如慈父般拍着林七夜的后背，一边露出一副果然如此的表情。林七夜深吸一口气，将烟夹在指尖，望着脚下那座忙碌的边防连，眸中闪过复杂之色："拽哥，你觉得……我是一个合格的守夜人吗？"

"如果连连获两枚团体'星海'勋章、一枚个人'星海'勋章的林队长，都不算合格的守夜人，那整个大夏就没几个合格的守夜人了。"沈青竹丝毫没有犹豫地开口。

"我不是说功勋，那没有意义……"

"为什么功勋没有意义？"沈青竹不解地开口，"如果连你为大夏立下的功绩都无法评判一位守夜人，那该用什么？"

"我是说思想觉悟这方面。"林七夜紧接着说道。

"思想觉悟？"

"就是无私、奉献、舍己为人……类似这些。"

沈青竹表情古怪地盯了林七夜半晌："你在说些什么？"林七夜愣在了原地。"我们是守夜人，不是圣人，更不是思想家。"沈青竹摇了摇头，"这些东西确实重要，但对我们来说，履行职责才是最重要的，要评判一个守夜人，我们应该看他做了什么，而不是他的思想有多么光辉耀眼……你怎么突然问这个？"

林七夜沉默片刻，将在时光剪影中的所见所闻，全部说了一遍。听完后，沈青竹表情复杂地看着他。"你想得太多了。"他说，"当守夜人，哪有那么多苛刻的条件，我们所信奉的，只有纹章背面那四句话而已。"沈青竹从怀中抽出一根烟，叼在嘴中点燃，很自然地吐出一口烟气，眼眸中浮现出怀念之色，"守夜人的誓言，是有魔力的。当年在集训营的时候，我也是个什么都不懂的烂人，但当我跳下山洞，一个人对着无穷的火焰宣誓的时候……有些东西，就很自然地明悟了，然后深深地刻在脑海里。"

"宣誓吗……"林七夜的脑海中，再度回忆起自己当年在集训营时，对着红旗宣誓的情景。他的誓言，很平淡，很普通，没有沈青竹的那么刻骨铭心，也没有从中领会到什么东西……当年的他，只是一个初出茅庐的新人，他记忆中最深刻的，便是赵空城的那一刀，与自己的十年之约。以至于在宣读誓言的时候，他的内心深处，也只是想继承赵空城的意志，完成约定，没有将自己彻底地交给那四句誓言。或许这也是如今他已经成为一位功勋加身的守夜人，心中却总觉得缺了些什么的原因。

"如果你是因为这些所谓的思想觉悟，觉得自己不配给新兵们当引路人的话，那绝对是你想多了。"沈青竹拍了拍他的肩膀，笃定地说道，"在这支队伍里，没有人比你林七夜，更适合指引他们。回去吧，林教官。"沈青竹缓缓从地上站起，向林七夜伸出手掌，"你给菜鸟们的最后一课，还没上完呢。"

林七夜眼眸中的迷惘，消散了些许，他沉默片刻，伸手抓住沈青竹的手掌，从地上站了起来。他微微一笑："谢了，拽哥。"沈青竹将手插回兜中，叼着烟看了他一眼，嘴角勾起一抹笑意，无声地摇了摇头，转身与林七夜一起向边防连走去。

埃及。太阳城外。无尽的星光自天穹洒落，将整座太阳城封锁其中，远远望去，就像是一颗深蓝色的巨型球体，无声地悬浮在灰白色的雾气之中。汹涌的神力与火光，自星光球体内接连闪烁，一场史无前例的神国血战，已经到了白热化的阶段。就在这时，蒙蒙迷雾之中，一个身着黑袍的身影缓缓走出。洛基抬起头，看着天空中被彻底封锁的太阳城，狭长的眼眸微眯，嘴角浮现出淡淡笑意。"他们的目标，果然是太阳城……"他迈开脚步，一边不紧不慢地向着星光大阵的边缘移动，一边眼眸中闪烁微光，喃喃自语："太阳城如今实力大损，必然不是刚从轮回中归来，正处在全盛时期的大夏神的对手，埃及众神落败也只是时间问题……不过这么一来，局势就太无趣了些。"他走到星光大阵的边缘，双眸凝视着星辉内部的战场，伸手在虚无中一握，一杆古老的暗金色长枪便被他握在掌间。这杆长枪周身的虚无中，萦绕着点点金色光斑，像是萤火虫般无序地围绕着它飞舞，暗金色的枪尖镌刻着细密的卢恩文字，似乎蕴藏着某种秩序之力，当它暴露在空中的那一刻，一股神秘而恐怖的气息散发而出。这是阿斯加德的最强神器，亦是众神之王奥丁的贴身兵刃——永恒之枪，冈格尼尔。洛基握着这柄枪，静静地站在星光大阵外，眯眼凝视着内部的战场，似在等待着什么："还不够……还要再等一会儿……"

1082

太阳城。神柱坍塌，城墙碎裂。满是星辰的天穹之下，无数神影闪烁在天空与大地之间，狂暴碰撞的神力如同一颗颗燃烧的彗星，充满了太阳城的每一个角落。在这片天崩地裂的战场之中，一个道人手托金花，悠然地踏空而行，周身的一切攻击与神力余波都无法触碰到他的身体，他明明就站在那儿，却仿佛置身于另一个世界。

"元始天尊！"太阳神柱之上，那道虚影死死盯着空中的道人，愠怒开口，"你大夏众神当真要毁我太阳城？！"

"你埃及众神，欲毁我大夏根基在先，此番贫道碎你太阳城本源，有何不可？"元始天尊淡淡开口，一朵朵金花自他周身的虚无中绽开，"百年前，你埃及众神便丧心病狂地将国民尽数献祭，如今神国无民，国运衰竭，不过是苟延残喘……我天庭此举，也算是替天行道了。"

元始天尊话音落下，周身千朵金花凌空旋转，无形道韵自盛开的金花内流淌而出，勾连身下的太阳城国运，每一朵金花凋零，太阳城便会骤然一震。太阳神柱上的虚影见此，眸中闪过无穷怒意，他抬起手掌，重重地拍落在身下的神柱之上。"轰——"一道轰鸣巨响传出，神柱表面顿时碎裂出密集的裂纹，等到第二掌拍落，整个神柱便轰然爆碎。碎石飞溅之中，一轮散发着无尽白炽神光的烈日，自神柱残片之中冉冉升起，这轮烈日起初只有百余米宽，但随着白日缓缓升起，它的体形开始急速扩大！等到它升至太阳城最高处的时候，已经化为一轮半径数十公里的白炽烈阳，灼热的神光散落在太阳城内的每一个角落，散发着毁天灭地的光与热，即便是神明，抬头看它一眼，都会觉得双目刺痛无比。无穷无尽的神威混杂在惨白的阳光中，充满了星辰天穹的每一个角落，随着这轮烈日的出现，星辰大阵都被炙烤得微微颤鸣起来。这轮白日，便是埃及太阳城的至高神明——太阳神，拉。

"终于显露真身了吗……"元始天尊抬起头，那双平静的眼眸直视白炽烈阳的光辉，与此同时，他周身不断凋零的金花同时一颤，化作漫天的碎芒消散在空中。元始天尊微微皱眉，低头向下望去，只见在九根残破神柱之下的太阳广场中，无数的古老砖块自动爆碎开来，一轮微缩版的青色烈阳，自太阳城的最深处向着空中升起。这轮青色烈阳虽然比白炽烈阳小了无数倍，但散发的气息，却比太阳神拉本身还要恐怖，它出现的瞬间，整个战场的温度都开始以惊人的速度飙升。"主动引出太阳城本源，来镇压我等吗？"元始天尊摇了摇头，抬起手，对着天空中巍然屹立的天庭遥遥一指。一缕金色的丝线自天庭的中央飘出，像是一条游蛇，虚无般滑过整个战场，落在了元始天尊的指尖。这缕金色丝线以某种神秘的轨迹，在元始天尊指尖交织，时而化作复杂的符文，时而化作翻卷的多重圆环，不过一颗乒乓球大小，却散发着比那轮青色烈阳更加恐怖的气息。这根金色丝线，便是当时元始天尊一剑斩开高天原的……天庭本源。元始天尊指尖缠着金色丝线，凌空一步踏出，直接来到了天空中两轮交相辉映的青白烈日之前，撞入无尽的神光之中。两位至高神，带着两大神国的本源，接连交手。下一刻，整个战场的神力都翻卷沸腾了起来。

"轰——"太阳城内的战场中，一道番天印宛若巨峰，重重地砸落在大地之上。无尽的烟尘扬起，太阳城的边缘，直接被这陨落的巨峰砸出一个巨大的缺口，数道神影猛地喷出鲜血，坠落在破碎的城墙边缘。风神休紧咬牙关，身形摇摇晃晃地从地上站起，双眸紧盯着眼前翻腾的烟尘。巨峰化作一道巴掌大小的宝印，飞入滚滚浓烟之内，数道身影从中走出，手持各种法宝，平静注视着眼前重伤的几位柱神。

"放弃抵抗吧。"广成子穿着一袭红衣道袍，手握番天印，淡淡开口，"至高神战，没那么容易分出胜负，更何况还带上了本源对决。如今你埃及九柱神，只剩其五，而我大夏十二金仙尽数在此，即便你太阳城八元神以及其他诸多神明手段尽出，也非我大夏众神的对手，再加上这座大阵，你太阳城没有丝毫胜算。等到至高神战结束，你埃及众神以及太阳城，都已经陨落殆尽了。"

风神休听到这句话，脸色越发难看起来，他抬头看了眼天空中不断轰鸣的至高神战场，又看了眼四周满目疮痍的太阳城，眸中攀上一抹疯狂之色。"放弃？呵呵呵……同为古老神系，我埃及众神，怎么可能向你大夏屈膝？神国之战，本来就是你死我活，想灭我太阳城，你大夏众神也要付出代价！我倒要看看，强行拼死我太阳城后，元气大伤的大夏，要怎么抵挡住其他几大神国的进攻？"凌厉的飓风在休的周围汇聚，他的眼眸中，闪烁着前所未有的疯狂与狰狞。

广成子的眼眸微眯，脸色也逐渐凝重起来，他心中很清楚，这一场神国之战最艰难的部分，才刚刚开始。被逼上绝路的埃及众神，现在就如同濒临死亡的凶猛野兽，即将开启不计后果的疯狂反扑，哪怕他们的人数已经锐减，但带来的威胁也会连翻了数倍。就在埃及众神即将不顾一切杀向大夏神的时候，只听一声轰鸣巨响，几位柱神以及八元神正后方的星辰大阵，突然被硬生生地从外部撕开了一大块缺口！一杆暗金色的长枪泯灭着漫天的星辰，随着大阵被撕开一角，那握枪的模糊身形一晃，便凭空消失无踪，只留下灰白色的迷雾，在缺口之外无声地翻腾。正欲玉石俱焚的埃及众神，同时一怔。而大夏众神，也短暂地愣了片刻，随后他们像是想到了什么，脸色骤变！不知是不是巧合，这座大阵的缺口所面对的方向……正是大夏。

1083

这座大阵的作用，本就是用来封锁太阳城，防止有埃及神明趁着神战混乱逃离的，大夏众神联手在迷雾中布置了十日，如果从内部，即便是至高神也别想轻易打破。虽然对外部的防御相对薄弱，但也绝对不是什么人都能破开的，外面这人既然能硬生生撕开大阵一角，要么就是实力极强，要么就是带着某种附带特殊力量的神器。最关键的是，不知那人是不是有意的，这大阵缺口所指向的方向，正好是大夏。要知道，除了一两位神明，大夏众神都已经倾巢而出，在此布局围剿太阳城，现在的大夏，几乎可以算是一座毫不设防的空巢！而且这人破开大阵的时间点，也非常刁钻，恰好卡在了埃及众神陷入绝境，准备与大夏神玉石俱焚的关键时机。对于这群已经彻底被逼入绝境，陷入疯狂的濒死野兽来说，封印的牢笼突然破开一道缺口，而这缺口，又正好指向了仇人毫不设防的老巢……接下来会发生什么，已经不言而喻。

"守住那道缺口！"玉鼎真人立刻反应了过来，将神力灌入嗓间，声音如炸雷般在空中响起。所有靠近缺口的大夏神，立刻停下了手中的战斗，急速冲向那道缺口！然而，在阵外破开缺口的那人，下手的位置实在太精准了，缺口的位置恰好在埃及众神抱团的后方腹地，短距离内，竟然连一个大夏神都没有。几位柱神看了眼身后翻滚的迷雾，眼眸中先是浮现出惊喜，随后便是无尽的疯狂与狠毒。他们当然知道，外面帮他们破开大阵的这人居心不良，否则他破开大阵之后就不该立刻隐匿身形，而是主动站出来，帮他们一起迎战大夏神，对方此举，摆明了就是想把他们当枪使。但……那又怎么样？如今太阳城已经近乎全毁，继续留在这里，大夏神全力围剿之下，他们根本没有生路可言。既然已经被逼到了这个地步，他们没有别的选择，这道从外部打开的缺口，无疑为他们提供了一种新的可能……

"冲出去！！"风神休大吼一声，剩余的几位九柱神，以及附近的八元神，全部以惊人的速度向着缺口冲去。

玉鼎真人与其他几位金仙，紧随着跟上去，但等他们赶到的时候，已经至少冲出了七八位埃及神明，剩余的八元神以及残存的埃及神明，被硬生生地堵截在了缺口之前。两道至高神交手的余波，在空中接连炸响，只见一道金色丝线掠过天际，那道青色烈阳的表面，顿时浮现出了一道道密集的裂纹。这一刻，所有的埃及神明的神格，都是突然一震！太阳城本源受损了。太阳城的本源，与大夏天庭的本源一样，都是埃及神明的立身之所，此刻太阳城本源受损，也就意味着埃及众神的根基全部动摇，这就意味着他们即便能从这次的劫难中活下来，也将缓缓跌落神境。而失去了太阳城，又跌落神境，他们最好的下场，或许便是在迷雾中悄然无声地死去。

"要死，也要拉着他们一起死！"被拦截在缺口处的几位八元神，见大夏众神急速向这里冲来，想要冲出缺口拦截那些飞往大夏的主神，眼眸中都浮现出决然狠色。只见他们抬起手，在空中轻捏某种印法，浑身的神力顿时激荡起来！接连追来的大夏神明瞳孔骤然收缩。"轰——"惊天动地的巨响传出，那被堵截在缺口处的几位神明，身形同时爆开，恐怖的神力在这一点急速汇聚，然后像是爆发的核弹，急速地向着周围扩散。这一刻，缺口处迸发的光芒，已经近乎能与天空中那两轮燃烧的烈日比拟。追来的几位大夏神，被迫向后退了几步，脸色阴沉无比。

"这群疯子！"广成子抬起手掌，使用番天印一点点地镇压神明自爆后的恐怖神力，脸上浮现出焦急之色，"跑出去的那几个埃及神，往大夏去了。"

"那个方向是……大夏西侧边境？"

"现在大夏只有王母娘娘与姜子牙坐镇，姜子牙还在上京，仅靠王母娘娘一人，能拦住这么多被逼上绝路的埃及神吗？"

玉鼎真人眉头紧锁，片刻之后，还是开口道："不用太过惊慌……大夏就算没有我们，也没有那么脆弱。总之，现在先想办法压住这些神力自爆的波动，尽快派一部分速度快的神通过缺口去追击他们，我们继续留在这儿，这一次跑了近五分之一的埃及神，剩下的必须全部剿灭，一个都不能落。"

"好。"

汹涌的神力爆炸中，四位九柱神以及四位八元神，冲出缺口，一头撞入了迷雾之中。生命女神艾西斯回头看了眼缺口，像是感知到了什么，伸出手，轻轻放在胸膛之上："太阳城的本源碎了……"

"我们已经没有退路了。"风神休双眸微眯，目光落在了大夏的方向，眸中光芒闪烁，"他们大夏神想灭我埃及神系，我们就算是死，也要从他们身上撕下一块肉来。"

"可我们不知道，大夏还有没有神明坐镇。"雨神泰芙努特皱眉说道，"而且那些大夏神很快就能追上来，再加上大夏土地辽阔，我们几个分头杀，估计也只能杀掉一两亿人……"

"大夏现在，只有一个西王母坐镇。"一个声音幽幽从上方传来，在场的诸多埃及神心头一跳，猛地抬头看去。只见一个身着黑袍的身影，握着暗红色长枪，站在他们上方，正笑眯眯地看着他们。

"洛基？"生命女神艾西斯眼眸一凝，"从外面破开大阵的，就是你？只来了你一个？阿斯加德的援兵呢？"

洛基脸上的笑容越发灿烂起来。他没有回答艾西斯的问题，而是继续自顾自地说道："大夏西侧，虽然只有一个西王母坐镇，但在大夏境内，还有一些人类，拥有着抵挡神明的力量……我相信你们两年前就已经见识过了。闯进大夏境内，屠杀民众，时间不够，造成的伤亡也太小。我有一个方法，能直接毁掉大夏的根基，造成数亿人的伤亡，甚至还能让大夏众神付出血的代价。"洛基掂了掂手中的永恒之枪，眼眸中闪烁着危险的光芒，"你们知道……大夏的镇国神碑吗？"

1084

帕米尔高原。喀玉什边防连外。荒芜的雪原中，一行行新兵整齐地列队而立，林七夜站在他们的面前，身后是同样站立整齐的"夜幕"小队众人。林七夜的目光在他们的脸庞上一一扫过。这些新兵，大部分都垂头丧气，脸上写满了沮丧与阴郁，只有小部分人抬头挺胸，双眸明亮如星。这次的考核制度，直接淘汰了四百多名新兵，按照考核前的安排，他们成为守夜人的资格已经被林七夜尽数收回，而那些站得笔挺，一看就充满了精气神的，基本上都是通过了七天考核，成功登上公格尔峰的新兵。"我知道，你们对于这次的考核还有疑惑。"林七夜缓缓开口，"在开始这次最终考核的总结之前，有没有人记得，我在考核开始之前，问过你们一个问题？"

听到这句话，在场的新兵都是一愣，很快便有人反应了过来，开口道：

"报告！"

"讲。"

"考核开始前，您问过，'如果我们自身的能力不足以担起守护大夏的重任，那为什么还要踏上战场'？"

林七夜微微点头，他的目光扫过眼前的新兵们："那现在，有没有人能回答这个问题？"

新兵们微微抬头，被淘汰至边防连的那些新兵中，有一部分人张了张嘴，似乎想说些什么，但眼眸中又流露出些许迷茫之色，片刻之后，低头陷入了沉默。

苏哲站在被淘汰的新兵中，听到这个问题，心头微微一跳。不知为何，他突然就想到了那天的柯长临，他坐在那儿，一拍桌子，指着边防连外，理所当然的那一句"边境要是破了，我家怎么办？"他的脑海中，浮现出这几日与他一起，每日穿着厚重军衣，端枪站在边境线上的戍边将士，他们吃着发凉的饭菜，住着坚硬的板床，却伫立在寒风中，用笔挺的脊梁撑起了整个国家的边防。他的脑海中，浮现出不久之前，那无数舍身涌向镇国神碑的大夏神影。不知为何，苏哲的眼眸中，戍守边关的将士们与飞蛾扑火般涌向镇国神碑的大夏神影，竟然一点点地重合在一起。苏哲猛地抬起头，眼眸中浮现出前所未有的清明！"报告！"

林七夜的眼前一亮，转头看向苏哲，平静地开口："讲。"

他深吸一口气，大喊道："我，我不知道我说得对不对，但我觉得……如果我们自身的能力不足以担起守护大夏的重任，便不去战场、不配当守夜人的话……那这个世界上，就没有人配当守夜人！"听到这句话，在场的新兵都愣在原地。林七夜双眸微眯。见整个场地都死寂下来，苏哲咽了口唾沫，鼓起勇气继续说道："守护大夏，根本就不是一件可以用能力是否足够来衡量的事情，别说只是我们，就算是林教官，就算是左司令，就算是神明，都不敢说自己绝对有能力守护好这个国家！否则，守夜人的死伤率就不会那么高，大夏众神也不至于为了护住大夏百姓，舍身化碑。"苏哲抬起手，指向自己身后的边防连，"这些戍边的将士，只是普通人，却依然可以提着枪，来驻守大夏边境，若是真正的灾难降临，他们是根本不可能挡住的……但他们还是来了。弱者有弱者的守护方式，强者也有强者的守护方式。守护大夏，需要的不是足以做到这一切的绝对力量，而是在灾难来临之际，舍身立于万万人前的决心。"苏哲的话掷地有声，他说完之后，站在他身边那些同样被淘汰进入边防连的新兵，眼眸中的迷茫逐渐退去，双眸越发明亮起来。

林七夜的眼眸中，浮现出赞许之色。"很好。"他的目光落在众多新兵身上，缓缓开口，"苏哲说得很好。不是所有人都拥有非凡的天赋，也不是所有人都有强大的实力，成为守夜人需要的，也不是这些……这也是为什么，我要设置考核淘汰机制的原因。有天赋与能力的人，需要不断地攀登高峰，挑战极限，站在更高的地方，守护众生。天赋相对较弱的人，并非无用武之地，甚至从某种程度上来说，你们比那些有天赋的人更加重要，因为你们是守护大夏的基石。现在看来，你们中已经有很多人，从这次的训练中学到了一些东西。"林七夜缓缓开口，"该教的，我都已经教了，虽然考核已经结束，但我还会再给你们一个机会……所有人，闭上眼睛。"听到这个指令，在场的众多新兵都是一愣，片刻之后，还是纷纷听话地闭上了眼睛。林七夜目光扫过众人，平静地开口："愿意成为守夜人，从今往后承担起守夜人职责的……举手。"场下的新兵们，纷纷将手举了起来，一眼望去，几乎所有的新兵都举起手来，只有少数几人犹豫片刻之后，还是没有抬起手臂。林七夜低下头，用笔在名单上划去了几个名字。"放下，睁眼。"林七夜将名单背到身后，继续说道，"所有人收拾一下东西，准备回归上京……那些刚刚举手的，可以开始准备进行宣誓仪式了。"

"可是，我们成为守夜人的资格不是被取消了吗？"新兵中有人小心翼翼地问道。

"暂时收回，不代表完全剥夺。"林七夜微微一笑，"现在，我把它还给你们。"话音落下，林七夜便转身离开，"夜幕"小队的众人也跟在身后。短暂的死寂之后，身后的新兵们爆发出惊天动地的欢呼声。

"这次的考核，算是圆满结束了。"曹渊看了眼身后沸腾的新兵们，笑道，"总算可以回去了……这两天忙得连个觉都没好好睡。"

"回去之后，谁带着新兵举行宣誓仪式啊？"

"那还用说吗，当然是七夜了！"

"嘿嘿，小爷我来也行，这多拉风啊！"

"……"

六个披着深红色斗篷的身影，在新兵们的欢声笑语中，嬉笑着向远处走去。

1085

不久之后。一辆辆军用卡车呼啸着驶过荒原，在边防连的门口缓缓停靠。由于来的时候没有带行李，新兵们只是在边防连内的食堂简单地吃了个饭，补充体力之后，便整齐有序地坐上了卡车，与来的时候比，现在的他们灰头土脸，一个个都像是野人，但眼眸之中满是掩饰不住的欣喜。林七夜坐在其中一辆卡车的车篷中，环顾着周围兴奋不已的新兵，嘴角始终带着一抹淡淡的笑意。喀玉什边防连距离最近的军用机场还有不少的距离，即便是坐车也需要好几个小时。新兵们人数太多，守夜人在边境能调动的卡车数量也不多，所以教官们也只能与新兵们一起挤在卡车中。为了防止意外情况发生，他们几人分别坐在不同的卡车中，保障新兵们的安全。刚驶离边防连的时候还好，新兵们只是在车内激动聊天，可随着时间一点点地流逝，他们的兴趣便逐渐转移到了车厢内的林七夜身上。通过了考核的他们看林七夜的眼神，就像是刚从学校毕业的学生在看老师，眼中已经没有了那么多的畏惧，更多的反而是亲近与好奇。在一双双炽热目光的注视下，林七夜的表情逐渐古怪起来。

"林教官。"一个新兵凑到了林七夜面前，眨了眨眼睛，"听说您在高天原，杀了一位日本神……您能跟我们讲讲吗？"

听到这句话，在座的众人眼眸顿时亮了起来，纷纷朝林七夜这里挤了过来。

"是啊林教官，你跟我们说说吧！"

"林教官，你杀的是哪一位神啊？厉害吗？"

"教官，日本的'人圈'是什么样啊？"

"百里教官说……您在'人圈'里当过牛郎，是真的吗？！"

林七夜嘴角微微抽搐起来。他看着眼前两眼放光的新兵，无奈地笑了笑，脸上不自觉地浮现出宠溺之色。这些，全部都是他带出来的兵。"行，那我就简单地跟你们讲讲吧。"林七夜微微坐直了身子，其他新兵听到这句话，脸上浮现出狂喜，立刻安静了下来。"首先，我要澄清，百里教官说的当牛郎这件事，纯粹是谣言。"林七夜正色说道，"日本的'人圈'很大，里面的势力也很复杂，比如神谕使，又如祸津刀主……"

满车厢的新兵都围坐在林七夜的身边，身形随着车辆的颠簸晃来晃去，他们眼巴巴地看着林七夜，像是一群孩子坐在篝火边，倾听着前线归来的老兵诉说当年的故事。车辆沿着崎岖的道路，缓缓驶上一座山峰，随着海拔的不断升高，新兵们坐在车篷中，也能清晰地看见边境的全景。灰蒙的雾气在边境线外翻腾，在其后方，一座边防连如同钉子，深深地凿在了荒原之上。厚厚的雪云堆积在天空，彻底隔绝正午明媚的日光，一场罕见的恐怖暴雪，正在无声地酝酿。

"轰轰轰——"就在车篷内的新兵正津津有味地听着林七夜的故事时，数道天崩地裂般的炸雷声，自边境线外响起。这些炸雷声将新兵们吓了一跳，林七夜的声音戛然而止，他眉头一皱，单手撑着车篷边缘翻下车，同时打开无线电，对着所有军用卡车说道："全部停车！"

山腰之上，数十辆卡车缓缓停下。林七夜等人从车上下来，转头看向炸雷声传来的方向，瞳孔骤然收缩！昏暗无光的雪云之下，灰白色的雾气就像是充满天空的海水，疯狂地在无形的神迹之墙外翻腾。神迹之墙外，八道高大神秘的身影，飘浮在天空与大地之间，自混沌的迷雾中缓缓勾勒而出，穿过神迹之墙，凌空踏入了大夏边境之内。那是八个装束奇异的异域人，他们的身上遍布伤痕，但他们的眼睛包含着无尽的恨意与狰狞，就像是一群冲入羊群的恶狼。他们出现的瞬间，八道令人心悸的恐怖威压，充满在整个天地之间。即便是距离边境数十公里外的雪峰之上，也没有脱离他们的威压范围，六百多位新兵同时身形一晃，双腿一软险些跌倒在地，他们面色煞白地看着边境的那八道身影，眼眸中浮现出前所未有的恐惧！尚未踏足战场的他们，还是第一次感知到，如此令人绝望的强大威压！林七夜站在原地，凝视着那些身影，脸色肉眼可见地阴沉下来。神！八位埃及神！可是，埃及的太阳城现在不应该正在和天庭厮杀吗？这些神是怎么逃出来的？这八位埃及神站在空中，像是感知到了什么，同时转过头，看向不远处的某片虚无，周身的神力瞬间涌动起来，森然杀意狂卷而出。林七夜顺着他们的目光看去，先是一怔，随后心跳都漏了一拍，眼眸中浮现出惊骇之色。他们的目标，是镇国神碑！！

迷雾边缘。

"洛基的消息没错。"风神休凝视着镇国神碑所在的那片虚无，"只要靠近这一侧的边境，就能清晰地感知到那块碑的存在。"

"只要毁了它，守护大夏国境的无形之墙就将被破开九分之一，迷雾倒灌，就能让大夏生灵涂炭，而且大夏神想要修复这块缺口，也不是那么容易的事情。"

"大夏众神想灭我埃及神国，我就屠他凡间百姓……没有了这么多信仰之力来源，天庭与其他神国，又有什么不同？"

八位埃及神立刻掉转身形，急速向着那块隐匿在虚无间的镇国神碑冲去！就在这时，他们身下的大地突然一震，漫天碎雪崩起，一个披着缂丝紫纹神袍的美妇人自虚无中一步踏出，手持昆仑镜，拦在了八位埃及神的面前。西王母的目光扫过他们，眉头微微皱起。"太阳城宵小，不在城内受死，竟敢染指我大夏镇国神碑？"西王母冷哼一声，青色的神力汹涌而出，掌间那面古老铜镜冲天而起，瞬间笼罩在八位埃及神明的上空。

1086

"不到至高，就凭你一个，能拦住我们？"天空之神奴特冷冷开口，伸手对着上方一握，昏沉暗淡的天空就像塌陷了般，重重砸在高悬的昆仑镜表面，将其震得轰鸣作响。随着天空的摇晃，那深厚的雪云翻卷起来，纷扬的暴雪自云间倾倒而下，下一刻便随着虚无间狂泻而出的飓风，在荒凉的雪原上酿出一场前所未有的暴风雪。随着奴特与休的出手，其他几位神明也催动神力，撞向空中那面昆仑镜，在八位神明的联手轰击之下，那覆盖在天空之下的镜面被硬生生地掀起了一角。西王母的脸色一白，眉头皱得更紧了，缂丝紫纹神袍在风雪中狂卷，她身形化作一道长虹，直接与众多埃及神明战在一起。霎时间，神力动荡，地动天摇。雪峰之上，新兵们见到天边那场神战，直接震惊得无以复加，他们的心随着神力的碰撞不断震颤，脸色苍白无比。

"糟了……"林七夜喃喃自语。林七夜心中很清楚，即便手持昆仑镜，西王母依然不可能是八位埃及神明的对手，这一点甚至连在场的新兵们都能看得出来。西王母如此强势地想要拦住八位埃及神，最多只能坚持十息的时间……可现在大夏众神都已经倾巢而出，就算西王母用尽全力拖延时间，也根本不可能有神明来援。大夏境内虽然有人类战力天花板坐镇，但这么短的时间，他们根本赶不过来！林七夜的目光从天空中的神战中挪开，落在镇国神碑所在的虚无，脑海中再度浮现出大夏众神飞蛾扑火般舍身化碑的画面，西王母、玉鼎真人、酆都大帝、杨戬……那座碑，是镇守这大夏边境的神碑，是无数大夏神在百年前，用修为和性命换来的神碑！镇国神碑之后，便是喀玉什边防连，再之后……便是大夏的万家灯火。无论如何，这座神碑，绝不能破。林七夜的目光死死盯着那几位埃及神明，双拳控制不住地攥起，眼眸中浮现出决然之色。他打开无线电，大喊："曹渊，卿鱼！你们两个跟我走！"他的脚下迅速汇聚出一团云气，载着他的身体，将不远处赶来的曹渊与安卿鱼接起。在众多新兵尚未反应过来之际，三道深红色的身影，已经驾着筋斗云，迅速地向着镇国神碑的方向冲去！

"林教官这是要做什么？！"

"不知道……他冲到镇国神碑前去了！"

"那些神的目标，就是我们大夏的镇国神碑？林教官他们是要去守碑？"

"可那些是神！是好多神！！教官们守得住吗？"

"你们忘了教官刚教我们的吗？守不住……也得守。"一位新兵沉默了片刻，"因为，这是守夜人的职责。"

"咚——"一阵惊天动地的爆鸣自天空中响起，西王母的脸色一白，身形如鸿雁般向后滑行数百米，悬浮在天空中的昆仑镜剧烈震颤，最终翻卷着落回了西王母的手中。

"她快不行了，你们拖住她！"风神休眸中闪过一抹精芒，抓住机会，身形化作一道虹光瞬间冲破了西王母的封锁，飞掠而出。在他之后，天空之神奴特、大地之神盖布，以及生命之神艾西斯同时飞出，西王母脸色一沉，正欲出手阻拦，却被紧接着冲上来的四位八元神死死缠住，根本没有出手的机会。四位九柱神裹挟着神威，如雷霆般划过呼啸的暴风雪，径直落在了荒原之上。生命女神艾西斯眯眼凝视着眼前的虚无，玉指轻抬，无数藤蔓便自积雪中钻出，沿着隐藏在虚无中、肉眼不可见的神碑一路攀爬。这些藤蔓如同水蛇般在碑体上扭曲，在它们的包裹束缚之下，高耸入云的黑色碑体逐渐勾勒而出，被迫浮现在暴风雪中。四位神明站在雪地中，仰视着这座宏伟巨大的黑色石碑，眼眸眯起危险的光芒。

"这就是镇国石碑的本体吗……"风神休冷笑起来，迈步便向着黑色石碑走去，就在这时，他们察觉到了什么，抬头看向不远处的天空。只见一道飞云掠过天际，三道披着深红色斗篷的身影如炮弹般坠落在黑色石碑之前，身形撞入雪地中，漫天的碎雪飞卷而起。"锵——"只听一声轻吟，林七夜背后的剑匣爆开，天丛云剑弹射而出，自镇国神碑的底部瞬间划上云霄，将捆绑在神碑表面的藤蔓全部斩成碎块，随着呼啸的风雪纷纷扬扬地散落在地。

"三个凡人？"大地之神盖布见到这一幕，嗤笑一声，"这三个凡人，比我们之前遇到的弱太多了，就这样，也敢拦在我们面前？"

"我听说，大夏有一群凡人，专门做清剿异兽的事情，叫什么……夜人？他估计是把我们也当成那群异兽，想拦住我们吧？"

"愚蠢，可笑。"

"捏死这三只虫子，赶紧毁了这座石碑吧，一会儿那群讨厌的家伙又该到了。"

就在四位九柱神准备出手，用雷霆手段直接击杀眼前这三人时，站在中央的林七夜却率先出手了。林七夜给了身旁的安卿鱼一个眼神，身形化作一抹夜色狂掠而出，他伸手在虚空中一按，五道绚烂的魔法阵便在他的周身绽开。魔法气息氤氲开来，一只披着燕尾服的哈巴狗、一只灰雀、一条通体黑色的巨蟒、一位白衣雪女，以及一支朱红色铅笔接连飞出。随着林七夜的手掌在腰间的"斩白"上一抹，第六只"克莱因"境的虚空白熊狂吼着落在了雪地之中。除了还在病院中没有转化为护工的不倒翁，以及伪神境的雷兽之外，林七夜手下所有的"克莱因"级别"神秘"，全部都被召唤了出来。狂暴的风雪中，六只穿着深青色护工服的"神秘"，以及一位披着深红斗篷的身影，伫立在四位神明之前。这是目前林七夜所能动用的最强阵容。当然，光凭这些，想挡住四位神明……依然是痴人说梦。林七夜深吸一口气，将意识沉入了脑海中的诸神精神病院中。

1087

镇国石碑之前，曹渊已经将右手搭在腰间的刀柄上，眼眸中充满了死志。作为时光剪影的见证者之一，他当然知道身后这座石碑，对大夏而言意味着什么，林七夜会带他们来这里，他并不意外，在其他人类战力天花板赶来之前，他们必须用尽一切办法，拖住这四位神明……哪怕舍弃生命。虽然他不明白，为什么林七夜只带了他与安卿鱼，但现在已经不是考虑这些的时候了。就在曹渊准备拔刀之际，安卿鱼转过身，认真地看着曹渊。

"怎么了？"曹渊疑惑地看向他。

"就凭这样，我们是不可能拦住这些神明的。"

曹渊一怔："我知道……可，不然我们能怎么做？"

"曹渊，你相信我吗？"

"相信。"曹渊没有丝毫犹豫。

"接下来，我会做一件很不好的事情……"安卿鱼注视着他的眼睛，"原谅我。"

还没等曹渊反应过来，安卿鱼已经用手握向曹渊腰间的直刀刀柄，一把抓住曹渊搭在刀柄上的手掌，用力将其拔出。"锵——"一声轻响，刀鸣便被呜咽的风雪声掩盖。安卿鱼抓着曹渊的手掌，曹渊的手则握着这柄直刀。在曹渊震惊的目光下，安卿鱼将这柄刀的刀锋对准曹渊的胸膛，锋芒切开曹渊胸膛的皮肉，直刺向他的心脏！安卿鱼的目光平静无比。曹渊不解地看着他，在刀锋即将刺破心脏的瞬间，他下意识地用力抵抗了一下，但下一刻，又放松了自己的身体，任由安卿鱼这一刀刺入自己的心脏。一道粗壮无比的煞气火柱，撞碎了漫天的暴风雪，直冲云霄！

呼啸的风雪之中，六位"克莱因"级别的护工，同时向着四位柱神冲去。

"召唤出了一群异兽？"风神休见此，摇了摇头，"靠这些东西，你又能拦住我们多久？"他伸出手，对着那飞来的六位护工遥遥一握，扭曲的罡风凭空卷起，带着恐怖的法则之力碾碎了前方数公里内的所有空气。千钧一发之际，虚空白熊抱住旺财，闪入虚空之中，灰雀振翅一挥，化作一抹灰芒瞬间飞掠出数公里远，只有体形巨大的黑色巨蟒与速度较慢的雪女在这罡风之中被瞬间碾成了碎片，化作残芒，重新回归诸神精神病院之中。见还有四只"神秘"逃脱，风神休的脸色有些阴沉，他正欲出手，脚下的大地突然一震。四位九柱神同时望去，只见一道漆黑的煞气光柱冲天而起，天空中积压的雪云在煞气火柱的冲击下，逐渐卷成一道巨大的旋涡。"吼——"煞气火焰交织成一片火海，将漫天的碎雪焚烧殆尽，一道低沉的巨吼回荡在天空之下。与此同时，一道黑色的摩天巨影，从废墟之中缓缓站起。那是一个浑身由黑色火焰组成的巨人，双臂、肩膀、膝盖、胸膛各有一块圆形孔洞，黑色的锁链自虚无中透体而过，仿佛一道道命运的枷锁，将其死死束缚在原地。

"嗯？"见到这摩天巨影的瞬间，四位九柱神的脸上同时浮现出疑惑之色，"那是什么东西？"

"不知道……好像是从那个穿红衣服的凡人体内跑出来的，这种怪物，我还是第一次见。"

"凡人？凡人身上怎么可能会有这种东西？那东西的气息可不比我们弱。"

"它往我们这儿过来了。"

"别被它拖住，分头破碑。"

四位九柱神，分别向不同的方向飞掠而出，就在大地之神盖布准备绕开摩天巨影之时，一道沉重的锁链呼啸着砸下。盖布的眼眸一凝，身形迅速闪开，那道黑色巨锁砸在雪原之上，厚重的积雪如同两道瀑布，自锁链两侧翻卷而起，巨锁擦过大地，一座巨峰被瞬间碾成了碎渣。盖布皱眉看着这伫立在自己身前的摩天巨影，知道自己已经被盯上了，冷哼一声，索性直接爆发神力，迎着摩天巨影冲去。

"笔仙，笔仙，你是我的前世，我是你的今生，如果你听到了我的呼唤，请画圈……"

呢喃声自风雪中响起，一道圆形的沟壑迅速地在生命之神艾西斯的脚下勾勒而出，将其整个人框在圆圈内部，一个诡异的白裙女人突然浮现在她的身后，双手绕过脖子，抓向她的眼球！艾西斯眼睛一眯，眸中闪过一抹轻蔑之色，就在这时，她眼前的景象一变，漫天的白雪已经消失不见，取而代之的是一片霓虹闪烁的舞池。只见一只披着燕尾服的哈巴狗，正在一根钢管上扭动着妖娆的身姿，甚至还主动侧过头，对着她抛了一个媚眼。艾西斯的心中顿时浮现出一阵恶寒。在这千钧一发之际，现实中一只白熊、一只哈巴狗与一道快到模糊的灰色残影，同时从三个不同的方向，撞向了艾西斯的身体。冷哼自风雪中传出，仅用了半秒，艾西斯便挣脱了旺财的幻境，抬起右脚，向着地面重重一踏。一道无形的波纹以她为中心荡漾而出，呼吸之间，四位护工的身形便被碾为血色粉尘，崩散在狂风之中，化作残芒消失无踪。四位"克莱因"境护工联手，也只拖住了生命之神艾西斯不到七秒的时间。这短暂的七秒，风神休以及天空之神奴特，已经走到了黑色石碑之下。那里，一个披着深红色斗篷的身影，单手握剑，正冷冷地看着他们。他的身后，一道金发男人的虚影，缓缓勾勒而出。

"你确定吗？"布拉基的声音回荡在林七夜的耳中，语气前所未有地严肃，"几天前，你才承受过那只猴子的灵魂……你现在的灵魂强度，已经不足以支撑我了。真这么做的话，你可能会死。"

"我知道。"林七夜凝视着眼前的两人，缓缓开口，"但有些事情，我不得不做。"连续承载两次神明灵魂会发生什么，林七夜很清楚，当年的沧南大劫，他便是在短时间内连续承载了倪克斯和梅林两人的灵魂，才落得灵魂分裂的下场，如果不是天尊亲自出手替他稳住灵魂，就算不死，他也只能永远变成一个疯子。布拉基听到这句话，轻叹了一口气，身形一步踏出，融入林七夜的身体之中。

1088

山峰之上。数百位新兵站在雪地中，遥望着镇国神碑前的情景，一颗颗心都已经揪到了嗓子边。见那道漆黑火柱冲天而起，众新兵都瞪大了眼睛，脸上写满了震撼。"你们看！曹渊教官变成巨人了！"

"等等！刚刚安教官是不是被火焰淹没了？他不会……"

"怎么可能！那可是安教官，没那么容易死的。"

"好恐怖的煞气！！那究竟是什么？"

"曹渊教官变成的巨人，拦住了一位神明！我的天！这才是教官们真正的实力吗？！"

"不够啊！还有三位神该怎么办？"

"林教官一个人，怎么可能拦住三位神啊……"

"欸？你们看见百里教官了吗？"

"没有，刚刚还在的……"

听到新兵们的讨论，沈青竹将目光从镇国神碑前收回，环顾四周，发现百里胖胖确实消失不见，眼眸中浮现出疑惑之色。

漫天风雪之中，一道深红色的身影，正向着镇国神碑所在的方向疾驰。百里胖胖紧咬牙关，双眸盯着远处混乱的战场，脸色凝重无比。"黑王的封印尚未解开，现在最多只能挡住一个埃及神，以七夜现在的境界，就算再附体一位病神，也只能提升到'克莱因'境巅峰，连拖住一位埃及神都十分困难……没有别的选择了吗……"百里胖胖的眼眸中，闪过一抹深邃的光芒，他抬起手掌，重重地在自己的天灵盖上拍了三下。"砰砰砰——"每一掌拍落，一缕轮回之气便自他体内震荡而出，他的境界开始以惊人的速度飙升。第一掌，他的精神力如同井喷般，自初入"无量"，瞬间冲至"无量"境巅峰。第二掌，清脆爆鸣自他体内传来，无形枷锁轰然爆碎，精神力冲破关隘，直接提升到了"克莱因"境。第三掌，精神力如满盈之泉，翻腾而起，一路飙升，直逼"克莱因"境巅峰！三掌之后，百里胖胖的脸色浮现出一抹苍白，他脚下一个趔趄，险些一头栽倒在地。

"轮回尚未臻至圆满，只能提升到这个层次吗……既然如此，只剩最后一个手段了。"百里胖胖单手撑住雪地，稳住身形，另一只手在口袋中一掏，一柄直刀便落在了他的掌间。他抬头看了眼远处的战场，无奈地叹了口气。"元始那家伙，怎么偏偏把这东西塞我肚子里……想取出来，还得费些功夫。"他眼中闪过一抹决然，反手握住刀柄，猛地将直刀的刀锋刺入腹部。剧痛传来，百里胖胖闷哼一声，痛苦地弯下腰，吐出大口鲜血。他紧攥着刀柄的右手不但没有丝毫松开，反而抓得更紧，他深吸一口气，用力一点点地切开了自己的腹部。鲜血染红衣襟，滴落在身下的雪地中，迅速地晕染出一道殷红血泊。百里胖胖低下头，看着腹部那道狰狞血口，苍白的脸庞并没有太大的情绪波动，他只是默默地抬起左手，探入了那道血口之中……几秒钟后，一柄散发着淡淡白光的玉如意，被他攥在了掌心。即便百里胖胖的手上、腹部、腿上都已经沾满了鲜血，但这柄玉如意的表面，却没有丝毫血污留存，当它暴露在空中的瞬间，一股神秘的道晕流淌而出，让人看一眼，便觉得头昏脑涨。百里胖胖将这柄玉如意攥在手中，掏出了一卷绷带，简单地包扎了一下伤口，然后艰难地从地上站起。他手持玉如意，抬头挺胸，晦涩而低沉的道经自他的唇间喃喃念出："……玉晖曜焕，金映流真，结化含秀，包凝立神。"话音落下，手中的玉如意剧烈地震颤起来，白色光晕荡漾开来，将百里胖胖的身形彻底淹没其中。

似真似幻的道晕之中，一缕缕轮回之力，如同抽丝剥茧般拆解开来，百里胖胖的短发以肉眼可见的速度变长，肌肤光滑如玉，他静静地站在那儿，身形明明没有变化，却显得越发挺拔伟岸。百里胖胖随手掏出一根竹签，将长发绾成道簪，深红色的斗篷一晃，便化作一件散发着淡淡红意的道袍。他手持玉如意，缓缓睁开双眼，一缕缕星痕划过眼眸，好似星空般深邃。"只有半炷香……"他叹了口气，无奈地摇了摇头，手中的玉如意一挥，白色道晕彻底遮掩了他的身形，让人根本看不清他的容貌。他身形一晃，便闪向了那座黑色的神碑。

镇国神碑之前。林七夜扶住自己的额头，一颗颗豆大的汗珠渗出额角，只觉得灵魂仿佛要被撕裂开一般，痛苦不堪。他的双眸缓缓睁开，左眸之中散发着淡淡的金色，右眸之中却是一抹自然的浅绿。两股截然不同，却又彼此交融的神力，自他体内散发出来。布拉基自身或许并不知情，但林七夜很清楚，他承载布拉基的灵魂之后，得到的并不仅是音乐与诗歌之神的力量，还有青春之神的力量。布拉基与他的妻子伊登，共用一个心脏，一体双神，彼此之间无论是灵魂或是神力，都已经紧密地联系在一起。同样是两种神力，但布拉基与伊登的神力远比孙悟空的妖佛同体柔和得多，他们的力量彼此交融，林七夜感觉不到任何的排斥，但相对地，两位神明灵魂的重量，让林七夜本就不堪重负的灵魂，痛苦无比。布拉基很久之前，治疗进度就已经突破了50%，但这还是林七夜第一次承载他们的灵魂……或许也是最后一次。

林七夜强行打起精神，朗声念道：

"金虎城池在，铜龙剑珮新！

"磐石重山固，灵源少海长！

"千磨万击还坚劲，任尔东西南北风！"

接连三句诗句念出，林七夜身前的虚无中，数道高达数百丈的钢铁城墙勾勒而出，它们环绕着两位埃及神明，如同一座坚不可摧的围城，将其死死地困在城墙之内。

1089

"可笑……"风神休站在围墙之后，眼眸中浮现出不屑之色，他抬起双手，对着身前高大的钢铁围墙随意一扯。"刺啦——"凌厉的罡风如潮汐般涌出，撕扯着钢铁城墙的表面，令人牙酸的嗡鸣声中，这座庞大的城墙便被轰出了一个半径百米的扭曲缺口。林七夜的目光一凝。现在的他，才踏入"克莱因"境几天而已，即便承载了布拉基与伊登的灵魂，也只能将境界提升到"克莱因"境巅峰，面对两位神明，还是不够看的。虽说布拉基与伊登的能力都不擅长攻击，但林七夜除了承载他们，别无选择。如今的精神病院内，只剩下布拉基、孙悟空与吉尔伽美什三人，孙悟空的灵魂承载刚刚使用过，吉尔伽美什的治疗进度又没达到50%，布拉基是他唯一的选择。林七夜一咬牙，迅速地抬起双手虚抱胸前，好似抱着一把不可视之琴，正欲拨动，一个身影已经悄然站在了他的身后。林七夜的瞳孔骤然收缩！他急速拧身，却还是快不过神明，只见天空之神奴特面无表情地抬起了一根手指，轻轻点在林七夜的背后。"噗——"林七夜右半边的身体，化作漫天血雾轰然爆开！深红色的斗篷被撕裂成了碎片，殷红的血液喷溅在洁白的雪地上，只听一声闷响，只剩半截身体的林七夜，无力地坠倒在积雪之中。

天空之神奴特瞥了眼林七夜的尸体，像是在看一堆垃圾，他收回目光，缓缓转过头，与风神休站在神碑之下，两道雄浑恐怖的神力波动冲天而起！休的手掌抬起，正欲握向那黑色石碑，一抹青芒便呼啸闪过！青芒擦过休的手腕，下一刻，他的整只手掌，便轻飘飘地落在雪地之中，鲜血狂涌而出！断掌落地，一缕透明道火自虚无中燃起，瞬间将其烧得灰飞烟灭。休先是一怔，随后回过神来，忍着剧痛，猛地转头看向那青芒飞来的方向。只见一个浑身笼罩在白色光晕之间的身影，正凌空踱步而来，漫天暴雪狂舞，竟然没有一片雪花能落在他的身上。从那隐约的道簪与道袍来看，像是一位道人，但身形、容貌根本看不清楚。不知是不是目睹元始天尊毁灭太阳城一幕的缘故，风神休与天空之神奴特在看到这道人装束的瞬间，心脏突然漏了一拍，一股恐惧涌上他们的心头。"是大夏天尊？！"

"不，不是天尊……他的气息很弱，跟天尊比差太远了。"奴特仔细感知了一下那道人身上的神力，微微松了一口气。风神休低头看了眼自己的断掌，脸色难看无比："又是个不知道哪里冒出来的怪物……不能被他拖住，速战速决！"话音落下，两人同时冲向那隐藏在白色光晕中的道人，一道道罡风自风神休的周身凝聚而出，以惊人的速度破开呼啸的暴风雪，眨眼间便出现在百里胖胖的咽喉之前。百里胖胖眼眸一眯，左手捏着道诀，右手玉如意轻轻一挥。那些罡风在触碰到白色光晕的瞬间，就像被分解融化了一般，顷刻间消失无踪。与此同时，他右脚向前一踏，一团团透明道火自虚无中燃起，将两位神明淹没其中。汹涌的神力在道火间涌动，一只玉手撞破道火边缘，天空之神奴特从火中踏出，周身的纱裙没有丝毫灼烧的痕迹，但她低头看了眼自己的双手，眉头紧紧皱起。风神休紧跟在她身后走出。

"这些火焰，能烧神力？"休表情凝重地开口，"还有他周身的那些白光，似乎能融化我的罡风……奴特，他就交给你了。"天空之神奴特冷哼一声，双臂微微张开，身上纱裙自动飘起，一股神秘的法则气息从她的身上散发出来。

与此同时，风神休掉转身形，便要再度对神碑出手。百里胖胖眉头一皱，左手道诀突然变化，身上的红衣道袍闪过一抹微光："乾坤逆！"话音落下，奴特和休只觉得眼前一花，仿佛刹那间天地轮转，空间扭曲，等到他们回过神来的时候，已经站在了一片燃烧着黑色煞气火焰的雪原之上。"吼吼吼——"怒吼自空中响起，一道黑色的锁链猛地撞破风雪，向着两人的头顶轰然砸落！休与奴特脸色骤变，身形急速闪出，一阵地动山摇之后，他们在空中稳住身形，回头望去。不知何时，他们本该站在神碑之下的身形，已经向后方挪移了数公里，站在了大地之神盖布与那摩天巨影的战场之上。那浑身笼罩在光晕之中的道人，凌空踏步来到黑王的身侧，道晕流转，煞气冲霄，一白一黑两道身形，就如同一面无法逾越的城墙，巍然屹立在三位九柱神的身前。百里胖胖像是感知到了什么，微微转头，看向神碑之下："七夜……"

生命女神艾西斯，披着一袭青袄，从远处一黑一白两道身形上收回目光，转身向着镇国神碑走去。眼下的局面，有些出乎她的意料。大夏那些堪比神明的凡人尚未赶到，大夏神也尚未追来，按理说，他们四位九柱神毁掉镇国神碑，应当轻松无比，可就是那两个不知从哪儿冒出来的怪物，竟然拖住了他们这么久。他们没有收敛自己的神威，那些堪比神明的凡人应该早就知道了他们的入侵，很快便会赶来。他们的时间……不多了。必须尽快毁掉这座神碑。艾西斯周身的神力荡漾开来，就在她即将走到神碑之下时，像是看到了什么，双眸微微眯起。暴风裹挟着雪花，在空中发出低沉的呜咽，那座漆黑神碑的脚下，一个浑身是血的身影，披着半件残破的斗篷，正静静地伫立在那儿。淡青色的微光在他的身上流转，在青春女神的力量之下，他残缺的半边身体复原了大半，灰白色的骨骼之上，血肉正在迅速地蔓延。他的右手五指皮肉尚未生长完全，那连带着几丝皮肉的惨白骨节，此刻正攥着一柄长剑，散发着森然杀机。"想毁这座碑……除非，先杀我。"

1090

"你竟然还活着？"艾西斯眯眼看着镇国神碑前的林七夜，像是感知到了什么，"你的身上，有生命与青春的气息……"林七夜握剑的手掌逐渐被血肉包裹，初生的柔嫩皮肤泛着一抹粉红，他强忍着灵魂的剧痛，轻启双唇，古老而富有韵律的西式歌谣从他的喉中传出："……嗅着血液的芬芳，我找到安魂的殿堂，一片破败景象，幽灵放荡歌唱，黑色迷迭香绽放，藤蔓蜿蜒生长，灵魂张望，信仰血色的月光……"随着林七夜的嗓音，天空以肉眼可见的速度阴沉下来，两人脚下的大地突然剧烈颤动，一根根漆黑的藤蔓宛若触手自雪中爆出，急速地抓向身着青袄的艾西斯。淡淡的红芒自天空洒落，灰黑色的阴风，仿佛来自幽冥，卷积在她的周身，一张张诡异苍白的面庞张开巨嘴，狰狞地咬向她的身体。艾西斯微眯的眼眸中没有丝毫情绪波动，她指尖轻抬，一根根幼小的菜苗自她的脚下破土而出，瞬间遍布了那些漆黑藤蔓的表面，贪婪地摄取着其中的养分与精神力。不过数秒的工夫，那些藤蔓便干裂崩碎开来，艾西斯随手一挥，阴风残魂便被一抹富有生机的春风搅成碎片。

"……嗅着血液的芬芳，我找到安魂的殿堂，远处横陈的雕像，断臂隐藏在一旁，那是女神的狂想，用中指指示方向，红色的小花开在她的身旁，那是天堂……"不等艾西斯再有所动作，林七夜的嗓音再度响起。

"轰——"艾西斯瞳孔微缩，身形瞬间闪离原地，只听一声沉闷巨响，一座巨大的血色女神石像便自虚无中勾勒而出，重重地砸在她曾站立的地方。纷扬的雪花飞舞，那座石像俯视着雪地上的艾西斯，粗壮的右臂抬起，五指像是扣住了整片天穹，压向艾西斯的头顶！"没完没了。"艾西斯的眼眸中浮现出一抹怒意，青袄之下，一只青葱玉手伸出，与那血色女神像的手掌撞在一起！两只手掌碰撞的一刹那，一抹抹泛着绿芒的裂纹便瞬间遍布石像表面，艾西斯五指深扣，直接捏碎了石像的右臂，恐怖的生命气息将整座石像都碾得粉碎。林七夜闷哼一声，痛苦地弯下腰，一缕鲜血自鼻腔流淌而出。他深吸一口气，张开嘴，正欲再念些什么，一只手掌已经卡住了他的咽喉，将其整个人都砸落在雪地之中！以他的背脊为中心，一道半径百米的巨型深坑，轰然爆开！滚滚烟尘混杂着飞雪，洋洋洒洒地落下，一袭青袄的艾西斯单手扼住林七夜的咽喉，将其固定在深坑的中央，鲜血自林七夜的七窍流淌出，逐渐晕染了周围的地面。"我知道了，你想凭着体内的青春神力，不惜一切用性命来拖住我，直到援兵赶过来。"艾西斯冷冷地看着林七夜那张满是血污的面庞，"可惜，你太弱了……蟑螂的生命力就算再顽强，也不可能拖住神明的脚步。"艾西斯话音落下，一根根菜苗便自她脚下的大地破土而出，沿着林七夜的右臂，不断地攀上他的身体，像是一片急速漫延的绿色浪潮。

随着这些菜苗生长，林七夜的身体就像化成了土壤，被死死固定在大地之上，根本无法移动半分，他死死盯着艾西斯的眼睛，视野逐渐被菜苗所掩盖。艾西斯缓缓收回了手掌，从深坑中站起身，最后瞥了那片青葱绿地，转身踏出深坑，向着镇国神碑走去。随着她双手抬起，一根根菜苗顺着镇国神碑的底座，急速地向上蔓延，它们自毫无缝隙的碑体之上生长而出，贪婪地摄取着碑中的能量，越长越多，越长越密。一抹绿意，缓缓蚕食着黑色石碑的表面。"好恐怖的神力！"艾西斯眉头微皱，"这东西，根本不是一般神明能打破的……不，就算是至高神，想毁掉它也没那么容易。不过幸好，我的生命之力可以一点点蚕食它的力量，等它的神力被植物吸收一部分，就会脆弱很多……"

就在艾西斯喃喃自语之际，那座深坑之中，被菜苗所淹没的身形，缓缓攥紧了双拳。林七夜能清晰地感知到，自己的力量与生机，正在被这些菜苗一点点抽走，如果不是他承载了伊登的灵魂，体内拥有大量的青春之力，此刻恐怕早就被抽成了干尸。

但即便如此，随着这些菜苗急速地生长，林七夜觉得自己的身体越来越沉重，它们就像钉子一样，将自己牢牢地钉死在了地面。随着大量精神力的流逝，他的意识迅速地模糊起来。就在此时，艾西斯的话语通过精神力感知，传递进了他的脑海之中，他猛地睁大了双眸，意识短暂地回归了清醒。不行……他绝对不能就这么在这里等死。要是真让艾西斯把神碑中的力量抽干，那一切都晚了。林七夜的眼眸中，闪过一抹狠意，他艰难地张开了双唇，用只有自己能听见的声音，沙哑自语："野火烧不尽……春风……吹又生……"

"咻——"熊熊烈火爆裂炸开，将那些禁锢着他的菜苗，连带着林七夜的本体，一同卷入其中。随着林七夜的境界被提升到"克莱因"巅峰，"天空的吟诗者"的效果也被翻了数倍，这团火焰的威力，早已不是普通的凡火所能比拟的。在炽热火焰的燃烧下，青葱的菜苗逐渐枯萎凋零，与之一同濒临死亡的，还有林七夜的肉体。这些菜苗，全部都扎根于林七夜的血肉，也就是说想要彻底烧死它们，林七夜必须让火焰也焚烧自己的身体……随着火光越来越旺，林七夜的身体被迅速地碳化。等到菜苗全部被焚烧殆尽，深坑再度陷入一片死寂，不知过了多久，一个浑身焦黑、血肉模糊的身影，缓缓从坑底爬出。此刻的林七夜，早已面目全非，不仅衣物全部被焚烧成灰，全身上下再也没有一处完好的肌肤，如果不是身体受过信仰之力的洗礼，吃过蟠桃，此刻他已经死了不知道多少回。这焦黑的身影，虚弱地站直身体，就在这时，一个东西从他的胸膛滑下，落在洁白的雪地之中。他低头看去，整个人微微一怔。那是一枚闪亮的纹章。

<h2 style="text-align:center">1091</h2>

在看到这枚纹章的瞬间，一股莫名的召唤感，涌上了林七夜的心头。这种感觉很奇妙，仿佛一切都在冥冥中注定，当躺在雪地中的那枚纹章，倒映着他焦黑溃烂的面庞的那一刻，无数的画面如电影般掠过他的脑海。雨夜中，拔刀斩鬼的赵空城；迷雾外，挥剑斩神的周平；沉龙关，拼死传信的卢秋；边境旁，舍身化碑的大夏众神……他们身上散发的光辉，这一刻，林七夜也看到了。它，就在那枚纹章之上。它一直在自己的身上，它与自己的距离，明明那么近，却好像那么远。浑身焦黑的林七夜，颤抖地伸出双手，如捧着至宝般，将这抹光辉从积雪中刨出，攥在自己的掌心。掉在雪地中的，不仅是一枚纹章，更是林七夜内心所缺少的，那一块独属于守夜人的信念与使命。那是他在过去几年中，遗失的东西，也是他迷茫与自我质疑的根本原因。当他攥住这枚纹章的瞬间，心中的一切迷惘与质疑，仿佛都有了答案。林七夜笑了。他笑得很开心，即便那碳化焦黑的嘴角又裂开了一道狰狞血口，他的双眸，依然前所未有地明亮。

"国内的古诗，国外的诗歌，都已经用尽了……这一次，我想试试别的。"他缓缓站起身，在暴风雪中，抬头仰望着那座高耸入云的镇国神碑，攥着纹章的右手紧紧攥成拳，举到了太阳穴旁。他脸上的笑容逐渐收敛，取而代之的，是前所未有的严肃。他笔挺地站在那儿，双唇轻启，声音中夹杂着某种神秘的韵律，在风雪中回荡："我林七夜，在大夏众生前宣誓，若黯夜终临……"

呜咽的风雪，在山峰之间回荡。无数新兵呆呆地看着远处镇国神碑的战场，如雕塑般一动不动。他们目睹了那个披着深红斗篷的身影，以凡人之躯，站在众神之前，一次次地被打败、重伤，却又倔强而坚定地爬起，再度守在神碑之下的情景。他第一次被天空之神击杀，众新兵的心仿佛骤停，无尽的绝望与悲痛涌上他们的心头。他第二次被生命之神打入深坑，众新兵心如死灰。当他们看到林七夜烈火焚躯，浑身碳化地从坑底爬起的时候，终于克制不住心中的情绪，奋力地低吼起来，他们用双拳捶击着地面，那一双双目眦欲裂的通红眼眸中，已经满盈着泪水。

"林教官！！"

"林教官！！！"

"林教官！！！干死这群外神！！"

…………

这是他们第一次亲眼见证如此惨烈的战斗，也是他们第一次，如此清晰地感受到，什么是守夜人。新兵们的一旁，沈青竹死死地盯着那道焦黑的身影，深红色的斗篷之下，身躯微微颤抖，十指深深地抠入掌心，指甲刺破皮肉，一缕缕鲜血顺着骨节滴落在雪地之中。他无数次地想要冲过去，与林七夜三人并肩作战，但理智一次次地控制住他，让他留在原地。他没有林七夜那么变态的潜力，也没有曹渊体内那么恐怖的怪物，他沈青竹就是一个普通人，就算他冲到神碑之前，用鬼神引强行提升境界，在神明面前也根本没有任何威胁可言。林七夜将他们留下，就是希望如果自己出了什么事情，他们能保护好这群新兵。这些新兵……就是大夏的未来。沈青竹的胸膛剧烈地起伏着，他望着远处的战场，第一次感觉到，自己是如此弱小，弱到连与自己的兄弟一起赌上性命厮杀的资格都没有。愤怒、自责、不甘，这些情绪疯狂地涌上他的心头，他……什么也做不了。

就在沈青竹陷入深深自责的时候，他看到，镇国神碑之下，那个浑身焦黑的身影，缓缓抬起了拳头，放在太阳穴旁。一个声音在天地间回荡。"我林七夜，在大夏众生前宣誓，若黯夜终临……"听到这个声音的瞬间，在场的所有新兵都愣在了原地，唯有沈青竹想到了什么，迅速反应了过来。他回想起不久前，林七夜与他交谈的话语，也猜到了林七夜接下来要做什么。该死……该死！！沈青竹的脑海中，闪过一抹微光，他猛地转过头，对着身侧所有的新兵大吼："你们还在等什么！！林教官最后的授课还没有结束！！所有人！！跟着林教官宣誓！！！"沈青竹的吼声，将在场的新兵从迷茫中惊醒，他们迅速地站直身体，右手握拳置于太阳穴旁，双眸紧紧盯着神碑之前，那道浑身焦黑却依然身姿笔挺的身影——

"我方沫，在大夏众生前宣誓！"

"我卢宝柚，在大夏众生前宣誓！"

"我李真真，在大夏众生前宣誓！"

"我苏哲，在……"

…………

最终，所有人的声音，都汇聚成了一句话："若黯夜终临！！"

远处，数百新兵的宣誓声如滚滚雷鸣，在风雪之间回荡。艾西斯站在神碑之下，看了眼声音传来的方向，眉头微皱，又转头看向了身后从深坑中爬出，正缓缓走来的焦黑身影。随着声音的传播，他的身上，似乎有某种极强的力量，正在不断地涌现而出。那是"天空的吟诗者"。"真是阴魂不散……"艾西斯冷哼一声，身着一袭青袄，向着林七夜走去。

林七夜的表情平静无比，他张开嘴，声音再度传出："吾必立于万万人前！！"

"吾必立于万万人前！！"远处的山峰上，数百新兵整齐划一地大吼。

"横刀向渊！！"

"横刀向渊！！"

眼看着艾西斯的身形离自己越来越近，林七夜深吸一口气，紧攥在掌间的纹章一翻，一枚银色的短针便自动弹出。林七夜的双眸中，迸发出前所未有的光亮！他闪电般地将这枚短针刺在了自己的血肉之中，用尽全身的力气，嘶吼道——

"血染天穹！！"

"血染天穹！！"

1092

"咚——"一道恐怖的圆形气浪以林七夜为中心，轰然爆开。急速逼近的艾西斯像是察觉到了什么，脸色一变，猛地抬起那只青葱玉手，破开气浪与烟尘，按向林七夜胸膛所在的位置！一只逐渐恢复血色的手掌，同样撞开烟尘，与她的手对撞在一起！"轰——"惊天动地的爆鸣自两只手掌间传出，镇国神碑方圆数里的地面，猛地下沉数米！呼啸的狂风撕碎了暴风雪，直接将这片区域震成了一片无风的真空区，飘零的雪花也被震出断层，数十秒后，才继续有雪花从空中洒落。与此同时，远处横躺在地的天丛云剑剑柄处，一抹夜色突然浮现，只听一声剑鸣，天丛云剑便化作一抹剑光，刹那间闪过天际，直接将艾西斯的青葱玉手连着手腕齐刷刷地斩了下来，切口光滑如镜。艾西斯的瞳孔骤缩，身形接连后退百米，她催动生命之力试图恢复手腕，却对天丛云剑留下的伤口无可奈何。鲜血不停地顺着断裂的手腕，洒落在地，艾西斯皱眉抬头看向前方，只见一个身影正单手握剑，缓缓走来。飘零的风雪围绕着他焦黑的身躯，急速狂舞，在鬼神引透支所有潜力的情况下，林七夜的精神力境界节节攀升，一举冲破了"克莱因"境瓶颈，短暂地踏入人类战力天花板境界。他身上的伤痕正在迅速地恢复，伸手在虚空中一扯，夜色与星辰便化作长袍，披在他的身上。林七夜的双眸明亮无比。

事实上，鬼神引的力量，是不足以让人类跨过那道瓶颈，踏入人类战力天花板的。"克莱因"境巅峰，本就是鬼神引能够起作用的极限范畴。但就在林七夜的境界即将被那个瓶颈拦截下时，另一股力量涌现而出，助他跨过了瓶颈，踏入人类战力天花板境界。"天空的吟诗者"：诗歌有灵，每当念诵一句能够与内心达成共鸣的诗歌之后，便能对周围的环境造成相应的影响，诗歌与内心的共鸣越强大，对外界的影响便越大。之前林七夜用来拦截风神与生命之神的诗句，脆弱不堪，不仅是林七夜自身境界的原因，他的内心无法与诗歌形成共鸣，也是导致威力下降的重要因素。但那四句誓词不一样。这是最初成为守夜人的誓言，亦是无数守夜人舍身战死前的世间绝唱！林七夜这一路走来，见识了无数的守夜人，他们那些闪闪发光的品质在他的内心深处留下了无比深刻的印象，而在念出誓言之前，他又解开了最后的心结，心神通明。这种状态，以及眼下这濒临绝望的处境，让林七夜内心深处对这四句誓言的共鸣，达到了一个极端恐怖的地步！"天空的吟诗者"加上鬼神引的透支潜力，让林七夜一步跨过人类战力天花板门槛，从境界上来说，甚至一口气抵达了接近神境的层次！林七夜不知道现在的自己究竟有多强，但光从气息上来看，他甚至已经与左青的实力不分伯仲。

当然，一切都是有代价的。林七夜心里很清楚，接连承载两位神明的灵魂带来的副作用，再加上用鬼神引透支所有潜力，两者叠加，就算他的身体素质再强，等到时效结束之后，也不会有丝毫生还的可能。这，是属于他林七夜的最后一战。林七夜的目光扫过那座不断生长着菜苗的神碑，低声呢喃诗句，熊熊烈火便自碑座之上喷吐而出，沿着碑面的菜苗席卷而上，瞬间点燃了整座镇国神碑！镇国神碑由众神神力所化，坚硬无比，任凭火焰如何燃烧都不会对其造成伤害，但那些扎根汲取着神碑力量的菜苗，却在烈火之中逐渐凋零枯萎。烈火舔舐着高耸入云的神碑，将天空都晕染成红色，林七夜披着夜色长袍闪烁至神碑之下，一抹极致的黑暗，急速地蚕食着他头顶的天空。

艾西斯望着那燃烧的神碑，眼眸中浮现出怒意。"区区凡人，真是找死！"随着神力激荡，那袭青袄在风中狂舞，她伸出右手，向着地面重重一拍，眼眸中闪烁着森然杀机！"轰——"生命神力疯狂地涌入大地，呼吸之间，无数体形夸张的植物自坚硬的岩层下爆出，百余米高的野草如巨蟒般扭动，五根长满倒刺的粗壮树干冲天而起，将林七夜困在中央，随后像是巨人的手指般蜷曲，要将其捏碎在掌间。这片荒凉的雪原在生命之神的力量下，硬生生化作了一片充满野性与杀戮的乐园。

"凡人又怎样？现在的你……连凡人都杀不死。"林七夜的身形在无数绿植间闪烁，神情平静无比，他抬头看向头顶夜色中点缀的星辰，双唇轻启，"陨落千星。"在林七夜声音出现的瞬间，那些星辰剧烈地动荡起来，它们化作漫天星雨划过天穹，径直砸向这片大地。星辰与空气摩擦，化作一个个燃烧的巨型火球，轰然砸落在狂舞的巨型植物乐园中，将其无形地撕成碎片，随着接连不断爆炸轰鸣，一座又一座陨石坑出现在大地之上。混乱的爆炸与燃烧，将艾西斯的青袄映得通红，她眉头紧皱，正欲有所动作，身侧的火焰之中一道黑衣身影单手握剑，剑芒撕碎空气，径直斩向她雪白的脖颈！艾西斯感受到天丛云剑上传来的恐怖气息，瞳孔微缩，双腿扎根在原地，上半身猛地向后拧出一个诡异的角度，避开了剑锋。她反手攥住了林七夜握剑的手腕。随着生命神力的灌入，大量的菜苗自林七夜的右手钻出，沿着臂膀向身体急速蔓延，林七夜觉得自己的动作再度滞缓了下来，整条手臂都陷入僵直。林七夜眼眸微眯，左手握住一柄凭空召唤出的星辰刀，猛地将自己长满菜苗的右臂连骨斩断！鲜血喷溅，断臂连带着天丛云剑，破开大地径直向着地心掉落下去。林七夜强忍着剧痛，脚下第二道魔法阵闪烁而出，一只蓝色的猫影自地面弹起，一口咬向艾西斯的身体。"刺啦——"一道粗壮狰狞雷霆自云间劈落。

1093

"吼吼吼——"远处的战场，煞气火海之中，那道摩天巨影拖动着身上的锁链，疯狂地敲砸着身前的大地。一道道沟壑被鞭打而出，那些崩碎的山体石块飞至空中，突然停滞，随后迅速地汇聚成数十柄压缩的岩石巨矛，随着大地之神盖布的手掌挥动，从四面八方刺向摩天巨影的身体！晦涩的道诀在空中回响，一道白色道晕荡漾开来，瞬间将漫天岩石巨矛消融无踪。一个穿着红色道袍的胖道人，身形掩藏在光晕中，凌空站在摩天巨影的上方，一手握着玉如意，一手掐着印诀。突然间，两道神影自他的身侧闪出，风神休与天空之神奴特一左一右，裹挟着恐怖的神力，同时出手！百里胖胖目光一凝，手中的玉如意轻挥，白色道晕消融了休释放出的罡风，另一只手迎着奴特的银色手掌按去。"咚！"两掌相碰，呼啸的狂风席卷而出，百里胖胖与奴特同时后退数步。与此同时，休的身形诡异地出现在他身后，数根手指从后方洞穿了百里胖胖的肩胛骨，将白色道晕都震散了些许。百里胖胖闷哼一声，身形一晃消失在原地，下一刻便出现在数百米外的雪地上。鲜血顺着指尖，一滴滴落下，百里胖胖低头看了眼肩头的几个血洞，脸色微沉，无奈地摇了摇头。"境界太低，只靠如意迎战两位神明，还是太勉强了……"

接连的轰鸣声从远处传来，击退百里胖胖之后，三位九柱神便动用雷霆手段，直接开始围攻黑王。罡风、大地、天空，三种雄浑的神力接连不断地轰击在摩天巨影的身上，仅是片刻的工夫，就让其伤痕累累。摩天巨影周身燃烧的煞气火焰，肉眼可见地暗淡下来，动作逐渐滞缓，就连穿过它身体的那些锁链，都越发模糊。看到这一幕，百里胖胖眼神一凝。"糟了……'牢狱'快关不住它了。"他单手掐了一个道诀，身形再度消失在原地。满目疮痍的战场之上，那道摩天巨影被锁链束缚在原地，退无可退，只能深陷在三位神明的联手围攻之中。恐怖的神力在摩天巨影的身上轰鸣，将其硬生生压得半跪在地，将大地震出交错的裂纹，那双没有瞳孔的黑色眼眶，死死地瞪着空中那三道神影，好似有无穷无尽的怒火熊熊燃烧！漆黑的煞气火焰，在它的周身翻腾，它不甘地抬起头颅，对着天空愤怒嘶吼，如同一位暴怒的君王。

"它快不行了。"风神休双眸微眯，"一口气杀了它。"

越发凌厉的神力攻击如瀑布般倾泻而下，将摩天巨影的身形震得摇摇欲坠。就在这时，摩天巨影像是察觉到了什么，低头看向自己的身体。熊熊煞气火焰之中，一具冰冷的尸体胸膛插着直刀，正跪倒在地，七根锁链自他体内延伸而出，穿过周围的虚无，连接在摩天巨影身上的七个孔洞之中。随着那些神力的轰击，煞气火焰逐渐消退，那些锁链也暗淡模糊了起来。摩天巨影没有瞳孔的眼眸，紧盯着头顶那三位饱含杀意的神影，粗壮的双臂缓缓抬起，在漫天神力之中，攥住了穿过自己左肩的那一根黑色锁链！它用后背硬扛着漫天神力，浑身的肌肉鼓胀起，奋力地撕扯着这根锁链的本体！那根暗淡模糊的锁链剧烈地颤鸣起来！"砰——"随着摩天巨影的怒吼声响起，它掌间的锁链轰然爆开，化作无数破碎的黑火，消散在空中。周围已经近乎熄灭的煞气火海，再度燃烧起来，扯碎了一根锁链之后，摩天巨影身上的伤痕开始以惊人的速度愈合，气势也开始节节攀升！熊熊黑色火柱冲天而起，将三位九柱神震退数步，脸色凝重起来。一根锁链断裂之后，摩天巨影并没有收手，它继续攥住了自己右肩的锁链，再度暴吼一声，将其撕裂开来。然后是左膝盖，右臂膀。一口气扯断了四根黑色锁链，无穷无尽的煞气火海自摩天巨影体内翻卷而出，刹那间吞没了整片天空，三位九柱神脸色大变，身形狂退数里。那尊摩天巨影身上传来的气息，甚至已经压制住了他们三者的神力波动，在那滔天的煞气冲刷之中，他们的心神都有些不稳。

"这究竟是什么怪物……"天空之神奴特喃喃自语。

破碎大地上的煞气旋涡之中，那尊摩天巨影缓缓站起身，原本身上的七个透明孔洞已经愈合了四个，只剩下三根铁索，还在束缚它的身形。摩天巨影那双空洞的眼眸，凝视着身上最后三根锁链，正欲伸手将其全部扯碎，一道白芒闪过，身着红色道袍的百里胖胖便站在它的身前。

百里胖胖看着黑王身上仅剩的三根铁索，脸色有些难看，他当即放手让玉如意飘在身前，双手连掐道诀："天地玄宗，万炁本根。广修亿劫，证吾神通。三界内外，唯道独尊……"一道道金色神光自玉如意中荡漾而出，化作三张橙黄大符，飘在百里胖胖身前，散发着无上玄妙之气。百里胖胖咬破食指指尖，用自己的鲜血分别在这三张大符上勾勒片刻，手掌轻挥，三张染血符箓便化作电芒，瞬间贴在了那三根暗淡模糊的锁链之上。随着这三张符箓的出现，铁索迅速地稳固下来，摩天巨影见无法再扯开锁链，便不再尝试，微微抬起头，那双空洞的眼眸直勾勾地盯着不远处那三个围攻他许久的九柱神。它缓缓站直身体，庞大的身躯伫立在火海中央，头部甚至已经触碰到厚重翻卷的雪云，低头俯视着那三位蝼蚁般的神明。它伸出手，在脚下旋涡火海之中一握，无尽的煞气火焰瞬间交织成一柄山峰大小的黑刀，隐约之间，散发着暗红色的血光。

"离它远一些，虽然不知道那是什么东西，但它好像无法离开那些锁链所在的地方，只要我们与它保持……"风神休话音未落，那道手持黑刀、顶天立地的摩天巨影，便凭空消失在他的视野之中。下一刻，呼啸的刀风裹挟着煞气火焰，便从天空斩向他的头顶！

1094

"刺啦——"在风神休难以置信的眼神中，煞气刀芒瞬间将他的身体劈成了两半，无力地从空中坠落至雪地之中。一片死寂的昏暗天空之下，三位九柱神的身后，不知何时，已经站了一尊无声涌动着煞气火焰的摩天巨影。天空之神奴特，以及大地之神盖布瞳孔骤然收缩！两人的身形瞬间闪出数十里，惊恐地回望远处那尊巨大的黑影，眼眸中满是难以置信。那么庞大的体形，是怎么无声无息地突然出现的？！就在两人惊骇之际，那尊摩天巨影身形再闪，凭空出现在他们身旁的煞气火浪之中，高高举起手中的黑刀，猛地挥落！

煞气火焰混杂着轰鸣巨响，在远处接连爆发，百里胖胖身着道袍踏过积雪，在一片雪坑前缓缓停下脚步。他看了眼远处力压双神的摩天巨影，又低头看了眼雪中逐渐复原的风神休的躯体，长叹一口气："神明之下，众生之上……可惜，没有法则之力，就杀不了神明。"他蹲下身，用手在休的残躯上画下一道符咒，将其彻底封印，逐渐复原的进程也突然停止了下来。百里胖胖站起身，正欲加入战场，随后像是察觉到了什么，转头看向远方。"终于来了……"沉思片刻之后，他身形在这片战场上凭空消失，仿佛从未出现过一般。

"轰轰轰——"接连数道惨白的雷霆自云层坠落，将艾西斯身上的青袄劈得一片焦黑。她一边闪避着林七夜掌间的夜色，一边分神对抗动作敏捷的雷兽来福，身形连连后退，狼狈无比。林七夜一袭夜色长袍，在风雪中狂舞，断裂的右手在青春神力的作用下，塑骨生肉，缓缓重生。与此同时，他脚下一片青葱绿地如潮水般铺开，每当艾西斯试图在地面引动生命之力长出植物时，便会被"永恒的秘密花园"吞噬殆尽，精纯的生命力反哺林七夜，使其断裂的右手恢复得更加迅速。即便如此，林七夜的心中也没有丝毫的松懈，眉头反而皱得更紧。断裂的手臂可以修复，但他能够维持生命的时间，已经不多了，等到承载布拉基灵魂的时间与鬼神引的效果过去，他便要葬身黄泉，到那时，镇国神碑又将无人守护，彻底暴露在艾西斯的身前。不能再让艾西斯拖下去了……

林七夜的双眸微微眯起。"你不是要杀我吗？"林七夜一步踏出，无垠的夜色自他的衣摆浸染而开，那双幽深的眼眸平静注视着不断后退的艾西斯，淡淡开口，"来啊，我就站在这儿，堂堂生命之神艾西斯，怎么在一个凡人的手下如此狼狈？"

艾西斯一怔，随后清冷的脸庞上浮现出前所未有的怒意，林七夜这简单的一句话语堪称诛心，直接戳到了她内心最憋屈的地方，明明只是个随手就能拍死的虫子，现在却莫名其妙地压着自己打，自己还毫无反手之力。她身为神明的高傲与自尊，被眼前这个凡人践踏得一文不值。她秀眉紧皱，心中怒火熊熊燃烧，身形不退反进，硬扛着雷兽引落的雷霆一步踏出，肉身撞破雷光，澎湃的神力奔涌，化作无数倒挂着尖刺的藤蔓，绞向林七夜的身体。林七夜的身形化作夜色，在藤蔓绞杀之间接连闪动，顷刻间便挪移到了艾西斯的面前。似乎早就预判了林七夜的落点，艾西斯冷哼一声，青祛之下猛地射出数十根藤蔓，在极近的距离下，刺穿了林七夜的身体。锋锐的倒刺割开林七夜的血肉，将其死死禁锢在艾西斯身前一米，剧痛充满林七夜的脑海，他的面目扭曲狰狞起来，却并没有慌乱之色，甚至嘴角还勾起了一抹笑意。艾西斯的心头微微一跳。绚丽的魔法阵突然从林七夜被禁锢的掌间绽放，下一刻，一条断臂混杂着凌厉的剑光，自召唤法阵中呼啸飞出！在如此近距离下，艾西斯就算反应再快，也来不及躲避，哪怕她尽量地扭开身躯，剑芒依然轻松地切碎了她左侧的身体，跳动的心脏也被搅碎了大半。艾西斯的瞳孔涣散，踉跄地向后退了数步，大片的鲜血涌出，浸染了脚下的地面。林七夜的这一剑没有法则之力，自然也不可能取得了她的性命，但在天丛云剑的力量之下，她亦无法通过生命之力，修复自己的身体。"斩碎了半颗心脏，居然还是不能彻底剥夺行动力……这就是生命之神吗？"一抹剑芒划过，斩开了束缚林七夜的倒刺藤蔓，浑身是血的他跌落在雪地中，四肢已经被倒刺钩得血肉模糊，他看着远处还坚强伫立的艾西斯，嘴角浮现出苦涩。

　　片刻之后，艾西斯的眼眸中终于恢复了一丝神采，她僵硬地低下头，看了眼自己还在艰难跳动的半颗心脏，又将目光落在了远处同样重伤不起的林七夜身上。这个凡人……在和她以伤换伤？真是个疯子。艾西斯艰难地拖动身躯，青祛之下的藤蔓再度钻出，带着凛冽的杀机，冲向倒在雪地中的林七夜。就在藤蔓飞至半空的瞬间，一个身影凭空踏出，落在了雪地之上。刹那间，漫天飘零的碎雪被定格在空中，飞在半空中的狰狞藤蔓瞬间凝固，好似被冰封了一般。时间在这一刻仿佛被按下了暂停键，呼啸的暴风雪，以及远处轰鸣的爆炸声，全部消失不见。天地之间，归于一片死寂。"沙沙——"轻微的踏雪声响起，一个披着灰色斗篷的身形自定格的漫天飞雪中缓缓走来。苍白的发丝之下，一双沧桑的眼眸微微眯起，他凝望着那个青祛身影，满是皱纹的手掌搭在腰间的白色刀柄之上。"锵——"快到极致的刀芒，在风雪中急速地放大，瞬间斩碎了半空中的所有藤蔓，将那青祛女子仅剩的半边身体也淹没其中。时间恢复流逝，纷扬的雪花自空中落下，林七夜的双眸之中，清晰地倒映出艾西斯破碎倒下的身形。

1095

"王面？！"看到那个灰衣白发的身影，林七夜脱口而出他的名字。王面站在林七夜的身前，漫天的血肉碎块掉落在他身前的雪地之上，腰间的"弋鸳"归入鞘中。确认艾西斯短时间内无法恢复行动力之后，他才回过头，正欲说些什么，看清了林七夜现在的模样，微微一愣。"林七夜，你的境界……"林七夜满是血污的脸上，浮现出一个凄惨的笑容。王面有些不解，他看了眼远处血肉模糊的艾西斯，又扫过周围满目疮痍的战场，目光落在了遗落雪间的那枚纹章上。他意识到了什么，整个人像是尊雕塑般呆在原地。不知过了多久，他那张满是沟壑的苍老脸庞，深深地皱了起来。他的身躯，开始控制不住地颤抖。他的双眸之中，喷涌出无穷的怒意与疯狂。他低吼一声，再度将腰间的"弋鸳"拔出，身形撞破风雪，闪到了血肉模糊，却依然未曾死亡的艾西斯身前。他双手颤抖着紧攥住刀柄，满是老年斑的指节因用力过度而显得苍白，他死死盯着身下的这副躯体，高抬起雪白的刀锋，疯狂地一下又一下地捅入艾西斯的体内。压抑的低吼在鸣咽的风雪间回荡，飘零的碎雪随着他的动作飞舞，他就像一个疯子，对着雪中那摊缓缓复原的血肉，接连捅了数十刀，等到她已经化作满地碎肉，彻底将周围的雪地染红，才颤抖着松开了刀柄。他无力地跪倒在雪地之中，苍老的双眼缓缓闭起，沙哑的声音之中是无尽的悲哀与自责："对不起，林七夜……对不起……我们……来晚了……"

听到"我们"两个字，林七夜满是血污的脸上，终于浮现出解脱的笑意，他虚弱地躺在雪地之中，仰望着那座火焰逐渐熄灭的镇国神碑，长舒一口气。他知道，这座镇国神碑，算是守住了。

另一处战场。左青站在一处雪坑前，低头望着脚下被封印的风神休，眉头微微皱起。明亮的车灯照过风雪，一辆电瓶车缓缓驶来，路无为在左青身旁停下身，伸手将头盔摘了下来。"你怎么来得这么快？你不是已经带着那个昏迷的守夜人坐上飞机回上京了吗？"路无为疑惑地问道。

"察觉到外神入侵，我直接跳机飞过来的。"左青回了一句，伸手将风神从雪中拎了出来，休浑身上下僵硬无比，像一尊雕塑般一动不动。

"哦……他这是怎么了？"

"不知道，像是有人出手，遏制住了他身体重塑的过程。"左青环顾四周，却没有发现任何可疑的身影，"奇怪……大夏境内，还有人能做到这一步？"

"我觉得，现在不是讨论这个的时候。"路无为伸手，指向远处那尊将两位九柱神摁在地上爆锤的摩天巨影，"那个快把两位九柱神脑袋砸烂的，是什么怪物？"

左青看了眼，平静开口："那是黑王。"

"黑王？黑王是什么？"

"……一时半会儿跟你解释不清楚。"左青将风神休的身体暂且放下，"那两个九柱神已经濒死了，找机会控制住他们，然后等王母娘娘出手，把黑王关回去。"

左青看了眼身上仅剩三根锁链的摩天巨影，长叹了一口气："现在的大夏，估计也只有王母娘娘能压制住它了。"

"它有这么强？"

"它已经彻底失控暴走了，看到它身上那最后三根锁链了吗？要是那三根锁链再断掉，'牢狱'彻底损坏，恐怕它就再也关不回去了。"

"听起来局势已经很紧迫了。"路无为看了眼远处正在与八元神交手的西王母，"可王母娘娘不是在对付那几个八元神吗？"

"会有人来接手的。"左青抬头，看了眼远方，"算算时间，他们应该也快到了……"

"轰——"汹涌的神力在空中激荡，西王母手持昆仑镜，冷眼望着身前伤痕累累的三位八元神，清冷的面容流露着森然杀机。在不远处的山峰断崖之上，一位八元神的尸体，正在青色的火焰之下逐渐被燃烧成灰烬。目睹了一位八元神被击杀，其余三位神明眉头紧锁，他们向远处扫了一眼，见九柱神还是没能毁掉镇国神碑，脸上浮现出焦急之色。"他们究竟在干吗……"

西王母冷哼一声，正欲再度出手，连续数道炸雷声自天边响起。几道流光自西方以惊人的速度飞掠而来，降落在三位八元神周围，其中一道银色流光在空中盘旋片刻，径直向着镇国神碑的方向飞去。三位八元神周围，一道道大夏神影勾勒而出，一个黑发红衣、肩扛火尖枪、脚踏风火轮的少年带着六七位大夏神，将空中的八元神彻底包围其中。三位八元神见此，脸色骤变，正欲拼死冲出，熊熊烈火便自虚无中燃起，化作火圈将他们的身形逼退。

"哪吒救援来迟，请娘娘恕罪！"火圈之外，哪吒腾出手，对着西王母躬身行礼。西王母见援兵到来，紧皱的眉头松开些许，她的目光落在远处那尊彻底失控的摩天巨影身上，眼眸微眯。西王母看都不看三位八元神一眼，径直向着摩天巨影飞去，淡淡开口："全部杀光。"

"是。"随着西王母的身形消失在原地，哪吒手握火尖枪，与身后的七八位大夏神一起，转头冷冷地看着那三个面如土色的八元神。"喜欢逃跑是吧？喜欢偷家是吧？"哪吒的瞳孔中，熊熊怒火燃起，"老子最讨厌的……就是你们这群喜欢偷家的狗东西！"

赤色火海，瞬间将昏沉的天空染成血色云霞。

无穷无尽的煞气火海之中，西王母披着缂丝紫纹神袍，自虚无中一步踏出。她的目光落在地上那副被封印的风神躯体上，淡淡的道晕流淌出来，像是发觉了什么，眉头微微皱起。"这个气息……"西王母微微动容，眼眸间光芒闪烁，她迅速地环顾四周，却没有看到其他身影。她思索片刻后，放弃了寻找，抬起指尖对着僵直的风神躯体轻轻一划，一颗头颅便高高抛起，随后一缕火苗燃起，将躯体彻底焚烧。紧接着，西王母再度闪出，接连动用法则之力杀死了重伤的天空之神奴特，以及大地之神盖布。这两位九柱神一死，正不断追杀他们的摩天巨影便缓缓转过头，那双空洞的眼眸紧盯着站在空中的西王母，转移了自己的目标。它站在熊熊煞气火海中，提起山峰大小的黑刀，便斩向西王母的身体！西王母双眸微眯，掌间的昆仑镜翻飞至空中，急速放大，化作一片巨大的镜面天空，倒映出摩天巨影的身形。她双手掐诀，随着神力奔涌，一股玄妙的气息逸散而出。

远处的战火接连平息，呼啸的暴风也随之停止，只有纷纷扬扬的雪花无声地自天空飘落，天地间再度陷入一片死寂。皑皑白雪之上，凌乱地点缀着一片又一片殷红，浓郁的血腥味没有被大雪掩埋，而是沉默地诉说着，曾经惨烈而悲壮的战斗。林七夜撑住膝盖，摇摇晃晃地试着从雪地中站起，只觉得一阵头晕目眩，双腿一软又坐在了雪地之中。鬼神引的效果，已经在逐渐消退了。疲惫与乏力如同潮水般涌上身体的每一个角落，他的身体不疼，却说不出的空虚，就好像是有人将他的肌肉与骨头全部抽走，现在就算简单地抬个手，都艰难无比。林七夜的呼吸越发粗重，但呼吸在寒冷雪地中凝结的雾气，越发淡薄，到最后，他呼出的气息已经几乎没有任何的温度。他的体温，正在迅速地降低。出乎林七夜意料的是，这个过程并没有他想象中的痛苦，他的身上没有任何的痛感，反而觉得自己的身体越发轻盈起来，在头脑的眩晕之中，一股暖洋洋的睡意缓缓升起。就连连续承载两位神明灵魂带来的灵魂撕裂感，也在这股睡意之下，逐渐淡化。"原来，这就是用完鬼神引之后的感觉吗……"林七夜坐在雪地中，抬头仰望着那座高耸的黑色神碑，微笑着轻声说道。他的脑海中，浮现出那个雨夜中赵空城倒在地上，生机急速流逝，却笑着与他交流的情景，想必当时的他，也是同样的感觉。鬼神引让他们的生命如绚烂的烟花般绽放，即便是面临凋零消散，也没有痛苦，没有悲伤，一切都是那么美好祥和。对一位献出生命拼死搏杀之后，即将面临死亡的守夜人来说，这就是最温柔的归宿。当年制造出鬼神引的那位存在，应该也是一位温柔到骨子里的人吧？林七夜在心中暗自感慨。在这种温暖祥和之下，他沉重的眼皮，开始控制不住地想闭上。

"林七夜，林七夜！"王面抓住他的肩膀，剧烈摇晃起来，大喊道，"你清醒一点！大夏的神明回来了！说不定他们有救你的办法！你不能就这么死了！"

林七夜的双眸微微睁开，他强打起精神，像是想起了什么。他伸手将自己掌间的天丛云剑递到了王面的身前，犹豫了片刻之后，又将腰间的"斩白"取了下来。他苍白的脸上没有了丝毫血色，心脏的跳动也若有若无，虚弱地开口："王面……这柄剑你应该认识，我死之后，它就交给你保管吧……还有这柄'斩白'，呵呵，它可比你那把'弋鸳'厉害多了，有机会的话，帮我给它找一个合适的主人……"

"林七夜！你在说什么鬼话！你清醒一点！"

"迦蓝的事情……你帮我上点心……她就在上京市四合院的厢房里睡着，我不想她一觉醒来，世界上一个朋友都没了……曹渊的身体里关着黑王，别让他经常自杀了，早晚要出事的……我死了之后，胖胖肯定会特别难受……你有空的话……"在林七夜细微的碎碎念中，他的双眸再度控制不住地闭上，到了最后，他在说些什么王面已经听不清了。

王面紧咬着牙关，正欲做些什么，一个血肉模糊的身影便从远处的雪地中摇摇晃晃地站了起来。在生命之力的作用下，艾西斯已经被砍成碎肉的身体，正在缓缓地愈合，半张面孔狰狞地看着地上濒死的林七夜，张开尚未长出嘴唇的血口，冷笑起来："哈哈哈……凡人就是凡人！最后还不是落得这么个下场？有本事你……"

"噗——"艾西斯话刚说到一半，一抹冰冷彻骨的寒芒便从身后闪过，切碎了她的脖颈，一颗写满了难以置信的血污头颅，像是皮球般骨碌碌地滚落在地。她的身体闷声倒在雪地之中，潺潺鲜血接连涌出，但这一次，她的身体并没有复原，生机也彻底泯灭。一个身着银袍的身影跨过她的尸体，手中的三尖两刃刀轻甩，将血迹溅洒在地面，他看都没看地上那具尸体一眼，身形一闪便来到了倒地的林七夜的身边。他怔怔地看着怀中的林七夜，干裂的双唇轻启，轻轻喊了一声："哥……"这简单的一个字，却直击林七夜的心灵深处，不知从哪里来的力量，强迫着他睁开眼睛，想要看清自己面前的那张面孔。他的双眼艰难地睁开了一道缝隙。他看到了。那张他日思夜想的面孔，就在他的眼前。他苍白的嘴角勾起淡淡的笑意，颤抖地伸出手，想要触碰那张熟悉而陌生的脸颊。"阿晋，你长大了……"他声音沙哑地开口。

"哥……我……"杨晋的双拳控制不住地攥紧，他开口正欲说些什么，林七夜触碰到他脸颊的手，便无力地落了下去。杨晋愣在了原地。

"阿晋，你看到了吗……

"你们留给大夏的太平盛世……哥哥我守住了。"

1097

轮胎裹挟着碎雪翻飞，荒凉的雪原之上，一辆越野车好似低吼的野兽，全速疾驰。安卿鱼双手握着方向盘，将油门踩到了底端，凌乱的黑发披散在白大褂上，双眸紧盯着地平线的尽头，眉头紧紧皱起。短短的几天内，安卿鱼已经第二次利用分身重生，加上之前那几次，安卿鱼在沧南市地下准备了近两年的分身储备，几乎用完。即便解剖获得了十切鬼童制造分身的力量，但安卿鱼毕竟不是"神秘"，制造分身对他而言，依然是一个极其耗费时间与精力的过程，即便全身心地投入制造，制造一个分身也至少花费四个月的时间。成为守夜人之后，安卿鱼便一直跟着林七夜满世界乱跑，根本没有充足的时间定下心来制作分身，这次重生之后，只剩下最后一个还躺在冰棺之中，作为他最后的底牌。不过现在安卿鱼担心的，并不是这些。他看了眼地图，从副驾上拿起一个对讲机，按下按钮："我是安卿鱼，听到请回答。"他没有调频，甚至连音量都没有打开，他心里很清楚，就算不将信号调节至任何一个频道，只要他握着对讲机，江洱就能捕捉到他的信号源。

很快，江洱的声音便从对讲机中传来："收到。"

"现在神碑那儿的情况怎么样？"安卿鱼话音落下，对讲机的那一头陷入沉默。

"江洱？"

"……卿鱼，我们现在带着新兵，已经要到停机场了，等到了再说吧。"

安卿鱼的眉头皱了皱，心中闪过某种不祥的预感，还是开口道："好，我马上到。"他猛地一转方向盘，车辆便呼啸着向停机场的方向疾驰，他踩着油门的脚越来越沉，脸色也越发焦急起来。没多久，他就到了停机场附近。安卿鱼快步走下车，顾不得自己凌乱糟糕的形象，直接走上前，只见简陋的停机场中，新兵们一个个都低着头，沉默地登上机舱，眼圈有些泛红。六百多个新兵，没有一个人说话，就像是一群机器，有序地列队前进。整个停机场，死寂一片。沈青竹独自坐在停机场的门口，满是血痕的手掌夹着一根烟，烟并没有被点燃，烟嘴却已经被两根苍白有力的手指夹得扭曲不堪。江洱的棺材就摆在他的身边，一袭白裙的江洱飘在空中，见安卿鱼来了，双唇微微抿起，下意识地避开了他的目光，低下头去。安卿鱼环顾四周，再也没有见到其他"夜幕"小队成员的身影。他的心顿时沉了下去。他迈步走到沈青竹与江洱身边："怎么回事？发生了什么？"

听到安卿鱼的声音，雕塑般的沈青竹似乎回过神来，通红的双眸缓缓闭起，夹着扭曲烟卷的右手微颤着将烟递到嘴边，一缕火苗燃起，点燃了烟头。他深深地吸了一口，声音沙哑地开口："七夜他……战死了。"

听到这句话，安卿鱼的脑海中仿佛闪过一道晴天霹雳！他呆呆地在原地站了许久，像是失了魂，喃喃开口："死了……怎么死的？"

"他为了守住镇国神碑，动用了鬼神引，一个人拦住了一位九柱神，拖到了人类战力天花板和大夏神赶来。"

"鬼神引……"安卿鱼念叨着这三个字，身体微微颤抖起来。"黑王没能拦住他们？曹渊，曹渊呢？"

"曹渊变成黑王，被西王母镇压，后来天庭从战场回归之后，他和七夜的尸体一起被大夏神带回了天庭，然后就消失了。"江洱补充道。

"那胖胖呢？他不是没有参与战斗吗？他去哪儿了？"

"他……失踪了，在刚打起来的时候就失踪了。"

安卿鱼沉默着站在原地，斗篷下的双拳紧紧攥起，密集的血丝攀上镜片后的眼眸，他的呼吸粗重无比。片刻之后，他缓缓闭上了眼睛。

"我知道了。"他的声音平静了很多，"带着新兵们，先回上京吧……"听到这句话，沈青竹的身体微微一震，他和江洱同时抬头看向安卿鱼。"不用这么看我，七夜不在，就由我来指挥队伍。"安卿鱼的眼眸中，没有丝毫波澜，就这么静静地与两人对视，"当务之急，是先将这些新兵安全送回总部，天庭那边的事情，总部应该会给我们一个答复。"

"但是……这支队伍，现在只剩三个人了……"江洱苦涩地开口。

"三个人怎么了？就算只剩下一个人，我们也是'夜幕'，该我们履行的职责，一样也不能落。"安卿鱼背起地上的棺材，以一种不容置疑的语气，淡淡开口，"听我的，回京。"

沈青竹沉默片刻，将烟丢到了雪地之中，转身向飞机走去。

"卿鱼……"江洱似乎还想说些什么，安卿鱼打断了她。"我没事，你去检查一下飞机的信号装置，看能不能在飞机上先和总部那边联系。"

"……好。"江洱乖乖地飘向飞机。

等到所有人都登上飞机，背着黑棺站在原地的安卿鱼，身形突然一晃，猛地一拳砸在了脚下的雪地之中！雪花飞溅，密集的裂纹在大地之上蔓延，安卿鱼匀称的胳膊上青筋一根根暴起，表情扭曲而狰狞。"该死……"他紧咬着牙关，缕缕鲜血自牙缝间渗出，接连挥拳砸入大地，发泄着自己心中的怒火与悲愤。他的拳头一次又一次地破碎、愈合，等到他收回手掌，深吸一口气，走向飞机机舱的时候，神情恢复了往日的平静。他就这么在无数新兵的注视中，穿过机舱，来到了驾驶室前。就在他打开驾驶室的大门的时候，一个身影踉跄着从门后跌了出来，安卿鱼迅速抓住了他的手腕，看清他的面容之后，微微一愣。"胖胖？"百里胖胖向外张望一眼，确认没有别人注意到这里之后，拉着安卿鱼进入驾驶室，反手将门锁了起来。"你怎么在这里？"安卿鱼不解地开口。百里胖胖虚弱地躺在地上，苍白的脸上没有丝毫血色，他轻轻撩开衣角，指了指自己腹部那道狰狞恐怖的血痕，无奈地笑了笑："这伤……我自己治不好，卿鱼，就看你了。"

| 第四篇 |

天使恶魔

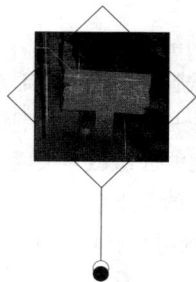

1098

安卿鱼的目光扫过那道伤口，眼眸一凝。灰色的光芒在他的瞳孔中闪过，在"唯一正解"的分析下，他很快便从伤口外形得出了很多信息。从伤口的角度来看，应该是百里胖胖主动切开了腹部，而且造成伤口的武器，应该就是守夜人的制式直刀，伤口虽然进行了简单的止血措施，但像是经历过某种激烈的战斗，又绷开了，要比最开始切开的时候严重得多。安卿鱼二话不说，直接掏出了自己用来解剖与缝合的装备，开始给百里胖胖治疗伤口。他虽然无法治疗疾病，但对于外伤，还是有些治疗手段的。"没有麻药，你忍着点。"安卿鱼一边给伤口消毒，一边说道。百里胖胖"嗯"了一声。安卿鱼瞥了他一眼，犹豫片刻之后，还是开口道："这伤，是你自己弄的？他们说战斗开始之后你就失踪了，就是去自残的？为什么要这么做？和在鄿都的时候元始天尊塞进你肚子里的那柄玉如意有关？"

这一连串的问题问完，不等百里胖胖开口，安卿鱼就已经得出了结论，认真地盯着他："你……其实参与那场战斗了，对吗？

"你躲在这里，就是怕被拽哥他们发现，因为他们看到了你参与战斗……你害怕他们认出你？"

百里胖胖躺在地上，怔怔地看了他片刻，无奈地笑了笑。"卿鱼，每个人都有秘密，不是吗？"

"我明白了。"安卿鱼点了点头，没有再追问下去，而是继续安静地给百里胖胖处理伤口。

等到伤口处理完毕，安卿鱼便开始驾驶飞机，带着众多新兵，径直向着上京市的方向飞去。百里胖胖拍了拍被缝合好的肚子，用衣服挡住伤口，轻咳了两声，开门从驾驶舱走了出去。安卿鱼透过驾驶室的门，向后看了一眼。见百里胖胖突然从驾驶室走出来，沈青竹、江洱等人十分惊讶，只见百里胖胖笑呵呵地挠了挠头，说了些什么，他们便点头坐了回去，并没有发现百里胖胖的伤口。安卿鱼收回了目光，继续驾驶飞机。

大夏北侧边境。雪寒关。简陋的办公室内，一张折叠沙发正摆在办公桌后，窗外的阳光洒落在沉睡的绍平歌脸上，他的睫毛轻颤，微微睁开了一只眼眸。他注视了头顶的天花板许久，长舒一口气，裹着羽绒服从折叠沙发上坐起，对着窗外伸了个懒腰。作为大夏最北侧的 A 级战争关隘，雪寒关坐落于一大片冰封素裹的原始丛林之中，窗外除了连绵的千里寒林，再远处，便是那堵翻滚着迷雾的神迹之墙。"笃笃笃——"轻微的敲门声响起。"进来吧，我已经醒了。"绍平歌平静开口。一位守夜人迈步走进办公室，看到睁一只眼闭一只眼的绍平歌，有些担忧地问道："绍队长，西边怎么样了？"

"已经没事了。"绍平歌回答，"那些外神，已经全部被杀，镇国神碑也算是保下来了。"

听到这句话，那位守夜人松了口气。"对了绍队长，"那位守夜人像是想起了什么，"我来是想跟你说，刚刚总部那边来消息了，大概就这两天，守夜人的戍边部队就会分散到十二座 A 级关隘之中，让我们准备好开启战争模式。"

绍平歌眉梢一挑："终于来了……行，我知道了。"守夜人转身离开，绍平歌睁着一只眼坐回办公桌前，随手端起了热气腾腾的保温杯，吹了两口，就在这时，一道涟漪突然自保温杯的水面荡起。绍平歌一愣。下一刻，他像是察觉到了什么，猛地从座椅上站起，转头看向窗外。千里寒林的尽头，那座翻滚的迷雾边境之中，一道近百米高的巨大身影，缓缓勾勒而出。灰白色的雾气翻滚着退去，六只洁白的羽翼在寒日的光辉下，荡出一圈圈金色的光晕，祂就这么静静地站在那儿，如同一尊自古老壁画上走出的传说天使。在看到这身影的瞬间，绍平歌手中的保温杯滑落在地，滚烫的茶水翻滚而出。他的脸色微沉，迅速地拨通了桌上的固定电话，就在这时，那神圣炽热的天使微微侧头，目光仿佛穿过千里寒林与雪寒关的层层壁垒，与他对视。绍平歌的身形僵在了原地。迷雾边境前，那静静伫立的天使双唇轻启，绍平歌的耳中顿时响起了一个声音。绍平歌一怔。

"这里是守夜人总部，请讲。"一个声音从电话那头传来。绍平歌握着手中的话筒，复杂地看了那尊金色天使一眼，"这里是雪寒关临时负责人绍平歌……大夏北侧边境，观测到神明编号 003，炽天使米迦勒，没有发现进攻意图，但是……"绍平歌顿了顿，再度开口，"祂说，祂来找人……"

安卿鱼背着黑棺，站在上京市军用机场中，注视着一位位新兵走下飞机，登上驶往集训营的大巴。沈青竹和百里胖胖一左一右站在他的身边，沉默不语。袁罡从一辆大巴上下来，径直走到了他们的面前，环顾四周，有些疑惑地开口："林七夜和曹渊呢？他们没跟你们一起回来？"将"夜幕"小队和新兵们送至帕米尔高原后，袁罡等教官便回到了上京市待命，对于西侧边境的一切并不知晓。安卿鱼的眼眸微凝，张了张嘴，还是没多说什么，只是轻轻"嗯"了一声。袁罡微微点头："这段时间，你们在雪原辛苦了……集训营剩下的收尾工作交给我们就好，你们好好休息一下吧。"袁罡拍了拍安卿鱼的肩膀，对着其他人笑了笑，转身带着众多新兵，径直向着集训营驶去。

安卿鱼等人沉默地站在原地。

"接下来，我们该去哪儿？"江洱的声音自他腰间的蓝牙音响中响起。

"回总部吧……等左司令回来，一切或许就有答案了。"安卿鱼缓缓开口。几人走出军用机场的大门，正欲离开，一个穿着火红色卫衣的少年便拦在了他们的身前。那少年嚼着泡泡糖，上下打量了他们一番："你们，就是林七夜的同伴吧？"

1099

安卿鱼眉头一皱，反问道："你是谁？"

"啧，是我先问的问题，你们能不能先回答一下？"少年耸了耸肩，"你们认识林七夜吗？百里胖胖是哪个？"

见这少年一口喊出了百里胖胖的名字，安卿鱼眼中的疑惑之色更浓了。

"我，我是百里胖胖。"百里胖胖举手。

少年见此，微微点头："那就没错了……自我介绍一下，我叫李哪吒，你们应该听说过我的名字。"

听到这句话，四人同时愣在了原地。

片刻后，他们的眼睛微微瞪大："哪吒？"

沈青竹认真地打量着眼前这个穿着火红色卫衣、个头只到自己肩膀的痞气少年，怎么也无法将其和神话传说中大闹东海的三太子联系起来。

"别这么看我，我又不是什么老怪物，转世重生之后，总是会融入现代社会的。"哪吒晃了晃自己手中最新款的智能手机说道，"抱歉啊，我必须要先确认你们的身份，才能自报家门，不然别人可能以为我是精神病。"

安卿鱼："……"

"你来找我们，有什么事？"他问道。哪吒毕竟是大夏神话中赫赫有名的神话人物，怎么会突然跳出来，说要找他们？而且从他在机场门口的情况来看，他已经在这里等候很久了。他们只是一群凡人，何德何能让一位大夏神如此上心？哪吒将手机塞回口袋，正色道："我来带你们回天庭。"

"天庭？"

"嗯。"哪吒点了点头，"那里，有人要见你们。"

"师傅，去乐谭山。"哪吒抬手招停了一辆出租车，直接坐上了副驾，十分自然地将安全带绑在身上。出租车外的安卿鱼等人面面相觑。"愣着干吗，上车啊！"哪吒从车窗里探出头，表情古怪地开口，"你们不会连出租车都没坐过吧？家境这么贫寒吗？"

百里胖胖嘴角微微抽搐，看了眼身旁的安卿鱼，后者无奈地对他点了点头，三人便将江洱的棺材放入后备厢，开门坐进了后座。等到车辆缓缓启动，安卿鱼终于忍不住问道："李哪……李那坨，你确定坐出租车，能去那个地方？"安卿鱼本想直接喊哪吒，但碍于司机就坐在旁边，犹豫片刻之后，还是换了个名字。哪吒通过后视镜，对安卿鱼翻了个白眼："那地方离市区有点远，直接过去不方便，人多眼杂懂吧？"

"……明白了。"

哪吒看了眼时间，打了个哈欠，百无聊赖地掏出手机，开始刷起短视频。看哪吒熟练无比地划拉着屏幕，沈青竹的表情越发古怪起来，他轻轻推了一下安卿鱼和百里胖胖，用眼神交流起来。

沈青竹：这家伙真是哪吒？不会是冒牌的吧？

安卿鱼：他能说出"转世重生"这四个字，不像是假的。

沈青竹：但是他看起来根本就是现代人，手机、耳机、打车、短视频……他甚至关注了"三九音域"，那不是个专发人设图的扑街账号吗？

百里胖胖：大夏神转世百年，接受了现代科技的熏陶也不奇怪，说不定已经有大夏神整天坐着豪华跑车到处晃悠了，这谁说得清。

过了一个多小时，出租车驶离城区，最终在一片荒郊野岭停靠。

"多少钱？"哪吒关闭短视频，打开了付款码。

"两百七十六元。"

"这么贵？"

"从市区开到郊区，就是这么贵啊，我这都打表的！"

哪吒沉默地看着自己零钱中仅剩的两百一十五元，转头看向身后三人，表情有些复杂："你们……谁身上带钱了？"

安卿鱼和沈青竹同时看向百里胖胖。

百里胖胖沉思片刻："师傅，你这儿收支票吗？"

"支票？你在逗我玩呢？你们到底有没有钱？"

"不收啊……那师傅，你这车，是哪个集团旗下的？"

司机："？？？"

两分钟后。眼看着司机抛下车，欣喜若狂地用两腿直接向城区狂奔，安卿鱼诧异地问道："你让人把这车买下来了？"

"不，买车的手续太麻烦了。"百里胖胖耸肩，"我把他们集团买下来了，然后让人给这司机配了辆新车，现在这车是我们的了。"哪吒站在出租车旁，呆若木鸡。

"走吧，哪吒。"百里胖胖拍了拍他的肩膀，"天庭在哪个方向？"

哪吒古怪地凝视了他片刻，转身向山野间走去，轻轻一跃，两道风火轮便凝聚在他的脚下。"跟我来。"他身形化作一抹红光，迅速地飞上天际，百里胖胖等人紧随其后。随着他们的身形冲上云霄，蔚蓝色的天空下，一道数百米高的恢宏石门自虚无中显现而出，在石门的正上方，两个镏金大字，深深烙印其中——"南天"。

"这便是传说中的南天门？"安卿鱼有些诧异地开口，"那天庭在哪儿？"

"进去就知道了。"哪吒说道。

四人的身形落在南天门前，当身形穿过恢宏石门的瞬间，安卿鱼只觉得眼前一花，双脚便落在了白玉石路面之上。安卿鱼环顾四周，只见阳光照耀下，天空中大阵的阵壁折射出淡淡的七彩光芒，氤氲的灵气充满着周围的每一寸空间，一只只仙禽自空中飞过，清脆嘹亮的鹤唳在耳边回荡。入目之处，仙宫、古殿、灵池、曲桥连绵不绝。沿着身前这道白玉石道路一直望去，遥遥云层之巅，可以看清几座金光闪烁的恢宏大殿，巍然屹立。安卿鱼等人看到眼前的情景，心神都是一阵恍惚。这些只应存在于神话故事中的仙宫神殿，就这么出现在他们的面前，宛若置身梦境，这对第一次踏上天庭的他们而言，是一次视觉与心理上的双重冲击。

"要见我们的人在哪儿？"安卿鱼收回了目光，转头问道。

"在那儿。"哪吒伸出手，指向云层之巅，那几座金光闪烁的恢宏大殿。

1100

看着远处那几座恢宏大殿，安卿鱼的心头微微一跳。住在那些大殿中的，是哪些大夏神明？曹渊是不是也在那里？四人化作四道流光，穿过广阔的天庭，径直向着云巅那几座大殿飞去。呼啸的风声自安卿鱼耳边吹过，他低头看了眼身下的其他天庭仙宫，只见偌大的天庭内，在外活动的大夏神明并不多，就算有寥寥数人驾云来去，身上也都带着伤，而且几乎都是向着远处一座云巅的宏伟仙宫飞去。"这是怎么了？"安卿鱼不解地问道。

哪吒向下看了眼，说道："天庭与太阳城正面交战，虽然彻底毁掉了太阳城，但我大夏神也元气大伤，大部分神仙现在都在自己洞府内闭关疗伤，一些伤势过重的，都去兜率宫求药了。"安卿鱼若有所思地点点头。

哪吒带着他们，落在了云巅靠左侧的一座大殿之前，安卿鱼抬头看了眼，只见"元极殿"三个大字正高高悬挂在大殿之上。

"你们进去吧。"哪吒站在殿外，开口说道。

安卿鱼"嗯"了一声，与众人一起迈步踏入其中。

空旷的大殿之内，只剩下脚步声悠扬回荡，一缕缕萤火在殿顶飞舞，将整个大殿照得通明，安卿鱼一边前进，一边观察四周，除了一根根朱红色巨柱支撑殿顶之外，再也没有其他多余的东西。

"这里面，怎么没人？"江洱飘在空中环顾四周，有些不解。

"不知道……这座大殿似乎很深，再往里走走。"安卿鱼神情不变。

"胖胖去哪儿了？"一直缀在最后的沈青竹，突然开口。安卿鱼和江洱同时一愣，两人转头望去，不知何时，百里胖胖的身形已然消失无踪。"进殿的时候，好像还跟在我们身后的……怎么突然不见了？"江洱回忆了片刻，眉头微微皱起。就在这时，一道声音从大殿前方响起："诸位小友，你们终于来了。"三人的注意力被吸引，转头看向前方，只见一个身披白袍、仙气飘飘的老者，正手握拂尘踱步而来。见到这老者，安卿鱼三人对视一眼，纷纷行礼："请问您是……"

"老夫太白金星。"老者含笑拱手。

太白金星？安卿鱼心中闪过一抹疑惑。太白金星作为天庭五位星君之一，他的名头，他们自然是听过的，但这位与他们之前却从未有过交集，为什么要带他们来这里？

"原来是星君。"安卿鱼礼貌地开口，"不知星君找我们过来，有何要事？"

"呵呵，三位小友，请随我来。"太白金星神秘一笑，轻挥拂尘，带着三人便向大殿深处走去。安卿鱼三人快步跟上。

随着众人的深入，一抹蓝芒自大殿深空中荡漾而出，那是一团泛着淡蓝色微光的水球，大约百米宽，静静地悬浮在殿顶正下方，好似一颗蔚蓝色的星辰，徐徐旋转。越是靠近这颗蓝色水球，空气中的灵气就越发浓郁，走到它附近的时候，周围甚至已经飘浮着淡淡的灵气薄雾。安卿鱼在这颗水球下方停住脚步，透过灵气薄雾，好奇地抬头望去。当看清那颗水球的瞬间，他的瞳孔骤然收缩！只见在那颗淡蓝色水球的中央，一个双眸紧闭的身影正静静漂浮，黑色的发丝在水间漂动，苍白的肌肤没有丝毫血色，没有心跳，也没有呼吸，好似一具尸体。那是林七夜。不光是安卿鱼，身旁的沈青竹和江洱也发现了水球中的林七夜，脸色骤变。"七夜？！"沈青竹错愕地开口。在帕米尔高原的时候，沈青竹站在山峰之上，与其他新兵一起见证了林七夜的战斗与死亡，他也知道林七夜的尸体最终被天庭收了回去，却没有想到，自己能在这里见到他。

"星君，他……怎么样了？"安卿鱼像是察觉到了什么，看向太白金星的眼眸中，闪烁起希冀的光芒。

"诸位不用担心，林小友虽然已经失去了心跳与呼吸，但还没有彻底死亡，在他的体内，还有一丝生机留存。"太白金星不紧不慢地开口，"这要多亏了那位能操控时间的白发凡人，他在林小友濒死之际，动用全力凝固了他体内的时间，天庭回归之后，杨二郎便抱着他的身体，一路冲进了玉虚宫，磕头请元始天尊出手相救。后来，元始天尊亲自做主，自当年灵宝天尊留下的至宝中，取出了这团纯元命泉，吊住了林小友的性命。"

听到这儿，安卿鱼三人的眼眸迅速地明亮起来！林七夜还没死！林七夜，自始至终都是这支队伍的主心骨，他的死亡让整个队伍都笼罩上一层阴霾，此刻得知林七夜依然存活，几人心中自然狂喜无比，一直被压抑的悲观情绪荡然无存。

"那他什么时候能醒？"沈青竹忍不住问道。

太白金星摇了摇头："纯元命泉，也只是能吊住他的性命，留住他体内最后一口'气'，并不能将其治愈，他的潜力、灵魂、生命已经被全部透支，一般来说，根本不存在复原的可能，最好的状态，也只是继续留在命泉中吊命。只要一离开这团命泉，他最后一缕生机消散，就真是无力回天了。"

三人的脸色又难看了起来。

"连天尊都没办法吗？"

"人力有极限，术业有专攻，三位天尊也并非无所不能……"太白金星无奈地开口。

安卿鱼沉思片刻，再度开口："星君，这次请我们来，除了告知我们林七夜的状况，没有别的事情吗？"按理来说，林七夜被天庭救下性命，确实是一件大事，但对这些大夏神明而言，似乎没有必要特意把他们这些凡人带上天庭，亲自当面说清楚，最多也就是通过左青向他们简单地传递一下林七夜没死的消息。毕竟就连守夜人总司令左青，都没有亲自登上天庭过……大夏众神，究竟为什么要邀请他们上天界？

1101

天庭。元极殿隔壁。百里胖胖踏过辰极殿的门槛，看见殿内含笑不语的道人，无奈地叹了口气。

"什么时候醒的？"大殿之中的元始天尊，轻笑着问道。

"在你们修好天庭本源的时候。"百里胖胖耸了耸肩，"当时我正在高天原的那个蒲团上坐着，你们修好了天庭本源，我的记忆便随着其余大夏众神的轮回提前回归。"

"修为呢？"

"没回来。"

"也是。"元始天尊点点头，"你早在那场大劫来临之前就自崩道体，不入六道，却入真我轮回……在真我轮回臻至圆满之前，恐怕都无法再获道果了。"

百里胖胖很自然地走到道人身前，端起桌上一盏清茶，轻轻抿了一口："所以，你让人把他们带上天庭，就是为了找借口见我一面？”

"是，也不是。"元始天尊悠悠开口，"毕竟林七夜和黑王都在天庭，让他们上来，也能控制一下黑王的情绪，避免再度暴走……更何况，他们之中，还有一个灾难的种子。"

"灾难的种子？"

"在高天原事件之前，有个来自未来人类世界的时间之神来找过我，跟我说了高天原的情况之后，还专门提醒了一句……"元始天尊顿了顿，继续说道，"你们之中，有一个人会成为整个世界的梦魇，而他回来的目的之一，就是提前除掉那个人。"

百里胖胖微微皱眉："谁？"

元始天尊凝视着他的眼睛，缓缓说出了一个名字。百里胖胖陷入了沉默。"不会的。"片刻之后，百里胖胖摇头，"这不可能。"

"真的不可能吗？"元始天尊淡淡说道，"如果你真的这么觉得，为什么会犹豫？"百里胖胖哑口无言。"你已经看到了，不是吗？你已经看到了……那个人的身上有不同寻常的东西。"

"你把他们叫上来，是想趁机除掉他？"百里胖胖放下杯盏，皱眉打断了元始天尊的话语。

"不。"元始天尊摇头，"未来，并非一成不变，我们提前毁灭了高天原，已经改变了时间线，这一次他或许根本不会走上那条路……但事关天下苍生，为了以防万一，我们还需要观察一下他的心性。"

百里胖胖听到这儿，沉默片刻，还是长叹了一口气。"我知道了……"

两人在殿中交谈许久，百里胖胖透过殿门，看了眼外面的天色："时间差不多了，再不回去，他们该担心我了。"百里胖胖转过身，对着元始天尊摆了摆手，径直向着大殿外走去。就当他要踏出殿门之时，一个声音突然自身后传来："灵宝。"百里胖胖的脚步停在了半空。"回来吧。"元始天尊伫立在大殿之上，注视着他的背影，"现在的大夏，需要灵宝天尊。"

空旷的大殿之中，百里胖胖回头看了他一眼，摇了摇头："真我轮回尚未圆满，如今，我还不是大夏的灵宝天尊……我，只是'夜幕'小队的百里胖胖。待到轮回圆满的那一天，我会回来的。"话音落下，百里胖胖便一步踏出辰极殿，消失在了元始天尊的视野之中。

死寂的殿宇之内，元始天尊沉默地望着那空荡的殿门，许久之后，无奈地叹了一口气。就在这时，他像是察觉到了什么，双眸微眯，转头看向天庭的某个方向。"是祂……？"

元极殿。太白金星听完安卿鱼的疑问，眼中闪过一抹尴尬，随后和蔼笑道：

"这次叫你们来，当然不仅是见一下林小友那么简单，几位请随我来。"太白金星带着三人，径直离开了元极殿，刚踏出门口，便看到一个胖子百无聊赖地坐在殿前的石阶上，伸了个懒腰。

"胖胖？你刚刚去哪儿了？"沈青竹开口问道。

"我还想问呢，你们去哪儿了？"百里胖胖瞪大了眼睛，"我就在进殿前去找了趟厕所，回来你们就不见了，我又不敢一个人进殿晃悠，就只能在这儿等你们。"

沈青竹默默地翻了个白眼。安卿鱼简单地将殿内的情形跟百里胖胖说了一声，随后便跟着太白金星径直向着云巅下方的一片仙宫飞去。"铛——铛——"几人飞到一半，接连两道悠扬的钟声自天庭深处传来。安卿鱼一怔，转头看向声音传来的方向，不解地问道："星君，这钟声是什么？"

"那是启明钟。"太白金星似乎也有些诧异，"一声钟响，代表天尊即将设坛论道；两声钟响，代表天庭要客来访；三声钟响，代表人间大劫将至……奇怪，在这个时间点，谁会来拜访天庭？"就在几人疑惑的时候，天庭上方的天穹中，一个道人带着一位浑身笼罩在金芒中、身背洁白六翼的身影径直向着几人刚刚离开的元极殿飞掠而去。百里胖胖见到那金色身影，眼眸微微一凝。"那是……"

"到了。"元极殿前，元始天尊淡淡开口，"他就在里面。"那金色身影抬头看了眼殿前的牌匾，身形瞬间闪过大殿，来到了纯元命泉之前。祂的目光落在泉水中漂浮的林七夜身上，双眸微微眯起。元始天尊自虚无中轻踏而出，站在祂的身边，无奈地笑了笑："他的身体情况，理论上来说根本不存在生还的可能……但这对你而言，应该不是什么难事。"

金色身影平静地开口："他只是需要一个'奇迹'。"

"那就交给你了。"元始天尊转过身，向着大殿外走去，"关于你刚刚提出的交易……等你救回了他，我们再移步去别处详谈。"元始天尊的身形一晃，便消失在原地。

空旷的大殿之中，那金色身影背后的六只洁白羽翼缓缓张开，像是一把巨大的白扇，将空中悬浮的纯元命泉以及其中的林七夜，包裹在内。一道金色的领域迅速张开，神圣而辉煌的金芒好似燃烧在人间的火焰，瞬间铺满了整个殿堂。"醒来……"

1102

无尽的黑暗如同深海的洋流，包裹在林七夜的周围，随着他的身体缓缓下沉。他空洞的双眸凝视着眼前的虚无，好似一具失去灵魂的玩偶，在黑暗的吞噬包裹下，毫无反抗之力，只是随着周身的洋流，不断地下沉，下沉，下沉。每当他觉得，自己已经坠落到黑暗的深渊之时，总是有一股力量，强行吊住自己，继续向着下方沉去。林七夜不知道自己下沉了多久，或许是一天，或许是一个月，或许是一年。在这里，时间似乎失去了存在的意义，只有黑暗与混沌，才是永恒的旋律。不知过了多久，一个声音突然出现在他的耳边："你是谁？"

林七夜空洞的双眸中，突然恢复了一丝神采，他眨了一下眼睛，恍惚地顺着声音传来的方向，向着无尽黑暗的一角看去。只见一个六七岁的孩童，正静静地站在黑暗中央，皱眉看着他。那是我？看到那孩童容貌的瞬间，林七夜一怔。孩童的模样，与幼年时的自己近乎一模一样，唯一的区别在于，他看着自己的目光如同周围的深渊般，深不见底。那孩童皱眉看着他，再度开口："你是谁？"

"我是林七夜。"听到这个回答，孩童的眉头皱得更紧了，他眯眼看了林七夜片刻，摇了摇头："错了……"

"哪里错了？"

"你，不是我。"最后一个字落下，一道炸雷突然自林七夜的脑海中响起，周围的黑暗急速地翻腾起来。就在这时，一点金芒自林七夜头顶的黑暗中燃起，好似一轮神圣的烈日，迅速地将黑暗撕碎，一股神秘的力量突然缠住了林七夜的身体，拽着他的意识，朝着那轮烈日急速上升！"咦？"一道疑惑的声音自那轮烈日中传来，听到这声音的瞬间，林七夜微微一怔，只觉得有些耳熟。还未等他分辨出那声音的身份，他的身形便彻底融入那团金芒之中，无尽的光明充满他的视野，一股强烈的眩晕感笼罩在心头。

林七夜的身形，猛地从青葱草地上坐起。他瞪大了眼睛，眸中的金色如潮水般退去，声音粗重无比，豆大的汗珠挂在鼻尖，整个人就像是刚进行完剧烈运动，大汗淋漓。随着意识的逐渐回归，林七夜的呼吸平复下来，一只手掌轻轻拍着他的后背，一个温和的声音从耳边传来。"哥，你没事吧？"林七夜身体一震，他迅速地转头望去，只见杨晋正坐在他的身边，眼眸之中满是担忧。"阿晋……"林七夜在原地呆了许久，才回过神来，零碎的记忆残片涌上心头，将前因后果全部联系了起来，"我，不是死了吗？"

"天尊出手吊住了你的命，刚刚炽天使米迦勒又用奇迹把你救了回来。"杨晋的脸上浮现出笑容，"哥，你活下来了。"

米迦勒……祂不是在月球上吗？对了，刚刚黑暗中的那道轻咦，好像也是祂的声音。那刚刚自己看到的那些，究竟是什么？众多疑问涌上林七夜脑海，但现在的他，已经没有精力去思考这些，死而复生之后，他的头脑还十分混乱，需要一段时间去调整自己的状态。林七夜双手撑着地面，想要从地上站起，却双腿一软险些跌倒在地。一旁的杨晋迅速伸手搀住他，道："天尊说了，你体内的生机才刚复苏，肌肉也需要重新适应，不能剧烈运动。"杨晋踹了一脚躺在地上呼呼大睡的小黑癞，后者在地上翻了个跟头，茫然地抬起头，看到了杨晋的目光后，立刻摇身一变，成了一把黑灰色的狗皮轮椅。杨晋搀着林七夜坐上轮椅，自己推着把手，慢慢地向远处移动。

"天尊在哪儿？米迦勒呢？"

"他们两个在殿内议事，好像在商谈交易。"

"交易……"林七夜突然想到，当年沧南大劫中自己再见米迦勒的时候，祂也提到，祂之所以将"凡尘神域"传递给林七夜，也是因为百年之前大夏灵宝天尊与祂进行了某种交易。这么看来，米迦勒与大夏众神的关系，似乎一直还不错？香甜的微风拂过林七夜的脸颊，几只仙鹤盘旋在他与杨晋的上空，氤氲的灵气随着青葱绿草的清香，涌入他的鼻腔，苍白的脸庞逐渐恢复血色。杨晋就这么推着林七夜，踏过绿地，穿过灵溪小桥，两人都没有说话，只是静静地享受着这久违的重聚时光。林七夜闭着眼睛，一边晒太阳，一边舒适地靠在狗皮轮椅上，心中不由得感慨命运的神奇。四年前，林七夜做梦都不会想到，自己有一天会以这样的形式，在这样的地方，与杨晋再见。

"哥。"身后，杨晋推着轮椅，轻声开口。

"嗯？"

"这些年，你过得怎么样？"

"……还不赖吧。"林七夜笑了笑，"怎么？想听我的故事？"

"我有些好奇。"杨晋如实回答，"我想过哥你会很厉害，但没想到，只过了短短几年的时间，你就走到了这一步……"

"确实经历了不少事情……你想听，我就跟你说说，反正我们现在有的是时间。"林七夜转过头，看着杨晋的眼睛，"不过在那之前，我也有个问题想问问你。"

杨晋注视着他："什么？"

"现在的你，究竟是杨戬……还是杨晋？"杨晋微微一怔，沉默片刻，正欲开口说些什么，林七夜便摇了摇头，又笑着转了回去。"算了，这个问题不重要……不管你是杨戬还是杨晋，在我心里，你都是我弟弟。"杨晋在原地愣了一会儿，嘴角微微上扬，"嗯"了一声，便推着轮椅继续前行。"说起来，能认传说中大名鼎鼎的二郎神当弟弟，我这个当哥的，也算是占了大便宜。"

"哥，你不是从小就喜欢占便宜吗？"

"我哪有？"

"之前隔壁刘婶每次摆摊卖鸡蛋的时候，你都厚着脸皮要买一送二，明明是个盲人，抢了鸡蛋跑得比谁都快……"

"那是外人，我什么时候占过自家人便宜？别瞎说……"

"……"

"嘿嘿嘿嘿嘿……"安卿鱼等人尚未踏入殿门，便听到一阵熟悉的傻笑声自大殿深处传来。

"曹渊？"安卿鱼等人对视一眼，迅速向着殿内走去。太白金星握着拂尘，无奈地笑了笑，紧跟在他们身后。穿过大殿后门，眼前便豁然开朗，一处仙气飘逸的园林空间展现在众人眼前。这是一座大湖，雪白的流云在空中飘过，碧绿色的荷叶仿佛无穷无尽般，在湖面上随着微风轻轻摇曳，一道青灰色的长亭穿过湖面，径直引向湖中央的一座八角亭。几人站在湖边，可以隐约看见湖心的八角亭中，一个熟悉的身影正坐在亭子中央，周围还有几位侍女服侍他，这些侍女人手一把扇子，似乎在给他扇风。

"好家伙，我说曹贼怎么不见了，原来躲在这儿享受仙女服务呢？"百里胖胖震惊开口。

"情况好像有点不对，我们过去看看。"安卿鱼听着远处接连不断的笑声，微微皱眉，众人迈步穿过长亭，很快便来到了八角亭前。

"嘿嘿嘿嘿……"走到八角亭前，安卿鱼才看清曹渊的状况，只见曹渊正盘膝坐在一个雪白的蒲团之上，双眸涣散，看着远处的湖景傻笑。一缕缕黑色的火苗自他的肌肤上燃起，还未引燃周围，便被周围侍女手中的青色巨扇吹起的灵风熄灭。

"曹渊这是怎么了？"沈青竹皱眉问道。

太白金星自众人身后的长廊中缓缓走来："王母娘娘曾言，他体内的七根宿命锁已断其四，黑王正奋力地想要冲破'牢狱'，导致这位小友意识时而清醒，时而混沌，能否重新夺回身体的控制权，还是要看他的意志才行。"

"黑王……"江洱喃喃念了两声，不解地问道，"黑王，究竟是什么东西？是大夏神吗？"

"嘿嘿嘿嘿嘿……"

"黑王确实来自大夏，却并非神明……准确地说，他是数千年岁月之前，冲击至高境失败的凡人。"

"凡人？！"听到这句话，在场的众人都震惊无比。

"嘿嘿嘿嘿嘿……"

"凡人，怎么可能冲击至高神？"

"这也是最奇怪的地方。"太白金星缓缓说道，"一般而言，至高乃是神境之上的境界，凡人即便再强，也极难成神，更别说直接跨过成神，妄图一步登临至高……可偏偏，他差点就成功了。冲击至高境失败之后，不知为何，这凡人便开始心智失常，沦为只知杀戮的怪物，被世人称为'黑王'。即便冲击至高境失败，他的力量依然恐怖无比，战力远在一般神明之上，却因尚未成神，没有法则，所以就算黑王再强，也无法真正杀死任何一位神明。当年黑王心智失常，屠戮众生，还是天尊亲自出手，借以'命狱困煞'这一因果道术法，将其封印。"

"'命狱困煞'？那是什么？"安卿鱼开口。

"天尊道法，岂是我能理解的。"太白金星无奈一笑，"我只听说，这黑王最终被封印在一位命格特殊的凡人体内，后来每当承载着这位黑王的凡人命格损毁或者寿命耗尽，黑王便会寄托于因果道法，自动转入另外一位命格特殊的凡人体内。周而复始，千年流转，一位又一位凡人承载着黑王，一直将其流传到了现在。而这些历代承载着黑王之力的凡人，似乎被你们守夜人归结为一种被誉为'神明之下，众生之上'的特殊禁墟，好像叫……'黑王斩灭'？"听完了太白金星的描述，众人同时陷入了沉默，八角亭内，只剩下曹渊的傻笑声在回荡。

"原来，这就是'黑王斩灭'的由来……"沈青竹若有所思地点头。

"可既然黑王这么危险，为什么当年天尊不直接除掉他，而是要将他封印？"安卿鱼思索片刻，疑惑地问道。

"天尊的想法，我等可猜不透，他既然这么做了，就必然有特殊用意。"

"那天尊就不能修复那四根断裂的宿命锁吗？"

"不能。"太白金星摇头，"宿命锁，并非天尊制作的，而是由这些承载着黑王命格特殊的凡人自行延伸出的，这是他们灵魂的一部分，任何外物都无法对其命运造成影响。"

"嘿嘿嘿嘿……"

安卿鱼双眸复杂地看了傻笑的曹渊一眼："那，就一点办法都没有了吗？"

"老夫实话实说。"太白金星正色道，"眼下，这位小友只剩下两条路可选……要么，靠自己的意志力，用仅剩的三根宿命锁，镇压住体内的黑王；要么，完全被黑王侵占身体，最后三根宿命锁断裂，黑王再度出世，再被天尊亲自出手关进另外一位凡人的体内……不过这么一来，小友恐怕就活不成了。成与败，生与死，都只能看这位小友自己的造化了。"安卿鱼的眉头紧紧皱起。

"嘿嘿嘿嘿嘿……""啪——"就在气氛沉寂压抑的时候，站在曹渊身后的百里胖胖，突然抬起手，一巴掌拍在了曹渊的天灵盖上。"我说老曹，我们在这儿说正事呢，能不能安静一点？"百里胖胖瞪大了眼睛说道。安卿鱼正欲出手制止，曹渊接连不停的傻笑声突然停了下来。安卿鱼愣在了原地。曹渊身上跳动的黑色火焰，似乎减少了些许，那双空洞的眼眸中，隐约浮现出一抹神采，他的双耳微动，似乎在倾听着什么。

"他能听到我们的声音？"沈青竹眼中浮现出一抹喜色，抓住曹渊的肩膀，轻晃了两下："老曹！你不能放弃！七夜都已经半只脚踏进鬼门关了，还能吊住自己一口气，你也绝对不能死！听到了吗？"曹渊的眼中，再度闪烁起微芒，身上燃起的黑火越发稀少起来。

"天尊说了，想要让他斗赢黑王，需要一些外部的刺激……这也是把你们喊上天庭来的重要原因。"太白金星含笑捋了捋自己的胡子，"看来，这一招是管用的。"

就在众人聊天之际，一个身影推着轮椅，踏着长廊缓缓靠近。

"谁说，我已经半只脚踏进鬼门关了？"

1104

听到这个声音的瞬间，在场的众人心头一颤，同时转头望去。当他们看清那张面孔之后，先是愣了片刻，随后脸上浮现出前所未有的狂喜。

"七夜！！"

"七夜？！你醒了？"

杨晋推着林七夜，缓缓进入八角亭之中，后者脸上带着一缕笑意，说道："多亏炽天使的'奇迹'，救了我一条命。"

林七夜将事情的经过简单跟众人说了一遍。

"幸好……这么一来，我们小队还是全员幸存。"百里胖胖笑呵呵地拍了拍曹渊的肩膀，"现在，就看老曹的了。"

"嘿，嘿嘿，嘿嘿嘿……"

"这位小友想要恢复清醒，恐怕还要些时日，正好林小友身体也尚未恢复，诸位还请在天庭暂住几日，你们的住处，老夫已经安排好了。"太白金星轻挥拂尘，含笑说道。

林七夜坐在轮椅上，对着太白金星拱了拱手："那就多谢星君了。"

"哥，我就先送你到这里了，你好好休息。"杨晋站在林七夜住处前，抬手拍了一下狗皮轮椅，"我把哮天……我把小黑癞留在这里，有什么事情的话，它会第一时间通知我的。"

"放心吧，我知道了。"林七夜对着他笑了笑。杨晋再三叮嘱了一番，才转身离开。目送杨晋的背影离去，林七夜拍了拍身下狗皮轮椅的把手，笑道："走吧，进屋，没想到有生之年，你小黑癞还能驮着我到处跑……"狗皮轮椅自动转身，缓缓驶进了屋中，隐约之间，林七夜还能听见小黑癞的呜呜声自后背传来。

天庭的住处看起来与瑶池的并没有什么不同，林七夜简单地转了一圈，回到了院落中，双手撑着轮椅把手，想要试着站起来，简单地复健一下身体。似乎察觉到了林七夜的意图，狗皮轮椅摇身一变，直接化作康复医院内常见的两道低矮横杠，方便林七夜稳住身体。在横杠之下甚至还有一个体脂秤，适时监控他的身体变化。林七夜一怔，笑骂道："现代社会的这些东西，真是被你们这些转世神给玩明白了……"

就在林七夜大汗淋漓地锻炼身体的时候，一阵敲门声从院落前端传来。林七夜转头望去，眼眸中浮现出疑惑之色，转身坐在小黑癫变的狗皮轮椅之上，迅速地向院门驶去。"嘎吱——"林七夜打开院门，门外却空空如也。没人？那刚刚是什么东西在敲门？林七夜狐疑地张望了一圈，反手关上院门，正欲转身，余光便在身后瞥到了一个身影。他的心脏猛地漏了一拍。那是数十米高、身背六翼的炽天使。祂就这么静静地站在院中，像是一尊高大神圣的巨人，正低着头，沉默地俯视着这个坐在轮椅上的凡人。米迦勒？！

"是你？"

"是我。"米迦勒淡淡地瞥了眼院中林七夜刚刚训练的痕迹，"看来，你的身体恢复得不错。"

林七夜努力平复了被惊吓到的心情，无奈地看了祂一眼，说道："还好……所以，你既然可以直接闪现进来，为什么还要敲门？"

"我听说，进门之前要先敲门，是大夏的礼节。"

林七夜的嘴角微微抽搐："……谢谢你的礼节。"

死寂的院落内，一尊高大神圣的天使，与一个坐在狗皮轮椅上的凡人，面面相觑，空气陷入了沉默。

"一定要站在这里说话吗？我这么仰头看你，颈椎有点疼。"林七夜揉了揉尚未恢复的脖子，伸手指向屋内，"方便的话，我们进屋坐下来聊？"

"好。"米迦勒简略地应了一句，转身便向屋内走去，数十米高的身形迅速地缩小，很快变成了一米八左右的普通身影，迈步走入屋中坐下。林七夜坐着轮椅回到屋中，用桌上的材料泡了一壶茶，递到米迦勒的面前。米迦勒低头看着身前杯盏中漂浮的茶叶，一动不动，像是在沉思，这个东西该如何使用。林七夜坐在米迦勒的对面，沉默许久，还是主动打破了沉寂，由衷地说道："谢谢你救了我。"

"嗯。"米迦勒点了一下头。

林七夜嘴角微不可察地一抽："你是为了我，特地从月球上下来的？"

"你想多了。"米迦勒平静说道，"我下来，是有别的事情要做，包括拜访天庭，也是为了见大夏的灵宝天尊……如果不是元始天尊告诉我，我都不知道你也在这里，而且已经半死不活。救你，只是顺手。"

林七夜："……"

林七夜还以为，米迦勒出现在天庭，是单纯地为了救自己……现在看来，终究还是错付了。不过也是，沧南大劫的时候米迦勒就说过，祂将"凡尘神域"交给林七夜，也只是因为一场交易。说到底，祂跟林七夜之间并没有什么关系，要说特地大老远地跑过来，只为了救下自己，也不太可能。林七夜端起茶杯，轻轻抿了一口茶水："无论如何，你还是救下了我的性命，我欠你一条命。"

"你可以还给我。"

林七夜杯中的茶水一晃，险些洒出来："你说什么？"

"过几天，等你身体恢复之后，你可能要跟我走一趟。"米迦勒缓缓说道，"你也说了，这是你欠我的，而且这也是我与你们大夏天尊之间交易的一部分。"

"你与元始天尊，进行了什么交易？"

"我从月球下来，就是为了追查五十年前，揭开月球封印的真凶，这件事单靠我一个人很难做到，我需要大夏神的帮助。"

"为什么偏偏是大夏神？"林七夜不解地问道，"因为你跟大夏的关系好？"

"这只是一部分原因。"米迦勒学着林七夜的动作，品了一口茶水，眉头皱了皱，默默放下了杯盏，"更重要的是，现在世间的所有神国中……只有大夏，是绝对没有受到克苏鲁神话污染，最安全可信的。"

1105

林七夜低头看着杯盏，陷入沉思。在帕米尔高原的时候，他就听西王母说过，北欧的神王奥丁已经投靠克苏鲁众神，再算上之前被红月侵蚀而毁灭的高天原，光是林七夜所知的几大神国中，就已经有两处神国与克苏鲁沾上联系。这么看来，其他神国中有没有与克苏鲁相关的东西，确实不好说。但可以肯定的是，迷雾笼罩世间的这百年，大夏众神尽数堕入轮回，直到不久前才完全出世，这百年的空窗期也就意味着大夏众神近乎没有可能与克苏鲁沾上联系，从米迦勒的角度来说，大夏确实是最为安全的合作对象。"所以，你是希望大夏众神帮你一起寻找五十年前的罪魁祸首？"林七夜微微点头，"那你呢？你需要付出什么？"

"一件物品。"米迦勒缓缓开口，"这件物品所在的地方比较特殊，大夏众神以及其他神国的神明都不得入内，所以我和你们天尊一致决定，让你跟我走一趟，把它带回大夏。"

大夏众神不得入内？听起来很玄乎。

"我明白了，那我们什么时候出发？"

"不急，等过两天你伤势养好了再走。"

"只能我一个人去吗？"

"你可以带几个信得过的同伴一起去，但是有一个条件。"

"条件？"

米迦勒注视着他的眼睛："进入那个地方的人，必须要做到心无杂念，纯粹虔诚。"

林七夜有些不解，但犹豫片刻之后，还是点了点头："好，我知道了。"

就在两人交流之际，院落之外，一个身影迈步走来。百里胖胖站在院门口，伸手正欲敲门，像是察觉到了什么，双眸微眯地看向门后，目光仿佛穿透了大门与墙体，落在了桌旁的米迦勒身上。与此同时，米迦勒似乎也有所察觉，微微抬头，向门外看了一眼。两人相隔着一座房屋，遥遥对视。米迦勒的眉头微皱，似是有些不解。百里胖胖准备敲门的手停滞在半空中，他沉默思索片刻，没有敲门，而是转身离开。

"怎么了？"林七夜见米迦勒突然抬头，疑惑地问道。

"没什么，以为见到了熟人，但好像又不是……"米迦勒微微摇头。

"笃笃笃——""进。"安卿鱼的声音从屋内响起，百里胖胖伸手推开房门，径直走入院中。他刚走进门，见安卿鱼、江洱、沈青竹三人都坐在院中的四方石桌旁，微微一愣。

"胖胖？"安卿鱼眉梢一挑，"你怎么来了？"

"哦，我闲着没事四处溜达一圈，本来想去七夜那儿的，他那儿有客人，我就来这儿串门了。"百里胖胖挠头说道，"江洱在卿鱼房里我能理解，拽哥你怎么也在？当电灯泡呢？"江洱的脸颊微红，轻轻撇过头去。沈青竹坐在石凳上，正色说道："是卿鱼主动找我的，他说他有了些发现，想让我过来帮忙。"

"哦？"百里胖胖饶有兴致地在四方桌的另一角坐下，"发现了什么？"

安卿鱼放下手中的纸和笔，推了推眼镜，眸中闪烁着兴奋的微光："我好像，计算出灵气的独有频率了。"

百里胖胖一愣："什么频率？"

"灵气的独有频率。"安卿鱼认真地解释道，"之前不是说了吗？所谓灵气，只是经过天庭本源的处理，附加了独有频率的神力，虽然这种灵气源于普通的神力，但与神力相比，灵气中蕴藏的神力含量其实要低很多。但灵气的好处在于，它可以像空气一样释放出来，经过稀释并加以独有频率的灵气，可以对万物造成影响，比如植物、动物、瑶池的蟠桃园，以及神话传说中的那些精怪，全部都是常年经受灵气灌溉，导致自身进化变异产生的结果。"

百里胖胖疑惑地歪头："灵气确实是这样……但这跟你说的，有什么关系？"

"之前我就一直很好奇，既然灵气是神力的特殊表现形式，那它究竟是如何产生的？前段时间我进过昆仑虚，但那里的灵气几乎全是从天庭转移过去的，并没有自我诞生的能力，所以没有研究价值，直到我登上天庭，来到了承载着天庭本源的灵气源头，才真正接触到灵气的本质。"安卿鱼指了指自己闪烁着灰芒的眼睛，说道，"这段时间，我一直在用'唯一正解'试着解析灵气本身，并加以试验与计算，我觉得，我离破解灵气的独有频率已经很近了。很快，我就能掌握灵气制造的方法，等到我自身拥有神力之后，或许就能大规模地转换灵气。不，或许我能先对灵气本身的独有频率加以改良，研制出一种更加特殊、更适合自己的神力频段……"看着兴奋到手舞足蹈的安卿鱼，百里胖胖呆若木鸡。他的嘴巴控制不住地张大，看向安卿鱼的目光，像是在看一只怪物。安卿鱼似乎也意识到自己有些太激动了，清了清嗓子，坐回了凳子上，叹了口气："不光是灵气，大夏众神的很多东西，我都非常好奇……可惜，要是能近距离解析一下天庭本源就好了。"

百里胖胖："……"

沈青竹注视着安卿鱼眼中的光芒，无奈地笑了笑："上次看到卿鱼激动成这样，还是在嚷嚷着要解剖七夜的时候……现在想来，已经是很久之前的事了。"

"真是妖孽。"百里胖胖忍不住摇头。

"真是妖孽。"沈青竹紧跟着说了一句，他的目光扫过众人，脸上的笑容逐渐消失，取而代之的，是一阵沉默，"你们一个个的，都是妖孽……"沈青竹低头看了眼自己包扎着绷带的手掌，眼眸中的光芒迅速地暗淡了下去，自嘲地笑了笑。

似乎是察觉到了沈青竹的情绪变化，百里胖胖转头看了他一会儿，缓缓从座位上站起身。他伸出手，拍了拍沈青竹的肩膀，笑嘻嘻地说道："拽哥，陪我去找个厕所呗？"

1106

两个身影推开院门，径直走了出去。沈青竹一只手插着口袋，另一只手夹着烟叼在嘴中，正欲点火，手指却停在半空中。他四下看了一圈，有些不确定地问道："天庭……应该不禁烟吧？"

"……不禁，你放心吧。"百里胖胖嘴角一抽。

"你怎么知道？"

"那些炼丹的神仙，天天烧烟炸丹炉都没事，你点个烟有什么要紧的。"百里胖胖摆了摆手，"真要禁烟，被抓到了再说呗。"

"也是。"沈青竹默默地点燃了烟卷。他深吸一口，长长地吐出一口烟雾，似乎要将心中的无力感与抑郁混杂在烟中，一吐而尽。

"拽哥。"

"嗯？"

"你觉得，当个神明代理人怎么样？"

"你说什么？"沈青竹愣在了原地。

百里胖胖咂了咂嘴，指着周围连绵的仙宫神殿说道："你看啊，现在不是从前啦，大夏神都完全回归了，那么多神仙，总有那么几个想收些弟子，或者找个代理人吧？我觉得，拽哥你天赋异禀，心性超绝，被大夏神看上选作代理人的可能性还是很高的……你说，如果道德天尊、玉帝、王母同时来找你当代理人，你会选哪个？"

沈青竹叼着烟，狐疑地看着身旁的百里胖胖："你在跟我开玩笑？"

"假如嘛，我就打个比方！"

沈青竹沉默了片刻："我一个都不选。"

"为什么？"

沈青竹停下脚步："我不想当任何人的代理人，也不想成为任何人的影子……我只想做我自己。"

百里胖胖注视他片刻，收回了目光，点点头："嗯，我明白了。"

"天庭厕所在哪个方向？"

"呃……我也不知道，抓个神问问路？"

"他们真的需要厕所这种东西吗？"

"……"

米迦勒与林七夜交谈完后，便自行离开。林七夜又回院中训练了一会儿，等到练得大汗淋漓，才坐着狗皮轮椅回到床边，仰面躺了下去。从今天的复健情况来看，这副身体想要恢复原本的水准，也就需要四五天的时间，按天尊和米迦勒的意思，他们之间的交易要尽快完成，林七夜打算等自己恢复好，便立刻动身下界，跟着米迦勒去那处神秘之地取回交易物品。看着头顶的天花板，林七夜缓缓闭上了眼睛，将意识沉入脑海中的诸神精神病院中。他刚推开院长室的大门，就听见一曲悲怆忧郁的哀歌，自院前的石阶上传来："……棕色的番石榴和常春藤的绿叶啊，我不得已伸出我这粗鲁的手指，来震落你们这些嫩黄的叶子。因为亲友的惨遇，痛苦的重压，迫使我前来扰乱你正茂的年华；年轻的林院长死了，死于峥嵘岁月，年轻的林院长，从未离开过本家……"

林七夜茫然地转头望去，只见空旷的院落中，无数穿着深青色制服的护工，正整齐地排列在一起，低头默默地抹着眼泪。李毅飞站在所有护工之前，头戴白帽，腰系白缎，双眸通红，好似刚大哭过一场。在他的身后，其他几位部长站成一排，表情也悲痛无比，其中参与了神战的旺财，狗腿上还绑着绷带，正颤巍巍地挂着一根拐杖，用爪子扒拉着眼角的泪痕。院前的石阶上，布拉基抱着竖琴，正对众人，表情悲怆哀婉，一下又一下拨动琴弦，哽咽着吟唱悼亡哀歌。待到布拉基的诗歌停止，站在最前面的李毅飞，深吸一口气，瞪着红眼大吼道："送院长！！"

"唰——"红颜从口袋中掏出一沓白色纸钱，猛地甩向天空，纷纷扬扬的纸钱撒落院中，护工们的哭声越发悲痛哀伤起来。

"呜呜呜，林院长一路走好啊……"

"林院长，我们会想你的。"

"院长，您还有什么心愿未了，给我们托个梦，我们好满足您啊……"

"林院长啊，你死得好惨啊！"

"……"

鬼哭狼嚎声回荡在院中，林七夜穿着白大褂，站在院长室的门口，嘴角疯狂地抽搐起来。他像是察觉到了什么，抬头看向二楼。只见几间病房的门口，一只披着破碎袈裟的猴子，与一个披着灰袍的男人正沉默着倚靠在栏杆旁，每人身旁都摆着数十个空荡的酒坛，他们凝望着漫天散落的白色纸钱，双眸复杂无比。

"你信吗？"吉尔伽美什突然开口。

"什么？"

"下面这场闹剧。"

"……不信。"孙悟空沉默片刻，摇了摇头，"他没这么容易死……更何况，他是这里的主人，如果他真的死了，这里又怎么会一点变化都没有？"

"是吗？"吉尔伽美什双眸微眯，"你真的觉得，这座病院是依托于他的生命而存在的？"孙悟空的眉头皱了起来。"你在这里待了这么久，应该能看出来，这座病院的位格有多高，这种级别的存在，又怎么可能会依附在一个凡人的灵魂内，随着他的死亡而泯灭？"吉尔伽美什摇头，"更何况，他……就真的是这里的主人吗？有什么东西可以证明？"

"你什么意思？"

"我没有什么意思。"吉尔伽美什转过头，平静地注视着院中哭泣的众多护工，"我只是觉得，这地方没这么简单。"

就在两人交谈的时候，站在院中的李毅飞，再度开口大喊："拜灵宅！"

院中的数百护工，同时猛地一个转身，正对着病院楼栋中林七夜的院长室，深深地拜了下去。等到众人擦着眼泪站起身，恍惚之间，看到一道熟悉的白影站在院长室门口，他们微微一愣，伸手揉了揉眼睛，定睛看去。在众护工呆滞的注视下，林七夜沉思片刻，从口袋中伸出手："……平身吧。"

院落之中，一片死寂。足足过了数秒，才有护工反应过来，眼珠子几乎瞪出了眼眶，惊恐地大喊："林院长显灵啦！！！"

整个诸神精神病院，顿时陷入一片无与伦比的混乱之中。

1107

"说吧，这是怎么回事。"林七夜坐在院长室的转椅上，双手插兜，看着眼前耷拉着头站着的李毅飞和布拉基，无奈地开口。

"是布哥！"李毅飞瞪大了眼睛，义愤填膺地站出来，"布哥那天一回来，眼圈就通红一片，疯了一样到处在病院里跑，说……说七夜你战死了，把大家都吓坏了，连猴哥和吉吉国王都被惊了出来。后来布哥说了遍事情的前因后果，说亲眼看到你透支潜力，灵魂凋零，我们这才相信的！"

听着李毅飞的控诉，一旁的布拉基头越垂越低，像个做了错事的孩子，等到李毅飞说完，他才小声地说道："可，可我确实看到了啊，我的灵魂离开你身体的时候，你身上几乎没有生机了，这么重的伤，根本不可能活下来才对……"

听到这儿，林七夜无奈地伸手扶住额头，摆了摆手："行了行了，我知道了，这件事也不能怪你……李毅飞，你去跟那些护工解释清楚，我真不是显灵，让他们赶紧整理好心态，继续日常的工作。"

"好！！我这就去！"李毅飞转身便走出了院长室，关上房门，紧接着房内的两人便听到一阵大嗓门从门外传来："都还在这儿愣着干什么？！院长没死！也不是显灵！七夜活得好好的！都给老子把眼泪擦干净了！把头上那些白帽、白带子全烧了，一个都不能留，整个病院需要大扫除，还有这地……谁在地上扔这么多纸钱？！都给我扫了！"

随着屋外陷入一片混乱，林七夜又将目光落在了布拉基身上。

布拉基治疗进度：86%

看到他头顶这根进度条，林七夜顿时有些心累，如果他没记错的话，上次看这根进度条还是89%来着……这么一折腾，他的治疗进度竟然又降了3%。"院长，我……"布拉基张嘴，似乎还想解释些什么，林七夜便站起身，拍了拍他的肩膀："没事，这不怪你，别放在心上……对了，最近跟你妻子怎么样了？"

"挺好的啊，还是跟之前一样，不过我还是越来越想她了……"布拉基挠了挠头，有些不好意思地开口，"我什么时候才能回阿斯加德去见她？"

"嗯……应该快了。"林七夜含糊着把这个话题带了过去，随便聊了几句之后，便让布拉基离开了院长室。布拉基一走，林七夜就迈步走入了地下牢狱之中。这次林七夜记得很清楚，在地下牢狱中，还有一只"神秘"被关押着，那个不倒翁被旺财折磨了那么久，也该去看看成效了。果然，旺财并没有让林七夜失望，当他站在牢狱门口的时候，便看到不倒翁"神秘"的恐惧值已然突破了一百大关，如果不是旺财之前被林七夜召唤出去战斗，现在恐怕已经直逼两百了。一番简单的威逼利诱之后，林七夜顺利地将其聘用为病院的护工，交给混乱魔方，加入了清洁部。等林七夜忙完这些，走出院长室的时候，就发现两个身影站在门口，似乎等待许久了。"猴哥？吉尔伽美什？"孙悟空站在门口，没有说话，只是双眸紧盯着林七夜，眸中爆出两团刺目的金芒！在这金芒照耀下，林七夜下意识地眯起了眼睛，不过仅过了几秒，孙悟空便收回了炽热的目光。

"怎么样？"吉尔伽美什问道。

孙悟空微微点头："没有被脏东西侵蚀，也没有被替换，是本人。"

林七夜茫然地看着眼前的两人，不解地问道："猴哥，你这是……"

"没什么，只是以防万一。"孙悟空摇了摇头，"布拉基说你死了，是怎么回事？"

林七夜无奈地将事情的前因后果说了一遍，吉尔伽美什听完之后，双眸微眯："原来是米迦勒……那就不奇怪了。"

林七夜正欲开口说些什么，余光瞥到了孙悟空的神情，突然愣在了原地。"猴哥……你怎么了？"林七夜试探性地问道。院长室前，只见孙悟空披着半件袈裟，正如雕塑般站在那儿，眸中罕见地浮现出恍惚。孙悟空回过神来，看着林七夜的眼睛："你刚刚说……天庭？大夏神已经回来了？"

"回来了。"林七夜重重点头，"天庭本源已经修复，大夏众神尽数回归，我的本体现在就在天庭之中。"

"回来了……回来了……"听到林七夜的回答，孙悟空的目光复杂起来，他就像是失了魂般，在原地呆了许久，才喃喃自语地转过身，独自向着远处离去。林七夜看着那寂寥落寞的背影，脑海中再度浮现出时光剪影之中，那个跪倒在猪八戒与沙悟净的尸体前，对着迷雾咆哮怒吼的无助身影。他张开嘴想说些什么，但犹豫片刻之后，还是什么都没说出口。

林七夜穿过忙碌的院子，径直踏上了通往病院二层的楼梯。布拉基在楼下唱着欢快的歌谣，想要对冲一下之前的哀悼歌带来的悲剧氛围，孙悟空拎着一只酒坛，独自坐在角落喝酒，吉尔伽美什则不知去了哪里闲逛。在整个病院都热火朝天地收拾场地的时候，六间病房所在楼层空空荡荡，死寂一片。林七夜穿着白大褂，走到第六间病房的门口，昏沉的天空在他的身后翻滚，天空洒落的隐约微光，将他的影子投在病房门之上。林七夜抬起头，看了眼病房上方的门牌，上面清晰地勾勒着一本书的模样，只是因为书上的字体太小，即便离得这么近也无法分辨出究竟是哪两个字。书？哪一位神明，跟书有关？到目前为止，希腊神话、英格兰神话、北欧神话、大夏神话、苏美尔神话的神明都已经出现，由此推断，这最后一间病房中病人的神系，选择应该不多了。林七夜摇了摇头，没有再多想，而是直接将手搭在了门把手上，用力摁下。想再多也没什么用，只要打开这扇门，最后一位病人的身份自然就揭晓了。随着病房门的打开，无尽圣洁而温暖的白光，自门缝之中倾泻而出……

1108

一抹纯净的白光，自病院楼栋冲天而起，撞入昏沉的天空中，一道道光晕荡漾而出，将所有的阴霾驱散无踪。对面的病院楼顶，正在闭目养神的吉尔伽美什像是察觉到了什么，突然睁开双眸，看向了光柱升起的方向。"这个气息……"吉尔伽美什眉头微皱。

病院角落。正在闷头往嘴里灌酒的孙悟空，也同时转过头，看向那道冲天的光柱。他凝视许久，默默地收回了目光，继续拎起酒坛昂首痛饮起来。

与此同时，院落前的台阶上。布拉基欢快的诗歌戛然而止，他抱着竖琴，看着那道光柱眨了眨眼，无奈地叹了口气："又来一位大哥……也不知道这位邻居好不好相处，希望别再像那两个流氓一样……"

病房门缓缓打开，林七夜的目光穿过无尽的神圣白光，落在了病房中央的那个身影之上。那是一个穿着白衣的老人，他脚踏云气，自神圣白光之中走出，深蓝色的双眸凝视着林七夜，神情满是慈爱与怜悯。等到他走近，林七夜才看清，他穿在身上的并不是什么白衣，而是飘逸流转的云朵。林七夜看向他的身后，一块熟悉的面板已经悬浮在空中——

> 六号病房。
> 病人：耶兰得
> 任务：帮助耶兰得治疗精神疾病，当治疗进度达到规定值（1%、50%、100%）后，可以随机抽取耶兰得的部分能力。
> 当前治疗进度：0

看到这块面板的瞬间，林七夜的瞳孔骤然收缩。耶兰得的大名，他自然如雷贯耳。作为迷雾降临前西方圣教崇敬的天神，他拥有世界上最多的信徒，也是世界上最大的宗教所信奉的造物主，就连炽天使米迦勒，也是他座下第一天使。最后一间病房中的，竟然是西方圣教的上帝耶兰得？单从信仰与位格的角度来说，他与前面五间病房的病人，根本不是一个层级的存在，所以当林七夜看到他的瞬间，心脏都微微颤了一下。如此想来，门牌上的那本书应该不是象征着知识或者文字，它代表的，是西方圣教的《圣典》。

林七夜仔细打量着眼前的耶兰得，从肢体行动以及神情上看，并没有明显的异常，也没有抑郁、混乱、神志不清等症状……乍一看，跟正常人没有什么两样。当然，这并不意味着耶兰得的病状就较轻，恰恰相反，这可能说明他病得很重。越是无法通过他的行为判断病情，就越是难以找到病根并对症下药。犹豫片刻后，林七夜选择主动开口，试探一下他的情况："Hello?"

"你做得很好，孩子。"耶兰得周身缭绕着云雾，走到林七夜的面前，深蓝色的眼眸看着他的眼睛，慈爱而温和地说道。

孩子？这一刻，林七夜的脑海中瞬间闪过了无数种妄想症以及认知障碍的病例，但仔细一想，这个称呼似乎也没有什么问题。在林七夜对西方圣教的认知中，人类属于神明创造的子嗣，这里的"孩子"应该不是单指林七夜，而是所有人类在耶兰得的眼中都是孩子，对上帝而言，他确实有资格使用这个称呼。

林七夜思索片刻，再度开口："您感觉怎么样？"

"你做得很好，孩子。"耶兰得再度慈爱地开口。

林七夜的眉头微微皱起，他注视着耶兰得那双温和而深邃的眸子，试探性地继续说道："您知道这里是哪儿吗？"

"你做得很好，孩子。"

"您为什么一直重复这一句？"

"你做得很好，孩子。"

"阿弥陀佛？"

"你做得很好，孩子。"

林七夜："……"

看来病情还是挺明显的。

林七夜在脑海中简单回忆了一下李医生留下的笔记，似乎并没有提到过这种症状的精神类疾病……看来他还得再多做些功课。

"李毅飞！"林七夜趴在走廊边喊了一声。很快，李毅飞就拎着扫把和抹布来到了林七夜的面前，用手腕擦了擦额头的汗水："怎么了，七夜？"

"这位新病人……应该也是最后一位病人，你记得照顾一下。"

"他？这老头看着挺慈祥的，他是谁？"

"上帝，耶兰得。"

"？"

"你做得很好，孩子。"

"？？？"

暂且将耶兰得丢给李毅飞照顾之后，林七夜便从楼梯下到一楼，他站在院中，心中微微一动，抬头看向病院楼栋二楼。随着最后一间病房的打开，六间病房全部出世，六位病人，也全部现身，如果说六个病房对应着林七夜的六个境界，那现在已经到了这座病院的上限。从今往后，应该不会有新的病房出现了吧？林七夜暗自想。就在他准备离开病院的时候，一个身影出现在了他的面前。"猴哥？"林七夜看着眼前拎着两只空酒坛、神情复杂落寞的身影，有些诧异地开口。

"林七夜。"孙悟空缓缓开口，他注视着林七夜的眼睛，沉默片刻，"帮我个忙。"

"什么？"

"……我想出去。"

天庭客房。林七夜睁开眼眸，缓缓从床上坐了起来。一道虚幻的影子从他周身走出，凝结成一位披着半件袈裟、毛发暗金的古猿。在治疗进度超过50%之后，病人可以以灵魂状态短时间离开病院行动，之前在沧南的时候，林七夜也把倪克斯放出去过一次，唯一的缺陷在于，这种状态下的神明不具备战斗能力。"猴哥……你想做什么？"孙悟空闭上双眸，一抹神力涌动，身形迅速地扭曲起来，片刻间便幻化成了一个相貌普通的中年男人，身披一件与林七夜相同的深红色斗篷，头上戴着一只兜帽，遮住了整张面孔

——"七十二变"。"放心，我不会闹出大动静，也不会暴露病院的存在。"孙悟空沉默片刻，"我只是……想见一些人。"

1109

林七夜沉思片刻："好，我跟你一起去。"林七夜在房里咳嗽了一声，房门便自动打开，小黑癞吐着舌头吭哧吭哧从外面跑进来，看到屋内突然多出一个陌生男人，先是一愣，随后飞蹿到林七夜身前，凶恶地对着孙悟空低吼。变化为中年男人的孙悟空看到这只狗，眉梢微微一挑。"哮天犬……"

"乖，他不是坏人。"林七夜伸出手，摸了摸小黑癞的头，后者顿时温驯了下来，舔了一下他的手掌，摇身一变化作狗皮轮椅，让林七夜坐了上去。看到眼前这一人一狗如此亲昵，孙悟空的眼中浮现出疑惑之色。"你怎么跟哮天犬这么熟？"

"哦，这是我弟弟的狗。"林七夜顿了顿，加了一句，"我弟弟，就是杨戬。"

"？？？"

林七夜第一次在孙悟空的脸上看到了错愕的神情。他皱眉看着林七夜，似乎无法理解，自己曾经的劲敌兼好友，怎么就变成了他的弟弟？照这么一算，自己的辈分岂不是也掉下去了？"具体的，一会儿路上跟你说。"林七夜解释。

孙悟空微微点头，转身离开屋子，他站在院落之外，环顾着周围层峦叠嶂的仙山、仙宫，以及时不时掠过头顶的仙鹤与神仙，一时之间有些恍惚。林七夜坐着轮椅从屋中出来，看到如雕塑般站在门口的孙悟空，默默停下轮椅缀在后方，没有上前去打扰。孙悟空在那里驻足许久，长叹了一口气，轻车熟路地迈开步伐，向某个方向走去。林七夜坐着轮椅跟了上去。

"嗯？七夜旁边的是谁？"恰好从安卿鱼房里出来的沈青竹见到这一幕，有些诧异地开口，"还披着我们'夜幕'的斗篷……可我们不都在这儿吗？"他的身旁，百里胖胖看了离去的二人一眼，双眸微凝，耸了耸肩："谁知道呢……也许是位故地重游的故人。"

"故人？"

"我瞎说的，赶紧回房睡觉去吧，小爷我困了。"

一位位神仙驾着云雾，飞掠过林七夜与孙悟空的头顶，每当一位神仙离去，

孙悟空便会淡淡地瞥他一眼，神情带着一丝不屑。论腾云驾雾，这两个人或许是天庭众神的天花板，但即便如此，他们还是选择步行前往，一是因为林七夜身体尚未康复，还驾不了筋斗云；二则是因为筋斗云太容易被辨识出来，步行能够避免不少麻烦。现在的孙悟空还没有出院，一旦大夏众神发现孙悟空出现在天庭，必然会引起轰动，诸神精神病院的存在也会暴露，所以两人还是越低调越好。过了不久，孙悟空便在一座仙宫前停下脚步。"我进去一趟，你在外面等我。"孙悟空扯了一下兜帽，将自己的脸彻底掩入阴影之中，身形一晃便消失在仙宫之外。

待到孙悟空消失，林七夜才抬头看了眼仙宫前的牌匾："琼膳宫？"

这是什么地方？看起来也没有别的仙宫那么仙气出尘……住在这里面的，是孙悟空的熟人？林七夜无奈，只能独自在仙宫门口守候，过了几分钟，孙悟空便从中走了出来，看起来并没有什么异样，唯一的区别在于，他的背上多了一只黑色的大袋子。林七夜好奇地想用精神力探知一下袋中究竟装了什么，但精神力刚刚离体，就感觉到一阵头晕目眩，只能暂且放弃这个想法。孙悟空扛着袋子，淡淡开口："走吧。"

"猴哥，你要见的人已经见完了？"

"没有。"孙悟空摇头，"现在正要去。"

林七夜怀着满心的疑惑，跟着孙悟空穿过大半座天庭，来到了边缘悬空的几座神山附近。孙悟空四下张望一圈，确认没有神仙在这附近之后，驾起一朵筋斗云，带着林七夜，一个跟头就翻到了一座最高的神山顶端。"汪！"刚一落地，林七夜身下的狗皮轮椅就惊呼出声，林七夜迅速地对它做了个嘘声的手势。清凉的微风拂过青葱的绿地，将山顶那三棵高耸千年的神树的树枝吹得微微摇曳，蔚蓝色的天空下，孙悟空变回了原貌，披着半件袈裟，扛着黑袋，缓缓走到了三棵神树的中央。他弯腰将黑色的袋子解开，从中拿出了两块厚重的木板，抱在怀中，盘膝静坐在地，用手指蕴藏的一缕金芒，在木板上轻轻雕刻着什么。流云飘浮，树影摇曳。神山之上，那只古猿暗金色的毛发轻轻飘扬，片刻后，他停下了指尖，站起身，走到神山最高处，将那两块石板深深地插在大地之中。直到这时，林七夜才看清那两块木板的真容，只见两块厚重的木板上，用彤色笔触，分别勾勒着几个大字——

师弟猪悟能之墓。
师弟沙悟净之墓。

看到这两行字的瞬间，林七夜怔在了原地。他转头望着那道伫立于两块木板之前的落寞身影，神情复杂无比。林七夜的脑海中，再度回忆起时光剪影之中，那两道倒在血泊下的妖魔身影……原来孙悟空说的要见的人，是他们？孙悟空看着两块简陋的木牌，嘴角勾起一抹苦涩的笑容，他一边弯腰从黑袋中取出一只只金色的华丽酒壶，以及众多灵气氤氲的仙果，一边喃喃自语："呆子，老沙，这边的材料有限，只能先给你们简单地做个木碑了……不过，我给你们从琼膳宫中偷出了那玉帝老儿的晚膳，今天咱师兄弟几个，也当他个玉帝，一起吃个痛快！"

孙悟空拿起一只盛着仙酿的金壶，正欲倾洒在地，一个白衣身影便从另一边走上神山，看到两块木牌前的孙悟空，微微一愣，随后瞪大了眼睛："大圣？！"

1110

听到这声音，林七夜心里"咯噔"一下，转头望去。来的不是别人，正是之前有过一面之缘的太白金星。孙悟空眼睛一眯，放下了手中的仙酿，身形一闪便来到了太白金星的面前，半件袈裟在风中飘荡，他伸手抓住太白金星的领子，那双充满压迫感的眼眸，紧盯着对方："我道是谁，原来是你这个老梆子……"

"大圣？真是大圣？"太白金星瞪大了眼睛，"大圣你回来了？！"

"老梆子，不该问的别多问，今天就当没见过我，任谁也不能说出去……懂吗？"孙悟空恶狠狠地说道。林七夜站在远处，怔怔地看着孙悟空的背影，不知是不是错觉，此时的孙悟空，似乎和那个刚打开病房、佛光普照的斗战胜佛不太一样……他的身上，又多了一些齐天大圣的影子。

"懂了，懂了。"太白金星连连点头。待到孙悟空松开他，太白金星才微微松了一口气，"大圣啊，百年不见，你性子怎么又变回之前的泼……呃，之前的洒脱模样了？还有，你回天庭，怎么不去凌霄宝殿，而是来了这里？"太白金星走过孙悟空身旁，目光落在了那两块刻字的木板之上，突然一愣。他转头看向孙悟空："大圣，你来这里，是为了给他们立碑？"

"不行吗？"孙悟空微微皱眉。

"可以是可以，只是……"太白金星欲言又止。"只是什么？"

"唉，大圣啊，还有林小友……你们随我来。"太白金星一挥拂尘，招来一片白云，抬脚踏了上去。孙悟空眉头皱得更紧了。"大圣，随我来吧，我带你去个地方。"见孙悟空在原地迟迟不动，太白金星又喊了一句，孙悟空沉默片刻，这才弯腰将地上的黑袋捡起，跟着他踏上了白云。"你要带我去哪儿？"

"去了，你就知道了。"太白金星再一挥拂尘，三人的身形便迅速消失在天边。

很快，他们便在天庭的中心区域，缓缓降落。这是一片林立着白玉雕砌的宏伟神碑的道场，玉碑并不多，放眼望去也就六七座，但每一座都有数十米宽，百余米高，在阳光下荡漾着淡淡的白色光晕。对于这片区域，孙悟空有些陌生，他可以确认，百年前的天庭并没有这块地方。孙悟空走下云，环顾四周那几座高耸的白玉神碑，正欲皱眉说些什么，目光落在其中两块之上，瞳孔微微收缩。林七夜跟在他的身后，看清那两座白玉碑表面的镏金字迹，同样愣在原地——

大夏镇国神将西方净坛使者猪悟能。
大夏镇国神将西方金身罗汉沙悟净。

太白金星散去云雾，不紧不慢地走到两人身边，含笑摸了摸白须，说道："天庭本源修复完毕，大夏众神回归之后，玉帝便命人打造了这几块功德玉碑，将百年前葬身于迷雾大劫中的神仙，追封镇国神将的称号，立于此地，以念功绩。大圣，你若是要祭拜他们，在此地便好……那座小山头，太寒酸了。"

孙悟空拎着黑袋，呆呆地站在那两座流光溢彩的玉碑之下，两行泪水自通红的眼眶中涌出，半件袈裟之下，他的身体在微微颤抖。"好……"他双唇微张，声音沙哑地吐出一个字。孙悟空弯腰，再度从黑袋中取出那些仙酿仙果，依次摆在两座玉碑之前。

"星君，咱们先走吧。"林七夜心中五味杂陈，他收回了目光，对着一旁的太白金星说道。太白金星捋着胡须，笑道："也好。"

两人转身，迈步离开玉碑林。在玉碑林的边缘，林七夜忍不住再度回头看了一眼。只见那个熟悉的身影正捧着一壶仙酿，像是向着天空晃了一下，随后往嘴里狂灌了一口，然后尽数倾洒在玉碑之前，哈哈笑道："算那玉帝老儿还有良心，今日这酒，咱便分他一分，呆子，老沙，咱们今日不醉不归！"

孤寂无人的玉碑林中，仅有那半佛半魔的身影，坐在碑前，时而大笑，时而痛哭，好似癫狂。

没有人知道，此刻的凌霄殿外，两个身影正遥遥望着这里。

"这泼猴……终究是回来了。"元始天尊双手背在道袍之后，淡淡笑道。

"看不出来，你这么重视他。"一旁的百里胖胖感慨道，"那太白金星，也是你派过去的吧？"

元始天尊缓缓闭上眼睛："是我天庭，亏欠他太多……"

"那只猴子的事情，暂且不管。"百里胖胖转头看向元始天尊，伸出了一只手掌。

"做什么？"元始天尊疑惑问道。

"我要一件东西。"

"嗯？"元始天尊眉梢一挑，"哪一件？"

百里胖胖张开嘴，说出了一个名字。

"你要它做什么？"元始天尊脸上的疑惑更浓了。

"送人，不行吗？"

"当然可以，那本来就是你的东西，我只是替你暂存。"元始天尊转身，向着远处走去，"随我来吧。"

黄昏时刻。院中。林七夜撑着一个双杠，汗如雨下。一道影子飞过天空，化作一道暗金色的虚影，闪入了林七夜的身体。林七夜一愣，顿时停下了手上的动作。孙悟空回来了？林七夜将意识沉入诸神精神病院中，见孙悟空确实已经回到了病院，一颗悬着的心，终于放了下来。他放任孙悟空一人在玉碑林中待了整整一个下午，原本还有些担心，从孙悟空的状态上来看，这种担心似乎多余了。

"喂，你！"孙悟空站在病院的院落边，看着正倚靠在二楼栏杆休息的吉尔伽美什，扬了扬下巴，"你看什么看？"

吉尔伽美什的眼眸微微眯起。他从二楼轻跃至院中，轻微地活动了一下脖子，一袭灰袍无风自动，低沉的声音响起："杂猴子……你在挑衅本王？"孙悟空没有说话，只是站在了院落的中央，那双眼眸之中，灿金色的光芒如火炬般燃起，他嘴角微微上扬，宣泄了一下午情绪的他，似乎在渴望一场酣畅淋漓的战斗。两道恐怖的战意如澎湃的浪潮，翻涌对撞。就在这时，林七夜的目光落在孙悟空的头顶，瞳孔微微收缩。

孙悟空治疗进度：88%

‖‖‖

几日后，"笃笃笃——"安卿鱼轻敲门。"请进。"林七夜的声音从门后传来，安卿鱼伸手推开房门，只见院落中，一个身影赤着上身，正敏捷地在一个双杠间翻转。见安卿鱼走了进来，那身影直接从双杠上下来，汗水顺着匀称的背脊滑落，他拿起一旁的毛巾擦了擦额角的汗水，问道："卿鱼，有什么事吗？"

"没有，我就是来看看你恢复得怎么样了。"安卿鱼的眼眸中，闪过一抹灰芒，微笑道，"看来还不错。"

"嗯，身体方面基本恢复到之前的水准了，精神力方面甚至还有所精进……"林七夜套上上衣，长舒了一口气，

"时间差不多了，我们该下界了。"

"很急吗？"

"算是吧，"林七夜叹了口气，"昨天米迦勒还来催过我，好像是怕拖久了，会出现什么变故。"

"那曹渊那边怎么办？"

"他怎么样了？"

安卿鱼欲言又止："你……自己去看看吧。"

林七夜眉梢一挑。

几分钟后，两人便站在了湖心八角亭的中央。

"嘿嘿嘿……七……嘿嘿嘿……七夜，你来……嘿嘿嘿……了？"曹渊坐在八角亭中央，时而正常，时而傻笑，半边身子已经恢复正常，还剩半边则依然会时不时地蹿出黑色火焰，表情怪异无比。

林七夜："……"

"这是什么情况？"林七夜忍不住问道。

"太白金星说了，他已经控制住一半黑王，摆脱了生命危险，但是想要彻底恢复身体的控制权，还要些时间。"安卿鱼无奈摇头，"照这个情况看，他是不能跟我们一起去了……"

"那就是我们五个人去？也行。"

"或许是四个。"林七夜话音刚落，一个声音便自长廊中传来，他转头望去，只见百里胖胖正和沈青竹一起，走向这里。刚刚说话的，正是百里胖胖。"胖胖？怎么了？"

"七夜，我可能不能跟你们一起去了。"百里胖胖挠了挠头，苦笑道，"老曹这边需要人照顾，我得留下来。"

"不是有侍女吗？"

"那不一样，我们走了，老曹就没人说话了，还是得留个自己人。"百里胖胖坚持着说道，"而且你们不就是去拿个东西吗？还有炽天使米迦勒坐镇，应该很快就会回来了。等你们回来，老曹也彻底恢复了，到时候我们能一起下界。"

林七夜迟疑片刻，转头看了眼傻笑的曹渊，还是点了点头："好……那我们四个人去也是一样的。"

"好，我这就去收一下实验资料，马上就可以出发。"安卿鱼转身离开，很快林七夜也走出了八角亭，他需要去找米迦勒，告知对方出发的时间。

沈青竹也欲离开，一只手掌便搭在了他的肩上。

"拽哥，你等一下。"百里胖胖开口道。

沈青竹回过头，疑惑地看着他。

"这个东西你拿着。"百里胖胖从口袋中掏出一枚黑色的玉佩，放在了沈青竹的掌心。

"这是什么？"

"嗯……是一件禁物，类似于'回天玉'，但是比它更厉害。"百里胖胖解释道，"'回天玉'只能帮你抵挡一次灵魂攻击，并吊住性命，但这枚玉佩能让你死而复生九次。"

"死而复生？"沈青竹愣在了原地，"还有这种禁物？"他反应过来之后，立刻将这枚玉佩塞回了百里胖胖手中，摇头道，"这东西太贵重，你自己留着吧。"

"拽哥，我留在天庭用不到这个。"百里胖胖咧咧嘴，又把玉强塞了回去，"就当你再欠我一个人情……就跟我上次把'回天玉'给你一样。如果你用不上，回来还给我就是了。"

话已经说到了这个地步，沈青竹没有再推辞，而是郑重地将这枚玉佩收起。"……谢谢。"

半个小时后。南天门前。林七夜、安卿鱼、江洱、沈青竹四人已经收拾好行李，整装待发。

"米迦勒呢？"安卿鱼疑惑地开口，"不是说，祂带着我们去吗？"

"应该快到了。"林七夜低头看了眼时间，正欲说些什么，一道身背洁白六翼、数十米高的身影微振双翅，直接闪烁空间，静静地悬浮在天空之上。在祂出现的瞬间，一股令人窒息的威压降临在安卿鱼三人的心头！然而，这威压仅存在了极短的时间，下一刻那身影便一步踏出，身形迅速缩小，幻化成了一个普通金发西方男人的模样，降落在地面上，只有那双金色的眼眸，依然好似一双燃烧的熔炉，散发着令人心悸的压迫感。他的目光轻轻扫过除林七夜以外的三人。安卿鱼三人下意识地挪开目光，避免与之对视，哪怕米迦勒已经尽可能地收敛威压，但他的目光也不是所有人都受得了的。或许也只有林七夜这位代理人，能够自然地与之对视，交流。

"人都到齐了。"林七夜主动开口，"我们可以走了。"

"嗯。"米迦勒微微点头。他背后六只巨大的羽翼张开，将四人全部包裹其中，璀璨的金芒如潮水般涌出，下一刻所有人便消失在了原地。

凌霄殿外。百里胖胖独自伫立在殿门之前，遥望着南天门的方向，看到他们身形消失之后，长叹了一口气。

"你不一起去？"元始天尊自殿内走出，悠悠开口。

"他们要去的地方，我进不去。"

"……也是。"元始天尊沉默片刻，再度开口，"我本以为，你拿那块'源道玉'是要给林七夜防身，没想到你居然给了他……那可是连法则道体都能重生九次的至宝。"

"七夜不需要这种东西保护，但拽哥不一样。"百里胖胖顿了顿，目光微凝，"而且，不知道为什么，我这心里总有些不安……"

"你的修为尚未回归，天机亦不可计算，或许只是你的错觉。"元始天尊摇头。

百里胖胖看了眼众人离去的方向："希望吧。"

一道金芒自天空划落，落在乐谭山间，幻化成五人的身影。

"回来了……"安卿鱼背着黑棺环顾四周，叹了口气，看神情似乎有些惋惜。

"怎么，还没在天庭待够？"林七夜笑道。

"再给我一点时间，我应该就能更快地建立灵气模型，现在回到凡间没有参照物，恐怕手动计算模型还得花不少时间。"

林七夜无视了安卿鱼的吐槽，辨别了一下方向，正欲离开，一阵清脆的电话铃声突然响起。林七夜下意识地摸了摸身上，这才想起来自己的手机还在瑶池留着，他看向声音传来的方向，安卿鱼掏出了手机，接通电话："喂？"

"……"

"嗯，我是安卿鱼。"

"……"

"好的，我知道了。"安卿鱼挂断了电话。

"是谁？"

"是总部那边。"安卿鱼如实回答，"他们说，走之前让我们去一趟总部，左司令有话要对我们说。"

"他知道我们要去哪儿？"林七夜愣了一下，若有所思地点点头，从严格意义上来说，"夜幕"小队隶属于凡间的守夜人势力，即便是天庭，也没权力直接调动他们，天尊既然直接让他们跟着米迦勒去取东西，多半已经跟左司令那边接洽好了。"行，那就去走一趟。"

在城市之中，林七夜等人都不好动用能力，而米迦勒的空间闪烁似乎有些太过招摇，犹豫之后，还是沈青竹伸出手，指向了不远处停在路边的出租车。"我们可以开那个。"沈青竹道，"那辆车，现在已经姓百里了。"听完安卿鱼等人的解释，林七夜一时间有些哭笑不得，他快步上车，坐了在驾驶座上，安卿鱼、沈青竹同时坐了在后座，将棺材装进后备厢，只剩下一个副驾驶座留给米迦勒。此刻的米迦勒，独自站在出租车旁，凝视着眼前的车门，一动不动，似乎在思索这个东西该怎么使用。"上车吧。"林七夜见米迦勒站在门外，迟迟没有动作，又开口提醒了一句。米迦勒沉思片刻，学着林七夜等人的动作，抓住门把手，轻轻一扯。"刺啦——"整扇车门被他撕开，攥在手中。似乎察觉到自己的流程跟林七夜等人不太一样，米迦勒眉头皱了皱，面无表情地坐进副驾驶座上，攥着车门的右手金芒一闪，车门便被修复得完整如初。"走吧。"米迦勒淡淡说道。

山间的微风拂过敞开的车窗，车内的三人震惊地张大了嘴巴……

一个小时后，车辆便停靠在了守夜人总部的门口。林七夜走下车，带着众人来到守夜人总司令办公室前，敲了敲房门。

"进。"左青的声音从门后传来，林七夜推门而入。看到进来的林七夜等人，正在批阅文件的左青眉梢一挑，当他的目光落在最后那个金发身影之上，与那双熔炉般的眼眸对视时，他的心神一颤，迅速地挪开了目光。他沉思片刻，看着米迦勒的眉心，微微点头："欢迎。"

林七夜等人心中清楚，这两个字绝不是对自己说的，便没有开口，过了一会儿，身后的米迦勒才轻飘飘地"嗯"了一声。左青心中松了口气，将目光落在林七夜的身上："恢复得怎么样？"

"没什么大碍了。"林七夜笑道。

左青点了点头："镇国神碑的事情，多亏你了，幸好你没出事，否则我守夜人又将痛失一位大将……鉴于你这次的表现，一枚个人'星海'勋章是没跑了，相关的手续这边还在办理，应该很快就能有结果，不过现在时间紧迫，我们先说正事。"左青从办公桌中掏出一份文件，摆在桌面，神情严肃起来，"关于你们这次的任务，天庭那边已经跟总部接洽，接下来由我亲自向你们下发，不过任务的部分细节涉及神话隐秘，就算是我和大夏众神也不清楚详情，具体的，你们可能得问那位。"林七夜等人顺着左青的目光望去，看向了站在最后沉默不语的米迦勒。"我先简要地说一下，你们这次的任务，是跟着这位去取回一件物品。"左青缓缓开口，"这件东西，名为'约柜'。"

"'约柜'？"听到这个名字，林七夜诧异地开口，"是个柜子？"

"或许吧，它的本体究竟长什么样，我们也不清楚。"左青又看了眼米迦勒，继续说道，"不过，这件东西承载着西方圣教的创世神耶兰得留下的秘宝，传闻藏在西方圣教的圣国之中，你们的目标，就是把它完好无损地带回来。"

"耶兰得"？听到这三个字，林七夜瞳孔微缩，瞬间想到了自己刚刚放出的第六位病人。这次的任务，居然是寻找他留下的秘宝？"我明白了。"林七夜点了点头。虽然不知道这所谓的"约柜"究竟长什么样，也不知道在哪里，不过既然是西方圣教的东西，米迦勒应该最清楚，有他带路，找到那件东西应该不难。

"除此之外，还有一件事情。"左青再度开口，"这件事情与大夏神无关，但是与大夏却有密切的关系……"左青顿了顿，继续说道："我希望，你们这次进入迷雾，可以顺便寻找一下周平的下落。"

"剑圣前辈？！"

在场的众人除了米迦勒，全部瞪大了眼睛。

"他怎么了？"

"之前你们从迷雾失踪后，周平就离开大夏去寻找你们的踪迹。"左青坐回办公椅，无奈地开口，"一开始，他每年都会回来一次。第一年，他去了阿斯加德，没有找到你们；第二年去了埃及的太阳城，也没有找到你们……算算时间，距离今年回来的日子已经超过了半年，你们都已经回来了，却还是没有见到他。我推测，他应该是在迷雾里遇到了一些事情。现在全面神战已经打响，迷雾中危机四伏，混乱无比，他再留在海外，恐怕会生变故……我们守夜人现在只有你们'夜幕'具备在迷雾中自由行走的能力，也只有你们，能找到他，把他带回来。"

1113

周平已经在迷雾中失踪半年了？"夜幕"小队众人的脸色顿时凝重起来。之前林七夜等人回国后，便问过周平的下落，只知他在海外，却不知他是去找他们的，更不知道他已经在海外失踪了。迷雾是什么地方，林七夜等人心中很清楚，现在迷雾的杀伤力与百年前相比已经弱化了太多，但正好遇上神战开启，里面不知有多少外神行走，危险至极。

"不用太担心。"左青看到众人脸色，补充着开口，"周平在离开前，留下了一柄剑，剑内藏着一丝他的剑法则，如果他真的出了什么意外，这柄剑会自动断裂，而现在这柄剑依然完好无损，说明他并没有生命危险。正如我刚刚说的，他应该只是遇到麻烦了，或者迷路了。"

听到这句话，众人才松了口气。"我明白了。"

林七夜没有丝毫犹豫，重重点头："我一定会找到剑圣前辈，把他带回来。"周平对"夜幕"小队而言，有着非同寻常的意义，现在迷雾中乱成一团，周平又正好失踪，就算左青不下令，他们也应当主动前往迷雾，寻找周平的下落。

左青点头，从抽屉中取出一张世界地图，铺了桌面上，用红笔勾勒出一道痕迹："去年周平离开之前，给我简单地描述过他准备走的路线，其中有一段路程，与你们这次任务的路线重合，你们要着重注意一下。"林七夜与安卿鱼凑上前，认真凝视着地图，将这条路线记下。"迷雾外现在不太平，偶尔会有各国神明行走其中，虽然有炽天使跟着，但事关'约柜'，而且你们又都没有抵达神境，行事还是低调些好。出海的船只已经给你们停靠在沉龙关，上面配备了一些基本物资，还需要什么，直接跟沉龙关的负责人提，他会尽量满足你们的需求。还有一点——"左青抬起头，看着他们的眼睛，严肃开口，"你们这次任务的首要目标，是寻找'约柜'并把它带回来，实在找不到周平，也不用强求，可以先将'约柜'送回来，然后再次出发去寻找。事关重大，无论如何一定要保证'约柜'的安全。"

"是！"

自守夜人总部出来，林七夜等人前往不远处的军用机场，准备飞向沉龙关。

"嗡嗡嗡——"几人刚踏上机舱，接连几架飞机便带着轰鸣的呼啸声，掠过晴空，消失在天际。"今天这飞机的数量，是不是太多了些？"林七夜透过舷窗，抬头看着头顶那几道白痕，诧异地开口道。

"好像确实多了。"沈青竹补充了一句，"而且基本都是军用飞机。"

江洱看了天空半晌，见一旁的安卿鱼陷入沉思，不由得问道："你在想什么？"

"我们在天庭待几天了？"

"六天？"

"那就对了。"安卿鱼点了点头，其他人纷纷转头看向他，神情有些不解。"那群新兵，应该已经办完手续，领完了斗篷、直刀和纹章，今天是他们去全国各地的守夜人小队报到的日子。"安卿鱼顿了顿，"同时……也是老兵们离开队伍，奔赴前线的日子。"

上京市。006小队驻地。李真真拖着行李箱，一只手攥着文件，飞快地在巷道间穿梭，行李箱的滚轮摩擦在凹凸不平的地面上，发出低沉的声响。她看了眼时间，眉头紧皱，回过头，对着身后同样拖着行李箱的方沫喊了一声："喂！你快点！！"

"来了来了。"方沫无奈地笑了笑，紧跟其后。

没多久，两人便来到了一扇朱红色的四合院大门前。李真真将手搭在行李箱上，胸膛剧烈地起伏着，她望着那扇大门，寂静的巷道之中，只剩下两人粗重的呼吸声回响。"希望赶上……"李真真平复了一下呼吸，正欲伸手推开院门，大门便自动向内部开启。"嘎吱——"古老低沉的声响传出，同样披着斗篷、拖着行李箱的张正霆、陆虎等人，站在门后，看到台阶上的李真真和方沫，同时愣在了原地。冬日的暖阳洒落在灰白色的砖瓦表面，枯萎的落叶铺在地上，这座沉淀了无数岁月的四合院前，两代守夜人凝视着彼此，空气短暂地陷入了沉默。张正霆怔了半晌，嘴角勾起一抹笑意。"回来了？"

李真真张开嘴，下意识地想要说些什么，但犹豫片刻后，还是没有开口。她深吸一口气，站直身体，右手松开了行李箱，有力地对着台阶上的几位006小队成员敬了个军礼，朗声说道："新兵李真真！前来报到！"

方沫见此，微微一怔，随后紧跟着敬礼："新兵方沫！前来报到！"他们两个，都是被调配到上京市的新兵，也是接过006小队大部分人的职责，代替他们镇守上京的守夜人。听到这句话，站在门后的006小队众人对视一眼，纷纷笑了起来。

"好！"张正霆拖着行李箱，走下台阶，那双含笑的眼眸看着两人，伸手同样回了一个军礼，"小菜鸟们，以后上京市就交给你们了，等我们凯旋，再好好聚一次……我们走了。"话音落下，几位006小队的成员披着斗篷，走过李真真与方沫的身旁，他们伸手拍了拍两人的肩膀，像是鼓励，像是欢迎……也像是告别。落叶飞舞，这座见证了无数相聚与离别的四合院门前，两代守夜人的意志，就在这一个简单的动作中，传递了下去。李真真亲眼看着一个又一个熟悉的人离开，呆呆地站在原地，等到他们的身形近乎消失在巷道的尽头，才猛地回过神，泪水自通红的眼眶中涌出，转身用尽全身的力气喊道："我等你们回来！！"余音在寂静的巷道间回荡，隐约间，李真真看到那些人影挥了挥手，消失在了视野的尽头。

"嗒嗒嗒——"轻微的脚步声从门后传来。李真真和方沫同时转头望去，只见一个披着军大衣的年轻男人，正站在门后，神情复杂地看着那些离去的背影。他是这座城的新王，亦是这支崭新的 006 小队的队长。他低头看向两人，微微一笑："我是陈涵，以后……请多关照。"

1114

沧南市。

"我说老妹，你怎么也被分配到这里来了？"苏哲看着黑着脸跟在自己身边的苏元，忍不住问道，"虽然最后综合考核的成绩咱俩差不多，但你平时成绩挺好啊，怎么跟我一起来了这个小地方？"

"不知道……管那么多干吗？来都来了。"苏元翻了个白眼。

苏哲挠了挠头，拖着行李箱在大桥的人行道上走了一会儿，低头看了眼手机地图："地图上说，就在前面了……"

"在那儿。"苏元突然伸出手，指向了桥尽头的一间店铺。

"和平殡葬一条龙？！沧南市的守夜人小队驻地，阴气这么重的吗？"苏哲脸色大变。

"不是那个，在它隔壁。"

"哦，和平事务所？这名字挺普通的。"苏哲在事务所的门口站定，左右望了一圈，忍不住感慨，"左边一家婚庆店，右边一家殡葬店……大喜大悲之间，这地理位置还挺特别。"苏元没有搭理苏哲的吐槽，径直走上前敲门，却无人应答。犹豫片刻后，她伸手推开店面的玻璃门，迈步走了进去。"叮咚——欢迎光临！"清脆悦耳的电子音响起，将苏元吓了一跳，她定下心神，探头看向事务所的后门，高声喊道："请问，有人吗？"片刻之后，两个拖着行李箱的身影，便从后门走了出来。为首的是一个黑发红衣的女子，她扛着一只狭长的黑匣，像是装着长枪，双眸看向苏哲、苏元二人，眉梢微微上扬："你们是？"

"新兵苏哲，前来 136 小队报到！"

"新兵苏元，前来 136 小队报到！"

苏哲和苏元同时敬礼。不用确认身份，这女人肩上扛着的黑匣，明显就是守夜人的东西，她应该就是驻沧南市守夜人小队的成员。

"哦，原来是新来的小菜鸟。"女人微微一笑，"你们好，我叫红缨，是 136 小队的队长，这位是副队长温祈墨。"

"红缨队长，你们这是……"苏元有些不解地开口。

"收到调令，准备去前线了。"红缨笑着拍了拍黑匣，环顾四周，那双清澈的眼眸中，流露出些许的怀念与感伤，"在我们回来之前，这里就先交给你们了……一定要把这里打理得干干净净，不然等本队长回来，会狠狠修理你们，听明白了吗？"

苏哲愣了片刻，站得笔直地回答："放心吧红缨队长！打扫卫生我最擅长！"

"你们还有个前辈会留下来，他会带着你们保护这里，相应的手续也由他给你们办理。"红缨耸了耸肩，"虽然说是你们的前辈，但对我们来说，也只是个来了不到两年的新人……不过能力还不错，遇到什么事情，就听他指挥。"

"是！"

"时间差不多了。"温祈墨轻声提醒，"再不走，飞机就不等我们了……"

"嗯。"红缨扛起黑匣，拖着行李箱，便迈步走出了事务所。

她正欲关门，像是想到了什么，又回头说道："喂，新人！"

"在！"

"看到墙上挂着的那张照片了吗？"

苏哲、苏元微微一愣，同时转头看向墙壁，只见墙上挂着一张镶在相框中的照片。"看到了。"

"如果有一天，那张照片上任何一个人回来，记得告诉他，我们在葭临关。"

"好，我知道了。"

听到这句话，红缨才彻底放下心来，转身离去，一红一黑两道身影，逐渐消失在了和平桥的尽头。

等到他们走远，苏哲和苏元才回过头，仔细地打量起这张照片。这张照片的布局很简单，背景就在这间事务所，一圈人围在餐桌旁，桌上摆满了丰盛的菜肴与酒水，窗外的天空中点缀着雪花与焰火，看样子是某一年的春节。餐桌旁，一共坐着七个人，拿着相机对着自己和餐桌拍照的，正是刚刚离开的红缨队长，不过看起来要年轻很多，照片上所有人都在笑，有人笑得放肆夸张，有人笑得轻微淡然，当苏哲的目光落在其中一个年轻人身上时，他的瞳孔骤然收缩。

"我去！"苏哲用力眨了眨眼，脸上写满了难以置信。

"怎么了？"

"老妹！你看这是谁！"

苏元顺着苏哲的手指望去，看到了那张熟悉而有些陌生的面孔，震惊地张大了嘴巴……"林教官？！"

军用飞机裹挟着低沉的轰鸣声，飞到了沉龙关上空。林七夜透过舷窗，向下看了一眼，轻"咦"一声。

"怎么了？"沈青竹问道。

"沉龙关跟我们上次来的时候比，好像不太一样了……"

几人向下望去，只见波光粼粼的大海之上，一座高大宏伟的关隘，像是一座微缩版的城市驻守在迷雾边境，面积比之前大上一倍。围墙分为内、外两层：内层城墙圈住了整个关隘三分之一的区域，同时也是人口最多的区域；外侧城墙则在最边缘，两大城墙之间被分割出数十座圈出的圆形海域，停靠着大量的船舰以及武器。关隘之内，大量的人影攒动，再也没有了之前荒芜冷清的模样。

"随着大量守夜人的调动，这些关隘也逐渐启用，进入战争状态了。"安卿鱼推了推眼镜，俯瞰下方的眼眸中，闪过一道灰芒，忍不住感慨，"从总体布局上来看，几乎没有任何死角可言，这里完全就是一座战争堡垒……"

就在众人交流之际，飞机缓缓降落，舱门打开，五人迈步走了下去。

"丁零零——"刚踏上沉龙关的地面，一驾马车便如幽灵般穿透数座建筑，向着这里飞驰而来，车厢前悬着的铜铃叮当作响。马车在五人身前停下，一个灰衣身影打开厢门，走了出来。

"陈夫子？！"见到这人，林七夜等人顿时惊讶地开口。陈夫子捋了捋胡须，目光扫过众人，微微一笑："老夫等了这么多天，你们终于来了……随老夫来吧，你们的船已经准备好了。"林七夜等人对视一眼，迅速跟在陈夫子的身后，童子驾着马车，远远地缀在最后方。"陈夫子，您怎么在这儿？"

"老夫是这座关隘的镇守者之一，当然在这儿。"

1115

沉龙关的镇守者？林七夜诧异地开口："之前沉龙关的负责人，不是守夜人吗？"

"那是非战时。"陈夫子一边在前方带路，一边不紧不慢地说道，"现在全面神战打响，十二座 A 级战争堡垒已经全部进入战争状态，这座关隘之内，糅合着多种势力……无人机后勤保障，大夏军方、守夜人、特殊小队、人类战力天花板，甚至是天庭神明，都在其中。这些战争关隘，早已不再是你们之前看到的空壳那么简单，可以说，当今大夏近八成的战斗力，都分散在这些关隘之中。"陈夫子话音落下，数十辆装载着地对空拦截导弹的军用卡车，轰鸣着飞掠过林七夜等人的身旁，滚滚烟尘扬起，铺天盖地。林七夜挥手散去身前的烟尘，再度环顾这座宏伟巨大的关隘，眼眸之中满是震惊。"所以，现在的沉龙关，还有大夏神镇守？"

"这是自然。"陈夫子带着众人走到沉龙关内墙边缘，几位军方身影立刻行礼，开门放行。走出关隘内墙之后，就极少看到大规模的建筑以及后勤队伍，入目之处，大都是停靠舰队的圆形水域，或者承载直升机的海上平台，一根根散着银光的粗壮炮管嵌在墙体之内，如蜂窝般对准外墙与内墙交接的入口，好似火力堡垒。

沿着浮板组成的军绿色道路前行，林七夜等人经过了数道水域，一架直升机轰鸣着飞过众人头顶，缓缓降落在不远处的海上平台，几个披着暗红色斗篷的守夜人拎着行李与黑匣跳下，很快便有人来登记他们的信息。

"那好像是淮海市的守夜人小队？"安卿鱼一眼就认出了那几个身影。

林七夜顺着他的目光看去，仔细思索了片刻："嗯，没错。"两年多前，在"夜幕"还没有成立的时候，他们曾跟着周平一起挑战排名靠前的各大城市的守夜人小队，与驻淮海市的007小队也有过一场战斗，只是没想到时隔这么久，再见面已是在沉龙关之中。

"果然，各大城市的守夜人队伍都过来了。"安卿鱼感慨了一声。听到这句话，林七夜的心中一动，脑海中突然浮现出红缨与温祈墨的身影。如果全国的守夜人小队都被调动，那驻守沧南的136小队，应该也在其中？也不知道红缨和温祈墨去了哪座战争关隘……

众人上去简单地跟007小队打了个招呼，便继续前进，走了大约两公里，来到一片停靠着大量船舰的水域之前。

"那个，就是专门给你们准备的探索船。"陈夫子伸出手，指向其中一艘体形不大，却看起来十分结实的船只，"船上给你们配备了足量的淡水与食物，应该够你们进行一次往返，其他航海相关的传统设备也都有，不过你们未必会用……"

"放心吧，我们有卿鱼。"林七夜拍了拍安卿鱼的肩膀，笑道。

对拥有"唯一正解"的安卿鱼来说，任何的交通工具以及专业设备，对他而言都没有难度，林七夜丝毫不怀疑就算他们把宇宙飞船开进太空，安卿鱼都能帮他把飞船安然无恙地开回地球。安卿鱼腼腆地笑了笑。陈夫子点点头，继续说道："还有一点，电子通信设备在迷雾中无法使用，进入迷雾之后，你们可就彻底断了跟大夏的联系了。"

"这个我们清楚。"

林七夜等人登上船，检查了一下各种设施，确认没有问题后，便将船开出了内墙的水域，穿过外墙大门，径直向着大夏边境驶去。

随着沉龙关在视野中逐渐远去，探索船的船头撞破迷雾边境，缓缓消失无踪。林七夜站在船尾的甲板上，一缕淡淡的银芒自他胸口的铭牌上散发而出，庇护他的身体不受迷雾侵蚀。离开大夏境内之后，灰白色的迷雾遮蔽天空，让本就昏暗的阳光越发曚昽微弱，即便林七夜就站在船尾，回头望去，也只能勉强辨认出船舱的位置，就连船头都彻底淹没在了迷雾之中。死寂的环境中，只剩下深邃漆黑的海水翻腾不息。就在这时，一个身影从他身后的迷雾中走出，同样站在了船尾边缘。林七夜转头看了眼身旁的金发男人，犹豫片刻后，忍不住问道："你说可以帮我们延长铭牌抵抗迷雾的时间，是真的吧？""蓝雨"小队留下的这些铭牌，确实具备让他们在迷雾中自由行走的能力，但时限却只有 24 小时，林七夜等人这次的任务地点很远，24 小时多半无法抵达，早在出发之前，米迦勒就说过可以帮他们解决铭牌时限的问题。米迦勒瞥了他一眼，淡淡开口："不难。"祂伸手轻轻一挥，一抹金芒自祂的指尖绽放，瞬间覆盖了船身，林七夜、安卿鱼、江洱、沈青竹四人胸前的铭牌同时闪过一抹微芒，被刻下了一个微小的"奇迹"。见到这一幕，林七夜的心才稍稍放了下来。两人站在翻滚的迷雾中，像是一对雕塑，谁也不说话，就这么陷入了沉默。

或许是觉得这个氛围太过压抑，林七夜主动开口道："你觉得，大夏的战争关隘怎么样？"

米迦勒沉默了片刻："很厉害。"

"……具体点呢？"

"能将人力与神力完美融合，用这种方式共存，很厉害。"米迦勒顿了顿，又补充了一句，"神明没有高高在上，人类也不曾卑躬屈膝，两者彼此依附却互不干扰，我在月球守望了人间无数岁月，在这漫长的时光中，只有大夏能做到这一点。其他所有神国，包括我们天国，都无法做到。但……"

"但什么？"

"但大夏越是特殊，其他神国对它的忌惮也就越大……在绝对的实力总量差距下，一切都可以被打破，战争关隘，也是如此。"

1116

幽闭的海水中，一只巨大的黑影缓缓划过漆黑的水域，墨绿色的鬼眼凝视着头顶那只漂浮的船影，如鬼魅般悄无声息地向上游去。"砰——"巨影撞破海面，浪花翻滚，一只百余米高的半牛半鱼的怪物浮现在迷雾之中。它俯视着那只在海浪中摇晃漂荡的探索船，墨绿色的眼眸中闪烁着暴戾与杀意，那只蒲扇般的手掌抬起，便呼啸着向下砸落！"锵——"长刀出鞘的轻吟自船上传来，一抹刀芒瞬间洞穿空间，落在了怪物的脖颈之上！腐臭的鲜血喷溅而出，如涌泉般泻入漆黑的海面，怪物的头颅被高高抛起，随着沉重的身体缓缓沉入了海水之下，淹没无踪。探索船上，林七夜坐在船舱顶端，面无表情地将"斩白"收入鞘中。漫天的腐臭血液混杂着海水洒落，却都被一抹夜色阻隔，无法触碰到他的身体半分，他的目光平静地扫过四周，确认周围再也没有"神秘"出现后，便轻盈地自舱顶跃下，走入船舱内部。"卿鱼，我们还有多久到？"

"不远了。"安卿鱼一边驾驶着船只，一边说道，"从路线上来看，我们已经进入那段与剑圣前辈路线重合的航线，从这里抵达地图上标记的任务地点，大概还剩下半天不到的路程。"

"已经到了剑圣前辈的路线了？"林七夜眉梢一挑。

"你的精神力有什么发现吗？"一直站在窗边注意周围的沈青竹看向他，无奈地说道，"迷雾的能见度本来就不高，靠肉眼根本无法辨别周围的环境，在这种地方，或许只有你的精神力感知能起作用了。"

"没有。"林七夜摇头，"除了几只一直在我们周围徘徊的'神秘'，没有别的发现。"林七夜眉头微皱，余光落在了静静坐在桌边的金发男人身上，短暂的犹豫之后，还是走到他的对面坐下："炽天使前辈，您有什么发现吗？"林七夜的精神力感知，本就源于"凡尘神域"，而这个神墟的正主此刻就坐在他的面前，林七夜不知道米迦勒的精神力感知范围究竟有多广，但绝对远超出他的极限。似乎想起来米迦勒见过周平，林七夜又迅速补充道："我们在找一个人，他一般喜欢穿黑衬衫，身后背着一个剑匣，是个踏入神境的大夏人……"

"我知道你说的是谁，我在月球上，看到了他成神的那一幕。"米迦勒平静地摇头，"他不在这附近。"

林七夜一愣："您看到他成神了？"

"大道之上被刻了一缕剑痕，但凡拥有法则的强大神明，都会注意到。更何况凡人自创法则成神，以前从未出现过，我当然会关注。"米迦勒停顿了片刻，"从某种程度上来说，这件事本身就是一个'奇迹'，只要是'奇迹'，就无法躲过我的眼睛。"米迦勒的这番话，顿时将船舱内所有人的注意力都吸引了过来。

林七夜忍不住问道："凡人成神，真的有那么困难？"

米迦勒看了他一眼，缓缓开口："你知不知道，神为什么能成为神？"

"因为他们拥有法则。"

"这只是一部分原因。"米迦勒继续说道，"除此之外，还有一个重要的因素，那就是信仰。"

"信仰？"

林七夜和梅林一起去过高天原，当然知道信仰之力对神明的重要性，但这对其他人来说，还是第一次接触。

"世界上存在的所有神明，都是以神系的形式存在的，就是因为只有自成一个神话系统，才能散播信仰，从众生中获取力量，用于增幅自身，而每一个神系都有用来收集信仰并分散给不同神明的力量之源，也就是'神系本源'。'神系本源'虽然带有'本源'二字，却不同于天地诞生的自然本源，这种本源是一个神系的神明共同缔造而出的，属于神造本源，只有属于这个神系的神明才能从本源中汲取信仰之力增幅自身。你们可知，神境的境界如何划分？"林七夜等人齐齐摇头。"神境，其实并没有什么境界划分，只要不入至高，从理论上来说，世间所有神明的境界都是一样的，但对这些神明而言，因为在世间流传的神话故事有所差异，所以从'神系本源'中收集到的信仰之力也有区别。故事流传广，拥有信仰之力较多的神明实力更强，几乎没有什么信仰之力的神明则弱小无比，在众多神系之中，前者被称为主神，而后者被称为次神。主神与次神，虽然是同一个境界，但因信仰之力增幅不同，实力天差地别。"听到这儿，林七夜恍然大悟。照这么说，埃及的九柱神，阿斯加德的雷神、诡计之神，还有大夏的金仙、齐天大圣、二郎神……这些故事流传较广的，应该都属于主神的层次。"'神系本源'对一个神系的神明而言，至关重要，一旦本源破碎，此神系中的众多神明实力都会快速下滑，尤其是其中的主神，对他们而言，真实实力只占自身总实力的五成，另外五成，几乎全部由信仰之力增幅而来。而人类无法成神，原因之一是没有相应的法则，除此之外，便是因为没有神系本源提供信仰。没有信仰，他们就必须靠自己的意志力突破极限，信仰自身，自成神系……人类之中，拥有这种程度意志力的本就极少，能具备成神之资的更是凤毛麟角，大夏能出一个剑仙，确实称得上是奇迹。但凡人成神的好处在于，他的神系本源便是自身，没有其他人分散信仰，所以一旦他踏入神境，就必然是主神的层次，而且是实力最强的那一批次的主神。"

怪不得周平刚成大夏剑仙，就能一剑杀死一位九柱神……林七夜暗自想。林七夜张嘴正欲再问些什么，眼眸微微一凝，迅速转头看向舷窗之外。

"怎么了？"见林七夜神情异样，安卿鱼开口问道。林七夜双眸微眯，快步冲出了船舱，来到了船头左侧的边缘，定睛向着远处望去，其他人紧跟其后。只见蒙蒙迷雾之中，一座海岛逐渐勾勒而出，在那海岛的东侧，一道剑痕宛若天堑般刻在大地之上，几乎将岛屿斩成两半。

1117

"那是……"沈青竹见到这道夸张的剑痕，眼眸逐渐亮起。

"是剑圣前辈的剑意！"林七夜笃定地开口，"快！把船开过去！"

安卿鱼立刻调整方向，探索船在迷雾中划过一个弧度，径直向着海岛驶去，最终停靠在了剑痕所在的岛屿边缘。林七夜等人迅速下船，直到亲自踏上这座岛屿，他们才真正意识到这道剑痕究竟有多恐怖。剑痕自东方而起，一直贯穿到海岛最西方的边缘，即便以林七夜目前的精神力感知，都无法窥探到这一剑的全貌，用肉眼在迷雾中更是无法看清。林七夜粗略地估计了一下，这一剑至少有十公里长，剑痕深深没入海岛，如同天堑，随意踢一颗石子下去，都要数秒才能听到落地的声音。

"剑圣前辈的剑意，比之前在迷雾中的时候更恐怖了。"林七夜站在剑痕前，感知着内部逸散而出的剑意，忍不住开口道。安卿鱼蹲下身，用手指抠了一部分泥土放在眼前，眸中闪过一抹灰芒："从泥土的痕迹上来看，这一剑应该是在一个月前留下的……"

"一个月前？"林七夜一愣。一个月前，全面神战尚未完全打响，大夏也还没有对埃及太阳城与阿斯加德动手，那周平究竟是跟谁战斗，才留下了这么恐怖的一道剑痕？

"有残余的神力波动。"就在众人不解的时候，面无表情站在最后方的金发男人淡淡开口，"三个，都是主神级别，来自同一神系。"听到这句话，林七夜等人的脸色微变。

"剑圣前辈和三位主神在这里战斗过？"

"应该只是战斗的时候路过。"安卿鱼推了推眼镜说道，"如果真是四位主神级别的战斗，那这座海岛早就灰飞烟灭了，应该是他们在空中飞掠着战斗，其间剑圣前辈斩出一剑，恰好落在了这座海岛之上。"

林七夜抬头看向天空，脑海中尽力地复原出一个月前的情景，从现有的线索来看，应该是周平被三位主神追杀，掠过了这一片海域。可是，为什么会有三位来自同一神系的主神追杀他？他做了什么？动手的，又是哪一个神系？

"既然是一个月前留下的痕迹，那现在剑圣前辈必然已经离开了。"安卿鱼背着黑棺，无奈地摇头，"以他的速度，这一个月足够让他出现在世界的任何一个角落，不太可能留在这里，我们沿着这条航线找，恐怕很难有所收获了。"

林七夜叹了口气："先走吧，剑圣前辈应该没有生命危险，我们先找到'约柜'，再做打算。"

众人回到探索船上，继续沿着原本的航线前行，林七夜坐在船舱中，时刻将精神力覆盖周围海域，虽然概率渺茫，但只要有一线可能，他还是想试着寻找一下。可惜，直到探索船行驶到目的地附近，他还是一无所获。此刻已是深夜，迷雾遮蔽天穹，看不到丝毫星月光辉，伸手不见五指的黑暗之中，迷雾与大海仿佛连成了一体，让人根本分不清方位。船舱随着海浪轻轻摇晃，桌上烛火的微光照亮了黑暗舱体的一角，安卿鱼掌舵，凭借着自身恐怖的记忆力以及对于磁场的解析，精准地在无尽黑暗中操控船身，一点点向着远处驶去。

"奇怪……"林七夜站在窗边，半边脸颊被昏暗的烛光映得泛黄，眉头微微皱起。

"怎么了？"江洱不解地问道。

"自从我们进入这片海域之后，好像就没有'神秘'出现过。"林七夜沉思着说道，"我们从大夏一路航行到这里，路上每隔一段时间就会有'神秘'出现，想要毁掉这艘船，就算有些'神秘'忍住了没有出手，也都藏身在深海之中，偷偷地盯着我们。但从半个小时前开始，我的精神力感知范围内，这片海域的'神秘'一个都没有出现，就像集体消失了一样。"

"我们要到了。"一直坐在一旁闭目养神的米迦勒，缓缓睁开双眸，开口道。

"嘎吱——"黑暗中，船体在一阵巨大海浪的拍击下，发出闷响，促狭的船舱内烛火摇晃，陷入短暂的安静。

"可是，周围除了海水，什么都没有。"林七夜闭眼仔细感知了片刻，没有察觉到任何陆地、岛屿的存在。

"我们要去的地方，不在地上。"

"在天上？"

米迦勒微微摇头。

"我们究竟要去哪里？现在已经到了目的地附近，应该可以说了吧？"沈青竹皱眉道。

米迦勒侧过头，那双熔炉般的金色眼眸，瞥了眼舷窗外的黑暗，缓缓吐出两个字："天国。"

"天国？"林七夜怔了片刻，"是你们《圣典》中记载的那个地方？"

"天国，是我圣教神系的神国，是无数亡魂梦寐以求的死后归宿，极乐净土，亦是世间一切光明与纯净的起始。"米迦勒沉默片刻，再度开口，"无尽岁月之前，我、其他天使，以及那位圣主，都住在那里，'约柜'也存放在其中。"

原来"约柜"就藏在西方圣教的神国之中，怪不得之前米迦勒说，大夏众神不能进入其中，只能让林七夜等凡人踏足……他国神明进入圣教天国，在他们眼中多半是一种亵渎。

"那它在哪里？"

"天国没有实质，在任何一座大地之上，或者天空与深海，都看不到它，它只存在于众生最深处的心灵净土之中。"

"什么意思？"安卿鱼诧异地开口，"天国在我们心里？那我们该怎么去？"

"在神迹眷顾的领域之上，虔诚咏诵圣主之名，叩问本心，寻得心中最纯净无瑕的光明净土，便会自动进入天国之中。"米迦勒的目光扫过船下漆黑的海水，"这片海域，便是曾经的神眷领域所在地。"

"也就是说，我们要在这片海域之上，寻得各自心中的光明，才能进入天国之中？"林七夜喃喃自语，"头一次见进入神国要这么玄乎……"

"天国与世间其他神国，确实是不一样的。"米迦勒淡淡说道，"想进入天国，只有这一个方法。"

1118

"寻得心中净土才能进入天国，我能理解，但为什么一定要念你们西方圣教圣主的名字？"

"念诵主名，是为了与天国呼应，感知到它的存在，降低进入其中的难度。"米迦勒平静说道，"如果你的内心足够纯净无瑕，没有杂念，能够一步踏入天国，那自然不需要念诵主名，不过除了刚出生的婴孩，极少有人能做到这一步。"

林七夜点了点头："明白了……那我们什么时候进去？"

"现在。"米迦勒从座位上站起，身形一闪来到了船舱之外，身形急速拔高，眨眼间便化作一位巨人，六只洁白的羽翼从祂的背后伸展出来，恢复了原本的炽天使模样。祂浑身笼罩在神圣的金色光辉之中，如同一轮太阳，驱散了迷雾与海面上的黑暗，金色的雾气接连翻滚，晃得人睁不开眼。祂悬停在空中，熔炉般的眼眸扫过船舱，淡淡开口："我先去天国等你们，你们抓紧时间。"祂背后的六翼轻振，身形便瞬间消失在原地，无尽的金芒如潮水般退去，世界再度陷入一片漆黑死寂。

船舱内，林七夜等人对视一眼，都看到了对方眼中的无奈。

"开始吧。"

安卿鱼将江洱的棺材平放在身边，自己原地坐下，林七夜与沈青竹同样盘膝坐在甲板上，身形随着船只轻轻摇晃。林七夜缓缓闭上眼眸。"摒除杂念，寻找心灵净土……"林七夜喃喃自语。早在集训营中，教官们便教过一些放空大脑、迅速进入冥想模式的方法，虽然不知道进入天国所需要的心灵净土与这个过程有没有什么区别，但对于摒除杂念这一块，应该是不会错的。他深吸一口气，在脑海中幻想一块晶莹剔透的水晶，将大脑的思绪逐渐放空，整个人如同石雕般静坐在原地。林七夜的意识迅速下沉，一个个念头划过脑海，却只如天边坠落的流星，一闪而逝，没有一个能牵动他的心神，转移走注意力。此刻的他仿佛置身一间洁白的走廊，两侧都是紧闭的房门，他目不转睛地盯着走廊尽头的那间房门，果断地迈步向前走去，根本不看周遭的房门半点，即便偶尔有杂念翻卷上心头，也被他迅速地压制下去。如果是在动用鬼神引镇守神碑之前，林七夜想摒除杂念，破开迷茫，寻找内心的净土，或许还困难无比，但经过一次死而复生，他的念头早就通达剔透，脚下的路也前所未有地清晰。很快，林七夜就站在了自己内心最深处的那扇门前，伸出手，轻轻握住了房门的把手……摇晃的船舱内，四道身影紧闭着眼眸，一动不动，只剩下翻卷的浪涛声与甲板轻晃的嘎吱声在空中回荡。突然间，一道淡淡的白光闪过，躺在棺中的江洱凭空消失，仿佛从未出现过一般。数秒之后，端坐在中央的林七夜，双唇轻启，似乎轻声吟诵了一句，身上也同样闪过一抹白光，整个人消失不见。

林七夜只觉得周身骤然明亮，睁开眼眸，就发现自己已经置身于一片洁白的云朵之上。准确地说，这是一片由无数云层汇聚而成的地面，云气翻卷，能看到其中隐藏的洁白砖石，他双脚踏在云气中，抬头仰望天空，蔚蓝色的天穹近在咫尺，仿佛只要伸出手，就能触碰到这片天空。就在他身旁不远处，一只身背六翼的金色天使，正静静地悬浮在空中，浑身都散发着圣洁的光芒。"欢迎来到天国。"米迦勒淡淡开口。

"这里就是天国？"林七夜环顾四周，除了白云与蓝天，暂时没有看到别的什么东西。

"咦！"少女诧异的声音从林七夜的身后传来。他转头望去，只见江洱正穿着一袭白裙，赤足站在云气之间，低头看着自己的双手，眼中满是惊讶之色："我的本体没有过来，但是磁场却进来了？这是为什么？"

"因为亡物无法进入天国。"天空中的米迦勒平静解释道，"你的本体没有生机，无法来到这里，但你的意识却以磁场的形式存活，所以它将你的磁场与肉身暂时剥离，只纳入了你的磁场。"

江洱若有所思地点点头。片刻之后，又是一道白芒闪过，安卿鱼的身形出现在林七夜的身边，缓缓睁开眼眸，同样好奇地打量起四周。林七夜看到他的出现，脑海中突然浮现出一个想法，既然进入天国的条件是心念纯粹，那他们进入天国的顺序，是不是也能反映出他们心中杂念的多少？照目前的情况来看，江洱的心神是最纯粹的，她心中几乎没有什么杂念，然后是死而复生过的自己，安卿鱼第三个进来，说明他的心中应该也有不少杂念，多半跟他的求知欲有关……那拽哥呢？林七夜环顾四周，并没有看到沈青竹的身影。"拽哥呢？"他问道。

"不知道。"安卿鱼摇头，"我进来的时候，拽哥好像还在外面坐着。"

看来，沈青竹心中的杂念不少啊……

林七夜微微点头："那我们就先等他一会儿。"

船舱。海浪拍击在甲板上，发出低沉的嗡鸣，桌上的烛火即将烧到尽头，接连摇晃着。空荡的船舱内，只剩下一个披着深红色斗篷的身影，静坐在地，他的眉头微皱，放在膝盖上的双拳控制不住地攥紧，一滴滴汗水自额角渗出。沈青竹猛地睁开眼眸，呼吸都粗重了起来。他在原地缓了一会儿，低头怔怔地看着自己的双手，神情复杂无比。他的杂念……太多了。每当沈青竹试着进入冥想状态，放空大脑的时候，帕米尔高原那场惨烈守碑之战的画面，便会控制不住地涌上他的心头，愤怒、自责、无力感就像是澎湃的海浪，冲得他心神不稳。他无法放空自己，也无法进入心灵净土……就像他这几日，从来都不曾安稳地进入过睡梦中一样。

1119

"已经过去多久了？"林七夜看了眼逐渐昏黄的天空，转头问道。

"半个小时了。"安卿鱼回答。

"半个小时……"林七夜的眉头微微皱起，"拽哥那边，是出什么意外了？"按理说，以沈青竹的心性，摒弃杂念进入心灵净土应该不算什么难事才对，半个小时的时间他还没进来，要么就是船上出了什么意外，要么就是他心中的杂念非常繁杂……以林七夜对沈青竹的了解来看，他更倾向于前者。

"没有出现意外，他心中的杂念太多，进不来了。"米迦勒双眸扫了眼虚无，淡淡开口。

林七夜三人同时愣在了原地。拽哥的杂念太多？这怎么可能？那可是一路搏命，在生死之间摸爬滚打过来的拽哥！要说在整支队伍里谁的心性最成熟，所有人都会第一时间选择沈青竹，林七夜实在想不出，还有什么样的杂念，能够羁绊住这个连生死都置之度外的男人。林七夜和安卿鱼对视一眼，都看到了对方眼中的不解，只有江洱静静地飘在空中，像是想到了什么，怔怔出神。

"我们的时间不多了，他进不来，我就让他在船上等，拿到'约柜'之后，你们再去和他会合。"米迦勒随手在空中勾勒一串字符，化作一抹金芒遁入虚无，消失无踪。做完这一切，祂轻振双翅，一道金芒如潮水般涌出，卷住了身后的林七夜三人，便向着昏黄阳光下的云层中央飞翔而去。

海面之上。无尽的黑暗与迷雾之中，探索船随着翻卷的浪涛摇晃，死寂的船舱之内，一个身影依然倔强地盘膝坐在地上，昏黄的烛火映照着他的脸颊，一颗颗豆大的汗珠滴落在地。沈青竹眉头紧皱，脸色因精神过度消耗而略显苍白，随着船身一阵剧烈摇晃，桌上的烛火燃烧到了尽头，瞬间熄灭，无尽的黑暗笼罩了整个船舱。粗重的呼吸在船舱内回荡，片刻之后，沈青竹缓缓睁开眼眸，脸上浮现出前所未有的疲惫。他深吸两口气，看了眼船舱中央的时间，双拳紧紧攥起，正欲再度试着进入天国，就在这时，一道金芒自虚空飞射而出，悬浮在沈青竹面前。那是一串沈青竹不认识的字符，但当它出现的那一刻，一道意念便传递进入他的脑海。"无须再试，在此等候。"沈青竹愣在了原地。"哧——"那道金色字符在空中燃烧殆尽，金色光点消散，沈青竹那张苍白错愕的面孔，再度沉入了黑暗之中。船体的嘎吱声在黑暗的舱中回荡，沈青竹如同雕塑般站在原地，过了许久，才自嘲地笑了笑，倚靠在门边，虚弱地坐在地上。他从怀里掏出一根烟叼起点燃，状似轻松地吐出一口烟雾，左手却不自觉地攥起。他抬头看着船尾翻腾的迷雾，陷入沉默。"咚——"不知过了多久，一道拳头砸在甲板上的沉闷声响，在死寂的船舱间回荡。

天国。一道金芒在天空接连闪烁，向着天国的深处疾驰。米迦勒的速度实在太快，以至于被笼罩在金芒中的林七夜等人，只能看到身下无数模糊的残影飞过，随后便来到了一片平坦荒芜的空地之前。林七夜双脚踏在云气之上，环顾四周，只见一朵朵白云正环绕在这一片空地之上，像是一座徐徐旋转的白色圆塔，从脚下的云层一直连接到昏黄的天空，被白云包裹的这一片空地，粗略看去都有近百公里宽，好似一座城市。

"这里就是天国？"安卿鱼诧异地开口。

"这里是圣主居所，云外面的那一圈，才是真正属于亡魂的天国。"米迦勒平静解释道。

林七夜一愣。这么大的一块地方，还只是耶兰得的住处？那整个天国究竟有多大？联想到刚刚在自己眼前飞掠而过的残影，林七夜的眉梢微微上扬，以炽天使的速度都需要飞那么久……这座天国的规模，恐怕远超他们的想象。

"天国并非物质的，所以大小与面积这些用来衡量物体的物理量，在这里毫无意义，从心灵的角度说，天国本身就是无限大。"米迦勒挥动翅膀，向着空地中央飞行，目光扫过周围，似乎在寻找着什么。

真是玄乎。林七夜在心中再度感慨了一句，脑海内浮现出从第六间病房走出的那道身影，心中微微一动："耶兰……你们西方圣教的圣主，去哪儿了？"

米迦勒的身形微微一顿："他离开了。"

"离开？"听到这两个字，林七夜一时之间不知道该怎么理解。

米迦勒停下身，抬头仰望天穹，伸出手，轻轻指向上方："他在那儿。"

林七夜三人顺着祂所指的方向看去，除了无垠天空，再无其他，他们先是一怔，随后想到了什么，异口同声地说道："月亮？！"

米迦勒微微点头："在很久之前，克苏鲁众神刚刚降临地球之时，地球的部分至高神发现端倪，便联手想要将其抹杀，但它们的力量太过诡异，于是众神只能转换方法，试着将其驱逐或者封印。最后，几位至高设法将克苏鲁众神引至月球，一番大战之后，圣主打碎了月球，以自身与天国本源为代价，化身新月，强行封印克苏鲁众神。自那之后，天国陨落，我便遵从圣主号令，一直驻守于月球之上，防止克系众神破封而出，危及地球。"

听完米迦勒这番话，林七夜等人心神狂震，嘴巴控制不住地张大……"月球的那个封印，是你们圣主留下的？！"林七夜的眼眸中满是难以置信。

1120

"很奇怪吗？"米迦勒淡淡开口，"我主怜悯慈爱，怜惜众生，西方圣教又承载着世间最厚重的信仰，这众生大灾降临，也只有我天国的神系本源，才能镇压住它们。"

"你们圣主带着天国本源登月，那天国怎么办？"安卿鱼不解地问道。

"天国？"米迦勒缓缓闭上眼眸，转身面对身后环绕的白云围墙，六只洁白羽翼用力一振，笼罩在圣主居所周围的云气顿时被全部震散！林七夜等人转头望去，瞳孔骤然收缩。白云消散，昏黄的阳光洒落在洁白的大地上，断裂的巨柱矗立云霄，残缺的宫殿遍布云顶，染着暗红色血液的兵刃零散地插在大地之上，在夕阳的映射下，仿佛披上了一层金纱。在地平线的尽头，一柄漆黑的巨剑斜插入天国大地，宛若山峰般倒刺，深红的光芒自剑身洞穿的天国之下涌动而出，好似即将喷涌而出的岩浆，在剧烈地翻腾！目之所及，满目疮痍。

"天国，早已不在。"米迦勒的声音回响在众人耳边，林七夜在原地怔了许久，才回过神来。

"只是失去本源，怎么会变成这样？"林七夜喃喃自语。神系本源对于神国而言，确实不可或缺，但眼下的这一幕已经不是本源凋零的问题，这分明是经历过某种惨烈战争之后的情景！

安卿鱼眯眼看着远方那柄黑色巨剑，以及其下方涌动的深红火焰，疑惑地问道："那柄剑下面，是什么？"

"是地狱。"米迦勒眼眸微眯，浮现出回忆之色，"无数岁月之前，有位天使背叛我主，切下了天国本源的一角，堕入黑暗，自建神国，缔造人间地狱并吸纳了无数恶神。我天国承载着世间最厚重的信仰，地狱则承载着最狰狞的恶念，它就像是天国的影子，一直存在于心灵净土的倒影之中……也就是我们的脚下。圣主带走天国本源之前，已经预料到如果天国消失，地狱必将成为人间大害，便率先带着我等杀入地狱。那场神战中，我追杀堕天使路西法三天三夜，等到我最后就要杀死祂的时候，我体内的信仰之力急速下跌，战力锐减，才让祂趁机逃过一劫……回到天国之后，才发现无论是天国还是地狱，都已经空空荡荡。这一场神战之中，除了几位弱小的恶魔幸存，逃出了地狱，其他无论是神境的天使还是恶魔，一个都没有活下来。那时，我主已经带着天国本源，舍身化为新月，镇压了克系众神，若非失去了本源中的信仰加持，我也不可能让路西法就这么逃走。"

林七夜等人遥望着眼前这座满目疮痍的天国，神情复杂无比。"原来如此……"林七夜原本还有疑惑，既然米迦勒与路西法都存在了，那西方圣教中的神话人物应该也都降临才对，但迄今为止，他连一个其他的天使或者恶魔都没有看到，就连这个神国本身，他都从来没听到什么消息。现在看来，天国早在无数岁月之前，就为了封印克苏鲁而泯然世间……临走之前，甚至还带走了地狱的诸多恶魔。

林七夜犹豫片刻："我能问个问题吗？"

"问。"

"你们圣主带着本源，化身新月之后……他究竟算是活着，还是已经死了？"林七夜小心翼翼地问道。林七夜知道这么问或许有些冒犯，但现在耶兰得就在他脑海中的病院之中，他想了解耶兰得的状态和引起病情的原因，才好更有效地去治疗。

米迦勒的眉头微皱："他还活着。"听到米迦勒的语气如此笃定，林七夜眉梢一挑，正欲再说些什么，米迦勒再度开口道，"他的肉身化成月球，灵魂化成封印，一直飘浮在宇宙之中……只要封印不彻底破碎，月球尚存，他就不算是死了，只是换了一种方式，在俯瞰世人。"

　　林七夜若有所思地点点头。听起来，耶兰得的情况要比之前的几位病人棘手得多……也不知道诸神精神病院是怎么把他的灵魂收进病房的。不过到了那个层次，超出林七夜理解范畴的事情太多，他短时间内根本无法判断，造成耶兰得现在这个情况的原因究竟是什么。看来，还是只能从病人本体入手啊。

　　"过了这么久，天还是一点没黑啊？"江洱望着依然是淡金色的天空，疑惑地开口。

　　"天国是属于光明的国度，只有黎明、正午与黄昏。黑夜不属于这里。"米迦勒转过身，没有再动用翅膀飞行，而是双脚踏在地面，径直向着圣主居所的中央走去。昏黄的夕阳映在环绕的白云之间，宛若道道金色河流在周围流淌，祂身背六翼，缓步前行，即便脚下已是一片死寂废墟，祂依然像是前来面见圣主的信徒，神情庄重而虔诚。林七夜等人踏着金色的流云，同样没有动用飞行手段，紧跟其后。众人在这片圣主居所的废墟中，徒步前进十余分钟，视野内终于出现了一些不一样的东西。在地平线尽头的金色流云之中，几根断裂的巨柱环绕在洁白大地之上，半截破碎的殿顶斜倒在地，周围全是细小的碎砖，一片狼藉，在这废墟宫殿之中，唯一完整的，或许只有中央那座金色的高台，以及上面摆放的一只木盒。

　　看到这座破碎宫殿的瞬间，米迦勒的瞳孔微缩！还没等林七夜说些什么，祂便化作一抹金芒，飞掠冲入那座破碎宫殿之中，站在了金色高台前。祂伸出双手，抓住那只木盒的盖子，迅速将其打开。角度原因，林七夜等人看不清木盒内的情形，只能看到米迦勒那张冰山般的面孔，肉眼可见地阴沉下来。这还是林七夜第一次看到米迦勒出现表情变化。他们心中闪过一抹不祥的预感，快步冲入宫殿之中。林七夜站到高台边，目光落在了那只空空荡荡的木盒上，眼眸一凝。他转头看向面色难看的米迦勒，犹豫片刻之后，还是试探性地开口："这里面装的是……"

　　"'约柜'。"米迦勒缓缓开口，"'约柜'……不见了。"

1121

　　听到这个回答，林七夜等人的心中同时"咯噔"一下。"约柜"是他们此行的最终目标，也是对大夏至关重要的东西，不能把"约柜"带回去，那他们彻底白跑一趟不说，天尊那边也不好交代。"不见了？怎么会不见了？"林七夜不解地开口，"会不会是你记错了地方？"

　　米迦勒摇头："不可能，'约柜'太过重要，曾经它一直被存放在圣主身侧，圣主化月之后，也不曾移动过，它就在这里。"祂抬起头，环顾四周破碎的宫殿，那双熔炉般的眼眸微微眯起，"这座宫殿，不该是这样的……有人来过了。"

　　"这座宫殿，不是被你们当年的天国地狱大战毁掉的？"

"不是，当年的神战虽然惨烈，但战火并未蔓延到圣主居所，我前往月球守望人间之前，它还是完好的。"

一旁的安卿鱼眉头微皱，在宫殿角落蹲下身，捏起几块碎砖，眸中闪烁起灰色光芒。片刻后，他缓缓站起身，点头道："没错，这些断裂的痕迹都很新，应该是最近一周内留下的。"

一周……林七夜的目光扫过破碎宫殿，沉思片刻后，伸手在虚空中轻轻一按。一道绚烂的魔法阵在他的身前张开。这道魔法阵出现的瞬间，米迦勒的眸中闪过诧异之色，祂凝望着魔法阵，目光似乎追溯着召唤魔法的空间变动，在寻找着什么。下一刻，一团黑色的影子便从魔法阵中走出，在它的眉心处，一只赤目缓缓睁开。

"护工 007 号黑瞳，愿为院长效犬马之劳。"黑瞳微微躬身，礼貌地开口。

"用你的能力窥探一下过去，这一周内，都有什么人来过这里。"林七夜平静地开口。黑瞳的"窥秘之眼"，可以探知不具备生命的物体一周内的过去与未来，用于寻人、寻物，最是有效。"是。"

黑瞳眉心处的赤目看向眼前这座破碎的宫殿，黑色的瞳孔之间，闪烁起神秘的微光，在它的视野中，这座宫殿的时间开始急速倒退。一天、两天、三天……六天、七天。最先回溯的那几天，这座宫殿依然是一座废墟，没有变化，但当黑瞳的"窥秘之眼"，开始窥探过去的第七天时，异变突生！倒流的宫殿残影之中，黑瞳隐约看到一个身影站在废墟上，他似乎察觉到了什么，竟然转过头，目光穿透无尽的时空，与他对视一眼。"砰——"黑瞳的身体就像被一只无形的大锤砸中，凭空倒飞出数十米远，重重地砸在了宫殿废墟外的大地上。

"黑瞳？！"这突如其来的变故，让林七夜心神一震，他飞快地冲上前将黑瞳扶起，那只赤色的眼眸中，一缕缕黑色的血液正流淌而出。

"嗯？"米迦勒感知到了什么，猛地转头看向高台旁的虚无，一双熔炉般的眼眸微微眯起，"这个气息……"

"黑瞳，你没事吧？"林七夜看着黑瞳痛苦扭曲的影子，眉头紧锁。

"我没事……就是受到了一些反噬。"黑瞳闭上那只赤色眼眸，声音虚弱无比，"他看到我了。"

"谁？"

"七天前，站在这里的那个人……不，那绝不是人，那是一位神明。"黑瞳笃定地开口，"我虽然没有看清他的模样，但从气息上来看，那绝不是一般神明能拥有的力量……那是一位至高神！而且他的身上，带着让人厌恶的邪恶气息。"

"至高神"？林七夜听到这三个字，脸色顿时难看了起来。他转头看向米迦勒，只见后者正站在高台边，看着眼前的虚无若有所思。

"他说得没错。"米迦勒缓缓开口，"刚刚那道气息，只可能来自至高……"

"可是，其他至高神怎么能进入天国？"林七夜眼中的疑惑之色更浓了，"黑瞳说他身上带着邪恶气息，这样也能通过心灵净土，进入天国吗？"

米迦勒沉思片刻，摇头说道："邪恶之神，是无法进入天国的，他能进入这里，应该是经过了别的地方……"米迦勒的目光落在地平线的尽头，那翻涌着深红色熔岩的巨剑裂缝之上。

"他是从地狱进入的天国？"安卿鱼意识到了什么。

"天国与地狱的界限，早在无数岁月之前的神战中就被打裂，只要他先找到地狱的入口，就能穿过地狱，抵达天国。这是唯一的可能性。"

"那我们现在怎么办？"江洱飘在空中问道。

米迦勒双眸微眯，身后的六翼全部舒展开，近乎完全遮蔽昏黄的天空，祂的身形自大地之上悬浮而起，那双金色的眼眸中，爆发出如太阳般璀璨炽热的神威！一道璀璨的金色领域，如风暴般以祂为中心急速扩散开，顷刻间奔向天际！恐怖的神威如潮水般自天空那道六翼身影涌出，林七夜三人被冲击得心神不稳，只能强行支撑着身体，即便米迦勒的目标不是他们，但仅是逸散出的余波，就已经让他们濒临极限。

"祂在做什么？"安卿鱼一边抵抗着炽天使神威，一边紧咬牙关问道。

"是'凡尘神域'。"在这道金色领域之下，身为代理人的林七夜双眸中，也控制不住地燃起了金色光芒，"祂在寻找那个至高神……"

片刻之后，悬于空中的米迦勒感知到了什么，微微低下头，目光仿佛洞穿虚空，落在了地狱的最深处。"竟然还敢躲在这里……"米迦勒那双满是炽热与威严的眼眸中，闪烁起森然的杀机。那六只遮天蔽日的洁白羽翼，在空中轻轻一振，祂的身形瞬间闪过虚空，消失在了天国之间。恐怖的压迫感随着米迦勒的消失，荡然无存，点点残余的金芒在空中弥散，林七夜长舒了一口气。

安卿鱼抹去额角的汗水，心有余悸地看了眼天空："祂去哪儿了？"

"应该是去追杀那个盗走'约柜'的至高神。"林七夜若有所思，"可是，究竟有哪一位至高，会从地狱登上天堂，来盗'约柜'呢……"林七夜话音未落，脚下的天国大地，突然剧烈地摇晃起来！

1122

地狱。漆黑的天幕之下，深红色的熔岩自断裂的山崖间翻滚，压抑的红芒映照在暗淡的乌云之上，整片天空都浸染血色。一道身影洞穿虚空，身背六翼站在最高的那座熔岩山峰顶端，米迦勒熔炉般的眼眸凝视着周围，金芒好似潮水以祂为中心散开，仿佛一轮金色烈阳高悬血色天空之下。"你以为藏在这里，就能瞒得住我？"米迦勒冷哼一声，伸手在头顶的天空虚握，一柄宽大的金色巨剑虚影被袍握在手中，朝着身前那座高耸熔岩山峰，凌空一斩！一道金芒刹那间划过天地，深红色的山峰之上，一道细密的金丝浮现而出，紧接着无尽的金芒自山体内部奔涌而出，整座山峰都从中央轰然爆开！"咚——"沉闷的巨响裹挟着黑色的烟尘，在空中飞舞，一个身穿残破神袍的老人自山峰之下走出，脸色阴沉地看着头顶悬浮的米迦勒。老人的左眼深邃无比，右眼却只剩下一只空洞的眼眶，无数猩红蠕虫在其中扭动，组成一只诡异的红色眼球。

"奥丁？"米迦勒的目光落在那只红色眼球上，眉头微微皱起，"我说怎么感知到了一丝克系神明的气息……原来你已经臣服于它们了。"

奥丁的眼眸中闪过一抹冷意，淡淡开口："它们是它们，我是我，这只是一种合作。"奥丁摆脱道德天尊与毗湿奴之后，无法回归阿斯加德，便一直藏身在地狱遗址，却没想到米迦勒竟然降临地球，还回到了这里。

"合作？"米迦勒的目光似乎要看穿奥丁的心神，"当年我主登月封印克苏鲁的时候，你也参与了，你应该知道那群怪物有多可怕，和它们合作？你真的觉得它们会帮你？你已经登临至高，战力堪称地球最强，为什么还要冒这个风险？"奥丁缓缓闭上眼眸，摇头道："你们不会懂的。"米迦勒握着金色巨剑，周身的神力急速涌动，"凡尘神域"瞬间覆盖了地狱的每一个角落，如同即将开启裁决的神圣天使，以质问的语气说道："那我换个问题……盗取'约柜'，是克系众神指使你这么做的？它们怎么知道那里面有什么？"奥丁眉梢一挑，没有说话。"五十年前，破坏月球封印的，也是你？"奥丁依然沉默不语。见奥丁丝毫没有开口的意思，米迦勒周身的神力越发璀璨，袍手握金色巨剑，摇了摇头："算了，不管你的目的是什么，只要跟月亮上那些东西扯上关系，就必须死。"米迦勒背后遮天蔽日的六只羽翼一振，身形瞬间消失在原地，一道金色的剑芒切开空间，直接斩向奥丁的脖颈！

奥丁披着残破的白色神袍，静静地站在原地，那张满是皱纹的脸庞上，猩红的虫眼缓缓转动，他淡淡开口："若是在月亮之上，你脚踏天国本源残片，我确实不是你的对手……但在地球，就算你有'凡尘神域'，想杀我也没那么容易。"奥丁轻抬手掌，周围的时空急速扭曲。璀璨的金色巨剑尚未触碰到奥丁的脖颈，便被一只满是皱纹与斑点的苍老手掌死死地攥在掌间，好似隔着一道无法逾越的墙体，根本无法斩入半分。米迦勒的眼眸微眯，一抹金芒刹那间闪过剑身。"刺啦——"金色巨剑直接越过了那道无形墙体，将奥丁的手掌从中斩成两半，奥丁的瞳孔微缩，下一刻便闪现至数十里外的天空之下，他皱眉看着远处的六翼炽天使，缓缓放下了断裂的手掌。无数红色小虫自他的血肉中爬出，扭曲着修复那只断掌，呼吸之间便恢复了原样。"这就是'奇迹'吗……都说你米迦勒是天国第一战力，现在看来，果然名不虚传。"奥丁的声音在天空下回荡，那只深邃的左眼闪烁着森然杀机，"只要你还活着，月球的封印几乎不可能被打破。"

"想帮那些怪物杀我？"米迦勒单手握着金色巨剑，洁白六翼在深红天幕下轻轻扇动，光明下的脸庞如冰山般冷峻，"就凭你，还做不到。"祂六翼轻扇，身形再度消失在原地。

奥丁眼眸闪烁着精光，似乎在思索着什么，片刻后，他抬起指尖对着深红的天幕轻轻一划。暗淡的天幕之中，一道白色的裂缝破碎开来，无数灰白色的灰烬如同倾倒而下的积雪，纷纷扬扬地洒落在地狱之间。米迦勒飞至半空，便停下身形，祂伸手接住一片灰烬，眉头微微皱起："……这是什么东西？"奥丁瞥了祂一眼，双手凌空一扯，硬生生将地狱撕开了一道缺口，身形一晃便消失无踪。"你逃不掉的。"米迦勒见奥丁离去，当即化作一抹金芒紧跟其后。从目前的情报来看，五十年前破坏月球封印的，以及夺走"约柜"的都是奥丁，米迦勒无论如何都不可能放任他离开。两位至高神接连撞破地狱边境之后，这座曾经的恶神之国，再度陷入一片死寂，只剩下纷扬的灰烬自天空中那道裂缝落下，如雪花般铺在深红色的大地之上。不知过了多久，一道道黑影自地狱的各个角落走出，站在这片灰烬之雪下方，仿佛一群正在接受洗礼的虔诚信徒。

天国。随着两位至高神气息的离去，地面终于停止摇晃，林七夜三人站在空无一物的木盒前对视一眼，都看到对方眼中的苦涩。

"也不知道，炽天使能不能把'约柜'追回来。"安卿鱼叹了口气。

"那个层次的事情，已经不是我们可以插手的了。"林七夜摇了摇头，"还是先回船上等消息吧，拽哥还在等我们。"

"嗯。"

三人围站在高台边，看着彼此，空气突然陷入沉寂。

"祂有说，我们该怎么回去吗？"江洱试探性地开口。

"……好像没有。"林七夜表情古怪无比。

"祂只说了进来的方法，没有说离开的。"安卿鱼沉默片刻，"也许，流程是一样的？"

1123

"我们是摒弃杂念，打开了心灵净土的那道门才进来的，同理推断，或许只要关上那道门就能出去。"林七夜盘膝坐下，"不管怎么说，先试试吧。"

三人闭上眼睛，再度进入冥想状态，如同三尊石雕坐在原地，一动不动。随着时间的流逝，三人的眉头慢慢皱起。十分钟后，林七夜睁开眼眸，发现对面的安卿鱼和江洱已经面色难看地站了起来。

"你们也失败了？"林七夜皱眉道。

"嗯。"安卿鱼点头，"我明明已经触碰到了离开的那扇门，但就是推不动它。"

"我也是。"江洱紧接着说道，"我好几次都要出去了，又被那扇门挡了回来，感觉就像是……就像是有什么东西，阻断了我们跟外界的联系。"

"这么看来，我们的情况是一样的。"林七夜无奈地从地上站起。

"为什么进来的时候，没有这种感觉？"

林七夜沉思片刻："也许是那两位至高神战斗的时候，出了一些变故，导致这里被封闭了。"

"那怎么办？我们岂不是一直被困在这里了？"江洱担忧地说道。

"这倒不至于。"安卿鱼立刻摇头，"炽天使去追杀那位至高神，又不是不回来，祂发现我们没有回到船上，一定会回到天国寻找，到时候我们也是能出去的。"

"那祂什么时候能回来？"

"不好说，也许几个小时，也许一天，也许要好几天……毕竟祂说当年追杀路西法，都追了三天三夜。"

听到这儿，江洱无奈地叹了口气。

"也许，我们并不是只有被动等待这一个办法。"林七夜突然开口。

安卿鱼二人同时转头看向他。

"天国出不去，或许我们也可以试着换一个路径离开，就像那位至高神进入天国一样。"

"你是说……地狱？"安卿鱼转头看向远处那翻腾着深红熔岩的巨剑裂缝，皱眉沉思片刻，"确实，既然那位至高神能从外界进入地狱，就说明地狱应该是有通往外界的出口的，常规方法不能离开天国，这条路应该能走得通。"

"但那可是地狱啊，我们就这么闯进去真的可行吗？"江洱担忧地问道。

林七夜与安卿鱼对视一眼，片刻后，同时摇了摇头："算了，地狱毕竟是曾经的恶神神国，就算神境以上的恶魔已经全部被斩杀，也说不准会留下什么……风险太大，我们没必要去冒险。"

三人商量片刻后，便在原地坐下，望着远处昏黄的夕阳，长叹了一口气。

"就怕我们这么久不回去，拽哥会担心。"林七夜有些担忧地说道。

"话说回来，拽哥没能进入天国，确实有些奇怪。"安卿鱼若有所思，"他究竟有什么杂念呢……"

江洱看了他们一眼，犹豫片刻之后，还是试探性地开口："你们没有发现，从帕米尔高原回来以后，拽哥的情绪就有些低落吗？"

林七夜和安卿鱼对视一眼："有吗？"

江洱："……"

林七夜在守碑之战中，便险些丧命，前几天才被救活，对于从帕米尔高原回来之后小队的情况并不清楚；安卿鱼到了天庭之后，一心扑到了解析灵气上面，根本没有分心别的地方，此刻听到江洱如此说，两人都有些茫然。

　　"应该是有的，虽然之前我还不太确定，但现在看来，他确实有了心病。"江洱沉默片刻，无奈地叹了口气，"而且，我也大概能理解，他的心病来自哪里。"

　　"来自哪里？"

　　"你们。"

　　"我们？"林七夜不解，"为什么？"

　　"因为你们一个个的，实在太变态了。"江洱看着两人，认真地吐槽道，"一个被誉为守夜人百年罕见的天才的队长；一个能够解析万物并用于自身，潜力无限的副队长；一个身体里封印着足以屠杀普通神明的黑王，被誉为神明之下众生之上的曹渊；还有虽然陷入沉睡，但苏醒便能一步成神的迦蓝姐……胖胖的禁墟虽然不知道究竟是什么，但似乎也来历不小。其实凭借我和拽哥的禁墟，完全有资格立足于特殊小队，但你们几个走得实在太快了……快到让我觉得，我们永远都是队伍的吊车尾。"江洱缓缓低下头，神情前所未有地低落，"之前在帕米尔高原的时候，我和拽哥看着你们冲锋陷阵，心里特别难受，虽然我们知道就算冲上去也帮不上什么忙，但那种感觉就像是，自己好像连站在你们身边的资格都已经没有了……我的年纪比较小，境界跟不上你们还说得过去，但拽哥是跟你们一路走来的，他性格本来就有些傲气，现在只能眼睁睁地看着与你们的差距越来越大，只会比我更加难受。"

　　听到这儿，林七夜和安卿鱼陷入沉默。这方面的问题，他们从未想过。在这支队伍之中，似乎最不缺乏的就是妖孽，无论是来历神秘的迦蓝，还是拥有诸神精神病院的林七夜，抑或是可以解析天庭灵气的安卿鱼……相比之下，沈青竹与江洱自身耀眼的光芒，却被他们尽数掩盖了下去。江洱点破了这一点后，林七夜可以想象到，以沈青竹的性格，现在该有多么煎熬与自责。沈青竹不是那种甘于当吊车尾的人，更不可能为了祈求力量，去舔着脸求大夏神收他当代理人，他唯一能做的，就是将这些痛苦全都掩藏在心底，默默地站在队伍的最后为他们付出，装作无事发生。"是我的问题，我作为队长，应该早点注意到的。"林七夜的眼眸中浮现出苦涩。

　　安卿鱼回想到在天庭时，百里胖胖与沈青竹单独出去的情景，无奈地开口："看来，胖胖比我们所有人都先看出拽哥的异常……他才是心思最细腻的那个人。"

　　"等回到船上，我们跟拽哥好好聊一次。"林七夜认真地说道，"都是兄弟，有什么事情说出来，我们一起解决。"

　　"嗯。"安卿鱼看着远处逐渐下沉的日光，点了点头。

1124

　　死寂的大海之上，两道沉闷的炸雷声突然爆起。正坐在探索船内随着洋流漂荡的沈青竹睁开眼眸，透过舷窗看向远处的海面，只见一白一金两道身影自虚无中撞开一道缺口，迅速地飞上云霄划过天际，消失不见。"米迦勒？"沈青竹感知到那金色光芒的气息，眼眸微凝。米迦勒怎么出来了？祂正在追杀的人又是谁？天国里出现了什么变故？一连串的疑问闪过他的脑海，他跑到甲板上环顾四周，周围除了无尽的漆黑迷雾，再也看不到其他，在这种堪称失明的能见度下，沈青竹甚至不知道这艘船漂到了哪里。船体随着逐渐湍急的水流，开始加速向前，周围的温度也逐渐降低，不过数十秒的工夫，就让人如坠冰窟。"不对劲……"沈青竹眉头一皱，伸手对着天空打了一个响指。"啪——"一团炽热的火球骤然浮现在探索船上空，驱散周围的黑暗，凭借着这道火光，沈青竹能勉强看清探索船附近十余米的情况。他的余光瞥到船下，瞳孔微微收缩。不知何时，漆黑的海水已经变成血色，原本宽阔的海面此刻就像是驶入了某种山峡，两侧都是高耸的岩壁，阴冷的空气自两侧的山体不断渗出，一具具诡异的尸体正漂浮在血色河流之上，散发着令人作呕的气息。这里绝不是正常的海域！

　　沈青竹猛地回头看向船尾，朦胧的迷雾中，根本看不清来时的道路，他手掌用力一挥，悬浮在头顶的炽热火球瞬间沿着山峡飞出，照亮了来时迷雾的一角。只见一个巨大的空间缺口，正静静地悬在山峡之间，缺口之外是迷雾笼罩的正常海域，越过缺口，便是这个流淌着血色海水与浮尸的冰冷世界。沈青竹的脸色顿时难看起来。这个缺口，应该是刚刚两位至高神撞破某处空间留下的，缺口出现后，周围海域的洋流流向发生改变，竟然带着探索船一路漂了进来……若非沈青竹察觉到了温度的变化，在那片伸手不见五指的迷雾中，恐怕再过十分钟都未必能发现。沈青竹站在船尾，目光扫过这狭窄的山峡，大脑飞速转动起来。山峡两侧山体间的距离太小，就算他现在操控探索船，也不可能在这种地形下掉转船头，重新驶回正常海域。他可以选择弃船，用能力暂时飞过缺口回去，但失去了船只这个海上落脚点，等他精神力消耗殆尽之后，只能被动地掉入海水等死……现在唯一的方法是，等探索船驶出这座山峡后，能进入一片宽阔的水域掉头，然后马力全开逆流而上，穿过空间缺口回去。

　　沈青竹看向船头，这片未知空间内应该没有迷雾的存在，外界的迷雾通过缺口涌进来，正在慢慢地变稀薄，周围的能见度逐渐回归，他已经能隐约看清船前方的情况。灰白色的雪花随着冷风，飘零至探索船上空，沈青竹伸手接住一片，打量片刻，才发现这是一片燃烧过后的灰烬，眉头微皱："这是什么东西……""咚——"一道沉闷巨响从船体下方的血色海水中传来，紧接着，这座重达数吨的探索船，像是被什么东西顶撞，硬生生地从海面掀飞！沈青竹的瞳孔骤然收缩！

"已经过了快一个小时了。"江洱的身形在天国上空飘荡片刻，落回了那座破碎宫殿边，正欲开口说些什么，却发现林七夜和安卿鱼两人都紧皱着眉头。

"你们怎么了？"

"江洱……你有没有觉得，天好像黑下去了？"

安卿鱼伸出手，指了指远处逐渐暗淡的夕阳，一抹黑暗自地平线尽头，那座翻滚着熔岩的地狱入口逐渐攀升，仿佛黄昏过后的夜色降临，在三人的注视之下，这座天国的光明正在以肉眼可见的速度消失。

"怎么会这样？"江洱的眉头也皱了起来，"炽天使前辈不是说，这里没有夜晚吗？"

"我们本来能离开这里，却失败了；黑夜不该存在于这里，但它出现了。"林七夜双眸微眯，脸色有些凝重，"看来，天国应该是发生了某种变化，而且绝对不是一件好事……"

"会不会和藏在地狱的那个至高神有关？"

"有可能。"

就在三人说话之际，昏黄的阳光已经完全消失，无尽的黑暗笼罩在天国上空，散发着令人窒息的压迫感。天空之上，一片片灰白色的雪花，纷纷扬扬地飘落在天国大地上，林七夜伸手接住一片，眉头紧锁："灰烬？哪里来的灰烬？"

安卿鱼将一片灰烬放在眼前，眸中闪过一抹灰芒，他的眼眸一凝，立刻将这片灰烬拍飞出手掌，用两指捏了捏鼻梁，似乎有些疲惫："不要碰它……这是克系神明的东西。"

"什么？"林七夜瞳孔微缩，手掌一挥，卷起的狂风立刻将笼罩在三人头顶的灰烬全部震散。

"克苏鲁神明的东西，怎么会出现在这儿？"

"不知道……但我从中听到了它们的呓语，虽然比渔村的时候弱得多，但这种东西只可能来自它们。"安卿鱼摇头道。

林七夜站在原地，眸中光芒闪烁，似乎在思索着什么。"难道是奥丁……"他喃喃自语。在帕米尔高原时，林七夜便听西王母说过奥丁的真相，此刻同时出现了至高神与克苏鲁这两大元素，他能想到的就只有奥丁了。

"那我们现在怎么办？"江洱问道。

"这地方不能再待了。"林七夜坚定地开口，"炽天使前辈还不知道什么时候才能回来，既然克苏鲁众神的东西都出现了，继续在这里待下去，不知道会生出什么变数……我们只能冒一次险了。"林七夜的目光穿过越发密集的灰烬雪花，落在地平线尽头那通往地狱的缺口之上。

一道流云划过漆黑的天国上空，那个山峰般的巨大断剑裂缝，在林七夜等人的视野中越发清晰起来。这柄巨剑自地狱刺上天国，在天国大地斩出了一道数公里长的狰狞缺口，无数熔岩纹路在剑身表面流淌，如同一座斜立的火山，三人靠近之后，甚至还能清晰地看到剑尖上悬挂的无数天使尸骸。

"竟然一剑刺入天国，当年地狱众恶魔的实力，已经到了这个层次吗？"安卿鱼望着那巨剑尖端的无数天使尸骸，忍不住感慨道。

"那是一个拥有自己神系本源的神国，从严格意义上来说，已经是一个独立的神系，世间有多少人向往天国，就有多少人畏惧地狱，对他们而言，这也是一种另类的信仰。"林七夜开口解释道。

"地狱本源吗……"

三人在巨剑之下降落，刚踏足地面，便感受到一股阴寒自剑身周围的地狱裂缝中涌出。此刻，天空中散落的白色灰烬，已经在天国的地表覆盖一层薄纱，林七夜双唇轻启，呢喃一句诗歌，旋风便将三人身前的灰烬全部卷向两侧，清出一条通往地狱缺口的道路。

"走吧。"林七夜回头看了眼逐渐被灰烬淹没的天国，"该下地狱了。"

"……虽然我明白你的意思，但这么听着有点不吉利。"安卿鱼无奈地开口，走到巨剑旁的缺口边，纵身跳了下去，江洱身形紧随着飘入其中。林七夜正欲跳下，犹豫片刻后，用指尖染上一抹夜色，在地狱缺口旁给米迦勒留了一句话，也一步跃入地狱之中。他们的身形在无边无际的黑暗中一路下坠，时不时有破碎的天国宫殿、断裂的火焰山峰，以及无数天使与恶魔的尸体，如同飘在失重空间内一般，飞过三人的周围。在天国与地狱碰撞的交界处，法则与秩序似乎都陷入混乱，唯有无数的白色灰烬自地狱如龙卷般盘旋着飞上天国，遍布着每一个角落。旋风在林七夜三人周围环绕，一路护送着他们穿过这片交接处，身形一闪，消失在了地狱缺口之中。他们没有注意到的是，其中一片灰烬随着风飘落至一具残破的天使尸体之上，在触碰到它的瞬间，便如雪花般消融无踪。一秒、两秒、三秒……不知过了多久，一只诡异的红色肉球，便自天使尸体的眉心鼓起！随着肉球从中央裂开，一只由无数红色小虫组成的红眼，迅速转动着环顾四周。无尽的黑暗之中，这种诡异的红色虫眼，正在接连睁开，好似一片赤潮，逐渐覆盖整片天空。

狂风拂过赤色的大地，堆积的灰烬被席卷而起，三道身影从空中徐徐落下，降临地狱。

"这里和我想象中的，不太一样。"安卿鱼站在破碎的大地上，环顾四周，深红色的天穹下，一座座燃烧着火焰的山峰错落在天边，空气中弥漫着死寂的尘埃。

"哪里不一样？"

"怎么说呢……好像没有传说中的那么恐怖？"

"确实，毕竟住在地狱中的恶魔都已经死了，环境再怎么阴森，也终究不是活的。"

林七夜张望了一圈，视野范围内并没有见到通往外界的缺口，看来那道缺口应该比较狭窄，很难发现。

"地狱这么大，我们要怎么找离开的缺口？"

"一点点搜肯定不行……我们需要一些运气。"林七夜随手从地上捡起一块比较尖锐的石子，在手心抛了抛，作势要将其丢出来决定前进的方向。

"纯靠运气啊？"江洱忍不住开口，"这么大的地方，随便指一个方向就能找到出去的缺口的概率太渺茫了吧？"

"就是要这么渺茫。"林七夜微微一笑，一抹金芒瞬间闪过掌间，"它越是不可能，就越是容易出现奇迹……"他闭上眼睛，将掌间的石子掷出，石子在地上翻滚数圈，撞到一面墙壁后停了下来。石子的尖端，指着地狱的某个方向。"走吧，就在那个方向。"林七夜拍了拍手，脚下一道云气翻卷出来，载着三人冲天离去。筋斗云飞行在深红的天穹之下，一片片灰烬在空中凝聚，像是云朵般飘移，林七夜一边驾云，一边维持着"天空的吟诗者"，虽撞入漫天的灰烬之中，狂风环绕在三人周围，却不让任何一片灰烬触碰到他们的身体，随着视野被无尽的灰烬遮掩，三人的眼前只剩下一片灰白。

"地狱的灰烬，似乎比天国的更加密集。"安卿鱼若有所思，"看来，这里才是异变开始的地方。"

"回去之后，要把这里的情况第一时间汇报给天庭，克苏鲁的力量再度出现，可是一件……"林七夜话说到一半，感知到什么，瞳孔骤然收缩。见林七夜戛然而止，安卿鱼刚欲开口问话，脚下的筋斗云便急速地向侧方扭转，带着他与江洱二人瞬间拐了一个直角大弯，猝不及防之下，安卿鱼险些被甩飞出去。几根无形丝线自安卿鱼袖中弹出，将其身形硬生生拉回了筋斗云，下一刻一只黑色的巨手便从众人刚刚前进的那片灰烬云朵之中探出，只差分毫便要将他们连人带云全部捏得粉碎！安卿鱼自筋斗云上站起，额角渗出冷汗："那是什么东西？"

"不知道。"躲过一劫，林七夜的神情非但没有放松，反而更加凝重起来，"但是……云里这种东西，远远不止一只。"他驾驶着筋斗云，如游蛇般在云层间接连拐弯，一道道黑色的闪电自灰白色的云体内飞出，从四面八方向空中的林七夜三人包围过来。安卿鱼在云上勉强稳住身形，推了推眼镜，定睛向后方看去。随着那些黑色闪电距离筋斗云越来越近，它们的身形也逐渐清晰起来，那是一只只身背肉翅双翼的狰狞怪物，躯体与四肢都流淌着岩浆般的红色条纹，每一个都有五六米高。它们的肉翅如同苍蝇的翅膀般急速扇动，速度奇快无比。

它们的模样，像极了传说中的恶魔。但诡异的是，这些急速飞驰的恶魔身上，都或多或少存在伤痕或者缺口，有的脖子被斩碎了一半，有的心脏处只剩一个空洞，有的身体仿佛被圣光烧灼，焦黑了大半。它们紧闭着双眼，眉心处的肉瘤中无数红色的虫子蠕动，像是一只诡异的眼眸，正直勾勾地盯着林七夜三人。

"是恶魔？"江洱脸色难看无比。安卿鱼的眼眸中闪烁着灰芒，眉头紧皱，像是在思索着什么。他正欲开口说些什么，周围的云层中，接连数道黑色巨影勾勒而出，肉翅震空声嗡鸣作响，其中一条粗壮的赤红尾巴破开空气，呼啸间撞在了筋斗云上，将其硬生生震散。失去脚下的支撑点，三人立刻向下方的地狱坠落下去。天空中扇着肉翅的恶魔，丝毫没有就此放过他们的意思，接连以惊人的速度向他们俯冲。

"卿鱼！"半空中的林七夜大喊一声。安卿鱼眼眸一凝，双手在胸前用力一拍，大量的紫色雾气从他的袖间狂涌而出，顷刻间遮掩住三人的身形，连带着天空俯冲下来的众多恶魔一起卷入其中。一头撞入紫色雾气中，众恶魔的视野内便失去了三人的目标，它们眉心的那只红色虫眼疯狂地转动，试图在无尽紫意中寻找林七夜等人的身影。高纯度的精神污染内，三人屏住呼吸自由落体，林七夜指尖一抬，一道绚烂的魔法光辉在雾中绽放。一条庞大的炎脉地龙扇动双翅，自魔法阵中飞掠出，赤红的火焰在其身体表面流转，在昏暗的天空下显眼至极。"吼——"从紫色雾气中飞出的炎脉地龙咆哮一声，顿时吸引了所有恶魔的注意力，一道道黑色电光疾驰而出，追着炎脉地龙飞向远方。

与此同时，天空混战正下方的贫瘠大地之上，一道虚空裂纹打开。林七夜手握"斩白"，带着安卿鱼迅速从中走出，附着在安卿鱼身上的江洱也飘在半空，抬头看了眼那黑压压追向远方的恶魔，心中升起劫后余生的庆幸。刚刚的一切，发生得太快了，从第一只恶魔出手要抹杀他们，到数十只恶魔联手追杀，也就过了六七秒的时间。如果不是坠落的时候安卿鱼释放紫雾混淆视线，林七夜召唤红颜引走恶魔，再暗中带着他们遁入虚空离开，就算他们成功落回地面，那些恶魔依然会紧随着杀来，在这片没有掩体的贫瘠大地之上，他们只能成为众多恶魔的活靶子，被围剿致死。江洱仔细回味了一下刚才的情景，看向林七夜和安卿鱼的神情古怪起来。

"怎么了？"安卿鱼见她神情异样，不由得问道。

"你们两个是怎么做到的？"江洱忍不住开口，"你们明明没有任何交流，那么短的时间内，怎么就能知道对方在想什么，还配合得那么完美？"

听到江洱的问题，林七夜和安卿鱼对视一眼，同时无奈地笑了起来。"默契而已，而且在那种情况下想要逃生，也只有这个办法。"林七夜简单地解释一句，接着说，"那群恶魔的实力太强，红颜拖不了多久的，它们很快就会找回来，我们赶紧离开这里。"照目前的形式来看，飞肯定是不能飞了，这么小一片区域的灰烬之云里就藏着这么多恶魔，谁知道三人再往前飞，又会碰到多少？

三人迅速地穿过这片荒芜地区，沿着林七夜最初指的方向，靠着自身的速度飞驰。

"不是说地狱的恶魔几乎都被杀光了吗？怎么还有这么多？"江洱舒展双手，穿着白裙，如幽灵般飘荡在林七夜与安卿鱼的上空，不解地问道。

"确实有些奇怪。"林七夜一边飞奔，一边若有所思，"按照炽天使前辈说的，神境以上的恶魔几乎全部杀光，但弱小的恶魔还有部分幸存……但从刚刚的情况来看，这已经不是幸存这么简单了，这么多的恶魔藏在积云中，它们当年是怎么活下来的？"

安卿鱼沉默片刻："也许，它们并没有活下来。"

听到这句话，林七夜的眉梢微微上扬。

"什么意思？"

"我刚才试着解析过它们的身体，并没有在它们的身上发现生命波动。"安卿鱼缓缓开口，"它们的心脏没有跳动，血液也没有流淌，从各项生命体征来看，都不像是活着的。"

"你是说，它们是尸体？"

"应该是这样。"

"那它们是怎么攻击我们的？"江洱的眼中满是疑惑，"刚才它们疯狂进攻的样子，可一点都不像是尸体。"话音落下，不等林七夜二人回答，江洱想到了什么，低头看了眼自己飘在空中的身体，无奈一笑，"好像我也没资格说它们……差点忘了我也是具尸体。"

"你跟它们不一样。"安卿鱼摇头笑道。

"也许跟它们眉心的那只眼睛有关。"林七夜回忆片刻，"你们记不记得，那些恶魔的双眼都是闭着的，但眉心的那只虫子组成的眼睛，却是睁着的。"

"那些眼睛控制了它们的尸体……有这个可能。"

安卿鱼点头表示赞同。

说话间，三人已经彻底远离那片荒芜大地，来到了数座高耸的山峰脚下，几条仅容一两人并肩行走的促狭山体缝隙，出现在他们的眼前。林七夜回头望了一眼，只见无数道黑影正扇动肉翅，在远处的云层下盘旋，像是在寻找着他们几人的踪迹。

"是这个方向吗？"安卿鱼站在缝隙前问道。

"嗯。"林七夜转过头来，"这里每一条路的延伸方向都一致，应该走哪一条都行。"

"里面没有那些恶魔吧？"

"我感知到的范围内没有。"林七夜犹豫片刻，补充了一句，"但是，山谷里似乎有不少堕入地狱的怨魂，在里面游荡。"

1127

"这里是地狱，残留着亡魂也很正常。"林七夜三人没有太多犹豫，便进入其中一道促狭的山体裂缝之中。身后荒原的天空下，无数恶魔压低了身形盘旋，其中一部分沿着林七夜等人离去的方向飞至连绵山谷上空，分散着搜寻起来。目睹了两只恶魔飞过头顶的裂缝，林七夜一边沿着山体侧身前进，一边微微皱眉。他没想到这群恶魔竟然如此执着，明明已经失去了他们的踪迹，还地毯式在这附近盘旋，好在这里的山体裂缝非常狭窄，加上两侧山体岩壁凹凸不平，从高空向下俯瞰，很难看到林七夜三人的身形。深红色的天空散落暗淡的光芒，在岩壁的重重阻挡下，落至地缝底部已经近乎全黑，除了靠双手触碰两侧岩壁感知方向以外，肉眼几乎无法看清眼前道路的走向。林七夜靠着精神力感知，走在最前面开路，幽灵状的江洱飘在半空，安卿鱼则缀在队伍的最末。

"你们有没有觉得，这里的地形似乎一直是向下的？"无声在黑暗中行进许久，安卿鱼突然开口。

"没错。"林七夜点头赞同，"之前驾云在天上飞的时候我就察觉到了，地狱的地形并不平坦，像是一座逐渐向下倾斜的斜坡……我们从进入这片地缝到现在，一直在走下坡路，跟最开始相比，海拔降低了至少有几千米。"

安卿鱼似乎想到了什么："向下的……"

"怎么了？"

"你们没有听过地狱的传说吗？"安卿鱼推了推眼镜，"据说，地狱有九层，生前犯下不同罪孽的人，会堕入不同的地狱之中，遭受折磨。"

"可这里的地形并不是一层一层的啊？"江洱疑惑说道。

"神话传说与现实还是有些出入的，毕竟从来没有人类亲眼见过地狱的真容。"林七夜说道，"不过从现在的情况来看，这个传说也并非完全是空穴来风，至少我们越往下方走，温度就越低，如果我没猜错的话，我们正在一点点靠近地狱的核心。"

"离开的缺口，在地狱的最深处？"

"如果真的出现'奇迹'的话，是这样的。"

江洱叹了口气，正欲再说些什么，表情突然一怔，抬头疑惑地看向地狱深处的方向。"这怎么可能……"她喃喃自语。

林七夜和安卿鱼同时看向她："你发现什么了？"

"我……我好像能隐约感觉到自己的肉身了，就在我们前进的方向。"江洱飘在空中的身形，像是老旧的电视机画面般扰动起来，从安卿鱼腰间传出的声音也有些断断续续。

"什么？"林七夜一愣，"你的肉身不是被存放在船上吗？怎么可能出现在地狱？"

"我也……不……知……道。"江洱低头看着自己不断扭曲跳动的身体，神情浮现出焦急之色，"我的磁场……要被强行……拖拽过去……了。"

"你的'通灵场'不能离开本体一公里的范围，天国本质上是人的心灵净土，没有距离概念，所以你可以在里面自由行动，但现在我们在地狱就不一样了。"安卿鱼迅速厘清了情况，话语间满是冷静。"虽然不知道为什么你的本体会出现在这里，但你必须要顺从磁场的本能，否则脱离脑域之后，你这仅剩的意识磁场也很快就会消散。你回归本体附近之后，先弄清楚周围的环境，看拽哥有没有跟着船只一起进来，然后在条件允许的情况下，试着向我们传递信息。"

"……好。"空中江洱的身形越来越淡，最后一丝声音自蓝牙音响中传出之后，她的身形猛地一跳，像是被按下了关闭键的老式电视屏，一抹白光闪烁，瞬间消失在了原地。"沙沙沙——"断开连接的蓝牙音响发出低沉的杂音，狭窄的山体裂缝之间，空气陷入一片死寂。安卿鱼将蓝牙音响握在手中，双眸紧紧盯着它，一向沉着冷静的他脸色罕见地浮现出焦急。林七夜站在一旁，同样皱眉等待着声音从音响中传出。长达数十秒的杂音之后，音响的声音微微扰动起来，隐约之间，可以听到一个女声从中传出，却细微无比，而且时断时续，近乎被完全淹没在了嘈杂的沙沙声之中。

"不行。"安卿鱼的眉头紧锁，抬头环顾四周，"这附近有某种东西在不断地干扰磁场信号，江洱连上了这个频道，声音却很难传递过来。"安卿鱼的目光在两侧光秃秃的岩壁上扫过，最终锁定了天空中纷扬洒落的灰烬，神情越发难看，"是这东西……"

林七夜凝视着安卿鱼手中的蓝牙音响，沉默片刻之后，伸手在其表面轻轻一抹。淡金色的微光一闪而过。在"奇迹"的加成下，音响中江洱急切的声音短暂地清晰起来："听得见吗？喂？听得见吗……"

安卿鱼的眼前一亮："听得见！"

"探索船！探索船在地狱里！"江洱见自己的声音传递了出来，当即焦急地以极快的语速说道，"不知道它是怎么进来的，但是……但是它到处都是被攻击的痕迹，甲板、船舱、引擎，几乎全部被撕烂了！现在我的棺材跟着船体的残骸在血色的海水里不断下沉，马上就要撞到底部，我已经把我能活动的区域全都找遍了，但除了水就是流入水中的熔岩，根本辨别不了现在的位置……而且，拽哥失踪了。"听到这一番话,林七夜和安卿鱼的心中同时"咯噔"一下,脸色苍白无比。"我在船体残骸中找到了他斗篷的碎片,还有血迹,他应该是受伤了,不过……咚!!"江洱话音未落,一道沉闷巨响便自蓝牙音响中传出,紧接着便是无尽的沙沙杂音,在深渊般的山体裂缝间回荡。安卿鱼皱眉看向林七夜,正欲说些什么,后者立刻伸手对他做了个噤声的手势,压低了声音说道:"有东西过来了……"

1128

安卿鱼皱眉看向他们来时的方向。隐约的窸窣声自深邃无光的地缝后方传来,仿佛有什么东西,正向这里缓缓靠近。林七夜眼眸一眯,伸手搭住安卿鱼的肩膀,同时另一只手将腰间的"斩白"拔出鞘半寸,一抹微芒闪烁,两人的身形瞬间遁入虚空之中。黑与白交织的虚空世界中,林七夜拉着安卿鱼遁入山体岩壁内侧,两人屏住呼吸,一言不发地凝视着身后昏暗一片的道路。"窸窸窣窣——"片刻之后,一个黑黢黢的身影蹒跚着靠近。借着隐约的红光,他们可以看清那是一个瘦骨嶙峋的男人,他赤着上身,肋骨清晰地凸在苍白的肌肤外侧,像是一具包了皮的骷髅,下半身穿着一条破烂的黑色裤子,此刻正像狗一样,四脚着地缓慢爬行着。他的双眸空洞,似乎根本没有自己的意识,一边用手脚爬行,一边张着干裂的嘴巴,似乎在嘟囔着什么。虚空中,安卿鱼给了林七夜一个眼神,压低了声音问道:"是怨魂?"林七夜微微点头。

地狱,本就是用来折磨一些生前犯下罪恶的人类灵魂的地方,地狱尚存之时,这里便关押着无数的人类灵魂,如今地狱已空,恶魔不再,神战之后应该有不少怨魂存活,徘徊于地狱之间。眼前这个瘦骨嶙峋的男人,并没有实际的躯体,只是一具不知在地狱中徘徊了多久的灵魂罢了。就在这时,那逐渐接近的男人空洞的目光,突然聚焦在了山体岩壁的某处,他瘦狗般的身躯一震,紧接着像是疯了般蹿跳起,向着那个方向狂奔。他所前进的方向,恰好在遁入虚空的林七夜二人附近,见这怨魂发了疯般冲过来,林七夜下意识地握紧手中的"斩白",眼眸迸发出森然杀机!可还没等林七夜离开虚空,给这怨魂致命一击,这男人便猛地扑倒在地,双手捧起岩壁角落一个鸡蛋大小的石块,脸上满是兴奋与癫狂。直到此刻,在如此近距离下,林七夜才听清他口中的话语:"金子……是金子!好多金子……好大的金子!"就在此时,这男人竟然仰头张开了自己的嘴巴,双手捧着那个石块,疯狂地向嘴里塞去。那个石块太大了,将他干裂的嘴巴彻底撑开,鲜血顺着他的嘴角流淌下来,滴落在嶙峋的上身,锋锐的石块边缘划开嘴唇,将血肉撕开一道道触目惊心的伤口,可即便如此,男人依然像是不知疼痛般疯狂地将其塞入自己嘴里。目睹了如此诡异血腥的一幕,虚空中的安卿鱼和林七夜同时皱起了眉头,心中一阵恶寒。

男人成功将这块石头塞入嘴中后，又拼命地仰着脖颈，似乎想将其吞入腹中，但石块偏偏就这么卡在他的咽喉，不上不下，狰狞的面容终于浮现出痛苦之色。他就这么像狗一样跪在原地，十指疯狂地在脖子表面划出道道血痕，他挣扎了许久，终于一头栽在地面，像是死了般一动不动。就在安卿鱼以为一切都已经结束，准备开口说些什么的时候，林七夜给了他一个眼神，摇了摇头。一秒、两秒、三秒……突然，地上那具男人的"尸体"僵直地爬了起来，依然是四肢着地，双眸空洞地环顾四周，无论是嘴角的鲜血还是哽在喉间的石块，都消失不见，仿佛从未出现过一般。"金子……哪里有金子……我要大金子……"他一边喃喃自语，一边拖动着枯瘦的身体，沿着山体地缝一点点地向前挪动，逐渐消失在林七夜二人的视野之中。

等到他彻底走远，一道虚空涟漪荡起，林七夜与安卿鱼先后走出，看着男人离去的背影陷入沉思。"这地狱的怨魂，真是恐怖……"安卿鱼回想起刚刚那一幕，忍不住开口道。

"那应该是他灵魂被拖入地狱时，被地狱的恶魔们施加的刑罚折磨。"林七夜若有所思地说道，"他把石头当成金子，在贪婪的驱使下疯狂寻找，却无视那些相对较小的'金子'，始终将注意力放在个头过大的'金子'上，所以他每一次都会因为自己的贪婪超过自身能够承受的极限，受尽折磨而死……死亡之后，他便会被复活，重新开启下一轮的寻觅，永恒地沉沦在痛苦之中。他生前的原罪，应该就是贪婪。"

"所以他的灵魂就在无数岁月中，一次又一次地被石块硬生生噎死？"安卿鱼摇头，"真是恶毒的手法。"

"现在不是管这些怨魂的时候。"林七夜看了眼地狱深处，眉头紧锁，"虽然不知道为什么探索船会驶入地狱最深处，但拽哥孤身陷入其中，还受了伤，江洱也失联了……时间拖得越久，形势就越危急。"

安卿鱼脸色凝重地点头，两人迅速地沿着山体裂缝，向前飞奔。

地狱，最深处。高耸的黑色山峰在深红色的天空下连绵，其中一座山峰的角落，一个浑身是血的身影正扶着墙壁，踉跄着藏入一座隐秘的山洞之中。沈青竹挥手散了周身用来阻隔灰烬的空气屏障，俯身贴到山洞缝隙边，看了眼山峰上空不断盘旋的密集恶魔身影，脸色越发难看起来。他撑起这座空气屏障，一方面是因为这飞舞的灰烬太过密集，阻隔了他逃亡的视野。另一方面则是因为，他最开始触摸到灰烬之后，便觉得掌心有些瘙痒，这让他开始怀疑这些灰烬之中蕴藏毒素。沈青竹捂着腰腹的伤口，背靠山壁坐下，脸色苍白无比。"什么鬼地方……"沈青竹低声骂了一句。他从怀中掏出一根烟，叼在嘴中正想点燃，看了眼外面飞旋的恶魔们，无奈地叹了口气，又把烟收了回去。他捂着腰腹伤口的手掌微微松开，潺潺鲜血涌动而出，一道狰狞的伤口几乎贯穿了他的整个腰部，像是某种巨兽撕咬过后的痕迹，剧痛之下，沈青竹的嘴角微微牵扯。照他现在这个出血量，恐怕用不了多久，就会因失血过多而亡。

1129

沈青竹坐在山壁前，捂着伤口，大脑飞速运转，脑海中接连闪过刚刚逃亡时的地形，寻找着能够突破这些恶魔封锁，离开这里的方法。就在这时，沈青竹觉得自己的手掌越发瘙痒起来，他下意识地挠了两下，突然觉得不太对，将那只手掌伸到眼前摊开。他的瞳孔骤然收缩！只见在左手的掌心，不知何时，竟然长出了一颗拇指大小的肉瘤。这肉瘤浸泡在手心的鲜血之中，微微蠕动，仿佛有什么东西很快就要从中破出，奇痒无比。这颗肉瘤生长的位置，正好是之前他用手掌接到天空中飘落的灰烬时，触碰到的位置。随着它的逐渐生长蠕动，沈青竹的耳边，隐约地开始响起呢喃低语，虽然只如同蚊子般细微，但它的出现，依然让沈青竹心中"咯噔"一下！

"克苏鲁？！"在渔村跟红月打过交道的他，当然知道这呢喃声意味着什么，他眼中光芒连闪，顾不得腰腹的致命伤口，整个人迅速地从地上爬起！他的脸上闪过一抹狠色。"啪——"一道清脆的响指声响起，周围的空气迅速压缩成一柄薄薄的无形刀刃，刀刃摩擦空气，燃起一缕缕炽热的火焰附着在刀身之上。随着沈青竹指尖轻勾，那柄空气刀刃对准他的左手，毫不犹豫地斩出。只听一声痛苦的闷哼，半截手掌便落在地面。刀刃表面附带的火焰暂时封住了手掌的伤口，避免了大量鲜血流失，但剧烈的疼痛，依然不断地冲击沈青竹的心神。他咬紧牙关，脸色煞白，双眸却死死盯着血泊中那半截手掌，以及掌心处那颗蠕动的肉瘤。比起死亡，他更害怕被克苏鲁污染，如果这一刀没能成功阻隔住它们的入侵，那下一刀，对准的就是他的脖颈。

只见血泊中，附着在半截手掌上的肉瘤疯狂蠕动了片刻，从中间裂开一条细微的裂缝，无数红色小虫在肉瘤间爬行，组成一只绿豆大小的红色眼球。这只眼球环顾四周，最终落在了前方面色苍白的沈青竹身上，紧接着，连在掌心的四根手指像是活过来般，屈指一弹地面，这半截手掌便在半空中翻身，稳稳地落下，像是一只四腿的肉瘤蜘蛛，急速地爬向沈青竹！这是什么鬼东西？沈青竹眼眸一凝，右手打了个响指，地上那半截手掌被空气急速压缩，挤压变形，随着一团火球燃起，彻底被炙烤成为焦炭。看着眼前这团恶心的黑色肉泥，沈青竹深吸一口气，狂跳的心脏终于慢慢平复下来。当他再度转头看向山体外狂舞的灰烬之时，眼神已经彻底变了。他只是被灰烬触碰到了一点，就有如此恐怖的作用，那如果一直暴露在这场灰烬之中……又该变成什么样的怪物？

沈青竹从漫天飞扬的灰烬上收回目光，看了眼山体上方盘旋的恶魔，又低头看了眼自己腰间逐渐恶化的伤口，片刻之后，苦涩地笑了笑。他倚靠在山体的墙壁边，缓缓坐下，从怀中掏出一根烟点燃，叼在嘴中，深深吸了一口，朦胧的烟雾笼罩了他苍白的面容。他已经不打算出去拼命了。出去之后，如果自己活着还好，他的空气屏障可以阻隔这些灰烬触碰到自己，可一旦他流血过多而亡，活着被恶魔围攻致死，那他的尸体倒在灰烬中，迟早也会变成怪物……与其那样，他还不如静静地在这里等死，至少尸体能体面一点。他伸出右手，摸了摸自己的胸口，触碰到了一块硬硬的东西。他长叹了一口气，闭上眼睛。火光顺着烟卷一点点蔓延，燃烧的余烬被地缝中拂过的微风吹散，逐渐稀薄的烟气之中，沈青竹的身体一点点冰冷下来。

　　两道身影在山体地缝中急速飞驰。安卿鱼一边观察着周围，一边下意识地用指尖抠着手掌心，似乎有些瘙痒。前方林七夜的身形一顿，突然停了下来。
　　"怎么了？"安卿鱼问道。
　　"前面到一片山谷了。"林七夜收回精神力感知，神情有些怪异，"而且……"
　　"而且什么？"
　　"那里有很多怨魂聚集，有些奇怪。"
　　安卿鱼眉头微皱，抬头看了眼天空："没时间绕路了……能再像刚刚一样，直接遁入虚空穿过去吗？"
　　"山谷不算太大，应该可以。"林七夜粗略估计了一番，微微点头。"斩白"确实可以带人遁入虚空，却无法长时间停留，再加上林七夜还要带着安卿鱼，两个人的负担下持续时间就更短了，不过以他们两个的速度，短时间内穿过山谷应该不算什么难事。林七夜拔出"斩白"，抓住安卿鱼，两人的身形同时消失不见。
　　回到黑与白的虚空世界后，两人立刻全速前进，片刻的工夫便穿过了狭窄的山体地缝，眼前豁然开朗，来到了一处山谷之中。踏入这片山谷之后，安卿鱼立刻就明白了，林七夜所说的"奇怪"是什么意思。漫天的灰烬如同大雪般洒落，将周围的黑色山峰连同山谷全部浸染成灰白，堆积在地的灰烬有三四十厘米高，这片死寂世界中，无数黑影正站在飞舞的灰烬之中，双手合十，虔诚地仰望着天空中那道不断洒落灰烬的裂缝。这些，全都是怨魂。安卿鱼正欲转头，余光便扫到一个熟悉的身影，跌跌撞撞地从地缝中爬出。那是之前他们在地缝中见过的，不断寻找"金子"的贪婪怨魂。他瘦骨嶙峋的身体在堆积的灰烬中迅速爬行，似乎还在寻找大型石块，一片片灰白色灰烬落在他的身上，很快就将他染成灰白之色。他爬了十几秒之后，身体突然一震，就像是一尊石雕，呆呆地趴在灰烬之中。过了许久，他僵硬地抬起头，那双空洞的眼眸凝视着头顶不断飘落的灰烬，逐渐浮现出狂热与兴奋之色！

在林七夜与安卿鱼的目光下，那像狗一样趴在地上的枯瘦男人，竟然无视了周围的石块，缓缓站起。他挺直了腰背，双手合十放在胸前，双眸看着头顶那道裂缝，无尽的灰烬纷扬在他的身上，如果无视脸上时隐时现的诡异笑容，他简直虔诚得像是一个正在接受洗礼的教徒。

"他们在做什么？"安卿鱼皱眉开口，"接受克苏鲁的洗礼？"

"应该是。"林七夜微微点头，"不管了，先过去再说。"

两人在虚空中急速前行，身形在无数虔诚的怨魂之间穿梭，越是向前，周围的怨魂就越多，像是一根根黑桩伫立在灰烬间，丝毫没有察觉到林七夜二人经过。他们的速度极快，不过数十秒的工夫，便穿越了半座山谷。可就在这时，安卿鱼不断抠动掌心的指尖，突然察觉到了一颗异物，眉头微皱，低头看了眼掌心。这一眼，让他的身形猛地一震！似乎察觉到了安卿鱼的异样，林七夜转头望去，目光落在他掌心那颗巨大肉瘤的瞬间，瞳孔骤然收缩。

"这是……"

"是灰烬！"安卿鱼大脑急速运转，立刻回想到了自己抓住一片灰烬仔细观察的情景，"该死，那些灰烬中应该有克系神明的污染，它们想通过这些东西，来控制我。"

安卿鱼眼眸一眯，二话不说，直接凝聚出一柄寒霜长剑，将自己的右臂连着手掌一起齐刷刷地砍了下来！"扑通——"一整条手臂滚落在地。亲手斩下一条手臂，安卿鱼的神情没有丝毫变化，也不需要止血，拥有急速再生的他，右臂的断口逐渐愈合，白骨再生，血肉逐渐攀附其上，用不了多久就能生出一条新的手臂。他皱眉看着地上那条断臂，只见掌心处的肉瘤正如同气球般迅速膨胀，很快便生长到了乒乓球大小，一道裂纹自肉瘤中央破开，无数红色小虫蠕动，很快便凝聚出一只猩红的诡眼。不仅如此，这条断臂的五指迅速挺直，像是五条细长的腿支撑着整条手臂站立起来，小臂之上一颗颗肉瘤紧接着爆出，无数恶心的器官自其中生长。腐烂的耳朵、拇指大小的肉翅、铅笔粗细的六指手臂如同蛆虫般在空中扭动，一张没有嘴唇的狰狞恶嘴自手臂底部裂开，发出令人牙酸的咀嚼声。

"糟了！"见这条断臂竟然长成这样的怪物，林七夜心中一沉，立刻挥动手中的"斩白"砍了过去！但那条断臂只是狞笑了一声，转身便撞破了两人所在的这处虚空，只听一声清脆的爆鸣自死寂的山谷间响起，林七夜和安卿鱼的身形被迫从虚空中逼出，暴露在了众多怨魂之间。回归现实世界，林七夜做的第一件事不是追杀手臂，也不是逃走，而是立刻吟唱了一句，唤出狂风驱散了两人周围的灰烬，不让任何一片落在他们的身上。目睹了刚才那一幕，他已经清楚地认识到这些灰烬中究竟隐藏着怎样的恐怖，只是一片灰烬触碰到手臂，还能将其连根斩下，若是像那些怨魂一样，全身暴露在灰烬中，那他们就真的无力回天了。

"我的身体，是你能带走的？"安卿鱼皱眉看着断臂逃离的方向，眸中闪过冰冷之色，一根根无形丝线暴露在空中，不知何时已经拴住了断臂五指，随着他用力一扯，又硬生生地拽了回来！彻骨的寒霜顺着无形丝线，覆盖在断臂表面，呼吸之间就将其冻结成粗壮冰棍，像是被封印在冰中的标本，被安卿鱼一把抓在手中。

"小心……我们暴露了。"林七夜的声音自安卿鱼身后传来，他眉头一皱，环顾四周。只见原本便伫立在灰烬中的怨魂们，同时僵硬地转过头，看向中央的林七夜二人，周身都被灰烬覆盖的他们，已经成了一个个灰白色的"雪人"。联想到刚刚的那一幕，安卿鱼低头看了眼自己手中被冰封的断臂，像是意识到了什么，看向这些怨魂的表情难看起来。

"他们早就察觉到了灰烬中的污染，他们在主动接受异变！"安卿鱼压低了声音说道，"这是一群被痛苦折磨了无数岁月的疯子，对他们而言，克苏鲁的污染是唯一能够帮他们摆脱痛苦的途径，所以他们在虔诚地让灰烬清洗自己，以此来获得超脱……"安卿鱼的话音未落，两人身前的一位独臂怨魂，身形突然微微颤抖起来，覆盖在他身上的灰烬如雪花般被抖落，露出下方长满了肉瘤的皮肤！"女人……我想要女人……不……我已经不需要女人了……呵呵呵……"怨魂空洞的眼眸中，逐渐焕发出诡异的色彩，表情逐渐扭曲起来，森然恐怖的笑声从他的喉间传出。

"咯咯咯……"

"叽叽叽……"

渐渐地，他的笑声中夹杂起越来越多诡异的笑声，他身体表面的肉瘤一个接着一个爆开，生长出一只只猩红虫眼，以及或大或小的狰狞恶嘴，嘴角裂开好似弯钩，正随着他的笑声，一起森然恐怖地笑了起来。

"我不需要女人……我不是怨魂……我不需要女人……

"我接受了洗礼，我不是怨魂……我是什么？

"我是什么……

"我是什么……"

随着身上的肉瘤越爆越多，一个个令人作呕的血肉器官长出，他的表情也越发癫狂起来，眼眸之中，逐渐被苍白的眼白所占据，像是一个疯子在灰烬中狂笑！

"我知道了！我是天使！

"呵呵呵……我上了天堂！我是天使！

"天堂……天堂在下雪！我是从雪中诞生的神圣天使！

"呵呵呵……"

"砰——"他的脊背突然爆出两团血雾，两只由肉瘤与暗黄色脓包组成的肉翅，缓缓张开，其上还能看到一只只暗红色的小虫在蠕动，散发着令人作呕的恶臭！他缓缓走到林七夜和安卿鱼的面前，无数笑声似海浪般重叠在一起，癫狂喊道："你们看！我像天使吗？！！"

林七夜的眸中闪过森然寒芒！他反手按出一道召唤法阵，天丛云剑落在掌间，剑芒乍闪，瞬间将眼前这个怪物腰斩！只听一声闷响，满身肉瘤的怨魂身子断成两截，倒在堆积的灰烬之中，却没有丝毫鲜血流出，他那双苍白的眼眸依然死死盯着林七夜二人，非但没有死亡，反而更加阴森地笑了起来。

"呵呵呵……"

"叽叽叽……"

"咯咯咯……"

无数张嘴同时发出令人头皮发麻的笑声，他双手撑着地面，似乎还要从灰烬中爬起。接连几道剑芒闪过，将他整个上半身都直接剁成碎肉，林七夜握着天丛云剑，脸色阴沉无比。"这东西杀不死，我们快走！"刚刚的那一幕，实在太过邪乎，虽然林七夜没有从这长满肉瘤的怨魂身上察觉到丝毫的境界波动，但直觉告诉他，绝对不能再与他们纠缠下去了。

与此同时，原本伫立在周围的怨魂，已经开始向这里包围。随着身形的摇晃，覆盖在他们身体表面的灰烬接连抖落，露出满身的肉瘤，他们死死盯着中央的林七夜，脸上逐渐露出诡异的笑容。

"好饿啊……我好饿啊……把你的心脏给我吃一口好不好……就吃一口……"

"凭什么？凭什么你们能长得这么好看……我要撕烂你们的脸……"

"是血的味道……是血的味道……哦呵呵呵呵……"

"……"

接连的低语声自四面八方传来，将林七夜和安卿鱼团团围住，这些浑身长满肉瘤的怨魂神情逐渐失控，身体表面的肉瘤接连爆开！猩红蠕动的虫眼、没有双唇的恶嘴、污秽不堪的脓包、蜥蜴兽爪般细小的四肢、满是皱纹与血痕的婴儿头颅……他们就像是血肉拼凑而成的怪物，像是不断发出牙酸叫声的蠕动肉球，不管从哪个角度看，都已经没有人类该有的模样。林七夜脸色阴沉无比："杀出去。"他将手中的天丛云剑抛给安卿鱼，自己拔出"斩白"，两人的身形沿着地狱深处的方向弹射而出。安卿鱼右手尚未长全，只能左手握剑，位于林七夜左侧，脚踏的大地接连有冰霜藤蔓爆出，替两人扫开前方的道路，同时剑芒连闪，不断将周围想要扑来的怨魂斩成两段。林七夜手握"斩白"，无视距离挥刀，接连的刀芒掠过空间，精准地收割着怨魂的身体。狂风席卷着附近的灰烬，在两人的周身急速盘旋，拦在他们身前的怨魂被迅速地清剿，靠着刀芒剑光硬生生地杀出一条血路。此时，周围长出肉瘤的怨魂越来越多，他们似乎浑然不惧这两人的杀伤力，挥动着肉翅，接连向这里涌来，密密麻麻的狂笑声回荡在山谷之中。

"我是天使！呵呵呵……我不是怨魂，我是天使！"

"这里是天国！是属于我们的天国！"

"你们看，我像天使，还是像恶魔？"

"像天使！你像天使，我也像天使，我们都是天使！咯咯咯咯……"

"那是两个罪人！他们不该存在于天国！审判他们的罪恶，将他们放逐到地狱去！承受无尽的折磨！"

"审判他们！审判他们！"

"审判他们的罪孽，施加永恒的折磨，让他们在地狱永世不得超生！永远也当不了天使！"

"……"

这些恶心的肉瘤接二连三地冲出，好似一道道围墙拦在林七夜与安卿鱼面前，满是脓水与蠕虫的脸上，竟然浮现出慈悲神圣之意，仿佛他们真的是审判罪恶的大天使，低头俯视着这两只罪无可赦的老鼠。"真是疯子！"林七夜眼看着自己被无穷无尽的怨魂包围，忍不住骂了一声，随后沉声说道，"我来开路，你要跟紧，注意别被灰烬碰到。"

"好。"安卿鱼凝重点头。

林七夜左手一挥，一道绚丽的召唤法阵张开，黑瞳化作一抹黑影附着在林七夜的身上，一只赤色的独眼自他的眉心睁开，接管了他的身体。林七夜深吸一口气，灵魂虚影自飞奔的肉身内飘出，游离在天地间的灵气疯狂涌入灵魂之中，像是吹了气的气球般迎风暴涨，数息之间便化作一尊顶天立地的魔猿，冲在两人的前方。"齐天法相"！汹涌的妖魔之气在山谷间汇聚，魔猿庞大的身躯以摧枯拉朽之势，强行在黑压压的怨魂间撕开一道缺口，他每一步落下，山谷都会微微一震，同时将数只怨魂踩成烂泥。有魔猿开路，一条满是残肢断臂的血肉通道，便出现在安卿鱼和林七夜肉身之前。两人追随在魔猿身后，全速跟了上去。等到完全冲出了怨魂的包围，魔猿便化作漫天的妖魔之气消散无踪，林七夜的灵魂回归本体，有些虚弱地舒了口气。地狱不是大夏的昆仑，更不是大夏的天庭，空气间蕴藏的天地灵气简直少得可怜，即便动用"齐天法相"，无论是在战斗力还是在维持时间上，都无法与在大夏时媲美，好在这些时间已经够他们两人冲出包围圈。

"前面没路了。"安卿鱼将目光从身后紧追不舍的怨魂身上挪开，扫了眼前方，皱眉开口。

"从那座山上翻过去。"林七夜早就计划好了路线，指着前方一座残缺山峰说道。两人沿着陡峭的山体一路狂奔，向着上方飞跃而去，这座山峰与地狱其他山峰一样，表面几乎没有任何植被，山体侧面还有几道平滑无比的切口，碎石堆积在满目疮痍的山脚之下，仿佛曾经发生过一场惊天动地的战斗。一边向着山顶狂奔，林七夜一边感知着下方的情况。那些体形硕大的肉球滚动到山脚之下，背后的肉翅扇动，似乎想要像天使或者恶魔一样飞上来，可他们的躯体太重了，肉翅也只是徒有其形的装饰，根本不具备飞行的能力，因此只能一层层包围在山脚下，像是蛆虫般蠕动。

1132

片刻不息的冲刺之下，林七夜二人很快便登上了山峰顶端。刚踏上山顶，两人的眼前便出现了一座巨大的环形陨石坑，密密麻麻的龟裂自陨石坑周围蔓延，连接到身下的这座山峰表面，仿佛在这座陨石坑的中央，曾发生过一场惊天动地的战斗。

"那是什么？"安卿鱼的目光落在陨石坑的中央，只见一个巨大的影子正伫立在那儿，这满山的龟裂都是自它的脚下延伸而出。看到那目光的瞬间，林七夜眉头一皱，神情似乎有些不解。他犹豫片刻，再度闭上双眼仔细感知起来，疑惑地开口："奇怪……我的精神力感知，为什么察觉不到那东西的存在？"安卿鱼推了下眼镜，努力地眯起双眼，似乎想要看清那影子的模样，隐约之间，他看到六只白色羽翼的轮廓，正低垂在大地表面，双手似乎还握着一柄巨剑，插入山体之中。"六只白翼，手握巨剑？"听到安卿鱼的描述，林七夜一愣，脑海中迅速浮现出米迦勒的模样。"炽天使……是米迦勒？"难道是米迦勒追杀完奥丁回来，看到自己在天国留的字，所以下地狱来找他们了？这个念头出现在林七夜脑海中的一瞬间，就被他当场否决。不可能。如果米迦勒看到地狱如今的模样，绝对不可能就这么安静地坐在陨石坑的中央，祂必然会冲上云霄封住那道不断洒落灰烬的缺口，然后将天国、地狱内所有的恶魔与怨魂杀得干干净净。不管坐在陨石坑中央的是什么东西，绝对不是米迦勒。

"别靠近它。"林七夜严肃地开口，"我们从陨石坑外围绕过去，不要跟它接触。"安卿鱼点头，两道身影披着深红色的斗篷，迅速地沿着山顶的陨石坑边缘绕行。这座山虽然不高，但顶峰的面积似乎远比两人想象的要大，他们绕着陨石坑跑了近一分钟，竟然还没有抵达山峰的另一端，反倒是坐在中央的那道身影，在他们的视野中越发清晰起来。祂的正脸朝着陨石坑的另一边，在林七夜二人的视角中，只能看到一个背影。正如安卿鱼所言，那是一只身背洁白六翼、手握巨剑的庞大身影，从背影上来看，几乎和米迦勒一模一样。但区别在于，祂的翅膀上满是血痕，羽翼凋零，仿佛被人硬生生撕开了几道缺口，插在大地之中的巨剑，形状要比米迦勒的更加夸张，而且剑身之上也到处都是血迹。

"不对劲！"安卿鱼立刻停下脚步，脸色凝重地环顾四周，"我在上山之前，扫过这座山峰的构造，它绝不可能有这么大，以我们的速度，应该早就翻过了这座山峰才对。"

"自从踏入这座陨石坑后，我的精神力感知似乎失效了。"林七夜也皱眉说道，"我感知不到陨石坑中央的身影，也感知不到我们的移动……这个地方，有什么东西在干扰我的'凡尘神域'。"

"还有一点，你发现了吗？"

"什么？"

安卿鱼伸出手，指了指陨石坑中央的那道身影，脸色阴沉无比："不管我们怎么跑，从哪个角度看，祂……都是背对着我们的。"

林七夜的瞳孔微缩，脑海中顿时回忆起两人刚刚踏上山峰时看到的背影，虽然因为距离太远，他没能看到那身影的正反，但之后他们移动的这段时间，那道背影确实没有丝毫转动，就连个侧脸都没有露出来。"是祂，祂在改写时空！"林七夜的大脑飞速转动，一咬牙，再度唤出了"筋斗云"踩在两人的脚下。现在已经不是担心飞上天空会被恶魔发现的时候了，虽然到现在为止，坐在陨石坑中央的身影都没有移动过，但直觉告诉他，那个身影远比几十上百个恶魔要恐怖！他们决不能再继续留在这里。"筋斗云"承载着两人的身形，迅速飞掠过天空，安卿鱼站在云端末尾，亲眼看着那道山峰离他们逐渐远去，一颗悬着的心终于放了下来。幸好，没有出现什么意外。

安卿鱼长舒一口气之后，想起了什么，把腰间被冰封在寒霜内的断臂握在手中，端详起来。"你把这东西带出来了？"正在驾驶着筋斗云的林七夜余光扫到这一幕，眉梢一挑。"嗯。"安卿鱼点头，眸中闪烁着好奇的光芒，"我切下的这条断臂，已经被灰烬中的克苏鲁污染侵蚀，成了克系神明力量的一部分，这或许是迄今为止，人类获得的第一个克苏鲁神系标本，具备极高的研究价值。"

"你想解剖它？会不会太冒险了？"

"或许吧，但只有更好地了解它们，才能摸索出它们的弱点……说实话，这一点，世界上可能只有我能做到。"安卿鱼平静开口，"而且，我会做好保护措施的，就凭这条手臂中残余的力量，几乎不可能伤到我。"

林七夜见此，也没有再劝，只是点了点头。在解剖与分析这方面，安卿鱼是当之无愧的世间最强，他可是连天庭灵气都能破解的妖孽，也许，他真的可以破解出克苏鲁神系的弱点。林七夜张开嘴，正欲说些什么，身形突然僵在了云上。他怔了片刻之后，脸色肉眼可见地苍白起来。

"怎么了？"安卿鱼感受到林七夜的异样，顿时开口道。

"不对……"林七夜驾着筋斗云，喃喃自语，"为什么我的精神力感知，还是没有变化？"

"什么意思？'凡尘神域'还在失效？"

"我不知道，但是我将精神力扩散出去之后，收到的还是我们在陨石坑中的画面……"林七夜看了眼头顶的天空，声音有些沙哑，"而且，你不觉得奇怪吗？我们飞了这么久，还是没有恶魔出现……"安卿鱼的瞳孔骤然收缩！几乎同时，两人周身的时空诡异地扭曲起来，像是有一只无形的大手扯住他们的身体，将他们硬生生扯回去，周围的一切都在急速倒退！呼吸之间，他们眼前的天空都消失不见，取而代之的是那座熟悉的、满是裂纹的陨石坑，而现在，他们距离坑中央那道背着六只洁白羽翼的背影，只剩下不到五十米！死寂的天空中，灰烬如暴雪般飘落，在两人的注视下，那始终背对着他们的身影，微微一震，震散了身上覆盖的灰烬，腰部转动，似乎就要转过身来！

4133

随着灰烬的抖落，林七夜二人在如此近距离下，可以看清祂背后的每一道伤痕。刀伤、抓伤、熔岩炙烤的焦黑……六只洁白羽翼，已经有三只近乎连根被扯断，其余也都破损不堪。祂静静地坐在那儿，手中握着的巨剑表面，还流转着淡淡的火焰纹路。在看到这柄巨剑的瞬间，林七夜想到了什么，脱口而出："是乌列尔？"

"乌列尔？"

"传闻中的炽天使之一。"林七夜看着那柄剑，沉声开口，"十多年前我被米迦勒灼伤眼睛之后，就一直在研究西方圣教的那几位炽天使……这些炽天使中，唯有执掌审判之力的地狱镇守者乌列尔才会将火焰巨剑当作武器。"眼前的这个身影，是和米迦勒同级别的炽天使……难怪自己的"凡尘神域"在这里也会失效。"但乌列尔，怎么会出现在这里……"林七夜喃喃念叨了一句，一个想法闪过他的脑海，整个人都僵在了原地。

安卿鱼死死盯着那个逐渐转身的背影，声音有些沙哑："祂既然是天国的炽天使，那就一定参与了当年那场天国与地狱的神战，而在那场神战中，只有米迦勒独自存活……这就意味着，乌列尔早在那场神战中，就战死了。眼前的这个，只是祂的尸体。"他的猜测，与林七夜不谋而合。

随着那个身影缓缓转身，一张近乎完美的侧脸，从阴影中出现在二人的眼前。深红色的微光自天空洒落，借着这模糊的光芒，林七夜二人终于看清了祂的真容。没有那些恶心的肉瘤，也没有蠕动的脓包，那是一张丝毫不亚于米迦勒的西方面孔，每一个五官的位置都浑然天成，俊朗无比，眉宇间带着一丝冷峻威严。祂闭着双眸，低垂的脸上没有丝毫血色，近乎与周围飘落的灰烬一般苍白，像是睡着了一般。林七夜二人抬头仰望着这道数十米高的身影，见祂的身上没有出现大块的肉瘤，同时松了一口气。就在这时，那低垂的苍白面庞上，一只左眼悄然无声地睁开……无数红色的小虫在深凹的眼眶中，疯狂地蠕动，尽数蚕食了乌列尔原本的眼球，随后抱成一团，在眼眶中滚动了两圈，才凝聚出一只硕大如保龄球般的红色眼球。这眼球凸出一大截，硬生生挤裂了乌列尔的眼眶，扭动片刻后，死死地盯着眼前的林七夜二人。看到这只猩红眼球的瞬间，林七夜与安卿鱼如坠冰窟！

"呵呵呵呵……"

"叽叽叽叽……"

"咯咯咯咯……"

诸多森然诡异的笑声重叠在一起，自乌列尔残破的身体内传来，那张近乎完美的面庞肉眼可见地扭曲起来，在猩红眼球的蠕动下，瞬间显得狰狞无比！

"分头跑！！"林七夜没有丝毫犹豫，大喊一声，两人便向着两个完全相反的方向冲刺。两个人都不傻，他们心里很清楚，眼前的这个存在，跟藏在云层间的那些恶魔，以及山谷中的怨魂根本不是一个层次的。从天空裂缝中散落的灰烬，能够将尸体或者魂魄全部异化，那些恶魔生前便是神境，被异化的肉瘤和蠕虫操控复活后，战力也就是"克莱因"境上下，虽然数量众多，但林七夜二人也有一战的资格。但眼前的这位，生前可是一位至高神！从刚刚睁眼的气息波动来看，被蠕虫操控的乌列尔尸体虽然远不及至高的层次，但也在神境之上，林七夜二人根本没有丝毫胜算。之前两人一起坐筋斗云逃亡，都没能逃出这片陨石坑，现在也只能将希望寄托在分头逃跑上，如果被操控复苏的乌列尔神智不高的话，他们还有生还的可能。但是，他们的希望还是破灭了。乌列尔的尸体缓缓从陨石坑中央站起，背后残破的六只白色羽翼舒展开来。破裂眼眶中那颗硕大的红色眼球中，蠕动的虫子突然分裂成两批，眼球也一分为二，同时看向朝着不同方向离去的二人。下一刻，祂的手掌抬起……已经冲到陨石坑边缘的林七夜和安卿鱼身形同时一顿，像是有某种枷锁套在了他们的身上，任凭如何用力，都无法再前进半分。紧接着，随着乌列尔的手指轻勾，两人身后的虚无中分别浮现出一座黑色十字架。粗壮的锁链自十字架的中央延伸而出，牢牢锁住他们的四肢与躯干，将其固定在十字架表面。固定着二人的黑色十字架，在空中越飘越高，最后飘出了山峰顶端的陨石坑，悬停在山谷上空。

"天使长要审判罪人！"

"审判他们！！揭开他们的罪孽！让这群肮脏的东西下地狱！！"

"呵呵呵呵……我是天使！我是天使！！"

"……"

灰烬狂舞的山谷之中，两道黑色十字架分别钉着两个身披深红斗篷的身影，山谷内无数硕大的肉瘤癫狂嘶吼，尖锐的咆哮声被风声撕成碎片。"该死！！"林七夜紧咬着牙关，想要从十字架上脱离，但缠绕在他身上的这些锁链，就像彻底封锁了他的精神力与肉身般，不仅无法动用任何一个禁墟，就连一根手指都抬不起来。唯一有望斩开锁链的天丛云剑，在他身体被定格的瞬间就被打落山谷，在无法调动精神力施展召唤魔法的情况下，根本不能将其调动到身边。安卿鱼神情焦急地转过头："七夜！你走得了吗？你不用管我！"对安卿鱼而言，就算死在这座十字架上，也没什么大不了的，毕竟在这里的只是他的一个分身，但林七夜却不一样，林七夜死了，可就是真的死了。林七夜的嘴角浮现出一抹苦涩。不是他不想走，而是被锁在这座十字架上，他确实没办法逃离。如果他没猜错的话，他们身后的便是当年天国用来审判一切罪恶的处刑架，就连那些实力通天的恶魔都逃不了，纵使林七夜有无数手段，想逃出去也是难如登天。

1134

林七夜的身体被钉在黑色十字架上，失去了"天空的吟诗者"，他的身形彻底暴露在了漫天灰烬之中。他正欲将意识沉入脑海中的诸神精神病院，站在陨石坑中央的乌列尔尸体，已经扇动着残破的白翼，缓缓飞上天空。那只蠕动的红色眼球，分别盯着两座十字架上的林七夜与安卿鱼，祂双唇微张，脸颊两侧突然涌出一颗颗肉瘤，分裂成密密麻麻的细小利嘴，无数狰狞尖锐的笑声，随着乌列尔低沉的嗓音，回荡在天空之下。"罪……孽……审……判……"乌列尔的声音十分沙哑，像是被人扯着声带，机械般地吐出这几个字。"罪孽审判——！！"

山谷中，无数疯狂的肉瘤怨魂，随着乌列尔的声音大吼，身上的每一只猩红眼球都散发着兴奋的光芒。曾经的他们，也是这样被天国的天使审判，带着永恒的折磨堕入地狱的，现在轮到他们翻身成为"天使"，来宣判他人的罪孽。这种畸形的快感与怨毒让他们控制不住地狂笑，整座山谷在他们兴奋的蠕动下，仿佛化成了肉瘤的浪潮。随着这四个字传出，林七夜和安卿鱼觉得身上的锁链再度一紧，与此同时，仿佛有种无形的力量压迫在他们的上方，将他们的头颅硬生生地按了下去。欢呼雀跃的肉潮山谷之上，两个身影低垂着头，被钉在漆黑的十字架上，如同等待审判的罪人，低头忏悔。林七夜紧咬着牙关，双眸通红无比，他奋力地抬起头颅，想要挣脱那股力量，脖子上的青筋一根根暴起！就在这时，天空中的乌列尔再度开口："过……去……罪……"

"过去罪——！！！"狂笑声自肉潮中传出。一道领域从乌列尔的体内释放出，瞬间将林七夜与安卿鱼笼罩其中，玄妙的时空之力承载着他们的过去，自两人体内抽离，像是电影的片段般流淌在领域之内，被那只猩红的虫眼肆意窥探。

窥探过去？林七夜的眼眸微微收缩。

"安……卿……鱼……"乌列尔的声音，自密集的尖笑声中传出，"犯……杀生……渎尸……不敬……死者……罪……无可恕……堕……八层地狱！"

听到乌列尔的宣判，山谷间的肉瘤怨魂越发激动起来。

"呵呵呵呵……八层地狱！他死定了！"

"杀生是大罪，渎尸更是重罪！他竟然敢渎尸？"

"罪孽，真是罪孽！堕入八层地狱，理所应当！"

"他不像我们，我们从不渎尸！"

"我们是天使，怎么会渎尸呢？我们是天使！呵呵呵……"

"……"

安卿鱼被锁在十字架上，低垂着头颅，看着下方满脸悲悯与神圣的蠕动肉球们，冷笑不已。一群借尸还魂的克系怪物，看样子是真把自己当神圣的天使了……若是说到渎尸，他们的所作所为，才是真正的渎尸！"林……七……夜……"乌列尔的声音再度响起，"犯……杀生……拘魂……渎神……弑神……罪无……可恕……堕……九层地狱！"

在下方肉球们更加兴奋的欢呼声中，被钉在十字架上的林七夜，脸色阴沉无比。但当他听到"拘魂"这两个字的时候，心脏微微抽搐了一下。其他的还好，林七夜承认自己都做过，但拘魂这一点，却只有在利用病院收取护工的时候发生过，乌列尔连拘魂都能说出，是否意味着祂已经察觉到诸神精神病院的存在了？要是让克系众神知道了诸神精神病院的存在……那事情可就真的糟了。林七夜已经和病院内的孙悟空联系上，真要到了迫不得已的时刻，他也只能冒着必死的风险，再度承载他的灵魂。不过这里是地狱，若是他真的这么做了，这次可没有大夏神能再来救他。而且，以乌列尔的力量，再加上身后这两座来自天国的恶魔处刑架，就算他承载了大圣的灵魂，也未必能从中逃脱。窥探完林七夜二人的过去，判决他们的罪孽之后，乌列尔并没有就此停止，而是再度缓缓开口："未……来……罪……"

肉球们激动的声音在山谷内回荡："未来罪——！！"

"未来"？听到这两个字，林七夜和安卿鱼同时一愣。流淌在林七夜二人周围的过去片段凭空消散，与此同时一股神秘的力量笼罩在他们头顶，两条模糊的时间长河，被具象在领域之内。乌列尔眼眶中分裂的猩红虫眼，分别沿着两人的时光长河向下看去，似乎要将他们未来会犯下的罪孽，也尽数窥入眼中。"祂在追溯我们的未来？！"安卿鱼见到这一幕，难以置信地开口。林七夜低垂着头颅，只能用余光瞥着自己头顶不断流淌的时间长河，眼眸之中也满是震惊。在这道领域之内，乌列尔竟然能追溯过去与未来？祂是执掌着时空之力的炽天使？如果是这样，那祂生前该强大到什么地步？林七夜和安卿鱼二人被钉在十字架上，只能被动地看着自己头顶的时光长河不断流逝，一道道模糊的光影闪过其中，他们根本看不清里面发生了什么。"安……卿……鱼……"乌列尔的虫眼注视着安卿鱼头顶的未来，低沉说道，"犯……"

"咦？"祂刚说出一个"犯"字，一道轻咦声便自林七夜头顶的时光长河中，轻飘飘地传出。那声音仿佛来自无穷远处，却又仿佛近在咫尺，当这个声音出现的瞬间，无论是乌列尔、林七夜、安卿鱼，抑或是下方兴奋围观的肉球怨魂们，同时怔在了原地。乌列尔眼眶中，那两团分裂的红色小虫剧烈蠕动，迅速凝结成一整只眼睛，死死地盯着林七夜头顶的时间长河。林七夜的余光之中，一道模糊的身影浮现出来，他站在时间长河中，像是被蒙在磨砂玻璃后的黑影，只能隐约看见一个轮廓。"谁在窥探我……"那声音再度从时间长河中传出，模糊身影抬起手，用力在磨砂玻璃般的时间长河上一敲！"刺啦——"只听一声清脆爆响，过去与未来的屏障竟然被硬生生地敲碎了一角，一个来自未来的身影，缓缓勾勒而出。

1135

被钉在十字架上的林七夜听到这个声音，心神一震！这个声音，他再熟悉不过了……这分明就是自己的声音，只不过与现在的自己相比，似乎更加低沉沙哑。未来的自己，竟然察觉到了乌列尔的窥探，主动出手打破了时间壁垒？！林七夜努力地想要抬起头颅，但在神秘力量的压制下，始终无法看到自己头顶的全貌，只能用余光瞥到一角。在时间长河的另一端，似乎是一座朴素的院落，林七夜能看到院子角落的枫树、养着鲤鱼的池塘，以及石桌上那盘下到一半的围棋……再然后，就是一位站在枫树下，背着双手的人影。碍于角度，林七夜看不清那人的全貌，但从声音来判断，确实是自己没错。"地狱？"那身影眯起双眸，若有所思，"原来如此……"

山谷上空，乌列尔舒张着残破的羽翼，破碎眼眶中那只猩红的眼眸，疯狂地蠕动起来。似乎察觉到形式不对，那只球眼迅速操控乌列尔的尸体，想要将覆盖整片山谷的领域收起，流淌在林七夜和安卿鱼上方的时间长河，也逐渐淡化……就在这时，一道冷哼自时间长河的另一边传出："这神墟既然张开了，能不能收起来，就由不得你了……"枫树之下，那背着双手的身影轻踏地面，一道无形涟漪荡出，穿过了时间长河，直接自林七夜头顶急速扩散，硬生生撑住了正在退去的炽天使领域，就连开始淡化的时间长河，都重新凝实起来！乌列尔脸颊上，那些细密恶嘴中传出的笑声戛然而止，红色小虫疯狂蠕动，流露出惊惧之色。乌列尔，丧失了对这座神墟的掌控权。

林七夜被束缚在黑色十字架上，目睹了乌列尔的神墟被反制的一幕，突然间，他敏锐地察觉到一道目光，从上方遥遥落在了他的身上。是他？他在未来看我？林七夜的上方，除了那条时间长河，再无其他，能够看向他的，也就只有未来的自己。刚才未来的自己反制神墟的这一手，让他震惊无比，虽然他不知道那时的自己已经是什么境界，但是既然能轻松地跨越时间控制住乌列尔的尸体，应该至少是神境才对。不过，自己似乎没有这种反制别人神墟的能力……难道是后续在其他病人身上抽得的新能力？如果不是因为无法抬头，林七夜一定会回头，看一看在未来，自己究竟是什么模样。

就在林七夜犹豫着要不要开口，与未来的自己隔空对话的时候，那站在枫树下的身影双眸一眯，迸发出惊人的杀意！他不知从何处掏出一柄雪白长刀，对着时间长河的另一边，凌空一斩！林七夜认得那柄刀，"斩白"，他再熟悉不过了。但他万万没有想到的是，那身影凌空斩出的这一刀……目标竟然是自己！一抹雪白的刀芒划破空间，越过时间壁垒，径直向着自己的眉心斩来，森然的寒芒涌现在林七夜的眼前，让他的心脏几乎骤停！他想杀我？！未来的自己，想杀我？！林七夜的瞳孔骤然收缩，这一刻，他的大脑一片空白，就连将意识沉入病院中承载孙悟空的灵魂，都忘记了。不光是他，就连被锁在另一座十字架上的安卿鱼见到这一幕，脸色都瞬间巨变。就在那抹刀芒即将洞穿林七夜的眉心，将他的脑袋斩成碎块的时候，一道爆鸣呼啸着回荡在天空，一柄黑色的手术刀洞穿空间，将那抹刀芒凌空击碎！黑色手术刀撞碎刀芒之后，倒飞着落入了林七夜头顶的时间长河之中，消失不见。

"嗯？"站在枫树下的身影眉头一皱，转头向着另外一个方向看去。

林七夜呆呆地凝视着眼前的虚无，后背已经彻底被冷汗浸湿，片刻后才回过神来，朝着那手术刀飞来的方向看去。最终，他的目光落在了另外一座十字架上方的时空长河之中。那是安卿鱼的头顶。朦胧的雾气自时间长河的另一端涌现，一个穿着黑袍、戴着兜帽的身影，静静地站在迷雾之中，如同鬼魅。他微微抬起头，黑色的兜帽下，一张林七夜熟悉而又陌生的面孔，浮现出来。安卿鱼！！他这辈子都不会忘记安卿鱼的脸，但他的气质，与林七夜所熟知的安卿鱼，已经完全不一样了。那张白皙的面孔之上再无腼腆之色，他没有戴眼镜，一双翻滚着灰意的眸子，正漠然地俯视着身下的一切，他的额角有一块刀疤，整个人的气质说不出地阴寒冷峻。他的脚下，同样飘浮着时间壁垒的碎片。那是来自未来的安卿鱼。林七夜的心神狂震。未来的安卿鱼与未来的自己一样，也感知到了乌列尔的窥探，并且出手打破时间壁垒，干预到了现实世界？他是怎么做到的？

未来的安卿鱼淡淡扫了被钉在十字架上的林七夜一眼，最终落在了他头顶时间长河中的那道身影之上。"林七夜，你想自杀？"穿着黑袍的安卿鱼皱了皱眉，沉声道。"……原来是你。"

枫树下，那背着双手的身影见到未来的安卿鱼，声音一顿："我做什么，与你有什么关系？"

听到这段对话，被钉在十字架上的林七夜与安卿鱼，同时愣在了原地。

灰烬在呜咽的风中狂舞，空气突然陷入一片死寂。

"我也没想到，我们再次见面，会是这种形式。"安卿鱼瞥了眼飞在空中的乌列尔，"看来，我还要好好感谢一下尼古拉斯。"不知为何，感受到安卿鱼目光的瞬间，乌列尔瞳孔中蠕动的红色眼球突然一滞，一股莫名的恐惧让这些小虫躁动不安。"你也没想到？"站在枫树下的身影冷声开口，"这个世界上……能超出你预料的事情，应该已经不存在了吧？这是你设下的另一个局？你的目的是什么？"

1136

混沌的迷雾中，安卿鱼那双灰色的眼眸，微微眯起。"是，又怎么样？就算你绞尽脑汁地想要破局，最后不还是被我困在局中了吗？"听到这句话，枫树下的那道身影陷入沉默，背在身后的双手缓缓垂下，一道道微光自他的掌间闪烁而出。他凝视着未来的安卿鱼，森然开口："你莫非以为，隔着时间长河，我就不能杀你？"

"别人或许不行，但对你林七夜而言，没有什么是不可能的……你向来都是这样。"未来的安卿鱼淡淡开口，"跨越时间长河出手，对你，对我，都不是一件好事，我站在这里，也不是来与你战斗的，只是想提醒你一件事情。"

"什么？"那身影平静说道。

未来的安卿鱼凝视着他，一字一顿地开口："你与我的棋局，还没有下完。"话音落下，那双翻滚着灰意的眼眸便缓缓闭起，不再多言。两条时间长河的另一端，两个身影凝视着彼此，短暂地陷入沉默。枫树下的身影双眸微眯，像是在沉思，他的余光像是注意到了什么，微微转头望去。片刻后，那身影冷哼一声，转身便向着院落深处走去。他手掌轻挥，支撑着这两条时间长河的未知领域，逐渐消退淡化，声音悠悠传来："这里的残局，你处理起来应该比我方便。"

随着林七夜头顶的时间长河消散，那身影也消失无踪，现在与未来的联系被彻底切断，只剩下无尽的灰烬在他的头顶飞旋，纷扬着落在他与安卿鱼的身上。被锁在十字架上之后，"天空的吟诗者"也无法动用，两人的身影彻底暴露在了灰烬之中，短短的几分钟时间，已经让他们的身上覆盖一层薄薄的灰纱。一股瘙痒感自林七夜的肌肤表面生出，仿佛有什么东西就快从血肉中钻出来，他的双眸通红无比。林七夜知道这些灰烬落在身上会发生什么，安卿鱼的手只是碰到了一片灰烬就变成那般模样，以现在他接触到灰烬的面积来看，恐怕几分钟后，山谷中那些滚动的肉球，就是他的下场。

见反制自己神墟的那个身影已经离开，乌列尔眼眶中的红色小虫逐渐安静下来，就当祂准备继续审判之时，身形突然僵硬在原地。第二条时间长河，并没有随着祂神墟的回收而消失。朦胧的雾气自第二座十字架上方翻涌，未来的安卿鱼平静地站在雾中，凝视着第一座十字架上方消失的时间长河，漠然的眸中没有丝毫情绪波动。片刻后，他淡淡瞥了眼残破的六翼炽天使，以及下方疯狂滚动的肉球浪潮，低头戴上黑色兜帽，将整个脸庞掩藏在黑暗中，转身向着迷雾中走去。逐渐隐去的背影中，他轻轻抬起右手，凌空一握。"灭。"一个简单的音节自十字架上方传出。下一刻，乌列尔眼眶中那团蠕动的红色小虫，突然全部定格。"砰——"只听一声闷响，那些组成眼球的小虫躯体，如炮仗般接连炸开，黏稠的血液溅出，顺着乌列尔的眼眶流淌。这只眼球消失之后，乌列尔的身形就像失去操控的木偶，无力地坠落在陨石坑之中，扬起滚滚风沙。

失去乌列尔的力量支撑，林七夜和安卿鱼身后的十字架也寸寸崩碎，他们的身形从高空落下，如同流星般砸向下方山谷。"砰——砰——砰！"接连的爆炸声自山谷间传出，那些肥硕扭曲的肉球身形也尽数爆开，在无数痛苦嘶吼声中，一片血色浪潮，急速地在山谷间漫延。血色浪潮在林七夜的眼中急速放大，他强忍着身上的瘙痒，唤起"筋斗云"，一个跟头接住了同样下坠的安卿鱼，两人自血腥恶臭的山谷上空滑翔而过，落在了边缘一座山峰的山腰之上。两人的双脚刚踏上地面，剧痛便自浑身各处传来。林七夜一个跟跄倒在地上，肌肤表面赤红一片，无数红色小虫疯狂破体而出，摔落在大地之上，噼里啪啦地接连爆开。这些，全部都是随着灰烬钻入他体内的虫子。这细密的爆炸声持续了约有半分钟，两人的肌肤才逐渐从赤红恢复原样，之前的瘙痒感已经消失不见，只剩下一片狼藉的虫尸血水顺着山体流淌而下。等到体内的虫子全部死绝之后，林七夜才深吸一口气，虚弱地倚靠着一块巨石，缓缓坐下。

此时，天空中的第二条时间长河已经消失，那披着黑袍戴着兜帽的身影，回到了时间的另一端，林七夜看着眼前陷入死寂的山谷，心中不由得涌现出劫后余生的庆幸。怨魂追杀、天使审判，再加上漫天的灰烬入体……如果不是那两个来自未来的身影出手，他们几乎没有生还的可能。但他心中的疑惑，也前所未有地浓烈。为什么未来的自己想杀我？刚刚未来的自己与未来安卿鱼的对话……又是什么意思？

林七夜转过头，看向坐在另一块巨石上的安卿鱼，后者也正好抬头看他，两人的目光在空中对视，空气突然陷入沉默。许久之后，林七夜才主动开口："卿鱼……"

"我不知道他们在说什么。"不等林七夜发问，安卿鱼便提前摇头，"未来会发生什么，我也不感兴趣……我只知道，我永远是我。"林七夜怔在了原地。片刻后，他无奈地笑了笑，抛去了脑海中纷乱的想法："嗯。"刚刚出现的那两个身影，究竟出自多久之后的未来还未可知，更何况那只是一段短暂的对话，如果仅凭这些，就断章取义地开始怀疑自己的兄弟，那他未免也太多疑了。不管未来如何，林七夜只相信现在自己看到的。

"我已经恢复得差不多了，你呢？"安卿鱼迈着蹒跚的步伐，向林七夜这里移动，身上钻出小虫的血孔，已经在超速再生。林七夜看了眼自己身上密密麻麻的血孔，虽然没有愈合，但已经止住了鲜血，便缓缓站了起来："我没事……先去救人要紧。"

|第五篇|

克 系 神 国

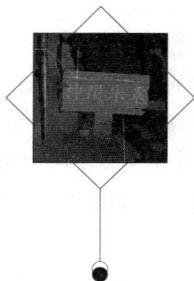

1137

　　林七夜吃过蟠桃，又接受过信仰之力的洗礼，别说只是血肉开了几个小孔，就算是用刀捅几个透心凉出来，只要要害不受伤，都不会有生命危险。林七夜的目光扫过整片死寂的山谷，最终又落在了地狱深处的方向。未来安卿鱼离去前的凌空一握，直接抹杀了山谷附近所有被克苏鲁力量污染的生命，林七夜的精神力感知也随之回归。他扫过周围，确认没有其他怨魂或者炽天使尸体存在，便与安卿鱼立刻动身，向着地狱深处前进。站在峰顶向远处看，林七夜能看到在不远处的天空中，一道似血的光芒从群山之间绽放，无数扇动着黑色羽翼的恶魔，正环绕着那道红芒在空中盘旋。如果林七夜没猜错的话，那便是地狱的最深处。林七夜转过头，正欲对身旁的安卿鱼说些什么，却看到后者正一边急速赶路，一边低头看着脚下飞掠的大地怔怔出神，像是在发呆。在看到他神情的瞬间，林七夜的心微微一颤。这种神情，林七夜再熟悉不过，之前他在帕米尔高原的时候，神情就和现在的安卿鱼一样……焦虑，迷茫，自我怀疑。如果不是经历了守碑之战，恐怕现在的他，依然会被困在这些负面情绪之中。林七夜回想起刚刚与安卿鱼的对话，目光复杂起来。看来，安卿鱼嘴上说着对未来不感兴趣，但内心深处，还是在不断地质疑自己，在担忧自己未来前进的方向。

　　"七夜。"就在这时，安卿鱼回过神来，转头看向林七夜，"刚刚，你看到未来的我的模样了吗？"林七夜一愣。"我的头被神秘力量按住，根本看不到自己的上方，所以只能看到他的一角……从你的角度，应该能看清全貌吧？"

　　看来，安卿鱼和他一样，碍于角度都只能看到对方的未来样貌，而看不清自己头顶的未来。"嗯。"林七夜点头。

　　"他是什么样子？"

林七夜的脑海中，再度浮现出那个披着黑袍、戴着兜帽、站在翻滚迷雾中央的阴寒身影，他不论是看向自己，还是看向安卿鱼本身，目光都不带有丝毫的感情，冰冷而又漠然。林七夜看着安卿鱼那双迷茫的眼睛，迟疑了片刻，轻笑道："你披着深红色的斗篷站在迷雾里，斗篷的边缘有些破烂，像是刚经历过战斗，脸上没有戴眼镜，除了气质比现在更加深沉一些，好像没什么变化。"

林七夜撒谎了。如果让现在的安卿鱼知道真相，只怕心中的迷茫与自我质疑会更加严重，就当初的自己一样，钻入死胡同。他将未来的安卿鱼描绘成和现在差不多的模样，就是为了减轻对未来自己的道路的质疑，稳住心境。

"没什么变化？"听到这几个字，安卿鱼眼眸中的迷茫，明显消散了些许，若有所思地点点头，"那就好……"

"那我呢？"林七夜顺着这个话题问道，"从你的角度看，未来的我是什么样的？"对于未来的自己会变成什么样，林七夜心中也难免有些好奇。安卿鱼张开嘴，停顿了片刻，说道："你在一片院子里，院子里有花，有树，有池塘，你站在枫树下，也披着深红色的斗篷，看起来很精神，实力远比现在要强。"

林七夜简要脑补了一下未来自己的形象，微微点头。看来，未来的自己混得还算不错？

有"凡尘神域"的精神力感知，两人一边避开天空中的恶魔一边前进，并不是什么难事，随着时间的流逝，那道刺目的红芒离两人也越发近了。

"我们已经接近地狱深处了。"林七夜沉声道，"再往前，恶魔的分布就太密集了，我们很难绕过去。"

"如果探索船是通过缺口才进入地狱的，那它沉船的位置，应该就离缺口不远。拽哥在船上遇袭逃生，在恶魔这么密集的地方，应该不会硬闯离开，而是选择一个相对安全的视觉死角藏身……或许是较深的地缝，或者是山洞、山涧这种地方。"安卿鱼推了推眼镜，冷静地分析道，"还有，在江洱最后的通话中，提到了水中有熔岩流淌，所以他们附近一定有带有熔岩的断山。"

"……我知道了。"林七夜从一座山峰的巨石后探出身体，目光扫过周围，很快就锁定了不远处一片连绵的矮小山脉。其中几座山脉的山口处，不断有赤色的熔岩流淌出来，顺着破碎的山体流入山脚下的水域，冒出一团团白雾。"应该就在那儿。"林七夜二人迅速动身，朝着那片山脉的方向前进，每当有恶魔飞过头顶，他们便遁入虚空中，很快便抵达了山脉附近。林七夜闭上眼睛，仔细感知了片刻。"找到了！"他睁开眼，双眸闪烁着光芒，看向其中一座山的山腰处，"是拽哥！他藏在一处山洞里！"

死寂的山洞中，一道虚空裂缝凭空打开，两道披着深红斗篷的身影飞快掠出。

"拽哥！"林七夜看到倚靠在墙边、一动不动的沈青竹，瞳孔骤然收缩。只见沈青竹双眸闭起，脸色苍白无比，一片汪洋血泊在他身下漫延，浸染了大半个山洞地面。林七夜飞快地跑上前，试探了一下沈青竹的鼻息，脸色瞬间难看起来。他怔怔地看着眼前这具冰冷的尸体，整个人呆在原地。安卿鱼注视着坐倒在地的沈青竹，眸中闪过一抹灰意，确认他的体内已经没有丝毫生机之后，双拳控制不住地紧攥起来。"怎么样……"

林七夜僵硬地转过头，看向安卿鱼的眼眸中，闪过一抹希冀，他希望是自己感知错了，他希望安卿鱼能给他一个不一样的答案。安卿鱼的眼中浮现出苦涩，他轻轻摇头："我们来晚了……"整个山洞，陷入一片死寂，浓郁的血腥味中，唯有山洞外的寒风呜呜作响。

1138

一片沉寂之中，一抹黑芒自沈青竹的胸膛闪过。淡淡的道晕自他的体内荡出，一股玄妙无上的气息涌现在山洞之内，林七夜和安卿鱼同时一愣，下意识后退了数步。"扑通——扑通——"寂静的山洞之内，沉重的心跳声再度响起，一抹道晕自沈青竹胸膛染遍他的全身，近乎干涸的血液重新流淌起来，那只已经冰冷的半截断掌，也开始以肉眼可见的速度复原。他的生机，在复苏。

"这是什么情况？"林七夜眸中的通红尚未褪去，不解地问道。

"那枚玉佩在替拽哥重组身体。"安卿鱼的眼眸逐渐亮起，"他要复活了！"

随着道晕的激荡，沈青竹的身体终于恢复完整，苍白的肌肤重新浮现出血色，睫毛轻颤，那双紧闭的眼眸缓缓睁开了。死而复生的沈青竹，怔怔地凝视了眼前的两人片刻，才回过神来。"是你们？"

"拽哥！"林七夜飞快地跑上前，双手抱住沈青竹的肩膀，精神力迅速扫过他的身体，确认再也没有伤口之后，脸上写满了激动与喜悦，"你没事？"

沈青竹茫然地低头，看向自己已经愈合的手掌："我刚刚……"

"你刚刚死了。"安卿鱼补充道，"我确认过，你的体内应该没有任何生机才对。"

沈青竹想起了什么，伸手从怀中掏出了一枚黑色的玉佩放在掌间，神情复杂无比。"离开天庭之前，胖胖给了我一枚玉佩，说能够让人死而复生……多亏了这东西，我才能活过来。"

"能够让人死而复生的宝物？"林七夜疑惑地开口，"他什么时候有这种东西的？"

"不知道。"沈青竹看着这枚玉佩，苦涩一笑，"看来，我又欠这小胖子一条命。"沈青竹从地上站起，简单地活动了一下身体，身上所有的伤势都已经消失，和没有受伤之前没什么区别，行动也十分轻盈。

"拽哥，我们走了之后，到底发生了什么？"林七夜开口问道。

沈青竹沉默片刻，长叹了一口气："你们走了之后，探索船就在海上随波漂流，后来我听见天空中传出两道巨响，然后周围的洋流轨迹就发生变动，等我反应过来的时候，船已经开到了一片狭窄的河道之中。我本来打算找地方掉转船头出去，没想到突然有一条巨蟒从血色水流中游出，顶碎了船的龙骨，又咬穿了我的身体，叼着我在山峰中游走。殊死搏杀之后，我杀掉了那条巨蟒，但身上伤势太重，再加上天空还有那些长着黑翅膀的怪物盘旋，所以只能暂时找个山洞藏身，我靠在这里之后，就慢慢失去意识……醒过来的时候，就看到你们了。"

果然是顺着地狱的缺口来到这里的……林七夜点了点头。

"拽哥，沉船的地方在哪里？"安卿鱼郑重地问道。

沈青竹思索片刻，指了一个方向："我被巨蟒叼着游走过许多山峰，所以具体的位置也记不太清，不过大致是在这个方向，应该在十几公里之外。"

"那座缺口呢？"

"也在那附近。"

林七夜点点头："好，那我们去救出江洱，然后直接顺着缺口离开这里。"

林七夜站在山洞边缘，向外看了一眼："外面的恶魔数量很多，我走前面，拽哥……"林七夜顿了顿，"拽哥走中间，卿鱼坐镇最后，一旦有什么发现，及时通知我。"

对三人"一"字前进的这种阵形来说，最前面的人冒的风险最大，其次便是缀在最后的人，越是在中间，就越是安全。以前缀在队伍最后的一直都是沈青竹，但现在情况特殊，安卿鱼在这里的本就只是一个分身，由他坐镇最后就算发生什么意外，也不会危及性命，是最合适的收尾人选。相对而言，沈青竹更易受伤，由他走在中间合情合理，林七夜知道这么做可能会让沈青竹心中的无力感增强，但现在不是计较这些的时候。刚刚他目睹了沈青竹的死亡，作为队长，他决不能让沈青竹再去冒险。失去队友的感觉，他不想再体会第二次。

听到林七夜的安排，沈青竹的身体微微一顿，沉默地点头之后，安静地服从命令走在中间，紧跟着林七夜走了出去。

"你们有没有觉得，下的灰烬好像变少了？"安卿鱼透过沈青竹撑起的空气屏障，观察天空，若有所思地开口。

"也许是要结束了，毕竟这些灰烬肯定不是无穷无尽的，否则换个地方天天这么下，恐怕整个地球都要沦陷了。"

"也是……"

由于三个人的目标较大，所以这次林七夜走得更加小心，足足走了近半个小时，才走完一半的路程。不过随着他们的深入，地狱深处那个散发着红芒的神秘区域，也逐渐进入三人的视野。三人透过山峰的间隙，向着最核心的区域看去，只见一个湖泊大小的血池，正静静地躺在周围连绵的山峰之间，那些灰烬落入血池之中，很快便被吞没，仿佛从未出现过一般。而在血池的中央，一颗黑晶般的碎片，正在浮沉。无数血丝自血池中延伸而出，攀附在黑晶表面，像是血管般蠕动，成百上千的恶魔盘旋在血池上方，仿佛一片黑压压的乌云。沈青竹和安卿鱼在看到那颗黑晶的瞬间，目光就像被吸住了般，根本无法挪开。一股前所未有的渴望，涌现在他们的心头。一双手掌同时拍在了他们两人的后颈，他们才大梦初醒般回过神，不知何时，后背已经被冷汗浸湿。

"那是什么东西？"安卿鱼刻意地将目光锁定在黑晶边缘，用余光观察它，不解地问道。

"那是本源。"林七夜注视着那颗黑晶，缓缓开口，"地狱的……本源。"

1139

"地狱本源"？听到这四个字，沈青竹与安卿鱼同时一怔。虽然早就听闻过本源的神奇，但这还是他们第一次亲眼看到本源，也是第一次感受到，本源对于人类无法抵抗的诱惑之力。在来的船上，他们就听米迦勒说过，曾经有一位堕天使斩下天国本源的一角，将其污染成地狱本源，作为地狱立根之本，原来就是血池上方的那颗黑晶？

"差点被迷惑住心神……七夜，你为什么没事？"安卿鱼见林七夜丝毫不为地狱本源所动，疑惑地问道。

"我体质比较特殊。"林七夜平静地说道，已经被黑夜本源改造过身体的他，天然地杜绝其他任何形式的本源影响，不会被诱惑。

安卿鱼与沈青竹对视一眼："变态……"

就在两人说话之际，一颗颗肥硕的肉球自血池对面的大地之上，蹒跚着翻滚过来，尖锐诡异的笑声重叠在一起，他们排着队，接连踏入血池之中。他们的身体像是沉重的巨石，一个接着一个沉入池底，消失不见。

"他们在干吗？自杀吗？"沈青竹看着这一幕，不解地开口。

"不知道。"林七夜若有所思，"不过，虽然这些肉球行动起来向来癫狂无序，但在进入血池这件事上，异常地统一，就像是有人在幕后操控他们这么做一样。"

安卿鱼抬起头，看了眼天空中逐渐消失的灰烬，喃喃自语："难道这座血池，才是他们的真实目标？"

"走吧，趁所有恶魔的注意力都不在这里，我们抓紧时间。"

林七夜感知了一下周围的情况，迅速挑选出一条安全的路径，带着两人接连翻过几座山峰。"沙沙沙沙……"微弱的电流声自安卿鱼腰间的蓝牙音响传出，安卿鱼一怔，抬头看了眼天空，不知何时，那些下落的灰烬都消失不见，天空中那道狰狞的裂缝，就像是伤口般在逐渐愈合。污染着整个天国与地狱的灰烬之雪，终于停了。安卿鱼迅速地将蓝牙音响拿在手中，压低了声音开口："江洱，江洱？听得见吗？"

"沙沙沙沙……听得见，信号恢复了。"江洱欣喜的声音自音响中传出，安卿鱼终于松了一口气。

"我找到沉船和江洱的位置了。"林七夜眼眸一凝，迅速锁定了其中一座流淌着水域的山峰。三人走到那座山峰之下，低头俯视着下方湍急的水流，林七夜伸手指出一个位置，一道道无形丝线便自安卿鱼袖中飞出，没入水中。"哗——"片刻后，随着安卿鱼手腕一翻，一口黑棺便自水流中飞出，在丝线的牵引下落在了他的身边。安卿鱼用手摩擦着棺材板，确认没有裂纹与伤痕之后，再度开口："江洱，你没事吧？"

"我没事。"一个穿着白裙的少女自棺中飞出，飘浮在半空，笑道，"你给我做的棺材太结实了，连熔岩都侵蚀不开。"

见到眼前的少女，安卿鱼眸中残余的阴郁与迷茫一扫而空，他微微一笑，说道："光是结实，也不太够……毕竟你只是磁场，无法搬动自己的棺材，一旦没有人带着你的棺材行动，它就会变成束缚你的囚笼。这次事件算是给我提了个醒，回去之后，我想办法再给你改一改，看能不能解决这个问题。"

"簌——簌——簌——"接连的呼啸声自不远处的地狱核心传来，打断了众人的交谈，几人转头望去，只见无数生长着黑色双翼，状似肉球的肥硕身影自红芒中冲天而起！

"是那些怨魂？"在看到这些长着黑色双翼的身影飞上天空的瞬间，林七夜立刻联想到了那一个接一个沉入血池的肉球怨魂。虽然从外形上来看，他们已经几乎没有了那些恶心狰狞的肉球器官，而是更接近于恶魔，但他们身上那此起彼伏的狞笑声，还是暴露了他们的本体。在林七夜原本的感知中，那些怨魂身上并没有境界波动，但此刻长出黑色双翼，外形大变之后，竟然清一色地变成"无量"级别！随着成百上千的怨魂恶魔狞笑着飞上天空，加入恶魔盘旋的队伍，那些黑色的身影仿佛一团乌云，乌泱泱地扩散了将近一半的面积。与此同时，还接连不断地有怨魂沉入血池之中。看到这一幕，安卿鱼像是明白了什么，脸色一沉："他们在利用那个血池，批量制造恶魔？"

听到这句话，林七夜也反应了过来，眉头紧紧皱起："这就是奥丁躲在地狱的真实意图？"

"什么意思？"江洱疑惑地问道。

"在奥丁暴露之前，他还是阿斯加德的众神之王，拥有调动阿斯加德众神的权力，一座神国的战力给他做后盾，能给他带来极大的神益。但真相被我大夏道德天尊揭开之后，他就只能被迫离开阿斯加德，同时失去了神国的力量，也就是说在明面上，现在奥丁只是凭借着一个至高神的战斗力，单枪匹马地替月亮上的克苏鲁众神办事，这对他而言太被动了。"林七夜沉声继续分析道，"没有神国助力，他便想自己制造出一批不输神国的战力。所以，他就盯上了天国与地狱，这两座早在无数岁月之前就遗落的神国。这两座神国位置极其隐蔽，也几乎不会有神明涉足，最重要的是，这里有大量在无数岁月前战死的天使与恶魔的尸体。奥丁与克苏鲁众神应该进行了某种形式上的沟通，想利用那些灰烬，来操控天使与恶魔的尸体，只不过他还没完全准备好，就遇上了和我们一起来到这里的米迦勒。被米迦勒发现之后，他迫不得已，只能自己引走米迦勒，然后提前撒下这场灰烬之雪。污染了怨魂之后，再通过地狱本源对他们进行提升，这样便能获得大量神境以下的炮灰战力。再加上被灰烬操控的炽天使与堕天使的尸体，他便能获得数位对应主神级别的高阶战力。这哪里是什么遗落的神国？这分明就是奥丁为自己与克苏鲁众神准备的……克系神国雏形！"

1140

众人的脸色顿时凝重起来。原本他们看到怨魂化作恶魔的一幕，还没有联想太多，但听林七夜这么一分析，便察觉到了这两座遗落神国背后恐怖的阴谋。

"那我们该怎么做？"沈青竹皱眉开口。

安卿鱼推了推眼镜，说道："眼下最稳妥的方法，就是急速赶回大夏，通知天庭这里的事情，让他们动用天庭本源直接毁掉地狱本源，将克系神国的雏形彻底扼杀在摇篮中。奥丁主动引走了米迦勒，但不知道我们的存在，所以从他的角度，只要一直拖住米迦勒，这座神国就不会暴露，他不会想到，还有人发现了这里的秘密并通知了大夏天庭。"

"没错。"林七夜点头赞同，"这是最好的方法……甚至天庭众神可以先不急着毁掉这座神国，而是藏在暗中，等到奥丁主动送上门，将他也一起就地格杀。"

"但我有一点，还是不太理解。"安卿鱼低头沉思。

"什么？"

"打造地球上的克系神国雏形这件事，对克苏鲁众神来说，应该相当重要……他们真的敢就这么敞开两座神国，不怕有别人误闯，然后发现这里的秘密吗？"

"可是，天国不是已经封闭了吗？"江洱问道。

"天国确实已经被封闭了，但地狱呢？"安卿鱼说道，"你们别忘了，奥丁就是从地狱的缺口进来的，他能知道入口，世界上其他神国就没有人知道吗？而且你看拽哥，他不就是坐在船上，顺着洋流漂进来了吗？克系神国一旦暴露，必然会引来整个地球所有神国的围剿，所以隐蔽性是最重要的，月亮上的那些东西，会放任这样的漏洞出现？"安卿鱼的接连反问，将在场的众人都问住了，林七夜沉思许久，抬头看了眼天空。天空中，那道不断洒落灰烬的裂缝，已经近乎完全愈合。他像是想到了什么，脸色一变："不好！我们快去缺口！"他二话不说，带着众人迅速地向着沈青竹指出的缺口位置飞驰。

众人沿着山峡，以惊人的速度向前行进，刚飞出数公里，在队伍末尾的安卿鱼脸色微变，转头看向身后。"有什么东西在窥探我们。"

"有吗？"江洱自棺材中飘出，环顾四周，"但是那些恶魔并没有追上来啊？"

"不是恶魔。"飞在队伍最前端的林七夜沉声开口，"是地狱。"

"地狱？"

"这座地狱，在看我们。"

林七夜的目光看向山峡两侧的高峰，与此同时，众人脚下的大地微微震颤起来！覆盖在大地与山体表面如积雪般的灰烬，在这震动中纷扬着抖落，原本遍布沟壑的褐色大地之上，不知何时已经长满了硕大的肉瘤！从拳头大小，到房屋大小，这些肉瘤像是从地里长出来的果实，几乎布满了地狱的每一个角落，其中几颗肉球从中央裂开，大量的红色小虫组成一只只猩红眼球，正迅速地转动。山峡两岸，顷刻间便有数十只大小不同的猩红虫眼，锁定了飞在水域上空的林七夜等人。看到这些虫眼的瞬间，其他人像是想到了什么，神情骤变！

"这座地狱活过来了？！"

"我早该想到的。"林七夜眉头紧锁着说道，"那些灰烬，可以污染活着的人体，也可以污染包括尸体在内的死物，在这场大雪般的灰烬中，受到最大影响的并不是那些恶魔天使的尸体，或者是怨魂，而是地狱与天国本身！克系众神想要的从来不是一个固定不动、死板累赘的神国，它们想要的，是一个活着的神国！只要用这些灰烬堆积在地狱与天国之上，就能将其污染成受克系众神控制的活物，只有这样，这座神国才能绝对不会被其他神国发现！"林七夜一边说着，一边掠过水域上空，最终在水域尽头的一座断崖瀑布前停下身形。这座断崖约有数公里高，奔腾的血色水流从断崖上方涌下，发出雷鸣般的声响，飞溅的水珠四下散开，林七夜的脸色阴沉无比。

"缺口呢？"安卿鱼看向沈青竹。

"本来就在这附近。"沈青竹的表情前所未有地严肃，"探索船就是从这道瀑布前面流进来的，我们刚刚来的路上，应该能看到才对。"

"是我们看漏了？"江洱问道。

"不……我们没有看漏。"林七夜缓缓摇头，"是它自己愈合了。"林七夜伸出手，指向深红色的天空，"还记得我说的吗？这座神国在灰烬的污染下，活过来了，它就像一个巨大无比的肉球，而我们现在就在这只肉球的内部。既然是活物，它就具备着愈合伤口的能力，之前天空中洒落灰烬的那道裂缝，就是被它自我愈合的。地狱通往外界的缺口本就不大，对它而言，就像是拇指上破了一个伤口，很快就能彻底恢复……"

"没有了缺口，我们还怎么出去？"

江洱的声音自蓝牙音响中传来，林七夜和安卿鱼同时陷入沉默。

轰鸣的瀑布坠落声中，林七夜苦涩地开口："我们……出不去了。"

天国早在灰烬刚刚落下的时候，就被彻底封锁，地狱的缺口也在自身被污染之后，迅速地愈合，眼下天国与地狱已经彻底成为克系众神蕴养的活物，所有离开的通道，都被切断了。现在，才是真正的天国无路，地狱无门。安卿鱼的双手紧紧攥拳，脸上写满了不甘。他们好不容易才从天国穿过地狱，已经走到了这一步，最后居然还是被克系众神困在这里。不仅如此，天国与地狱变成活物之后，很可能具备了自由移动的能力，也就是说这两座神国很可能已不在他们进来的那片海域，就算米迦勒脱身回归，那片海域也空空荡荡了。出去的路都被彻底封死，也没有人能救他们，他们彻底沦陷在这个克系神明准备的神国培养皿之中。在林七夜的指挥下，众人先在瀑布后的断崖表面找到了一座隐秘的山洞藏身。由于水流的阻碍，这里一直没有灰烬飘入，林七夜也没有感知到肉瘤的存在，应该是一处相对安全的地方。

"一定还有别的方法。"安卿鱼深吸一口气，认真地思索起来，"既然没有出去的路，我们能不能自己开辟一条？"

1141

"不太可能。"林七夜摇头，"神国的屏障别说是我们，就算是神明，也不是那么容易打破的，更何况这座神国已经变成了活物，就算我们打开一道缺口，它也会很快愈合。"

"那或许，我们可以再回天国看看？天国那么大，万一有能出去的地方呢？"江洱试探性地开口。

"我们费了这么大功夫，才从天国穿过地狱，现在再回去不现实。"

"我觉得……"

就在众人讨论着离开的方法的时候，林七夜沉思片刻，默默地将意识沉入了脑海中的诸神精神病院中。

林七夜穿着白大褂，快速从院长办公室走出。

"七夜，早啊？"正在门口晒太阳的李毅飞见此，笑着打招呼。

"耶兰得在哪儿？"林七夜没有时间跟他扯皮，当即直入主题。

"他？他一个人在病院的楼顶。"

"在楼顶？干吗？"

"不知道啊，这老头从病房出来之后，每天就站在那儿，饭也不吃，觉也不睡，我每次大半夜起来上厕所看到他穿着一身白衣服站在那儿，都要被吓一跳。"李毅飞忍不住吐槽。

林七夜皱了皱眉："好，我知道了。"他转身快步向着楼梯走去。这两天他一直在迷雾中执行任务，都没进诸神精神病院内看过，虽然他对耶兰得的行为有些疑惑，但现在已经不是细想这些事情的时候。耶兰得乃是天国之主，同时也是毁灭了地狱的存在，在这个世界上，应该没有人比他更了解这两个地方才对，想要找到离开的方法，问他应该是最有用的……吧？林七夜冲上住院部的楼顶，只见一个以白云作衣的老人，正静静地站在楼顶的围栏边，低头俯瞰着脚下的病院，像是尊石雕般一动不动。

"耶兰得阁下！"林七夜开口喊了一声，那老人依然在俯瞰脚下，像是没有听到般。林七夜只好走到他的身边，再度开口："耶兰得阁下？"

围栏后的耶兰得缓缓转头，那双满是慈爱与怜悯的眼眸，凝视着林七夜的眼睛，温和的嗓音响起："你做得很好，孩子。"

林七夜短暂的无语之后，再度开口尝试："耶兰得阁下，天国和地狱都已经被克苏鲁众神污染，变成了活物，我现在被困在地狱瀑布的山洞之中，没办法离开，您知不知道还有别的方法能出去？"

"你做得很好，孩子。"

"耶兰得阁下，现在的情况真的很危急，您如果不能说话的话，给我一个暗示也好啊？"

"你做得很好，孩子。"

"您听得懂我在说什么吗？"

"你做得很好，孩子。"

那张满是慈爱的老人面孔，机械地重复着这一句话。林七夜双拳紧攥，一拳砸在了身旁的围栏上，脸色难看无比。以耶兰得现在的病情，根本无法交流，林七夜最后的希望，也在这一声声"你做得很好，孩子"中，彻底破灭。"该死……"

就在林七夜焦急之际，两道身影从楼梯缓缓走上来。林七夜转头望去，只见一只披着破碎袈裟的古猿和一位披着灰袍的男人已经站在了他的身后。

"猴哥？吉尔伽美什？"见到这两个身影，林七夜微微一愣，"你们怎么在这儿？"

"本来我们正准备打架，听到你在这儿砸围栏，就顺路上来看看。"孙悟空眉头微皱，"发生什么了？"

林七夜怔怔地看着眼前两人，脸上浮现出一抹苦涩，他简单地将事情的经过说了一遍。

"被封锁的神国……"孙悟空喃喃自语，他沉默片刻，转头看向身旁的吉尔伽美什。

"本王不懂这些。"吉尔伽美什摇头，淡淡说道。

"……好吧。"林七夜叹了口气，转身正欲离开，孙悟空却突然开口："或许，你可以从本源身上入手。"听到这句话，林七夜停下脚步，疑惑地转头望去。"虽然我不懂什么天国地狱，也不知道你说的灰烬是什么东西，但我知道，神系本源是承载着神国的基础，也是控制神国的中枢，就像天庭的本源，一旦碎裂之后，天庭本身也会随之崩塌。"孙悟空脑海中浮现出当年天尊拍碎天庭本源的情景，停顿了片刻，继续说道，"从你的描述上来看，那些灰烬只是暂时掌控了地狱的大地与外侧空间，应该没有污染到地狱本源。本源这东西很奇妙，一旦被污染，就无法维持原有的力量，也就不可能做到你说的量产恶魔。如果是这样的话，你们如果能打碎天国本源或者地狱本源中的任何一个，那神国就会土崩瓦解，无论那些灰烬污染了什么，都无法阻止这一切的发生。"

林七夜的眼神逐渐明亮起来！天国本源当年就被耶兰得带上了月亮，根本不可能打破，但地狱本源林七夜可是知道在哪里的，只要能将其打破，那不仅能寻到出路，这座克系神国的雏形也会随之崩溃。"不过……"孙悟空再度开口，打断了林七夜的喜悦，"不过，神系本源，可不是这么容易被摧毁的，据我所知，只有本源才能摧毁本源。"

"我有本源！"林七夜联想到倪克斯离开前给他留下的黑夜本源，立刻说道。

"你的那个，属于自然本源，而非神系本源。"孙悟空摇头说道，"我只知道，神系本源可以摧毁神系本源，但自然本源能不能做到……我也不清楚。"

林七夜陷入沉默。"……我知道了，谢谢猴哥。"林七夜深吸一口气，对着孙悟空深鞠一躬，转身便离开了诸神精神病院。黑夜本源能否摧毁地狱本源，确实是一个未知数，但对林七夜等人来说，这或许是唯一的出路。如果想不到别的离开的方法，他们也只能冒这个风险了。

1142

山洞内。

"这个方法也不行……"安卿鱼再度否决了一个提案之后，整个山洞都陷入了沉默。

"难道，我们只能在这儿等死吗？"沈青竹眉头紧皱，沉声说道，"要真是这样，我们还不如冲出去和那些怪物拼了，至少在死前，还能再杀一些天使恶魔，给未来的大夏减轻压力。"

"不。"声音自山洞的角落传来，坐在一旁的林七夜缓缓睁开双眸，"至少现在，我们还没走到那一步。"林七夜将孙悟空的话重复了一遍，众人的眼眸中，逐渐浮现出一抹希望之色。"这个方法的风险很大，谁也不知道，我的黑夜本源能不能摧毁地狱本源，但从目前的情况来说，这是我们唯一的选择。"

"我觉得可行。"沈青竹说道，"要是失败了，大不了就跟那些怪物同归于尽；但要是成功……我们不仅能离开，还能毁掉这座克系神国，直接替地球抹掉这个隐患，这很划算。"

安卿鱼认真思索片刻，叹了口气："我们已经没有别的选择了，只能赌一把。"

"我也没意见。"江洱点头。

见众人没有异议，林七夜郑重地点了点头："地狱本源附近的恶魔太多，我们不能贸然动手，要先想办法制造一个能够接近本源的机会……"

轰鸣的瀑布声中，林七夜几人坐在山洞内，压低了声音，认真地谋划着什么。

地狱最深处。层峦的山峰一角，林七夜四人藏身在一块巨石下方，黑压压的恶魔如乌云般在空中盘旋，粗略望去，至少有三千只。在血池的边缘，一只又一只背着黑翼的恶魔冲天而起，融入天空中的黑云之中。

"咯咯咯咯……"

"叽叽叽叽……"

"呵呵呵呵……"

接连不断的诡异笑声自血池边缘传来，无数肉球怨魂在距离林七夜等人不超过一公里的地方，排着队沉入血池之中。林七夜等人现在的位置，已经是在不被盘旋的恶魔们发现的情况下，所能抵达的离地狱本源最近的地方。林七夜凝望着那颗在血池中沉浮的黑晶片刻，转过头看向身后众人。"如果计划失败的话，这可能就是我们的最后一战了……"林七夜犹豫片刻，还是开口说道，"你们真的准备好了吗？"

安卿鱼、江洱、沈青竹三人对视一眼，微微一笑。

"没什么好准备的，倒不如说，从加入'夜幕'的那一刻起，就已经在等待着这一天。"沈青竹平静地开口，"既然敢当特殊小队的队员，这点觉悟总是要有的。"

林七夜听到这句话，无奈地笑了起来。"那我开始了。"

林七夜伸出手，在脚下的大地上轻轻一按，数道绚烂的魔法阵接连亮起！"嗖——"一道红色的龙影振动双翅率先飞上天空，紧接着，便是一道雪白的龙影！前者是病院内的护工，炎脉地龙红颜；而后者，则是林七夜通过次元召唤唤来的冰霜巨龙。这两条龙同时飞到深红色的天穹之下，火焰与冰霜将天空染成热、冷两极，两道雷鸣般的龙啸回荡在黑压压的恶魔之中，浩荡龙威瞬间吸引了所有恶魔的注意力。红颜与冰霜巨龙在黑云上空喷了数口龙息之后，便向着两个截然不同的方向飞驰而去，血池上空盘旋的恶魔如临大敌，立刻分出了半数的黑翼恶魔，杀向那两条巨龙！"还不够……"林七夜凝视着天空中剩下的恶魔数量，喃喃自语一声。随着精神力快速消耗，密密麻麻的魔法阵在天空中张开，雪女、灰雀、旺财等擅长速度的护工接连从中飞出，各自牵制住一拨恶魔，向着远离血池的方向引去。尤其是旺财，这只披着燕尾服的哈巴狗只是对着黑云扭了几下屁股，立刻就有八九百只恶魔疾驰而出，那一双双血色虫眼狰狞地盯着它，仿佛想将其碎尸万段。等到林七夜将有能力引走恶魔的护工全部召唤完毕，脸色已经开始泛白，而此时，天空中还剩下了数十只恶魔留守。看样子，这些应该是守护血池的核心梯队，无论再有谁来勾引，都无法将它们骗走。

　　"时间不多了，我们杀过去！"林七夜的眸中闪过一抹狠色，身形化作一道黑色闪电划出，安卿鱼等人早就等待多时，第一时间紧跟其后！一公里的距离，对林七夜等人来说几乎可以看作没有，唯一的问题在于，血池边缘还有大量肉球怨魂排队入池，像是一堵肉墙，拦住了他们的去路。林七夜反手握住天丛云剑，将其飞旋甩出，一抹金色光芒闪过，在"奇迹"的加持下，这柄剑好巧不巧地划过一道长弧，一口气斩碎了四只怨魂的躯体，硬生生杀出了一道缺口。四道残影冲过肉球怨魂，安卿鱼一步踏出，踩在翻涌的血池表面，顿时铺上了一条冰霜之路，直指池中央浮沉的黑晶！

　　与此同时，盘旋在空中的几十只恶魔，也察觉到了林七夜等人的意图，黑翼连振，飞快地向他们俯冲！林七夜冲在最前方，眼眸死死地盯着越来越近的那块黑晶，大喊道："拦住它们！！"沈青竹、安卿鱼、江洱三人凌空一跃，护着笔直前进的林七夜，直接迎面撞向那数十只恶魔！护工们能够引走大规模恶魔的时间有限，一旦地狱本源这里打起来，那些被引走的恶魔很快就会发现不对，放弃追杀护工，转而急速向这里回防。对林七夜而言，一分一秒的时间都不能浪费，他也绝不能被那些恶魔拖住。他的目标，只有那颗黑晶！安卿鱼从怀中掏出一个头骨，将精神力疯狂灌入其中，猩红的光芒从头骨眼眶中散发，紧接着，那半截鲜红的舌头颤动起来。一道若隐若现的歌声，自头骨中飘出。沈青竹抬手打了个响指，那歌声便被压缩的空气收束，扩音无数倍之后，对着天空飞来的恶魔们奔涌过去！

1143

　　"挽歌"。这件百里家危险级别最高的禁物，安卿鱼一共也没拿出来过几次。一方面是因为并不是时刻都有沈青竹在身边收束空气，防止误伤；另一方面则是因为这件禁物只有在面对海量敌人之时，才能发挥出真正的作用。

　　随着"挽歌"的传出，前排俯冲而下的恶魔身体开始逐渐沙化，就连身后的黑翼，都变得千疮百孔。失去了黑翼的扇动，恶魔飞行速度明显有所下降，也就是这短暂的延缓，让林七夜急速闪过了血池上空的封锁线。周身卷起的狂风将两侧的血色池水掀起，那道深红色的身影穿过水幕，踏在了黑晶前的冰面之上！林七夜的双眸中，清晰地浮现出黑晶的倒影。这枚黑晶大约拳头大小，边缘似乎有些微小的裂痕，像是从什么地方掰下来的一般，黑晶周围流淌着纯粹的黑暗，核心却如玻璃般剔透，令人看一眼就挪不开眼睛。但林七夜此刻，丝毫没有欣赏它的意思。他的眼眸中，迸发出刺目的金芒，右手高高抬起，一抹极致的黑暗自林七夜的心脏流淌到掌心，凝聚成一个黑色的球体。这个黑色球体出现的瞬间，夜色便如潮水般自林七夜漫延，顷刻间浸染了大半的血池，就连深红色的天空都以肉眼可见的速度暗淡下来。这一刻，仿佛世间的黑夜，尽被浓缩在林七夜的掌间。

这是林七夜第一次将黑夜本源逼出体外，因为这么做实在太危险了。一来黑夜本源的气息很容易引起别的神明觊觎；二来则是因为这枚本源之上，已经长出了属于林七夜的黑夜能力分支，一旦本源受损，包括"夜色闪烁"、"夜空降临"，以及"裂星术"在内的这些延伸能力，全都会消失。但现在，林七夜已经顾不了这么多。他将黑夜本源握在掌间，眸中闪过一抹狠色，重重地将其砸向黑晶！"铛——"黑夜本源与地狱本源碰撞的瞬间，一道巨响传出，整座血池都像喷泉般，被震起数米之高，天空中的恶魔以及安卿鱼众人同时倒卷近百米，险些一头栽倒在血池之中。距离碰撞点最近的林七夜，更是直接喷出一口鲜血，如断了线的风筝一头栽进了血池之中。就在身体即将触碰到血池的瞬间，林七夜强忍着剧痛，身形化作一道夜色消失在原地。下一刻，他再度闪烁回黑晶旁边。林七夜抹去嘴角的鲜血，脸色苍白无比，他顾不得脑海中撕裂般的疼痛，定睛向黑晶表面看去。两道本源碰撞之后，黑晶表面没有任何损伤，就连一道划痕都不曾留下，而林七夜掌间的黑色球体，同样如此。是力道不够？林七夜紧咬牙关，深吸一口气，再度举起了手中的黑夜本源。"力拔山兮气盖世！"林七夜大喝一声，将手中的黑夜本源再度砸落！"铛——"一场比之前更加恐怖的风暴席卷，直接将林七夜的身体，震飞至血池之外，同样被震走的，还有天空中的恶魔以及安卿鱼等人。两道本源相互挤压，排斥之下，一道恐怖的血色漩涡在黑晶下方卷起。

林七夜摇摇晃晃地从地上爬起，右手手臂已经断裂，他头晕目眩地看向远方，只见黑压压的恶魔大军，已经回到了地狱核心上空，气势汹汹地向他们飞来！林七夜双眸通红，攥紧手中的黑夜本源，不甘地低吼一声，用尽最后的力气，再度狂飙而出！"铛——"第三道轰鸣碰撞声传来，这一次林七夜的身体就像烂泥般坠落，掉向下方翻卷的血色漩涡。就在这时，一道道无形丝线扯住林七夜的腰部，将其硬生生地从血池表面拎起，落在了半空中的空气平台上。

"七夜！七夜！"安卿鱼焦急地喊道。林七夜混沌的意识，被呼唤声扯回现实，他咬牙摇晃了一下昏沉的脑袋，才发现自己七窍都在流血。他像是想起了什么，转头看向下方的血池，只见那颗黑晶依然毫发无损地在池水中浮沉，刚刚的碰撞，根本没能撼动其分毫。同样地，林七夜掌间的黑夜本源，也没有变化。"这个方法行不通。"安卿鱼知道林七夜在想什么，摇头说道，"我刚才看见了，你的黑夜本源根本就没有完全碰到地狱本源，它们两个之间，似乎有一种天然的斥力，无论你怎么努力，它们都碰不到一起……也许，真的只有神系本源，才能毁灭神系本源。"

听到这句话，林七夜苍白的面孔微微一怔，随后浮现出一抹难以言喻的沮丧与不甘。没能毁掉地狱本源，自身完全暴露在恶魔的目光之下，迎接他们的，将是数千只"无量"至"克莱因"级别的恶魔围剿，甚至还有堪比主神级别的炽天使尸体抹杀。别说是他们四个人类，就算是神明来了，都没有活下来的可能。他们赌输了，输得一塌糊涂。

就在林七夜沉默之际，站在空气平台上的沈青竹，缓缓站起身。他扫了眼在天空中俯冲接近的无数恶魔，低头点燃一根烟，叼在嘴中，深深吸了一口。"锵——"这深红色的身影，吐着烟气，平静地拔出了腰间的直刀。他的目光，与直刀的刀芒，一样锋利。"下令吧，队长。"沈青竹淡淡开口，"让这群怪物见识一下……谁，才是真正的疯子。"被逼到绝境的野兽，与丧心病狂的疯子一样，永远是敌人的噩梦。而"夜幕"，比野兽更凶狠，比疯子更可怕。林七夜张了张嘴，似乎想说些什么，却又什么都说不出口。"我们本来就没有退路了，不是吗？"沈青竹看着林七夜的眼睛，"战死沙场，便是特殊小队最好的结局……现在，是我们立下最后一道功勋的时候了，只不过这次的功勋，没有见证者。"

林七夜的目光，依次在安卿鱼、沈青竹、江洱的身上扫过，他沉默片刻之后，自嘲地笑了笑，用手撑着身体站起。"最终，还是走到了这一步吗……也好。至少这种死法，比窝囊地困死在山洞里，好多了。"

1144

"我们死了之后，'夜幕'会消失吗？"江洱忍不住问道。

"……不会。"林七夜缓缓开口，"从守夜人的章程来说，只有在特殊小队的初始成员人数小于三人时，才会自动解散队伍，只保留番号，算是名存实亡。但只要人数在三人及以上，都可以通过补充新成员，维持队伍的存在。老曹和胖胖还在天庭，迦蓝虽然在沉睡，但也可以算，再加上卿鱼留下的本体……'夜幕'还会剩下四位成员，不会解散，只要再扩充两位新队员，依然能替大夏执行任务。"林七夜转过身，看着安卿鱼的眼睛，认真说道："卿鱼，以后，你就是'夜幕'的队长……明白吗？"

安卿鱼注视着林七夜，没有点头，也没有摇头，只是沉默不语。有些话，他想说，但现在又不能说。失去了林七夜、沈青竹、江洱……就算补充再多的新人，那"夜幕"小队，也已经不是"夜幕"了。安卿鱼就是因为林七夜才加入的守夜人，才成为的"夜幕"小队副队长，如果连林七夜都不在了，这样的队伍，还有什么存在的意义？

"就是可怜了曹渊。"林七夜像是想到了什么，无奈地笑道，"好不容易才恢复一些理智，听到我们战死的消息，估计又要变成只会嘿嘿嘿的傻子了……"

听到这句话，众人的嘴角都忍不住勾起一抹笑意。他们背对着彼此，分别朝向四个不同的方位，漆黑的乌云冲落人间，他们抬头仰望着那摧枯拉朽的数千恶魔，狰狞密集的诡异笑声，如浪潮般奔涌而来。

"咯咯咯……"

"叽叽叽……"

"呵呵呵……"

林七夜脸上的笑意逐渐收敛，取而代之的，是破釜沉舟的昂扬战意！"杀！！"他低吼一声，四道身影同时如电般主动冲向黑压压的恶魔。江洱化作一道白影，一头撞入其中一只恶魔的体内，操控着它的身体，疯了般屠杀环绕在周围的其他恶魔。出其不意之下，她接连杀了两只恶魔，并重伤数只，等到她附体的恶魔被其他恶魔围攻之后，再度化作白影撞入另一只恶魔的躯体，疯狂背刺。江洱的本体在安卿鱼身上，现在的她，只是一道磁场，任凭恶魔们如何围剿，都无法伤到她分毫，只能任凭她附体背刺。接连的背刺与换体之下，恶魔群很快就混乱起来，无数只黑翼在天空中交错扇动，一只又一只恶魔坠落云霄，全都是死在自己人的手中。安卿鱼背着黑棺，身形急速在恶魔中穿梭。冰霜、丝线、雷霆、毒雾……层出不穷的诡异能力从他体内释放，每当有恶魔冲向他时，他的身形就像是不倒翁般轻轻一晃，那些攻击的轨迹便会自然偏转，落在他身后的某一只恶魔身上。接连靠着不倒翁闪过数只恶魔的围攻，安卿鱼伸出手，在虚空中一按。以他为中心，周围的三维空间顿时塌陷，就像有一只无形大手压扁了数只恶魔的身体，化作片片纸张飘在空中。安卿鱼的冰霜长剑一斩，便将这些恶魔从中切碎。

"啪——"清脆的响指声传出，汹涌的火焰瞬间吞没最前方几只恶魔的身形。沈青竹叼着烟，指尖轻抬，周围的空气就如同他身体的一部分，开始飞速压缩，连带着其中的火焰组成无数汹涌龙卷，盘踞在他的身侧。这些恶魔本就是尸体，抽干空气对它们来说，并没有什么作用，唯一能够伤到它们的，也就只有被压缩到极致的火焰。沈青竹再度打了一个响指，火焰龙卷顷刻间淹没了小半边的天空。一道又一道魔法光辉在天空中绽放。那些最开始被用来引走恶魔的高阶护工，接连从林七夜的身旁冲出，与漫天的恶魔战在一起。

林七夜一只手持天丛云剑，另一只手握着"斩白"，身形如鬼魅般在虚无中游走，每一次出手，都能斩下一只恶魔的头颅。"刺啦——"就在林七夜疯狂收割之时，一道血色雷霆划破天空，径直砸在了身形庞大的炎脉地龙身上。红颜被雷霆击中，身上立刻出现一道斑驳焦痕，龙体倒飞而出，重新回归人形模样，被牵引回了病院之中。那道血色雷霆并没有就此收手，而是接连重伤数位护工，在天空中划过一道"Z"字形轨迹，瞬间闪烁到林七夜的身前。林七夜早就注意到这雷霆的存在，当即一步踏出，提前将天丛云剑斩向身前，硬生生斩下了雷霆一角。一只漆黑的断翼坠落天空。直到此时，林七夜才看清这道血色雷霆的真实模样，那是一个身背四只黑翼的恶魔。从外形上来看，跟那些怨魂恶魔有很大的差别，他的身体更接近于人类，浑身赤红，如果忽视眉心那只猩红虫眼，长相丝毫不比天使差，堪称绝美。这是一个货真价实的恶魔……而且是四翼的高阶恶魔。这只恶魔的出现，似乎是某种不祥的预兆，林七夜抬头看向天空，只见接连数十只四翼恶魔从远处飞驰而来，悬停在深红天穹之下。它们每一个的身上，都散发着"克莱因"境巅峰的气息。不仅如此，在它们的更上方，两位背负六只雪白羽翼的炽天使尸体，以及三位背负六只漆黑羽翼的堕落天使尸体正踏空而来。他们的身上满是伤痕，伤口处还有一只只红色小虫蠕动，双眸紧闭，只有那只硕大的虫眼微微转动，俯瞰着林七夜等人，就像是在看一群弱小的蝼蚁。

　　"麻烦的家伙来了……"林七夜抵抗着恐怖的压迫感，咬牙说道。"砰——"一道沉闷声响从他身后传来，林七夜转头望去。只见沈青竹的身体被两只四翼恶魔拍落云霄，砸在了血池旁的地面，瞬间将地面砸出一道道狰狞裂痕。沈青竹猛地喷出一口鲜血，臂膀与腰腹之处，已经浮现出两道狰狞伤口。

<h2 style="text-align:center">1145</h2>

　　"咚咚咚——"接连几道黑影从空中落下，碎石飞溅，一只只黑色羽翼舒展开，将重伤的沈青竹笼罩在无尽的阴影中。猩红的虫眼锁定自大地缓缓站起的沈青竹，这些四翼恶魔如高大凶恶的石像，低头俯视着他，宛若尖刺的黑色利爪缓缓抬起……

　　"喊……"沈青竹捂着伤口，勉强在四翼恶魔的包围下稳住身形，双眸微微眯起。他吐掉了口中燃烧的烟卷，攥紧手中的直刀，一缕缕火焰被挤压在空气中，环绕在刀尖周围。他披着深红色的斗篷，像是一只被逼上绝境的野兽，双眸之中闪烁着前所未有的疯狂与嗜血。他挥刀迎着恶魔的利爪斩去！"铛铛铛！"刺目的火焰在空中迸溅，沈青竹接连挡住了两只四翼恶魔的爪击，却被身后一只恶魔偷袭，一爪撕下了后背的大块血肉。沈青竹闷哼一声，脚下一个踉跄，脸色煞白无比。他低吼一声，反手斩下了那只恶魔的手掌，熊熊的火光自刀锋涌出，将它的身体彻底淹没其中。可紧接着，又是几道锋锐的尖芒绽放，从不同方向刺向他的身体！沈青竹满是血迹的手，紧握着刀柄，眼眸中浮现出无奈之色。他沈青竹，只是"无量"，只有两只手，只有一柄刀。在如此多的四翼恶魔的围攻之下，他根本招架不了太久……他已经到极限了。"那就……一起死吧。"沈青竹的眼眸中，燃起两团熊熊怒火，周围的空气开始急速向他靠拢。

　　就在这时，一道深红色的身影瞬间从虚无中闪出，一柄锋锐剑芒接连切开数只恶魔手掌，替沈青竹解了一角之围。但恶魔的数量实在太多，四翼恶魔的力量也远比怨魂恶魔强大，即便天丛云剑卸下了一部分手臂，但还有更多的恶魔，蜂拥着将自己的手掌掏向前方。"噗——"只听数声轻响，林七夜的身体便绽开道道血花，温热的血液溅射在沈青竹苍白的脸颊上，他整个人愣在了原地。林七夜紧咬着牙关，双眸中的金芒如熔炉般燃起，他一脚踏在地面，夜色便如同一条条巨蟒，瞬间缠绕在四翼恶魔的身上！"裂星术"！随着林七夜双手一撕，数道恶魔的躯体从中央瞬间撕开，一缕缕星芒迸射而出，如纷扬的雪花飘落。林七夜护在沈青竹身前，将刺入自己体内的几只恶魔断掌掷出，目光扫过天空中不断涌来的四翼恶魔，脸色阴沉无比。他回头看向沈青竹："拽哥，你没事吧？"

沈青竹坐倒在碎坑中，怔怔地看着身前浑身是血、脸色煞白的林七夜。片刻后，他的双手用力攥起泥土，手臂上的青筋一根根暴起。生死之间，被他压抑在心中最深处的自责、不甘与愤怒，如同火山般喷涌而出！"林七夜！！"沈青竹瞪着他，在狂风中吼道，"这是我们的最后一战！是赌上性命与荣耀的最后一战！！我沈青竹也是个男人！也是'夜幕'的队员！！到这个时候！老子不想再被当成拖油瓶，被你们护在身后！我知道我的天赋不如你们！有时候很难帮上什么忙！这些我都懂，我也从来不会多说什么！我只是做好我该做的事！但这一次！这是最后一次！我沈青竹想像个男人一样！堂堂正正地战死！！你连这个机会都不肯给我吗？！你凭什么拦我？！"呜咽的狂风混杂着沈青竹的咆哮，涌入林七夜的耳中。

"就凭我是队长！！"林七夜张开嘴，同样在狂风中咆哮道，"就凭我是'夜幕'的队长！只要我活着，我就不能眼睁睁地看着我的兄弟先死！不管是你，还是卿鱼，抑或是江洱！你想堂堂正正地战死，当个英雄！好啊！等我战死之后，你想怎么死，我都不会拦你！但我死之前，你们一个都不允许死！这是我做这个队长，该尽到的责任！"

沈青竹呆在了原地。

林七夜抬起右脚，猛地踢在沈青竹胸膛，将其踢得倒飞数米，直接落在了血池的冰层之上。下一刻，两道细密的光束，便贯穿沈青竹原本的位置，在地上烫出两个深不见底的黑洞。两只四翼的白色天使尸体，睁着猩红虫眼，自空无一物的环境中勾勒而出。它们死死盯着林七夜，似乎对自己刚刚没能一击得手而感到意外。浑身是血的林七夜手持天丛云剑，身披夜色，身形如惊鸿般掠出，如同一位暴怒的黑夜君王，与两只四翼天使战在一起。片刻后，林七夜斩下了两只断裂的白翼，他的胸膛，也多了一道滚烫的血色伤口。他踉跄地后退数步，靠"斩白"支撑着身体，双眸紧盯着两只天使，声音沙哑地开口："拽哥，你给我听好了。我从来没觉得你是拖油瓶，没有你，我们不可能活着走出'人圈'，不可能灭掉'信徒'，甚至我根本不可能从津南山活下来……没有你拽哥，根本就不可能有今天的'夜幕'！一支队伍里，不需要全员都是能一打十的妖孽，我们需要的，是独一无二的每一个人。论战力，你确实不是最强，但论资历，论人格魅力，论独当一面的能力，整个'夜幕'没有人能比得上你！没有天赋又怎样？你沈青竹，永远都是'夜幕'小队独一无二的拽哥。"林七夜将自己原本想回到船上再跟沈青竹谈的话，一口气全部说了出来，虽然没来得及好好准备措辞，但他相信，沈青竹能明白他的意思。话音落下，林七夜便提着剑，再度冲向那两只天使！

沈青竹怔怔地看着林七夜浴血搏杀的背影，整个人像是失了魂的雕像，坐在冰面之上。许久之后，他双唇微抿，摇摇晃晃地从冰面上站起，嘴角浮现出苦涩。"居然被教训了一顿……"他摇了摇头，攥紧了手中的直刀，正欲冲上前与林七夜并肩战斗，余光突然瞥到了距离他不远处，那枚在血池中浮沉的黑晶。

1146

另一边。安卿鱼背着黑棺，目光扫过身前的两只四翼天使与三只四翼恶魔，脸色难看无比。密集的怨魂恶魔如同潮水般将其围困在空中，尖锐刺耳的诡异笑声接连不断，他就像是被困死在牢笼中的猎物，而牢笼中，还同时关着五只猛虎。一抹白影急速从远处飞来，撞入其中一只黑翼恶魔体内，突然拧身，漆黑的羽翼仿佛化作刀锋，斩向身侧天使的脖颈。那天使的反应速度极快，身形一侧便避开了这道攻击，也是这短暂的分神，给包围圈制造了一个细小的缺口。安卿鱼眼眸一眯，抓住机会飞掠而出，但另外两只恶魔四翼一振，便以近乎瞬间移动的速度，拦在了他的身前。江洱正欲故技重施，一道璀璨的洁白光柱从高空坠落，精准地照在了她的头顶！磁场形态的江洱宛若无物般避开了几只恶魔攻击，却被这光柱圈禁在半空中，她就像被困在鱼缸里的鱼，无论向哪个方向飘动，都无法离开光柱分毫！

"江洱！"安卿鱼眼眸一缩，猛地抬头看向天空。只见其中一只六翼炽天使正一指点在江洱的上空，那道洁白光柱，便是从祂的指尖释放。安卿鱼背着黑棺，迅速冲向光柱的方向，几只四翼恶魔却瞬息来到了他的身前，同时出手，在安卿鱼的身体上留下道道狰狞伤口。安卿鱼猛地吐出一口鲜血，身形倒飞而出。重伤安卿鱼之后，这些四翼恶魔便静静地悬停空中，并没有继续出手，紧接着源源不断的怨魂恶魔从四面八方涌来，如肉山般堆叠在安卿鱼的身上，像是一座肉笼将其彻底镇压。"江……洱……"安卿鱼死死盯着光柱内的江洱，声音越发微弱起来。

"轰——"天空中的爆鸣将沈青竹的意识拉回现实，他猛地将目光从地狱本源上挪开，后背已经被汗水浸湿。他顺着声音传来的方向，看向天空，目睹江洱被炽天使困在光柱中，而安卿鱼又被一座座恐怖的肉山镇压。几尊庞大的六翼炽天使与六翼堕天使，如神明般俯视着这一幕，祂们双眸紧闭，只有眉心的虫眼在微微蠕动，其中一位堕天使抬起手掌，轻轻按向被困在光柱中的江洱，似乎要将其彻底抹杀在此。

"糟了……"血池边缘，林七夜手握一刀一剑，在四翼恶魔的围攻下节节败退。他也看到了天空中的这一幕，但此时的他，已经战至重伤濒死，而且彻底被四翼恶魔封锁去路，即便想要去救江洱和安卿鱼，也是有心无力。沈青竹的双手控制不住地攥起。潺潺鲜血自他的体内流出，腹部的伤口正在不断剥夺着他的生机，就连意识都开始模糊起来。他一手捂着伤口，隐约之间，在意识逐渐混沌之际，一个念头如同闪电般掠过他的脑海！他像是想到了什么，再度将目光落在了身旁在血池中浮沉的黑晶之上。"……神系本源是承载着神国的基础，也是控制神国的中枢……"林七夜说过的话语，再度在沈青竹的心头回荡，他双眸紧盯着地狱本源，内心最深处的渴望，如同被恶魔勾起了一般，不断驱使着他，一步步地向地狱本源走去。这东西是地狱的中枢，破坏它，整个神国都会被摧毁……那如果，自己试着去控制它呢？手握神国中枢，是不是意味着，他拥有了打开离开的"门"的资格？沈青竹一边抵抗着地狱本源的诱惑，一边试着在心中思考，到最后，他都快分不清这个念头究竟是他自己想到的，还是这枚本源诱惑他想到的。他凝视着地狱本源，隐约之间，一个声音在他的耳边回响——

"你不是想让他们活下去吗？"

"你不是想要力量吗？"

"你不是不想再当拖油瓶了吗？"

"……触碰我……与我融为一体……你就能获得所有你想要的。"

"接受我，我……就能满足你所有的愿望。"

沈青竹的双眸逐渐空洞起来，他踏着寒冰，一步步走到那枚黑晶的前方，像是一只被人吊起的木偶，动作僵硬无比。随着沈青竹的靠近，那枚在血池中浮沉的黑晶表面，竟然流转着闪耀的黑芒，它不停在血池中震颤，将血池中蠕动的红色小虫震荡开来，像是迫切地想要离开这里。沈青竹停下了脚步。黑晶表面的黑芒越发闪耀，像是在阳光下晶莹剔透的黑宝石，一股神秘的力量涌入沈青竹的心神。他双眸空洞地站在黑晶前，缓缓抬起右手，握向那块黑晶……就在这时，正在远处鏖战的林七夜像是察觉到了什么，猛地转过头，大吼道："拽哥！！"听到林七夜声音的瞬间，沈青竹瞬间从空洞中苏醒，那只即将触碰到黑晶的手掌悬停在空中。豆大的冷汗自他的额头渗出，顺着苍白的脸颊滴落在冰结的血池表面。

"拽哥！别碰它！"林七夜再度吼道，"那是承载着整个地狱的堕落之力的本源！就算它不排斥你！你的肉身也承受不住的！而且，它内部蕴藏的恶念太强了！即便你能扛住它的力量！它也会一步步蚕食你的思想！让你成为它的傀儡！它会将你变成第二个路西法！！"林七夜接连的吼声传入沈青竹的耳中，他瞳孔微缩，下意识地就想要收回自己的手掌。但下一刻，他的动作又停下了。沈青竹站在那枚黑晶之前，微微转头，双眸复杂地扫过周围。林七夜被数只四翼恶魔围攻，身体已经遍布血洞，摇摇欲坠。天空中，被困在光柱中的江洱，与被镇压在肉山下的安卿鱼，正在竭尽全力地靠近彼此，那个俯瞰人间的六翼堕天使，正在缓缓落下手掌……他缓缓闭上眼睛，长叹一口气。

"拽哥！！"林七夜的吼声再度传来。沈青竹睁开双眸，这一次，他的眼中再也没有丝毫的挣扎，取而代之的，是前所未有的平静。

"抱歉，队长。"他缓缓开口，"承受不住力量崩溃也好，变成堕天使也罢……只要能换我兄弟活命，怎样都无所谓。林七夜，你听好了……我沈青竹，不会永远都是拖油瓶。"话音落下，呼啸的狂风中，沈青竹主动伸出手……握住了那枚闪烁的黑晶！

1147

在他的手掌触碰到黑晶表面的瞬间，一道漆黑光柱自冰结的血池之上，冲天而起！无论是围攻林七夜的四翼恶魔，还是在天空中准备抹杀江洱、安卿鱼的炽天使与堕落天使，同时停下了手中的动作，转头看向这道漆黑光柱。恐怖的本源波动在光柱间狂卷，呼吸间便将沈青竹握着黑晶的右手血肉，全部灼烧殆尽，只剩下森然白骨，死死扣在黑晶表面。沈青竹的身形被黑色光柱淹没，五官因剧痛狰狞扭曲起来。这一刻，他已经完全失去了对自己身体的控制权，地狱本源疯狂灌入他的体内，那只白骨手掌攥住黑晶，如同焊上去了一般，根本无法脱离。沈青竹死死盯着那枚黑晶，一点点地融入他的骨骼之中，即便整个人都痛到几乎散架，也没有丝毫后退。他沈青竹能走到今天，靠的就是一股狠劲，他敢冒险，敢在刀尖上跳舞，敢在任何情况下去赌自己的命！他既然决定了要用自己的一切，去赌其他人的一条生路，就绝不会后悔。沈青竹紧咬着牙关，一颗颗豆大的汗珠自脸颊滑落，随着地狱本源的灌入，他的身体开始剧烈地颤抖！闪烁的黑芒在他的肌肤表面涌动，他的脊椎不断下弯，身形逐渐佝偻，像是肩膀上扛了一座山峰，浑身的肌肉与骨骼都在痛苦哀鸣。沈青竹双眸通红一片，沙哑低吼。"轰——"只听一声爆鸣，闪烁的黑芒彻底压碎了沈青竹的身体，他整个人在冰面上崩作漫天血雨。

"拽哥！！！"林七夜见此，目眦欲裂。他回过头，看着眼前将其团团包围的四翼恶魔，眸中迸发出无尽的怒火与死志。"猴哥！"林七夜大吼一声，一道虚影自虚无中走出，静静地站在他的身后。再一次承载孙悟空的灵魂，林七夜必死无疑，但现在既然已经被逼上如此绝境，无论是怎样的副作用，都无所谓了。现在的林七夜心里只有一个念头，杀！就在那道虚影即将附在林七夜身体上之时，一道清脆的声响自他的身后传来。"铛——"一枚黑色的玉佩，坠落在满是血污的冰面上，轻轻弹起。下一刻，黑色的道晕自玉佩中急速扩散，丝丝缕缕的血肉自虚空中凝聚，缠绕在悬浮空中的黑晶表面，逐渐勾勒出人形。林七夜愣在了原地。是百里胖胖的那枚黑色玉佩？它在山洞里，不是已经被使用过了吗？它竟然还能复活？在道晕的涟漪中，沈青竹的身体以惊人的速度恢复，那颗悬浮的黑晶则被包裹在他右侧的胸膛之内，与心脏完全对称。

　　沈青竹意识恢复的瞬间，剧痛再度降临。即便他的肉身重塑，但地狱本源依然在源源不断地冲击着他的身体，不堪重负之下，他的血肉骨骼再度嘎吱作响起来，仿佛很快又要崩碎开来。但这一次，沈青竹感觉有些不一样。这次的痛感……似乎比上次减弱了几分？沈青竹颤抖着伸出手，摸在自己的右侧胸膛之上。在黑色玉佩的力量下，他的身体是在黑晶表面重生的，在这个过程中，他能感觉到，自己有一部分的身体已经和地狱本源融为一体。虽然很少，但那确实是来自地狱的力量。沈青竹已经没有办法再继续思考，剧痛再度如潮水般涌上他的脑海，十几秒后，整个人再度化作血雨爆开。"铛——"随着玉佩掉落，道晕再度浮现。闪烁的黑芒渗入新生的血肉之中，沈青竹的身体再度被勾勒而出，但这一次，他的后背开始微微鼓起，像是有什么东西即将破出……刚刚恢复意识的沈青竹，痛苦低吼一声，背后顿时爆出一团血雾。"刺啦！"一对漆黑的羽翼，如同剔透而神秘的黑宝石，自漫天血雾中延伸而出。沈青竹的眼眸中，一抹神秘的黑色神韵，开始缓缓流淌。

　　"你……想要力量吗……"第二次重生之后，一个神秘而极具诱惑力的声音，自沈青竹的脑海中响起。

　　"谁？你是谁？！"沈青竹忍着身体中的剧痛，在寒冰上大吼。

　　"我是无尽岁月以来，蕴藏在这枚本源中恶念与堕落之力的化身。"那声音缓缓开口，"我，就是地狱……"

　　"滚！滚出我的思想！"

　　"你主动接受了我的力量，就是我的仆人……向我祈祷，献上灵魂，我会满足你的所有愿望。"

　　"老子不需要你来实现愿望！！"

　　血池边缘，林七夜看着血色寒冰之上，那个身背漆黑羽翼，半跪在地，一边剧痛低吼，一边狰狞咆哮的沈青竹，愣在了原地。片刻后，他想到了什么，强忍着伤痛大喊道："拽哥！！稳住心神！绝对不能被那道本源中的堕落之力影响！那道本源，本来是从天国本源中切下来的！它的内核其实并不邪恶，只是在无尽岁月中被堕天使的堕落之力腐蚀，才变成了地狱本源！无论发生什么！绝对不能向堕落之力妥协！不要让它操控你的心神，否则你就永远只能成为受它操控的堕天使傀儡！"

　　沈青竹背着漆黑双翼，周身不断逸散出邪恶气息，他听到林七夜的声音，眼眸中短暂地浮现出一抹清明。他颤抖着伸出双手，肌肤表面流淌着闪烁的黑芒，缓缓在身前的虚空中撕扯……被四翼恶魔包围的林七夜、被光柱封锁的江洱，以及被肉山镇压的安卿鱼，周身的空间同时扭曲，似乎有某种力量，在努力地将他们"挤出"地狱空间！

林七夜看着周围逐渐模糊的地狱，瞳孔微微收缩。地狱，已经被克系神明的力量封锁，它们绝不可能主动送他们出去……能做到这一点的，只有掌控了少量地狱中枢的沈青竹。他在与地狱本源争夺地狱的掌控权来送他们离开。沈青竹半跪在血色寒冰上，身体嘎吱作响，似乎很快又要爆碎，他那因剧痛而狰狞的神情，看到林七夜三人周围扭曲的空间，竟然浮现出一抹释然的笑意。"林七夜！不要太小看我……我沈青竹，没有那么脆弱。"

林七夜一边抗拒着被传送出去，一边试着抓住沈青竹，将其一起带出："我从来没有小看过你……但要走，还是我们一起走！"

沈青竹躲开了林七夜的手臂，踉跄地向后退了半步，脸色苍白地开口："在完全掌控这枚地狱本源之前，我离不开这里，你们就先走一步，就当……就当帮我一个忙，帮我回家看看，家里的亲人是否安好。"听到这句话，林七夜的身形怔在原地。鲜血自沈青竹的七窍流出，他缓缓抬起右手，对着林七夜微微一笑："走吧，不用管我……这一次……轮到我救你们了。"

"啪——"清脆的响指声，在地狱内回荡。

1148

响指打响的瞬间，林七夜、安卿鱼以及光柱内的江洱周围的空间极度扭曲，同时消失在原地。这片深红色的天穹下，只剩下无尽的天使与恶魔，以及在血池中央背着漆黑双翼、双手抱头痛苦不堪的沈青竹。林七夜消失后，沈青竹再也不需要控制好自己的表情，他双手不停地捶击冰面，那双流淌着神韵的眼眸中，攀上一道道血丝。"砰——"沈青竹的身体再度爆开，化作漫天血雨消失无踪。片刻之后，黑色的道晕流转，又将他的身体重新凝聚，这一次，他背后的漆黑双翼下方，竟然又长出一对翅膀的雏形。不知是不是错觉，那原本漆黑如墨的羽翼，就像是被人洗掉色了一般，竟然隐约显露出一抹灰意。环绕在周围的天使与恶魔，低头俯视着这个在冰面上抱头狂吼的疯子，蠕动的猩红虫眼接连转动，像是在彼此交流，又像是在思索。现在的沈青竹，已经和地狱本源融为一体，一旦它们出手杀了沈青竹，这座克系神国也将随之毁灭。在它们的认知中，这个蝼蚁般的人类想要掌控地狱本源，无异于自寻死路，就算放任他不管，很快也会爆体而死，到那时地狱本源重新归位，一切便都回到正规。最终，它们还是没有出手击杀沈青竹，而是就这么四下散开，化作一尊尊石像，伫立在天国与地狱的不同角落。沈青竹重生之后，耳边的声音越发清晰起来，他双手抱头，嘶吼声在空中回荡：

"够了！！你给我闭嘴！！"

"……"

"你不就是想离开被克系神明污染的血池，才选择的我吗？！你的处境跟我一样！别想控制我！！"

"……"

"我不是拖油瓶！我不是拖油瓶！！七夜说了！老子不是拖油瓶！"

"……"

"我不需要你给我的力量！！也不用你来满足我的愿望！！我想做的事，我可以自己去做！"

"……"

"我不需要捷径！也不需要一步登天！！我永远只是沈青竹！！"

"……"

"滚啊！滚！！老子不需要你！！"

"……"

死寂的天地间，只剩下背着四翼的沈青竹，对着周围空无一物的空气，癫狂怒吼。

大夏。天庭。百里胖胖端着一碗汤药，走进湖中八角亭。"老曹，该喝药了。"他将汤药放在桌上，对着盘膝坐在蒲团上闭目养神的曹渊说道。曹渊缓缓睁开双眸，眼眸中的浑浊已经基本消失，身上没有再冒出火焰，原本候在八角亭内替他扇风的侍女也早就离开。

"七夜他们，还没回来？"曹渊从蒲团上站起，端着汤药坐在桌边，有些担忧地问道。

"还没。"百里胖胖看出了他的忧虑，拍了拍曹渊的肩膀，笑道，"我说老曹，你怎么一醒就想着七夜他们？要不是小爷我日夜守在你身边，跟你说了这么多天话，你能醒这么快？我这嘴皮子都说破了，你怎么不多关心关心我？"

"你？你好得很。"曹渊扫了眼百里胖胖浑圆的体态，以及容光焕发的神情，翻了个白眼。

"你就放宽心吧，他们就是去拿个东西，还有米迦勒跟着，能出什么事？"百里胖胖收起曹渊喝完的汤药，宽慰道，"也许是他们路上耽搁了，你现在还没完全恢复，不要多想，容易心神不稳……你在这儿歇着，小爷我去送个碗，很快就回来。"话音落下，百里胖胖便端着空碗，转身沿着长廊离去。曹渊坐回蒲团上，凝望着眼前波光粼粼的湖面，长叹了一口气。

百里胖胖刚踏上湖边的地面，便看到远处的柳树峡，一位道人正坐在石凳上，对着他微微一笑。百里胖胖眉梢一挑。"你怎么有空过来？"他环顾四周，确认没有人注意这里之后，便在道人对面的石凳上坐下。

"听说你们打算下界，我就过来看看。"元始天尊扫了眼湖心亭中的曹渊，"他恢复得不错，看来这次，黑王还是没能逃得了。"

"也是最后一次。"百里胖胖叹了口气，"七根宿命锁，已断其四，若非曹渊意志坚定，这次黑王已经暴走……要是再有下一次，宿命锁尽数断裂，他就真的回不去了。"

"你提醒过他了吗？"

"嗯，我跟他说了，以后绝对不能再自杀放出黑王。"

元始天尊微微点头，像是想到了什么："听说，你这两天经常往司天监跑？"

百里胖胖一愣："你怎么知道？"

"这里是天庭，我知道，不是很正常吗？"元始天尊笑道，"你这么频繁地去司天监，是想查看谁的生死？"

"……沈青竹。"

"你不是把'源道玉'给他了吗？还不放心？"

百里胖胖沉默片刻，叹了口气："他们走的这些天，我心里一直不太安稳……虽然我给了沈青竹九次复活的机会，但我真正担心的，不是他的生命，而是他的心魔。他的心魔太重了，如果七夜他们不能及时察觉到他的情绪变化，加以引导，我怕他最终会被乘虚而入，走上歧途。"

"世间万物皆有命数，有些东西，该发生的还是会发生，就算你再担心，也无济于事。"元始天尊拍了拍道袍，从石凳上站起，"你们走吧，以后有事，随时来天庭找我。"他走了几步，回过头，深深地看了百里胖胖一眼，继续说道，"留给我们的时间不多了，我还是那句话……天庭，不能没有灵宝天尊。"话音落下，他便摆了摆手，披着道袍一步踏出，身形消失在宫殿之中。

百里胖胖端着空碗，在原地驻足许久，闭目叹息一声，徒步向着殿外走去。

1149

灰白色的迷雾中，三道身影从扭曲的空间倒飞出来。"拽哥？！"安卿鱼稳住身形，再度抬头看向那三道空间扭曲的位置，却已经空空如也。浑身是血的林七夜眉头紧锁，瞬间将精神力感知覆盖最大范围，除了波涛汹涌的海面与无穷无尽的迷雾，再也没有其他的东西。就连他们现在所在的海域，都已经不是当初进入天国的海域，这是一片完全陌生的地方。"天国和地狱果然在移动。"林七夜喃喃自语。在灰烬的污染下，那两座被打通的神国已经彻底融为一体，化作某种神秘的克系生物在世间游荡，刚刚在这里将林七夜三人挤出，现在可能又不知道挪移到什么地方。

"七夜，拽哥的情况怎么样？"安卿鱼由于被肉山镇压，没有看到最后的情形，开口问道。

"……不知道。"林七夜沉默许久，嘴角浮现出苦涩，"他主动吸收了地狱本源，不知道那枚玉佩，能不能在本源的力量下保住他的性命。就算他最终活下来，也不知道，他还是不是我们所熟悉的拽哥。"众人陷入沉默。"无论如何，当务之急还是回到大夏，把克系神国的消息带回去，看天庭有没有应对的办法。"林七夜缓缓开口。

"也只能先这样了。"安卿鱼点头。

江洱迟疑片刻，问道："但是我们现在没有船，也不知道大夏的方向，该怎么回去？"短暂的沉默之后，她和安卿鱼的目光，不约而同地落在林七夜的身上。

"……奇迹，也未必是次次都会出现的。"林七夜叹了口气，"我先试试吧。"林七夜摘下"斩白"，在天空中随意一挥，一抹金芒闪过，刀锋便指向了迷雾中的某个方位。无尽的云气在他的脚下翻腾，载着三人迅速划破天空，疾驰而去。

翻滚的迷雾之间，一艘豪华邮轮划开深邃的海水，如同黑夜中的巨兽，无声地在黑暗中前进。点点灯火自邮轮船舱中亮起，照亮了黑夜的一角，这艘梦幻的像素邮轮侧面，如刀锋般凌厉的黑色笔触，镌刻着两个大字——"上邪"。

邮轮船舱。皮鞋踩在像素风格的地板之上，发出嘎吱声响，骑士在一扇木质门前停下脚步。他伸出手，轻轻叩门。

"进。"一个银铃般的女声自门后传来。骑士推开门，眼前是一间充满柴油气味与金属涩感的车间，在车间的中央，一台被改装到一半的"道奇战斧"摩托车，正静静地被架在空中。在这台充满爆炸性力量感的银色摩托车旁，一位身穿黑色皮外套、脚踏长靴的银发少女，缓缓自摩托车下方走出。她左手拎着一只比她胳膊还粗的扳手，满是油污的右手，在抹布上随意擦了擦，那如瀑般的银色长发，被门外灌入的海风吹得微微飘动。

"会长。"骑士恭敬地开口，"我们在船周围发现了一位女孩，她说她想见你。"

"女孩？"纪念眉梢一挑，"多大？"

"看起来跟您同岁。"

"有什么特征？"

"特征……倒是没有，不过是个大夏人。"骑士伸出手，大致比画了一下，"黑色头发，大概比您矮半个头，身上到处是伤，长相也不算特别，属于那种比较平凡的女孩。"

纪念低头沉思片刻，将手中的抹布丢到"道奇战斧"摩托上，踏着长靴径直走向门外。"去看看。"纪念穿过小半个邮轮，终于在船头见到了骑士口中的那个平凡女孩，几位上邪会的成员见纪念来了，立刻低头鞠了一躬，迅速退下。"是你？"纪念看到那张熟悉的面孔，有些诧异地开口。

"……是我。"司小南浑身湿漉漉的，倚靠在船的围栏上，长叹了一口气，"想找你，可真是不容易。"

"你是从大夏出来的？身上的伤是怎么回事？"

"在帕米尔高原上出了些意外……"司小南苦笑着将事情的前因后果，全都说了一遍。

纪念双手插在皮衣外套中，一头银发被海风吹拂而起，眉头越皱越紧。"永生不朽丹？"纪念双眸微眯，"洛基想靠这东西，冲击至高？"

"没错。"司小南从怀中掏出两只丹壶，抛给纪念，"永生丹壶里的，是真的永生丹，不朽丹壶里的是王母娘娘给的毒药，以及一枚毒魂噬魄丹。"

纪念伸手接住两只丹壶，每个都打开看了一眼。"所以，你打算怎么做？"

司小南深吸一口气，转过头，目光穿过朦胧的迷雾，闪烁着深邃的光芒。"我有一个计划。"司小南平静说道，"但是，我需要你再帮我一个忙。"

"你说。"

"我希望……"腥咸的海风拂过邮轮的船头，嗡鸣的海浪声中，司小南诉说完计划，认真地凝视着纪念的眼睛。

"这不难。"纪念若有所思地点头，"不过，我需要三天的时间……三天后，我派人把东西交到你手上。"

听到纪念的回答，司小南微微松了口气："谢谢。"

"不用谢我，当初我混进阿斯加德'人圈'的时候，如果不是你，我也没法从北欧众神的围杀下全身而退。"纪念微微一笑，"我们是朋友，不是吗？"司小南微微一怔，那张憔悴的面庞上，罕见地浮现出笑意，但很快，这抹笑意便被浓浓的悲伤掩盖。"怎么了？"纪念问道。

"没什么……我就是有点怀念以前了。"司小南看着远处的海面，有些出神，"当年，我的身边也有很多朋友，有他们在，好像不管什么事情都会容易很多……"

纪念张了张嘴，似乎想劝些什么，但看着司小南落寞的神情，又什么都没说出口。

"对了，还有一件事，冷轩他被守夜人带回大夏关起来了，我担心高层会因为我和洛基为难他，所以……"

"我明白了。"纪念点头，"你放心，我会亲自回趟大夏，把他带出来。"

"嗯……那我先走了。"司小南转过身，拖着满是伤痕的身体，向着船头的大海走去。

"你身上的伤呢？你伤得这么重，只是简单包扎的话，在海里会恶化的。"纪念一把拉住她的手，"你等一下，我这就叫人给你治疗，我手下有个很厉害的家伙，几分钟就能让你伤势全部恢复……"

"不用了。"司小南摇摇头，"洛基知道我受伤了，如果我回去的时候，伤口全部复原，他会起疑心……我这样子，反而能降低他的警惕。"司小南松开了纪念的手掌，微微一笑，"再见。"

"扑通——"她轻轻一跃，坠入了宛若深渊的海水之中。

~~1150~~

望着那道逐渐消失在视野中的身影，纪念低头看了眼手中的丹壶，转身便向船舱内走去。

"会长，您要回去改车吗？"候在一旁的骑士问道。

"不，这次有更重要的事情要办。"纪念摇头，"让人把舱里的移动积木室给我清理出来，我马上过去。"

"积木室？"骑士一愣，"好，我知道了。"骑士转身离开，纪念则回到屋中，把身上的皮外套、靴子全部脱下，换成了白色的科研长袍，鼻梁上架着一副高倍率的单片镜，便向积木室走去。纪念刚在桌边坐下，正欲开始做些什么，半掩的门外骑士又悄悄探出了脑袋。"会长……"

"我不是说过，我在积木室的时候，不管发生什么都不要打扰我吗？"纪念眉头一皱，冷声说道。

"不是啊会长，我这不是还没关门吗？"骑士抱歉笑道，"而且，这次是真的有紧急的事情……"

"说。"

"迷雾里，又飞出了三个人……"

"怎么又来了三个人？这里不是迷雾吗？怎么搞得跟菜市场一样。"纪念不爽地从座位上站起，"来的是什么人？哪个神国的？来干吗？"

"会长，来的人您认识。"骑士认真地说道。

纪念疑惑地看向他。

甲板。

"林七夜？"纪念穿着白色长袍走到甲板，看到三人中的某张面孔，惊讶地开口。

"纪念？"林七夜也愣在了原地。林七夜三人跟随着奇迹指引的方向，在迷雾里飞了许久，等到他的精神力都快被"筋斗云"抽干了，也没看到大夏的影子。若非林七夜的精神力感知发现了这艘在迷雾中航行的像素邮轮，他们都打算降落到海面，召唤护工背着他们前进了。"原来是你们上邪会的船，我说在这迷雾之中，哪来这么豪华的邮轮。"林七夜四下张望了一圈，忍不住感慨，"这么大的船，我在大夏都没见过……"

"之前就跟你说，有机会带你见识一下我的邮轮，没想到我不去请你，你自己找上门来了……这几位是？"纪念的目光落在了安卿鱼和飘在空中的江洱身上，眼中写满了好奇。

"我的队友，安卿鱼，江洱。"林七夜简单地介绍了一下。

"上邪会会长，久仰大名。"安卿鱼腼腆一笑，与纪念握手，江洱碰不到她，只能笑着挥了挥手。纪念打完招呼，便看向林七夜："你们是怎么找过来的？"

"这件事情，说来复杂……"

"没事，慢慢说，正好我也先带你们逛逛邮轮。"纪念转头对骑士吩咐道："让人去餐厅准备一下，一会儿我带他们去吃饭。"

"是。"骑士恭敬回答。

林七夜三人跟着纪念，一边逛着邮轮，一边将这次天国之行的经过简要地说了一遍。听完之后，纪念的脸色明显难看起来。"克系神国？"纪念看了他们一眼，感慨道，"也真难为你们能逃出来……"

"我们当务之急，就是赶回大夏，把情况汇报给守夜人与天庭，看他们能不能有办法，把拽哥救出来。"

纪念摇了摇头："按你说的情况，就算天庭众神去了，也救不了你兄弟，他与地狱本源正在融合，除非他彻底将其吸收，否则根本不可能从地狱离开，他的生死，只掌握在他自己手里。"话音落下，纪念停顿了片刻，再度开口，"不过，向大夏传信的事情，我现在就能帮，你们等我一下。"纪念转头走进一间船舱中，片刻之后，手中便多了一个像素风格的对讲机。

"这是什么？"安卿鱼盯着对讲机，眼中浮现出好奇的目光。

"我的特制对讲机，世界上仅有两个。"纪念晃了晃对讲机，单手叉腰地介绍道，"它是用来传播信息的，不是传统意义上的波段信号，而是像素化的特殊信号，可以无视这片迷雾进行超远距离的交流，只不过每次使用，都会对我造成很大的精神负担……这对讲机一个在我手上，另一个，就在你们总司令叶梵手里。只要我打开这个对讲机，就能跟你们叶总司令进行跨海交流……牛不牛？"

林七夜三人对视一眼，同时愣在了原地。

见林七夜三人没有反应，纪念眉梢一挑："不厉害吗？"

"厉害是厉害，但是……"林七夜停顿片刻，"你应该联系不上叶司令了。"

"为什么？"纪念疑惑。

"他牺牲了，两年多之前就牺牲了。"

纪念的身体猛地一震。她的神情有些恍惚，似乎没能理解林七夜的意思："牺牲了……？"

"嗯。"林七夜点头，复杂地看着她，"你……不知道吗？"

纪念呆呆地看着自己手中的像素对讲机，像是尊雕塑般站在原地。这个对讲机虽然神奇，但每次使用，都会给她带来巨大的精神负担，上一次动用这个对讲机，还是两年前大夏被埃及九柱神入侵，叶梵向她求助的时候。恍惚间，纪念仿佛又想起了当年她即将离开大夏前，叶梵在走廊中跟她说的话："纪念，我最后再问一次……你能不能不走？"

"……"

"没什么……如果你真的不打算留下的话，你可以走了。"

当时纪念还没有察觉什么，只是觉得叶梵有些古怪，但现在想来，一切似乎早有预兆。纪念握着对讲机的手，越攥越紧，手指的骨节都开始泛白。她深吸一口气，对着三人说道："你们应该记得，餐厅在哪儿吧？"

"记得。"

"我已经让人给你们准备好了晚餐，你们去吃吧……我有点事情，一会儿再来找你们。"话音落下，纪念便抿着双唇，转身走向船舱深处，只留下林七夜三人沉默对视一眼，长叹一口气。

船舱内。

纪念迈着大步走进屋中，反手锁上房门，她在原地沉默地站了片刻，后背靠着房门一点点地下滑，坐在了冰冷的像素地面上。她倔强的双眸通红无比，却紧咬着双唇，连一滴泪水都不曾流下。死寂黑暗的屋内，纪念抱着自己的双腿，缓缓抬起了那个像素风格的对讲机……按下按钮。"……有人吗？"纪念的声音很小，似乎怕打扰到谁，咬字也有些颤抖。过了许久，一个声音从对讲机另一边传出："是纪念会长吗？我是左青……"

1151

邮轮餐厅。

"你们说，纪念会长和叶司令，是什么关系？"江洱飘在座位上，有些好奇地问道。

"不知道。"林七夜放下手中的筷子，犹豫片刻，"反正，应该不是那种恋爱关系，更像是某种革命友谊。"

"她的年纪，看起来跟我们差不多大，那当年她认识叶司令的时候，应该还只是个小女孩？"

"当时的叶司令，也还没当上司令吧？"

"算算时间，确实差不多。"

"又是一段被历史尘封的往事啊……"

三人用完晚餐，纪念便走到了餐厅之中，她手里攥着的那个对讲机已经不见，除了双眸有些泛红，其他的看起来没有什么异常。

"怎么样？晚餐还合胃口吗？"纪念开口问道。

"非常美味。"安卿鱼微笑道，"多谢款待。"

林七夜等人从椅子上站起，看了眼墙上挂着的时钟，说道："我的精神力也恢复得差不多，该赶路回大夏了……方便的话，能告诉我大夏在哪个方向吗？"

"不用了。"纪念平静地摇头。林七夜三人一愣，有些不明白她的意思。"我是说，你们不用再飞回去了，这里离大夏还有半个地球的距离，你的精神力撑不了那么久的。"纪念双手插进兜中，继续说道，"我已经下令掉转船头，全速开往大夏，你们就跟着我们一起回去吧。克系神国的事情，也不用担心，刚刚我已经在对讲机里跟你们左司令说过了，他已经开始采取行动，所以你们就算晚两天回去，也不会耽误什么。"

"你们也要去大夏？"江洱诧异地开口。

"嗯，去办点事情。"

江洱和安卿鱼同时转头看向林七夜，后者犹豫片刻后，点了点头。"也好，那我们就搭一趟顺风船。"

"从这里坐邮轮回大夏，大概需要三天的时间。"纪念看了眼时间说道，"这段时间，我有件很重要的事情要做，恐怕不能招待你们，有什么要求可以对船上的上邪会成员提，他们会尽量满足你们的。"

"谢谢。"

从餐厅出来后，纪念便穿着白色科研长袍，径直走入了积木室中，骑士给林七夜三人安排了房间，将其带了过去。路上，安卿鱼犹豫片刻后，还是问道："请问，你们会长也喜欢搞科研吗？"

骑士一愣，摇头说道："会长不搞纯粹的学术研究，她更喜欢摆弄一些武器、载具、工程建筑之类，什么飞机、大炮、导弹、跑车、摩托、战斗机……比起科学家，她更像是制造方面的狂热爱好者。"

"原来如此……不过她造出来的东西，确实很有意思啊。"安卿鱼的脑海中，浮现出那个像素风格的对讲机，不由得有些心痒。

"这些算什么，等下次你们去'乌托邦'转转，那里的东西，会让你们惊掉下巴的。"骑士哈哈笑道。

林七夜回到自己屋中，关上房门。他倒了杯热茶，坐在狭窄的舷窗边，看着窗外朦胧的雾气与深邃的海水，许久之后，长叹了一口气。地狱的遭遇，实在太过惊险，到现在他还没有从生死边缘的危机感中走出来，每当他闭上眼睛，脑海中就会浮现出无数蠕动的红色小虫，以及那狰狞诡异的笑声。而他最放不下的，还是身背一双黑色羽翼，在冰面上痛苦咆哮的沈青竹。他能撑过与地狱本源融合的过程吗？他会被堕落之力浸染吗？他该怎么从那神国的腹地出来？一个个的疑问缠绕在林七夜的心头。睡不着觉，林七夜索性靠在窗边，浅抿几口热茶，将意识沉入脑海中的诸神精神病院中。

"开盘开盘！！快来下注了啊！一会儿开始了就不能下了！"

"今天我押猴哥，两个鸡腿。"

"我也押猴哥，一包辣条！"

"感觉最近吉吉国王确实不是猴哥的对手啊……来个猴哥，我押一天的工作代做。"

"说不定今天能爆冷呢？我就押吉吉国王，三颗瓜子！"

"不好意思，你赌注太少了，不能参与。"

"？？？"

林七夜穿着白大褂，刚走进院子，就听到一边的护工们正热闹地讨论着。只见院落之中，孙悟空与吉尔伽美什都已经在两侧站定，冷冷地看着彼此，空气中的杀机越发凌厉。林七夜想起了什么，看了眼墙上的挂钟。嗯……确实到了这两人日常打架的点了。林七夜也许久不见两人交手，索性就在院落边站定，就在这时，李毅飞右手端着一个小马扎，左手抱一袋瓜子，正慢悠悠地走过来。"七夜？你来了？"李毅飞看到人群中的白大褂，眼前一亮，迅速走上前去，把小马扎递到林七夜身下，"来，坐着看。"

"那你呢？"林七夜自然地坐在小马扎上，问道。李毅飞将瓜子抛给林七夜，一巴掌呼在了一旁嚷嚷着押注的小浣熊脑门上，后者立刻双爪捂头，转头委屈巴巴地看着李毅飞："李总管，你打我干吗？"

"去，给我端个马扎。"

"哦……"很快，小浣熊便端来一个新马扎，林七夜和李毅飞就这么在院落旁坐下，嗑起了瓜子。

"他们怎么还不打？"林七夜连嗑数颗，见院中二人还没动作，忍不住问道。

"哦，他们等乐师呢。"

"？"

只见病院楼栋下，布拉基抱着竖琴，昂首挺胸地走到院边的巨石边，轻咳两声，随后开始拨动手中的琴弦。激昂的音乐声响起的瞬间，院中的两人像是收到了某种信号，同时向着彼此冲去，金与紫两道光芒汹涌迸溅，却被院子周围的防御魔法阵锁在内部，没有丝毫溢出。布拉基的琴声，仿佛有着某种魔力，在场所有人的心绪都被调动，气氛逐渐紧张。押了注的护工们候在院边，心脏都提到了嗓子眼，就连在一旁嗑瓜子的林七夜，都有种久违的热血沸腾的感觉。他目不转睛地看了院中的战斗许久，眉头微微皱起。"我怎么感觉……吉尔伽美什越来越吃力了？"

1152

院中。金箍棒与长剑在空中以惊人的频率碰撞，两股神力激烈对撞之下，穿着灰袍的吉尔伽美什身形接连后退。孙悟空身上的破碎袈裟翻飞，气势越战越勇，一双璀璨的金芒如同烈日般燃烧，他就像一位战神，周身的佛光与妖气如一阴一阳徐徐旋转，碾碎了吉尔伽美什的霸道神力。

"最近一直是这样。"李毅飞听到林七夜的话，一边嗑着瓜子，一边说道，"这半个月以来，只要两人打架，吉吉国王就一局都没有赢过，你看他们押的注就知道了，几乎所有人都看好猴哥。"

林七夜目不转睛地盯着战场，片刻之后，找到了问题所在，长叹一口气："归根到底，不是吉尔伽美什弱……而是这段时间，猴哥变强了。"

"可不是吗？你看猴哥这架势，我感觉比电视剧里演的齐天大圣猛多了，要是那里面的猴哥真有这么强，那他能大闹天宫，硬刚玉皇大帝，我觉得倒也合情合理。"李毅飞忍不住感慨。林七夜没有说话，只是默默看着孙悟空头顶的进度条——

孙悟空治疗进度：90%

已经上涨到90%了……现在孙悟空的治疗进度，超过了布拉基的86%，一跃成为整个病院最健康的病人。照这个速度，难道猴哥能比布拉基更早出院？反观正在与孙悟空交手的吉尔伽美什，这段时间的服药治疗，虽然也让他的进度条上涨了一些，但还停留在42%上，就连50%的大关都没有突破，出院依然遥遥无期。当然，要说出院希望最渺茫的，还数耶兰得。林七夜抬起头，看了眼病院楼顶，围栏后方，穿着白云外衣的耶兰得正低头俯视着院中的战斗，那张苍老的面庞上，满是温和与慈祥。"咚——"一声爆响从院中传出，吉尔伽美什的身形被金箍棒击中倒飞而出，重重摔在了大地之上。这一场战斗，最终还是以吉尔伽美什的落败而告终。布拉基及时停下了手中的演奏，抱着竖琴快步走到吉尔伽美什身边蹲下，眨了眨眼："喂，你没事儿吧？"

吉尔伽美什眉头紧皱，缓缓从地上爬起，冷漠地瞥了他一眼："本王，不需要你担心。"他目光扫过对面扛着金箍棒，伫立在原地与他对视的孙悟空，冷哼一声，转身便向自己的病房走去。

见到这一幕，嗑着瓜子的李毅飞停下了手中的动作，挠了挠头，看向林七夜："七夜，你不用去管一下吗？"

"管？这我怎么管？"林七夜无奈说道，"他们是你情我愿的交手切磋，我不好插手。"

"但我感觉以吉吉国王的性子，一直这么挨揍会出问题啊？要不你跟猴哥说说，让他下次放点水？"

林七夜果断摇头："不，吉尔伽美什毕竟是古老之王，这点气度还是有的，如果猴哥真的放水了，才是真的要出问题，这是对他的一种侮辱。"林七夜话音落下，看着吉尔伽美什离去的背影，陷入沉默。片刻之后，他还是从小马扎上站了起来，拍掉了身上的瓜子皮："我去看看他。"

林七夜站在五号病房的门口，伸出手，轻轻敲门。不等门内的吉尔伽美什开口，他便拧动把手，径直走了进去。病房内没有关窗户，吉尔伽美什披着一件灰色长袍，静静地站在窗边，他侧过头，皱眉看着门外走进来的林七夜，沉声道："本王还不曾开口，谁让你进来的？"

"等你开口拒绝，就晚了。"林七夜双手插在白大褂的口袋中，走到窗边，看着窗外的景色说道，"最近病情怎么样？"

"本王没病！"吉尔伽美什神情有些不善，"要是在当年的乌鲁克，就凭你这句话，足以让你死上十次。"

"……那我换个问法。"林七夜认真地看向他，"现在，你能分清幻想与现实了吗？"

吉尔伽美什陷入了沉默。

许久之后，他才缓缓说道："本王……本王不知。"

"不知道？"林七夜皱眉，"能分清就是能分清，不能分清就说分不清……怎么样算不知道？"

"本王知道，这里早已不是乌鲁克，但每当本王试着回忆当年发生的事情，思绪便会混乱……就好像，有人不停地往本王的脑海中塞入一些混乱的记忆。"吉尔伽美什缓缓闭上双眸，深吸一口气，"本王不是那种逃避现实的懦夫，但每当这些混乱记忆出现之后，本王便会再度陷入恍惚，只有在全身心投入战斗之时，才能短暂地恢复清明。"

听到这段话，林七夜的脸色逐渐凝重起来。早在最开始给吉尔伽美什治疗的时候，林七夜便觉得，凭借这位古老之王的心性与气量，应该不至于自我堕落，沉沦虚假的幻想。而在他用暴力手段将其意识唤醒之后，吉尔伽美什表面上看来，除了傲气一些，似乎没有别的病症，但无论如何，病院的治疗进度条不会说谎。42%的进度，就说明他的病还只是初步被治愈了一些，只要不突破50%，就说明最重要的病根，并没有被发现。现在看来，事情的关键应该就出在他口中的"塞入混乱记忆"之上。可林七夜想遍李医生的笔记，也没有提到过与之类似的状况。

难道……问题真的不出在吉尔伽美什的精神上？林七夜陷入了沉思。比如梅林的人格分裂，就不是单纯的精神疾病，归根到底，那是因为外界异种灵魂入侵而导致的精神失常，有没有可能现在的吉尔伽美什所面临的，也是这个情况？如果真是这样……那究竟是什么东西，在不停地给他灌入混乱的记忆？林七夜想了很久，还是没有什么思绪，只能点点头："我知道了，我回去研究一下……如果你实在被这些记忆困扰，可以多找猴哥打打架，他应该会很乐意帮忙。"说完，林七夜便走出了五号病房。

1153

清晨。淡淡的阳光透过促狭的舷窗，落在林七夜的脸颊上。他的眼皮轻轻颤动，缓缓睁开眼眸。昨晚与吉尔伽美什交谈完，离开诸神精神病院后，他很快便陷入沉睡，不知不觉间，竟然就这么靠着墙睡到了天亮。林七夜看了眼时间，简单地洗漱一番，打开房门径直向船头走去。虽然太阳才刚升起，但此刻的甲板上，已经有不少上邪会成员正在忙碌，林七夜的目光扫过周围，果然没有看见纪念的身形。昨天她说这三天有重要的事情要做，不会出现……也不知道具体是什么？

"七夜。"一个声音自身后传来，只见安卿鱼带着飘在空中的江洱，穿过甲板来到他的身边。

"你怎么也起这么早？"林七夜眉梢一挑。

"他昨晚根本就没睡。"江洱忍不住吐槽，"他用一晚上的时间，把这艘邮轮，还有一些快艇、逃生船、中控室，以及这艘船上所有的配套设施，都研究了个遍。"

林七夜恍然大悟："你半夜当贼去了？"

"我只是四处看看，不是当贼。"安卿鱼义正词严，"而且我在解析的时候，还发现了几处系统缺陷，顺手帮他们修好了。"

"有发现什么吗？"

"……太神奇了。"安卿鱼忍不住开口，"这艘船，还有这艘船上98%的东西，全都是由大小不一的像素块构成的，我看不出这些像素构成的原理，但是它们仿佛有一种神奇的力量，彼此间能够在无视宏观物理的条件下，完美地构建出任何东西……"

"所以，她的能力就是用像素拼积木？"

安卿鱼神色复杂地看了林七夜一眼："你要是想这么理解，也没有问题……但它绝对没有你想得那么简单，反正这是到目前为止我见过的最神奇的能力！"林七夜的眉梢微微上扬。纪念徒手拼豪车和大炮的能力，他是亲自见识过的，不过从视觉角度来看，这个能力似乎也不算太强，至少应该没有抵达神墟的层次。不过既然安卿鱼能给出这么高的评价，那就说明这个能力确实有些超常之处。林七夜正欲开口说些什么，目光微微一凝，转头看向船头前进的方向，双眸眯起。

"怎么了？"见林七夜表情变幻，安卿鱼不解地问道。

"二十公里外，有两只海中的'神秘'盯上了这艘船，正在往这里赶。"林七夜平静地开口，"从境界上来看，一只是'克莱因'，还有一只是'无量'。"

"有'神秘'来袭？"安卿鱼点点头，"这也正常，这么大一艘邮轮在海中航行，肯定会引起其他'神秘'的关注……"

林七夜环顾四周，拉住了一位刚准备离开甲板的上邪会成员。

"你好，请问有什么事吗？"那是一位黑皮肤的高挑女人，看来是非裔，身材健硕，此刻被林七夜拦下，礼貌地开口问道。

"你们被'神秘'盯上了。"林七夜开口提醒道。

"'神秘'？"

"现在在十八公里外，照这个速度，很快就会撞上船体。"

那位非裔女子诧异地看着林七夜："十八公里？"

非裔女子犹豫片刻，下意识地抬头看向邮轮顶端，话音落下不过五秒，刺目的红光便从船顶的警戒灯照射而出，与此同时低沉的嗡鸣声开始在船体每一个角落回荡。"果然有东西来了。"非裔女子神情先是一惊，随后便恢复淡定，她转身道，"多谢您的提醒，还请二位客人去客舱休息，甲板上可能会有些不安全。"

林七夜和安卿鱼对视一眼，点了点头。"好。"

随着低沉的嗡鸣声越发清晰，非裔女子加快脚步，向着船舱内走去，其余在甲板上忙碌的上邪会成员也淡定地走回船舱，似乎对此已经见惯不怪。"这艘船上，也有能够进行大范围探测的特殊设备。"安卿鱼一边向船舱走，一边开口解释道，"由于是用像素搭建而成，所以探测范围和常规的雷达有所不同，应该只有十六公里，不过这种电子设备能在迷雾里使用，已经非常厉害了。不仅如此，这里用来警戒的嗡鸣声，也是一种特殊频段的声音，这种声音人耳能够清楚地听见，但对于85%的'神秘'而言，是无法听见的，否则在迷雾中释放出太响亮尖锐的噪声，恐怕很快就会引来更多的'神秘'。"

二人走到船舱二楼的落地窗前站定，看着船头前方朦胧的迷雾，林七夜惊讶开口："这艘船，有这么厉害？"

"厉害的不是这艘船，是设计出这艘船的工程师们，以及制造出它的纪念会长。"安卿鱼指了指脚下，"能在迷雾中行驶的，如此庞大复杂的巨轮，不是谁都能设计出来的，上邪会的背后，一定有一支涵盖所有领域，极其顶尖的科研团队。"

就在两人说话之际，船体微微一晃，宽阔的甲板表面竟然开始下沉，很快，三支粗壮的灰色像素炮管便被高高架起。这像素炮管的口径堪称变态，炮口都有一座两层洋房大小，其中两支炮管，开始对准朦胧的迷雾自动转向，似乎在锁定着什么。"轰轰——"三秒之后，两道粗壮的赤色光柱瞬间闪入迷雾之中，消失不见。林七夜像是感知到了什么，眉梢微微上扬。邮轮在海面缓缓前进，过了一会儿，船体两侧的海面之上，两只硕大的"神秘"尸体随着血色水域浮沉，一只"克莱因"，一只"无量"，竟然全都被这像素大炮一击毙命。确认死亡后，上邪会的成员们便不紧不慢地走上甲板，开始对那三支像素炮管进行保养，林七夜和安卿鱼也走出船舱。

"你好。"安卿鱼拦住了一位上邪会成员，腼腆地笑了笑。他伸手指向船边漂浮的两只"神秘"尸体："不好意思……这两只'神秘'的尸体，我可以打包吗？"

1154

三天后。林七夜坐在邮轮四楼的餐厅里，沐浴在朝阳下，悠闲地品了一口咖啡。他和安卿鱼、江洱已经跟着上邪会的船行驶了三天的时间，从海图上看，他们已经接近大夏边境的海域，用不了多久，就能驶入大夏境内。林七夜放下咖啡杯，目光穿过明亮的落地窗，落在船头的甲板之上。两只巨大的"神秘"尸体，被一缕缕无形丝线捆绑在甲板表面，从轮廓上来看，一只长得有些像章鱼，另一只……则是半人半海马。此刻，许多上邪会的成员正站在两只"神秘"尸体附近，好奇地打量着那个身穿手术白袍、手握各种古怪刀具的年轻人。安卿鱼半蹲在甲板上，认真地用手术刀切开"神秘"的每一寸肉体，眸中灰芒闪烁。即便被众人围观，他也没有丝毫手抖，仿佛他不是在解剖两只怪物，而是在用手术刀雕琢某种珍贵的艺术品。从两只"神秘"被打捞上来，已经过了三天，这三天安卿鱼不眠不休地在甲板上解剖"神秘"，像是一台不知疲倦的机器。

与此同时，邮轮顶层，一扇封闭了数日的房门，缓缓打开。纪念穿着科研长袍，戴着单片眼镜，脸色憔悴地从积木室中走出，捏了捏鼻梁，长舒一口气。"终于做完了……"她缓慢地挪动到窗边，双眸眺望远处海景，随后像是发现了什么，轻"咦"一声，又将目光落在了甲板上那两具庞大的"神秘"尸体，以及认真解剖它们的安卿鱼身上。纪念的眼中浮现出疑惑之色。犹豫片刻之后，她换下了身上的科研长袍，走下楼梯，径直向着甲板走去。

"会长！"

"会长好。"

"会长，您终于出关了？"

几位围观的上邪会成员看到纪念走来，眼前一亮。

"嗯。"纪念微微点头，走到两具尸体边，疑惑地问道，"他这是在干吗？"

"不知道啊，看着像是在解剖，足足三天了，他连水都没喝一口，我以为我们上邪会的怪人已经够多了，没想到还有更怪的……"一位上邪会成员感慨道。

"对了，会长。"骑士像是想起了什么，"之前不是跟你说过，船上的淡水转化装置和一个复合像素动力缸损坏了吗？昨天早上我去检查的时候，发现它们又恢复了。"

"恢复了？"纪念一愣。

"不仅是恢复，原本损坏的那个动力缸，性能还增长了 15%。"

"那个动力缸是我亲自拆下来改造摩托车的……像素都已经损坏得差不多了，怎么可能恢复？"纪念脸上写满了不解。

"我也很奇怪，所以昨天又调了一下监控，发现这位前一天晚上在船上逛了一整晚，还在动力缸前停了十多分钟，不出意外的话，应该是他修好的。"骑士伸手指了指解剖中的安卿鱼。纪念的嘴巴控制不住地张大。

"你出关了？"林七夜的声音从纪念身后传来。

"林七夜，你是从哪里招来的这些妖孽？"纪念见林七夜来了，忍不住说道。

"卿鱼吗？那是我的副队。"林七夜的脸上浮现出淡淡的笑容，"他厉害吧？"

"……简直是变态。"

就在两人聊天之际，安卿鱼眸中的灰意逐渐退去，收起了解剖工具，有些疲惫地向这里走来。"安卿鱼！"纪念一步走上前，两眼放光地说道，"你有没有兴趣跟我回'乌托邦'？我们上邪会，就需要你这样的人才！"

安卿鱼一愣。

林七夜："？？？"

当着我的面，挖我的副队？

你信不信我一刀直接把你船给砍沉了？

"抱歉，纪念会长，我还是比较喜欢'夜幕'。"安卿鱼抱歉地笑了笑。似乎察觉到林七夜危险的目光，纪念无奈地耸了耸肩，放弃了绑架的想法，还是伸手拍了拍安卿鱼的肩膀，说道："没事，等有空了跟我去'乌托邦'参观参观也好，上邪会永远欢迎你……对了，我们那儿别的没有，强大'神秘'的尸体要多少有多少，你想怎么解剖都行，管够！"听到这句话，安卿鱼的眼睛顿时亮了起来。"好！"林七夜暗道不妙，纪念的这一手尸体诱惑，可是直接点到了安卿鱼心坎上了。他正欲开口，像是感知到了什么，转头看向船头前进的方向。"要到了……"他喃喃自语。

"会长，我们马上要穿过大夏边境了。"几乎同时，一位上邪会成员走上前说道。

纪念眉梢一挑："好，所有人准备一下，我们很快就要靠岸了。"

收到命令之后，甲板上的上邪会成员迅速地忙碌起来，安卿鱼将两只解剖完的"神秘"尸体沉入海中，与林七夜一起站在船头，遥望着不远处那堵阻挡着迷雾入侵的神迹之墙。上邪会的邮轮缓缓穿过大夏边境，驶入神迹之墙，遮掩视线的迷雾顿时消散无踪，蔚蓝色的天空下，是一片浩瀚干净的海域。

"大夏……我们终于进入大夏了。"忙碌的甲板上，几位上邪会成员停下身，怔怔地看着周围这片美丽的海域，"会长口中提过的，世界上唯一一片自由之地……"上邪会的成员，绝大部分都是纪念从不同的"人圈"中带出来的，他们只在纪念的口中听闻过大夏的存在，此刻亲自进入传闻中的大夏境内，对他们而言好似梦幻一般。纪念走到船头，站在林七夜身边，看着远方的蓝色海域，长叹一口气："上次回大夏，还是两年多前的事情……也不知道，现在这里变成了什么样子。"

"这两年，大夏的变化可不少。"林七夜微笑道。

"嗡嗡嗡——"就在他们说话之时，低沉的警报声再度响起，红芒自船顶的警示灯照射而出，飞速地旋转着！

"会长！！天上有大量飞行物体，在向我们靠近！"一个声音自船体各处的喇叭中传出，听到这句话，忙碌的上邪会成员脸色同时一变。不是说大夏境内非常安全吗？怎么还有敌人？！纪念的眉头也紧紧皱起，她手掌轻握，下方的甲板迅速地化为无数细小像素，在周身盘旋。"嗖嗖嗖——"蔚蓝色的天空中，数十架灰色战斗机飞掠过天空，向这艘像素邮轮俯冲而来！

第六篇

支配皇帝

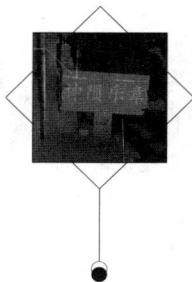

1155

"是大夏的战斗机？"看到这些飞机的瞬间，纪念便松了口气，将像素全部归还原位，对船上的上邪会成员喊道："自己人！所有人不要轻举妄动，不要调出武器模块。"所有上邪会成员立刻停下手中的动作，将船上的警报尽数关闭，只剩下一艘巨大的像素邮轮在海面上漂浮。林七夜望着那些飞机掠过天空，若有所思地环顾四周："竟然来得这么快？这就是完全状态下的战争关隘吗……"

"从地理位置上来看，这些飞机应该来自'山海关'。"安卿鱼点头道。

"'山海关'？那是什么东西？"纪念不解地问道。

"大夏为了全面神战准备的十二座战争关隘之一。"

林七夜简单地解释了一下，纪念的眼中便浮现出好奇之色："大夏还弄了这种东西？有点意思……"

"需要我入侵他们的系统，表明我们的身份吗？"飘在半空中的江洱轻声开口。

"不……你这么做，会让他们误以为我们是敌人的。"安卿鱼摇头。

"那怎么办？上邪会的船对他们来说完全是来自迷雾的未知存在，他们不会轻易放我们离开的。"

"交给我吧。"林七夜平静说道，用拇指顶出"斩白"刀柄，刀锋浸染上一抹夜色，刹那间斩向天空。"咔——""斩白"归入鞘中。

"你这是在干吗？"纪念眉梢一挑。

林七夜没有回答，但下一刻，蔚蓝色的云层之下，一道庞大漆黑的圆弧勾勒而出，两道刀痕交错斩开圆弧，勾勒出"夜幕"小队的徽章，如烙印般嵌在众多盘旋飞机的上空。

"那是什么东西……"一架盘旋的战斗机中，驾驶员看到头顶这道黑色印痕，眼眸中满是不解之色。

"是'夜幕'小队的队徽，他们从海外回来了。"一个声音从频道中传出，"左司令那边也传信过来了，这些是自己人，收队回关吧。"

"4号你留下来，指引他们入关。"

"收到。"

天空中盘旋的战机同时掉转方向，呼啸着消失在天边，只剩下一架飞机在空中飞翔。"跟着那架飞机走。"林七夜明白了什么，指着飞机说道。巨大的邮轮再度运转，破开蓝色海浪，向着那架飞机离去的方向，全速前行。没多久，一座宛若连绵山峰的黑影缓缓出现在海平线的尽头。纪念站在船头，一头银发随风舞动，她举起手中的像素望远镜："那就是'山海关'？"

"嗯。"

"看着挺恢宏，有点科幻电影里的味道了。"纪念感慨了一声。她伸出手，在自己耀眼的银发上轻轻一抹，头发便以肉眼可见的速度变成乌黑，瀑布般垂至大腿。

"你头发还能变色？"林七夜诧异开口，"我以为，你这次的银发是新染的……"

"不，银色才是我本来的发色，那是家族遗传。"纪念耸了耸肩，"不过有些时候，头发太扎眼不是好事，所以一般出任务或者面对很多人的时候，我都会把头发变黑。"

"那你们家族的基因，可真是强大。"林七夜感慨了一句。

随着像素邮轮的接近，山海关的中央，高耸的钢铁城墙逐渐打开，一条宽阔的水路出现在他们的身前。驶入山海关外墙，邮轮便在指示灯的引导下，停在内外墙之间最大的船舶停靠点，一个身影骑着电瓶车，晃晃悠悠地从内墙靠近。"路前辈？"林七夜看到那个熟悉的身影，诧异地开口。众人从船上下来，路无为停车摘下头盔，微微一笑："又见面了。"

"这座关隘，是您的地盘？"

"什么地盘不地盘的，又不是黑道。"路无为耸了耸肩，"我只是暂时镇守这里。"他的目光落在林七夜等人身后，从船上下来的纪念身上，轻轻摆手："大美女，好久不见。"两年前九柱神入侵之时，纪念开着豪车从迷雾中回来给大夏解围的画面，他可还记忆犹新……当然，印象最深刻的，还是她和叶梵坐飞车走，把他和关在无情抛下的情景。

"好久不见。"纪念礼貌点头。

"这艘船太过显眼，不方便开到城市的码头上，就先停靠在这里吧。"路无为一边给众人带路，一边说道，"左青跟我打过电话，接你们回京的飞机已经准备好了，等你们事情办完，再回这里开船就好。"

"没问题。"

左青给纪念等人准备的是一架运输机，无论上邪会来的人有多少，都能一口气运走，林七夜三人索性又搭了一趟顺风机，一路从山海关回到了上京。刚走出机场，两个身影便从路边的石墩上站了起来。

"七夜！！"

林七夜一愣，只见百里胖胖和曹渊快步走来。"你们不是在天庭吗？"

"老曹恢复得差不多，我们就下来了，左司令说你们坐飞机回来，我俩就在这儿等你们。"百里胖胖的目光向后看了一眼，似乎有些急切，"拽哥呢？"林七夜一怔，陷入沉默。"七夜，拽哥呢？"百里胖胖又问了一声。

"拽哥他……"林七夜简单地将事情的经过跟两人说了一遍，百里胖胖的眉头紧紧皱起。

"地狱本源……"百里胖胖喃喃自语，"我的预感是正确的……"

"你说什么？"

"没，没什么。"百里胖胖回过神，低头看了眼自己的双手，眸中有些疑惑。他分明没有从本我轮回中超脱出来，修为与道果也不曾回归……为什么却能预感到拽哥出事？不过好在，自己给的"源道玉"起了效果，沈青竹应该暂时没有生命危险。

"你们接下来去哪儿？"纪念开口问道。

"先去总部汇报任务，然后再听安排。"林七夜回答，"你们呢？"

纪念沉默片刻，抬头看向远方："我……要先去一个地方。"

1156

总司令办公室。

"……事情的经过，就是这样。"

林七夜话音落下，站在窗边的左青闭上眼睛，长叹一口气。"你们能从那地方逃出来，确实很不容易……差一点，我大夏又要损失一支特殊小队。"

林七夜忍不住问道："左司令，我们下一步该怎么做？"

"在纪念传信回来之后，我就把这件事情上报给了天庭。"左青提起桌上的水壶，一边给林七夜倒水，一边说道，"这三天，天庭已经派出了千里眼、顺风耳、五方水神，以及东海、南海两位龙王去搜寻克系神国的下落，到现在还没有消息。此外，我也联系了路无为，让他用能力去寻找沈青竹的位置……"

"结果呢？"林七夜急切地问道。路无为的寻人能力，林七夜是最为信任的，当年他能骑着一辆电瓶车，跨海驶入日本"人圈"甚至是高天原找到他，那寻找到沈青竹应该也不是没有可能。

"还是不行，正如你所说的，那座神国是活的，而且移动速度很快，路无为就算能感知到它的方向，也追不上它，更无法进入其中。"林七夜眼中燃起的光芒，再度黯淡下去。"无论如何，我们都会尽力去寻找克系神国，毕竟那地方多存在一天，对这个世界而言都是祸害。"左青见林七夜精神萎靡，开口安慰道。

林七夜接过左青递来的茶水，低头品了一口，沉默点头。

"对了，你们这次出去，找到周平的线索了吗？"

"找到了一些。"林七夜简单地将小岛上的痕迹跟左青描述了一遍，后者若有所思地点点头。

"被三位神明追杀……还是在一个月前，就凭这些信息，还是没法确定他的位置，难道还是只能靠路无为再出海一趟？"

林七夜标记出的那座岛屿，距离大夏很远，路无为一旦出海去寻找周平，就凭他的速度，少说也得花费一个月，这么一来东南海域的山海关，又将无人坐镇。

"或许，我们可以问问上邪会？"林七夜提出一个新思路，"上邪会在海外的势力范围很广，信息也十分灵通，如果剑圣前辈真在海外弄出了什么大动作，他们应该会有些消息。"

"嗯，可以试试。"

林七夜回想到船上纪念的神情，犹豫片刻，还是问道："不过，她为什么突然要回大夏？是有什么任务吗？"

"任务？怎么可能。"左青笑道，"上邪会和守夜人又不是隶属关系，我们哪能给她下任务？她回来，只是为了祭奠故人。"

"故人……是叶司令？"林七夜小心翼翼问道。

左青仔细打量林七夜许久："你小子，是想问八卦吧？"

"不，我只是好奇。"林七夜坚定否决。

"……也没什么不能说的。"左青不紧不慢地在办公椅上坐下，"她和叶司令，不是你想的那种关系。大概是……十年之前？纪念还是个小姑娘的时候，曾经大闹淮海市，一个人干翻了一整支驻守淮海的守夜人队伍。"左青回忆起什么，感慨道，"你敢信吗？一个七八岁的小女孩，徒手打昏了两位'克莱因'级别的高手，后来还是即将突破到人类战力天花板的叶司令空降淮海，才制住她。"

"她当年就这么强？"林七夜震惊。

"何止是强？她简直是个妖孽。"

"后来呢？"

"控制住她之后，当年的守夜人总司令王晴，下令把她关进斋戒所，叶司令不忍看这么小的孩子被关进那种地方，苦苦替她求情才保住她。在那之后，他就一直将纪念带在身边，一边教她为人处世，一边防止她再度失控。后来发生了什么，我也不清楚，总之，没过多久纪念就离开了大夏，说是要去迷雾里寻找回家的办法，叶司令拦不住她，只能放任她离开……再后来，迷雾中一股自称为上邪会的势力便极速崛起。"

"原来如此……"林七夜点头。

左青看了眼墙上的时间，从座位上站起："我马上要去趟晨南关，跟上邪会对接的事情，就交给你了……你们的任务还没结束，尽快把周平带回来，如果实在不行，我只能调动路无为了。"

"是。"林七夜严肃回答。

左青拿起几份文件，正欲离开，见林七夜还是静静地站在桌前，不由得问道："还有什么事吗？"

"有。"林七夜沉默片刻，"我想找一个人的家庭住址……"

"家庭住址？谁的？"

"……沈青竹。"

上京市。守夜人陵园。一个披着斗篷的身影，从碑前缓缓站起。微风拂过清冷的陵园，让碑前那束白花的花瓣如碎雪般飘舞，少女的黑发拂起，露出一双泛红的眼眸。她伸出双手，轻轻摩擦着碑前那张黑白的相片，喃喃自语："转运换命，神魂俱灭……叶梵，你做得真绝。这下子，我连去国运英灵殿看你的机会都没了……"少女凝视相片许久，长叹了一口气。

一个深红色的身影穿过陵园，缓缓走到她的身边，双眸复杂地看着眼前这座碑，将手中的白花摆在碑前。"你怎么也来了？"纪念看到身旁的林七夜，诧异地开口。

"刚从总部出来，就感知到你在这里，顺路过来祭拜一下。"

"你的精神力感知还真好用。"纪念揉了下泛红的眼睛，佯装无事地打趣道，"没少用来看小姑娘吧？"

"？我从来不干这种事。"

"嘁，别装了，要是我有这种能力，我天天都偷摸着看帅哥腹肌，做人嘛，诚实一点。"纪念摆了摆手，最后看了墓碑一眼，转身向墓园外走去。"说吧，你找我，还有什么事？"

"你怎么知道？"

"我掐指一算，就知道你有求于我。"纪念"哼"了一声，"说吧，趁我现在心软，等我心硬起来，就没那么容易答应你了。"

林七夜见此，也没有再推托，而是直接开口问道："你知道大夏剑仙周平吗？"

纪念的脚步微微一顿。

"周平？就是那个背着剑匣的家伙吧？"纪念点头，"我知道他，他来过'乌托邦'。"

"他去过你们上邪会的总部？"林七夜眼前一亮。

"嗯，大概是大半年前吧？"纪念若有所思，"当时他好像是迷路了，也不知道怎么就碰上了我们的船，我看他是大夏人，就让他在'乌托邦'暂住了一段时间。后来我才知道，他居然踏入了神境……简直是个怪物。"

大半年前？林七夜紧接着问道："那后来呢？你们有他的消息吗？"

"后来，他就没有回过'乌托邦'，不过我听他说，他要去奥林匹斯帮黑夜女神打架。"这句话落在林七夜的耳中，无异于重磅炸弹，他的眼中浮现出惊喜。奥林匹斯的黑夜女神，当然只有倪克斯。之前林七夜就听说，倪克斯回归奥林匹斯之后，直接分裂这座希腊神国，带着一批希腊神明与宙斯派分庭抗礼。若不是她牵扯住了奥林匹斯，只怕大夏的处境会更加糟糕。原来周平消失这么久，是去找倪克斯了？"不过，最近我听说了一则消息。"纪念沉思片刻，"倪克斯那个派系，似乎出了些变故，被宙斯派系压制住了，情况不是很妙。"

林七夜的心微沉："不妙到哪种程度？"

"具体的，我也不清楚，你要是急着想找他，可以跟我回趟'乌托邦'，我有能够打探到奥林匹斯消息的门路。"

"什么门路？"

"那就要保密了。"纪念双手插兜，神秘一笑，"我只能告诉你，迷雾中的势力与纷争，没有你想象得那么简单……"

林七夜"嘁"了一声，没有再追问。"什么时候出发？"

"再过两天，我在大夏还有事情要做。"纪念道。

林七夜沉思片刻："也好，我也有件事情要去处理……那就三天后在上京集合吧。"

林七夜穿过守夜人总部的大厅，来到百里胖胖等人的面前。

"怎么样？有办法救出拽哥吗？"曹渊见林七夜回来，当即问道。

"目前还没有……不过天庭那边已经在想办法了。"

听到这个回答，众人的神情都有些低落。

"那接下我们该做什么？继续找剑圣前辈？"安卿鱼推了推眼镜。

"嗯，已经找到了一些关于剑圣前辈的线索，不过具体的，可能还得等去趟上邪会总部才能知道。"林七夜顿了顿，"在这之前，我们要先去趟临江市。"

"临江市？我们去那儿干吗？"

百里胖胖不解地问道。

曹渊一怔，像是想到了什么："临江市……好像是拽哥的老家？"

"没错。"林七夜点头，"拽哥送我们离开地狱之前，让我替他回家看看，现在正好有两三天的空闲，我们就去走上一遭。拽哥短时间内是回不来了，我们过去，也好先替他报个平安。"林七夜心里很清楚，沈青竹当时说出这句话，很可能是想找个借口劝走他们，但无论是从做兄弟的角度，还是从履行承诺的角度，他都必须走这一趟，否则心神难安。

"说起来，拽哥出来了这么多年，好像一次都没回过家？"百里胖胖若有所思，"是因为跟家里关系不好吗？"

"去了就知道了。"

林七夜正欲离开，沉默片刻后，又走回了守夜人总部大厅。

"怎么了？"

"你们先走，我去上个厕所。"

见林七夜的背影逐渐离去，百里胖胖挠了挠头："怎么这时候去上厕所……"

"走吧，我们去外面等。"

"对了，我还有点实验材料在安全部，我也去取一趟。"

"行，那我去喊管家把车开过来，一会儿好送我们去机场。"

"……"

交谈之际，众人纷纷在总部门口散开，向着不同方向走去。

林七夜走到守夜人总部的某个柜台，敲了敲玻璃窗。

"您好，林队长，有什么我能帮您的？"一位文职人员迅速走上前。

林七夜沉思片刻，取出一张卡送到柜台后："帮我取一年的薪水出来，存到这张卡里，谢谢。"

斋戒所。一架直升机缓缓降落在海上平台，披着披风的纪念从飞机上跃下。

"你好，我是这里的临时负责人李阳光。"直升机螺旋桨卷起的狂风中，一个穿着白大褂的医生走上前，与纪念握手。

"嗯。"纪念从口袋中掏出一份文件，"我来这儿领人。"

"左司令已经打过招呼了，这边请。"李医生带着纪念，穿过斋戒所的大门，径直向着内部的监狱区走去。

"他在哪儿？"纪念看着两侧空荡的牢房，不由得疑惑地问道。

"哦，现在是监狱区的用餐和自由活动时间，他和其他囚犯一起，都在餐厅吃饭，我这就带你去找他。"

两人走入餐厅之中，果然有大量穿着黑白条纹衣服的囚犯正在用餐，纪念的目光一扫，便锁定了最角落的那张餐桌。那张餐桌上，只坐了两个人：一人穿着与众不同的蓝白色条纹衣衫，蓬头垢面，正在闷头吃饭；另一人面容冷峻，一只手臂上布满蛇鳞，正侧头看着窗外的阳光发呆。

"吴老狗，你先别处去，我们找他有事。"李医生走到桌边，给了蓬头垢面的吴老狗一个眼神。吴老头抬起浑浊的眼眸，扫过李医生，在纪念的身上停顿片刻，才不情愿地抱着餐盘站起身："哦……"

他在打量着纪念的同时，纪念也在打量着他，眸中的好奇之色越发浓郁。等到吴老狗走远，纪念才回过神，对李医生说道："你们这斋戒所……真是卧虎藏龙啊！"

"卧虎藏龙？"李医生眉梢一挑，"你是说吴老狗吗？"

纪念点头。

"他啊……"李医生笑了笑，"他，确实很不错。"

"纪念？"冷轩见到纪念，先是一愣，随后惊讶地开口，"你为什么在这里？"

"还能为什么。"纪念取出那份文件，笑道，"我来接你出去。"

<h2 style="text-align:center">1158</h2>

临江市。一架飞机缓缓降落。林七夜等人刚穿着便衣走出机场，站在街边准备打车，一旁的百里胖胖便拿起了电话："喂？孙秘书？对，我们到了，你过来吧。"

百里胖胖挂断电话，很快一辆加长版的林肯便开到路边，一位两鬓斑白的中年人走下车，对着百里胖胖微微鞠躬："让您久等了，请上车吧。"

林七夜诧异地开口："你又安排了车？你怎么走哪儿都有车？"

"也不是，正好临江这里也有我们百里家的分公司，所以就调了这分公司的老总座驾用用。"百里胖胖"嘿嘿"一笑，"不是我架子大不愿意打车啊，主要是我这身上也不带现金，每次结账都要收购出租车公司太麻烦了。"

林七夜："……"

林七夜等人坐上车，报上一个地名，车辆便缓缓启动。百里胖胖靠在车座上，转头凝视着窗外阴沉的天空，眉头微微皱起。"你们有没有觉得……这座城好像有点不对劲？"

百里胖胖这突如其来的疑问，让车内众人都是一愣，安卿鱼透过车窗张望一圈，不解地说道："哪里不对劲？"

"就是……阴气好像有点重？"

"你什么时候懂道家风水了？"曹渊狐疑问道。

"……自己没事瞎琢磨的。"百里胖胖含糊回答。

林七夜闭上双眸，几秒后缓缓睁开，摇头说道："在我的精神力感知范围内，城里没有什么异样……一只'神秘'都没有，会不会是你多心了？"

百里胖胖望着窗外，眉头皱得更紧了，收回目光低头沉思起来。自己的修为、道果都尚未回归……难道真是看走眼了？

"这段时间，临江市的天气确实一直不太好。"坐在驾驶座上的孙秘书及时提醒道，"已经给各位准备好了雨伞，一会儿还请记得带上。"

下高架桥开了一个多小时，车辆便在一处偏远的街道旁停靠。林七夜带伞走下车，眼前是一片低矮的居民楼，从地理位置上来看，这里应该属于临江市的郊区。百里胖胖等人跟在林七夜的身后，目光扫过周围："就是这儿？感觉怎么都是没人住的老房呢……"

"一两个月前，这里就被李氏集团划为拆迁区，居民都陆续搬走了，也不知道你们要找的人还在不在。"孙秘书适时地解释了一句。

"拆迁？我们不会晚来了一步吧！"

"有可能……七夜，拽哥家的地址在哪儿？"

"在巷子里面。"林七夜回忆自己看过的档案，"东坛巷 83 号。"

"都整理一下自己的形象，一会儿面对拽哥亲人的时候，别说漏嘴，明白吗？"

"放心，跟拽哥同营的战友嘛。"百里胖胖拍了拍胸脯，"不会穿帮的，走吧。"

林七夜等人顺着破旧的门牌，一路沿着小巷的泥地前行，最终在一座满是铁锈的围栏大门前停下脚步。他们的目光扫过竖立的牌匾，所有人都愣在了原地。"七夜，你确定是这儿吗？没记错？"百里胖胖瞪大了眼睛问道。

"……应该不会错。"

"寒山孤儿院？"曹渊的脸上满是不解，"怎么会是座孤儿院？拽哥不是跟你说……替他回家看看亲人吗？"

"你们等等，我去打个电话确认一下。"就连一向对自己的记忆力很有自信的林七夜，也有些拿不准了，当即走到一边掏出电话，跟守夜人档案部的人联系起来。几分钟后，林七夜表情复杂地走过来。"没错，就是这儿。"林七夜缓缓说道，"拽哥的守夜人档案上，住址写的就是这里，据当年审核档案的那群文职人员核对，他也确实是个孤儿。拽哥说让我替他回家看看，估计也只是为了骗我们离开地狱找的借口。"

听到这句话，小巷中便陷入一片死寂。

许久之后，曹渊才问道："那我们……现在该怎么办？"

林七夜看了眼门口那块几乎锈到看不清名字的牌匾，沉默片刻，长叹一口气："不管怎么说，这里也是拽哥长大的地方，既然我们来了，里面又正好有人，那就进去看看吧。"

见众人没有意见，林七夜便伸手摇了摇铁门，铁锈摩擦，发出刺耳的嘎吱声。

"谁啊？"

"不知道啊……我去看看！"

"不会又是那群狗腿子吧？"

几个稚嫩的声音从门内的院中传来，一个穿着红袄、脸蛋红扑扑的女孩小心翼翼地从门后探出头，目光落在曹渊的身上，当即就哭了出来："是流氓！那群流氓又来啦！！而且长得比以前的还凶！"

曹渊："？？？"

很快，一位六十多岁的老头戴着老花镜，弓着腰从老屋里走了出来，手里还拿着一根铁棍，冷着老脸，看起来十分硬气："不是说了吗？！我们不搬！你们怎么还来？真当大爷好欺负了？！"话音未落，他便抬起铁棍，狠狠地砸了一下铁门围栏。只听一声闷响，老头握棍的手掌一颤，脸色顿时僵硬下来，默默地把手背到了身后。"我警告你们啊，大爷我年纪大了，动了我，我能讹死你们！"他硬气地抬起头颅。

"……大爷您别误会，我们不是什么坏人。"林七夜一把将脸色难看的曹渊扯到自己身后，尽量温和地问道，"请问，您认识沈青竹吗？"

听到"沈青竹"三个字，老头的眼眸微微一缩。"你们是什么人？"他眉头紧皱，狐疑地打量着眼前几个古怪的年轻人。看到老头的反应，林七夜就知道自己来对了，将早就准备好的说辞复述一遍："我们是沈青竹同营的战友，这次出营休假，顺路替他来这里慰问一下。"

"沈小子的战友？"老头眉梢一挑，神情明显缓和了不少，犹豫片刻，伸手打开了铁门，"……进来说吧。"

1159

"哼，亏沈小子还记得我们，这么多年一个电话都不打，还以为他除了每个月往这里打钱，就再也不想回来了。"老头拍了拍手上的铁屑，冷哼一声，转身就往院中走去。林七夜等人紧跟在他身后。"对了，沈小子呢？他怎么没回来？"

"哦，沈青竹在执行秘密任务，脱不开身。"林七夜面不改色地回答，随后迅速扯开了话题，"您怎么称呼？"

"我姓刘，是这座私立孤儿院的院长。"老头推了推老花镜。

刘老头带着林七夜等人穿过狭窄的院落，走进院中唯一一座老式套房中。房子不高，对于林七夜这样的青年来说，显得些许局促，粗糙老旧的墙面上，精心涂上了浅绿色的漆，一朵朵用颜料手绘的红花勾勒其上，虽然破旧，却有种纯真的温馨。刚一跨过门槛，林七夜便看到有三四个小孩躲在门后，正好奇又惧怕地打量着他们，大的有十二三岁，小的则只有七八岁。他们的身上穿着老气却十分保暖的棉袄，面色红润，看起来营养十分不错。只有角落里一个小男孩，看起来有些另类，这个天气下，身上只穿了一件单薄的灰色卫衣，面色有些发白，年纪也要比其他孩子大一些。

"当年沈小子说去当兵，我还不信，就他那臭脾气，能当兵？估计去的当天就要被教官撵回来。"刘老头一边走，一边嘀咕道，"没想到，还真的让他留下了……哎，他现在在部队里，算是什么级别？"

"算军官。"林七夜沉思片刻回答，"立了不少功，今年还带了一届新兵，威望很高。"

刘老头拐弯走进一间小房，看起来像是办公室，但除了一张木桌、几张板凳，还有角落里摞着厚厚几沓报纸，并没有其他东西。刘老头给众人端上板凳，自己也顺势坐了下来，咧嘴笑道："还不错，没给我这个院长丢脸。"

"刘院长，您这孤儿院，开了多久了？"百里胖胖环顾四周，忍不住问道。

"三十多年了吧。"刘院长拧开保温瓶，吹了吹漂在水面的几颗干瘪枸杞，悠悠说道，"别看大爷我现在这样，当年我也是临江小有名气的企业家，三十多岁就挣了不少钱，后来生了场大病，也算是看透了一些东西，自己开了个孤儿院，算是行善积德。那时候临江还没发展起来，这里也不算太偏，后来高楼建起来了，这附近住的人越来越少，慢慢就变成无人问津的小破地方。不是大爷我吹啊，这三十年来，从我这儿走出去的孤儿没有一百也有七八十了，沈小子，就是我二十年前在河边捡到的。"

林七夜若有所思地点头："对了，那您刚刚说的流氓是怎么回事？"

"这地方老了，自然就有人会盯上，最近那个什么李氏集团不是要在这儿搞房地产项目吗？就经常派些混混、地痞什么的来闹事，不过不打紧，大爷我不怕他们。"刘老头喝了口茶，风轻云淡地说道。

"他们就是仗势欺人！要是青竹哥哥在，有哪个地痞流氓敢来我们东坛巷闹事？！"一直蹲在门口的穿着红色棉袄的小女孩，当即站起来气鼓鼓地说道。

"就是，青竹哥哥在的时候，整个临江的黑道，谁敢惹我们？青竹哥哥直接把他们的牙都打飞！"其余几位孩子也纷纷应道。

"啧，小孩子家家的，懂什么黑道？都是沈小子给你们带坏的。"刘老头瞪了他们一眼。

"既然这样，你们为什么不搬走呢？"曹渊疑惑地问道，"这里地方这么老，换个新环境应该也是好事，是他们开的条件不行？"

"倒也不是。"刘老头张了张嘴，似乎想说些什么，但又没有开口。

"明白了。"林七夜点点头，给了身旁的百里胖胖一个眼神。

百里胖胖站起身，笑呵呵地说道："你们先聊，我出去打个电话哈。"

等百里胖胖走出屋，林七夜等人又聊了一阵，窗外阴沉的天空越发暗淡下来，隐隐有雷光在云间涌动，似乎马上就要迎来一场暴雨。

"不好……又要下雨了，今天做晚饭的菜还没买。"刘老头看到窗外天色变幻，眉头顿时皱了起来，急匆匆地站起身，拿起伞就往门外走去。

"我们替您去吧？"林七夜当即起身。

"不用，你们这些年轻人哪里会买菜……听大爷的，你们就留下陪着这群小崽子，晚上一起吃个饭再走，顺便好好跟我讲讲，沈小子都在营里立了些啥功。"淅淅沥沥的雨水落下，刘老头撑起伞，推开铁门，快步走了出去。

寒山孤儿院内，仅剩下林七夜几人与几个孩子面面相觑。由于江洱的外形特殊，所以一直以磁场状态藏在安卿鱼腰间的音响中，棺材本体则在巷道外的汽车后备厢里，因此屋内也只剩下了林七夜、曹渊和安卿鱼三人。就在林七夜苦恼着该怎么跟这群孩子交流的时候，百里胖胖拿着手机，在窗外对他招了招手："七夜，你过来一下。"林七夜一怔，起身而出。

曹渊的目光扫过眼前几位稚嫩的孩童，纠结许久，还是试探性地开口："你们……"所有孩子顿时齐齐后退一步，看向曹渊的眼神满是畏惧，尤其是那个小女孩，几乎都快被吓哭了。"不是，我不是坏人……我……"顶着一张凶悍脸的曹渊，苍白地想要解释着什么，那些孩子便飞快地转身，跑进了另外一个小房间中，仿佛在躲避某种洪水猛兽。

曹渊："……"

安卿鱼笑吟吟地站起身，拍了拍曹渊的肩膀："别灰心，长相这东西是天生的，不过如果你有这方面需求的话，回去我可以给你整个容……"在曹渊幽怨的目光下，安卿鱼跟着孩子们走进了小房间，很快，房内便传来孩子们被逗笑的咯咯声。曹渊长叹了一口气。就在这时，他的目光与角落中那个唯一没有逃走的孩子对视在一起。

~~1160~~

曹渊见那孩子看着自己，眼神并没有闪躲，也没有惧怕的意思，沉重的心绪略微缓和下来。他走到男孩的面前，蹲下身，尽可能和蔼地问道："你不怕我吗？"

"为什么要怕你？"男孩平静开口，"长得比你还凶的人我都见过，没什么大不了的。"

听到这话，曹渊心情大好。"你叫什么名字啊？多大了？"

"乌泉，十五岁。"

"十五岁啊……在上学？"

"初三。"

"初三？该准备中考了吧？今天不用上学吗？"

"今天是星期天，不用上。"

"也对……好孩子，好好上学，以后肯定有前途。"曹渊连连点头称赞。曹渊聊了几句，正欲站起身，乌泉突然开口问道："青竹哥哥……真的是在执行秘密任务吗？"

曹渊目光一凝，随后微笑道："对啊，为什么这么问？"

乌泉那双漆黑的眼眸，注视了曹渊许久："……哦。"话音落下，乌泉便转身走进房间，反手关上了房门。

"曹渊，你过来一下。"就在曹渊叹气之时，安卿鱼从另一处房门探出头，对着他招手。

曹渊迈步走过去："怎么了？"

"你看这个。"

曹渊走进房间，只见那四五个孩子正坐在房中央的橡胶垫上玩耍，安卿鱼独自站在一面白墙前，一只手托着下巴，像是在沉思什么。曹渊顺着安卿鱼的目光看去，发现眼前这面墙上，画满了各种歪歪扭扭的彩色涂鸦。每种涂鸦风格都不太相同，有飞翔的蓝色鸟儿，有黑色的汽车，有红色的十字架，有拿着画笔和调色盘的小画家……在这些各不相同的涂鸦旁，都歪歪扭扭地写着名字，像是出自孩子之手。

"这是什么东西？"曹渊问道。

"是孩子们的职业梦想墙。"安卿鱼推了推眼镜说道，"他们告诉我，每一个生活在这座孤儿院里的孩子，都会在这里画下他们以后想做的事情，或者想成为的人。那个穿红袄的女孩子，叫李小艳，墙上的红色十字架就是她画的，她以后的梦想是成为一位护士。还有那个正在玩赛车模型的男孩，叫钱诚，梦想是成为赛车手……不过，我真正想让你看的是这个。"安卿鱼伸手指向墙面的中央。曹渊顺着他的指尖看去，微微一怔。只见在涂鸦墙的中央，用最鲜艳的红色笔触勾勒着三个工整大字——"沈青竹"。虽然笔画有些稚嫩，但最奇怪的是，这个名字的周围并没有涂鸦。

"拽哥的梦想呢？"曹渊不解地问道。

"曾经，他没有梦想。"安卿鱼无奈地开口，"或者说，他的梦想就是成为他自己……"

"……倒确实是他的性格。"曹渊感慨了一句，目光微微偏转，落在了沈青竹的名字旁边。那是一把黑色的伞，不知是不是巧合，伞面的范围正好完全覆盖在沈青竹的名字上方，像是要将它保护在伞骨之下。而在这把黑伞的角落，则写着两个小小的字——"乌泉"。

曹渊的脑海中，立刻浮现出那张冷漠的男孩面庞。

"这孩子……"他喃喃自语。

"怎么了？"安卿鱼见曹渊神情古怪，问道。

"……没什么。"曹渊收回目光，"拆迁的事情，我们是不是该帮他们处理一下？"

"七夜和胖胖已经在办了。"

安卿鱼转过头，看向窗外正在交流的两个身影。

密集的雨珠如幕帘般自屋檐滴落，蒙蒙水汽逐渐淹没视线。

"出什么事了？"林七夜看着眼前欲言又止的百里胖胖，疑惑问道。

"七夜，这家李氏集团，有些棘手。"百里胖胖脸色有些凝重，"这家地产公司不是那些地方小企业这么简单，它的规模十分庞大，虽然不及我们百里集团，但是在大夏也能排上前五，在南方市场更是龙头级别的存在。想靠商业手段收购，也不是不行……但绝对不会像之前收购几家小公司那么简单，这至少也要一年的时间去准备。我已经让公关团队试着去和李氏谈判，看他们能不能放掉临江这块地，但可能性不大，毕竟在南方，他们李氏才是地头蛇。"

"一年……"林七夜长叹了一口气。一年的缓冲期，这座孤儿院恐怕支撑不了这么久，而且为了这件事就让百里集团耗费如此大的人力财力，对百里胖胖和他背后的集团不公平。

"等刘院长回来之后，再好好说说吧。"

"嗯。"

"……不过，只是去买个菜，需要这么久的时间吗？"林七夜看了眼时间，有些疑惑。

"下雨天，老人家走慢点也正常……你看，这不是回来了吗？"林七夜转头望去，看到刘老头拎着满满的塑料袋，打着伞从铁门外缓缓走了进来，身上的衣服已经湿透，衣角还有些许泥污，似乎在哪里蹭到了。

"爷爷回来了！"

李小艳从窗户看到这一幕，立刻带着其他孩子从屋里跑了出来，替他接过塑料袋和伞，嬉笑着向厨房跑去。

"刘爷爷，今天晚饭吃什么啊？"

"哇！是五花肉！我看到好大一块五花肉！"

"还有烧鸡？好香啊……"

"笨蛋钱诚！不可以偷吃！去厨房等爷爷做好了才行！"

"慢点跑，别摔着了……一帮小兔崽子。"刘老头缓缓走到屋檐下，挥了挥伞，看着跑走的孩子们，嘴角咧起一抹笑容。他拍下衣服上的泥污，看了林七夜等人一眼："都收拾收拾，一会儿大爷我做好饭，一起吃，咱这儿不差你们这几双筷子。今天这雨啊，一时半会儿是停不了了，吃完饭给你们收拾几间床铺出来，明早再走。"说完，不等林七夜等人拒绝，刘老头便急匆匆地走进房间换衣服。

莫名其妙被安排得明明白白的曹渊等人对视一眼，无奈地笑了笑。

"我去打个下手。"曹渊站起身，便跟着刘老头走进厨房。

"这大爷虽然看起来凶巴巴的，但心地好像还挺不错。"百里胖胖感慨一句。他回过头，正欲说些什么，却看到林七夜的眉头紧紧皱了起来。"怎么了？"

"不对劲。"林七夜眯眼看着刘老头离去的方向，"他的身上……有伤。"

"有伤？"百里胖胖一愣。

"你没有发现吗？他走路的时候左脚有些吃力，应该是扭到了，放伞的时候手臂也有些僵直，虽然他极力地在隐藏，但这种东西，明眼人一下就能看出来。"林七夜缓缓说道。

"会不会是下雨天路太滑，摔跟头了？"

"……有这种可能。"林七夜沉默许久，还是从屋檐下站起，撑起一把黑伞，径直朝着门外走去，"我出去一趟，很快回来。"林七夜穿过敞开的铁门，拐过巷角，伸手在虚无中轻轻一按，一道赤目黑影便自雨水中站起，单手放在胸前微微鞠躬："护工黑瞳，愿意为您效劳。"

"我要看这条路上，过去半个小时之内的所有画面。"林七夜平静说道。黑瞳点头，身形立刻化作一道黑影攀附在林七夜的身上，他的眉心处，一只赤目独眼突然睁开。赤色眼眸将自己看到的画面，重叠到林七夜的视网膜上，过去的时光残影，在林七夜的眼前如倒放的录像带，飞速地掠过。一道道雨中脚印从铁门中倒退走出，一路消失在蒙蒙雨水的尽头。林七夜穿着便服，打着黑伞，伞檐下一只赤目散发着淡淡微光，沿着雨中小路，平静地向前走去。终于，他在两条街道外的路口，发现了一个监控摄像头。

通过回溯摄像头的画面，林七夜看到了半个小时内，这条街道上发生的一切。只见在大约十分钟前，五个三十岁出头、凶神恶煞的中年男人，肩膀上不是文身就是狰狞的刀疤，他们叼着烟迈开大步，气势汹汹地朝着寒山孤儿院所在的巷道走去。他们一边走，一边双唇开合，似乎在说些什么。黑瞳的"窥秘者"只能看见过去，听不到声音，林七夜只能通过他们开合的嘴唇，简单地推测出，他们的目的地就是孤儿院。而此时的刘老头，则拎着满满的方便袋，冒着雨快步从另一条街道走出。混混并没有看到刘老头，而刘老头则看到了他们。刘老头的脸色瞬间一变，他看了眼不远处的东坛巷，又看了眼径直冲去孤儿院的混混背影，面露焦急之色。他几乎没有犹豫，先是将手中装满菜与肉的方便袋小心翼翼地摆在路边的石墩上，然后一个箭步冲出，一边大喊着什么，一边向那几个混混跑去。那些混混听到声音，回头看见刘老头，先是一愣，随后冷笑着大步冲了过去。他们拽起刘老头的衣领，恶狠狠地说了些什么，后者倔强地昂着头，随后被一拳打入泥泞的路边野地，雨水倾泻在他的身上，将他浑身浇湿。紧接着，那些混混一拥而上，对着蜷缩在地的刘老头拳打脚踢许久，啐了两口，才骂骂咧咧地走开。刘老头在野地里躺了近一分钟，才缓缓爬起。他剧烈地咳嗽着，双手微颤着拍掉身上污泥，蹒跚走到石墩边，将干净的菜与肉提起，神情复杂地看了眼他们离去的方向，叹了口气，一点点向着孤儿院的方向走去。

看着那道背影逐渐消失在时光的残影中，林七夜握着伞柄的手掌，控制不住地紧紧攥起，手指的骨节开始泛白。林七夜深吸一口气，将目光从刘老头离去的方向挪开，看向那群混混离开的道路，眼眸中迸发出冰冷杀机！"黑瞳……"林七夜森然开口，"带路。"

"是。"

大雨中，那身影撑着黑伞，如鬼魅般消失在无人的街道之上。

"来！喝！"

"啧，这破天气，真是坏心情。"

"可不是吗，下这么大雨，晚上还有两笔债款要收……奶奶的，今晚老子带着刀去，哪个小瘪三不还钱，老子直接给他几刀！"

"那些个几万几万的，都是小钱，要是能把那个老头和一群没娘养的小屁孩赶走，那才是真挣钱！"

"确实，李氏这出手是真阔绰，这一票顶我们平时干十票了。"

"不行，明天再去那孤儿院闹一闹，哪怕是动刀子，也要把他们赶走。"

"来来来，先把酒干了！"

一座塑料布支起的棚子下，五个男人正围在一张矮桌旁，各自提着一瓶啤酒，仰头痛饮。滂沱的雨水打在塑料布上，沿着斜坡滚落在地，发出细密的滴答声响，其中一个脸上带有刀疤的男人炫完一整瓶之后，把酒瓶放在桌上，打了个酒嗝："爽！不是我吹啊，我年轻的时候……嗯？"他话音未落，突然发觉这小桌周围，似乎有点挤得慌，微醺地抬起头，目光在众人的脸上依次扫过。一、二、三、四、五……六？怎么有六个人？刀疤男揉了揉眼睛，目光落在自己身边多出的第六个人身上。那是个二十岁出头的年轻人，面孔十分陌生，他的脚边放了一把黑伞，雨水沿着伞骨一点点滴落在地，从水晕的范围来看，已经坐在这里很久了。刀疤男瞳孔骤缩，酒劲瞬间就下了大半，他猛地站起身，差点直接把放满酒瓶的桌子掀翻！"你你你是谁？！"刀疤男一起身，其他人也纷纷回过神来，死死地盯着眼前这个幽灵般的年轻人。

林七夜静静地坐在木质长椅上，膝盖上横摆着一柄雪白长刀，双眸如秋日的湖水，古波不惊。"我问，你们答。"他淡淡开口。

"干他！"刀疤男二话不说，直接抄起桌上的酒瓶，便砸向林七夜的头顶，面目凶煞阴狠。"咔——"林七夜坐在那儿，并没有动作，桌上的酒瓶却突然飞起，拍在了刀疤男的头上！刀疤男捂着脑袋倒在了地上，淋漓的鲜血洒落在地，其他混混瞪大了眼睛，已经完全看傻了，他们惊恐地看着坐在长椅上的林七夜，像是在看一尊瘟神！眼前的这一幕，完全超出了他们的认知，其中一个混混抬脚便要逃离，下一刻酒瓶飞起，他也跟跄地跌倒在地。

林七夜坐在狼藉的矮桌前，双眸平静地扫过所有人的面庞，淡淡重复："我问，你们答。"

1162

天色渐暗，寒山孤儿院内，浓郁的饭菜香气飘出。曹渊和安卿鱼两人在院中的棚下搭起一张圆桌，孩子们端着热气腾腾的菜肴，从厨房中走出，嬉笑着摆在圆桌之上。

"乌泉！吃饭啦！你怎么还在发呆啊？"李小艳看到乌泉站在屋檐雨帘下，正抬头看着天空发呆，噘着嘴提醒道。乌泉回过神，一言不发地走到桌边坐下，像是一尊沉默的雕塑。

"哎呀小艳，你叫他做什么？他就是块木头。"钱诚在李小艳身边坐下，"他想一个人待着，那就让他一个人待着呗。"

曹渊在乌泉身边的位子坐下，看了他一眼，伸手拍了拍他的肩膀："怎么，有心事？"

"……没有。"乌泉低头回答。

"少年时期，总是会有很多的烦恼和坎坷，容易让人封闭自己，以前我也是这样。"曹渊认真地劝慰道，"但有些事情，一旦发生就无法改变，我们还是要看开一点。"乌泉依然低着头，沉默不语。

"来来来！准备吃饭！来尝尝大爷我的手艺！"刘老头端着一盘红烧肉，笑呵呵地从厨房中走出，将其摆在圆桌的正中央，目光扫过周围，停在了一个空着的位子上。"他人呢？"

"七夜出去抽根烟，马上就回来了。"百里胖胖及时回答。

"抽烟？这东西可不好经常抽啊，伤肺！"刘老头嘟囔道，"以前沈小子也喜欢抽这个，每次骂他都不听……啧，你们回去之后，也帮我劝劝他。"

百里胖胖一怔："没问题。"

就在众人说话之际，林七夜撑着一把黑伞，从门外走了进来。

"来了？快吃饭吧！"刘老头说道。

林七夜与百里胖胖对视一眼，微不可察地点点头，随后在桌旁坐下。

"大爷我随便做了几个菜，也不知道合不合你们的口味，先吃吃看啊！"

众人纷纷上筷。

"大哥哥，你再多跟我们说说青竹哥哥的事情吧！"

"是啊哥哥，他在部队里是不是很威风？！"

"青竹哥哥能一个打十个！"

刘小艳等人你一言我一语地说了起来，眼巴巴地看着林七夜，后者无奈地笑了笑，沉思片刻后，娓娓说道："拽哥……哦不，沈青竹在进入部队之后，屡次立下大功，其中最值得一提的，就是一次针对名为'信徒'贩毒组织的卧底行动……"

随着林七夜的叙述，寒山孤儿院所有人的心都开始跌宕起伏，一时之间竟然连桌上的饭菜都无人在意，只有坐在角落里的乌泉，似乎有些心不在焉。

"好惊险！"

"青竹哥哥好厉害！居然一个人摧毁了整个贩毒组织！"

"那当然了！青竹哥哥最厉害了，当年在临江市论打架，谁能打得过青竹哥哥？他连大火都不怕，怎么会怕毒贩子呢？"

孩子们叽叽喳喳地讨论起来。

"大火？"安卿鱼有些不解。

"哦，就是一场火灾。"刘老头喝了口白酒，说道，"大概是四年前吧，我们这儿意外发生过一场火灾，后院那边几乎都被烧没了，当时我们都被困在屋里，差点被烟熏死。后来还是出去买菜的沈小子和乌泉及时回来，冲进火场把我们一个个救了出来，当时也不知道怎么，就觉得脑袋一黑，然后火全熄了。"

"当时我们都被吓坏了。"李小艳后怕地拍了拍胸脯，"我到现在还记得，当时被留在火场外面的乌泉一直在哭，哭得特别响，第二天嗓子都哑了。"

"那时候的乌泉，可是个胆小鬼呢！"钱诚哈哈笑道。

"还敢说他？当时你被困在火场里，吓得都尿了。"

"李，李小艳！你别瞎说！"

"哼，谁瞎说了？"

…………

用完晚餐，刘老头给林七夜等人收拾出几个房间，便带着孩子们回屋睡觉。当年在建这座孤儿院的时候，刘老头就弄了个小宿舍，几十平方米的屋子里摆了六七张上下铺的床，足够睡下所有孩子。以前刘老头是有自己的卧室的，但据说四年前那场大火之后，刘老头就不敢让孩子们自己睡了，于是就搬到小宿舍，跟孩子们一起睡上下铺。院子后面还有三间小房，林七夜四人猜拳决定分配，最后林七夜和安卿鱼一人一间，曹渊则和百里胖胖合住一屋，江洱的本体在城区边缘的汽车后备厢内，所以不用担心住的问题。但在林七夜的召集之下，所有人都在他的房中集合。

"七夜，情况怎么样？"百里胖胖开口问道。

"刘院长，确实被人打了。"林七夜缓缓说道，"虽然我把那些动手的混混揍了一顿，但问题并没有解决……说到底，那些上门闹事的混混只是李氏雇来的打手，就算打退了这一批，他们依然会请别人。"

"收购也不行……要不直接走法律途径？或者找守夜人总部出面？"

"不太行。"安卿鱼立刻摇头，"李氏集团要拆这片老城区，各种手续和许可证都已经齐全，拆迁补偿也很合理，是完全合理合法的，就算我们在他们雇人强迫拆迁这件事上做文章，就凭这点，也根本不可能搞垮整个集团，最多就是缴些罚款，或者惩罚一个被他们推出来的替罪羊。"

"那就没有别的办法了？"

众人陷入沉默。

过了许久，曹渊才试探性地开口："要不，我们去李氏集团……"

"守夜人是保护国家的组织，而且只负责处理超自然方面的事件，没有任何理由或证据的情况下，对民间企业出手，是要被处分的。"林七夜直接打断了曹渊的话。他停顿片刻，继续说道："这件事情，我会想办法，现在也不早了，各自回房睡觉吧，明天一早出发回京。"

众人对视一眼，只能无奈离开。

等到众人走远，林七夜便关闭电灯，躺在坚硬的板床上，缓缓闭上眼眸。夜色渐浓，朦胧的水汽混杂在密集的雨滴间，充满着天地，不知过了多久，林七夜的眼眸睁开，看了眼窗外漆黑一片的院落，身形化作一抹夜色，消失在黑暗之中。

1163

小宿舍，屋外。此刻的小宿舍，其余孩子都已经陷入熟睡，只有两个身影站在走廊，似乎在交流着什么。

"刘爷爷，怎么了？"乌泉穿着一身黑色睡衣，不解地看着眼前郑重的刘老头。

刘老头张了张嘴，犹豫许久之后，还是开口道："小泉啊……我们还是搬走吧。"

听到这句话，乌泉的身体微微一震："搬走？刘爷爷，我们不是说好不搬吗？"

"这个事情，已经没那么简单了。"刘老头长叹一口气，"现在那些混混逼我们离开的方式，越来越极端，我担心接下来，他们会直接不管不顾地冲进来用暴力手段，我这把老骨头倒是没什么好怕的，但是……"刘老头抬头看了眼小宿舍里沉睡的孩子们，双唇微抿，"小泉啊，你是个聪明孩子，我知道你是因为舍不得这里，才不想让我们搬走，你不希望以后沈小子回来找不到家……不过没关系啊，现在沈小子的战友来了，我们要是搬到别的地方，可以把地址给他们带回去，下次沈小子还是能找到我们的。"

乌泉眉头微皱，果断地摇头："不……不行，我们不能搬走。刘爷爷，你别怕，要是他们真敢闯进来，我会把他们赶走的！"

"唉，你这孩子，怎么这么倔呢？"刘老头苦口婆心地说道，"他们李氏家大业大，不是我们这些老小能对抗的……明早你安心去上学，等你放学回来我们也基本上收拾完了，到时候就可以搬走了。爷爷我啊，在西城那边租了个大院子，环境比这里要好，虽然离你学校远了点，但坐公交车半个小时也能到。"

"不行！"乌泉的脸上浮现出焦急，"爷爷！我们不能搬！我……"

"这件事，我已经决定了。"不等乌泉说完，刘老头便严肃说道，"小泉啊，这件事情关系太大，不能再由着你的性子……回去睡觉吧。"刘老头拍了拍乌泉的肩膀，走到昏暗的小宿舍中，只剩下乌泉独自站在走廊上，如雕塑般一动不动。片刻之后，乌泉深吸一口气，转身走入宿舍。

夜雨连绵。李氏集团的庄园大门外，一道身影自黑暗中缓缓勾勒而出。林七夜的目光穿过铁门缝隙，看了眼庄园内灯火通明的几座豪宅，沉默片刻之后，低下头，缓缓将那张许久不曾动用的孙悟空面具戴在脸上。虽然嘴上说着不能对李氏集团动手，但林七夜还是无法袖手旁观。寒山孤儿院，是沈青竹长大的地方，刘老头对他有养育之恩，那些孩子也如此敬重他，像是弟弟妹妹一样，虽然林七夜不知道刘老头究竟在坚持些什么，不愿从那里搬走，但这并不重要。重要的是，林七夜能够预料到，如果沈青竹现在站在这里，会采取什么样的行动。他们的命，是沈青竹用命换来的，那他就算冒着被处分的风险去替他做这件事情，又如何？林七夜否决了曹渊的提议，也只是因为他不希望将其他人牵扯进来，既然是要处分的，那接受处分的人自然越少越好。

林七夜戴着孙悟空面具站在雨中，身形一晃便越过大门，径直向着其中最大的那座豪宅飞去。在动身之前，林七夜就了解过李氏集团，实际控制人李坚白就住在这座庄园内，而今天恰好是李氏集团为了庆祝收购另一家地产巨头举办酒会的日子，所以绝大多数高层今晚都会聚集在这座庄园之内。林七夜的精神力扫过整个豪宅，迅速锁定了李坚白的位置，指尖推出"斩白"刀柄，身形遁入虚无，消失无踪。

豪宅内。李氏集团的董事长李坚白，手中端着香槟，正微笑着在人群中穿梭。参与这次酒会的，有五成都是李氏集团的高管，还有两成是其他前来捧场的业内好友，剩下三成，则是李坚白专门找来的一些明星、名媛。酒会的氛围比他预计的还要好，客人们的兴致明显不错，尤其是几位年龄较大的高管，一手搂着美女，一手端着酒杯，觥筹交错，谈笑风生。

"李总，晚上好啊。"

"赵总，最近生意还好吧？"

"唉，就那样吧，最近这生意不好做啊……对了，听说你们李氏最近拿下了老城区那块地？是打算有什么大动作吗？能不能透露一下，我们也好跟在你们李氏身后混点汤喝啊。"

"赵总客气了，老城区那个项目，我本来就有合作的意愿，等酒会结束，请上楼详谈。"

"哈哈哈哈，好！"

"……"

李坚白轻松地游走在酒会之中，等到几乎和所有来宾都打了招呼，这才不紧不慢地走上二楼，倚靠在金碧辉煌的墙边，俯瞰着下方谈笑的众人。他的眼眸中，浮现出一抹轻蔑之色。他李坚白二十岁便出门闯荡，白手起家，一手缔造了李氏集团这个地产传奇，是受无数人吹捧的商业神话。虽然在这个过程中，他用了不少肮脏龌龊的手段，但那又怎么样？现在这个世道，大家都只在意结果，过程……都是可以被隐去或者篡改的。他早已习惯了高高在上，礼貌与微笑不过是逢场作戏的手段……不过今天下午得到的一个消息，却让他的心情到现在都有些不爽。百里集团居然想收购李氏？他们以为自己是谁？自己三十多年辛苦打下的江山，是你们能随便就能买下的？在外人看来，这是百里集团对李氏在地产行业的一种肯定，但在李坚白看来，这就是一种侮辱！

李坚白的眼中浮现出一抹冷意，仰头将手中的香槟一饮而尽。他正欲转身离开，一只手掌突然从他背后的虚无中伸出，抓住他的衣领，将其直接拖入了荡漾的虚空裂缝之中！下一刻，李坚白的身影就消失在原地。

"砰——"昏暗促狭的地下酒窖之内，林七夜随手将李坚白丢了出去，后者接连撞倒了两个木架，闷哼着跌倒在地。李坚白呻吟着从地上爬起，晃了晃眩晕的脑袋，看到自己周围的环境，整个人都愣在原地。"这里是哪儿？你是……你是谁？"李坚白看到眼前那个戴着狰狞孙悟空面具的身影，惊恐开口。

1164

林七夜没有说话，只是这么静静地看着他。"你是绑匪还是杀手？是谁让你来的？他出了多少钱？我给你双倍……不，我给你三倍！"李坚白到底是老江湖，哪怕眼前的这一幕已经超出了他的认知，但还是很快就冷静下来，用自己手头的优势，试着去改变局面。"我是谁，并不重要。"林七夜淡淡开口，"我对你的钱，也不感兴趣……"他缓缓走上前，蹲下身，那双冰冷的眼眸，注视着李坚白闪烁的双眼。

"那你想干什么？"

"我来这里，只是想给你一个警告。"林七夜双眸眯起一个危险的弧度，"老城区那块地……你动不起。"

"老城区？"听到这三个字，李坚白愣在了原地。在这之前，他脑海中闪过了无数种可能，包括谋杀、勒索、绑架，甚至劫色……但他万万没有想到，对方的目标竟然是老城区？"你是同行派来的？是赵氏还是恒宇？"李坚白疑惑地开口，随后便摇头否定，"不可能啊……"不为钱财，只为老城区，除了同行争夺利益，李坚白想不到别的可能，但仔细一想，老城区的开发价值虽然不错，但也没有高到能够让人派杀手来警告自己的地步。以前李氏集团也没少开发极具潜力的地皮，那时候都没事，怎么现在开发个老城区，就有人盯上了？这地方有什么特殊？林七夜伸出手，将腰间的"斩白"拔出半寸，一抹刀芒掠过李坚白的耳畔，将他的一缕鬓发，连带着下方厚重的两个木架全部斩成碎渣！一抹毛骨悚然的寒意瞬间笼罩在李坚白的心头！"我再说一遍。"林七夜将"斩白"归入鞘中，森然开口，"老城区……你动不起，明白了吗？"

李坚白的后背，已经被冷汗湿透，他僵硬地躺在满地的木渣之间，连连点头："知道了，我知道了，我不会动老城区！绝对不会！"

"还有……"林七夜缓缓说道，"听说，你经常买通一些地痞流氓，去拒绝搬迁的人家闹事打人……"

"不敢了！我以后绝对不敢了！！"李坚白立刻就明白了林七夜的意思，求饶得非常迅速。

林七夜见此，淡淡瞥了他一眼，平静地转过身，身形遁入黑暗，消失不见。李氏集团虽然用暴力手段逼人搬走，手段卑劣，但毕竟不是十恶不赦，林七夜这次来也只是以警告为主，一来能让他放弃老城区；二来也算是给他敲个警钟，防止以后还有刘老头这样的老人孩子被黑恶势力盯上。既然李坚白已经服软，那他的目的就达成了，如果这两天他收到消息，李氏集团没有放弃老城区，那他还会再度上门的。那时候，就不是警告这么简单了。

见林七夜的身形如鬼魅般消失，李坚白的眼睛瞪得浑圆，许久之后才回过神，从地上踉跄爬起，长舒一口气。"真是见鬼了……"李坚白骂了一声，从酒窖的楼梯走上地面，整理了一下衣着，正欲推开豪宅大门进去，又听到两个声音从身后传来。

"咦？老曹，你看这是不是那个李坚白？"

"好像是，跟网上的照片一样。"

"他怎么从地下爬出来了？"

"管他呢……动手！"

李坚白："？？？"

李坚白还没反应过来，只觉得后脑一凉，整个人就失去意识。等到他再度睁开眼的时候，已经被倒吊在一棵歪脖子老树上。李坚白揉了揉后脑位置，疼得直咧嘴，他看着眼前这个颠倒的世界，最终目光落在了树下两个戴着面具的身影上。一个猪八戒，一个沙悟净。李坚白逐渐瞪大眼睛。……不会吧？！

"李坚白是吧？听说你很牛啊？"戴着猪八戒面具的身影，冷笑着开口，"又是殴打老人，又是欺负小孩的……这么大的岁数，都活到狗身上去了是吧？"戴着沙和尚面具的身影，一记飞踢踹在李坚白的腹部，将其像是秋千般在树枝上踢得晃来晃去，李坚白闷哼一声，痛苦地捂住肚子。"好汉……好汉！我知道错了，我已经承认过错误了！你们放过我吧……"李坚白再次求饶。林七夜离开之后，李坚白还以为事情就这么过去了，可他万万没想到，这居然是一起团伙作案？！还带用车轮战殴打警告的？孙悟空、猪八戒、沙悟净……要说他们不是一伙的，打死他都不信。

"知道错了？这么快？"沙悟净双眸微眯，"我怎么不信呢……"他又是一脚踢在李坚白的身上，将其踢得飞晃起来，惨叫声被大雨淹没。

"差不多了老曹，回去太晚会被七夜发现的。"猪八戒面具压低声音说道。沙悟净点点头，一把拉住了神志不清的李坚白，将其稳定在垂直位置，淡淡开口："我警告你……别碰老城区，你再派人去一次，我就剁你一只手……明白吗？"

"明白……我明……哕！我明白了……"沙悟净随手一挑，切断了李坚白上方的绳子，后者就像是沙包般坠落下来，脸部狠狠地撞在地面。等到李坚白艰难地从地上爬起的时候，这两道身影已经消失无踪。"畜生……这群畜生……"李坚白想伸手抹掉脸上的雨水，发现自己的鼻梁已经塌陷下去，疼得嘴巴直抽，"真是没有王法了，真是没有天理了！报警，老子要报警！你们真当我李坚白是柿子捏的？？"李坚白一边谩骂着走到豪宅楼下，一边颤巍巍地从怀中掏出手机，拨通了一个电话："喂？韩局？我是李坚白，我想跟你说个……"

"沙沙沙沙沙沙……"

"喂？喂？没信号吗？"

李坚白的眉头微微皱起。"咔——"就在他疑惑不解地晃手机的时候，整个庄园的灯光突然熄灭，紧接着，一个白衣幽灵的影子从手机屏幕中勾勒而出。一个令人毛骨悚然的幽冷女声，从电话那头传来："李坚白……你找死吗？老城区，也是你能染指的？"

1165

听到这个声音的瞬间，李坚白双腿一软，直接跪在了地上。他手猛地一抖，将手机直接摔在了远处的石阶上，满是黑白雪花的屏幕中，一个苍白的女人面孔越发清晰起来。"鬼……鬼！"接连遭受了三番惊吓的李坚白，只觉得大脑一片空白，在前所未有的恐惧下，两眼一翻便向后倒去。在昏迷之前，李坚白依然没有想明白，自己不就是开发了个老城区吗？怎么就招来这么多神神鬼鬼的东西？！"砰——"只听一声闷响，李坚白直接晕倒在地。

"沙沙沙沙……卿鱼，他怎么晕倒了？"手机内，原本冰寒骇人的声音已经消失不见，只剩下少女疑惑不解的悦耳声响。

"……"

"对啊，我刚说了两句话，他就晕了，还没说以后不许暴力拆迁的事呢……一个大男人，心理防线怎么这么脆弱啊？"

"……"

"没事，我做得很隐蔽的，七夜他们发现不了。"

"……"

"李氏集团内部所有有关老城区项目的资料和合同，我全删光了，他们恢复不了，恶有恶报，就算要处分我吧，跟七夜他们没关系……"

那少女的身形自手机屏幕中消失，随着沙沙声戛然而止，整个庄园都陷入一片死寂。

第二天。清晨。

林七夜推开房门，一边打哈欠，一边走到院中。

"七夜，早啊。"刚起床的曹渊看到林七夜，笑着打招呼，"昨晚睡得怎么样？"

林七夜眉梢一挑："挺好的，一觉睡到了早上，你呢？"

"我没睡好。"曹渊无奈地揉了揉鼻梁，"胖胖打了一晚上呼噜，跟电钻一样……以后说什么也不跟他一起睡了。"

就在两人说话之际，刘老头端着满锅热粥从厨房走了出来，见到林七夜二人，诧异地开口："都醒这么早？不愧是从部队里出来的……来吃早饭吧。"林七夜二人对视一眼，迈步跟了过去。刘老头拿了几只空碗，挨个盛上热粥，孩子们睡眼惺忪地从小宿舍走出，围坐在桌边等着吃早饭。

"嗯？乌泉呢？"曹渊在众孩子中没看到乌泉，有些疑惑地问道。

"他啊，他上学去了。"刘老头抬起头，用下巴指了指某个方向，"他们学校离这儿近，就两条街道，自己走过去的。"

"差点忘了，今天已经周一了。"曹渊微微点头。

"吃完午饭再走吧？"

"不了。"林七夜摇头说道，"我们部队里还有事，一会儿吃完饭就该走了。"

"哎……行，我也不拦你们。对了，你们这次回去，记得跟沈小子说一声，我们打算搬家了。"

"搬家？！"林七夜和曹渊同时被热粥呛到，错愕地抬起头。

"对啊，我仔细想了想，我们这些普通人，还是斗不过人家李氏集团……为了孩子们的安全，还是搬走比较好。"刘老头叹了口气，"房子我已经租好了，一会儿我把地址写给你们，一起带回去。"

林七夜怔了许久，才开口劝道："其实，你们不搬也可以……以后，李氏集团不会再对这片老城区出手了。"

听到这句话，刘老头和曹渊同时转头看向林七夜，前者的眼神有些不解，后者则是有些心虚。曹渊：难道，七夜知道我们昨天晚上干的事了？

"我听说李氏集团已经放弃这片老城区的开发项目，所以您不用担心。"林七夜说出了早就准备好的说辞。

刘老头听到这句话，神情有些惊喜："真的？那是最好了！"

等到众人吃完饭，曹渊便回房去叫百里胖胖起床，林七夜见此，默默地走到刘老头的身边，将他带到院子角落。林七夜从怀中掏出一张银行卡，递到刘老头的手上。刘老头一愣。

"这是……"

"是我给孩子们的一点心意。"林七夜认真地说道，"钱虽然不多，但应该够你们衣食无忧地生活，密码就在卡的背面。"

"不，这东西我们不能要。"刘老头坚决摇头，"沈小子每个月寄回来的钱已经很多了，老爷子我又有些存款，根本不用这么多钱，这些钱你就拿回去，沈小子战友的钱，我是不会收的……"

林七夜努力劝说了许久，刘老头依然不松口。无奈之下，他只能等刘老头走远之后，偷偷将卡从他办公室门缝里塞进去，这样等他下次开门的时候，一眼就能看到地上的银行卡。做完这一切，林七夜便回房收拾起来，其他人也纷纷起床，在院子里溜达了一圈，最终在大门外集合。现在的雨，比昨晚小了许多，淅淅沥沥的雨水从屋檐落下，孩子们与刘老头站在铁门口，对着林七夜等人挥手告别。

"路上小心点啊！以后常来坐坐。"刘老头咧嘴笑道。

"好嘞！你们注意安全，有什么事情打电话给我们。"百里胖胖接连挥手。

林七夜等人转过巷角，回到车上。

随着车辆启动，他们的身形逐渐消失在道路的尽头。送完林七夜等人，刘老头摸了摸身边李小艳的头发，叹了口气，转身便向自己的办公室走去。他握住门把手，轻轻一旋，便推门准备走进去。就在这时，他的余光落在地上某处，整个人突然一愣！只见办公室前的地面上，几张银行卡正凌乱地散落在地，似是从不同角度塞入门缝之中，掉下来的——不多不少，正好五张。

"又要回京了。"百里胖胖四仰八叉地躺在车座上，懒洋洋地打着哈欠，"小爷我还没睡够呢……"

"醒这么晚，还这么困？不会昨晚去做贼了吧？"安卿鱼开玩笑地说道。百里胖胖的表情一僵。

"你可以在车上慢慢睡，反正从这儿到临江的机场，还需要不少时间。"曹渊适时开口，替百里胖胖转移了一下话题。

"不过……这雨怎么又下大了？"林七夜转头望向窗外，只见刚刚还准备放晴的天气，又暗淡下来，漆黑的乌云之下，雨水如瀑布般倾泻而下，将视野都遮蔽了大半。

"啧，这雨就适合睡觉，小爷我先睡了。"百里胖胖调整了一下姿势，沉沉地睡了过去，随着金秘书平稳的驾驶，寂静的车厢内，其余人也接连打起了瞌睡。不知过了多久，就在林七夜半睡半醒之间，车辆突然刹车停下。林七夜被刹车声惊醒，抬头看向窗外。此刻车辆已经到了专用机场的门口，但并没有驶入其中，因为车前，滂沱大雨之中，正站着两个身披暗红斗篷的身影。

1166

守夜人？林七夜的脸上浮现出疑惑之色。

"怎么停下了？"百里胖胖揉着惺忪的睡眼，从椅子上坐了起来，看到车前站着的两个身影，先是一怔，诧异开口，"那不是钱多多吗？"

拦在车前的这两个身影，其中有一个，正是之前林七夜等人培训的新兵中的一位，另一个则有些陌生，应该是之前就驻守在临江市的一位资历较老的守夜人。陌生的守夜人走到车边，敲了敲窗户。车窗摇下，那人目光扫过车内，神情十分严肃："请问，是'夜幕'小队吗？"

"对。"林七夜点头，"我是队长林七夜。"

"我叫石文轩，驻临江市守夜人小队的队长。"石文轩拿出自己的纹章，亮明身份。

"有什么事吗？"

"你们昨晚，是不是去过李氏集团的庄园？"

听到这个问题，车内的五人目光同时一凝，林七夜心中暗自叹了口气。还是没能瞒过当地的守夜人队伍……看来那个李坚白，最后还是报警了。只要事后李坚白报警，向当地警局描述事情经过之后，由于一些超自然现象的出现，案件一定会被转移到当地守夜人小队的办公桌上，只要他们稍微一查，就能知道他们来到临江市的事情。林七夜早就预料到会发生这种事，也做好了接受处分的心理准备。林七夜沉默片刻，干脆地点头承认："对，我去过……不过，和他们没有关系。"

车内四人同时转头看向林七夜。石文轩的神情越发凝重起来，他深吸一口气，缓缓开口："抱歉，请你们随我走一趟。"

临江市守夜人小队驻地。促狭的单间内，石文轩拉出凳子，在林七夜的对面坐下，皱眉凝视着林七夜的眼睛。"这件事，都是我一个人做的。"林七夜缓缓开口，"处分也好，批评也罢，都冲我一个人来，跟他们没有关系。"

石文轩叹了口气："林队长，你怎么这么糊涂……我不知道你跟李氏集团有什么过节，但他们毕竟是普通人，而你则是一支特殊小队的队长，灭门这种事，是不是太过分了些？"林七夜张嘴正欲说些什么，突然一愣。"灭门？"林七夜的眉头紧紧皱起，"什么灭门？"

石文轩掏出几张照片，依次摆在桌上，缓缓开口："今天凌晨六点多，李氏的管家开车回到庄园，发现了案发现场，向警方报案，这些是现场照片……你看看吧。"

林七夜的目光在桌上的照片上依次扫过，瞳孔骤然收缩。只见那座金碧辉煌的豪宅之内，到处都是血腥狰狞的尸体、破碎的酒杯与华丽的珠宝，全部都被浸泡在猩红的血泊之中，一道道深刻的刀痕烙在墙体之内，宛若野兽的利爪，撕开了半座豪宅。其中有一张照片，拍的是豪宅门外的水沟之中，一具尸体的脖颈被人切开，身首分离。那人的面孔，林七夜再熟悉不过，正是他昨晚才见过的李坚白！林七夜一张张地翻过这些照片，脸色难看至极。

"参与酒会的五十多人，全部葬身在此，李氏集团的高管更是全灭，一个活口都没有留下……这是临江市数十年来，最大的一起命案。墙上的那些痕迹，还有这些尸体上的伤痕，都不像是普通人能做到的，所以当地警局第一时间联系上我们，我们经过调查，发现近期来访临江市的，就只有你们'夜幕'小队。"石文轩双眸复杂地看着林七夜，"林队长……你这是何苦呢？做出这种性质极其恶劣的事件，要接受的就不仅是处分这么简单了……"

"不。"林七夜果断摇头，"不可能，我昨晚确实去过李氏庄园，但我只是单独警告了一下李坚白，这些事情不是我做的。"石文轩一怔。他皱眉思索片刻，缓缓开口道："林队长，之前我就经常从多多的口中听过你们的事情，他非常崇敬你们，说实话，我也不相信这件事会是你们做的。但是，我们临江市近几年来，一直安稳平静，就连一只'神秘'都没有出现过，除你们之外，也没有别的超能者来过……"

"监控呢？"林七夜皱眉问道，"李氏庄园里，应该有监控设备吧？"

"庄园内的所有监控，昨晚都同时失效了，这也是我怀疑这次事件是人为的重要因素，毕竟就算出现了'神秘'，它也不太可能用技术手段去黑监控……"

监控失效？林七夜的脑海中，第一时间想到的就是江洱。

"林队长，如果不是你的话，你的那些队员中，有没有可能……"石文轩试探性地开口。

"绝不可能。"林七夜表情严肃至极，"我们确实和李氏有些恩怨，但他们绝对做不出灭门这种事情。"

石文轩的眉头越皱越紧。"如果是这样，那这件事……"

"叮叮叮——"石文轩话刚说到一半，林七夜的手机便响了起来。林七夜掏出手机，看了眼上面的号码，当即按下接通键。"喂？左司令？"

"李氏的事情，我也是才收到消息。"左青的声音从电话那头传来，"你们现在……"

"这件事不是我们做的。"林七夜沉声道。

"不要紧张，我当然知道不是你们做的，你们为大夏做的事情，所有人都看在眼里。"左青的声音平静无比，"你们现在不用急着回京，先留在临江，把这件事查清楚，另外临江这个地方，确实有些蹊跷……正好你可以一起查一下，具体的，石文轩会跟你说。"

林七夜听到这句话，悬着的心才放了下去。不管怎么说，只要守夜人高层相信他们，那事情就会简单许多。"明白了。"林七夜点头，"我会查清楚的。"林七夜挂断电话。"石队长。"林七夜看着眼前的石文轩，认真地说道，"这件事情，我可能需要你们本地守夜人小队的帮助……"

"没问题。"石文轩痛快答应。

1167

"李氏被灭门？！"听到林七夜的转述，"夜幕"小队的众人同时愣在原地。

"没错。"林七夜微微点头，"昨晚，我确实去了一趟李氏庄园，但在我去的时候，这场灾难还没有发生……"说到这儿，林七夜转头看向飘在半空中的江洱："江洱，你昨晚也去了李氏？"江洱一怔，微微低下头去，像是个做错事的孩子："我……"

"是我让她黑进李氏集团内网的。"安卿鱼主动开口，"我想着，既然不能直接对李氏动手，那就删掉他们所有有关老城区项目的资料，顺便警告一下李坚白，就算被发现了，也不过是背个处分而已，不过昨晚我们动手的时候，李坚白还是好好的……哦，就是心理防线有些脆弱，江洱刚说了两句，他就晕倒了。"

林七夜看着安卿鱼和江洱，无奈地叹了口气。"你们这是何必呢。"

"那个……其实我俩也去了。"百里胖胖小心翼翼地伸出手。

"你跟曹渊？你们什么时候去的？"

百里胖胖和曹渊将他们昨晚的经过全部说了一遍。林七夜听完，哭笑不得地开口："所以，昨晚我们五个人分了三拨，轮流警告了一遍李坚白？"

"从时间顺序上来看，我和江洱是最后动手的，那时候李氏庄园还是好好的。"安卿鱼接过林七夜递来的照片，交给江洱辨认，"我们两个，应该是最后见过他们的人。"

江洱目光扫过众多照片，指着躺在水沟中的李坚白说道："没错，昨晚他被我吓晕的时候，也是倒在这个水沟边上。"

安卿鱼若有所思："也就是说，昨晚李氏被灭门的时候，李坚白其实并没有从昏迷中醒来？那这个灭李氏满门的人，动手的时间应该就在我们动手后不久，一般来说，受惊吓昏迷后苏醒的时间不会太长，这么一来就可以大致推断出李氏被灭门的时间……也就是昨晚的凌晨两点到三点。"

"不用算得那么麻烦。"林七夜平静地开口，"只要我们去一趟现场，昨晚发生过什么，就全部知道了。"

李氏庄园。林七夜五人在石文轩的引领下，穿过警戒线，走进庄园范围之内。刚一进门，林七夜就闻到了浓郁的血腥味，偌大的庄园死寂一片，漆黑的乌鸦在空中盘旋，发出刺耳的鸣叫声。

"案子转到我们守夜人这边后，第一时间就封锁了现场，我也带钱多多来看过，可惜没有什么实质性的发现。"石文轩带着众人穿过院落，径直走到了满目疮痍的豪宅面前。

豪宅的顶部被砍碎了一角，碎石滚落在房屋附近的地面上，从断口痕迹来看，像是某种刀具切割后的情景，这种规模的破坏力，绝对不是普通人能做到的。安卿鱼眯眼看着顶部的这道斩痕，一只手托着下巴，像是在沉思。

"你发现什么了？"江洱看到安卿鱼眼眸闪烁，就知道他一定有所发现，好奇地问道。

"这一刀斩落的方向，有些奇怪……"

"哪里奇怪？"

"这一刀，是从上往下砍的。"安卿鱼伸出手掌，对着豪宅顶部的断口凌空横切了一刀，似乎在模拟当时的情景，"造成这样的断口，要么是有人提着刀跳起来砍，要么就是从天而降，一刀顺势斩下。"

"从天而降？"江洱眨了眨眼，"你是说，他是坐飞机来的？"

"……我是说，他可能不是人类。"安卿鱼耸了耸肩，目光落在已经走进豪宅中的林七夜身上，"看七夜那边怎么说吧。"

林七夜穿过狼藉的会客厅，在豪宅中央停下脚步。他的目光扫过周围四溅的血迹墙壁，淡淡开口："黑瞳。"一道黑影瞬间爬上他的身体，下一刻，赤色的眼眸便在林七夜的眉心睁开！林七夜的视野中，周围的一切迅速地倒流，过去的面纱在那只赤目凝视之下，缓缓揭开。片刻的工夫，时间就被回溯到了酒会刚开始不久，豪宅、墙壁、吊顶、家具，全部完好如初，一道道脚印在地面迅速浮现，琉璃般的酒杯在空中悬浮飘动，像有一只只无形的手，捏着他们在酒会中游走。黑瞳的窥秘之眼，无法直接窥探到活物，昨晚江洱又黑掉了这附近所有的监控，无法回溯监控画面，所以林七夜只能根据这些物体的移动轨迹，来判断昨晚发生的事情。很快，林七夜的目光就锁定了一只正在飘上楼的酒杯。那只酒杯在二楼墙边飘了一会儿，突然落向地面，直接碎了一地，一楼的脚印同时一顿，那些来客似乎在疑惑，二楼发生了什么。林七夜知道，那是自己通过"斩白"的能力，直接将李坚白拖到了地下酒窖。过了不到十分钟，酒窖的入口打开，一个人影脚步踉跄地走上地面，正欲走进豪宅内，只见一根粗壮木棍在他的脑后飘起，狠狠砸在了空中后脑的位置。随后泥泞的地面上，就被拖出了一道长印，那是百里胖胖和曹渊拖着李坚白走到树下，将其吊起，然后暴揍了一顿。再之后，李坚白的鞋印艰难地回到了门前，随后手机飞出，整个人倒在了地上。

"来了……"林七夜见到这一幕，双眸微眯。根据安卿鱼的推算，灭李氏满门的人，应该就是这段时间出现的，他的目光扫过四周，不放过任何一个细节。他，或者它，会从哪里出现？林七夜在原地等了十几分钟，突然一道光芒自头顶传出，豪宅的顶部被直接斩碎！林七夜瞳孔微缩，迅速地开门走进豪宅，只见在顶部缺口的正下方，一双巨大的三指脚印，正踏在破碎的瓷砖之上，将其深深压陷下去。不是人类，脚掌只有三指，而且非常重，疑似有飞行能力。林七夜迅速总结出有效信息。这道影子落下后，周围飘浮的酒杯疯狂地向四面八方逃窜，紧接着几道斩痕撕裂墙体与地面，无数身影倒在瓷砖上，血迹也疯狂在砖面漫延。

1168

随着血泊漫延，一具具苍白惊恐的尸体，在林七夜的眼前浮现。尸体，不属于活物，可以被黑瞳的"窥秘者"记录。等到豪宅内所有的人都被屠杀殆尽，那三指脚印走出门，在屋子附近转了一圈，似乎在寻找着什么。终于，它发现了倒在水沟旁的李坚白，瞬间斩断了他的脖颈，下一刻李坚白的尸体也在林七夜的眼前勾勒而出。做完这一切之后，那脚印微微一沉，便再也没有移动过。林七夜眉头紧锁，抬头看了眼天空。那只怪物具备飞行能力，一旦升上天空，就不会留下任何痕迹，即便是黑瞳也无法追踪它的下落。林七夜叹了口气，将黑瞳送回了病院，眼前再度恢复现在的景象。

"怎么样？"百里胖胖等人见林七夜睁眼，开口问道。

"不是人类，是一种脚掌三指，具备飞行能力的'神秘'，它是从天上飞过来的，杀完人之后，也同样飞走，我无法追踪。"林七夜如实说道。

"'神秘'？"听到这两个字，石文轩的眉头紧皱起来。

"有什么问题吗？"林七夜问道。

石文轩沉思片刻后，还是叹了口气，说道："实不相瞒，我们临江市，已经近四年没有出现过'神秘'了……"

"四年？"安卿鱼诧异道，"这怎么可能？'神秘'的降临与人员密集程度有关，就算是偏远的安塔县，每年也都会有一次'神秘'入侵，临江市是二线城市，怎么可能没有'神秘'？"

"我也不知道啊。"石文轩苦笑道，"我来这里当守夜人，已经三年多了，我是真的连一只'神秘'的影子都没看到。有时候我都在想，这座城市既然不出现'神秘'，那我们这些守夜人存在的意义是什么，我已经向上级申请调离这里好几次，但上面一直让我留下，以防万一。"

"这就是左司令说的，临江市的蹊跷？"林七夜若有所思，"四年都不出现一只'神秘'，确实很可疑。"

四年……这个时间，怎么这么熟悉？林七夜回想起昨晚在寒山孤儿院时，听孩子们提到的那场大火，似乎也是在四年之前？是巧合，还是……

"那现在怎么办？"江洱飘在空中问道，"只知道灭李氏满门的是个会飞的'神秘'，但是我们该怎么找它？"

"现在，只有地毯式搜寻这一个办法了。"曹渊开口道，"那只'神秘'是昨晚屠的李氏庄园，应该还没有离开临江市，凭借七夜的精神力感知，还有卿鱼的鼠潮，找到它只是时间问题。"

"既然如此，我们也分头找找，看有没有别的线索。"

几人商量了一番，便分头在临江市寻找"神秘"的下落，安卿鱼正欲离开去散布"鱼种"，却发现林七夜依然站在原地发呆。

"你在想什么？"安卿鱼走上前。

林七夜看着李坚白尸体所在的那处水沟，沉思片刻："我觉得……这次的事件，可能不是一次'神秘'入侵这么简单。"

"为什么？"

"因为，那只'神秘'在找他。"林七夜伸出手，指了指水沟。

"李坚白？"安卿鱼一愣，"什么意思？"

"那只'神秘'从天而降之后，杀光了豪宅内的所有人，在那之后并没有立刻离开，而是在豪宅附近转悠了一圈，像在找什么东西……等到它找到李坚白，并出手将其击杀，才飞离现场。也就是说，李坚白从一开始就是它的目标？可是这说不通，它如果只是一只随机出现的'神秘'的话，为什么非要找到李坚白再杀掉他？再仔细深究一层，为什么这只'神秘'偏偏要落在李氏庄园大开杀戒，而不是别的地方？"

林七夜这一番话，直接让安卿鱼的眉头皱了起来。"你是说……这只'神秘'的背后，还有人？他的目标本来就是李坚白与这处李氏庄园？"

"有这种可能。"林七夜思索片刻，"总之，你先在临江市里布置鼠潮，试着搜索一下那只'神秘'，我出去一趟。"

"你要去哪儿？"

"寒山孤儿院。"

寒山孤儿院。"嘎吱——"老旧的铁门被缓缓推开，一个身穿蓝白校服的少年，背着书包从门外走了进来。雨很大，大到天地之间都雾蒙蒙的一片，但少年没有撑伞，雨水顺着黑色发梢滴落在湿透的校服上，他的神情却没有丝毫变化，深邃的双眸如渊般平静。他走过院子，站在刘老头的办公室前，水滴顺着衣服落在灰黑色的地面，迅速凝成一片水渍。此刻的刘老头，正背对着他坐在桌边，看着桌上的五张银行卡，怔怔出神。

"刘爷爷。"少年突然沉声开口。昏暗的办公室中，刘老头像是被吓了一跳，猛地回过头。他看到门口湿漉漉的乌泉，立刻站了起来，急忙向他走去："小泉？你怎么淋成这样？今早我不是往你书包里放伞了吗？"刘老头迅速地帮他脱掉湿透的校服外套，生怕他着凉，而乌泉似乎根本不在乎这些，他只是静静地看着刘老头的眼睛。

"刘爷爷，我们不用搬家，李氏集团已经消失了，以后也不会有人上门闹事。我们可以一直安稳地住在这里，等青竹哥哥回来……永远也不分开。"

"消失了？"刘老头一怔，随后点头，"我早上就知道了，我们不会搬走的。"听到这句话，乌泉的神情终于放松些许，他的目光落在桌上五张银行卡上。"这些卡是哪来的？"

"哦，是你青竹哥的战友们临走前给的。"

"他们？"乌泉一愣，脑海中浮现出林七夜等人的面孔，"他们给这些东西干吗？"

"……不知道。"刘老头叹了口气。昏暗的办公室中，寂静得只剩下雨水敲击窗户的声音，过了许久，刘老头还是喃喃开口："沈小子……不会出什么意外了吧？"

乌泉的眼眸猛地一缩。"咔嚓——"一道狰狞的雷霆刹那间划过天际。"不可能！！"乌泉下意识地后退半步，那双沉寂的黑色眼眸，浮现出前所未有的情绪波动，"青竹哥哥不会有事的……他不会有事的！"

1169

乌泉的咆哮混杂着窗外的雷声，将刘老头吓了一跳！他连忙伸手抚着乌泉的后背，轻声宽慰道："你这孩子，怎么一提到沈小子反应就这么大……别多想了，那小子的命跟他的骨头一样硬，没那么容易出事。"乌泉咬着牙，挣脱刘老头的手掌，转身便向雨中跑去。"小泉！"刘老头喊了一声，伸手想要抓住他的手臂，但乌泉的速度实在太快，一眨眼便冒雨推开铁门，向着巷道的尽头狂奔。"……这孩子。"刘老头站在屋檐下，长叹了一口气。

巷道中。滂沱大雨从乌云中倾泻而下，乌泉沿着狭窄的巷道，飞踏过水洼向前奔跑。他紧皱着眉头，双眸之中满是挣扎与疯狂，恍惚之间，他的耳畔再度浮现出沈青竹的声音："你叫乌泉？别怕，那些畜生被我杀光了。"

"……"

"我叫沈青竹，以后，我就是你哥哥。"

"……"

"那些人只是长得凶一点、做事狠一点而已，没什么好怕的……只要我们比他们更狠，更不要命，他们就会害怕我们。"

"……"

"梦想是成为保护我的伞？你还太弱了……你好好长大，以后会有机会的。"

"……"

"小泉，我要出去当兵了，以后，你要替我守好刘老头和弟弟妹妹们，不能让他们受欺负，明白吗？"

"……"

在雨中奔跑的乌泉，双眸逐渐迷离，失魂落魄地喃喃自语："不会的……青竹哥哥，你不会死的……我们约定好了，以后让我来成为你的伞，你要是死了……我怎么办？"就在这时，一个身影从巷道的另一边迎面向这里走来。"嗒嗒嗒——"乌泉的身影飞速掠过那道身影，微微一怔，站定身形，回头望去。林七夜撑着黑伞，同样转头看向乌泉。大雨的巷道中，两人隔着蒙蒙水汽，对视在一起。"你是叫……乌泉？"林七夜看着这个浑身湿透的少年，有些不解地开口，"出什么事了？"

乌泉双眸盯着林七夜，下意识地张开嘴，想问些什么。片刻后，他还是闭上嘴巴，沉默地转头向雨中走去，那双情绪起伏的漆黑眼眸，逐渐回归平静。见乌泉没有理会自己，林七夜虽然心有疑惑，但并未多想，只是继续向着孤儿院的大门走去。等到他的身形彻底消失在巷道中，走到无人街道口的乌泉才缓缓停下脚步。他回过头，看了烟雨蒙蒙的巷道一眼。"他，应该知道青竹哥哥的事情。但是，如果青竹哥哥真的出了什么事……就这么问，他也一定不会说的。"乌泉喃喃自语，片刻之后，他漆黑的双眸微微眯起。他手掌轻抬，一滴雨水顺着他的掌心，流淌到指尖，随后滴落在脚下的水洼中。一缕涟漪在水面荡开，模糊的倒影之中，乌泉的身后，一张又一张黑色交椅勾勒而出。这些黑色交椅，像是古老音乐殿堂中环坐的乐队座位，雕刻着幽暗玄奥的花纹，其中二十多张交椅之上，都坐着大小形态各不相同的狰狞怪物。有高达数十米的黑色肉山，有身背双翼、脚掌三指的扛刀大汉，有状似云朵的灰色塑料袋……它们安静地坐在阴影中，低垂着头颅，像是被封存在收藏馆中的艺术品，又像是环绕在乌泉身后，时刻准备奏乐的黑暗乐团。雨中，乌泉缓缓抬起双手，在空中挥出一道神秘轨迹。那个灰色的塑料袋，急速地膨胀，环绕在乌泉周围，将其身形连带着气息，一同隔绝无踪。其余黑色交椅上的怪物，就像是被人操控的傀儡，僵硬地从座位上站起，眼眸直勾勾地凝视着巷道的尽头，身形接连撞破雨幕，消失无踪。"他是青竹哥哥的战友，一定也具备某种强大的能力，不能放松警惕。另外，不要伤到他，只要读取记忆就好……"乌泉的声音淹没在轰鸣的雨水中。

寒山孤儿院。林七夜推开铁门，便看到刘老头站在屋檐下唉声叹气。"咦？是你？"刘老头见林七夜走进来，突然一愣，"你们……不是走了吗？"

"哦，我想起来有东西没拿，所以特地回来一趟。"林七夜抱歉地笑道，他回头看了眼门外，疑惑地问道，"对了，刚刚乌泉跑出去……是发生什么了？"

刘老头神情变幻，摇了摇头，长叹一口气："没什么，那孩子就是受了点刺激……他小时候的经历有些特殊，所以性格比较极端，遇上事情容易激动，特别是跟沈小子有关的事情……"

"性格极端？"

"嗯。"刘老头微微点头，眸中浮现出回忆之色，"那孩子，不是被人送过来寄养的，也不是被人遗弃……他是被人贩子拐卖，然后被救出来的。"

"被拐卖的孩子？"林七夜的眉头微皱，"这个年代，还有这种事？"

"多得很。"刘老头叹了口气，"这孩子四五岁的时候，就被人用迷药拐走了，后来被卖给一个乞讨团伙。那些人打断他的手，把他饿上几天，等到瘦得只剩皮包骨的时候，再让一个瘸腿的老头推着他去街上乞讨，得来的钱全部被团伙分走，每天的饭就是几块馊馒头，要是哪天的钱少了，回去还要挨上一顿毒打。几乎每过两三个月，那个团伙就要换座城市，防止被警察抓到，他就这么被折磨了快四年，你能想象到的那些肮脏手段，这孩子几乎全经历了一遍。要不是当年他们碰巧到了临江，要不是碰巧被沈小子撞到，这孩子恐怕永远也没有出头的一天，就算长大了，在那种环境的感染下，也迟早会从被施暴者变成施暴者……"

"是沈青竹救的他？"

"嗯，那时候沈小子才十几岁，就是个天不怕地不怕的刺头。那天他看到小泉在街上乞讨，留了个心眼，偷偷跟着他们回了山上一座破屋，发现真相后，趁着夜色放走了所有被奴役的孩子。后来途中被人发现，他就拿着一柄钝刀，跟那群亡命之徒拼命，捅死了四五个，自己也差点丧命。那天他浑身是血，抱着昏迷的小泉从山上下来的时候，我这把老骨头可是被吓坏了。"

~~1170~~

听完这段话，林七夜的脑海中，自动脑补出了十几岁的沈青竹，赤着上身，浴血从山上走下来的情景。不愧是拽哥……林七夜感慨了一句。

"小泉这孩子，从小失去了父母疼爱，又在那种非人的环境下长大，心理扭曲、病态也是难免的。现在你看到的，已经好很多了，当年沈小子刚带他回来的时候，他要么就像个木头在那儿一动不动，要么就像疯子一样大吼大叫，甚至还有两次试图自残自杀。小艳、钱诚那些孩子，当时都被吓坏了，根本不敢靠近他，只有沈小子一直把他带在身边，手把手地带他回归正常孩子的生活。"刘老头看了眼敞开的铁门，长叹一口气，"对小泉来说，青竹哥哥就是他的一切……"

"原来如此。"林七夜点了点头。他像是想到了什么，再度问道："对了刘院长，关于四年前那场火灾，能再详细跟我说说吗？"

"火灾？"刘老头一愣，"问这个干吗？"

"我就是突然想起来，以前听沈青竹提到过这件事，好像给他留下了些心理阴影……我想确认一下，看有没有什么能帮上忙的。"林七夜随便编了个借口。

"心理阴影？那小子还会有这种东西？"刘老头狐疑半晌，还是说道，"那场火灾的事情，我也记不太清……我就记得那天，我在自己房间睡觉，突然外面就起了大火，把孩子们的小宿舍完全围住。当时我吓坏了，鞋子都没穿，把身上淋湿之后就直接往火场里跑，但我刚冲进去，塌下来的房梁就堵住门口，把我和孩子们都困在里面。火场里的烟特别大，孩子们哭闹一阵之后就晕倒了，就在我也要窒息的时候，外面传来了小泉的哭声和沈小子的吼声，我就知道他两个回来了。再后来，我就觉得空气一紧，然后就失去意识，醒过来的时候，就在病床上了。据说，是沈小子一个个把我们背出来的。"

林七夜沉思片刻："起火原因呢？是什么？"

"这事，我也奇怪得很……当时起火的是小宿舍，可那里根本没有可燃物啊，那些专家来看过，也没得出什么结论。好在没有人伤亡，要不然这事可就大了。"刘老头的脸上浮现出后怕之色。

"那当时，你们有没有看到什么奇怪的东西？比如……怪物？"

"怪物？"刘老头接连摇头，"我没看到那种东西。"

"……我明白了。"林七夜点点头，陷入沉思。从起火原因未知这一点来看，这场火灾确实有可能是"神秘"降临引发的，而刘老头说的突如其来的窒息感，应该是沈青竹的"气闽"，只是不知道当时的他，是刚刚觉醒禁墟，还是已经觉醒了一段时间。来之前，林七夜也问石文轩调过临江市的守夜人档案，最后一桩疑似"神秘"出现的案件，就是孤儿院的这桩起火案，但因为没有见到"神秘"本体，也没有伤亡，所以只是被定性为"疑似案件"。也就是说……那场火灾之后，临江市便再也没有出现过"神秘"？可惜沈青竹不在，否则只要问一问他，当时发生过什么，就全都知道了。等等……当时在场的，除了沈青竹，不还有一个乌泉吗？如果能问问他，说不定还能找到些别的线索。林七夜假装去屋里逛了一圈，拿走"遗落"的东西，正欲离开，刘老头便一把拉住他。看刘老头欲言又止的表情，林七夜疑惑问道："怎么了？"

"小伙子，你老实跟我说……"刘老头纠结片刻，还是小心翼翼地问道，"沈小子他……是不是出意外了？"林七夜一愣。"没有。"林七夜果断摇头，"刘院长，你别瞎担心，他真的没事。"

看着林七夜那双坚定的眼眸，刘老头心中的怀疑消退些许，他点了点头："好……我知道了，你让他秘密任务结束回来之后，给家里寄封信……这样我们也能放心些。"

"等他回来，我会转告他的。"林七夜与刘老头告别，转身便向巷道走去。他撑着伞，一边在雨中行走，一边思索着整件事情的脉络。到目前为止，无论是李氏被灭门，还是临江市无"神秘"的奇怪现象，全都没有实质性的进展，接下来，只能将希望寄托在寻找到那只会飞的"神秘"身上……就在这时，林七夜感知到了什么，突然停下脚步。此刻，他已经远离了孤儿院，走到了巷道的一处十字路口。

滂沱的大雨从天空倾倒，肉眼环顾四周，除了蒙蒙水汽，很难看到远处的景象……死寂的巷道之中，寂静得只剩下无尽的雨声。林七夜的目光扫过四周，眼眸微微眯起。"这是……"他左手撑伞，空荡的右手闪过一抹魔法光辉，下一刻，一柄雪白长刀便被他握在掌心。"咚——"一道黑色的身影，如同流星般从天空砸落，精准地撞在了林七夜身前的大地之上！那是一个长着蝙蝠翅膀的巨人，脚掌只有三指，左右手分别提着两柄血色砍刀，头顶的一对红色弯角上方，跳动着一团赤色火焰。它高高抬起手中的血色砍刀，用刀背猛地砸向林七夜的身体！林七夜的伞面轻抬，双眸透过雨水，平静地扫过头顶，一抹雪白的刀芒闪过，"斩白"刀身便稳稳地架住了两柄砍刀！力量对撞产生的圆形气浪，瞬间将周围半空的雨水倒卷。"灭李氏满门的'神秘'……你居然主动找上门来了？"林七夜冷哼一声，挥刀震退巨人的身体，身形宛若雨中磐石，岿然不动。眼前的这只"神秘"，只有"无量"境，在林七夜的面前根本不堪一击。林七夜正欲挥刀斩下它的头颅，蔓延出的精神力像是发现了什么，猛地转头看向四周。只见十字交会的巷道各个方向，都有一道道黑影从雨中向这里急速逼近。林七夜皱眉暗骂一声："去你的……谁说临江市没有'神秘'？"

1171

在林七夜的精神感知中，从四面八方包围过来的"神秘"有二十多个。它们目不斜视地看着巷道中央的林七夜，完全忽略了彼此的存在，像是一群没有意识的傀儡。"是被人操控的？"林七夜瞬间察觉到不对。一般来说，就算是"神秘"，彼此之间也会存在竞争，或者捕食的敌对关系，像这样二十多只"神秘"默契联手的情况，几乎不可能发生。联想到在李氏庄园时，那只怪物在周围搜寻李坚白的场景，林七夜几乎可以断定，眼下控制这些"神秘"的存在，与屠灭李氏满门的，就是一个人。而这突然出现的二十多只"神秘"，又是从何而来？答案已经呼之欲出。这四年，临江市并不是没出现"神秘"，而是所有降临的"神秘"，都提前一步被人收服。林七夜的脑海中，迅速将所有的线索串联，他双眸扫过周围，平静地开口："如果换成别人，面对这么多'神秘'确实会吃亏……可惜，你遇上的是我。"

林七夜一步踏出，雨水四溅，周围数道魔法光辉绽放！一道道穿着青色护工服的身影，凭空出现在林七夜的周围，身形一晃便迎着那些"神秘"冲出！两伙"神秘"在大雨中的巷道对冲在一起，境界与能力各不相同，顷刻间就划分出密密麻麻的战场，战斗余波瞬间将周围的房屋轰成碎片，好在这里本就是即将拆迁的老城区，距离寒山孤儿院又足够远，根本不会有人被误伤。林七夜撑伞站在原地，那双散发着淡金色光芒的眼眸，一点点地扫过四周："让我猜猜……你藏在哪里？"

林七夜的精神力感知，无法找到幕后主使的身影，要么他是用某种力量掩盖了自己的存在，要么他就是可以藏身于林七夜的感知范围外，超远程操控这些"神秘"。相对而言，林七夜更倾向于前者。要知道世界上可没有第二座诸神精神病院，能够操控"神秘"的能力，他还是第一次听闻，能够操控如此数量的"神秘"，如果还能超远距离操控，那未免太过变态。

与此同时，距离这里一公里外的厂房楼顶，被灰色塑料袋笼罩的乌泉眉头紧紧皱起。"他也能操控这些怪物？难道，他的能力和我一样？不，不可能……"乌泉沉默片刻，眸中浮现出一抹坚定。他在厂房顶端抬起双手，像是位即将开始演奏的指挥家，对着远处的战场轻轻一挥。

"轰——"正在老城区冲锋陷阵的红颜，只觉得身体一沉，随后身体就像是不听使唤般，控制不住地转头飞去！她的身形迎风暴涨，顷刻间化作一条红色巨龙，高昂起头颅，喉间一团炽热的火球急速凝聚。"吼——"灼热的龙息撕开雨幕，径直落向巷道中央的林七夜！林七夜的瞳孔收缩，身形瞬间遁入虚空，避开了这一道炎脉龙息，半秒后便在数百米外凌空踏出。"他还能控制我的护工？"林七夜看着天空中飞旋的红颜，脸上浮现出震惊之色。他尚未来得及从吃惊中回神，周围的空间便被打乱，像是急速拧转的魔方，将其围困在混乱的空间之中。林七夜脸色一沉，抬头向上看去，只见混乱魔方正在空中飞旋，将林七夜困在自己的领域。一道道蛛丝划破空气，交织成一张大网，笼罩住林七夜四面八方的退路。"院长快走！我控制不住自……"阿朱站在巷道一角，十指操控蛛丝，焦急地开口。话刚说到一半，他的嘴就像是被人拉上拉链，迅速闭起，再也说不出一个字。混乱魔方与阿朱的境界并不高，林七夜只是用"斩白"划开空间，便迅速脱身。他的精神力扫过四周，果然除了几位"克莱因"级别的护工，其他护工全都被操控，转而与临江市本土"神秘"联手，开始对付自己。那些"克莱因"级别的护工，身体也有些不受控制地怪异扭动起来，像是有人提着一根无形丝线，在与他们争夺身体控制权。林七夜脸色阴沉，他没有犹豫，直接将所有护工都送回病院。"既然如此，我就杀光这些'神秘'，看你能忍到什么时候。"他单手握着"斩白"，一抹夜色在脚下急速蔓延，本就昏沉的天空，更是以肉眼可见的速度暗淡下来。林七夜站在巷道中央，"克莱因"级别的境界威压尽数爆发，双眸之中，熔炉般的金色火焰熊熊燃起。临江市的这些"神秘"，最高也就是"无量"境，即便不借用护工的力量，杀光它们对林七夜来说也只是时间问题。

就在林七夜即将持刀杀出之时，异变突生！自天空中倾泻而下的雨水，突然围绕着林七夜旋转起来，就像被一根无形的指挥杆牵引，呼吸间便汇聚成一道蜿蜒的水流漩涡！林七夜的眼眸一凝。他正欲有所动作，身体却像灌了铅般沉重起来，仿佛有一股无形力量在挤压他的肌肉，试图掌管他的肉身。与此同时，林七夜的血液流速越发滞缓，大脑因供血不足，开始头晕目眩，眼前发黑。他不光可以操控"神秘"，还能操控物质和人体？！这个念头在林七夜的脑海中一闪而过。似乎为了印证他的想法，他脚下的大地眨眼间汇聚出一双大手，闪电般抓向林七夜的脚踝。身体陷入僵直的林七夜，猝不及防之下被这双手控制住，水流龙卷扑面飞来，化作一团水流将林七夜围困在其中。四面八方的"神秘"一拥而上。林七夜的眉头紧皱，冷哼一声。变形魔法的光辉在他的身体表面闪过，他的身形化作一条冰霜巨龙，瞬间挣开了大地与水流的束缚，冲天而起！

"藏头露尾这么久……也该露个脸了吧？"冰霜巨龙再度化为林七夜本体，他握着"斩白"的手掌，闪过一抹璀璨的金芒。他闭着眼睛，反手将"斩白"刀身甩出！在奇迹的作用下，"斩白"随机选定了一个方向，如电般飞掠而出！

1172

乌泉的身体笼罩在灰色塑料袋中，双眸紧盯着远处的战场，十指以某种神秘的轨迹挥动，像是在指挥一场大型的演奏现场。"嗖——"就在这时，一抹凌厉的刀芒划破天空，以惊人的速度向他飞掠！森然的刀芒切开密集的雨幕，眼看着就要斩落在灰色塑料袋上，乌泉立刻腾出一只手，对着那柄飞掠的刀芒凌空一握。"斩白"的刀锋微微偏转，擦着乌泉所在的位置飞过，刀身像是被某种神秘力量牵引，在他周围盘旋两圈后，竟然竖直悬停在他的身前。就在乌泉以为危机解除的瞬间，远处深陷战场的林七夜眼眸一眯，身上与"斩白"刀柄同时绽放魔法光辉，下一刻身形就横跨空间，一步来到了"斩白"之前——反向召唤法阵！

乌泉的瞳孔骤然收缩！

"原来躲在这儿……"林七夜的目光与精神力并没有捕捉到被灰色塑料袋屏蔽的乌泉身形，但这并不影响他接下来的动作。林七夜的双眸中，突然爆发出一团淡淡的紫芒，君王般的霸气如翻腾巨浪席卷而出，恐怖的威压瞬间降临在周围的每一寸土地上。"出来！！"林七夜爆吼一声，宛若暴君之怒，怒若雷震。被笼罩在灰色塑料袋中的乌泉，只觉得前所未有的压迫感如重锤撞在胸膛，整个人控制不住地倒飞而出！滂沱大雨中，一片灰云般的塑料袋倒卷飞上天空，一个少年身影从虚无的环境里弹出，重重地摔落在地。"乌泉？"林七夜看到那少年痛苦的面庞，眉头紧紧皱起。

乌泉踉跄地跌倒在雨中，双手撑着地面，试图站起，但下一刻一道身形便闪烁至他的面前！林七夜手握"斩白"，刀锋直抵他的脖颈，若是乌泉再有丝毫动作，这一刀便会轻松斩下他的头颅。"是你……"林七夜双眸微眯，"这四年来，暗中收服临江市'神秘'，下令屠灭李氏满门的，都是你？"

乌泉双唇微抿，注视着身前宛若黑夜君王的林七夜，沉默不语。

"说话。"林七夜冷声开口。

"……是。"

"你疯了？"林七夜一把拽起他的衣领，双眸紧盯着这张稚嫩却倔强的面庞，低吼道，"暗中收服临江市'神秘'，这一点没有人会追究你的责任，从某种意义上说，这是'功'而非'过'……但你居然屠了李氏满门？他们只是一群普通人！就算他们手段不干净，但绝对罪不至死，一口气杀光三十多位李氏高层，你这是恶魔的行径！"

"恶魔？那又怎样。"乌泉的眼眸中，闪烁着彻骨的冰寒，"他们打伤了刘爷爷，还要强逼我们搬走，他们要比狠，我就做得比他们更狠……只有杀光他们，我才能保住这个家！"

看着乌泉眼中闪过的疯狂之色，林七夜怔在了原地。他的神情有些复杂。正如刘老头所说，这孩子的心理有些病态，在遇到一些问题的时候，他的做法会比正常人更极端。现在，林七夜算是真正体会到了。

"不管怎么说，你的这种行为都是犯罪。"林七夜深吸一口气，"对于恶性超能者，守夜人具备随时对其进行扣押抓捕的权力与义务，你……必须跟我去斋戒所走一趟了。"

听到这句话，乌泉先是一怔，随后用力摇头："不，我不跟你走……我就要留在这里！"

"这件事，由不得你。"林七夜面无表情地开口，"事后孤儿院那边，我会亲自去和刘院长交代，不过我会隐去你犯罪被关押的事实，找个借口将你带离临江……"

乌泉一咬牙，不顾林七夜的刀锋，迅速地向后退去。但可惜的是，乌泉的身体素质似乎并不强，只是维持在普通人的水准，林七夜只是迈出一步，手便牢牢抓住他的肩膀。"暴君之怒"再度发动，澎湃的力量灌入乌泉体内，顷刻间便将他的身体死死镇压，豆大的汗珠从肌肤表面渗出，再也无法移动半步。"我说了……

这件事由不得你。"林七夜淡淡开口。乌泉的脸色苍白无比，似乎在与体内的暴君之力作斗争，但任凭他如何努力，都无法从林七夜手中挣脱。他的瞳孔中闪烁着决然之色，一抹暗淡的光辉闪过，下一刻，两人脚下的废弃厂房中，无数建筑废铁飞旋而出，径直卷向他们的位置！飘摇的风雨，像是被一只无形大手挥动，排山倒海般拍向林七夜的面门！林七夜的脸色一沉，扣住乌泉肩膀的手掌越发用力。恶性超能者失控拒捕，林七夜是有将其就地格杀的权力的，通过这短暂的正面接触，他已经看出，乌泉本体的身体素质跟普通人几乎没有区别，只要他手掌再用力些许，就能轻松将其内脏震碎。但他不愿意这么做，一是因为乌泉只是个孩子；二则是因为，他是沈青竹的弟弟……哪怕他们并没有血缘关系。"我警告你，你要是再做无用的反抗，我就直接把你做的那些事情，如实告诉刘院长。"林七夜冷声开口，"难道你希望你们下次见面的时候，只能隔着一个监狱铁牢吗？"

乌泉愣在原地，脑海中浮现出那个年迈碎嘴的刘老头的身影。他双唇抿起，纠结片刻之后，那些环绕在两人身旁的尖锐武器，全部落回原地，呼啸狂卷的风雨，也归于平寂。见到这一幕，林七夜的心微微放了下来。看来他的猜测并没有错，乌泉本质并不坏，只是太过在意那座孤儿院里的人，比起自己的生死，他更担心刘老头等人知道自己被捕入狱，会担惊受怕。刘老头已经年近花甲，要是让他知道自己养大的孩子，最终因为杀人灭门被抓进监狱，对他而言绝对是致命的打击。"……我可以跟你们走。"乌泉沉默许久，缓缓开口，"但是，我有一个条件……不，是一个请求。"

1173

临江市。守夜人驻地。百里胖胖、曹渊等人透过单向玻璃，望着沉默坐在审讯室中的少年，神情震惊无比："是他？七夜，你没搞错吧？"

"不会错的，我已经和他交过手了。"林七夜摇头道，"他的能力非常难缠，不仅可以控制'神秘'，还能控制天象、金属，甚至是人体。"

"还有这种能力？我怎么从来没听说过。"

"我也没听说过……不过回来的路上，我已经把事情上报给总部，应该很快就会有结果。"林七夜看了眼时间，转头对百里胖胖说道："对了，一会儿去门口接一下刘院长。"

"刘院长？"百里胖胖一愣，像是想到了什么，压低声音开口，"七夜，你不会把这小子犯的事，告诉刘院长了吧？"

"……没有。"林七夜看了眼审讯室中低头不语的乌泉，"是这小子说，走之前要见刘院长一面，把他从审讯室提出来，找家茶馆，让他俩聊一会儿。"

"行。"

就在百里胖胖去放出乌泉之际，电话铃声响起，林七夜迅速接通："左司令。"

"嗯。"电话那头，左青的声音有些郑重，"林七夜，你发给我的那些资料，我都看过了……这次，我们算是捡到了个了不得的孩子。"

林七夜一愣："什么？"

"根据你的描述，能够与这孩子的能力相对应的，只有一个……第四王墟，'支配皇帝'。"

"王墟？"林七夜的瞳孔微缩，诧异地开口，"难怪这么难缠……"

"这个王墟，来头可不小。"左青认真说道，"你知道，历史上记载的，上一个拥有这个能力的是谁吗？"

"是谁？"

"大夏守夜人前身，镇邪司初代主司，第一战力天花板，冠军侯霍去病。"林七夜震惊地张大了嘴巴。"'支配皇帝'，具备支配一切有形物质的能力，包括但不仅限于人体、动物、火焰、水流……'支配皇帝'的情绪，能够直接影响到天象，愤怒时会雷电交加，悲伤时会大雨倾盆，悠闲时会风和日丽，诸如此类。不仅如此，它针对'神秘'的操控性，远在对其他物质的操控性之上，也就是说，'支配皇帝'对一切'神秘'都有天生的克制作用。从理论上来说，只要拥有者的精神力足够强大，它能够做到针对'神秘'的'无限支配'。当年的霍去病将军，就是凭借着这个能力，一手创建了镇邪司，一人收押上千'神秘'，据说当年他的宏愿，便是将大夏境内所有'神秘'支配，如此一来，便可做到天下太平，再无妖邪。"

"支配大夏境内所有'神秘'？这么强？"林七夜震惊地开口。如果真的能做到这一点，也就意味着大夏将永不再受"神秘"困扰，对于人类而言，这太重要了。单从这一点上来说，"支配皇帝"对于人类的重要程度，甚至还在第三王墟"不朽"，以及第二王墟"宿命佛陀"之上。

"当然，我说的只是理想情况，但事实是，就连当年的人类第一战力天花板都无法做到这一点，这就说明'支配皇帝'也是存在极限的……至少对人类来说是这样。"左青停顿了片刻，继续说道，"而且，这个王墟的弊端也非常多……其中主要的体现就是，寿命上限极低。"

林七夜一愣："什么意思？命短？"

"可以这么理解，你知道当年，冠军侯是多大年纪离世的吗？"不等林七夜回答，左青便紧接着开口，"虚岁二十四……这还是在他成为第一战力天花板，触摸到成神门槛的条件下。冠军侯的死因，一直是历史上最大的谜团之一，只有极少部分人知道，他是因王墟自身的弊端导致寿命抵达极限，才无奈离世的。经过我们的推测，他们的寿命像是普通人寿命的微缩版，他们的一年，可以近似于普通人的四年。如果不走到人类战力天花板那一步，第四王墟的拥有者只能活到十八到二十岁。但也因为这一点，第四王墟的拥有者实力进境会极快！据说当年的冠军侯，从觉醒'支配皇帝'到成为人类战力天花板，一共才用了三年。"林七夜转过头，看了正在离开审讯室的乌泉一眼，眼中浮现出了然之色。难怪乌泉不过十四五岁，就能拥有"克莱因"级别的精神力，甚至能和他打得有来有回……不过这也说明，这孩子只剩下三四年的寿命了？

"'支配皇帝'的第二个弊端就是，无论精神实力如何增长，拥有者自身的身体素质都不会提升，即便走到了人类战力天花板那一步，也只是个一颗子弹就能杀死的普通人。"左青缓缓说道，"他们能够支配世间万物，自身却无比脆弱，除非像当年的冠军侯一样，通过训练和厮杀将自身体魄锤炼到人类极限，否则这永远是致命的弊端。最后一个弊端，则是支配范围。'支配皇帝'只能支配自身周围三公里内的物体，即便到了人类战力天花板那个层次，也只能支配不超过五公里的范围，也就是说在战斗时，自身本就脆弱无比的'支配皇帝'，必须时刻处在战斗中心附近，否则很容易被人斩首。"

听完这三大弊端，林七夜长叹了一口气。这么看来，"支配皇帝"的能力虽然变态，但缺陷也太多了，难怪最终只能位列第四王墟。不过从"无限支配"这一点上来看，它绝对是对人类最重要的王墟。

"那这孩子……该怎么处理？"林七夜问道。

电话那头沉默片刻："该怎么处理，就怎么处理，他虽然身负'支配皇帝'，但性格太过极端，还大肆屠杀平民……要是不能解决好心性这一点，他或许非但不会成为人类的助力，反而会成为祸害。把他押到斋戒所去，让李阳光管教吧。"

李阳光？听到这个名字，林七夜先是一愣，随后脑海中便浮现出阳光精神病院李医生的模样。

1174

是他……听左青的意思，李医生似乎没那么简单？稍一思索，林七夜便笃定了这个想法，能够在斋戒所这种恶性超能者监狱最核心的地方，独自掌管一座精神病院的医生，怎么可能是凡夫俗子？

"这件事，只能交给你来做。"左青嘱咐道，"'支配皇帝'的力量太强，再加上这孩子性格偏激，要真出了什么事情，守夜人里能控制住他的人不多，他又是你亲手抓住的，务必要将他完好地押送到斋戒所。"

"我明白了。"林七夜点头。林七夜挂断电话，目光扫过空荡的审讯室，长叹一口气。乌泉已经被百里胖胖等人带走，找到茶馆坐下，想必刘老头此刻已经到了附近。林七夜推门而出。他走到茶馆附近，便看到乌泉和刘老头坐在玻璃门边最显眼的位置上，百里胖胖等人则在马路对面的咖啡馆坐下，遥遥监视着他们的位置。林七夜没有去打扰乌泉和刘老头，而是走到咖啡厅内坐下，用精神力默默关注着茶馆内的情况。

"总部那边有消息了？"百里胖胖问道。

"嗯。"

林七夜将有关"支配皇帝"的信息说了一遍，众人的脸上都浮现出震惊之色。

"第四王墟……这小子这么猛？"百里胖胖喃喃自语，"这还是十五岁，要是再让他过两三年，岂不是能和特殊小队的队长平起平坐了？这也太变态了吧！"

"如果两三年之后，他还没有因寿命缺陷而暴毙的话，他的实力应该能远超特殊小队的队长……毕竟这个世界上，只有一个第四王墟。"林七夜顿了顿，继续说道，"不过，这孩子应该是当不了守夜人的。"

"为什么？"曹渊不解。

"他的性格太偏激了，让他当守夜人，风险或许会大于收益，毕竟谁也不能保证，他发起疯来会不会把城市也一起毁了，再者说，他身上还背着三十几条人命。

"而且他的情况还和老曹不一样，老曹身上的人命，是黑王失控无心造成的……但这小子，是真下得去手啊。"

"唉……就是可惜了传说中的第四王墟，这可是冠军侯同款王墟啊！"

"其实只要有人能管教住他，说不定关键时刻也能发挥出奇效。"

就在众人聊天之际，茶馆中的刘老头和乌泉从座位上站起，推门而出。刘老头在大街上拉住乌泉的肩膀，在口袋里摸了摸，将仅剩的两张百元大钞递到乌泉手中，严肃地叮嘱了几句，随后便转身离开。

林七夜等人走到乌泉的身边，正欲问些什么，后者突然开口："走吧，你们不是要带走我吗？现在就出发。"

"现在？"林七夜一愣，"怎么突然这么急？你们说什么了？"

"我骗他说，我要跟同学出趟门。"

曹渊眉梢一挑："出趟门？这个借口也太草率了……你可以跟你哥一样，说跟我们去参军。"

乌泉摇头说道："别看刘爷爷年纪大了，但他以前毕竟是经商起家，没那么好骗，现在哪个部队让未成年人参军？而且就算他信了，也不会放我走……当年青竹哥哥去参军的时候，刘爷爷也不让他走，还是他先斩后奏翻墙离开，如果我就这么当面跟他说，今天就真走不了了。"

"那你走了之后，他发现你失踪了，不会更心急吗？他满世界找你怎么办？"百里胖胖皱眉开口。

"不会，刚刚我给他写了封信，他看完之后，就不会找我了。"

"信？"林七夜一愣，"我一直跟你在一起，你什么时候写的信？"

乌泉没有说话，他只是平静地转过身，目光看向街道对面站着的两个身影……

寒山孤儿院。天空中的雨水已经逐渐消失，只有浓重的乌云依然笼罩天空。刘老头收起伞，推开铁门，迈着大步径直向厨房走去，同时扯着嗓子对屋内喊道："崽子们！准备吃饭了！"刘老头的声音在院内与屋内回荡，整个孤儿院静悄悄的，只剩下屋檐的积水一滴滴落在水洼上，发出轻微的滴答声响。刘老头习惯性地走进厨房，系好围裙，将昨晚剩的菜倒入锅中，一边熟练地翻炒，一边对着外面碎语道："今天小泉跟同学出去吃饭，不回来，咱们几个人就简单吃点。吃完之后，下午再去买个菜，晚上咱弄一顿红烧肉！小艳，你今天的作业做完没？做完了给我把柜子里那袋盐拿过来……小艳，小艳？"刘老头连续喊了几声，院内都无人回应，他眉头微皱，关掉灶火，快步从厨房走出来。一片安静之中，刘老头推开小宿舍的房门。"小艳？"他走入小宿舍，却发现刘小艳和钱诚的床铺空空荡荡，只剩下三个年纪最小的孩子，茫然地从床上爬起来。他们揉着惺忪的睡眼，小声道："刘爷爷……你回来了？"

"小艳和钱诚呢？"刘老头的眉头紧锁。

"小艳姐和钱诚哥……好像出去了。"

"出去？去哪儿？"

"不知道啊，刘爷爷你前脚被电话叫走，他们后脚就开始收拾东西，钱诚哥哥还给我们一人喝了一杯果汁，喝完之后，不知道怎么就睡着了……"

"对了，我睡着前，好像看到小艳姐姐趴在桌子上写字！"

"对对对，我也看到了。"

三个孩子的意识逐渐恢复清醒，开始叽叽喳喳地交流起来，刘老头快步走到书桌前，果然在桌上发现了一封信。他迅速将信展开，仔细阅读。他的瞳孔微微收缩！"和乌泉外出闯荡……外出闯荡？这怎么可能……"刘老头攥着信纸的手颤抖起来，喃喃自语。不知为何，他的脑海中，突然浮现出乌泉以及林七夜等人的身影。诡异火灾，沈小子参军，战友拜访，乌泉、小艳、钱诚不告而别。一个个念头飞掠过他的脑海，刘老头的眉头越皱越紧，他怔怔地看了手中的信纸许久，将其放在桌上。"你们一个个的，都有事情想瞒我……真当我一点都察觉不到吗……"刘老头看着窗外阴沉的天空，声音沙哑无比。他像是尊雕塑般伫立原地，许久之后，一咬牙，夺门而出！他骑上门口那辆老旧的电瓶车，用力拧下把手，身形飞速消失在巷道尽头。

1175

临江市守夜人驻地门口，一辆加长版林肯缓缓启动。乌泉低着头，独自坐在车座的边缘，林七夜坐在他的身边，精神力时刻监控着周围的情形。林七夜抬头看了眼对面车座上，那两个如木头般一动不动的少年与少女，转头看向乌泉："他们两个，究竟是怎么回事？你强行把他们支配了？"

乌泉摇头："没有，我虽然能支配他们的身体，但不可能支配他们的精神……我只能支配有形的东西。"

"那这是……"

"你想知道吗？"乌泉抬头看着林七夜的眼睛，"我，青竹哥哥，还有他们两个……当年那场火灾的真相，你想知道吗？"

"想。"

"我可以告诉你，但你要用青竹哥哥的消息来换。"

乌泉的神情严肃无比，眼眸微芒闪烁。

林七夜双眸微眯："这……就是你束手就擒的目的？就为了知道他的下落？"

"这重要吗？"乌泉反问，"现在的结果，已经是你们想要的，你们想把我带到哪里都无所谓，只要你告诉我青竹哥哥的下落，我可以保证这一路上安安静静，绝对不节外生枝。"

林七夜凝视他半响，最终还是点头："可以。"

乌泉已经隶属于超能者，不属于普通人的范畴，再加上他和沈青竹的关系，现在已经没有必要对他进行隐瞒。"但是，我不相信言语，我只相信我看到的。"乌泉的身后，一根拇指粗细的黑色长绳好似游蛇般，从黑色交椅中滑出，一头缠绕在他的食指指尖，另一头在空中摇摆，"这是'记忆游虫'，只要将两人的手指拴在一起，就能看到对方指定的一角记忆，我对你开放火灾相关的记忆，你对我开放青竹哥哥的。"

林七夜好奇地打量了这只游虫片刻，确认没有问题后，点头道："可以。"他伸出食指，与"记忆游虫"连接在一起，下一刻，他周围的画面迅速扭曲！

两道身影在昏暗的巷道中急速奔跑！赤红色的火光将漆黑的夜空点燃，不远处的院落中，几座建筑的轮廓已经彻底被包裹在熊熊火焰之中。林七夜的视角，与年幼乌泉的视角重合，他迈着瘦弱的双腿，尽全力在巷道中狂奔，却始终追不上前方狂奔的少年。从少年的背影轮廓来看，那就是四年前的沈青竹无疑。乌泉紧随着沈青竹冲入孤儿院，在院落中停下身形，两人抬头望去，火光便将他们的脸庞映照成红色。眼前的独栋小宿舍，已经彻底沦陷在火海中，隐约之间，还能听到孩子们逐渐微弱的喊叫声，以及刘老头剧烈的咳嗽声。而在这熊熊燃烧的火海之间，在小宿舍的顶端，一张扭曲的火焰人脸，若隐若现。"这是什么鬼东西……"沈青竹皱眉盯着那张火焰人脸，神情凝重无比。年仅十一岁的乌泉，被沈青竹护在身后，惊恐地看着那张火脸，小脸煞白。就在两人被这诡异一幕吓住之时，小宿舍内孩子们的哭喊声逐渐消失，咳嗽声也微弱到极点，只剩下火焰舔舐房屋的噼啪声，在空旷的院中回荡。

沈青竹的脸色越发难看起来。"你在这儿等着！我去救人！"他一咬牙，随手从身边捡起一根发烫的铁棍，无视头顶那张火脸，义无反顾地一头冲进火海之中！然而，他的身形刚冲到小宿舍的门口，一条条火蛇般的触手便从火海中延伸出，迅速抓向沈青竹的四肢。沈青竹瞳孔一缩，握着铁棍，凭借多年的打架经验与战斗本能，灵活躲过几只触手，就在这时，一根包裹着火焰的承重柱从楼内弹出，迎面撞上他的胸膛！"咚——"只听一声闷响，沈青竹的身形如断了线的风筝倒飞出去，重重摔落在地。"青竹哥哥！！"乌泉大喊一声，飞快地跑到他身边。沈青竹嘴角溢血，双手撑着地面，踉跄地想要站起，但几条火蛇已经紧随着游走到他的身前。乌泉的眼中闪过一抹决然，他迅速地捡起落在地上的铁棍，站在沈青竹身前，不知从哪里来的力气，用力砸回了两条火蛇。

"小心！"沈青竹用力将乌泉扑倒在地，避开了后续几条火蛇的攻击，若是再晚上半分，乌泉的身体恐怕又要多出几个窟窿，他瞪大眼睛，对着身下的乌泉吼道："你不要命了？！"乌泉躺在地上，紧咬着双唇，火光在他眼眸的倒影中跳动，稚嫩的脸上写满倔强。沈青竹怒瞪着火海上那张诡异的面孔，一把抄起地上已经弯曲的铁棍，发了疯般径直朝着三楼的天台冲去。他双脚在天台边缘一踏，身形短暂地腾空而起，那双凌厉的眸中满是凶狠，举起手中的铁棍，当头砸向身前的火焰面庞！"嗖——"铁棍触碰到火焰面庞，却宛若无物般透过，物质的攻击根本无法对其造成影响。沈青竹瞳孔骤缩，身形在半空中失去支点，一头栽入下方的火海中。

"青竹哥哥！！"乌泉见此，泪水控制不住地从眼眶中涌出，撕心裂肺的哭号声响彻天空。与此同时，一缕缕混沌的黑光，在他的周身荡漾开，他焦急的双眸攀上黑意，变得深邃而神秘！就在他拼了命地想要冲进火海之时，一道吼声自火中传来！一道真空领域席卷四周，将院落内的空气尽数抽干，覆盖在建筑周围的火焰以及天空中那张诡异火脸，也瞬间泯灭无踪。前所未有的窒息感笼罩在乌泉心头，让他头晕目眩，险些一头栽倒在地，好在这窒息感只持续了不到两秒，空气便再度回归。黑色的余烬在高温的空气中飞旋，满地废墟之中，一个身影缓缓站起。他抱起废墟中的一个孩子，摇摇晃晃地向前走动，可刚走了两步，就被绊倒在地。乌泉飞快地跨过满地碎片，跑到沈青竹的身前，此刻他的衣服已经破烂不堪，脸上满是灰土，即便跌倒在地，依然死死地护着手中的孩子。"乌泉……"沈青竹声音沙哑地开口，一只手颤抖地抓住乌泉的衣角，恍惚地看着他，"快把他们救出来……救护车马上就到了……弟弟妹妹们……一个都不能出事……"话音落下，精神透支的沈青竹当场晕了过去。

"青竹哥哥！"乌泉大喊一声，立刻试探了一下他的鼻息，确认还活着之后，才微微松了口气。可当他的手掌落在沈青竹怀中的那个孩子鼻尖之时，他的身体微不可察地一震！没有呼吸，没有心跳……他掰开那孩子的嘴，嘴中全都是烟雾粉尘。这孩子死了。在沈青竹把他救出来之前，就已经死了。乌泉跪倒在死寂的废墟之中，看着晕倒在地的沈青竹，以及他怀中牢牢护住的死孩子，呆若木鸡。

1176

乌泉回过神，疯了般从废墟中爬起，去营救小宿舍内的其他人。最后当瘦弱的乌泉紧咬牙关，将沉重的刘老头背到空地上时，整个人已经累得满头大汗，他来不及休息，迅速地检查其他孩子的生命体征。火场中，一共有四个孩子，两个十岁，一个三岁，一个四岁。这四个孩子，活了两个，死了两个。奇怪的是，年纪较大的李小艳和钱诚，反而没有扛过这一劫，活下来的是三岁和四岁的孩子。乌泉掰开李小艳和钱诚的口腔，他们口鼻处积满了烟雾粉尘，他在乞讨团伙的时候见过这种死法，这是在火灾中被浓烟活活呛死的。乌泉目光紧接着扫过幸存的两个孩子的面庞，在他们的脸上，都分别盖了一块湿润的毛巾。这个年纪的孩子不会懂这种知识，如果乌泉没猜错的话，这应该是火灾发生后，李小艳和钱诚情急之间弄出来的，在生死一线之际，他们还是选择优先保护弟弟妹妹的生命安全。刘老头应该是火灾发生之后才冲进小宿舍的，吸入的烟气最少，所以也活了下来，只是暂时陷入昏迷。

灰烬在昏暗的院落上空飘舞，乌泉沉默地看着李小艳和钱诚的尸体，以及一旁昏迷不醒的沈青竹和刘老头，双拳紧攥。他的脑海中浮现出刚刚沈青竹与火脸搏命的场景，以及最后那句声音沙哑而充满希望的话语。可到头来，李小艳和钱诚还是死了……他已经可以想象到，沈青竹苏醒之后，看到他们两个的尸体，会是怎样的表情。乌泉太了解自己的青竹哥哥了，他一定会痛恨自己为什么没能早点消灭这场火灾，为什么没能及时赶回家，他会倔强地将一切的事情都揽在自己身上，从此活在无尽的自责与悔恨之中。想到这儿，这个年仅十一岁的孩子，眼中浮现出浓浓的悲伤与愧疚。他要让沈青竹失望了。"要是……你们能活过来多好。"

乌泉抱住自己的膝盖，无助地蹲在地上，看着两具尸体，喃喃自语。"扑通——"一声轻响，从李小艳与钱诚的胸腔传出。乌泉一愣。他像是察觉到了什么，低头看向自己的双手，他的眼眸中浮现出淡淡的光晕。我……能控制他们？这个想法突然出现在他的脑中。乌泉试探地伸出手，对着两具尸体轻轻一挥，两颗已经停滞的心脏，在"支配皇帝"的力量下，居然再度跳动起来！心脏开始跳动，鲜血也迅速地在尸体内流淌，乌泉眼眸中的黑意越来越浓，对于两具尸体的操控也越来越精准，心脏操控，肺功能操控，肾功能、脾功能、胃功能……乌泉的身形缓缓站起，他的双手在空中挥舞，像是一位指挥着尸体的演奏家，那两具已经冰冷的尸体，居然开始焕发生机。这并非尸体操控，而是在掌控他们两个所有器官的条件下，让这具"死亡"的身体重新活过来，他们的心跳、脉搏、血压，都在他的操控下逐渐接近正常人的水准。唯一的缺点在于，无论这两副身体有多么接近正常人，他们的精神与意识都已经死了，这只是两具"鲜活的尸体"。他们的目光，依然空洞而死寂。不过这些东西，都是可以通过一些细小的器官来改变的。在乌泉的支配下，他们空洞的双眸开始焕发出神采，面部肌肉不断抽搐，似乎在掌控不同的表情。几分钟后，李小艳与钱诚便彻底"活"了过来，静静地站在他的身前。乌泉的眼中浮现出惊喜的光芒。

"啊……哦……你……乌、乌泉……我是李小……艳……"

"我没……受伤……我很好。"

"青竹哥哥……不用担心。"

"乌泉，吃饭啦！"

"你叫他干吗？他就是块木头，他想一个人待着，就让他一个人待着呗。"

乌泉操控着两人的嘴巴开合，声带震颤，每一次尝试之后，他们的言语和行动都越发贴近日常生活，到最后，根本看不出丝毫异样。乌泉长舒一口气，目光落在昏迷的沈青竹身上，片刻之后，他的嘴角勾起一抹纯真的笑容。"青竹哥哥。"他喃喃自语，"你救下了所有人呢……"

林七夜猛地睁开眼眸！与此同时，坐在他身旁的乌泉也睁开眼睛。"记忆游虫"飞速地缩回乌泉身后的黑暗，两人就这么凝视着彼此，陷入沉默。"原来如此，原来如此……"林七夜的脑海中，将一切都串联了起来，恍然大悟，"从一开始，李小艳和钱诚就是被你操控的？你的'支配皇帝'只能在三公里内生效，所以你就算去上学，也只能去离孤儿院最近的那座中学，一旦离开那个范围，孤儿院内的李小艳和钱诚立刻会变回尸体，吓到刘院长和其他孩子。难怪你宁可杀光李氏满门，都不愿意搬家，难怪你被我抓住之后，第一个要求就是要见刘院长。只有把刘院长从孤儿院支开，李小艳和钱诚才能从那里离开，一直在暗中跟你保持安全距离，防止失控变回尸体……"林七夜双眸复杂地看着乌泉，"所以……这四年来，你一直在扮演三个人的身份？"

"这不是什么难事。"乌泉缓缓开口，"虽然一开始有些艰难，时常会和他们断开连接，但越到后面就越轻松。"乌泉低头看了眼自己的双手，似乎还在消化自己在林七夜脑海中看到的记忆，神情有些恍惚。林七夜截取给他的，是在地狱找到沈青竹，到众人离开的记忆片段，但即便是这么一小段，对乌泉的冲击力也是巨大的。乌泉闭上眼眸，仰面躺在真皮沙发上，深吸一口气，缓缓吐出……他紧绷到现在的身体，终于彻底放松下来，心中的一块大石也随之落地。他的嘴角，勾起一抹淡淡的笑容。青竹哥哥没有死，就一定会回来……他们，也早晚会有相见的一天。知道这一点，就算被关到暗无天日的牢狱中，也值了。

车辆驶入出城道路，平稳地向郊区靠近。突然间，一道人影从道路旁冲出，拦在车辆行驶路径之前！"刺啦——"加长版林肯迅速刹车，惯性让车内的众人身形一晃，同时抬头看向车窗外，当看清那人影的瞬间，所有人都是一愣。那是一个满头大汗的老人，背脊有些弯曲，满是皱纹的面孔望着身前的车辆，眸中满是坚定。

"刘院长？"百里胖胖惊讶地开口，"他怎么在这儿？"

"看样子，是来追乌泉的。"

安卿鱼回头看了一眼，只见乌泉也愣在车内，怔怔地看着车前的那个身影。"可他怎么知道我们要去哪里？"

"临江出城的路，只有这一条，他应该是提前就来这里等着了。"金秘书适时地解释道。车前，刘老头迈开脚步走上前，目光透过风挡玻璃，看到了坐在最后方的乌泉、李小艳和钱诚，那张沧桑的面容浮现出果然如此的表情。"你们……把我瞒得好苦啊。"刘老头苦涩地笑了笑。天空中，原本快要散去的乌云，再度堆积起来。林七夜看着车前那道身影，沉默片刻，回头看向双唇微抿的乌泉："看来，这次是躲不过了……"

乌泉深吸一口气："我下车。"他推开车门，脚步踏在路面上，李小艳和钱诚也紧随其后，原本僵硬呆板的面容，突然灵动起来，眼神中闪烁着神采。

"刘爷爷！"李小艳大喊一声，快步冲上前，扑入刘老头的怀中。她抬头看向刘老头，红扑扑的脸蛋上，那双眼眸有些躲闪："刘爷爷……你怎么来了？"

刘老头板着脸道："哼，我不来，谁知道你们要去干什么？"刘老头神情阴沉，但原本攒在心中的怒气与不甘，在李小艳扑入怀中的瞬间，就消散了近半，一是因为对孩子们下意识的心软；二则是李小艳的这个举动，向他传递出一种信号。你看，孩子们还是在乎我的嘛！刘老头抱着李小艳，目光看向乌泉和钱诚："你们两个，就没有什么要说的吗？"

乌泉沉默片刻："对不起，刘爷爷……我们必须走。"

"走？走去哪儿？别告诉我你们这三个毛都没长齐的小娃娃，也要跟沈小子一样去参军？"

乌泉哑口无言。参军这个借口，估计是用不了了，但他总不能告诉对方，自己是因为杀人要被关进监狱吧？就在乌泉纠结困扰之际，车门再度打开，林七夜走下车，温和说道：

"刘院长，这三个孩子确实有些事情要做，但具体的，涉及国家机密，暂时还不能说。"

"国家机密……哼。"刘老头看着林七夜，目光越发复杂起来，"当年那场莫名其妙的火灾之后，沈小子就一直神神秘秘的，后来说要去参军，也是疑点重重。你们几个来探望也是，我被那群混混围堵，第二天他们就缺胳膊少腿地上门求饶，李氏集团要逼我们搬家，天还没亮就被人灭了满门。沈小子去了你们那儿，四年都没有回来过，现在你们又要来带走这几个孩子……你们是要我的老命啊？！"刘老头越说越激动，他颤抖地抬起双手，重重地拍打在林肯车头。"砰——砰——"他的脸上满是迷茫与痛苦！他盯着林七夜，张开干裂的嘴唇，声音沙哑地开口："你们告诉我……你们究竟是什么人啊？！"

刘老头的声音在空中回荡，车内的众人以及车外的林七夜等人同时陷入沉默。许久之后，林七夜才缓缓开口："刘院长，我们的身份是国家机密，无可奉告……但我们绝不是坏人，我们确实也是军人，只不过是在以另一种常人无法理解的方式保护这个国家。沈青竹也是我们中的一员，我说的那些关于他的功绩，全都是真的，而且他做的远比我描述的更厉害。或许，等到战争结束，我们的存在可以公布天下的时候，您自然就会懂了。"

刘老头的眉头紧锁，他伸出手，指着怀中的李小艳，以及远处的乌泉和钱诚说道："那他们呢？他们只是一群孩子，他们也要去做那些事？这太危险了！我不同意！"

"他们的情况比较特殊，不需要做和我们一样的事情，也不需要出生入死，而且他们要去的地方，很安全。"林七夜认真地说道。

听到这句话，刘老头的神情才放松些许。他目光依次在乌泉三人身上扫过，神情复杂地开口："我能单独跟他们聊一下吗？"

林七夜看了乌泉一眼："当然可以。"

刘老头带着乌泉三人，走到路边，神情严肃地交谈着什么，乌泉时不时地转过头，看林七夜等人。

曹渊摇下车窗，压低了声音问道："七夜，那小子不会借刘院长的机会，拒绝跟我们去斋戒所吧？"

如果是在看到四年前火灾记忆之前，林七夜确实拿不准答案，但在看过那段记忆之后，林七夜对乌泉的性格，也算是有些新的认知。这孩子跟着沈青竹长大，背信弃义的事情，是绝对做不出的，他答应了这一路上不会节外生枝，就不会用其他手段逃走。"不会。"他摇头道。果然如林七夜所料，很快乌泉三人就走回车边，刘老头缓步走上前，整个人像是苍老了好几岁，无奈地开口："既然他们铁了心要跟你们走，那就随他们吧……请你们一定要照顾好他们，拜托了。"刘老头佝偻着身子，对着林七夜深深鞠躬。林七夜扶住他，劝了好一会儿，才将其劝离。林七夜看着刘老头离去的落寞背影，心中五味杂陈。这些孩子，虽然都不是刘老头亲生的，但在他的心中，确实比亲孩子都亲，眼看着一个又一个孩子离他而去，要说心中不难受，那是不可能的。但更难得的是，他能尊重每一个孩子的选择。

乌泉目送刘老头离开，平静地转过身，主动打开车门坐了进去。"走吧。"

林七夜点头，车辆再度启动，向着郊区的军用机场疾驰而去。

1178

大夏。斋戒所。一架飞机在海域上空盘旋，缓缓降落在斋戒所专用停机坪上。林七夜带着乌泉，从军用飞机上跃下，百里胖胖等人紧随其后。"又回来了……"安卿鱼看着周围熟悉的场景，似乎想到了什么，嘴角勾起一抹笑意。

"是啊。"林七夜点头，"上次在这里，还是被关押的病人和囚犯，这么长时间过去，这里倒是一点都没变。"

"你们还在这里当过囚犯？"江洱好奇地问道。

"没想到吧？"安卿鱼笑道，"我，七夜，曹渊，先后都在斋戒所里待过，后来我们就一起越狱，才有了'夜幕'小队的雏形。"

"原来如此。"江洱点头，半开玩笑地说道，"那这里的风水一定很不错，不然也走不出这么多妖孽。"

就在众人聊天之际，一个穿着白大褂的身影带着几个守卫从远处走来。

"李医生？"看到那熟悉的身影，林七夜惊喜地开口，"你怎么在这里？"作为当年林七夜的主治医生，阳光精神病院的院长，林七夜对他再熟悉不过了，他脑海中的病院内，那本手抄的笔记就是出自这位之手，但这位应该是只负责阳光精神病院才对，监狱区的事情还是第一次看他插手。李医生无奈地笑了笑："前面战事吃紧，夫子去坐镇战争关隘之后，这斋戒所的监狱区就群龙无首，后来左司令他们决定，让我这个病院负责人身兼二职，接替原本陈夫子的工作。现在，不管是外侧的监狱还是内侧的病院，全都是我来打理。刚刚左司令就给我打过招呼，说你要带一个重要的犯人过来，我就立刻从病院那边赶过来了。"李医生的目光落在乌泉身上，推了一下鼻梁上的黑框眼镜，好奇地开口，"这就是'支配皇帝'？"

"嗯。"

"第四王墟啊……真是少见。"李医生扫了眼李小艳和钱诚，"那这二位呢？是他的将军与丞相？"

"将军与丞相？不，他们只是他支配的尸体。"

李医生眉梢一挑："哦……"

就在李医生打量乌泉的时候，乌泉同样在打量着他。这位戴着黑框眼镜的斯文医生，看起来弱不禁风，和普通人并没有什么区别，但被那双眼睛注视，乌泉总觉得有些不舒服。

林七夜转头看向乌泉，叮嘱道："以后，这里就是你的新住处，这位李医生就是你的看护人，一切听他的安排，明白吗？"

乌泉沉默片刻，平静地问道："那我什么时候能离开？还是说，我只能永远被关在这里？"林七夜一愣。"不一定，这要看你的表现。"李医生替林七夜回答道。乌泉低着头，没有说话。

"人已经送到了，我们就先走了。"林七夜看了眼李医生身后寥寥几个护卫，犹豫片刻，"还是……我们先帮你把他送回监狱再走？"

"不用，你们忙你们的吧，在这里，他翻不了天。"李医生微笑着挥手，"再见。"

林七夜等人告别之后，便重新坐上飞机，径直向着上京市飞去。

目送林七夜等人离开，李医生拍了拍乌泉的肩膀，温和道："跟我走吧，我带你认识一下这里。"乌泉沉默点头，跟在李医生身后。"这里是监狱区，也就是你平时待的地方，虽然简陋了些，但基本设施都还算完善，这里对其他犯人而言，或许会有些无聊，但对你来说却不会……你还是未成年，又还在上学，我会专门派几位老师来给你单独上课，所以，这里以后也会是你的一对一教室。这里是食堂，每天到点会让你们出来吃饭活动，最好动作快些，不然饭菜会凉……这里是活动区，是和阳光精神病院共用的……"李医生带着乌泉，在斋戒所逛了一圈，最后来到活动区的角落。

那里，一个蓬头垢面、穿着蓝白色条纹的男人正蹲在地上，自言自语着什么。见李医生走来，他抬起头，有些疑惑地看着他身旁的乌泉。"这位是吴老狗，我的病人。"李医生推了推眼镜："这位是乌泉，新来的犯人。"

吴老狗紧盯着乌泉那双漆黑的眼睛，眉头微皱，他缓缓从地上站起，那双浑浊的眼眸罕见地浮现出清明。他张开嘴，一字一顿地开口："'支配皇帝'？"

"没错。"李医生点头。乌泉皱眉凝视吴老狗，似乎有些不解。吴老狗沉默片刻，主动伸出手，平静地说道："你好，叫我老狗就行。"

乌泉看着那只脏兮兮的手，眉头皱得更紧了，但最终，还是伸手将其握住："……你好。"

上京市。北侧边境。

一辆像素风格的豪车缓缓停靠在迷雾之墙的边缘。

"你确定现在就要走？"纪念坐在驾驶座，转头看向身侧，"你的伤还没完全好。"

冷轩平静地说道："没时间慢慢等了，我已经在大夏拖了太久，再拖下去，计划就要失败了。"

纪念见此，也不再劝，而是从怀中掏出一只丹壶，递到冷轩身前："既然你要走，那就顺路把它带给小南。"

"这是？"

"对了，你刚从斋戒所出来，小南的计划变动你还不知道……"纪念将司小南告诉她的事情，重新说了一遍。犹豫片刻后，冷轩摇头说道："顺路带给她，恐怕不行，这次我进入迷雾，不会再与她会合了。"

"为什么？"

"这次帕米尔高原的行动，把洛基藏在我体内的后手逼了出来，现在我已经彻底逃离他的监视，由明转暗，这对我们的计划非常有利。如果我直接回到阿斯加德和小南身边，不仅会让洛基起疑心，还会再度被他种下监视手段。我要趁着现在的自由之身，多做一些准备。"

纪念若有所思地点头："明白了，那我就派别人去送，你自己小心。"冷轩开门下车，径直向着翻滚的迷雾走去，右手的银色戒指散发出淡淡微光，庇护着他的身体，消失在迷雾之中。

纪念坐在车内，长叹一口气。

"丁零零——"清脆的电话铃声响起。

"喂？"

"……"

"林七夜他们要回上京了？我知道了，我这边也忙完了，马上过去。"

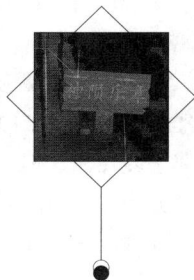

|第七篇|
海底城邦

1179

上京市。林七夜站在军用机场门口等候不久，便看到一支车队浩浩荡荡从远处驶来。纪念开门下车，见林七夜等人已经在此等候，眉梢一挑："事情都办完了？"

"嗯。"林七夜点头。

"我这儿也结束了，走吧。"

众人登上飞往沉龙关的军用飞机，一个多小时后，便在停机坪上缓缓降落。穿过沉龙关内墙，便看到泊船区之中，一艘像素邮轮在远处极为显眼，等到林七夜等人走到近处，看清其构造之后，百里胖胖和曹渊二人都震惊地张大了嘴巴。

"这么大的船，这是在迷雾里开的？"

"这是什么材质？怎么是一块块颗粒？"百里胖胖用手摸了一下船面，"啧"了一声，"这东西在哪儿卖？我也想去整一艘……"

"这东西可买不了，这是人家上邪会会长自己造的。"安卿鱼友情提醒道。

登船，开门，像素邮轮缓缓驶出沉龙关，径直向着不远处的迷雾边境驶去。

邮轮上，正在逐步参观的百里胖胖和曹渊惊呼声接连响起：

"酒窖、健身房、游泳馆……我去！还有 DJ 舞厅？"

"这里面比我想象中的还大。"

"这个牛郎伴侣 VIP 包厢是什么鬼？我能进去看看吗？"

"等等，这台摩托车是什么牌子？我怎么没见过？"

…………

纪念双手插兜，悠闲地跟在百里胖胖等人的身后，听到他们的感叹声，已经快要控制不住上扬的嘴角。"这是'道奇战斧'，美国公司 2003 年产的原型机一比一复刻，一共十个汽缸，最高速度可达 700 公里每小时……怎么样，帅不帅？"

-345

"美国，2003 年？"百里胖胖不解地看向她，"你在说什么？"

"哦，差点忘了，你们这个世界的 2003 年，其他国家早就被迷雾吞噬了……当我什么都没说。"纪念耸了耸肩说道。

百里胖胖疑惑地凝视她许久，才收回目光。

"话说，你的能力什么都能制作吗？"

"基本上吧。"纪念点头说道，"世间的一切物质，本质上都是由粒子构成，'像素'也是一种粒子，而且是能够自由控制大小与微观物理规律的粒子，只要是肉眼能见到的东西，我都能一比一地复刻出来，但只有我知道这东西的构造和原理，才能让它发挥出该有的作用。比如这台'道奇战斧'，只有我掌握了它每一个零件的工作原理，才能将其制作出来，否则它就只是一台拥有'道奇战斧'外观的摩托车模型，根本无法上路。"

曹渊诧异地看着纪念："你是说，你完全掌握了这台摩托车每一个零件的构造原理？那这艘邮轮呢？这么复杂的大型载具，你也全部掌握了？"

"这艘船的话，大概只掌握了七成吧。"纪念沉思片刻，"打造这艘船需要的知识储备太多了，涵盖流体力学、空气动力学、工程热力学等在内的近百种学科，有些比较偏门的知识我还没学会，好在我有一整支世界顶尖的工程师团队做后盾，所以还算轻松。"

林七夜等人对视一眼，看向纪念的目光仿佛是在看某种怪物。同样的年纪，普通人上个大学都要挂科，这个女人已经能靠知识独自造出跨海邮轮了。

"既然你能够自由控制像素粒子及其物理属性，那能做到点石成金吗？"安卿鱼好奇地问道。

"目前还不行，我没法将像素粒子微缩到可控元素聚变的地步，现在最多只能缩小到分子量级。不过用分子量级的像素粒子复刻物体，虽然能做到完美无瑕，但非常耗费时间，就算是一个拇指指甲盖大小的东西，复刻起来也至少需要三天。"

"我明白了，那你为什么不尝试用'神秘'力量结合微观物理，打造……"

听着安卿鱼和纪念的对话，林七夜、曹渊等人只觉得头脑发涨，一次简单的邮轮参观，突然就演变成深奥的学术交流。不过这么看来，"像素"这个能力下限和上限相差极大，甚至可以说是天壤之别。如果只是普通人得到这个能力，能用像素做出一支像样的手枪来，已经算是不错了，但如果落在纪念这种恐怖的工程学天才手上，那这就是一个反手就能造出歼星炮的变态能力！安卿鱼和纪念的讨论越来越火热，林七夜索性直接转身离开，再听下去，他就该怀疑自己是不是智商有问题。邮轮已经进入迷雾中行驶，径直前往上邪会的总部，"乌托邦"。林七夜在甲板上转了一圈，便回到房间，将意识沉入脑海中的诸神精神病院中。

林七夜穿着白大褂，沿着病院长廊穿行，一位位护工迎面走来，恭敬地跟他打招呼。

"院长早。"

"嗯，早。"

"早啊，院长吃饭没？要不一起来点？"

"早，你们吃吧，我不饿。"

"你做得很好，孩子。"

"早……嗯？"林七夜话刚说到一半，就闭上了嘴巴，无奈地看着眼前满面慈祥的耶兰得。说完这句话之后，耶兰得的目光直接无视林七夜，缓步向着前方走去，不停地自言自语："你做得很好，孩子……你做得很好，孩子……"

林七夜长叹一口气。这次回斋戒所，忘了问李医生关于耶兰得病症的事情，只能等下次有空的时候，再专程跑一趟了。林七夜穿过走廊，径直走到院长室，打开地下牢狱的入口走进去。他这次进入病院，是想做一个实验。在临江市，林七夜虽然一个"神秘"都没杀，但他没忘记，之前在地狱的时候，他可是杀了一大批被污染的天使和恶魔。天使和恶魔也属于神话生物，但是早在无数岁月之前，它们就已经死亡，灵魂更是不在，林七夜杀的，也只是克苏鲁力量被操控的尸体……那他亲手击杀的克系生物，是不是也有变成病院护工的可能？

怀揣着这样的想法，林七夜走到了地下牢狱的中央。他的目光扫过周围，突然一愣。偌大的牢狱，空空荡荡，他想象中无数克系生物咆哮嘶吼的画面，并没有出现。它们……无法进入这座病院？林七夜的眉头紧紧皱起。

1180

林七夜又仔细地将地下牢狱走了一遍，别说天使或者恶魔的尸体，就连一只爬虫都没有出现。"奇怪……"林七夜低头沉思。明明杀死了神话生物，却没有出现在病院的地牢，这还是第一次。他思索了许久，也只能想出三种可能。第一种可能，那些克系生物的层级比这座病院还高，无法将其灵魂收入。这个可能性出现的瞬间，就被林七夜否决了，这座病院连来福这种神级生物的灵魂都说收就收，几只操控尸体的爬虫，还能逃得出去？第二种可能，那些爬虫根本没有灵魂，所以就算是死了，也不会被收入病院。最后一种可能，则是这些克系生物不满足病院收取的条件。林七夜特地又翻看了一下收取护工的提示模板，其中最有可能出现差错的，就是"神话生物"四个字。这座病院，只能收取神话生物的灵魂。克系生物无法收入其中，有没有可能，是因为它们根本不能算是神话生物？林七夜依稀记得，类似的话当时梅林也说过……可如果它们不是神话生物，又能是什么？林七夜在地牢中思索许久，也没有想到答案，只能暂且离开。

刚推开院长办公室的门，便看到布拉基抱着竖琴，飞快跑过走廊，差点跟林七夜撞在一起。"你这么着急去干吗?"

"去奏乐啊!"布拉基看了眼墙上的时间,急匆匆说道,"马上到点了,他们两个还在等着我……"说完,他不等林七夜再多说些什么,径直向着走廊另一端冲去。可他刚冲到一半,轰鸣的战斗声便从院落中传来。布拉基突然愣在原地。

"看来,他们等不了你了。"林七夜走到布拉基身边,看了院落中开始交战的二人一眼,无奈说道。布拉基怔怔地看着战场,不解地开口:"不可能啊……以前他们都会等我的,最近怎么越来越着急,明明时间还没到……"

林七夜和布拉基走到院落战场边,部分闲暇的护工正在开盘吃瓜,布拉基虽然晚来了几分钟,但依然敬业地找准机会,将激昂的乐曲融入战斗之中。

"你有没有觉得,最近吉吉国王的状态不太正常?"

"是啊,明明时间还没到,人家猴哥都没准备好,就火急火燎地发起进攻……总感觉有点莽撞。"

"这是搞偷袭?不像是吉吉国王的性格啊?"

"会不会是这段时间一直被猴哥压着打,打得心态崩了?"

"我觉得不太像……"

"……"

林七夜一边关注孙悟空与吉尔伽美什的战斗,一边倾听周围护工的讨论,眉头越皱越紧。战局和之前并没有太大的区别,吉尔伽美什始终处在弱势的一方,但略有不同的是,这次他的进攻手段异常激进,甚至可以说是疯狂,就像是要跟孙悟空搏命一样。孙悟空的神情虽然凝重,出手却沉稳无比,像是暴风席卷下的巍然山峰,任凭吉尔伽美什如何进攻,都能稳稳地招架。最后,随着一道闷响,吉尔伽美什的身形倒飞而出。今日,依然是孙悟空胜出。

见两者分出胜负,林七夜立刻从座位上站起,向吉尔伽美什跌倒的地方走去,与之一同过去的,还有抱着竖琴忧心忡忡的布拉基。满目疮痍的绿地正在缓慢修复,吉尔伽美什倒在地上,双眸怔怔地看着天空,眉头紧锁,时而迷茫,时而挣扎。"……谁敢犯乌鲁克,本王便杀谁!乌鲁克的命运,只掌握在本王与子民的手里,你众神若敢插手,来一个,本王便杀一个……不,不对……乌鲁克已经亡了……本王这是在哪儿……本王……本王……"

见吉尔伽美什倒地呢喃,布拉基的神情越发焦急起来,他拉住一旁孙悟空的肩膀,连忙说道:"猴哥,你们这不是切磋吗?怎么下手这么重,把吉尔伽美什的脑袋都给打傻了?"孙悟空瞥了他一眼,目光像是在看傻子。

"这不是猴哥下的手。"林七夜皱眉看着吉尔伽美什头顶的虚无,冷声说道,"是有别的什么东西,在干扰他的记忆。"在林七夜的视野中,吉尔伽美什的治疗进度条,正在疯狂地左右横跳。

吉尔伽美什治疗进度 40%······

吉尔伽美什治疗进度 34%······

治疗进度 38%······

治疗进度 35%······

进度条的左右摆动，一时间让林七夜都不知所措。到目前为止，他最多只见过布拉基的进度条一口气回跌，但像这样一会儿自己跌落，一会儿又自己涨回去的，还是头一遭。上次谈话时，吉尔伽美什就提过，他的记忆正在被人篡改，从现在的情况来看，他的情况越来越严重。而进度条之所以会回升，完全是靠吉尔伽美什自身的意志力与信念，在与虚假的记忆作斗争。

"他的情况有些不对。"孙悟空收起金箍棒，那双灿金色的眼眸凝视着吉尔伽美什，"有种力量正在干涉他的灵魂，而且越来越强······"

"猴哥，你看得出来是什么吗？"

"······不行。"孙悟空摇头，"不过，问题一定不是出在这座病院，应该是外界有人通过与他相关的某个东西，在隔空干预他的灵魂。"

"与他相关的东西？"林七夜眉头紧锁，"究竟是什么人······"

孙悟空没有说话，只是皱了皱眉，然后一脚踩在吉尔伽美什的胸膛！吉尔伽美什的身体顿时陷入大地。他下意识地想要反抗，孙悟空却已经抬起紧攥的双拳，如雨点般轰击在他的身上！沉重的拳力将院落砸得震动不息，滚滚尘土飞扬而起，随着吉尔伽美什的身体不断下沉，他头顶横跳的治疗进度条，竟然开始稳步恢复。"砰——"随着一只手掌从大地中探出，抓住孙悟空的拳头，吉尔伽美什挣扎的眼眸中，终于恢复了一丝清明。他怔怔地看着眼前的三人，许久之后，苦涩地闭上眼睛。"真是狼狈······"

1181

林七夜记得，吉尔伽美什跟他说过，战斗能够让他维持清醒。现在看来，能够让他维持清醒的，或许不仅是战斗······更重要的，则是痛楚。在记忆被篡改，无法辨认虚假与现实的情况下，痛楚便是固定吉尔伽美什意识的"锚"，能够将他从虚幻的记忆中拉扯出来，回归现实。"吉尔伽美什。"林七夜沉声道，"刚刚发生了什么？"

吉尔伽美什缓缓从地面的深坑中爬起，灰色的长袍满是尘埃，他低头看着自己的双手，眸中闪过痛苦："本王······本王又看到乌鲁克的子民了。"

"乌鲁克的子民？"林七夜一怔，"他们在做什么？"

"······被屠杀。"吉尔伽美什深吸一口气，"苏美尔系的神明与怪物，从四面八方冲入城内，疯狂地杀戮乌鲁克的子民，本王正在与其中一位神明战斗，但竟然没能胜过他……"

林七夜转头看向孙悟空。在吉尔伽美什错乱的记忆中，与他对战的是苏美尔神系的神明，但对应到现实，与他交手的则是孙悟空。这么看来，他虚假的记忆与本身真实世界的动作，是对应的？

孙悟空双眸复杂地凝视吉尔伽美什许久，淡淡说道："以后想打架，可以随时喊我。"话音落下，他给了林七夜一个眼神，转身便向院落外走去。林七夜领会了他的意思，迈步跟了上去。

布拉基抱着竖琴，沉思片刻，转头看向吉尔伽美什，认真说道："想打架，就别找我了，毕竟十个我加起来也打不过你……不过如果你想找人聊天，我随叫随到。"吉尔伽美什沉默地看着他与那两个离开的身影，双眸浮现出复杂之色。

林七夜与孙悟空走到病院楼栋二楼，后者扫了眼下方的布拉基和吉尔伽美什，主动开口道："他的情况不太妙，留给你的时间，可能不多了。"

听到这句话，林七夜愣在原地。"什么意思？"

"这几天，每次和他交手，我都能感觉到他的状态越来越差，这次彻底失控，也许是一个预兆，说明外界操控他记忆的存在，已经打破了某种界限，开始逐步影响到他的行为。有了第一次，接下来，他失控的次数只会越来越多，频率也会逐渐增长，再这么下去，他要么因彻底陷入记忆混乱而疯狂，要么就会因想要维持理智开始自残甚至是自杀……"听到这些话，林七夜的脸色肉眼可见地难看起来。孙悟空说的这些，他也有想过，但在他的推测中，最坏的情况也只是治疗进度回归0，变回刚走出病房的状态。但这次的情况，又有些不一样。如果真的是有人在外界用手段操控吉尔伽美什的记忆，那恶化的下限或许会远超他的想象，甚至会比走出病房时更差，治疗进度跌落0，成为负数也不是没可能。"我知道了。"林七夜郑重点头，"我会尽快查明吉尔伽美什病变的根源，将其抹除。"

孙悟空微微点头："能够操控一位神的记忆，这件事绝对不简单……你自己小心。"

"嗯。"

林七夜的意识从病院回归，立刻从床上坐了起来。他低头沉思片刻，穿好衣服，迅速走出屋子，径直来到纪念的房门前，敲响房门。"笃笃笃——""啧，谁啊？大半夜的。"一个声音从门后传出，紧接着就是拖鞋摩擦地面的声音。"嘎吱——"房门打开，纪念穿着一身棕色绒毛睡衣，满脸不爽地站在门后。离开大夏之后，纪念就将头发恢复成银白色，凌乱地垂至腰间，鼻梁上戴着一副圆滚滚的黑框眼镜，多了几分书卷气，跟白天摆弄摩托车改装的她判若两人。

"是你？"纪念扫了林七夜一眼，没好气地开口，"你知不知道现在几点了？"

"知道。"林七夜点头，认真说道，"但我有重要的事情想问你。"

"重要的事情？"纪念狐疑地看着他的眼睛，确认他不是开玩笑之后，默默地裹好自己身上的绒毛睡衣，转身走进房间，"把鞋换了，进来吧……房门别关严啊，留条缝，不然大半夜孤男寡女在一个房里，传出去谁说得清……"

林七夜苦笑着换上拖鞋，走进纪念的房间。暖色的灯光荡出光晕，照亮房间的一角，中央的书桌上，垒满了各种厚重书籍——《等离子体物理学概论》《核聚变原理》《临界状态下原子运动轨迹深究》……桌面上还散落几张墨迹未干的草稿纸，写满了林七夜看不懂的复杂公式。"这么晚了，你还在学习？"林七夜诧异地开口。纪念走到书桌后，坐上椅子，银白色长发在暖色灯光下宛若金黄瀑布，她将鼻梁上的圆框眼镜摘下，疲惫地揉了揉眼角："不学习，怎么变强？"

"你已经是人类战力天花板了，还想强到哪儿去？"

"……还不够。"纪念微微摇头，眸中闪过一抹落寞，"我还差得远。"

林七夜不解地问道："这还不够？你想突破成神？就算是这样，也不用这么着急吧……你想做什么？"

纪念没有回答，只是轻轻摩擦着自己的手背，许久之后，才缓缓开口："我想……回家。"

"回家？你的家在哪儿？"

"你的病院来自哪儿，我的家就在哪儿。"

林七夜的瞳孔微缩，震惊地开口："你和诸神精神病院，来自同一个地方？"

"不然你觉得，我为什么会出现在那座病院内，随着它一起在迷雾中穿行？"纪念的身子靠在椅背上，叹息着开口，"本来，我就是和它一起掉入这个世界的……"

林七夜凝视着纪念的眼睛，好一会儿才回过神来："原来如此……难怪你的禁墟如此特别，还有那么多奇怪的天赋。"

纪念笑了笑，抬起自己的手背，目光注视着那枚由像素交织而成的复杂纹路。"这可不是禁墟……在我的世界，这东西叫'叶纹'，只不过在能力的呈现形式上，与你们的禁墟十分相似。"她抬起头，注视着林七夜，郑重地说道，"你的那座病院，远比你想象的要神奇，它能承载着我来到这个世界，或许，也能带着我从这里离开……林七夜，你，就是我回家的关键。"

1182

林七夜看到纪念眼中的认真，沉默片刻，摇了摇头："也许是你太看得起我了，我没这么大的本事。"

"现在没有，不代表以后没有。"纪念跷起二郎腿，悠悠说道，"你成长得越快，我就越高兴，我看好你哦！"林七夜无奈一笑。"对了，你这么晚来找我，有什么重要的事？"

见终于进入正题，林七夜的神情逐渐严肃："关于乌鲁克和英雄王吉尔伽美什，你知道多少？"

"吉尔伽美什？你怎么突然问这个？"纪念一怔，"他不会是后续房间的病人吧？"

"没错。"

"有意思……第几间？"

"第五间。"

"那第四间是谁？"纪念当年在病院内，只打开到第三间房门，后续房间的病人究竟是什么身份，她并不知晓。

"孙悟空。"

"……我去！"纪念的神情激动起来，"大圣？第四间居然是大圣？那是我的童年偶像啊啊啊！能帮我要份签名出来吗？"

林七夜："……"

"可惜现在病院在你的脑海里，我进不去，不然说什么也要去见一面……对了，最后一间病房你应该也打开了吧？第六间是谁？"

林七夜深吸一口气，说出一个名字："耶兰得。"

纪念一愣。"耶兰得？那个西方圣教的圣主？"

纪念想到了什么，眉头微微皱起，似乎有些疑惑。

"怎么了？"林七夜问道。

"没什么……我就是觉得有些奇怪。"纪念若有所思，"你没发现吗？随着打开的门越来越往后，病人身上的神性就越来越弱了。从第一扇门的黑夜至高神倪克斯，到第二扇门的魔法之神梅林，到不会打架的音乐与诗歌之神布拉基，再到妖魔出身的大圣，以及半人半神的吉尔伽美什……门越往后，他们就越贴近'人'，而非神明。你说完第四和第五间病房之后，我还以为第六间病房是个人类出身的神，但没想到居然是大名鼎鼎的耶兰得……这位身上的神性，可比之前的任何一位都要高啊。"

听纪念这么一提醒，林七夜发现似乎确实有这种规律，仔细思索片刻，说道："可能是你想多了，这只是一个巧合，更何况，世界上除了周平，根本就没有人类出身的神明。"

"或许吧……对了，你继续说，吉尔伽美什怎么了？"

林七夜将吉尔伽美什的症状复述一遍，纪念听完之后，微微点头："我明白了，你想找有关他和乌鲁克王国的信息……你算是找对人了。"

"你知道？"林七夜眼眸亮起。

"上邪会的活动范围除了各大神国的'人圈'，就是探索各种古老的神国遗迹，之前我们有一支队伍去探索过有关乌鲁克王国的隐秘历史，具体的报告资料就在'乌托邦'里。不过，你也别高兴得太早，历史终究只是历史，虽然我不知道对吉尔伽美什下手的人是谁，但我估计仅凭历史信息，很难推断他们的身份……我会用上邪会的情报网，试着帮你查一下，不过不保证能查到。"

林七夜松了一口气。他对迷雾的了解太少了，如果让他独自在迷雾中搜集吉尔伽美什的线索，无异于大海捞针，现在有上邪会的帮助，事情就会简单许多。

"谢谢。"

"不用这么客气，帮你也是帮我自己。"纪念指了指他，又指了指自己，"我们，可是同一条战线上的。"

两天后。林七夜走到迷雾笼罩的像素邮轮的船头，环顾四周。透过蒙蒙雾气，周围看不到任何岛屿或者陆地，这是一片林七夜等人完全未曾涉足过的海域。

"七夜，你怎么醒这么早？"百里胖胖打着哈欠，从船舱内走出。

"纪念说，今天早上就能抵达'乌托邦'，我出来看看。"

"要到了？"百里胖胖看了眼周围的迷雾海面，不解地开口，"可是，这里连个岛的影子都没有啊……而且这里又没有神迹之墙抵挡迷雾，难道上邪会的人，都戴着防毒面具住在雾里？"

"应该不会。"林七夜摇头道，"你没发现吗？上邪会的成员，基本都戴着一种银色戒指，看起来跟我们铭牌的材质差不多，应该能抵挡迷雾的侵蚀。"

"那叫'辰极钢'。"纪念的声音从后方传来。只见纪念穿着一件黑色披风，缓缓走来，插在兜中的右手抬起，露出一枚银色的戒指，"这是用深海中开采出的特殊材料，打造成的金属，具备短时间内驱散迷雾的功效，你们脖子上挂的铭牌项链，也是用这种金属打造的，不过纯度更高。而且，这种材料极其罕见，我们上邪会开采了数年，也就打造出六七十枚辰极钢戒指，基本上全在我们这些外出行动的队伍身上了。"

"你们'乌托邦'里，不是有上万人吗？那其他人怎么办？"

纪念嘴角上扬，神秘一笑。"一会儿，你们就知道了。"

片刻后，一道浅绿色的光芒自像素邮轮的顶端亮起，像是某种信号灯，在迷雾中接连闪烁。林七夜和百里胖胖，以及刚刚赶到甲板的曹渊等人，同时疑惑地转头看向邮轮顶端。

与此同时，一个声音从船体各处响起："全体注意，船只已进入 A 区海域，所有人做好返航准备。"

正在邮轮各处忙碌的上邪会成员，迅速地放下手中工作，回到船舱中，林七夜等人也回到船舱二楼，透过巨大的落地窗，观察外界的情况。纪念独自站在飘摇的甲板上，在浅绿色灯光消失的瞬间，她抬起双手，在甲板上轻轻一按。下一刻，密密麻麻的像素粒子从邮轮底部涌出，如同一道道弧形屏障，极速从船体各个方向升起。不过几秒的时间，大量的像素粒子就将整个邮轮包裹其中，像是个漂浮在海面上的空心巨球。随着一道道漩涡自海面浮现，巨大球体逐渐下沉，消失在迷雾翻滚的海面之上。

1183

像素球体之内，安卿鱼诧异地开口："'乌托邦'在海底？"

"没错。"站在众人身边的骑士，主动解释道，"最早时期，上邪会还没有诞生的时候，会长在某座'人圈'之内，与几位有知识并且愿意追随她离开的'人圈'本土居民一起制造了一种特殊潜水艇，用来逃离'人圈'。后来，随着会长带回来的人越来越多，这艘潜水艇也被不断改良扩大。到最后，数十位顶尖科学家以及工程师联手设计了一座超大规模的潜行城市，会长又足足制造了近一年的时间，才用像素将其打造出来。这座收留世界各大神国'人圈'遗民的像素之城，便是'乌托邦'。"

似乎是为了让林七夜等人看清外面的情况，像素之球的一角，竟然逐渐透明起来。随着像素之球的下潜，昏暗的海水底端突然浮现出点点微光，像是从无垠深空中俯瞰地球，灯火在黑暗中勾连成片。这些灯光连接在海底，延伸出五角，酷似一只匍匐在深海底端的庞大海星。"我去……"百里胖胖看到眼前这壮观的一幕，张口便是一句国粹，随后喃喃自语，"这东西，可是真买不起啊……"安卿鱼震惊地看着那座潜行城市，双眸中像是有两团求知的火焰，在熊熊燃烧。林七夜也被震撼到无以复加，他嘴巴微张，下意识地将目光落在甲板上那披着披风的银发少女身上，神情有些复杂。其他人只会看到眼前这座潜行城市有多壮观，但只有他知道，在这座宏伟的城市背后，纪念耗费了多少个日夜的努力与心血。一个人，用像素在海底造出一座城，这可不是谁都能做到的。

似乎察觉到林七夜的目光，纪念转过头，微微扬起脸，嘴角带着一抹骄傲的笑容，那眼神好像在说：看！就问你牛不牛？！

林七夜默默地竖起大拇指。

像素之球包裹着邮轮，逐渐接近巨大海星的中央部分，圆形的像素平台下沉，像素之球顺着流淌的海水，滚入潜行城市的内部。"哐当——"随着一声闷响，像素之球被卡在一座巨型支架上，周围的海水被迅速抽空，包裹在邮轮周围的屏障，也随之消退。林七夜等人走上甲板，密密麻麻的灯光从头顶亮起，照亮了这片昏暗的停船间。还没等众人看清周围的情况，海浪般巨大的欢呼声便从侧方传来，将他们吓了一跳！

"会长回来了！！"

"恭迎会长凯旋！"

"会长旁边那几个人是谁？是新带回来的'人圈'遗民吗？"

"会长威武！"

"会长！会长！会长我们爱你！！"

"……"

林七夜转头望去，只见在停船间的门口，密密麻麻的人拥挤在一起，像是狂热粉丝般激动应援，至少有八百人。他们的肤色各不相同，白人、黑人与黄种人的比例差不多，但无论是什么肤色，此刻说的都是清一色的汉语。他们手中高举着横幅、像素屏幕，甚至还有几位将自己身上的白色上衣脱下，摇旗呐喊，上面清晰可见地写着——"纪念"。

"这是在追星吗？"曹渊大为震撼。

"可以这么理解。"骑士无奈解释道，"'乌托邦'里的这些人，基本上都是会长从'人圈'中救出来的，你们去过'人圈'，应该知道那里是什么样的地方，从那个地方出来，不再信仰众神的他们，需要一个新的信仰。而在这些居民的眼中，亲手救出他们，又打造了这样一座近乎神迹的潜行城市的会长，无疑是最好的信仰对象。这些人看到会长，就像是西方圣教的教徒亲眼见到圣主，那种狂热和激动是挡不住的，而两者的区别在于，圣主不会轻易出现在信徒面前，但会长却是活生生的人。所以每次会长回来，总要调动大量人手来维持现场秩序。"

骑士解释之际，已经有好几位上邪会的人员下船，替他们清出一条道路。纪念一边笑嘻嘻地对周围激动的居民挥手，一边前进，林七夜等人跟在纪念身后，穿过喧闹的人群，径直向"乌托邦"内走去。穿过一扇厚重的像素大门，众人便从高塔顶端的平台走出，"乌托邦"内部的全貌映入眼帘。灰棕色的像素穹顶向视野的尽头蔓延，各色的像素建筑像是积木般错落在大地之上，五片城区对应外观上的海星五角，向周围延伸。霓虹般绚烂的灯光照射在城区的每一个角落，让人仿佛置身于赛博朋克风格的像素之城。

"这……就是'乌托邦'？"林七夜等人站在高塔边缘，彻底被眼前这座城市震撼。谁又能想到，在迷雾笼罩的深海之地，竟然还有这样一座神奇瑰丽的像素城市？

"怎么样，还不赖吧？"纪念拍了拍林七夜的肩膀，豪气万丈地笑道，"这，都是朕打下的江山！"

"……完全超出了我的想象。"林七夜如实感慨道。

"走吧，带你们到处转转。"纪念带众人走下高塔，几辆酷似单车的像素载具，已经依次摆在道路侧面。"'乌托邦'是深海之城，空气循环的压力很大，所以禁用一切排放污染气体的载具，你们就委屈一下吧。"纪念抬脚跨上其中一辆载具，双脚一蹬，便飞驰而出。林七夜等人好奇地摆弄了一番载具，骑车跟了上去。"'乌托邦'分为六大区，其中五大城区都居住着来自不同'人圈'，曾属于不同国家的居民，没有边界，没有战争，通用语言是汉语，是真正的自由之城。我们所在的中央区域，是上邪会总部，以及各大科研所的区域，也是整个'乌托邦'的核心。维持'乌托邦'生态系统的设备，以及种植食物的区域都在穹顶上方，有专门团队进行保养维护。在最外层，覆盖着火力防线系统以及光感隐身装置，一般情况下，就算遇到深海中的'神秘'，也绝对足够应对……"

1184

"丁零零——"正在纪念挨个介绍周围的建筑时，清脆的车铃声响起。在道路的正前方，几位金发碧眼的西方少女，穿着牛仔短裤，骑着车迎面靠近，正嬉笑着向林七夜等人挥手。白皙的皮肤光滑精致，傲人的曲线随着车身摇晃，散发着别样的异域风情，正在骑车的曹渊双唇微张，一时之间竟然看直了眼。这还是他们第一次见到除了骑士之外的西方人，尤其是西方的美女。大夏常年被包裹在迷雾之中，见到的基本上都是黄种人，他们最近一次看到如此多的西方人，是在课本的黑白照片上……还是百年前的照片。现在亲眼看到西方美女骑车经过，对曹渊等人的冲击，无异于现代人看到一只霸王龙在街道上狂奔。当然，美女不是霸王龙，从某种意义上来说，她比霸王龙更引人注目。这几位西方美女似乎察觉到林七夜等人的目光，笑着交谈了一番，随后大胆地给了一个飞吻，而飞吻正对的，正是曹渊所在的方向。曹渊咽了口唾沫。随着她们在道路的另一侧与众人擦肩而过，林七夜、百里胖胖、曹渊、安卿鱼四人的目光就像长在她们身上般，齐刷刷地转头望去，眸中满是震撼。

"喂，差不多可以了，你们头都要拧下来了！"纪念忍不住吐槽，"我介绍'乌托邦'的时候，都没见你们这么专心。"

林七夜等人缓缓回过头，只有曹渊依然直勾勾地盯着她们离去的方向，怅然若失。

"好看吗？"安卿鱼的耳中，传出江洱幽怨的声音。

"好看。"安卿鱼看了眼美女离去的方向，推了推眼镜，认真地说道，"她们的骨架生长趋势和我们确实有点细微的差别，我从来没见过，应该是基因方面存在差异，也不知道这次能不能有机会解剖一下……我还从来没解剖过白种人和黑种人。"安卿鱼舔了舔嘴唇，眸中浮现出兴奋。

江洱："……"

林七夜目光扫过前方各色人种混杂的城区，感慨道："这座城的包容性，确实让人眼前一亮。"

"让你们眼前一亮的，是包容性吗？我都不好意思戳穿你们。"纪念翻了个白眼，"不过，这些来自不同国家的居民，性格都挺开放的，你们要真有兴趣，可以去城区里的酒吧或者舞厅转转，那里会让你们更加吃惊……前提是要遵纪守法，知道吗？'乌托邦'犯罪的惩罚措施是很严厉的，如果你们不想被丢到海里去喂'神秘'，就得按这里的规矩来。"

曹渊正色道："我们来，是办正事的，不去那种地方。"

"对对对。"百里胖胖连连点头。

纪念半信半疑地看了他们一眼，继续向前走去。"'乌托邦'的面积太大，由于时间关系，我就只带你们参观一下上邪会总部和科研所，其他的五大城区你们有时间自己逛吧……最后这两座建筑，我要好好介绍一下。"纪念停下车，指着不远处一座外形极具未来感的白色建筑说道，"那里，就是我们的'三号研究所'。上邪会有一支专门的科研团队，负责研究迷雾中'神秘'的特性，这座'三号研究所'内，收藏了上邪会建立以来击杀的上千只'神秘'的尸体标本，用于解析与实验。"

上千只"神秘"尸体？"夜幕"小队众人都是一愣，下意识地转头看向身旁的安卿鱼。安卿鱼直勾勾地盯着眼前这座白色建筑，双眸闪烁着兴奋的光芒，仿佛是荒原上的饿狼，遇见了一整群丧失抵抗力的肥羊。

看到安卿鱼的反应，纪念嘴角微微上扬，继续不紧不慢地说道："不过近年来，'三号研究所'的研究一直都没有太大的成果，我仔细想了一下，这可能和科研团队里缺乏一个真正了解'神秘'的领袖有关……"林七夜默默地把手搭在"斩白"刀柄上。"哎呀，我就是说一下我们现在的困境，你瞪我干吗？"纪念察觉到身旁传来的杀意，笑呵呵地试图蒙混过关。安卿鱼凝视那座白色建筑许久，深吸一口气，缓缓说道："抱歉，纪念会长，虽然这个条件很诱人，但我还是不能加入你们……"

纪念的眉梢一挑，像是早就预料到这个结果，无奈苦笑："我也没逼你加入我们，你想留在'夜幕'，我也不会和林七夜抢人，毕竟我指望着他带我回家……我的意思是，你们留在'乌托邦'的这段时间内，你愿意的话，可以来临时担任'三号研究所'的所长。你想怎么使用、怎么解剖那些'神秘'的尸体都随你，不过我希望你能多教教研究所里的其他研究人员，和他们共享一些技术与情报，就算是你使用这些'神秘'尸体的报酬。"

安卿鱼愣在原地。不得不说，纪念开出的这个条件，已经非常良心。只要能自由解剖这些"神秘"，无论是向其他研究人员传递经验，还是暂管"三号研究所"，对他而言都是小菜一碟。犹豫片刻后，安卿鱼还是转头看向林七夜。林七夜微微点头："看你自己的意愿。"

"好。"安卿鱼立刻答应下来，"我什么时候上岗？"

"随时。"纪念微笑道，"我已经和研究所里的人都打过招呼，你现在就可以去。"

"去吧，等有重要事情的时候，我会来找你的。"林七夜看了眼身旁的纪念，"能薅上邪会羊毛的机会，可不多……"

安卿鱼点头，背着江洱的黑棺，径直向"三号研究所"走去。

"研究所隔壁的那座黑色城堡里，有你要的东西。"纪念指着不远处，对林七夜说道，"那是我们上邪会所有档案资料的收藏馆，涵盖了各个神系的历史与隐秘资料，我们几次探索克苏鲁神系在地球的遗迹，发掘出的线索与全程手抄记录档案……也都储存在那里。"

1185

林七夜顺着她的指引看去，目光落在那座漆黑神秘的古堡之上。"克苏鲁遗迹……"林七夜眉头微皱，"地球上，还有这种东西？"

"有，不过那些遗迹，可没你想象得那么简单。"纪念点头，径直向那座古堡走去，"进入那里，需要最高的权限，走吧，我亲自带你进去，到时候你就知道了。"

林七夜迈步跟上。刚走了两步，曹渊便拍了拍他的肩膀，认真说道："七夜，查阅档案这种事，我去了也搞不明白……你和纪念会长单独进去把，我自己在外面转转。"

"还有我！"百里胖胖紧接着开口，正色道，"我去跟着老曹，不然他自己在这里，容易迷路。"

林七夜："……"

林七夜懒得戳穿这两人的真实想法，只是点头说道："行，你们注意安全，有什么事情无线电联系。"

曹渊和百里胖胖走远后，林七夜便跟着纪念走进档案馆的大门。在一通令人眼花缭乱的安防措施之后，他们直接走进了古堡的一层。虽然从外面看上去，这座古堡有些破旧，但内部的陈设相当整洁，一排排支架按照不同神系脉络分类，层层排序，一眼望去，清晰明了。

"这一层存放的，都是希腊和北欧两座神国的相关资料，二层是印度与埃及，你要找的苏美尔神系资料，都在三层。"纪念一边向林七夜介绍，一边沿着楼梯向二楼走去，"苏美尔神话起源于两河流域，与希腊、北欧、印度等神话不同，这个神话太过古老，而且随着时间流逝与王朝更迭，已经很少有人知道它的存在。信仰匮乏，再加上一些神系间的变故，苏美尔神系已经基本没落，淹没在时间长河之中，就连是否有这个神系的神明幸存到现在，都不好说。"

两人走到三楼，纪念伸手，指向角落一座布满尘埃的支架："那个，就是记载着有关苏美尔神系档案的架子，没几份资料，看起来应该也挺快……不过，你可以晚点再开始。"

"为什么？"林七夜诧异问道。

"因为我想给你看看，别的东西。"纪念双手插在兜中，转身继续向楼上走去。

"关于克苏鲁？"

"没错。"

两人走到四层，看到几扇厚重的像素大门将整个楼层彻底封死，随着纪念手掌一挥，这些大门便逐个升起。昏暗的灯光照射在走廊的尽头，纪念神情严肃地走在前面，缓缓说道："在大夏探索队的搜寻，以及上邪会的发展活动过程中，我们陆续在不同大陆板块，发现了一些神秘遗迹。经过调查研究，基本可以确定这些遗迹都是在非常古老的时期留下的，我们耗费了大量的人力物力去探索，最终确认，这些都是克系神明活动留下的遗迹。"

穿过走廊的尽头，一大片宽敞的空间出现在两人的视野中，数十座展台有序陈列在像素地面上，用散发着微光的玻璃笼罩，像是一座充满神秘气息的博物展览馆。林七夜的目光扫过这些玻璃展台。渗着诡异鲜血的黑色土壤、残余怪异掌印的断裂树干、沉寂在岩石间的暗红色虫蜕、被某种气体熏染过后的灰色河水……这些光怪陆离的展品，无一不透露着诡异与不寻常的气息。

"上邪会有一座'二号研究所'，专门负责隐秘考古研究，这座古堡就是他们搭建的。经过'二号研究所'的研究，基本可以确定，在古老时期，就已经有小规模的克苏鲁神明在地球活动，后来疑似被天国众神封印在月球之上，这才有了之前的红月一幕。"纪念的话音落下，林七夜在其中一座玻璃展台前驻足，一边观察，一边平静说道："不是疑似，是天国圣主召集部分地球至高神，在月球上设下圈套，用天国本源封印了克系众神，而天国其他神明，基本都是在与地狱的战争中死去的。"

"哦？"纪念诧异挑眉，"详细说说。"这件事对其他人来说，确实是隐秘，但林七夜刚从天国与地狱回归没多久，又从炽天使米迦勒口中得知了那段历史，足以填补上邪会情报上的空白。"本来想着和你共享下情报，没想到还能有所收获。"纪念将事情的前因后果记下，感慨了一声。林七夜依次走过这些展柜，想起了什么："对了，还有一个问题，为什么诸神精神病院，无法扣住克系生物的灵魂？它们究竟是什么东西？"

纪念沉思片刻，看着林七夜的眼睛，认真问道："我问你，有关克苏鲁众神的故事……你是怎么知道的？"

林七夜摇头："我记不清，应该是从别人嘴里听说的？还是从什么小说，或者电视里听到的？"

"大夏从来没有出过有关克系神明的小说，或者电视，至于你说的从别人嘴中听说……呵呵，几乎所有人都是这个答案。"纪念耸了耸肩，"你不觉得奇怪吗？"

"是有些奇怪，我之前听人说过，这个神系就像是突然出现在所有人的脑海……没有人能准确地说出，自己是在什么地方得知的这些信息。"

"当然没有人能说出来。"纪念摇头说道，"因为，它根本就不该出现在这个世界。"

"什么意思？"

"我应该跟你说过，我并非来自这个世界……在我所在的那个世界，确实存在克苏鲁神话这个东西。克苏鲁神话，是以美国作家霍华德·菲利普·洛夫克拉夫特在 1928 年发表的小说，《克苏鲁的呼唤》中的世界观为基础，延伸出的小说设定体系，从根本上来说，这只是小说，而非神话。"

"1928 年？美国？"林七夜的眼中满是不解，"这个时间……"

"没错，在这个世界，迷雾 1922 年就已经覆盖了除大夏之外的所有地方，美国自然就不会存在……本该在 1928 年刊登的《克苏鲁的呼唤》，自然也不应该出现。但它偏偏又出现了，还是以如此诡异的形式，没有人知道这是由谁提出的，没有人知道它是如何散布到所有人的认知中，它就像是一只幽灵，悄然降临在这个世界，甚至在古老时期的地球，都能发现它们的身影。"纪念停顿片刻，"我甚至怀疑……它们和我，和你的那座病院一样，都并非来自这个世界。"

1186

"克苏鲁来自别的世界？那这算什么？异种入侵？"林七夜不解地问道。

"不知道，这些也只是我的猜测，毕竟除了这个理论，我也想不到其他解释。"纪念耸了耸肩说道，"但可以肯定的是，这群从小说里走出来的设定怪物，绝对不是我们认知中的神明与神话，我们现有的战力等级、能力、法则之类的情报，也无法套用在它们的身上。它们的存在本身，就是一种'未知'。"

林七夜的目光扫过其中几座展台："除此之外呢？还有别的线索吗？"

"有。"纪念郑重地点头，"看到中间那块断裂的火山岩了吗？"林七夜走到纪念所说的展台前，目光穿透玻璃，落在一块一米多高的断裂岩石之上，在粗糙的岩石表面，可以隐约看到密密麻麻的扭曲纹路，像是某种古老的图画。"这是什么东西？"

"是在其中一座克苏鲁遗迹周围发掘出的古老碑文，具体是哪个年代的，已经分辨不出了，但经过'二号研究所'的技术还原，大致可以解读上面的意思。"纪念停顿片刻，"这座碑文上记载的，应该就是克系众神被封印在月球的那段历史。"

林七夜眉梢一挑："可是，这段历史我们不是已经很清楚了吗？"

"不，没这么简单。"纪念伸出手，指向其中某一片区域，"你看这幅画。"林七夜顺着她的指尖看去，古老的图画上，一团团扭曲的线条飞起，汇聚在天空的一颗圆球之内，高悬画面最上方。"这是克系众神登月？"林七夜大致猜出了画面的意思。

"没错，你再看这里。"纪念又将手指挪到画面的最下方。

"这是……"林七夜的眼眸微微眯起。黑色的岩体表面，三团暗红色笔触的扭曲线条，匍匐在无数飞升线条的下方，好似蛰伏于深邃的地底，一动不动。

"从这张图画的意思来看，还有三位克系神明，并没有被封印在月球之上。"纪念严肃地看着林七夜的眼睛，一字一顿地说道，"它们……一直潜藏在地球的某处。"

"地球上还有克系神明的存在？！"林七夜的脸色瞬间凝重起来。

"我们发现这个可能之后，又调派了大量的人手，更深入地探索了一遍现存的克系神明遗迹，通过技术还原，与无数次的推论与猜测，再结合克苏鲁神话的相关内容，大致可以锁定这三位克系神明的身份。"纪念深吸一口气，缓缓说道，"它们分别是：'黑山羊'莎布·尼古拉斯、'门之钥'犹格·索托斯、'混沌'奈亚拉托提普。在一些小说设定中，也将它们定为克系神话的三柱神。"

"'黑山羊''门之钥''混沌'……"林七夜喃喃念叨着这些名字。突然间，他觉得"黑山羊"尼古拉斯这个名字，似乎在哪里听过……安卿鱼？林七夜稍一思索，便回想到在地狱被天使审判之时，出现在时间长河尽头的未来安卿鱼。当时安卿鱼看着被红色小虫操控的炽天使乌列尔，说了一句"我也没想到，我们再次见面，会是这种形式……看来，我还要好好感谢一下尼古拉斯"。这么看来，未来的安卿鱼也知晓"黑山羊"莎布·尼古拉斯的存在？或者说……他们本就是一个阵营的？他为什么要感谢"黑山羊"？因为它促成了两人跨越时空的见面？它，或者说它的一部分，就是操控乌列尔引发未来审判的红色小虫？

就在林七夜思索之际，纪念继续说道："据我们推测，这三位遗留在地球的克系柱神，至少已经有两位苏醒了。根据克系神话记载，'黑山羊'莎布·尼古拉斯的特性之一，便是具备超强的生殖能力，也因此，被称为至高母神。而之前你们在地狱中遇到的，操控着天使与恶魔尸体的红色小虫以及肉瘤，还有前段时间组成奥丁眼球的那团虫子，很可能都是它孕育出的子孙，受它所控制。第二位，则是'门之钥'犹格·索托斯，百年前灭世的那场无名之雾，便与它有千丝万缕的关系，甚至可以推测，这场迷雾就是它身体的一部分。"

林七夜的眉头越皱越紧。照纪念所说，"黑山羊"和"门之钥"，前者操控了天国与地狱，企图打造属于克系神明的独有神国；后者则一手缔造了如今地球的惨状，也是大夏众神堕入轮回的根本原因……它们的力量与颠覆世界的意图，远远超乎了林七夜的想象。"那最后一位呢？"

"'混沌'奈亚拉托提普，最重要的特性之一，便是热衷于欺骗、诱惑人类，并以使人类陷入恐怖与绝望到最终精神失常为其最高的喜悦。与它有关的事件，目前我们还没有发现，所以暂时将其列为尚未苏醒状态……或者说，它只是在等待时机。"

林七夜若有所思地点头："这一点，倒确实没有发现。"

"总之，我们必须时刻提防这三位潜藏在地球的克系神明……否则，事情会变得非常糟糕。"纪念舔了舔有些干裂的嘴唇，说道，"该提醒你的，我已经提醒过了，'二号研究所'那边有什么新发现，我会同步给你。你要找有关苏美尔神话的资料，就慢慢找吧，我先去忙别的。"

跟林七夜道别之后，纪念便径直走出古堡。

林七夜最后看了眼克苏鲁遗迹的收藏馆，深吸一口气，缓缓吐出，似乎还没从刚刚的重磅消息中回过神来。他回到古堡的三层，随手拿起一本苏美尔神话的调查档案，原地坐下，认真地翻阅起来。虽然如纪念所说，有关苏美尔神话的档案很少，但想要通过这些零碎的片段，提取出有用的信息，是一件浩大的工程。时间一分一秒地流逝，等到林七夜翻完所有档案，离开古堡之时，已是"乌托邦"的深夜。

1187

正如纪念所说，从这些档案中能够取得的有效信息十分有限，与吉尔伽美什相关的则更少。据档案记载，吉尔伽美什在登临乌鲁克第五任国王的王位之前，便拥有了神境战力，同时培育出了属于自己的法则雏形。在登临王位之后，这道法则雏形被吉尔伽美什迅速完善，再加上体内流淌的三分之二的神明血统，正式踏入主神行列。唯一的缺憾在于，他的体内还有三分之一的人类血统，而这部分血统决定了他的寿命，只能与普通人一样，只有不过百年。同样是自创法则，以人类之身跻身神位，吉尔伽美什与周平，却有着本质的不同。吉尔伽美什之所以能缔造法则，并以肉身承载法则，最终踏入神境，除了自身天赋卓绝，最重要的，就是体内流淌的三分之二的神血。从严格意义上来说，他本就不是纯粹的人类，而是处于人与神之间的特殊存在。而周平，则是彻彻底底的人类。若非叶梵在他化道之后，用蕴藏着"宿命佛陀"力量的"转命珠"强行将其灵魂唤回，并以"龙象剑"为载体，国运浇灌，重铸神体，周平也不可能成为大夏剑仙。现在的周平，同样不是人类，他的肉身已经不再是肉体凡胎，而是承载着剑法则的"龙象剑"。

吉尔伽美什成神之后，凭借着自身的特殊法则，以半神之躯一跃成为足以镇压绝大多数神国主神的超强存在。后来他利用国力，在人间大肆搜寻神器至宝，铸造了一座"王之宝库"。"王之宝库"中究竟有什么，档案中也没有详细记载，但可以肯定的是，里面绝对存放着不止一件顶尖神器。凭借着自身实力，与这座恐怖的"王之宝库"，在那段古老的历史中，吉尔伽美什成了战力无限逼近至高神的传奇，带领整个乌鲁克，共享举世荣光。吉尔伽美什寿命耗尽，身殒王宫之后，存放着众多神器的"王之宝库"也不知所终。

　　档案中还提到了一点，上邪会的探索队在搜索乌鲁克王陵之时，并未在其中找到吉尔伽美什的尸体，根据线索推断，早在无数岁月之前，就有疑似苏美尔神明的存在下界，盗走了他的尸体。难道，吉尔伽美什失控的背后，是苏美尔神系的神明在搞鬼？可他们不是早就没落消失了吗？林七夜行走在"乌托邦"的街道上，低头沉思着。

　　此刻已是深夜，穹顶上模拟阳光的设备，已经暗淡下来，转为皎洁的月光。闪烁的霓虹灯，将五大城区的核心地域照得绚烂迷离，若非周围都是像素风格的建筑，林七夜差点以为自己又回到了日本"人圈"内的红灯区。

　　"林七夜？"一个声音从街道的另一边传来。林七夜转头望去，看到那熟悉的身影，微微一愣。"第九席？"那身影迎面走到林七夜的身前，笑着摇头说道："我早就不是第九席了……我是上邪会的成员，叫我何林就好。"来的不是别人，正是两年多前与林七夜等人打过几次交道的"信徒"第九席——上邪会的王牌卧底，与沈青竹一起击杀"呓语"，亲手覆灭了整个"信徒"的存在。当年灭掉"信徒"之后，第九席何林便被送到医院疗养，没想到出院之后，又回归了上邪会。"你来拜访'乌托邦'了？"何林环顾四周，疑惑问道，"怎么就你一个人？你的那些兄弟呢？"

　　"他们……各自都有事情要做，我就随便转转。"林七夜笑了笑。

　　何林点点头："这里我熟，有时间吗？一起喝一杯？"

　　林七夜犹豫片刻，便应了下来。现在时间太晚，直接上门去找纪念有些不妥，毕竟前两天他才深夜拜访过一次，孤男寡女屡次三番地深夜促膝长谈，多少有点不礼貌。再说了，现在这个点，人家应该还在认真学习。林七夜跟着何林走入一条热闹繁华的霓虹街道，酒吧、夜店、烧烤店应有尽有，林七夜甚至还在中心区域看到了一座新开的牛郎会所。

　　"这家怎么样？这里应该算是整个'乌托邦'最热闹的夜场，你要是喜欢静一点的，我们可以去旁边的居酒屋。"何林指着眼前一座欧洲风格的酒吧说道。

　　"就这儿吧。"林七夜点头道。何林似乎是这里的老顾客，一位白人美女店员主动问好后，直接将他们带到二楼的包厢，送上几瓶威士忌，便恭敬退下。两人坐在落地窗边，俯视着下方喧闹火热的舞池，提着酒杯，轻轻一碰。"对了，沈青竹来了吗？离开'信徒'之后，他过得还好吗？"何林像是想起了什么，问道。

　　"还行吧，不过他最近遇上了些事情。"林七夜含糊地回答。

　　何林眉梢一挑，叹了口气："可惜了，我还想着，能再跟他喝上一场……"

　　"会有机会的。"

　　两人一边喝酒，一边聊着这些年的经历，自从"信徒"覆灭后，何林在两年前埃及众神入侵事件之后，便跟着纪念一起回了"乌托邦"，然后就一直在迷雾中执行上邪会的秘密任务，也算是一路坎坷。就在两人聊天之际，喧闹的舞池中，绑着脏辫的黑人美女DJ似乎收到了什么信息，高抬起双手，欢呼大喊道："今晚所有消费，由A1号桌的客人买单！让我们为A1号桌的两位客人，举杯呐喊一声好吗？！"

舞池中躁动的人群，顿时沸腾起来，所有人都转头看向某个包厢，两个戴着面具的身影正站在玻璃窗边，对着舞池中的众人举杯。包厢之内，已经有数十位美女围绕在他们身边，嬉笑打闹，热闹非凡。看到那两张熟悉的猪八戒面具，以及沙和尚面具，林七夜的嘴角微微一抽。

"咦，那两个人……怎么有点熟悉？"何林凝视着A1包厢的两人，疑惑地开口。似乎察觉到何林的目光，戴着面具的两人同时转头，看向这个包厢。他们的身体同时一僵！

"你认识他们吗？"何林发现他们在看林七夜，诧异问道。

林七夜端着酒杯，默默坐回沙发："不，我不认识。"

1188

"你们的速度是真快啊！"林七夜看着沙发前呵呵傻笑的百里胖胖和曹渊，无奈笑道，"这才刚到'乌托邦'几个小时，就彻底融入进去了？"被林七夜发现后，百里胖胖和曹渊就从A1包厢直接串门来到这里，走之前还不忘把包厢里的酒水、果盘一起顺了过来。"这不是闲着无聊嘛！"百里胖胖挠了挠头，"是老曹要来的，我就是想跟在他身边，保护他一下……"曹渊张开嘴，似乎想再狡辩几句，但犹豫片刻之后，还是放弃了这个想法。在这种情况下，一切违心的解释都苍白无力。

"这不是第九席吗？老熟人啊！"百里胖胖一眼认出何林，诧异笑道。

"原来是你们。"何林也认出了百里胖胖两人，笑道，"既然来了，就一起喝几杯。"

百里胖胖和曹渊顺势坐下，四人围在桌边，举杯共饮。

"所以，你们这次来'乌托邦'，只是单纯来参观的？"寒暄片刻之后，何林好奇地问道。

林七夜摇头："不，我们这次是来找人的。"

"找人？找谁？"

"周平。"

"大夏剑圣？"何林一愣，"不对，现在应该叫红尘剑仙了……他不是在奥林匹斯吗？"

听到这句话，林七夜三人同时来了精神，问道："你知道他的下落？"

"也不完全算是。"何林放下手中的酒杯，缓缓说道，"大概是半年前吧？我按照会长的命令，去奥林匹斯的'人圈'内潜伏，我在那里执行任务的时候，碰巧见过他。当时，他穿着一件脏兮兮的黑衬衫，背着一只剑匣，就这么走在大街上，无论是样貌还是装扮，都跟当地人格格不入。说实话，我之前在大夏也没见过剑圣真容，所以没认出他来，为了防止身份暴露，也没主动上去打招呼。后来正好有一伙强盗，当街抢了一个妇人，将她踢倒在地，还掳走了人家十三四岁的女儿……你们可能不清楚，奥林匹斯的'人圈'非常混乱，这种事情可以说是司空见惯，在那种地方，是根本没有人权道德或者法律这些东西的，那是彻彻底底的犯罪天堂。结果，这一幕被剑仙看到，他就轻轻用食指弹了一下剑匣，下一刻那几个强盗的头就飞了出去。"何林看了眼专注聆听的林七夜等人，浅喝一口酒，眼眸中浮现出回忆之色，"他的剑气太快了，别说是那些'人圈'里的普通人，就连我，都没反应过来发生了什么。不过，时刻监视着'人圈'的奥林匹斯神明，不会察觉不到剑法则的波动。剑仙杀人后，不过半分钟，就有一位神明降临，也就是负责监控'人圈'的奥林匹斯河神，波塔摩斯。这位河神一出手，就是万千河流倒卷天穹的壮观景象，不过还没等他走到剑仙的面前，剑仙一拍剑匣，一柄剑就瞬间斩出，把河神拦腰斩成了两段。"

"咝——"林七夜众人倒吸一口凉气。

在别人的地盘，说斩神就斩神，也就只有周平能有这种底气。

"然后呢然后呢？"百里胖胖急切地问道。

"河神被斩之后，又有两位奥林匹斯神明降临，不过也都不是主神，剑仙执剑跟他们交战片刻之后，又把他们两个一起杀了。我长这么大，还是第一次看到有人斩神，而且还这么轻松，来一个杀一个，来两个杀一双，到那时候我才意识到，这个样貌普通的男人就是大夏的红尘剑仙。"何林将杯中的威士忌一饮而尽，长舒一口气，继续说道，"连续三位神明被杀，奥林匹斯那边应该也意识到了问题的严重性，就在几位主神即将降临的时候，不知怎么，天空突然就暗了下来。一片夜色笼罩了整个'人圈'，然后一道模糊的星光人影从天边走出，跟剑仙交谈一会儿，剑仙就跟着她从'人圈'离开了。再后来发生了什么，我就不知道了。"

何林话音落下，整个包厢中，除了玻璃窗外轰鸣的音乐与欢呼声，陷入一片死寂。不知过了多久，百里胖胖缓缓憋出一句："剑圣前辈……真霸气！"

林七夜等人对视一眼，同时笑了起来。

"不过，你们来找剑仙，是有什么急事吗？"何林疑惑问道。

"现在迷雾中的局势有些不妙，我们想请剑圣前辈回去，坐镇大夏。"林七夜如实说道。

"确实，现在大夏的处境太危险了，只靠一个天庭，未必能护住大夏周全……但我所知道的，已经是半年前的事情，现在他究竟在哪儿还不好说。"

"纪念会长说，她有能够打探到剑圣前辈下落的渠道。"

"嗯？"何林眉梢一挑，想到了什么，"难道是……也对，那里确实有希望。"

"那究竟是什么地方？"曹渊好奇地问道。

"具体的，还是等会长来说吧，现在这个点，会长应该刚学习完准备睡觉，等她醒了，应该会主动找你。"何林叹了口气，"会长平日里，既要忙上邪会的事情，又要忙像素制造，还要学习……确实辛苦了些。"

"是啊，她也挺不容易。"

四人一边聊天，一边在包厢内喝酒，等到酒吧开始散场，才就此离开。他们刚一走出大门，便看到一个熟悉的身影，从对面的牛郎会所走出。乌黑的长发间，透露着些许银白发丝，她披着一件披风，左手拎着一瓶酒，右手高举，正对着牛郎店门口簇拥的五六位牛郎兴奋挥手："再见……嗝……过两天，再来找你们喝酒！"她摇摇晃晃地回过身，往嘴里灌了一口酒，微醺的脸庞定格在马路对面的酒吧门口，双眸微眯，似乎在确认着什么。酒吧门口的林七夜等人，看到那张熟悉的面孔，表情瞬间精彩起来。何林默默地用手扶住额头。纪念看清他们的身影，猛地瞪大了眼睛："我去！"

1189

"喀喀喀……"纪念在办公桌前坐下，有些尴尬地咳嗽两声。林七夜坐在她的对面，表情有些微妙："所以，你把我丢在档案馆，说去忙重要的事情，就是去牛郎店？"

"我这不是离开'乌托邦'前，跟他们约好了吗，说回来之后就来找他们喝酒，我这是信守诺言回来赴约，当然是重要的事情！"纪念一本正经地开口。

林七夜凝视她片刻，长叹一口气："算了，反正也不是第一次被我撞见……之前在日本'人圈'的时候，我就已经习惯了。比起这个，周平的事情怎么样了？"

纪念轻咳几声，表情逐渐严肃起来："我来找你，就是为了这件事情……还记得我之前跟你说过的，打探消息的渠道吗？"

"记得。"

"它要开始了。"

"'它'？"

"是一场聚会。"纪念平静地说道，"只有神明代理人，才能参与的特殊聚会。"林七夜的眉梢微微上扬。"神明代理人，在大夏境内确实不常见，但在迷雾中可不少。世间这么多神国，总会有一些神明有特殊需求，不方便自身出面，所以从'人圈'或者其他地方找到一些人类，赐予他们力量，去帮助自己达成某种目标。根据我们上邪会统计，目前迷雾中出现过的、有迹可循的神明代理人，就有五六十位。这些神明代理人来自不同的神国，拥有不同的情报、信息，或者神国特产的一些物品，每隔一年，他们中的部分人就会约定在某个地方举行秘密集会，彼此交易，各取所需。"纪念一拍桌子，想到了某个非常形象的比喻，"这么说吧，如果把各大神国的神明，比作古代皇帝后宫中的嫔妃，那这聚会，就是一群嫔妃的贴身丫鬟私下里偷偷嚼舌根子。哪个嫔妃最近又怀了，哪个嫔妃最近失宠，又有哪个嫔妃养的金丝雀丢了。在这里，你可以听到后宫中各种稀奇古怪的八卦，不过需要付出一些代价，比如宝物，或者同等级的消息。"

林七夜："……"

得是什么样的脑回路，才能想出这种奇奇怪怪的比喻？

林七夜暗自吐槽一句，开口说道："所以，你觉得我能在这里找到有关周平的线索？"

"周平是世界上唯一人类成神的大夏剑仙，无论他走到哪里，都会成为关注的焦点，既然他最近都在奥林匹斯范围活动，而且奥林匹斯的神明代理人又那么多，总会有人知道他的一些消息。"

林七夜微微点头："听起来不错……不过，神明代理人不都代表着身后的神明吗？彼此之间应该会存在利益冲突才对，真的会这么和平地在一起交流吗？"

"你太高看神明和神明代理人的关系了。"纪念摇头道，"绝大多数神明与代理人之间，都只是互相利用的关系，神明把代理人当作达成目标的工具，代理人把神明当作力量的来源。当然，也有不少特例，比如你和米迦勒，根本就不存在任何利益交换……甚至有些神明，只是单纯地把代理人当作玩物。"纪念的脑海中，浮现出洛基与司小南的面孔。她顿了顿，继续说道："代理人之间，确实存在利益冲突，不过那都是他们私下里的事情，跟背后的神明无关，而且就算有冲突，也很少会出现在聚会上，毕竟惹恼了其他代理人，很容易被群起而攻之。在这种聚会上，大家都是以交易为目的，一般都是越低调越好。"

"我明白了，聚会地点在哪里？我什么时候去？"

"聚会地点，每年都会变化，不过对我们上邪会来说，查清这种事情不算难事……今年的地点离这里不算太远，我一会儿把地图给你，明天下午我让何林跟你一起过去。"

"他也是神明代理人？"林七夜诧异问道。

"不是，但每一位代理人，可以带一位随从入场，随从不参与讨论与交易，只能在外面等候。"纪念解释道，"这种聚会有很多隐秘的规矩与约定，你没有经验，贸然前往容易出事，他知道的情报多，关键时候可以派上用场。"

"好。"林七夜点头。

第二天下午。林七夜如约走到"乌托邦"的中央高塔下，何林已经在那儿等候多时。由于只有神明代理人可以参与聚会，所以百里胖胖、曹渊、安卿鱼等人都无法前往，只能在"乌托邦"等待他的消息。"这么快又见面了。"林七夜笑道，"我们该怎么过去？"

"上面有专门的上升潜艇，我来操作就好。"何林轻车熟路地走到中央高塔某一层，输入指令，打开了一扇像素大门。宽敞明亮的空间内，一片圆形的水池出现在林七夜二人的身前。何林在操控面板上点了几下，水池表面便迅速晃动起来，几秒钟后，一艘黑色的像素潜水艇浮出水面，在潜水艇的侧面，还喷着一串三位数的独有编号。

"这样的潜艇，你们有多少艘？"林七夜好奇问道。

"不多，五百多艘。"何林一边做着检查工作，一边说道，"不过一般情况下都用不上，真正有重要的任务时，我们都是坐会长的邮轮，这些小潜艇都是曾经会长在制造'乌托邦'前，用来试手的作品。"

林七夜跟着何林翻入潜水艇内，关闭舱门，随着潜水艇启动，两人逐渐沉入深海之中。这艘潜水艇并不大，但容纳两人绰绰有余，透过舱内设置的潜望镜，林七夜可以看到幽深的海水宛若无穷无尽般，在前方翻滚。像素潜艇在何林的操控下，稳步上升，随后悬停片刻，让船体适应水压变化，继续上升。大约过了二十分钟，"乌托邦"彻底消失在了林七夜的视野中，他们的位置，正在逐渐靠近海面。等到潜水艇的上部浮出水面，林七夜伸手打开舱门。他从舱门口爬出，站在潜水艇表面，蒙蒙迷雾环绕四周，一眼望去，根本看不到边际。

1190

"我们大概多久能到？"林七夜问道。

"潜艇航行的路程，大概要五个小时，后面还有两百多公里的距离，只能徒步走过去了。"何林无奈笑道，"不管是潜艇，还是上邪会的其他像素载具，都不能接近代理人聚会的范围，否则会被围攻。"

"为什么？"

"呃……这主要跟上邪会在迷雾中做的事情有关。"何林轻咳两声，"你也知道，上邪会最常活动的场所，就是各大神国的'人圈'，我们总是会不停地想办法渗透进去，给各大神国制造麻烦。除此之外，我们还经常挖掘各大神国的遗迹与隐秘，如果路上遇到一些其他神国的神明代理人，还会顺路给他们一个教训，留点过路费，但如果遇到的是作恶多端的代理人，则会直接替天行道……"

林七夜迟疑片刻："偷家，掘墓，劫道，杀人越货？"

"……可以这么理解。"何林讪讪一笑，"所以，我们在各大神国势力的眼中，都是过街喊打的老鼠。不过，我们做的事情虽然不少，但几乎不可能撼动一座神国的底蕴，最多就只能恶心他们一下，所以真正强大的主神甚至至高那个层次，根本就不会把我们放在心上，而弱小的代理人或者一些次神，又拿我们没办法。上邪会，就是在这种不上不下的夹缝中，慢慢生长起来的。这么说吧，今天你去的这个代理人聚会，要是有四十位代理人参加，那其中有近三十个都被我们打劫过，你说他们要是看到上邪会的像素载具，会怎么做？"

"……我明白了。"林七夜迅速接受了现实。

随着潜水艇的前进，陆地的轮廓浮现在蒙蒙迷雾之中。"差不多了，接下来的路，只能我们自己走。"何林操控像素潜艇，藏在一片海域中，随后踏上了陆地。

"能不能用禁墟飞过去？"林七夜问道。两百公里，对他们而言虽然不算长，但步行过去确实有些浪费时间，用"筋斗云"的话，很快就能抵达。

"这就是我准备提醒你的事情。"何林郑重地开口，"在这次的聚会上，你尽量不要暴露自己的身份，尤其是炽天使和倪克斯的神墟，绝对不能动用。你是双神代理人的消息已经从大夏传到了迷雾，现在有很多人都在找你，想得到成为双神代理人的秘密。再加上大夏最近的处境特殊，如果有大夏的神明代理人出现在迷雾中，立刻会成为其他代理人的目标，毕竟只要能从你口中打听到一点点关于大夏神动向的消息，他们回到各自神国之后，都能得到大量的好处。你同时具备了这两个条件，一旦身份暴露，你就会成为众矢之的。会长的意思是，你可以用其他神明代理人的身份，混进聚会。"

林七夜的眉梢微微上扬。双神代理人？看来迷雾中这些代理人的消息，确实不太灵通啊……双神代理人的事情，还是他在集训营的时候传出去的，不过这也不能怪他们，在那之后，林七夜的其他能力都没有被登记在案，对外也一直宣称是双神代理人。迷雾中的这些代理人，能得到这个消息已经很不错了。

"这简单。"林七夜随手一挥，绚烂的魔法阵在他脚下绽放，身形淹没在魔法光辉之中。等到光芒散去，林七夜的模样已经变了，取而代之的，是一个身穿黑色礼服，头戴绅士帽，鼻梁上架着古朴单片眼镜的年轻西方人。微卷的金发从帽檐凌乱延伸，勾勒出优雅的脸部轮廓，深蓝色的眼眸好似汪洋般神秘，他微笑着推了一下单片眼镜，浑身上下都散发着渊博而随和的气息。"这样还行吗？"林七夜微笑道。

"你这是……"

"预言与魔法之神梅林的代理人。"林七夜顿了顿，"我叫……麦尔斯，布朗·麦尔斯。"

在迷雾中各位神明代理人的眼中，林七夜是炽天使和黑夜女神倪克斯的双神代理人，并不知晓他代理的其他神明身份，而梅林又隶属于英格兰神话，很早之前就逐渐没落，就算有人想追查他的底细，也难如登天。梅林的代理人，是林七夜伪装的最佳人选。既然是魔法之神的代理人，那随手召唤出一条巨龙，也很合理吧？林七夜反手按在虚空中，一道召唤魔法绽放，巨大的炎脉地龙从魔法阵中飞出，承载着他与何林的身体，双翅一振，在空中疾驰而去。

"这样出场，会不会太高调了？"何林站在龙背上，话音刚落，便自顾自摇头，"不过……高调对我们来说，确实是一种有效的伪装，我们越是高调，越是没有人敢怀疑我们。"

"既然要扮演魔法之神的代理人，就要演全套。"林七夜推了一下单片眼镜，嘴角勾起一抹笑意，"从现在起，我就是布朗·麦尔斯……沉迷于魔法研究的、骄傲的布朗·麦尔斯。赞美魔法之神！"林七夜将双手放在胸口，指尖捏住绣着星辰与皎月的金边纽扣，低声吟诵，像是一位虔诚的信徒。

何林上下打量了他一番，点头感慨道："人设已经给自己立好了……看来，你很有做卧底的天赋。"

"过奖。"林七夜谦逊一笑。狂风在林七夜耳边呼啸，随着炎脉地龙全速前进，残破荒芜的大地之上，一座座古老的废弃建筑掠过两人的视线。"这里的建筑，倒是挺特别。"林七夜诧异开口。

"迷雾降临之前，这一片都属于欧洲大陆，跟大夏的文化差异很大，可惜现在都只能看到残骸。"何林伸出手，指着远处一座矗立在迷雾中的宏伟建筑说道，"你们这次聚会的地址，在迷雾降临之前，也是一座非常有名的建筑，好像叫什么……圣母院？"林七夜觉得这个名字有些耳熟，也不知是在哪本书上见过。

就在林七夜二人骑着炎脉地龙，高调地从天空中俯冲下来时，荒芜的巴黎圣母院内，几道身影同时抬头，透过琉璃般的窗户，望向迷雾中咆哮的龙影。"那是什么鬼东西……"

1191

"迷雾中，什么时候出现了能够驭龙的代理人？"

"我看到他的脸了，是个生面孔。"

"这次聚会上的生面孔，有些多啊……"

圣母院的中央大殿中，一个个披着黑色斗篷的身影，窃窃私语起来。林七夜挥手散去炎脉地龙，走到古老拱门之前，一个同样披着黑色斗篷的身影，如同暗夜中飘浮的幽灵，静静地站在门边。在他的斗篷兜帽上，用红色的笔触，勾勒出两个数字——"01"。

"表明你的身份。"黑色的幽灵声音沙哑地开口。他说的是英文，不过对于拥有语言精通魔法的林七夜来说，丝毫没有沟通障碍，同样用流利的英文回应："布朗·麦尔斯。"林七夜轻轻推了下单片眼镜，镜片反射苍白的光芒，"预言与魔法之神梅林代理人，这位是我的随从。"

"梅林？"黑色幽灵诧异地看了林七夜一眼。"我需要验证一下你的神墟。"

"没问题。"林七夜伸出手，在虚无中一按，一道绚丽的魔法光辉绽放，一颗石子凭空出现在他的掌心。黑色幽灵静静地站在原地，似乎在感知林七夜身上的神墟波动，片刻后，他手掌一挥，两件黑色的斗篷自动飘到林七夜和何林手中。"确实是魔法法则的气息……进去吧。"

林七夜看了眼斗篷，只见在兜帽帽檐处同样写着两个红色数字——"33"。何林手中的斗篷，虽然也有这串数字，但字体是白色，应该是为了区分代理人与随从的身份。林七夜披上斗篷，戴好兜帽，穿过高大的拱门，何林紧随其后。两人的脚步声在长廊间回荡，朦胧月光透过琉璃般的窗户，映照在淡淡的薄雾之上，给古老而浮华的墙壁，增添了一丝神秘色彩。穿过长廊之后，便来到一座空旷的中央大厅。此刻的中央大厅之内，已经分散坐下了数十位披着黑色斗篷的身影，每个人的帽檐上都写有一串数字，当林七夜和何林走入之时，众人的目光纷纷望了过来。刚才林七夜骑龙降临的一幕，实在太过惹眼，所有人都在猜测这位神秘的新代理人，究竟是什么身份，身后代表的，又是哪位神明。林七夜挺着背脊，浑然不在意众人的目光，不紧不慢地找到一处角落坐下，闭目养神起来。当然，闭目只是假象。

林七夜将精神力感知蔓延开，暗中观察其他代理人的情况。但精神力感知才延伸了不过三四十米，人群中，立刻有数道气息察觉到他的存在，几种截然不同的精神力迅速对撞在一起！林七夜的眉头一皱，睁开眼眸。与此同时，人群中也有数人，转头看向角落的林七夜。

"竟然有人能发现我的精神力感知……"林七夜喃喃自语。他犹豫片刻之后，不再贸然释放精神力，而是原地静坐，在等待聚会开始的同时，将意识沉入诸神精神病院中。

刚踏入病院，就听到嘈杂的声音从远处传来。林七夜走出院长室，只见院落中，穿着灰袍的吉尔伽美什，正单手捏着小浣熊的脖颈，将其举在空中，身旁是被打翻在地的病号餐盘与满地的汤水。"谁派你来的……是谁派你来的？！"吉尔伽美什浑浊的眼眸中，充满着怒火，低吼道，"竟然敢在本王的晚餐中下毒？你好大的胆子？！"小浣熊被拎在空中，双脚不停地蹬着空气，表情痛苦不已。其余护工围在两人周围，似乎被吉尔伽美什吓到，一时之间有些不知所措。

"你疯了？！"李毅飞一步踏出，抓住吉尔伽美什的手腕，皱眉喊道，"我们怎么可能会给你下毒？！这菜我在厨房就尝过了，哪有什么问题！你放开它！有什么事冲我来！"

"是你……乌提尔，在这王宫中，本王最信任的就是你……你竟然想害本王？"吉尔伽美什眼中闪过一抹狠色，放开手中的小浣熊，后者一屁股坐在地上，疼得眼里泛起泪花。下一刻，吉尔伽美什的手，如同闪电般扼住李毅飞的喉咙。

"总管！"小浣熊大惊。其他护工同时一惊，阿朱、红颜、旺财、黑瞳等人下意识地想要出手，却被李毅飞喝在原地："都别动！现在这家伙病得不轻，要真惹恼了他，我们都得死！"护工们的身形被迫停下。

与此同时，一道穿着白大褂的身影，如电般从楼中飞掠而出！"有刺客？"吉尔伽美什眉头一皱，另一只手抬起，一柄长剑从虚空中凝练出，被他握在掌间。

"七夜？"李毅飞眼前一亮。呼吸之间，林七夜便闪至吉尔伽美什与李毅飞之间。汹涌而霸道的神力，以吉尔伽美什为中心狂卷而出，锋锐的剑芒斩向林七夜的脖颈，就连周围的空间都微微扭曲起来！林七夜双眸微眯，右脚重重踏在地面。"咚——"沉闷的巨响从院中传出，刹那间，吉尔伽美什的威压消失，汹涌的紫意像是被一只无形的大手掐灭，泯灭无踪。他右手闪电般地反握住吉尔伽美什的手腕，随后一脚踢在他的胸膛，将其整个人踢得倒飞出去。

在这座病院里，没有神明能够战胜林七夜。吉尔伽美什的身体呼啸着砸破一面墙壁，撞入仓库之中，滚滚烟尘飞扬而起。李毅飞的身形跟跄跌倒在地。林七夜扶住他，正欲说些什么，那道灰色残影再度从仓库中飞出，斩向二人。就在这时，似乎是被巨大的动静惊醒，狂暴的金色神力从二楼的病房内爆发，披着残破袈裟的孙悟空刹那间划破天穹，迎着吉尔伽美什撞过去。轰鸣的爆炸声，在院落边缘接连响起。见到这一幕，林七夜微微松了口气，转头看向李毅飞："你没事吧？"

"我没事……就是裤子有点湿。"李毅飞后怕地拍了拍胸脯，面色苍白，"还以为这次就交待在这儿了，照看精神病人，果然是一项高危工作！"

1192

随着孙悟空的金箍棒不断砸落，院落中的轰鸣声逐渐平息。滚滚烟尘散去，吉尔伽美什浑身是伤仰面躺倒在地，表情挣扎扭曲，过了许久，浑浊的眼眸才逐渐恢复清明。他失神望着鼻尖悬停的金箍棒，缓缓闭上眼睛，整个人说不出地憔悴。

"清醒了？"孙悟空手握金箍棒，冷声开口。

"……嗯。"吉尔伽美什虚弱地回答。

孙悟空收起金箍棒，将他从地上拉起，此时，还穿着睡衣、戴着睡帽的布拉基才急匆匆赶来："发生什么事了？怎么大半夜打起来……而且还不叫我来伴奏啊？"

吉尔伽美什无视布拉基，伸手揉了揉鼻梁，声音沙哑地开口："所以，我刚刚抓的下毒人……"

"是护工。"林七夜与李毅飞一起走到吉尔伽美什的面前，双眸复杂地看着他，"要是我再来晚一点，恐怕这座病院里，真的要出现伤亡了。"

吉尔伽美什怔怔地看着李毅飞和小浣熊脖子上的抓痕，眼中浮现出愧疚："这次的事情，是本王……"

"没事。"李毅飞不在意地摆手，"病人嘛，可以理解。"

这次，吉尔伽美什罕见地没有拒绝"病人"这个头衔，只是低头沉默许久，看向孙悟空："能不能帮我个忙？"

"说。"

"捆住我。"孙悟空眉头微皱，没有说话。"我陷入幻觉的时间越来越久，再这样下去，早晚会彻底分不清现实与虚假。"吉尔伽美什缓缓开口，"捆住我，对所有人都好。"

孙悟空转头看向林七夜。作为众人的主治医生，林七夜才是最有权力决定，如何处置吉尔伽美什的那个人。看着吉尔伽美什疲惫的双眸，林七夜沉默片刻，点了点头："好。"骄傲如吉尔伽美什，都被折磨成这番模样，甚至主动提出捆住自己，足以证明那些虚假的记忆对他而言有多么难熬……束缚住他的身体，或许能从一定程度上，减轻他的精神负担，也能够保证病院里其他护工的安全。林七夜抬手一招，夜色便浸染周围的建筑墙体，特殊钢筋材料被抽出，迅速折叠成一张沉重的黑色王座，矗立于院落中央。吉尔伽美什披着灰袍，凝视着那张黑色王座，嘴角浮现出苦涩："疯王……也配拥有王座的吗？"他缓缓迈开脚步，在黑色王座上坐下，双手平静地摆在两侧。随着林七夜指尖微动，数十根黑色锁链从椅背延伸出，将其牢牢束缚在王座之上，无法移动分毫。这黑色王座，是用诸神精神病院的建筑材料构成，虽然并非坚不可摧，但用来暂时封住吉尔伽美什的行动，已经足够。王座之上的吉尔伽美什，缓缓闭上眼眸，像是陷入沉睡。院落外，林七夜长叹一口气。

"接下来，我会看好他的。"孙悟空双眸凝视黑色王座，说道。

"还有我！"布拉基紧接着举手，"以后，我就天天在他面前练琴，反正他也躲不开。"

林七夜无奈一笑："那就拜托你们了。"

孙悟空点头，正欲离开，像是察觉到了什么，轻"咦"一声。他抬起头，看向自己头顶，仿佛那里有什么东西——

孙悟空治疗进度：95%

林七夜站在一边，亲眼看到孙悟空的进度条，向前跳动了一格，当即惊喜开口："猴哥，你也能看到进度条了？"

"嗯。"孙悟空打量了自己头顶的进度条片刻，又环顾四周，"跟倪克斯和梅林老头一样，还能共享到你的视野。"

"你能看到我在哪儿？"

"在一座废弃宫殿的中央大厅，周围还有很多穿着黑色斗篷的人……都是神明代理人？"孙悟空的目光，凝视着眼前某片虚无，眼眸深处闪烁着金色微光。

"我在参加代理人聚会。"林七夜点头，"马上就要开始了，我先出去一趟。"话音落下，林七夜便欲转身离开。

"等等。"孙悟空的声音突然传来。林七夜一愣，回头望去。只见孙悟空紧盯着那片虚无，眉头越皱越紧，眼眸深处的金芒越发强烈！

"不对，他们不全是代理人……"他双眸微眯，沉声开口，"这群代理人里，混入了真正的神明。"

林七夜双眸骤然收缩。

中央大厅。林七夜猛地睁开眼眸，后背瞬间被冷汗浸湿。

"怎么了？"坐在他身旁的何林，感受到林七夜的情绪变化，疑惑地问道。

"不对劲……这里有神明混进来了。"林七夜压低了声音开口，双眸扫过大厅，脸色凝重无比。

"什么？！"何林一惊，"这怎么可能……"

"当然有可能。"林七夜的脑海中，回忆起刚刚进入这里的画面，"门口的那个01号，辨别代理人的方法，就只是检查是否拥有神墟……但拥有神墟的，并不一定是神明代理人，还有货真价实的神明。不过，这也不能怪他们，毕竟谁又能想到，一个小小代理人的聚会，能引动真正的神明混进来？他们的目的是什么？"

在离开病院之前，孙悟空就用火眼金睛辨别出所有混入聚会的神明，一共有三位，帽檐的编号分别是03、04与27。林七夜目光一扫，就锁定了那三道身影，果然不出他所料，这就是之前发觉他使用精神力感知，并将其隔绝的几人。他们都坐在大厅的最角落，像是不起眼的路人，低垂着头颅，兜帽将他们的容貌彻底掩盖。

"这次的聚会，似乎不太对劲。"何林低声道，"要不，我们先离开？"

"……不行。"林七夜没有犹豫，直接拒绝了这个提议，"错过这次机会，下次就不知道是什么时候了。"眼下无论是寻找周平，还是探寻有关吉尔伽美什病情的原因，都迫在眉睫，如果现在离开，那想要在蒙蒙迷雾中找到这两件事情的线索，无异于大海捞针。

"铛——铛——铛！"就在两人交谈之际，古老的钟摆发出沉闷的撞击声，所有人都微微抬头，看向前方。一直候在门外的01号，已然悄然无声地走进大厅。

昆仑炼兵

1928 年——

皑皑雪原上，七八道身影沿着银装素裹的山脉，在寒风中缓慢前行。这些人头戴防风帽，身穿黑色防风大衣，里面穿着加厚的军装，随着厚重的军靴踩入积雪，发出嘎吱声响。

"组长，您确定瑶池在这里吗？"一位脸颊冻得通红的男子声音沙哑地问道，"这已经是第三天了……我们还是什么都没找到。"

"根据酆都周边挖掘出的史料记载，瑶池的入口就在昆仑虚中。"年轻的聂锦山手中拿着地图，睫毛已经被风雪染成白色，他的声音平静无比，"我出发前就说了，昆仑实在太大，想找到瑶池入口，无异于大海捞针……要做好打持久战的准备。"

那位脸颊通红的男子还欲说些什么，一道沉闷声响便从身后传来，众人回头望去，只见走在最后的那人已经精疲力竭地倒在雪原之上，浑身都泛着不健康的红意。缀在后面的两三人见此，立刻踉跄上前将他扶起，一边拍着他的脸颊，一边大声在他耳边喊着什么。

"但是组长，现在已经不是海底捞针的问题了……三天的雪原奔波，体力消耗暂且不论，我们的食物和淡水补给都快耗尽了，再这样下去，我们恐怕撑不过下一个夜晚。"聂锦山看着队伍后面忙碌的众人，陷入沉默。"组长，回头吧。"那身影再度开口，"等回去修整一下，带好补给，我们再来。"

"……不，已经没有时间了。"聂锦山停顿片刻，声音中满是坚决，"这样，你们带好返程所需的补给，先回去吧……把剩余多出来的补给全部给我，我一个人去找瑶池。"

"您一个人去？？不行，这太危险了……这片雪原这么大，您万一体力不支或者迷失了……"

"比起那些神话生物，这点危险不算什么。"聂锦山直接打断了他的话语，"服从命令，把补给留下，你们先走。"

在聂锦山不容拒绝的目光下，身后的几人最终还是无奈照做，留下自身撤退所必需的资源之后，便向为首的聂锦山抬手敬礼，然后步履蹒跚地向远方走去。

聂锦山静静地站在原地，目送所有人远去之后，才独自转身走入风雪，黑色的防风大衣在雪中翻飞。在这个时代，没有足以在昆仑山上翱翔的飞机，也没有能够征服冰原的汽车，想要在这片堪称人类禁区的雪原生存，就只能依靠人的双腿与不被风雪摧毁的意志。聂锦山不知道瑶池的入口在哪儿，也不知道他还要寻找多久，所能做的，就是用一连串小小的脚印，一次又一次地丈量雪原，祈祷奇迹发生。聂锦山沿着山脊一路向前，从天亮走到天黑，周围的气温急剧下降，他呼出的气息在瞬间就凝结成淡淡冰雾，划过通红的脸颊，被他一点点甩在身后。昼夜辗转。那一抹黑衣穿过漫天星辰，一直走到朝阳升起，日月在他的肩头轮转，他的身影却如同周围经过的无数座巍峨雪山，在风雪中巍然屹立……等到聂锦山耗尽所有补给、体力濒临极限时，已经是进入昆仑的第六天。这六天，除了每天定时吃些补给，没有任何休息，他的步伐从未停下，等到吃完最后一份补给，眼眸中满是血丝……而他的眼前，除了无尽的雪山，依然没有看见任何别的东西。

"天要亡我吗？"聂锦山干裂的双唇轻启，苦涩地笑了笑，"若是西王母真的还在世间，看到我这副情形，怎么也该于心不忍，带我进去了吧……"聂锦山眼前的景象逐渐模糊，脚步也犹如灌了铅般沉重，他又凭着毅力多走了四五公里，最终还是没顶住深深的疲倦，一头栽倒在雪地之中。随着聂锦山的倒下，雪原上再无其他身影，空气中安静得只剩下呜呜风声。

不知过了多久，一道叹息自虚无中响起。漫天飞雪像是被一只无形之手拨开，一个穿着缂丝紫纹长袍的妇人从虚空中走出，手持一面古老铜镜，在聂锦山身旁缓缓停下身形。

"你这人类……竟然算计到本宫头上。"她停顿片刻，再度开口，"不过，看你在雪原跋涉六日，毅力可嘉，若是见死不救，倒显得本宫小气了。"她袖袍轻挥，倒地的聂锦山便化作一道流光被收入铜镜，随着她的身形，逐渐消失在茫茫风雪之中。

不知过了多久，一股暖意流淌进聂锦山的身体，他霜结的睫毛轻轻颤动，眼眸逐渐睁开。首先映入眼帘的，是一片星夜闪烁的天空，点点火焰残烬从身旁飘向夜色，在一阵清脆的噼里啪啦声中，暖意自燃烧的篝火涌入他的身体。聂锦山一只手扶着头，缓慢从地上坐起，他的四肢与躯干依旧僵硬寒冷，似乎还没从冻伤中彻底恢复。"这里是……"聂锦山环顾四周，却没看到任何一座雪山，甚至连一片雪花都不曾看到，他像是在一片宴会用的空旷场地上，身旁是燃烧的篝火，对面是青石堆砌的岩台，再前方便是万丈悬崖……而在这万丈悬崖之上，一座座仙山在半空中耸立。看到这些凌空的仙山，聂锦山一愣，下一刻就像是意识到了什么，眼眸中闪过一抹喜色。

"你醒了。"一个穿着紫衣的侍女出现在他身后，"跟我来吧。"

聂锦山回头打量她许久："去哪儿？"

"王母娘娘说了，你醒之后，就去找她。"侍女反问，"你不就是为了娘娘而来的吗？"

果然，他真的进入瑶池了！聂锦山毫不犹豫地点头："好，烦请带路。"聂锦山记得自己失去意识之前，确实是倒在一片雪地里，也就是说他根本就没有找到瑶池的入口，自己出现在这儿，多半是西王母出手相助……原本聂锦山也只是抱着试一试的态度说出那句话，没想到对方真的回应了？

聂锦山跟在紫衣侍女的身后，穿过空旷的空地，目光疑惑地打量四周："这里怎么这么冷清？"

"大夏众神都遁入轮回，盛宴自然也不会有人来参加……久而久之，自然就变成这幅景象了。"紫衣侍女淡淡道，"当年蟠桃盛宴的时候，这里可是坐满了各路神仙，想挤还挤不进来呢。"

"原来如此……"聂锦山心中暗自叹一口气，不久后，他便来到一座宫殿之前，厚重的大门在黑暗中紧闭，仿佛已经许久不曾有人来过。

"请吧。"紫衣侍女侧身退到一旁，"娘娘在里面等你。"

聂锦山走到宫殿门前，正欲敲门，厚重的大门便自动向两侧打开，一缕缕火光自尘封的大殿内燃起，好似连绵烈阳将黑暗彻底驱散，整座宫殿瞬间变得亮如白昼！聂锦山能从宫殿内感受到庞大的神力正在倾泻，但其中并没有一个人影，唯有一面古老的铜镜被悬挂在虚空之上，在众多火光的簇拥中散发着神秘的光辉。与此同时，铜镜的表面突然荡起一阵涟漪，一个身穿缂丝紫纹长袍、头戴凤翅金冠的美妇人从中一步踏出，宫殿内原本跳动的火光瞬间化作万千火凤飞舞起来，环绕在其周围，灼灼如神威耀世。聂锦山愣住了，怔怔地看着那从火凤中走来的身影，一时之间宛若雕塑般一动不动……直到数秒之后，他才回过神来，恭敬行礼："139特别生物应对小组组长聂锦山，见过西王母。"

缂丝紫纹长袍的衣摆拂过宫殿大地，西王母双眸平静地凝视着聂锦山，缓缓开口："这么多年来，你是第一个进入这里的人类……你是怎么找过来的？"

"回禀娘娘，我们从大夏北境挖掘出了鄋都密藏，其中有史料记载，瑶池西王母为众神母官，修为通天，极擅炼器，就住在这昆仑虚中……因此寻了过来。"聂锦山停顿片刻，"不过，我本以为您已随着其余大夏众神一起，化作镇国神碑……"

"本宫确实已经化作神碑堕入轮回，你所看到的，只是本宫用昆仑镜记录下的一缕神念。"

"昆仑镜？"聂锦山看着那悬于空中的古老铜镜，眼中浮现出恍然大悟之色。

"你费尽心思，来昆仑寻找本宫，所为何事？"

聂锦山的脸色顿时严肃起来，他深吸一口气，缓缓开口："娘娘，自七年前迷雾降世，大夏境内涌现的神话生物越来越多，而且分布极为广泛；为此，我已经开始着手组建一支覆盖全国的特殊组织，但目前无论是数量和战力方面都有所不足……我听闻娘娘极擅炼器，所以此次前来，是想向娘娘求兵。"

"求兵？"西王母眉梢微微上扬。

"没错，人类之所以与其他动物不同，便是因为我们擅长使用工具，但凡间的兵刃与神话生物交战，几乎都会断裂损毁，所以，我想向娘娘求一种兵器……一种不会损毁、不会断裂，能够让人类有资格与神话生物交战的兵器。"

西王母凝视着聂锦山，停顿片刻后，再度开口："你为了寻本宫，舍弃性命在雪原奔波六日……凭什么笃定，本宫会答应帮你炼器？"

"我敢来找娘娘，是因为您是大夏众神的王母。"聂锦山的声音坚定无比，"大夏众神愿意为大夏舍弃毕生修为，堕入轮回，足可见对众生之重视……如今众神不在，人类想抵御迷雾，就只能依靠自己。而现在我们想迈出那一步，就需要一柄刀，一柄属于我们自己，能够亲手斩出一片未来的刀！您是大夏众神的王母，为众神计，也为众生计……如今泱泱大夏，也只有您能给予我们这一线可能。"

西王母沉默许久，眼眸中一缕缕微光闪烁。"你要组建的组织，有名字吗？"

"有！"聂锦山深吸一口气，一字一顿地开口，"我打算叫它……守夜人。"

图书在版编目（CIP）数据

夜幕之下 . 7, 神陨乐章 / 三九音域著 . -- 北京：
北京联合出版公司, 2024. 10（2025. 7重印）

ISBN 978-7-5596-7747-1

Ⅰ . I247.5

中国国家版本馆CIP数据核字第2024U49T43号

夜幕之下.7：神陨乐章

作　　者：三九音域
出 品 人：赵红仕
选题策划：北京磨铁文化集团股份有限公司
责任编辑：李艳芬
封面设计：Laberay

北京联合出版公司出版
（北京市西城区德外大街83号楼9层　100088）
嘉业印刷（天津）有限公司印刷　新华书店经销
字数471千字　700毫米×980毫米　1/16　印张24
2024年10月第1版　2025年7月第5次印刷
ISBN 978-7-5596-7747-1
定价：55.00元

番茄
FANQIE

让 好 故 事 影 响 更 多 人

▼

总顾问：戴一波

总监制：孙　毅

营销发行支持：侯庆恩

番茄小说　　抖音　　今日头条　　西瓜视频